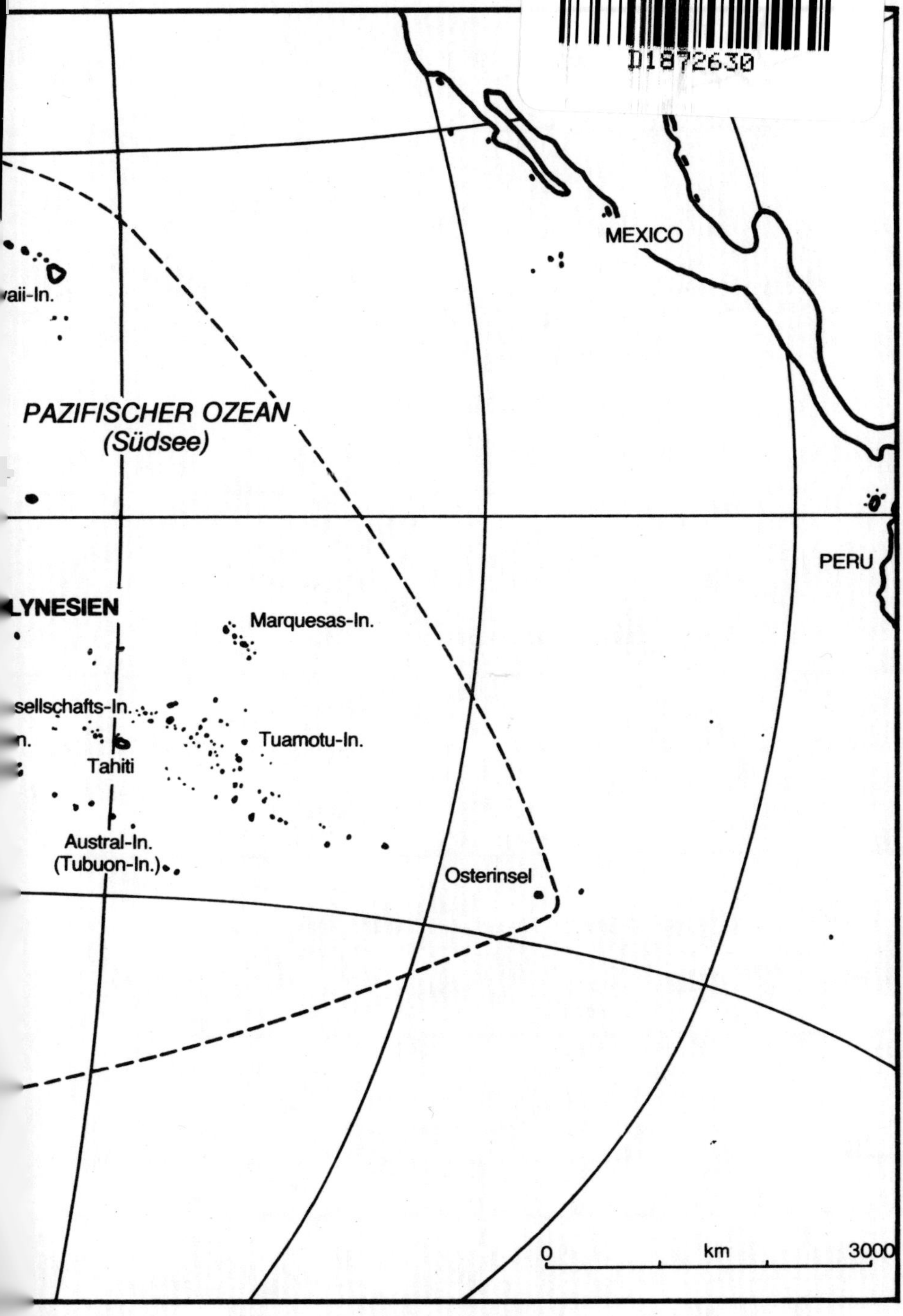
MEXICO
vaii-In.
PAZIFISCHER OZEAN
(Südsee)
PERU
LYNESIEN
Marquesas-In.
sellschafts-In.
Tuamotu-In.
Tahiti
Austral-In.
(Tubuon-In.)
Osterinsel
0
km
3000

Wilhelm Ziehr

HÖLLE IM PARADIES

Wilhelm Ziehr

HÖLLE IM PARADIES

Entdeckung und Untergang der Südsee-Kulturen

Econon Verlag
Wien · Düsseldorf

Fotos im Bildteil von Prof. Dr. Friedrich W. Funke, Köln

1. Auflage 1980

Gesetzt aus der Times der Linotype GmbH
Satz: Zobrist & Hof AG, CH-Pratteln
Papier: Papierfabrik Schleipen GmbH, Bad Dürkheim
Druck und Bindearbeiten: Richterdruck, Würzburg
Printed in Germany
ISBN 3 430 19955 7

Zum Andenken an meine Mutter

INHALT

EINLEITUNG

Der britische Kunstsammler und Autor von Schauergeschichten, Sir Horace Walepole, schrieb 1773 an einen Freund, nachdem er die ersten Berichte über die Entdeckungen neuen Landes im fernen Pazifik gelesen hatte: »Ich hoffe, daß Sie über diese neuen Reisen gehörig aufgebracht sind, die einen wohl zum guten Seemann machen können, im übrigen aber wertlos sind.« Wenn man heute nach über 200 Jahren europäischer Präsenz in der Südsee nüchtern diese Zeitspanne überdenkt, muß man Sir Horace unbedingt zustimmen. Letztlich haben die Europäer, abgesehen von einigen Völkerkundlern und Museumsdirektoren, nichts davon gehabt. Die Entdeckung Australiens und Neuseelands befreite Europa, vor allem Großbritannien, zwar für einige Jahrzehnte von seinen Verbrechern und schuf danach Siedlungsraum für einige Millionen Menschen, die in der Heimat ihr Leben lang zu den »Unterprivilegierten« gehört hätten. Der Preis für das bescheidene Glück dieser Unglücklichen wiegt aber das Unglück der einst glücklichen Bewohner der übrigen Südseewelt nicht auf. Sie bezahlten die Abenteuer und Experimente der ruhmbegierigen Entdecker, Missionare, Händler, Walfänger, Sträflinge, Schwindler, Pflanzer, Viehzüchter und anderer europäischer Spezialberufe mit ihrer Kultur, ihrer Zukunft, mit ihrem Leben.

Die alten Götter der Südsee wurden stumm gemacht. Nur weniges vom Wirken der Götter, ihrer Verehrung, von den Hoffnungen und Vorstellungen der Menschen entging der Vergessenheit. Ausklang und Verlöschen der Kulturen von Australien bis zur Osterinsel lassen jeden Einfühlsamen am Sinn eines Exports von Ideen, Glaubensgut, technischen Kenntnissen, neuen Lebens- und Wirtschaftsformen zweifeln. Die Europäer hätten die abgrundtiefe Verachtung der Australier, Melanesier, Mikronesier und Polynesier verdient, wenn sie ein Gespür für ihr verwerfliches Tun gehabt hätten. Sie besaßen aber mehrheitlich keines, denn sie kamen nicht als einzelne, die in fremder Umwelt ihre Regungen unter Kontrolle halten können oder müssen, sondern als Bootsmannschaften, Händlergruppen, Missionsgesellschaften, Kolonialverwaltungen, Sträflingsaufseher, Zuchthausinsassen, die glaubten, sich in einem höheren Namen über alles hinwegsetzen zu können.

Rousseau mit seinen abstrakt in der Studierstube gewonnenen Vorstellungen vom »edlen Wilden« hätte nie einen Zugang zu diesen Menschen gefunden. Genausowenig wie ihn wenige Jahre später der General Napoléon Bonaparte zu den Orientalen fand. »Mir wird übel bei Rousseau, seitdem ich den Orient gesehen habe; der Wilde ist ein Hund.« Vergeblich das Jahrhundert der Aufklärung, die Europäer sahen weder davor noch danach ein, daß sie nicht die einzigen Menschen sind. Die Fixierung auf unsere Bedürfnisse und unser Lebensniveau machte uns zu Räubern und Totschlägern, im besten Fall der Fälle noch zu neugierigen Völkerkundlern, die bislang immer noch kein besseres Etikett als »Naturvölker« für die Menschen ohne Schrift gefunden haben. Als ob die Kenntnis der Schrift Menschen klassifizieren könnte.

Schon vor 200 Jahren hatten die Menschen zwischen Australien und der Osterinsel gegen unseren Willen zur gewaltsamen »Entwicklungshilfe« oder Ausbeutung keine Chance. Ihr Untergang war vorgezeichnet. Was sich heute noch in kargen oder undurchdringlichen Gebieten als lebende Kultur erhalten hat, wird noch in diesem Jahrhundert in den Strudel eines vermeintlichen Fortschritts zur höheren Zivilisation gezogen.

Gebeten hatte die Weißen niemand, sie kamen von selbst und nahmen alles. Als die Europäer ernst machten und den Entdeckern die Händler, Pflanzer und Missionare folgten, war es vorbei: Kein Volk der Südsee konnte der zwangsweisen Anpassung widerstehen, und die Stämme, die es vermochten, wurden ausgerottet oder bis zur Unkenntlichkeit verstümmelt.

Der Angriff der Europäer auf die Identität dieser Menschen, auf ihre Lebensform und Lebensfähigkeit mußte zwangsläufig den Kulturverfall nach sich ziehen. Es gab keinen Platz mehr für die »wilden Menschen«, die mit ihrer traditionellen Wirtschaftsweise viel zuviel Raum beanspruchten. Auf Neuseeland lebten vor Ankunft der Weißen höchstens 250000 Maoris, heute leben 15mal so viele Menschen eines anderen Kulturkreises hier. In Australien mochten es 350000 Ureinwohner bei der Entdeckung gewesen sein, heute sind es über 40mal mehr Europäer, die hier ein anderes Leben führen.

Die Europäer haben die Menschen Australiens und der ozeanischen Inselwelt nie verstanden. William Dampier, Edelpirat und Entdecker in einer Person, schrieb, daß die Australier sich von Ungeheuern nur wenig unterschieden. Noch heute spricht der weiße australische Nobelpreisträger für Literatur, Patrick White, von der »tierhaften Grausamkeit der Schwarzen«.

Auch nach Jahrzehnten völkerkundlicher Forschung haben wir keine allgemein akzeptierte Bezeichnung für die so scheinbar anderen Menschen gefunden. Im abenteuerlich aufgezogenen Schrifttum über diese Welt wimmelt es von: Wilden, Kannibalen, Primitiven, Steinzeitmenschen, Schwarzen, Braunen, Heiden, Menschenfressern, Eingeborenen, Ureinwohnern, Abos, Naturkindern, Kanaken, Kulturlosen. Das europäische Selbstgefühl spiegelt sich in diesen Ausdrücken vollendet wider. Wir haben diese Völker von unserem Begriff des Menschentums abgesetzt. Wir haben sie von vornherein als unterlegen und ungleichwertig angesehen.

Ganz anders reagierten die Menschen der Südsee auf die Weißen. James Cook, der mit seinen Matrosen als erster Europäer Hawaii betrat, wurde von den Hawaiianern für den leibhaftigen Gott Lomo, ihren Friedensgott, gehalten. Die Hawaiianer staunten über die »schwimmenden Wälder«, die Masten der Schiffe, das Feuer, das den blassen Göttern aus dem Gesicht kam, die Weißen rauchten, die Löcher in den Körperseiten, die Taschen der Uniformen. Die Marindanim Süd-Neuguineas hielten die Holländer nicht für Menschen, sondern für Totengeister. Und als diese Kokosnüsse sammelten, glaubten sie, daß die Früchte für die hungernden Toten im Geisterland bestimmt seien. Natürlich beschenkten sie ihre hungernden Ahnen reichlich. Die Tasmanier erschraken vor den Weißen zutiefst. Sie hielten sie für ihre zurückkehrenden Toten.

Ein Miteinander zwischen Europäern und den neuentdeckten Völkern hat es nie und nirgendwo gegeben. Wo es zu freundlichen Kontakten kam, blieben die weißen Besucher nur kurze Zeit, denn auf Dauer waren die Welten zu verschieden. Eine Alternative zur Zwangszivilisierung im Geiste abendländischer Nützlichkeit zeichnete sich auch nicht in Ansätzen ab. Dafür sorgten die Kolonialverwaltungen und die christlichen Heilsboten, die den radikalen Angriff auf das Selbstverständnis dieser Menschen anführten. Für die Missionare hatte »das Heidentum in schauerlicher Weise seine Todesschatten über das Leben der Bewohner« dieser Weltgegend geworfen. Sie wollten die »nackten Wilden« aus der »Gewalt des Teufels« befreien, sie anziehen, an Arbeit, Ordnung und Gebete gewöhnen, ihre Kulte als Götzendienst vernichten und so »ihre Herzen für Christi« gewinnen. Zu Beginn des Jahrhunderts sah es für die Missionare bei oberflächlicher Betrachtung tatsächlich so aus, als hätten die Menschen ihren Göttern abgeschworen und hätten sich für die Sache der Kirchen oder Sekten entschieden. 1910 frohlockten die Missionare: »Die Bewohner sind jetzt für das Christentum gewonnen und bilden christliche Gemeinwesen mit neuer Lebensordnung, und es hat sich auch da gezeigt, daß das Wort Gottes selbst unter den gesunkensten Völkern nicht nur neue Menschen, sondern auch völlig neue Zustände zu schaffen vermag.«

Wenn man die Berichte der Zeitgenossen zu lesen versteht, die diese »neuen Zustände« zu Beginn des 20. Jahrhunderts in der Südsee aus eigener Anschauung beschrieben, dann kann man solche Äußerungen nur als reinen Hohn interpretieren. Elend, Zerfall, Krankheit, Siechtum und Auflösung kamen durch die Europäer ins Land, gleichgültig ob sie mit Tropenhelm und Gewehr anrückten oder mit Kutte und Gesangbuch.

Michael Somare, Ministerpräsident von Papua-Neuguinea, dessen Vorfahren noch den alten Traditionen verpflichtet waren, verkündete den Aufbau einer »Gesellschaft auf der Grundlage melanesischer anstatt importierter Werte«. »In Papua-Neuguinea müssen«, führte er aus, »wir einige jener Werte wieder aufbauen, die von einem westlichen Kult, genannt Christentum, zerstört worden sind.« Die Definitionen und Begriffe der Europäer beginnen sich gegen diese zu richten.

Die Mission der Europäer war aber nicht deshalb ein Fehlschlag, sondern weil sie die Welt ärmer gemacht haben, ärmer unter dem Zeichen des »Fortschritts«.

Wilhelm Ziehr
Udligenswil, April 1980

I.

TASMANIEN – TREIBJAGD AUF MENSCHEN

Als der holländische Seefahrer Abel Janszoon Tasman am 1. Dezember des Jahres 1642 vor einer kleinen Felseninsel Anker werfen ließ, war es für diesen Tag bereits zu spät, noch den westlich gelegenen, unbekannten Küstenstreifen zu besuchen. Am nächsten Morgen, gleich nach Sonnenaufgang, sandte Tasman aber Steuermann und zweiten Maat seiner »Heemskerk« zur Erkundung aus. Enthusiastisch fiel ihr Bericht über die Neuentdeckung aber nicht aus. Die Holländer waren auf keine in tropischer Üppigkeit schwelgende Wunderinsel gestoßen. Dunkle Wälder und hochaufsteigende rauhe Berge verhießen kein Land, das die begehrten Gewürze oder andere Reichtümer bergen konnte.

Auch die Bewohner des Gebietes, das bisher auf keiner Karte verzeichnet war, hatten die ersten Besucher nicht zu Gesicht bekommen. Im Bericht von Tasman heißt es, daß man zwar menschliche Stimmen ganz in der Nähe vernommen hätte, ein Kontakt jedoch nicht hergestellt werden konnte. Man entdeckte aber hochaufragende Bäume mit Kerben von anderthalb Metern Abstand, was eine alte These der frühen Seefahrer im Stillen Ozean zu bestätigen schien, nämlich daß in den unbekannten südlichen Gefilden Menschen gewaltiger Größe leben mußten.

Erst 130 Jahre später, im März 1772, sahen Europäer die Bewohner des Landes, das so weit südlich der großen Schiffahrtslinien liegt, zum ersten Male. Die Begegnung zwischen den »Wilden« und der Mannschaft eines französischen Seglers unter dem Kommando von Marion du Fresne verlief aber nicht gerade glücklich. Auf die Speere und Steine der Eingeborenen antworteten die Franzosen mit gezieltem Gewehrfeuer. Wer wen provozierte, das läßt sich nach über 200 Jahren nicht mehr ausmachen. Mit einem fürchterlichen Geheul flüchteten die Eingeborenen in den Wald; die Franzosen aber vermaßen noch den toten Körper eines ihrer Opfer – schließlich lebte man im Zeitalter der Aufklärung –, ehe sie wieder in See stachen. Diesmal dauerte es jedoch nur fünf Jahre, bis das nächste Treffen zwischen den Weißen und den Menschen von Van-Diemens-Land, wie die Insel Tasmanien vor dem Südostende Australiens damals genannt wurde, zustande kam. Es hagelte weder Steine oder Speere noch knallten die Vorderlader.

James Cook persönlich, der bewunderte und gewandte britische Entdecker der Inselwelt des Stillen Ozeans, wachte über diese Begegnung. Nachdem sich anfänglich nur einige Männer den Fremden »mit dem denkbar größten Zutrauen« genähert hatten, gesellten sich bald auch mehrere Frauen zu ihnen. Bis dahin verlief die Zusammenkunft im besten Einvernehmen. Die britischen Matrosen aber, entzückt und gereizt vom Anblick der Tasmanierinnen, die nur ein Känguruhfell über den Schultern trugen und »nicht die Körperteile bedeckten, die die meisten Völker verbergen«, verscherzten sich die Sympathien der Männer durch übertriebene Aufmerksamkeit und Geschenke an die Frauen. Ungehalten schickten die Männer ihren Anhang weg. Cook distanzierte sich vom Verhalten seiner Leute, das die »Wilden« eifersüchtig machte, ohne den Matrosen etwas einzubringen. Außer daß die Eingeborenen nackt herumliefen und denkbar zutraulich waren, berichtete der Kapitän kaum noch etwas.

Über das Aussehen und die Lebensgewohnheiten der neuentdeckten Menschen erfuhr man in Europa erst etwas aus Berichten zweier 1792 und 1802 erfolgter Expeditionen. Danach waren die Tasmanier gedrungen gewachsen, breitgesichtig und kraushaarig. Ihre Hautfarbe war schwarz. Zu den Ankömmlingen einer fremden Welt zeigte man Zutrauen und Neugier. Einer der Eingeborenen öffnete, erstaunt über die weiße Hautfarbe von Gesicht und Händen der Besucher, ungeniert Jacken und Hemden der Matrosen, um sich zu vergewissern, daß sie überall die gleiche Färbung aufwiesen. Die Tasmanier waren alle nackt und trugen nur der kühlen Jahreszeit entsprechend einen Umhang aus Känguruhfell um die Schultern. Um sich aufzuwärmen und vor den rauhen Winden zu schützen, entfachten sie Feuer und errichteten aus Ästen und Laubwerk einen Windschutz. Die Familien waren offenkundig patriarchalisch organisiert. Frauen zeigten sich auf Annäherungsversuche hin verschlossen und nahmen Geschenke nur mit einem gewissen Zögern an. Die Männer führten fünf Meter lange Wurfspeere mit sich, in fein geflochtenen Körben der Frauen fanden sich Muscheln, Wurzeln von Baumfarnen und Hummer zur Ernährung.

Die Berichte bescheinigen den Tasmaniern Liebenswürdigkeit, Höflichkeit, Sinn für Humor und ein Gefühl für Würde. Sie bewiesen Freundschaft und Anhänglichkeit. Als die französische Expedition von 1802 sich verabschiedete, zeigten – wie der Historiker der Gruppe, Fr. Péron, berichtete – »die Eingeborenen in rührendster Weise ihren Kummer« und verließen die Europäer erst, als sie vom Ufer abstießen. »Das feste Vertrauen der Tasmanier in uns, die herzlichen Beweise ihrer Sympathie, die sie uns immer wieder zeigten, die Aufrichtigkeit ihrer Gefühlsäußerungen, ihr freimütiges Benehmen, die rührende Unbefangenheit ihrer Schmeicheleien, alles trug dazu bei, in uns Gefühle der Achtung zu wecken. Der Zusammenhalt der verschiedenen Mitglieder einer Familie, die Art des patriarchalischen Lebens, von dem wir Zeuge waren, beeindruckten uns stark.«

Gewiß wären die Tasmanier nicht so entgegenkommend gewesen, hätten sie geahnt, warum die Franzosen zu ihnen gesegelt waren und welche Gefahren ihnen nun drohten. Kein geringerer als Napoleon hatte ihnen den Auftrag erteilt, die Insel für Frankreich in Besitz zu nehmen. Wenn dies auch nicht gelang, so verdanken wir jedoch dem Besuch von 1802 einen interessanten Bericht von François Péron über die Tasmanier und 1600 Aquarelle und Zeichnungen von Lesueur und Petit. Heute liegen diese einzigartigen Zeugnisse europäischer Entdeckungsgeschichte und wissenschaftlicher Neugier im Museum von Le Havre.

Vom Bericht François Pérons abgesehen, wissen wir wenig über die Tasmanier. Nur in einigen europäischen Völkerkundemuseen finden sich kleine Vitrinen mit einigen Steinwerkzeugen, Reproduktionen alter Fotografien von Tasmaniern um 1860 und einige Vergrößerungen von Holzschnitten der Entdeckerzeit.

Ein Kenner tasmanischer Archäologie und Anthropologie von der Universität Canberra, Rhys Jones, versuchte nachzuweisen, daß die Tasmanier länger in Isolierung von der übrigen Menschheit gelebt haben als alle anderen Rassen und Völker. Seit der Überschwemmung der tiefliegenden Ebene, die über die heutige Bass-Straße Tasmanien mit Australien verband, scheint es rund 12000 Jahre keine Kontakte mehr zum australischen Kontinent gegeben zu haben. Die Beschränkung auf den mehr als hundertmal kleineren Siedlungsraum und die wenigen Sippen, die zur Zeit der Trennung vom Kontinent Tasmanien durchstreift haben mögen, führte erst zur Stagnation, dann zu einem Rückgang der materiellen Kultur. »Fünfhundert menschliche Generationen lang«, schrieb Jones, »hat diese winzige Bevölkerung allein gelebt. Die Folge war eine intellektuelle Verarmung, die ungeheure Vereinfachung der Technologie. Bestimmte Materialien vom Festland waren nicht mehr verfügbar, gewisse Fertigkeiten wurden vergessen ... Abgeschnitten von einem größeren sozialen System blieben neue Ideen, Anstöße und Druck der Nachbarn aus.« Vor der Überflutung der Bass-Straße war das technische Niveau der Ureinwohner des Kontinents in etwa gleich. Einige Jahrtausende der Isolierung ließ eine ungeheure Kluft entstehen: 120 verschiedene Werkzeug- oder Waffentypen kannten die Australier, mit 22 nur begnügten sich die Tasmanier.

DIE KATASTROPHE ZEICHNET SICH AB

Der Besuch der Franzosen auf Van-Diemens-Land erschreckte zwar nicht die Tasmanier, aber den britischen Gouverneur von Australien, der wahrscheinlich zu Unrecht fürchtete, daß die Franzosen dort eine Niederlassung gründen wollten. Er befahl deshalb die Ausrüstung einer Expedition, die das Recht seiner Majestät, König Georg III. auf Van-Diemens-Land als Teil Neusüdwales bestätigen und einen geeigneten Platz für die Gründung einer Kolonie auswählen sollte. Schon 1803 wurde die erste Ansiedlung gegründet. Damals erhielt der Vizegouverneur Collins vom britischen Kolonialminister Lord Hobart folgendes Schreiben: »Sie sollen mit jedem in ihrer Macht stehenden Mittel versuchen, mit den Urbewohnern Kontakt aufzunehmen und ihre Gunst zu gewinnen. Es wird allen Personen unter Ihrer Leitung zur Pflicht gemacht, mit ihnen in gutem Einvernehmen zu leben und sie zu achten. Wenn irgend jemand Gewalt gegen sie anwendet oder sie mutwillig bei der Ausübung ihrer verschiedenen Beschäftigungen stört, so sollen Sie derartige Missetäter entsprechend der Schwere des Vergehens bestrafen.«

Die Regierung in London besaß in Kolonialfragen Erfahrung genug, um zu wissen, was für ein Risiko die Landnahme für die Eingeborenen bedeuten würde. Die Besorgnis war sehr begründet, denn zum ersten Schub der Kolonisten zählten nur wenige freie Siedler, meist waren es zwangsweise deportierte Sträflinge. Unmittelbar nach der Landung entfloh schon der erste Gefangene, und die erste Salve gegen die Urbewohner, die sich aus Neugier genähert hatten, wurde abgefeuert. »Da sie augenscheinlich feindlich gesinnt waren, wurde es notwendig, Schußwaffen zu gebrauchen, um sie zurückzudrängen«, so entschuldigte man sich später. Ein Toter und einige Verwundete bildeten die Bilanz des ersten Kontaktes von Siedlern und Einheimischen.

Die Verkehrssprache zwischen den »zivilisierten Menschen«, wie sich Siedler und Sträflinge gleicherweise bezeichneten, und den »Wilden«, wie die Urbewohner genannt wurden, war somit formuliert. Das traurigste Kapitel europäischer Kolonialpolitik hatte seinen Anfang genommen. Die Abenteurer, die jetzt nach Tasmanien kamen, wollten keine Reiseerzählungen oder romantisch verklärten Romane schreiben. Sie waren weniger daran interessiert, Informationen über die Lebensweise der Eingeborenen zu bekommen, als vielmehr Viehzucht zu betreiben und durch Landnahme den Boden zu kultivieren, nicht aber die »Steinzeitmenschen«.

Vor allem müssen wir, um die Tatsache der nun einsetzenden schrittweisen Dezimierung und Ausrottung der Tasmanier zu erfassen, bedenken, daß ein Menschenleben in dieser Zeit nicht eben viel zählte, egal ob schwarz oder weiß. Die Zustände in England zu Beginn des 19. Jahrhunderts konnten kaum als Vorbild für eine vorurteilsfreie oder menschliche Annäherung zwischen Klassen oder Rassen dienen. Die humane Tünche der modernen Wohlfahrtsstaaten war noch kaum aus ihrem frühen Stadium der puritanischen Bigotterie gekrochen. Einen »Nutzen für die Allgemeinheit« hätten die unglücklicherweise in die Räderwerke des Kolonialismus geratenen Tasmanier weder damals noch heute nachweisen können oder zugesprochen bekommen. Nur vereinzelt vermochten die Neuankömmlinge, wenn sie brutal genug waren, aus gefangenen Ureinwohnern ein geringes Kapital zu schlagen. Doch das bedeutete für sie noch nicht genug Motivation, um das Leben dieser Menschen erhalten zu wollen. Nicht daß die »Gesellschaft«, die Summe der meist harmlosen Farmer und grausamen Buschranger, die Ausrottung der Tasmanier als erstrebenswertes Ziel ihrer Niederlassung formulierte, aber niemand organisierte gegen ihre Verfolgung und Dezimierung einen nennenswerten echten Widerstand. Vielmehr nahm man die Ereignisse einfach als gegeben hin. Für die Vernichtung der Tasmanier darf aber nicht leichtfertig und undifferenziert der »Kontakt mit einer fremden Kultur« oder die »europäische Zivilisation« verantwortlich gemacht werden. Es sei denn, wir wären bereit zu akzeptieren, daß Mörder, Totschläger, Sadisten, Schußwaffen, Menschenjagd, Alkohol und Geschlechtskrankheiten die tragenden Säulen des europäischen Lebens der Zeit darstellten. Menschen erschlugen Menschen, und das bedeutet nicht Zivilisation, sondern Gewalt.

WILDWEST AUF TASMANIEN

Das erste Massaker an Eingeborenen geschah, noch bevor ein Jahr seit der Landung der Siedler vergangen war. Um 300 Tasmanier, Männer, Frauen und Kinder, wahrscheinlich ein ganzer Stamm, hatten in der Nähe des heutigen Hobart, wohl ohne zu wissen, daß sie sich in der Nähe einer weißen Siedlung befanden, eine Herde Känguruhs eingekreist. Känguruhs gehörten zu den wichtigsten Fleischlieferanten der Eingeborenen. Außer Beuteltieren, Opossums und Vögeln gab es kein jagdbares Wild auf der Insel. Ein Landarbeiter, der in Sichtweite der Tasmanier neuen Boden bearbeitete, unterrichtete einige Soldaten des Militärpostens über die Jagd des Stammes und begab sich daraufhin wieder an seinen Arbeitsplatz. Er fühlte sich keinesfalls bedroht, denn die Tasmanier kamen nicht näher als 200 m an das Farmerhaus heran. Selbst als die Soldaten aufzogen, änderte sich ihr Verhalten nicht. Da sie weder feste Häuser noch Hütten kannten, verweilten sie aus reinster Neugier. Nach einiger Zeit wurden die Soldaten vermutlich nervös, und der befehlshabende Leutnant – den Aussagen zufolge war er vermutlich betrunken – gab Zeichen zum Angriff. Einige Siedler glaubten an eine andere Version des Angriffs auf die harmlose Menschengruppe. Sie berichteten, »die Tat sei die Folge eines Trinkgelages gewesen und die Schießerei nur aus dem brutalen Wunsch entsprungen, die Tasmanier laufen zu sehen« (C. Turnbull).

In den Erinnerungen der ersten Siedlergeneration finden sich zwar einige Nachrichten über friedliche Beziehungen der beiden so verschiedenen Menschengruppen, aber das weitere Verhältnis zueinander wurde durch andere Faktoren bestimmt. Die Verwaltung der neuen Kolonie erwies sich als schwach und unfähig, sie konnte das Verhältnis zwischen Eingeborenen und Siedlern kaum beeinflussen, so daß von einem Schutz gegen Übergriffe, von wem sie auch ausgingen, keine Rede sein konnte. Der Vizegouverneur verstand es noch nicht einmal, die Ernährung der Kolonisten sicherzustellen. Da der Nachschub von Nahrungsmitteln und Versorgungsgütern stockte, versorgte man sich auf eigene Faust, indem man immer weiter in die Jagdgebiete der Tasmanier eindrang. Der Handel mit Känguruhfleisch war wenigstens noch sehr einträglich. Die Tasmanier sahen natürlich nicht tatenlos zu, wie die Känguruhherden dezimiert wurden. Genau wie die Indianer in der amerikanischen Prärie das Abschlachten ihrer Bisons rächten, verfolgten die

Urbewohner mit ihren Speeren die ungebetenen Jäger. Die gefährliche Zuspitzung der Nahrungsmittelversorgung veranlaßte die Verwaltung zur Entlassung der Sträflinge, da deren Ernährung nicht mehr gewährleistet war. Als Buschranger erfreuten sich die Exsträflinge ungehemmter Freiheit. Sie beraubten die Kolonisten, schossen Känguruhs ab und machten ganz selbstverständlich auch Jagd auf die Eingeborenen. Die Tasmanier verteidigten oder rächten sich so gut sie konnten. Töteten sie einen Siedler, sahen sich Buschranger, Viehtreiber, in der Mehrzahl auch ehemalige Sträflinge, die Robbenfänger an der Küste, Soldaten und Farmer in ihrem zunehmend grausamen Vorgehen gegen die Tasmanier bestätigt. Anfangs galten die Eingeborenen als »harmlose Wilde«, nun aber als gefährlich und hinterlistig. In dieser Zeit hielt man sie weniger für »vollwertige Menschen«, sondern vielmehr für ein »Verbindungsglied zwischen Menschen und Affen«. Die Jagd auf Tasmanier gehörte bei vielen Buschrangern zum angenehmsten Zeitvertreib. Wie im Wilden Westen Amerikas herrschten in den Übergangsgebieten von Siedlung und Busch Grausamkeit und Willkür. Manch einer brüstete sich, »Tasmanier ebensogern wie Spatzen zu schießen« oder sie noch lieber abzuknallen, als Pfeife zu rauchen. Der schöne Jagdspruch: »Wer die Beute erwischt, dem gehören die Ohren« soll von einem Siedler wörtlich genommen worden sein. Er schnitt den getöteten Tasmaniern die Ohren ab und sammelte sie eingepökelt in einem Faß. Der Brite J. Lort Stokes, der durch Australien und Tasmanien reiste, war empört über das grausame Treiben in der Kolonie: »Die Gefühlsverirrung bei einem Teil der Kolonisten ist derart, daß sie nicht begreifen können, wie jemand mit der schwarzen Rasse wie mit seinesgleichen sympathisieren kann. In der Theorie wie in der Praxis sehen sie die Schwarzen als wilde Tiere an, die auszurotten man das Recht besitzt.« Eine besonders »sportliche« Note gaben die Soldaten des Hauptmanns Ritchies nordwestlich von Hobart der Eingeborenenjagd. Hier in den Plains jagten sie die Tasmanier mit ihren Pferden und trieben sie in die beste Schußposition.

Die Erbitterung der Tasmanier steigerte sich aber noch aus anderen Gründen. Betrug 1804 die Anzahl der Siedler um 500 Personen, so erreichte sie 1825 schon 13 500, 1830 gar 23 000, 1844 rund 60 000. Etwa die Hälfte der Zuwanderer waren deportierte Sträflinge. Unaufhörlich dehnten sich die Städte, Siedlungen und Weideplätze der Kolonisten aus. Immer kleiner wurde das Land, das den Tasmaniern blieb. Ihre Lebensbasis war ernsthaft bedroht.

In welchem Ausmaß, wird erst dann verständlich, wenn man ihre Lebensgesetze kennt. Bevor die Europäer einfielen, lebten auf Tasmanien zwischen 6000 und 7000 Eingeborene, in mehrere Stämme aufgegliedert. Jeder dieser Einzelstämme besaß sein eigenes Jagdgebiet, so daß die ganze Insel aus genau abgegrenzten Territorien bestand. Innerhalb ihrer Stammesgebiete lebten die Tasmanier als Jäger und Sammler; ihr Wildbeuterdasein zwang sie zu einer überwiegend nomadisierenden Lebensweise. Während sie in der kalten Jahreszeit eher feste Plätze in den geschützten Tälern im Inneren der Insel bevorzugten, aus Laub und Rinden Windschirme, aber keine festen Hütten errichteten, zogen sie im Sommer durch ihre Gebiete und hielten sich zum Fischfang, zum Sammeln von Muscheln und zur Jagd auf Seevögel an der Küste auf.

Die umzäunten Koppeln und Weiden der Viehzüchter verwehrten ihnen aber bald den freien Durchzug, so daß ihr Lebensrhythmus empfindlich gestört wurde. Vergriffen sie sich am Vieh, das – genau betrachtet – auf ihrem Stammesgebiet weidete, forderten die Farmer strenge Maßnahmen gegen die Eingeborenen. Die »Port Philipp Gazette« hetzte dann: »Die schwarzen Bewohner dieser Kolonie haben in den letzten Wochen den Siedlern im Inneren des Landes eine größere Feindseligkeit gezeigt, als es jemals seit Besiedlung der Insel der Fall war. Sie töten das Vieh oder treiben es fort ... (Sie) haben von der Herde des Herrn Thomas McNeelance in der Nähe von Jericho zwei schöne Kühe getötet.« Der Bericht liest sich gerade so, als ob die Tasmanier aus reiner Böswilligkeit das Rassevieh abgeschlachtet hätten. Für die Farmer bedeutete der Verlust ihrer Tiere mehr als der Tod einiger »Wilder«.

Die Tasmanier hatten aber nicht nur ihr Land den Siedlern abzutreten, sondern mußten oft genug auch machtlos mit ansehen, wie ihnen Frauen und Kinder einfach entführt wurden. Die wenigsten der frühen Kolonisten gingen freiwillig nach Tasmanien, sondern aus Not oder Abenteuerlust oder aber sie wurden einfach hingeschickt beziehungsweise wie Sträflinge deportiert. Nur wenige brachten folglich Familie mit; die meisten besaßen in England überhaupt keine. Unter eben diesen Umständen hatten Frauen Seltenheitswert.

Die ersten beiden Niederlassungen wurden von 350 Männern, 23 Frauen und sieben Kindern bewohnt. Sträflinge, Viehzüchter, Robbenfänger überfielen ganze Gruppen von Eingeborenen, töteten, entmannten oder verstümmelten die Männer und Kinder, die Frauen aber holten sie sich. Vor allem die Bewohner der von keiner

Verwaltung kontrollierten Inseln im Nordwesten von Tasmanien nahmen sich auf diese Weise ihre Frauen und hielten sie wie Sklavinnen. Ihr Los wird in einem Brief an den Kolonialsekretär in Sidney recht anschaulich beschrieben: »Fügen sich diese ihren Wünschen und Befehlen auf der Jagd usw. nicht, hängen sie sie zur Bestrafung fast auf, traktieren sie entsetzlich mit Stockschlägen auf den Kopf oder verprügeln sie auf grausamste Weise mit Peitschen aus Känguruhsehnen. Einige von ihnen haben zwei bis sechs Frauen.«

Ein besonders geschäftstüchtiger Mann holte sich etwa ein Dutzend Tasmanierinnen, setzte sie auf den Inseln aus und befahl ihnen, Känguruhs zu jagen und die Häute zu trocknen. Regelmäßig fuhr er die Inseln ab und prüfte, ob sie genug Häute zusammengebracht hatten. Erreichten sie ein bestimmtes Soll nicht, band er sie an einen Baum und peitschte sie aus.

Anfang 1813 wurde ein neuer Vizegouverneur in Tasmanien eingesetzt, ein Marineoffizier, der noch bei Trafalgar unter Nelson gekämpft hatte. Der neue höchste Verwaltungsbeamte der Kolonie, bald als »verrückter Tom« und Spaßvogel karikiert, besaß keinerlei Kolonialerfahrung. Dennoch erfuhr er bald, daß eine »ausgesprochene Feindseligkeit von den Eingeborenen ausgehe«, denn sie würden immer wieder die Viehherden angreifen. Er ordnete eine Untersuchung der Zwischenfälle an, und nachdem er die wahren Gründe für die Ausschreitungen erfahren hatte, machte er sich in einem empörten Aufruf Luft: »Zu seinem größten Bedauern erfuhr er (der Vizegouverneur), daß die Feindschaft dieser armen, unzivilisierten Wesen durch ein äußerst barbarisches und unmenschliches Vorgehen ihnen gegenüber gerechtfertigt ist, nämlich dadurch, daß man ihnen ihre Kinder stahl. Besäße der Vizegouverneur nicht sichere Beweise, daß solche Verbrechen begangen worden sind, würde er nicht glauben, daß ein britischer Untertan die Ehre seines Vaterlandes und seine eigene auf derart schändliche Weise befleckt. Aber die Tatsachen sind zu eindeutig. Aus diesem Grunde ist es die unerläßliche Pflicht des Vizegouverneurs, öffentlich seine äußerste Entrüstung und seinen Abscheu auszudrücken.«

Zu anderen Maßnahmen waren Seine Gnaden, der Vizegouverneur, aber nicht in der Lage. Der Aufruf fand kein Echo. Drei Jahre später tritt die Hoffnungslosigkeit hinsichtlich der furchtbaren Zustände in der Kolonie erneut deutlich hervor. Ein neuer Vizegouverneur empört sich ebenfalls über die ungerechtfertigte Verhaltensweise den Tasmaniern gegenüber: In einem Regierungserlaß von 1819 hielt er für die Nachwelt fest: »Von seiten der Kolonisten kann man nur selten den Versuch feststellen, die Urbewohner zu versöhnen oder sie fühlen zu lassen, daß Frieden und Duldung das wünschenswerte Ziel sind. Der von früherem Unrecht zurückgebliebene Eindruck wird durch gelegentliche Gewalttaten von Verbrechern aufrechterhalten, die ihre Verbrechen in so entfernten Gebieten begehen, daß sie nur schwer entdeckt werden können. Manchmal schießen sie mutwillig auf Männer und töten sie. Ein anderes Mal verfolgen sie Frauen, um sie zu zwingen, ihre Kinder im Stich zu lassen. Diese letztere Grausamkeit empört die Betroffenen vielleicht am stärksten gegen alle weißen Menschen und treibt die Urbevölkerung dazu, wenn sie während ihrer Wanderung Herden und Hirten antrifft, gemäß der Sitte unzivilisierter Völker ohne Unterschied Rache zu nehmen.«

Noch immer glaubte die Verwaltung, die Siedler zu einem angemesseneren Verhalten den Tasmaniern gegenüber bewegen zu können. Immerhin waren weite Teile des Landes noch unberührt, an der Westküste kam es noch zu Begegnungen zwischen Walfängern und Ureinwohnern, die ebenso wie zu Cooks Zeiten abliefen. »Es ist noch möglich«, beschwor der Erlaß, »aus der Erinnerung der Urbevölkerung die Eindrücke zu verwischen, die durch die Grausamkeiten in der Vergangenheit entstanden sind, wenn von seiten der Siedler und Viehhirten jeder Verdacht, sie kränken zu wollen, vermieden wird und alle Handlungen und Erscheinungen, die auf Feindseligkeiten schließen lassen, unterbleiben, sofern sie nicht zur Selbstverteidigung oder zum Schutze des Viehs notwendig sind. Dann wird es keinem zum Schaden gereichen, wenn Urbewohner und Kolonisten zusammentreffen, was durch die Ausdehnung des Weidelandes und die fortschreitende Inbesitznahme des Bodens in jedem Jahr häufiger wird.«

Um den Kindesraub zu unterbinden, sollten Polizeirichter alle Jugendlichen und Kinder der Ureinwohner, die bei Siedlern lebten, statistisch erfassen und diese, wenn sie nicht rechtmäßig adoptiert worden waren, in die Hauptstadt bringen lassen. Hier wollte der Vizegouverneur sie unter Aufsicht der Regierung unterhalten und ausbilden lassen. Die Aktion scheint tatsächlich teilweise durchgeführt worden zu sein. 1820 wurden einige ältere und jüngere Tasmanier in Hobart getauft.

Versuche der Gouverneure, den Tasmaniern wenigstens in Anfängen Gerechtigkeit im Rahmen weißer Vorherrschaft widerfahren zu lassen, hat es vielfach gegeben. Aber ihre Mittel, um sich bei dem hartgesottenen Menschenschlag der Kolonisten durchzusetzen, waren mehr als unzulänglich. Einmal ließ der Vizegouverneur einen Mann auspeitschen, weil er einem Jungen die Ohren abgeschnitten hatte. Die gleiche Strafe mußte ein anderer auf sich nehmen, weil er einem Tasmanier einen Finger abgehackt hatte, um einen wohlgeformten Pfeifenstopfer zu erhalten. Mit 25 Peitschenhieben wurden Männer bestraft, die in Launceston – im Norden der Insel – auf eine 200 Menschen zählende Tasmaniergruppe mutwillig das Feuer eröffnet und verschiedene Frauen mit unbeschreiblicher Brutalität mißhandelt hatten. Die gleiche Strafe bekamen etwa weiße Hausangestellte zugeteilt, die ihrer Herrschaft widersprachen oder ihr einfach mißfielen. Der Arzt der Insel ließ so z.B. einen Schmied auspeitschen, der gewagt hatte, ihm eine Dienstleistung zu berechnen. Mord und Vergewaltigung wurden geradezu als harmlose Delikte angesehen, wenn sie an Eingeborenen begangen wurden.

Obwohl sich die Tasmanier normalerweise von den Siedlungen der Weißen fernhielten, kam es vereinzelt doch zu Kontakten mit der Zivilisation. 1814 erschien eine ganze Gruppe von Ureinwohnern in der Hauptstadt, freundlich gesinnte Siedler hatten sie hierhergeführt. Der Vizegouverneur empfing sie und ließ an sie Kleider verteilen. Von einem Sträfling wurde ihnen sogar die Stadt gezeigt. »Voller Verwunderung und Erstaunen besichtigten sie alles, ohne ihre Aufmerksamkeit auch nur länger als für einen Augenblick den einzelnen Gegenständen zuzuwenden«, schrieb das Blatt der Hauptstadt. Der Vizegouverneur äußerte spontan den Wunsch, daß man doch noch weitere Tasmanier in die Stadt einladen sollte. Tatsächlich fand sich eine weitere Gruppe sofort bereit, sich die »Zivilisation« vorführen zu lassen. Wieder wurden sie »freundlich und menschlich«, wie die »Gazette« extra betonte, behandelt. Auch sie wurden von »freigebigen Herren« eingekleidet. Alles in allem ein gelungenes Experiment, aber die Hoffnung der »Gazette«, daß es einen »Auftakt für den weiteren Verkehr mit den Eingeborenen bilden« könne und nun versucht werden solle, »sie durch solche menschliche Behandlung zu zivilisieren«, erwies sich als frommes Wunschdenken vorübergehender Philanthropie. Zwar kam es auch später noch zu einigen solchen Besuchen, und stets berichtete die

Presse in edelster Gesinnung darüber, aber zu mehr als Lippenbekenntnissen und christlich unverbindlichen Appellen kam es nicht. »Je mehr wir über die seltsame Lage dieser Leute nachdenken, desto mehr wird uns bewußt, daß wir ihnen zuwenig Gerechtigkeit widerfahren lassen. Sind die Urbewohner dieser Kolonie nicht auch Kinder unserer Regierung? Sind wir nicht alle glücklich, nur sie nicht? Und sind sie nicht unglücklich? Können sie sich selbst aus dieser traurigen Lage befreien, oder brauchen sie nicht dazu unsere Hilfe? Und soll ihnen diese verweigert werden? Die Menschen, die sich einbilden, daß ›Gott nicht alle Völker der Erde aus demselben Blute schuf‹, müssen überzeugt werden, daß die Eingeborenen, wie sie auch sein mögen, zivilisiert, ja sogar zu Christen erzogen werden können. Der Herr über die Moral der Welt wird uns dafür verantwortlich machen. Die Urbevölkerung bedarf unseres Schutzes.«

Viel Zeit für Experimente hinsichtlich Zivilisierung und Nächstenliebe sollte aber nicht bleiben. Schon bald mehrten sich die Anzeichen für den beginnenden Verfall der Stammesverbände. Die Stammesorganisation, der Garant für das Leben seiner Angehörigen, für die Sicherheit, die Ernährung, den einmal gefundenen Rhythmus des Lebens, den Rahmen für das religiöse Sein und Vergehen, vermochte ihre durch Jahrtausende geretteten Traditionen und Verpflichtungen den Menschen gegenüber nicht mehr voll einzulösen. Unter dem Einfluß europäischer Lebensformen scherte um 1820 eine ganze Gruppe von Urbewohnern aus dem alten Stammesbunde aus und bildete eine Gruppe, die unter dem Namen »zahme Meute« ziellos im Lande umherstreifte. Zum Anführer der Bande stieg ein nach Tasmanien verschleppter australischer Ureinwohner auf, der einen Mord begangen hatte. Die Bande schien anfangs nur Nahrungsmittel, Alkohol und Tabak erbettelt zu haben, später aber unter dem Einfluß ihres Anführers haltlos geworden zu sein. Mosquito, wie der Bandenchef hieß, kannte keine Skrupel. So wurde er bald beauftragt, die berüchtigten Buschranger aufzuspüren. Doch im Busch galten andere Gesetze, hier ging es beim Kampf von Mann zu Mann ums nackte Leben. So scheint er anfangs in Tasmanien lediglich aus Notwehr Menschen getötet zu haben, später jedoch wurde er zum Mörder. Seine Verbrechen führten dazu, daß er von einem Tasmanier gefangengenommen und an die Weißen ausgeliefert wurde. In einem Prozeß, dessen Sinn er überhaupt nicht begriff, wurde er zum Tode durch den Strang verurteilt. Mit ihm wurden auch sechs Buschranger und ein Ureinwohner seiner Bande gehängt.

Kaum ein Jahr, nachdem der erste Tasmanier vom Galgen geschnitten wurde, folgten die nächsten Hinrichtungen. Die Aussagen der berüchtigten strafgefangenen Viehhirten genügten, um zwei »schwarze Wilde« vor ein Militärgericht zu stellen und zu verurteilen. Ein Dolmetscher übersetzte ihnen Anklage, Beweisaufnahme und Urteil, doch begriffen die Tasmanier das eigenartige Schauspiel nicht. Wer hätte ihnen auch den Sinn dieser Justiz nahebringen können, verteidigten sie doch nur nach alter Sitte ihren Stamm und sein Territorium.

Obwohl der Vizegouverneur auch Buschranger aufhängen ließ und so von der gerechten Anwendung der britischen Strafgesetze überzeugt war, konnte die Justiz keinesfalls eine Gleichstellung von Siedlern und Tasmaniern herbeiführen. Die Ureinwohner wurden nun von zwei Seiten bedroht: von den sich ausbreitenden Siedlern und von der staatlichen Macht. Hat das individuelle Vorgehen der Siedler, Viehtreiber und Buschranger die Tasmanier auch gewaltig dezimiert, die endgültige Ausrottung konnte nur mit Hilfe der Justiz und des Militärs im großen Stil geschehen. Gegen die sporadischen Überfälle der ersteren hatten die Tasmanier noch eine Chance, gegen geplante Einsätze der mittlerweile selbständig gewordenen Kolonialverwaltung überhaupt keine.

Was in dieser Zeit noch an Brutalität möglich war, kann man einem amtlichen Bericht von 1830 entnehmen: Auspeitschungen von Frauen, Kastration von Männern und selbst Rösten bei lebendigem Leibe durch die Siedler. Auch die Soldaten wüteten wie im Krieg. »Einige Soldaten des 40. Regiments trieben die Eingeborenen zwischen zwei große Felsbrocken, erschossen alle Männer und zerrten dann die Frauen und Kinder aus den Felsspalten, um ihnen das Gehirn herauszuschlagen.«

Die Bemühungen um eine »Erziehung« tasmanischer Kinder in Siedlerfamilien führten zu ganz anderen Ergebnissen, als die weißen Menschenfreunde erhofft hatten. Ein durchdachtes System stand hinter dieser privat veranstalteten Wohltätigkeit ebensowenig wie hinter den offiziellen Bemühungen, in Waisenhäusern und Schulen Eingeborenenkinder zu halbwegs geduldeten Mitgliedern der Gesellschaft heranzubilden. Die jungen Tasmanier zeigten zwar zur Verblüffung der Kolonisten eine kaum geringere Lernfähigkeit beim Auswendiglernen von Liedern und Gebeten, auch begriffen sie das Englische rasch, nur wiesen sie die etwas beunruhigende Eigenart auf, unter den Händen ihrer Sozialbetreuer rasch zu sterben. Warum – konnte oder wollte man damals nicht verstehen.

Die Kinder »der Natur« hatten in ihrem Lebensraum keine Abwehrstoffe gegen die aus Europa eingeschleppten Krankheitserreger aufbauen können. Die kurze Zeit des Kontaktes in den europäischen Siedlungen reichte dazu nicht aus. So starben sie an einfachen Infektionen wie Erkältungskrankheiten, Masern oder Darmerkrankungen. Größer waren die Überlebenschancen der Tasmanier, wenn sie von den Siedlern draußen auf dem flachen Lande aufgenommen wurden. Aber auch sie wurden keine Briten schwarzer Hautfarbe. Trotz ihrer Zivilisierung, Alphabetisierung, Christianisierung, Humanisierung gingen sie wieder, wenn sie sich frei bewegen konnten, in den Busch zurück. Ihr Lebensrhythmus war und blieb ein anderer.

Die Europäer sahen das natürlich höchst ungern. Nicht allein deshalb, weil man offensichtlich nicht das richtige Konzept zu ihrer Eingliederung gefunden hatte, sondern weil die schwarzen Renegaten der Zivilisation zu ernsthafteren Gegnern weißer Gewalt wurden als die unverbildeten »Naturkinder«. Black Tom, der z.B. jahrelang von einer Siedlerfrau erzogen wurde, stieg zum Anführer seines Stammes auf. Die »Colonial Times« sprach die Sorge der Siedler aus: »Von Black Tom und anderen, die unter Europäern aufgewachsen sind und schließlich wieder in den Busch zurückkehrten, nahmen die Wilden bis zu einem gewissen Grade die Lebensgewohnheiten der Weißen an. Die Eingeborenen, die von den ersten Lebensjahren an bei uns aufgewachsen sind und sogar bei uns blieben, bis sie erwachsen waren, neigen immer dazu, zu ihren schwarzen Brüdern zurückzukehren. Tun sie es, dann bringen sie jene Grundlage der Zivilisation mit, die sie sich erworben haben und jetzt unter ihren Stammesgenossen verbreiten, die, auf diese Weise aufgeklärt, noch fürchterlicher werden. Nicht daß wir der Zivilisierung der Schwarzen feindlich gegenüberstehen; davon sind wir weit entfernt. Aber sie sind von Natur aus den Europäern feindlich gesinnt, und jede neue Erkenntnis verstärkt diese Feindschaft noch. Wenn sie erst mit unseren Gewohnheiten vertraut sind, können wir sie weniger einschüchtern, denn es zeigt sich schon jetzt deutlich, daß sie nur die Furcht so harmlos gemacht hat, wie sie gewesen sind. Jetzt besitzen sie Stutzsäbel, Pistolen, Musketen, Bajonette usw., und die, die in der zivilisierten Gesellschaft erzogen wurden, haben sie gelehrt, diese Waffen zu gebrauchen ... sie werden allmählich gefährlich ... und wenn sie nicht rechtzeitig gezügelt werden, dann werden sie durch ihre Angriffe auf die Siedler so gefürchtet sein wie die Kaffern am Kap der Guten Hoffnung.«

DIE GROSSE TREIBJAGD

Bislang hatten nur die Siedler und die Presse vergessen, daß ja die Europäer Tötung und Gewalt zu den Grundlagen ihrer Eingeborenenpolitik gemacht hatten. Im Jahre 1826, als der Artikel in der »Colonial Times« erschien, vollzog sich die große Wende in der offiziellen Politik den Eingeborenen gegenüber. George Arthur, der seit Amtsantritt als Vizegouverneur 1824 Gerechtigkeit durch Justiz üben lassen wollte, hatte zwar auch Aufrufe zum Schutz der »Urbevölkerung vor Belästigungen« erlassen, aber jetzt schlug bei ihm die Stimmung zuungunsten der Tasmanier um. Die Ureinwohner fuhren nämlich fort, den Tod ihrer Stammesbrüder nicht als Schicksal in voller Apathie einfach hinzunehmen. Ein echtes Anzeichen dafür, daß ihnen der Wille zum Überleben noch verblieben war. Mister Arthur sann nun auf Mittel, um eine »Wiederholung dieser hinterlistigen und grausamen Handlungen« der Urbewohner zu verhindern. Am 29. November 1826 erließ er eine Verordnung, die ein präventives Vorgehen gegen die Tasmanier legalisierte. »Wo Urbewohner«, so hieß es in einem Paragraphen, »entweder in ungewöhnlicher Anzahl versammelt oder schwer bewaffnet sind oder – sollte nichts davon zutreffen – wenn sie den Eindruck erwecken, daß sie Gewalt anwenden wollen, um Furcht zu erregen und Personen oder Eigentum Schaden zuzufügen – ganz abgesehen von einem Verbrechen –, dann können sie als Meuterer behandelt werden, und man darf ihnen, wenn sie auf ihrem Vorhaben bestehen, Widerstand entgegensetzen.«

Die perfide Formulierung »wenn sie den Eindruck erwecken« öffnete jeder Willkür seitens der Siedler Tür und Tor. Wer wollte in Zukunft beweisen, daß irgendein schießwütiger Bastard bei seiner Begegnung mit Tasmaniern *nicht* den Eindruck gewonnen hätte, der Anwendung von Gewalt zuvorkommen zu wollen.

Der Erlaß war der Anfang vom Ende. Die bereits mehrfach zitierten Presseorgane der so erfolgreichen Eingeborenenjäger verstanden die neuen Zeichen, welche die Verwaltung damit gegeben hatte, nur zu gut. Zwischen reinem Zynismus, Halbwahrheiten und unumwundenem Eingestehen, daß die Tasmanier im Grunde genommen mit ihren zaghaften Vergeltungen gar wohl im Recht waren, formulierte die »Colonial Times« munter darauf los: »Die Eingeborenen fürchten nicht mehr, statt dessen haben sie gelernt zu verachten. Den weißen Mann betrachten sie als jemanden, der sie ihres Landes beraubt, ihnen ihren Lebensunterhalt nimmt und ihnen in vieler Hinsicht Gewalt antut. Um über diese Fragen sprechen zu können, muß man sich an die nackten Tatsachen halten. Es ist zu spät, darüber zu diskutieren, ob sie hätten zivilisiert werden können – sie haben leider nur schlechte Beispiele gegeben. Jeder Verkehr mit ihnen hat Haß und Rache geschaffen, und nur ihre Ausweisung kann uns vor feindlichen Überfällen schützen ...« Die Journaille hatte sich auch bereits Gedanken darüber gemacht, wie das »Entfernen« der Ureinwohner in die Wege geleitet werden könnte: »Wir schlagen vor, sie festzunehmen. Das dürfte keine großen Schwierigkeiten bereiten. Wenn sie erst auf der King-Insel leben, von einer kleinen Abteilung Soldaten geschützt und dazu gezwungen werden, Kartoffeln, Weizen usw. anzupflanzen, Robben und Fische zu fangen, dann werden sie schon allmählich die Lust zum Herumwandern verlieren und sich an eine gewisse Tätigkeit gewöhnen. Das wäre der erste Schritt zur Zivilisation.«

Eine Woche nach diesem Kommentar konnte die »Times« triumphierend schreiben: »Der Vernichtungsfeldzug gegen die Urbevölkerung hat begonnen.« Die Siedler und Viehhirten seien entschlossen, jeden Schwarzen, der ihnen feindlich entgegentrete, zu beseitigen. Diese Tatsache würde den Vorschlag, alle Tasmanier festzunehmen und auf die King-Insel zu deportieren, im nachhinein gutheißen.

»Wir wollen kein großartiges Beispiel für Nächstenliebe geben, wir sagen eindeutig: Selbstverteidigung ist das oberste Gesetz der Natur. Die Regierung muß die Eingeborenen entfernen – sonst werden sie wie wilde Tiere gejagt und vernichtet werden!« Deportation schien für eine Bevölkerung, die zur Hälfte aus Deportierten bestand, eine durchaus normale Maßnahme zu sein. Zwar sprach man nicht direkt von »Deportation«, aber von »Aussiedlung«. Den Trick zeitgenössischer Politiker und Massenmedien, Grausamkeiten oder Unrecht mit wohltemperierten Worten zu kaschieren, verstanden die Meinungsmacher also auch schon damals. Das Wort »Aussiedlung« war geboren, die Lobby bereit, der Vizegouverneur, glücklich, im Konsens mit der Mehrheit zu sein, umgefallen.

Da die Urbevölkerung mit friedlichen Mitteln, d.h. im Klartext, mit den Verordnungen, die in Zeitungen der Weißen veröffentlicht – von den Tasmaniern wohl böswilligerweise nicht gelesen wurden, nicht zum Rückzug veranlaßt werden konnten, gab der noch einige Zeit zögernde Vizegouverneur den Befehl zur ersten Treibjagd. Eine andere, humanere Lösung des Problems war weder seiner Exzellenz noch seinen Beratern eingefallen. Sein Plan, Reservate zu schaffen und den Eingeborenen auf ihren sommerlichen Wanderungen Pässe auszustellen, war nicht mehr als ein Witz. Die Verhängung des Standrechts 1828 kam der Totallösung des Eingeborenenproblems bereits sehr nahe. Vorerst sollten sich die Tasmanier in den nordwestlichen Teil der Kolonie zurückziehen. »Ich erteile hiermit allen Urbewohnern den strengen Befehl, sich sofort zurückzuziehen und unter keinem Vorwand wieder die besiedelten Gebiete zu betreten.« Genausogut hätte Colonel Arthur der Sonne befehlen können, jeweils am Tag eine Stunde länger zu scheinen. Um dem Befehl Nachdruck zu verleihen, sollte nur dann von der Waffe Gebrauch gemacht werden, wenn es keine andere Möglichkeit gab, sie zum Fortzug zu bewegen. Die Gefangenen, die bei der Aktion gemacht würden, sollten »menschlich behandelt und Frauen und Kinder verschont werden«. Es wurde in einem Protokoll des Exekutivrates der Kolonie extra festgehalten, daß die Verhängung des Standrechtes nicht mit dem Ziel erfolgt sei, die Urbevölkerung zu vernichten.

Die Wirkung des Standrechtes erstreckte sich auf einen großen Teil der Insel, und das, obgleich ihr überwiegender Teil, nämlich fast alle Gebiete jenseits eines 15 bis 20 km breiten Gebietsstreifens um die Hauptstadt und einige kleinere Siedlungsgebiete, noch gänzlich unerforscht waren. Von Militär unterstützt, durchstreiften die Polizeirichter Busch und Wälder. »Trafen sie mit den Urbewohnern zusammen, dann hing es von dem Leiter der Gruppe ab, wie sie behandelt wurden. Mitunter erschoß man alle oder schlug ihnen mit dem Gewehrkolben den Schädel ein. Waren die Führer gnädiger gestimmt, dann ließen sie sie gefangennehmen und brachten sie nach Hobart Town, wo sie dem Schicksal ausgeliefert waren, das der Exekutivrat für geeignet hielt. Das Standrecht hatte die Wirkung, daß zwölf Monate, nachdem es verkündet worden war, mehr als zwei Drittel dieser wilden Geschöpfe vernichtet waren« (C. Turnbull). Wurden Tasmanier verschont, war das absolut kein Zeichen von Humanität, sondern vielmehr das Resultat wirtschaftlicher Überlegungen. Anfang 1830 wurden für einen unverletzt gefangenen Erwachsenen fünf Pfund und für ein Kind zwei Pfund bezahlt. Die Prämien wurden bis 1832 gewährt.

Trotz dieses unbezweifelbaren Erfolges der Aktion im Sinne der Siedler und Regierung kam es bald wieder zu Klagen über die restlichen, noch an ihrer Lebensweise festhaltenden Tasmanier. Im Jahre 1829 überfielen die Sträflinge der Bruny-Insel, vor dem Südosten Tasmaniens gelegen, die als Holzfäller eingesetzt waren, die Frauen der hier lebenden Ureinwohner, wie es ihnen ihre Lust gebot. Auch die an Land gehenden Matrosen machten auf der Insel Jagd auf die Tasmanierinnen. »Die Matrosen waren weniger grob, sie gaben wenigstens etwas dafür – Rindfleisch, Alkohol, Tabak und Geschlechtskrankheiten« (C. Turnbull). Nur wenige dieser »Helden« konnten von den Männern der beklagenswerten Frauen gestellt werden. Bekamen sie aber einen zu fassen, wurde er gespeert.

Eine neue Hetzkampagne der Presse ließ nicht lange auf sich warten. Mittlerweile war sogar das Kolonialministerium in London auf die widersprüchliche und blamable Eingeborenenpolitik ihres fernen Verwalters aufmerksam geworden. Die Berichte des Vizegouverneurs an das Ministerium beinhalteten keinesfalls erfreuliche Mitteilungen, und die Regierung, mit einem guten Gespür für die weitere Entwicklung, fürchtete um das Ansehen ihrer Kolonialpolitik. In einem bemerkenswerten Ermahnungsschreiben mußte Arthur lesen: »Der große Bevölkerungsrückgang, der in den letzten Jahren unter den Urbewohnern festzustellen ist, veranlaßt mit Recht zu der Befürchtung, daß die gesamte Urbevölkerung in nicht allzuferner Zeit ausgestorben sein wird. Aber abgesehen von den Gefühlen, mit denen die Siedler, die bei den vorgekommenen Zusammenstößen die Leidtragenden waren, dieses Ereignis auch erwarten mögen, muß man doch unbedingt auch daran denken, daß ein derartiges Ergebnis unserer Kolonialpolitik auf dieser Insel sehr schwer mit den Gefühlen der Menschlichkeit oder etwa den Prinzipien der Gerechtigkeit bzw. einer gesunden Politik zu vereinbaren ist. Eine Haltung, die offen oder insgeheim auf die Vernichtung der Eingeborenen abzielt, muß einen unauslöschlichen Schandfleck im Ansehen der britischen Regierung hinterlassen.«

Trotz der klaren Worte ließ London den Dingen freien Lauf. Mittlerweile hatte Arthur den Plan gefaßt, in einem neuen Anlauf das Eingeborenenproblem zu lösen. Mit Unterstützung der Bevölkerung, des Militärs und der Polizei beabsichtigte der Vizegouverneur, in einer Großaktion einfach alle Tasmanier gefangennehmen zu lassen. Die Unterstützung von Presse und Bevölkerung war rasch gewonnen. Über 2500 Menschen begannen Anfang Oktober 1830 von den ihnen zugewiesenen Stellungen die große Hatz. 30000 Schuß Munition und 300 Handschellen waren ihnen ausgeteilt worden. Sechs Wochen lang war die ganze Insel in Aufruhr versetzt. Die ganze Aktion lief generalstabsmäßig ab. Berichte, amtliche Mitteilungen über den Vormarsch, Geschichten vom Zusammentreffen mit Ureinwohnern, Befehle und Gegenbefehle unterhielten die Bevölkerung zu Hause bestens. Als endlich angenommen wurde, daß die meisten Tasmanier eingekreist bzw. auf eine Halbinsel abgedrängt worden seien, entpuppte sich zur größten Überraschung der Expeditionsteilnehmer die ganze Aktion als gewaltiger Fehlschlag. Lediglich zwei Tasmanier hatte man erschießen und zwei gefangennehmen können.

Für die Eingeborenen war es gewiß ein eigenartiges Schauspiel, wie die Europäer ohne Ortskenntnis und angemessene Ausrüstung, ohne festen Zusammenhang der Linie durch den Busch stiefelten. Dabei machten sie soviel Lärm wie auf einer tatsächlichen Treibjagd, denn sie waren überzeugt, durch Schüsse in das undurchdringliche Gebiet die »Wilden« vor sich herzutreiben. Den Tasmaniern, mit ihrer Umgebung bestens vertraut, war es ein leichtes, die Linien der Siedler einfach zu umgehen und sie weiter ins Leere vorstoßen zu lassen. Ungefährlich war dabei die Operation für die Weißen nicht: Vier oder fünf Soldaten wurden im Jagdfieber von ihren eigenen Leuten zur Strecke gebracht. Von den zwei Gefangenen brachten sie einen mit in die Hauptstadt. Hier in der »Zivilisation« bewies der Tasmanier aber mehr Geschick als die Weißen im Busch. Er entkam unentdeckt. Selbst der Vizegouverneur mußte anhand dieser Tatsachen eingestehen, daß die Operation »kein voller Erfolg« gewesen sei.

DIE VERTREIBUNG INS »PARADIES«

Trotz des Mißlingens der großen Treibjagd hielt Colonel Arthur daran fest, »zum Schutz der Bevölkerung und zur Rettung der Urbevölkerung« einen neuen Plan auszuarbeiten und das Kolonialministerium davon zu unterrichten. Überzeugt, daß die Tasmanier nicht »davon ablassen werden, die Siedler umzubringen und deren Eigentum zu zerstören«, informierte der Vizegouverneur Anfang 1838 London von der »Versöhnungsmission« eines Herrn Robinson. Dieser hatte den Auftrag übernommen, freundschaftliche Beziehungen zu den verschiedenen Stammesgruppen herzustellen, das Vertrauen der Tasmanier zu erlangen und sie zu überreden, sich unter den Schutz der Regierung zu stellen.

Der Schutz der Regierung sollte aber nichts weiter darstellen, als die Ureinwohner zum freiwilligen Verlassen ihrer Heimatgebiete zu bewegen und sie auf eine der Inseln in der Bass-Straße zwischen

Tasmanien und Australien zu verfrachten. Robinson, der dem Vizegouverneur bei der Realisierung der Umsiedlung immer unentbehrlicher wurde, konnte diesen leicht davon überzeugen, »daß sich die Ureinwohner, wenn man sie auf eine Insel in der Bass-Straße brächte, nicht wie Gefangene vorkommen oder sich infolge der Einschränkung grämen oder sogar den Wunsch äußern würden, nach Van-Diemens-Land zurückzukehren. Sie würden auch nicht bedauern, nicht jagen und umherwandern zu können, wie sie es früher auf der Heimatinsel getan hatten. Es wäre ihnen möglich, zu fischen, zu tanzen, zu singen, Speere zu werfen und sich in ihrer gewohnten Art zu vergnügen.«

Seiner Meinung nach würden sich die Eingeborenen auf der Insel also wie im Paradies vor dem Sündenfall vorkommen. Niemand erhob gegen diese Leichtfertigkeit und Oberflächlichkeit der Argumentation vor der Öffentlichkeit Einspruch. Kaum einer hätte wohl den Mut dazu gehabt, selbst wenn er die Unmenschlichkeit des Vorhabens instinktiv gefühlt hätte. Wie die Tasmanier lebten, was sie für ihr Leben brauchten, welche geistig-religiösen Grundlagen ihr Leben sicherten und lenkten, wußte niemand. Nur in den Protokollen des Exekutivrates der Kolonie finden sich die mahnenden Worte des Obersten Richters von Tasmanien. Im Gegensatz zu Robinson vertrat er die Ansicht, »daß diese Menschen, auch wenn sie noch so sorgfältig mit Nahrungsmitteln versorgt werden, bald vor Gram vergehen werden, wenn sie erst feststellen, daß ihre Lage einer hoffnungslosen Gefangenschaft in engen Grenzen gleichkommt und daß sie notgedrungen auf die Gewohnheiten und Bräuche verzichten müssen, die den Reiz ihres wilden Lebens ausmachen: ihre bekannte Vorliebe für Ortswechsel, ihre periodischen Wanderungen in die Ferne, ihre Streifzüge zum Aufspüren des Wildes und die unbegrenzte Freiheit, die sie bisher genossen haben«.

Die Erwiderung des Exekutivrates soll hier festgehalten werden, denn sie übertraf alles, was bisher an Zynismus geboten wurde: Man wollte an dem Vorhaben auf alle Fälle festhalten. Selbst wenn die Tasmanier »vor Kummer vergehen, wie es der Oberste Richter befürchtet, so wäre es für sie doch wohl besser, auf diese Weise zu sterben, wo ihnen noch jede Freundlichkeit erwiesen wird, als das Opfer ihrer fortgesetzten Gewalttaten gegen die weißen Bewohner zu werden«. Diese Zeilen sind dem Bericht entnommen, den der Vizegouverneur über die Vertreibungsaktion nach London an das Kolonialministerium sandte.

Deutlicher konnte nicht ausgedrückt werden, daß an einer Erhaltung der Urbevölkerung kein Interesse bestand. Wie sie zugrundegehen würde, wäre müßig zu diskutieren.

Die Umsiedlung war auch nicht mehr aufzuhalten, denn bereits vor der entscheidenden Sitzung des Exekutivrates hatte der Vizegouverneur beschlossen, alle Tasmanier, Gefangene oder solche, die sich unter den Schutz der Behörden gestellt hatten, auf die Vansittart-Insel, die 33 Seemeilen vom Festland entfernt lag, zu bringen. Die Insel, drei Kilometer lang und 2,5 km breit, sei – so wurde dem Rat auseinandergesetzt – ausreichend mit Wald und Wasser versehen. Jagdbare Tiere gäbe es hier zwar nicht allzu viele, aber die Tasmanier könnten ja zur nahe gelegenen Cape-Barren-Insel schwimmen, wo noch viel Wild lebte. Andernfalls könnten sie in einer Siedlung, die für sie noch angelegt würde, jederzeit Nahrung und Kleidung erhalten. Die ersten 60 Tasmanier wurden dann im April 1831 auf die Vansittart-Insel gebracht.

Da man sich einmal mit dem Untergang dieser Menschen abgefunden hatte, wurde auch der katastrophale Mißerfolg dieser ersten Umsiedlungsaktion kritiklos hingenommen. Er bewies auch, wie sorglos und unvorbereitet die Operation durchgeführt wurde. Die Tasmanier versuchten gar nicht erst, ihr Leben neu zu organisieren. Die Insel war zu klein, das Wild zu knapp, zur Nachbarinsel zu schwimmen war wegen der Felsen und der starken Strömung unmöglich. Apathisch hockten die Tasmanier »Tag für Tag am Strand und blickten traurig über die stürmische See hinweg zu ihren heimatlichen Bergen hinüber«. Das Klima war außerordentlich rauh, ein ständiger Wind blies vom Meer her, der Boden war felsig und bot keine eßbaren Wurzeln, an die die Tasmanier gewöhnt waren. Sie starben »wie die meisten Bären an schlechter Laune«, hieß es prosaisch.

Die Tasmaniergruppe, der weiße Verwalter und die zum Schutz der Siedler abkommandierte Militäreinheit wären elendiglich verhungert, hätte nicht zufällig ein Robbenfänger mit seinem Boot voller Kartoffeln hier vor einem Sturm Schutz gesucht.

Auf der Hauptinsel setzte Robinson aber unbeirrt sein »Versöhnungswerk« fort. Mit willigen tasmanischen Helfern, die ihre Stammesverwandten von der positiven Gesinnung der Regierung überzeugen sollten, durchstreifte er das Land, um weitere Gruppen zum Verlassen Tasmaniens zu überreden. Seine »Freundschaftsmission«, wie es der Vizegouverneur nannte, war aber aus zweierlei Gründen schwierig: Die Tasmanier ließen sich nicht von gepriesenen Verlokkungen der Insel überzeugen, und es wurde immer schwerer, größere Gruppen zu finden. Verfolgung, Frauenraub, Totschlag, Entführungen hatten sie so dezimiert, daß sie nur noch in kleinen Familienverbänden umherzogen. Die Chance, daß sich das Eingeborenenproblem von selbst lösen würde, zeichnete sich immer mehr ab. Nach Robinsons Schätzungen lebten damals, 1831, nicht mehr als insgesamt 700 Tasmanier, also ein Zehntel der angenommenen Maximalzahl bei Erscheinen der Europäer. Dabei waren erst 28 Jahre vergangen. Die Aktion lief aber weiter.

Im September 1831 fand die Kommission für Eingeborenenfragen ein neues Paradies für die Tasmanier, die Flinders-Insel, einige Seemeilen von der Vansittart-Insel entfernt. Tatsächlich schien die Insel, von Hobart aus betrachtet, alle Vorzüge für Schwarz und Weiß zu besitzen. Ihre Größe mit 72 mal 28 Kilometern wurde besonders hervorgehoben, ferner, daß von hier ein Entkommen unmöglich wäre und ein sehr guter Ankerplatz für Schiffe sich böte. Ein Landvermesser, vom Vizegouverneur diesmal vor der ersten Verschiffung von Tasmaniern hinbeordert, gab ein erfreuliches Bild von der Insel. Es gäbe Wasser genug und zur Zeit auch viel Wild, wie Känguruhs, Wallabys, Stachelschweine, Dachse, Opossums, Schwäne, Enten und Wachteln. Sogar das Klima wäre angenehm und wärmer als in der Hauptstadt. Selbst die Tasmanier, die ein Kapitän von der Jagd auf der Vansittart-Insel mitgenommen habe, hätten den Wunsch geäußert, dorthin gebracht zu werden.

Nun wurde beschlossen, alle noch auf Tasmanien lebenden Ureinwohner »mit größtmöglicher Güte« zusammenzufassen und auf die Flinders-Insel zu bringen. Die Kommission drückte die Hoffnung aus, ihnen schließlich doch noch »christliche Zivilisation und Glück« zu bringen. Ob die Kommission wirklich der Überzeugung war, daß die Tasmanier »Überfluß und außerdem jede natürliche Bequemlichkeit haben, an die sie bisher gewöhnt waren«, kann man heute kaum noch beurteilen. Die Herren beschrieben nur ihr Gefühl bei der ganzen Aktion. »Die Kommission ist davon überzeugt, daß die von ihr vorgeschlagene Maßnahme, die einige vielleicht als ›eine Vertreibung dieser unglücklichen Wesen aus ihrem Heimatland‹ ansehen, nicht als grausam bezeichnet werden kann. Als Menschen und Christen können wir nur ein Gefühl haben, nämlich Mitleid mit unseren in geistiges Dunkel gehüllten Mitmenschen.«

Mit Versprechungen, Drohungen, Überredung und Geschenken wurde ein Reststamm nach dem anderen von Robinson und seinen Helfern dazu gebracht, die Heimat aufzugeben.

AUF DER FLINDERS-INSEL

Der Aufbruch der ersten Eingeborenengruppe zu der Flinders-Insel wuchs sich zu einem regelrechten Volksfest aus. Robinson hatte 40 Tasmanier aus dem Wald gelockt, in die Hauptstadt geführt und dort einen triumphalen Einzug gehalten. Auch dem Vizegouverneur wurden die »Wilden« vorgestellt. Im »Hobart Town Courier« stand zu lesen, wie erfreut die Tasmanier sich zeigten, auf die Insel gebracht zu werden, da sie dort »in Frieden und dauerndem Wohlstand« leben könnten. Der Militärbefehlshaber ließ seine Kapelle aufspielen, was sogar die Tasmanier beeindruckte. »Nachdem sie in bester Laune und wohl in dem Wunsch, sich von der besten Seite zu zeigen, mit großer Geschicklichkeit Kunststücke vorgeführt hatten, wurden sie auf die Schiffe gebracht.«

Als das gelobte Land endlich in Sichtweite der Tasmanier kam, erschien ihnen die Insel ganz anders als dem Landvermesser und fernen Regierungskommissionen, und, wie Augenzeugen berichteten, tiefe Niedergeschlagenheit erfaßte sie. Unruhig wurden sie, »als sie vom Schiff aus das prächtige Land erblickten, das man ihnen versprochen hatte. Sie starrten angestrengt auf die öde Küste, seufzten schwermütig und zitterten vor krampfhafter Erregung, wobei sie die Arme hängen ließen.« Da sie an der ungeschützten Seite der Insel anlegten, blies ihnen der Wind stark und kalt entgegen, zudem regnete und hagelte es auch noch.

Ein Schub nach dem anderen traf auf der Flinders-Insel ein. Erspart blieb den Tasmaniern noch nicht einmal eine engstirnige, betrügerische und grausame Bewachungsmannschaft, die von einem 66jährigen Sergeanten geführt wurde. Streitigkeiten zwischen den Tasmaniern ergaben sich zwangsläufig, da verständlicherweise jede Stammesgruppe bestrebt war, sich ein eigenes Jagdgebiet zu sichern. Abgesehen von diesen internen Auseinandersetzungen gab es Übergriffe der Aufseher, die sich an den Tasmanierinnen vergriffen. – Sie taten das wohl aus Gewohnheit, denn sie rekrutierten sich aus den Robbenjägern, die bei den Tasmaniern besonders verhaßt waren.

Obwohl der Inselverwaltung jegliche Gewaltanwendung verboten war, nutzte sie die ersten Proteste der Tasmanier gegen die skandalöse Behandlung dazu, 15 der kräftigsten Männer auszuwählen und auf einem Granitfelsen im offenen Meer auszusetzen. Ohne Wasser, Nahrung und Brennmaterial überließ man sie sich selbst. Sie waren bereits dem Tode sehr nahe, als ein zufällig vorbeifahrendes Schiff sie rettete.

Auf der Insel muß ein regelrechtes Chaos geherrscht haben. Selbst Robinson sprach nach einem Besuch von »äußerster Unordnung und Verwirrung«. Dennoch fuhr er fort, den Nachschub an Menschen zur höchsten Zufriedenheit des Vizegouverneurs weiter zu organisieren. Stolz konnte dieser nach London melden, daß »im Lande keine Belästigungen mehr vorgekommen sind« und auch der »blutrünstigste Eingeborenenstamm« mittlerweile versöhnt sei.

Es ist erstaunlich, daß die Tasmanier sich trotz ungünstigster Voraussetzungen allmählich an die veränderten Umweltbedingungen zu gewöhnen schienen. Zwar war das Klima für sie gefährlich, der Boden sandig und wenig fruchtbar, frisches Wasser konnte nur in den Spalten der Granitfelsen gefunden oder in Sumpf und Sand gegraben werden, aber ein neuer Kommandant gab ihnen größere Freiheiten als vorher. Sie gingen auf die Jagd, führten weiter ihre religiösen Tänze, die sogenannten Corroborees, auf. Vielleicht bestanden tatsächlich Überlebenschancen für die Tasmanier. Die lebendige Gegenwart ihrer Sitten und Bräuche, die auf ungebrochenen Lebenswillen hinweisen, scheint das zu bestätigen. Aber die Verwaltung der Inseln und vor allem der sture Robinson sonnten sich in ihrer schrankenlosen Selbstgefälligkeit nicht nur im Ruhm, Tasmanien frei von Tasmaniern gemacht zu haben, sondern sie wollten den letzten Rest dieser uralten Menschengruppe auch noch »zivilisieren«. Zivilisation wurde damals so verstanden: anziehen, beten, lesen und schreiben lehren, seßhaft machen in festen Hütten, Ackerbau treiben lassen und die eigene Kultur vergessen machen. Das war zuviel. Trotz Religionslehrer, Unterweisung in Hauswirtschaft, Ackerbau und Viehhaltung oder besser gesagt, gerade wegen dieser übertriebenen Bemühungen und Zumutungen, versanken die Tasmanier allmählich in Apathie. Sie verloren ihre Identität im Stamm, die Bezugspunkte ihres Lebens und ihren Lebenswillen.

Was die Verwaltung als »zivilisatorischen Erfolg« verbuchte, war nichts anderes als ein Alarmzeichen für den Zerfall und die Selbstaufgabe. Daß sie gezwungen wurden, Kleider zu tragen, wirkte sich nicht als Schutzmaßnahme vor Wind und Wetter aus, im Gegenteil. Es machte sie noch anfälliger gegen Rheumatismus und Erkältungskrankheiten. Wurden sie naß in ihren Sachen, ließen sie diese am Körper trocknen. Überhaupt zogen sie sich immer zur falschen Zeit aus. Hautkrankheiten, Tuberkulose, Geschlechtskrankheiten und die ungewohnte Ernährung führten zu einem Hochschnellen der Todesrate. Von einem Schub (d.h. ca. 60–100 Menschen) Neuankömmlingen starben in kürzester Zeit 24 Menschen, von einem anderen Transport gingen 13 schon zugrunde, als sie auf die Einschiffung warteten.

1833 traf die letzte größere Gruppe von 42 Menschen auf der Flinders-Insel ein. Trotz des anfänglich gut organisierten Nachschubs werden auf der Insel aber kaum mehr als jeweils 200 Tasmanier gelebt haben. 1832 starben 5, 1833 aber schon 40. 1835 lebten noch etwa 130 Menschen dort, einige Kinder im Waisenhaus von Hobart und, wie sich erst später herausstellen sollte, eine vergessene Familie von sieben Tasmaniern auf der Hauptinsel.

Besonders verheerend war die Kindersterblichkeit auf Flinders. Zwischen 1835 und 1838 starben von den zwölf Geborenen acht, und zwei weitere lagen schwer erkrankt darnieder. 1835 kam dem Vizegouverneur Arthur die Idee, die Tasmanier von der Flinders-Insel nach Südaustralien transportieren zu lassen, wahrscheinlich um die Verantwortung für ihre endgültige Ausrottung abschieben zu können. London lehnte ab und zeigte echte Empörung über die Zustände auf der Insel. Auch die australische Verwaltung bedankte sich für das Anersinnen, ihnen zusätzlich eine »Horde Wilde«, eine »Bande schwarzer Tiere«, Landstreicher und Barbaren zuzumuten. Man hatte Eingeborenenprobleme im eigenen Hause.

Seit Robinson ab 1835 die Verwaltung der Insel leitete, wurde mit der christlichen Erziehung der restlichen Tasmanier richtig ernst gemacht. Er ließ steinerne Häuser errichten, förderte den Kirchgang und brachte ihnen bei, sich an der »heiligen Musik« zu erfreuen.

»Der Gesang einiger Urbewohnerfrauen und der Jugendlichen ist angenehm; sie singen weich und harmonisch. Der Sonntag ist hier ein Tag der Ruhe, und ich hoffe, daß er auch als solcher in der Siedlung geschätzt wird. Jeden Sonntag wird bei Sonnenaufgang die britische Flagge am Mount Arthur gehißt und bei Sonnenuntergang wieder eingeholt. Es gibt keine Bummelei. Von allen wird erwartet, daß sie dem öffentlichen Gottesdienst beiwohnen. Keiner wird davon ausgenommen, es sei denn Kranke. In dieser Weise wird der Sonntag eingehalten, seit ich die Ehre habe, das Kommando auszuüben, und ich hoffe, daß es auch in Zukunft so bleiben wird.«

So schrieb er in sein Tagebuch. Drei Schulen für Knaben und Mädchen wurden eingerichtet, darunter auch eine Sonntagsschule. Robinson gab den Tasmaniern neue Namen, denn er fand die ihnen vor seiner Zeit verliehenen »sehr sonderbar und gewöhnlich«. Die Frauennamen Cranky Pole, Waterloo Bet, Blind Poll wurden durch die reinsten Wohlklänge wie Semiramis, Amelia, Daphne, Rebecca ersetzt; die Männer Old Tom, Long Billy, Big Billy, Little Billy, Kangaroo Billy mauserten sich zu Napoleon, Washington, Leonidas, King George, Achilles, Hannibal. Robinson forcierte den Ackerbau und träumte davon, die Tasmanier im Kleinhandel auszubilden. »Jetzt ist alles fleißig und aktiv«, frohlockte er. Die letzten Tasmanier waren angetreten zum Marsch in die Zivilisation, d.h. heraus aus der Unkultur. »Dieses tätige Leben hat eine andere erwünschte Begleiterscheinung: es macht die Corroborees am Abend überflüssig. Sie schadeten gewöhnlich sehr der Gesundheit der Schwarzen und beeinträchtigten die regelmäßigen sittlichen Gewohnheiten. Die gräßlichen Schreie, die sie bei dieser Gelegenheit ausstießen, die übergroße Anstrengung beim Tanz, die Verrenkungen ihrer Glieder und Gesichtszüge und die Angewohnheit, in großen Zügen kaltes Wasser zu trinken, wenn sie erhitzt waren, sind durch vernünftigere und befriedigendere Bräuche ersetzt worden. Die Abendschule wird regelmäßig abgehalten. Mehrere können das Vaterunser mit guter Betonung lesen, und einige sind in der Lage, es auswendig aufzusagen.«

Diese Zeilen aus den Aufzeichnungen Robinsons entlarven ihn als total unerfahren im Brauchtum der Tasmanier. Robinson hatte ihnen nicht nur die vertraute Umgebung entrissen, sondern unterdrückte nun noch ihre letzten freien Lebensäußerungen. Mit 119 Menschen konnte Robinson noch spielen.

EIN VOLK STIRBT AUS

Durch die anhaltende enorme Sterblichkeit sah sich der Vizegouverneur veranlaßt, einen Offizier zur Untersuchung der Zustände auf der Insel auszusenden. Sein Bericht fiel vernichtend aus. Prostitution, verrottete Unterkünfte, Mangel an frischem Fleisch und Wasser, korrupte Aufseher, viel zuwenig jagdbare Tiere, Hunger und dazu Gleichgültigkeit der Verwaltung waren die auffallendsten Übel.

Ein Jahr nachdem Robinson seinen Posten bezogen hatte, mußte auch er eingestehen, daß alles sinnlos war, was bisher auf der Insel unternommen worden war. Er plädierte nun ebenfalls für ihre Verlegung nach Australien. Aber auch dort müsse man mit ihrem Aussterben rechnen. Es sei jedoch besser, meinte Robinson, daß sie in Australien dahingingen, als in ihrer »gegenwärtigen Isolierung, wo sie dahinsiechen und die allmähliche Verminderung ihrer Zahl normalerweise auf ihr Gemüt« sich auswirken müsse. Daß er selbst den entscheidenden Schritt getan hatte, ihre festen Lebensbande durch die Unterdrückung ihrer Sitten zu durchschneiden, hatte er nie begriffen. Trotz aller Warnungen und Alarmzeichen geschah aber nichts.

1843 lebten noch 54 Tasmanier, drei Jahre darauf holte man die letzten 44 Menschen nach Tasmanien zurück – und brachte sie auf das Gelände eines ehemaligen Gefängnisses. Sechs Kinder davon gab man in eine Waisenschule, wo sie kurz darauf starben. Die letzten Tasmanier wußten, daß sie zurückkamen, um zu sterben. Allein im Alkohol sahen sie die Rettung aus ihrer Apathie.

1854 waren noch drei Männer, elf Frauen und zwei Kinder am Leben, wenn man ihr Dahinvegetieren zwischen Krankheit und Alkohol als Leben bezeichnen kann. 1869 starb der letzte Mann, ein Walfänger, im Gasthaus »Hund und Rebhuhn«. Als Lebender hatte sich niemand um ihn gekümmert, als Toter wurde er plötzlich zur Sensation. Bevor er bestattet wurde, hatte ein Arzt dem Leichnam kunstgerecht die Schädelknochen entfernt und durch andere ersetzt. Um einem weiteren Raub wertvoller Knochen zuvorzukommen, hackte man auch noch Arme und Beine ab. Aber selbst die bestatteten Überreste ließen unbekannte Raritätenjäger eines Krankenhauses ausgraben. 1876 begrub man Truganini (Känguruhmund), die, wie damals angenommen wurde, die letzte Tasmanierin war. Ihr letzter Wunsch lautete »hinter den Bergen« begraben zu werden. Aber diesen Wunsch erfüllte man ihr nicht. Man gab ihr die Ehre, in der Hauptstadt beigesetzt zu werden. Um ihre Gebeine vor fremden Zugriff zu schützen, wurden Sicherheitsmaßnahmen ergriffen. Die sterblichen Überreste der Truganini wurden anfangs in einem sargartigen Holzkasten im Keller des Tasmanischen Museums in Hobart aufbewahrt, später wurden sie ausgestellt. Erst 100 Jahre nach ihrem Tod fand Truganini die ewige Ruhe, wie die christlichen Europäer den normalen Abgang zu umschreiben pflegen. Ihre Knochen wurden verbrannt und die Asche in den Pazifik gestreut. Erst vor einigen Jahren entdeckte der australische Ethnologe Norman Tindale, daß zwei Tasmanierinnen sie überlebt hatten – im Harem eines amerikanischen Seeräubers auf der Kangaroo-Insel.

Nur rund 1000 Mischlinge verschiedensten Grades, Nachkömmlinge von europäischen Robbenjägern und den einst geraubten Tasmanierinnen, leben heute noch auf der Cape-Barren-Insel im Nordosten von Tasmanien. Obwohl sie weder kulturell noch rassisch Tasmanier sind, verlangen sie von den Weißen wie Indianer und Australier Landrechte, Kompensationen für das an der Hälfte ihrer Vorfahren erlittene Unrecht.

Zwischen dem ersten größeren Massaker der Siedler von 1804 und dem Exitus der Truganini waren siebzig Jahre vergangen. Der schnellste Völkermord der Geschichte wurde den weißen Australiern erst 1979 in einem Film als Beitrag zur Vergangenheitsbewältigung bewußt gemacht. Sich mit dem ausgerotteten Volk zu beschäftigen war vorher nur für die Anthropologen von Reiz.

Die Tasmanier waren ausgerottet, ehe ihre sozialen und religiösen Grundlagen erforscht werden konnten. Auch ihre Sprache ist verweht, einer der wenigen zusammenhängenden Sätze, die aufgeschrieben wurden, bergen geradezu eine symbolträchtige Aussage: »Ba-li war lugana uni dagara Tini Drini. Mabali ba-li war Drini.« In der Übertragung bedeutet dies: »Wenn dieser tote Mensch verbrannt ist, zieht er nach Tini Drini, der Toteninsel. Alle Menschen müssen nach dieser Insel ziehen.«

II.

AUSTRALIEN – MENSCHEN OHNE ZUKUNFT

Weder der Leser noch der Verfasser dieses Buches stammen direkt vom Neandertaler ab, aber sicher von Menschen wie den dunkelhäutigen Australiern. Dennoch war auch der Neandertaler ein Mensch. Er lebte vom Erjagen und Sammeln von Nahrung, errichtete sich Hütten, bearbeitete Steine, Holz, Knochen, Felle und was für die weitere Entwicklung am wichtigsten werden sollte: Der Neandertaler löste sich schon ein kleines Stück von der schnöden Materialität dieser Welt. Die ersten Anzeichen eines Gefühls für das Religiöse oder eines Denkens über das hinaus, was der Mensch der Natur mit seinen fünf Sinnen abzuhaschen vermag, lassen sich erkennen. Der Neandertaler verwendete Ocker bei der Bestattung seiner Toten, gab ihnen Blumen mit und begann, Steinen seltsame Formen zu geben. So geringfügig diese Andeutung immaterieller Vorgänge auch sein mag, »so ist sie doch von ausschlaggebender Bedeutung, weil sie in dem Augenblick in Erscheinung tritt, in dem man sich in der Paläontologie darüber ganz deutlich klar wird, daß das Gehirn in der Lage ist, das heutige Niveau zu erreichen« (A. Lerois-Jaurhan).

»Primitive« Menschen gibt es von nun an nicht mehr. Was seit dieser Zeit vor aber Zehntausenden von Jahren der Mensch sich vorstellen oder geistig erkennen konnte, versuchte er auch bewußt auszuführen: entweder durch eine Tat und Gestaltung oder rein nachdenkend in sich selbst. Wollte er seine Vorstellungen ausführen, mußte er etwas Konkretes tun. Entweder jemandem helfen oder ihn erschlagen oder etwas mitteilen durch Gesten oder Laute. Schließlich war er auch gezwungen, das zu gestalten oder zu materialisieren, was er den realen Dingen hinzudachte. So bildeten sich die Gesetze für das soziale Leben, der Mythos technischer Fertigkeit und die Kunst als Träger von Vorstellungen.

Man kann die Entwicklung der Menschheit also auf einen ganz

einfachen Mechanismus reduzieren: Gewinnung einer immateriellen Vorstellung und seine Materialisierung oder gedankliche Ausformulierung. Nur wird man sich ewig streiten, warum die Gesetze der Vererbung und Denkkraft diesen Mechanismus in Gang halten. Vor rund 35 000 Jahren trat der Jetztmensch auf, körperlich gewiß schwächer als der Neandertaler, aber gehirnaktiv. Wahrscheinlich hat er aber trotzdem die letzten Neandertaler nicht ausgerottet. Fähig gewesen wäre er dazu, beerbt hat er sie aber ganz bestimmt. Wie dieses Erbe aber ausgesehen haben könnte oder – besser gesagt – wie der Jetztmensch dieses Erbe in sein Leben einbaute und damit lebte, können wir heute nur noch erahnen. Zeugen unserer eigenen Entwicklung aber sind lebendig geblieben – in den schwarzen Menschen Australiens.

Unser biologischer Zustand liegt seit 35 000 Jahren also in den Grundzügen fest. Die anthropologischen Unterschiede der heutigen Menschheit sind gering, aber kraß im Vergleich zu frühen Menschen wie z.B. den Heidelberger Urmenschen. Oberflächliche Ähnlichkeiten der Australier (Australide) mit den fossilen Menschen, wie eine flache, fliehende Stirn, betonte Überaugenwülste, tiefliegende Augen, vorspringendes Untergesicht, sind eindeutige Hinweise auf ihre Urtümlichkeit, weisen aber nicht auf eine andere Abstammung als die der heute lebenden anderen drei Rassen, Negride, Mongolide und Europide, hin. Die Übereinstimmung zwischen den vier Rassen in den Proportionen von Rumpf und Gliedmaßenskelett ist so groß, daß sie alle auf eine Wurzel zurückgeführt werden müssen. Einige Forscher vertreten mit einer gewissen Berechtigung die Meinung, daß die Australiden eine wurzelnahe Altform der Europiden darstellen, weil Kopfform und Gesichtsausdruck die stärksten Ähnlichkeiten zu diesen aufweisen.

Als »lebende Fossilien« dürfen wir die Australier demnach nicht betrachten, aber durch die Isolierung auf dem Jahrtausende hindurch kaum von anderen Menschen berührten Kontinent haben sie urtümlich anmutende Lebensformen bewahrt. Deshalb erlauben uns Denken, Mythos und künstlerische Gestaltungskraft der Australier einen Blick in unsere eigene vorhistorische Vergangenheit, einen Blick zurück in die Zeit, als auch die Europiden zur weltweiten Jäger- und Sammlerkultur gehörten. Dennoch werden wir kaum soweit gelangen, daß wir zu sagen vermögen, worin sich diese Jägerkulturen im einzelnen geglichen haben könnten. Dazu waren die Lebensräume wohl zu verschieden. Das Gesamtbild aber, das die Australier uns bieten, wird dem entsprechen.

Der so beliebte Begriff »Steinzeitmensch« oder »Steinzeit«, der die frühen Kulturen charakterisieren soll, vermag das nicht. Denn diese Bezeichnungen stellen nur eine oberflächliche Beschreibung ihres technischen Niveaus dar, die überhaupt nicht aussagekräftig ist. Technisch gesehen waren auch die Mayas Steinzeitmenschen. Sie organisierten ihr Leben aber vollkommen anders als die Australier, Papuas oder Melanesier, Eskimos und Buschmänner.

Als die ersten echten Australiden über die damals gegen Ende der Eiszeit noch bestehende Landbrücke zwischen Asien und dem Südkontinent nach Australien einfielen, fanden sie schon eine Siedlungsschicht vor, die Negritos. Diese kleinwüchsigen Menschen, ähnlich wie die Pygmäen Afrikas mit einem kindlich anmutenden Körperbau, haben sich in Asien nur noch in geringen Resten, z.B. auf den Andamenen, in Indonesien und Neuguinea erhalten. In Australien wurden sie so gut wie ausgerottet. Australische Anthropologen entdeckten den letzten Stamm, von einer Missionsstation betreut, 1838 auf dem Atherton Plateau beim Lake Barrine im nordöstlichen Queensland. Man nimmt heute an, daß die Negritos einmal ganz Australien besiedelt hatten. Negritoide Elemente konnte man mittlerweile im Südosten Victorias und im Südwesten Westaustraliens noch nachweisen. Auch die australische Siedlungsgeschichte beginnt also wie jede Landnahme eines fremden Volkes oder einer anderen Rasse mit der Vertreibung oder sogar Vernichtung der Vorgänger. In erheblichem Umfang vermischten sich aber auch die robusteren Australiden mit den Negritos. Aus dieser Rassenvermischung sollen die Tasmanier hervorgegangen sein, die im 19. Jahrhundert von den britischen Siedlern brutal ausgerottet wurden. Tasmanide Anklänge finden sich nur noch im Erscheinungsbild der Australiden im Süden.

Das Siedlungsbild Australiens bei Ankunft der ersten Kolonisten und Sträflinge stellte das Ergebnis weiterer Einwanderungswellen von Australiden aus dem südostasiatischen Raum dar. Die »Carpentarier«, eine dieser Zuwanderergruppen, ein Volk, »groß, schwarz, stolz und wild«, prägte das Erscheinungsbild der Australier im Norden. Jedenfalls bestehen deutliche Unterschiede zwischen den Menschen im Norden und im Süden. Die Menschen im Norden sind anthropologisch jünger; auch bestehen unüberbrückbare sprachliche Unterschiede.

DIE AUSTRALISCHE WÜSTE

Das wichtigste Ereignis des jahrtausendealten menschlichen Lebens in Australien war ein radikaler Klimawechsel vor etwa 5000 Jahren. Seit diesem Zeitpunkt ist das Klima des Kontinents im wesentlichen gleich geblieben. Aber selbst der Übergang von der kalten und niederschlagsreichen Witterung zum überwiegend heißen Wüsten- und Steppenklima scheint nach allem, was wir heute wissen, keine wesentliche Zäsur in der Kultur der Australier bedeutet zu haben. Vor und nach diesem klimatischen Einschnitt liefen sie nackt herum, durchstreiften ihre Stammesgebiete, jagten die gleichen Tiere, führten ähnliche Tänze auf und malten ihre festgelegten Figuren auf Hölzer und in den Sand. Ebenfalls vor 5000 Jahren begann an den Ufern von Euphrat und Tigris mit den ersten Staatsbildungen der Sumerer der Aufstieg der altweltlichen Kulturen. Zählen wir noch zwei- bis dreitausend Jahre hinzu, die die späteren Hochkulturgebiete brauchten, um den Übergang zur Seßhaftigkeit mit Viehzucht und Ackerbau zu vollziehen, haben wir etwa den Zeitraum bestimmt, der uns Europäer kulturgeschichtlich von den Australiern trennt: 8000 Jahre. Wenn wir bedenken, wie schwer es uns oft fällt, unsere Väter oder Söhne zu verstehen, von denen uns kaum 30 Jahre trennen, so können wir ermessen, was es bedeutet, in die Gedankenwelt der Australier einzudringen. »Um sie zu verstehen, müßte man mühsam tastend eine unendlich lange Vergangenheit gleichsam in sich selbst zurückwandern und sich in einen Urmenschen verwandeln. Der Unterschied, der den Europäer vom Eingeborenen trennt, wird deutlich beim ersten Gespräch, das sich ergibt, zögernd anfängt und im allgemeinen Gelächter erstirbt. Die Eingeborenen sprechen Englisch, Pidgin-Englisch, das den Europäern lächerlich und verächtlich klingt, eine zwar reduzierte, aber expressive Kontaktsprache ist, die Atmosphäre vermittelt und der einzige Weg zur Unterhaltung mit diesen Menschen bleibt, weil ihre eigenen Sprachen so kompliziert und schwer sind, daß sie kaum ein Weißer erlernt hat. Die Redeweise dieser Menschen ist nicht präzise, sie erfaßt die Dinge und Verhältnisse nicht genau und hart, leitet vielmehr über die Dinge und durch die Zeit dahin – unbestimmt und alle Möglichkeiten offenlassend: »What's that? It might be something. Kann sein ... We go now? Might be we go now« (A. Lommel).

Wer heute nach Australien fährt, wird in kleinen Landstädten am Rande der Wüste oder auf den Viehfarmen bald auf einen »Aboriginal« (Ureinwohner), von den Weißen heute kurz »Abo« genannt, stoßen. Das ist seit hundert Jahren ebensowenig ein Abenteuer wie Löwen im Zirkus zu sehen. Einen Vollblutaustralier in seinem Stammesland zu begegnen, wäre aber für einen auch noch so freundlichen und freigebigen Touristen mehr als ein Abenteuer, es wäre Selbstmord. Eine solche Begegnung kann heute jedoch kaum noch stattfinden. Einmal, weil es nur noch sehr wenige freie Ureinwohner gibt, und zum anderen, weil die letzten Australier in oder am Rande der Wüste leben.

Die ersten Europäer, die nach Australien kamen, begriffen bald, daß es gefährlich ist, sich den Eingeborenen zu nähern. Aber sie verstanden nicht warum und begnügten sich damit, die Eingeborenen für hinterhältig und grausam zu halten. Erst spät haben die Weißen versucht, die Beweggründe dafür, die Lebensgesetze dieser Menschen für ein solches Verhalten zu erfassen. Dabei stellte sich heraus, daß die »Schwarzen« weder primitiv noch grausam sind und daß es wahrscheinlich schwierig ist, eine einzelne Handlung, ein bestimmtes Verhalten, eine Geste für sich allein zu begreifen. Wer eine Einzelerscheinung im Leben dieser Menschen echt verstehen wollte, kam nicht umhin, das Gesamtbild ihres Lebens und ihrer Lebensumstände zu erforschen. Die Natur kennt keine Willkür, und die Menschen, die noch so eng mit ihr verhaftet sind wie die Jäger- und Sammlerstämme Australiens, auch kaum. In Jahrtausenden haben sich ihre Verhaltensweisen herausgebildet und bewährt. Allein die Tatsache, daß es den Ureinwohnern gelungen war, unter den zum Teil extremen klimatischen Bedingungen des Kontinents zu überleben, bestätigt die unbedingte Richtigkeit und Angemessenheit ihres Verhaltens.

Wer in eine fremde soziale Gruppe eindringen will, muß sich ausweisen, ob er auch freundlich gesinnt ist, die Gesetze kennt und achtet, sich richtig bewegt, keine Tabus verletzt und nicht provoziert. Wer das kann, dem ist der Zutritt erlaubt. Andernfalls muß er abgewehrt werden. Die Briten und Amerikaner leiten ein Gespräch ein, indem sie über das Wetter reden, die Deutschen reichen sich die Hand und fragen nach dem Befinden: »Wie geht's?« Antwort: »Gut.« Man erwartet gar keine andere Antwort, man hat es immer so gemacht, ohne recht zu wissen warum.

Ein Australier hingegen weiß genau, was er bei einer Begegnung tut, tun muß, er weiß auch warum. Mit einem Fremden wird man zuerst ein Gespräch über Verwandtschaftsbeziehungen führen. Stellt sich heraus, daß der bislang Unbekannte einer verwandten

Gruppe angehört, wird ihm nach gebührender Beratung mit anderen Männern Zutritt zum Stammesgebiet gewährt. Wer keine nähere Verwandtschaft nachweisen kann, wird gespeert. Von einem solchen Menschen kann man nicht das richtige Verhalten erwarten. Man muß nicht nur daran zweifeln, was er in einer bestimmten Situation tun oder unterlassen würde, sondern man wäre sicher, daß er den heiligen Boden entweihen und Tabus durchbrechen würde. Ein Fremder könnte z.B. ein Wort gebrauchen, dessen Silben an einen kürzlich Verstorbenen erinnerten. Die Australier sprechen nämlich über ihre Toten nicht mehr und sollen auch nicht an sie denken oder an sie erinnert werden. Deshalb vermeidet jedes Mitglied der Gruppe oder des Stammes Anklänge von Wörtern an die Namen der jüngst Dahingegangenen. Selbst die Rufnamen der Hunde eines Toten werden geändert.

Doch das ist nicht das einzige lebensgefährliche Verbrechen, das ein Fremder geradezu zwangsweise begehen würde. Für die Stammesmitglieder ist der Boden ihres Territoriums heilig. Sie kennen nicht nur jeden Baum, jede Wasserstelle, jeden Hügel, sondern wissen auch, wo sie ihre Toten bestatteten, welche Hügel oder Höhlen Aufenthaltsorte der Geister sind. Auch wissen sie, unter welchem schattenspendenden Baum die Kultgegenstände aufbewahrt werden, wo sich das Frauenlager befindet, wo im Boden heilige, kraftausstrahlende Kultobjekte stecken, um z.B. eine Regenzeremonie durchzuführen, oder an welchem Felsen die heiligen Malereien angebracht werden. Ein Fremder aber kennt das alles nicht. Er würde auf jeden Fall die Weihe vieler Orte verletzen. Auch könnte er ein Tier töten, das der Stamm als mythischen Ahnen betrachtet, oder einen geheimen Tanz stören. Solche Verbrechen müssen verhindert werden, es würde die Geister verschrekken und den vorgeschriebenen Lauf der Dinge stören.

In vielerlei Hinsicht lebt der australische Ureinwohner in einer eigenen Welt. Organische und unorganische Natur, soziales Leben und die übersinnlichen Dimensionen des Mythos bilden eine feste Einheit, aus der der einzelne Mensch nicht heraustritt. Der europäische Individualismus wäre mit dieser geschlossenen Lebenssphäre in keiner Weise in Einklang zu bringen. Sie läßt »die uns gewohnten Kategorien von Raum und Zeit bis zu einem gewissen Grade bedeutungslos werden ... Die Trennungslinien zwischen diesseitiger und jenseitiger Welt, zwischen Vergangenheit, Gegenwart und Zukunft verlieren an Schärfe« (H. Petri). Die Dynamik und geistige Mobilität unserer Welt mit dem festen Boden, den uns angeblich

Naturwissenschaft und Vernunft gegeben haben, prallt am Schutzschild des Desinteresses und Unverständnisses der Eingeborenenwelt ab.

KONFRONTATION ZWEIER WELTEN

Als 1699 der Engländer William Dampier, mehr Pirat und Abenteurer als vom Ehrgeiz getriebener Entdecker, die westaustralische Küste besuchte, war er entsetzt. Das Land sei völlig wertlos, klagte er, und seine Bewohner wären noch abscheulicher: nackt, schwarz, schmutzig, von Fliegen umschwirrt und apathisch. 76 Jahre früher notierte der holländische Kapitän Jan Carstensz in sein Logbuch: »Dieses ist die trostloseste Gegend, die auf Erden gefunden werden kann. Die Einwohner sind die elendesten und ärmsten Kreaturen, dic ich gesehen habe.« Bei allen frühen Begegnungen mit Land und Menschen kam es außerdem noch zu blutigen Zwischenfällen. Selbst dem menschenfreundlichen James Cook verwehrten die Eingeborenen mit Speeren und Feuer wiederholt eine Landung. Aber meist waren die weißen Entdecker selbst daran schuld. Carstensz hatte z.B. den Auftrag erhalten, einige Eingeborene gefangenzunehmen und nach Europa zu bringen. Das versuchte er auch: »Ihnen Eisenstückchen und Perlenketten zeigend, hielten wir sie am Strand auf, bis wir nahe an sie herankamen; darauf ergriff der Kapitän einen von ihnen, der seine Waffe verloren hatte, an den Hüften, während der Steuermann zur gleichen Zeit eine Schlinge um den Hals legte und ihn damit zum Schiff zog. Die übrigen Schwarzen versuchten, ihren gefangenen Bruder zu befreien, indem sie uns wütend mit ihren Speeren angriffen. Zu unserer Verteidigung schossen wir auf sie.« Nach diesem gewaltsamen Übergriff wunderte sich Carstensz, daß er und seine Mannschaft von den Australiern überall als Feinde angesehen wurden und keiner sich ihnen mehr näherte.

Die offensichtliche Feindschaft der Australier und das abweisende Land zügelten nahezu 200 Jahre die Europäer. Niemand wollte auf diesen Kontinent. Die ersten Siedler kamen zwangsweise, denn die Briten schickten ihre Sträflinge und leerten so ihre Gefängnisse. Australien schien für Britanniens Abschaum ein höchst geeigneter Aufenthaltsort zu sein. Günstige Lebensbedingungen verhieß das Land nicht. Sir George Grey, 1841 bis 1845 Gouverneur von Südaustralien, der Ende der dreißiger Jahre des 19. Jahrhunderts den Norden erforschte, beschrieb anschaulich die Strapazen der Reise in Hitze und Trockenheit: »Das Land, an dem wir angelegt hatten, war von felsiger Natur und mehr zerklüftet als jedes andere, das ich vorher gesehen hatte. Ich kann die Hügel wirklich nicht besser beschreiben, als wenn ich sage, daß sie wie die Ruinen von Hügeln erschienen, zusammengesetzt aus riesigen roten Sandsteinblöcken, die wirr aufeinandergehäuft waren und so mit Spinifexgras und Busch überwachsen waren, daß ihre Zwischenräume völlig verborgen waren und ständig der eine oder andere unserer Gruppe stürzte. Die Bäume waren klein und ihr Laub so dünn und dürftig, daß sie auch nicht den geringsten Schutz boten gegen die sengenden Sonnenstrahlen, die mit verdoppelter Gewalt von den Sandsteinen zurückgeworfen zu werden schienen, so daß es wirklich schmerzhaft war, die Steine zu berühren oder auf ihnen zu stehen. So bewegten wir uns weiter, in der Hoffnung, irgendwo einen Ruheplatz zu finden, aber die ungünstige Natur des Bodens machte unser Weiterkommen zu einem langsamen und außerordentlich mühsamen Unternehmen. Ein Gefühl von Durst und Ermattung, wie ich es nie vorher empfunden, überkam bald alle von uns.«

Alles in allem ein Kontinent, der nur wenige, den Europäern klimatisch angenehme Landstriche zu bieten schien. Dennoch stach am 13. Mai 1787 unter Kapitän Arthur Phillip eine Flotte von 11 Schiffen mit 1030 Personen an Bord in See. Darunter befanden sich 736 Strafgefangene, ein Gefängnisdirektor und neun Aufseher. Am 18. Januar 1788, nach über achtmonatiger Fahrt, ließ der Kapitän in der Botany Bay Anker werfen. Die Landnahme hatte begonnen, und die Ausbreitung der Briten schritt rasch voran. Bis 1820 vergrößerte sich die Zahl der Ankömmlinge auf 34 000, 1850 lebten schon 405 000 Europäer in der Kolonie. Goldrausch und eine Einwanderungswelle von Polen, Chinesen, Skandinaviern, Deutschen und Amerikanern ließ 1860 die Zahl auf 1 145 000 emporschnellen. Bis zum Jahre 1868, als die Deportationen eingestellt wurden, waren über 160 000 Sträflinge auf den fernen Kontinent verbannt worden. Zwischen 1837 und 1841 begann die Erkundung des Nordens und Westens des Kontinents. Bislang hatten die Kolonisten nur das Hinterland der wachsenden Städte an der Südostküste ausgekundschaftet. Die Gouverneure besaßen das Recht, Siedlern, freigelassenen Sträflingen, Matrosen und Militärs Land zu gewähren, wenn sie bereit waren, auf ihren Farmen Sträflinge zu beschäftigen und zu unterhalten. Das Land gehörte ja der englischen Krone. Das Hissen der britischen Flagge und einige Salven Salut gaben dies völkerrechtlich sanktioniert der Welt kund. Um die Ureinwohner scherte sich dabei niemand. Dieser für sie unverständliche Hoheitsakt blieb aber bis in die Gegenwart Grundlage des weißen Staates. 1969 erhielten 29 Firmen im Eingeborenenreservat Gove in Nordaustralien Schürfrechte für Bauxit. Die Aboriginals wollten das durch einen Prozeß rückgängig machen. Nach zweijähriger Verhandlung wurden vom Obersten Gericht des Nordterritoriums die Schürfrechte mit folgender Begründung bestätigt: »Die Eingeborenen hängen zwar an ihrem Land, aber es gehört ihnen nicht. 1788 erklärte Kapitän Arthur Phillip bei der ersten Besiedlung Australiens durch Weiße das ganze Land zum Besitz der englischen Krone. Die Menschen haben das Recht und die Pflicht, die Schätze der Erde auszubeuten, und die Fortgeschrittenen haben darüber hinaus das Recht, notfalls die weniger Fortgeschrittenen zu enteignen.«

Kapitän Phillip, der auch der erste Gouverneur der neuen Kolonie wurde, hatte vor seiner Abreise eine Reihe von Anweisungen erhalten, die auch das Verhältnis zu den Ureinwohnern regeln sollten. Demzufolge gehörte es zu seinen Pflichten, mit allen möglichen Mitteln gute Beziehungen zu den Australiern herzustellen und ihre Zuneigung durch Freundschaft und Güte zu gewinnen. Aber er sollte auch die »gebührende Befolgung der Religion erzwingen«. Das kam einem Befehl zur Zwangsbekehrung der Australier zum Christentum gleich. Gouverneur Darling (1825-1831) erhielt später ebenfalls die Weisung, »Religion und Bildung unter den Eingeborenen zu verbreiten«. Die Schaf- und Großviehzüchter beanspruchten nach und nach immer mehr Weideland und schreckten vor keinem Mittel zurück, sich durchzusetzen. Wie auf Tasmanien begann das grausame Spiel zwischen Jägern und Gejagten. Bei der Ankunft von Kapitän A. Phillip mögen es 300 000 bis 350 000 Eingeborene gewesen sein, die den Kontinent unter sich in einige hundert (591 nach N. Tindale) Stammesgebiete aufgeteilt hatten. 1953 lebten noch 49 000 reinrassige Ureinwohner und 30 000 Mischlinge. Heute wird ihre Zahl mit rund 150 000 angegeben, wahrscheinlich zählt man alle Mischlinge mit und das ganze dunkelhäutige Volk in Großstadtslums und Buschhütten. Die große Zahl soll den Verfall mit Wachstum kaschieren. Vor 20 Jahren waren es aber nur etwa 2250, die noch keinen Kontakt zur weißen Gesellschaft aufgenommen hatten, heute schätzungsweise nur noch wenige Dutzend Menschen.

Weder auf Tasmanien noch in Australien fanden sich die Ureinwohner damit ab, aus ihren altangestammten Lebensräumen vertrieben zu werden. Ansätze zu einer echten Verständigung zwischen Australiern und Europäern gab es erst in der Gegenwart. Was die Ureinwohner über die Weißen dachten oder sich für Vorstellungen machten, war ebenso bizarr wie das Bild der Europäer von den »schwarzen Kannibalen«.

Die Europäer bedienten sich bei ihren Reisen gern »zivilisierter Abos«, um Kontakt mit unbekannten Stämmen herzustellen. John Greenway berichtet über einen solchen Vermittler zwischen zwei Welten und gibt uns eine unmittelbare Schilderung seiner Ansichten. Wann immer eine Gruppe von Eingeborenen schreiend und Speere schwingend auf die von dem Abo Tommy geführten Europäer zustürmte, hatte er ihnen entgegenzutreten und sie von den friedlichen Absichten seiner weißen Begleiter zu überzeugen. Die Eingeborenen glaubten, »die weißen Männer seien mamu, Teufel, die mit Pferden und Kamelen als ihren Jagdhunden in die Wüste gekommen seien, um die Eingeborenen als ihre Nahrung zu jagen. Tommys Aufgabe war es, die Eingeborenen von dem wirklichen Zweck des Eindringens des weißen Mannes zu überzeugen – was für die Eingeborenen noch nicht einmal rechter Unsinn war; der kannibalische Grund war glaubhafter. Tommy beteuerte, daß der weiße Mann okay sei, daß er eine Menge zu essen hätte ... und daß seine unglückselige weiße Haut eine Schädigung sei, die er sich zugezogen hätte, weil er aus einem Land aus Eis gekommen sei. Tommy hatte noch mehr Skepsis zu überwinden, um eine Entspannung herbeizuführen; zum Beispiel mußte er den Eingeborenen versichern, daß die weißen Männer in ihren Heimatländern Frauen hätten. Wie die Polynesier beim ersten Kontakt mit den Weißen, glaubten die Eingeborenen, die Weißen seien eine Rasse von Männern und seien wegen der Frauen in die Wüste gekommen. Sie meinten, es sei Unsinn für Männer, allein zu kommen, ohne Frauen, die man zum Sammeln von mirka ausschicken und mit denen man schlafen könnte.«

Genausowenig wie die Australier verstehen konnten, daß weiße Forscher ihr Verhalten erkunden und in ihre geistige Vorstellungswelt eindringen wollten, sowenig verstanden sie die Wirtschaftsweise der europäischen Farmer. Ein Stammesmitglied der Aranda, die mitten in der australischen Wüste leben, schilderte dies. »Einige Arandas ... konnten Känguruhs dadurch fett machen, daß sie einen Schild oder Felswände bemalten. Mein Vater schabte von dieser kleinen Steintjurunga (ein steinernes Kultobjekt, d.Verf.) Staub in seine hohle Linke und streute ihn umher. Wir füttern Känguruhs nicht wie die Rinder mit Gras, sondern bestreuen sie mit diesem Staub. Dadurch werden sie fett, wenn das Wetter kühler wird.«

MORD UND TOTSCHLAG

Die ersten Jahre in Australien waren für die Siedler hart, die Verbindungen zum Mutterland konnten nicht im gewünschten Umfange aufrechterhalten werden, und vor allem die Kolonie sollte sich nach zwei Jahren bereits selbst mit Nahrungsmitteln versorgen können. Der wirtschaftliche Durchbruch gelang der Kolonie erst etwa 30 Jahre nach der ersten Landnahme mit dem Aufschwung der Schafzucht. 1807 wurde mit der Ausfuhr von 245 Pfund Schafwolle begonnen, 14 Jahre später stieg sie auf 175 400 Pfund, 1836 waren es sogar 3 693 241 Pfund.

Ursprünglich wollte man nur einen Umkreis von 240 km um Sydney zur Besiedlung freigeben, um die Kosten für Verwaltung, Straßenbau und die Kontrolle niedrig zu halten. Die Siedlungsgrenze bestand offiziell bis 1831. Erst der Nachfolger von Gouverneur Darling, Brouke, erlaubte jedem Kolonisten, gegen die Entrichtung einer Gebühr von zehn Pfund, auch außerhalb dieser Grenze sich niederzulassen. Im Grund sanktionierte er damit den seit 1813 erfolgten Durchbruch über die Siedlungsgrenze hinaus. Seither breiteten sich Schafherden über das Land aus; bis 1850 war alles für die Schafzucht geeignete Land des Kontinents in den Händen der Siedler. Die schrittweise Ausdehnung des Weidelandes hatte katastrophale Folgen für die Ureinwohner. Innerhalb der alten Siedlungsgrenze lebte etwa nur ein Prozent der Ureinwohner, so daß die Zusammenstöße zwischen »Weiß« und »Schwarz« kaum ins Gewicht fielen. Mit dem Überschreiten der Grenze begann aber der Kampf um die Weideflächen: entweder Känguruhs oder Schafe, Wollproduktion oder natürliche Fleischlieferanten für die Ureinwohner. Die Farmer begannen, die Känguruhs zurückzutreiben und zu vernichten. Natürlich deckten die Ureinwohner ihren Fleischbedarf dann mit Schafen – dem wollenen Känguruh, wie sie sagten –, wenn sie in ihrem alten Jagdrevier keine Beuteltiere mehr antrafen. Die Farmer fühlten sich dadurch herausgefordert und rächten sich an dem ersten besten Australier, den sie auf »ihrem« Weideland antrafen. Das hatte zur Folge, daß die Ureinwohner ihrerseits Rache übten, isolierte Gehöfte überfielen und die Weißen umbrachten. Solche Vorkommnisse lösten aber umfangreiche Strafexpeditionen zur »Befriedung«, wie es offiziell hieß, der Ureinwohner aus. Bald wurden »Niggerjagden« ein beliebter Zeitvertreib im Busch. Ritten die Farmer oder Viehtreiber aus, dann ließen sie auch ein lustiges Lied erschallen:

... Und da war ich draußen auf Entdeckungen aus
Mit Packpferd, Pistole, Kompaß und Gewehr.
Wir hatten es herrlich, ha ha ha ha,
schossen auf schwarze lästerliche Kerle, ha ha ha!

Die Regierung des Gouverneurs begnügte sich meist mit verbalen Protesten gegen solche Grausamkeiten, ließ aber 1837 einen Untersuchungsbericht über die Lage der Ureinwohner anfertigen. Darin hieß es über die Vertreibung und Verfolgung der Australier: »Wurden sie auf ihrem eigenen Besitz angetroffen, wurden sie wie Diebe behandelt. Sie wurden vertrieben, als wären sie Hunde oder Känguruhs ... Die Europäer haben ihre Grenzen uneingeladen überschritten ... und führten sich auf, als seien sie die Herren des Landes.« Die Regierung jedoch griff nur selten durch, um solche brutalen Übergriffe in Zukunft unmöglich zu machen. Einer dieser Fälle war das Massaker vom Myall Creek im Jahre 1838. Eine Gruppe von Schafzüchtern hatte 28 Ureinwohner, die sich bei einem Gehöft aufhielten und freundschaftliche Beziehungen zum Farmer angeknüpft hatten, gefesselt und im Busch einfach umgebracht. Elf der Männer kamen vor Gericht – und wurden freigesprochen. Das britische Unterhaus entsetzte sich über die australische Justiz, zumal in dieser Zeit über mehrere ähnliche Fälle Nachrichten nach England drangen. Es kam zu einer Berufungsverhandlung gegen sieben der Freigesprochenen. Sie wurden für schuldig erklärt und hingerichtet. Der Gerechtigkeit war Genüge getan, nicht so sehr aber der öffentlichen Meinung der Kolonie.

Der »Herald« von Sydney gab die Stimmung und Rechtsauffassung der Siedler eindeutig wieder. In einem Leitartikel zum Prozeß schrieb er, die Ureinwohner hätten gar kein Recht auf das Land, denn sie bearbeiteten es ja schließlich nicht. Sie hätten nicht mehr Recht darauf als Känguruhs und Emus. Nur auf Arbeit beruhe Landeigentum. »Wo, so fragen wir, gibt es einen Menschen, der auch nur ein wenig Verstand hat und behaupten würde, daß dieser große Kontinent vom Schöpfer dazu bestimmt ist, in unproduktiver Wildnis zu verbleiben?« Die Briten hätten schließlich das Land in Besitz genommen, und das mit vollem Recht und der Erlaubnis Gottes, der dem Menschen schließlich den Auftrag gegeben habe, das Land zu bevölkern und zu bebauen. Daß dabei einige tausend Schwarze über die Klinge springen würden, könnte ihnen der liebe

Gott wohl nicht übelnehmen – hätte man noch dazusetzen sollen. Dies entsprach genau der Stimmungslage. Der Mechanismus der Vergeltung ließ die Siedler nie auf die Idee kommen, daß sie eigentlich die Eindringlinge waren, daß sie die Gewalt säten. Der Norweger Karl Lumholtz hielt sich von 1880 bis 1884 in Queensland, Südaustralien und Victoria auf und hatte Muße genug, die Grausamkeit der Europäer aufzuzeichnen: »In Nord-Queensland hörte ich oft Aussprüche wie folgenden: ›Die alleinige Behandlungsart, welche für die Schwarzen paßt, ist, sie alle zu erschießen.‹ Ein dortiger Squatter handelte nach diesem Grundsatz, den er als hart, aber als notwendig betrachtete. Er erschoß alle Männer, die er auf seinen Weiden traf, weil sie Viehmörder *waren,* die Weiber, weil sie Viehmörder *gebaren,* und die Kinder, weil sie Viehmörder *würden.* ›Sie wollen nicht arbeiten‹, habe ich die Kolonisten sagen hören, ›daher taugen sie zu nichts anderem als dazu, erschossen zu werden.‹«

Die Siedler verschenkten sogar mit Strychnin vergiftetes Mehl oder Fleisch. Die jungen Leute machten am allerchristlichsten Sonntag regelrechte Jagd: »Nicht bloß des Nutzens wegen, sondern auch des Sports halber.« Die Farmer prahlten noch ungeniert zu einer Zeit mit ihren Abschüssen, als das Gesetz die willkürliche Tötung eines Ureinwohners schon mit dem Tode durch den Strang geahndet wissen wollte. Die Kolonisten boten Lumholtz mehrfach an, ihm für seine naturwissenschaftliche Sammlung einige »Schwarze« zu schießen, damit er ihre Schädel untersuchen könne.

Ähnliche Erfahrungen machte 1891 der deutsche Naturforscher Richard Semon, der das südliche Queensland bereiste. Die Viehzüchter grenzten ihre Weidegebiete ab, und kam ihnen ein Ureinwohner zu nahe, wurde er bald vertrieben. Vergriff er sich aber an einem Rind oder an einem Kalb, brach der Krieg aus. Der Farmer fängt an, »systematisch alle Schwarzen abzuschießen, die ihm vor den Lauf kommen; die Schwarzen nehmen das übel und werfen ihm, wenn er durch den Busch reitet, aus dem Hinterhalt einen Speer in den Rücken oder überfallen sein Haus, töten sein Weib und seine Kinder, wenn er abwesend ist.« Auch Semon war am Erwerb von Eingeborenenschädeln und Skeletten interessiert. »Da sagte mir einer der Leute, an die ich mich gewandt hatte: ›Schade, daß X. nicht mehr lebt, der hätte Ihnen soviel Schädel besorgt, wie Sie gewollt hätten.‹ Ich fragte erstaunt, wie ihm das möglich gewesen sein würde, und erhielt die kaltblütige Antwort: ›Er würde sie ganz einfach geschossen haben.‹«

Die Farmer sprachen also offen über ihr empörendes Morden. Die Presse teilte den Standpunkt der Schafzüchter, daß die Australier eigentlich überflüssig waren und nur die weiße Besiedlung störten. 1880 schrieb der »Queenslander« zum Problem der Besiedlung von Cape York: »Die Besiedlung muß aufgeschoben werden, bis die Ausrottung vollendet ist!«

Um die Farmer bei der Verfolgung und Dezimierung der Australier zu unterstützen oder um ihnen die blutige Arbeit abzunehmen, wurde die sogenannte »Native Police« gegründet. Ausgewählte »zivilisierte oder halbzivilisierte« Ureinwohner wurden unter dem Kommando weißer Offiziere ausgebildet und zu Vergeltungsaktionen in Landesteilen außerhalb ihres Stammesgebietes eingesetzt. Die Native Police »kennt die Schliche ihrer Rassegenossen und findet am Morden besonderes Vergnügen. Diese rächt die Tat, indem sie in jener Gegend jeden Schwarzen tötet, den sie finden kann, zuweilen auch die Weiber und Kinder« (R. Semon). Daß die »schwarze Polizei« ein »wichtiger Faktor für die Ausrottung der Eingeborenen« in den letzten Jahrzehnten des 19. Jahrhunderts gewesen ist, hebt auch Lumholtz hervor. Sein Beleg für ihr grausames Vorgehen ist deutlich genug. Mehrere Ureinwohner hatten aus Rache für Übergriffe an ihren Frauen einen Provianttransport überfallen und geplündert. Niemand wurde aber dabei getötet, die weißen Begleiter flüchteten und hetzten die Native Police auf die »Verbrecher«. Diesen war es ein leichtes, die Spuren der Gruppe aufzunehmen, sie zu stellen und zu erschießen. »Dies ist einer von den vielen Gewaltstreichen, welche die schwarze Polizei gegen die Eingeborenen ausgeführt hat, man könnte die herzzerreißendsten Geschichten erzählen über das gewissenlose Vorgehen, das ein schwarzes Blatt in den Annalen der Kolonisation bildet. Die Polizei-Inspektoren haben oft ihren Subalternen ein Massacre auf eigene Hand überlassen, ›to disperse the blacks‹, wie sie sagen; dadurch halten sie sich selber den Rücken frei, denn es ist gegen das Gesetz, einen Schwarzen zu töten, und sie würden durch eigenes Handanlegen leicht ihren Posten verlieren. Kein Wunder, daß die Schwarzen diese Institution hassen und jede Gelegenheit ergreifen, sich an ihren Verfolgern zu rächen. So wurde während meines hiesigen Aufenthaltes ein Inspektor auf einer Zusammenkunft mit den Wilden durch einen Speerwurf getötet und ein Jahr später ein anderer Inspektor nachts in seinem Lager erschlagen.«

Bei Ankunft der ersten Siedler lebten in Victoria etwa 9000 Ureinwohner, um 1880, also nach rund 50 Jahren, waren noch ganze 800, also weniger als zehn Prozent der ursprünglichen Zahl, der Vernichtung oder Vertreibung entgangen. So kraß war der Rückgang der eingeborenen Bevölkerung aber nicht überall, sondern nur in den nord- und südöstlichen Gebieten, den Schwerpunkten der weißen Städte und Agrikultur.

DIE AUFGEZWUNGENE RELIGION

Trotz offensichtlicher Verständnislosigkeit gegenüber der Eingeborenenkultur gab es Europäer, die die Brutalität ihrer Mitbürger erkannten und auf Abhilfe sannen. »Es gäbe Leute«, schrieb Lumholtz, »welche die ›Schwarzen als Menschen betrachten‹ würden, die berechtigt wären, in einem Lande zu leben, das ja eigentlich ihnen gehörte.« Einer dieser einsichtigen weißen Australier schrieb sogar an den Naturforscher: »Könnte ich in irgendeiner Weise die klägliche Stellung der Schwarzen verbessern, ich würde gern meine schwache Kraft daran verwenden, für ihre Sache zu wirken. Aber ach, es wäre vergeblich, für sie auf Besserung zu hoffen, denn es ist ein unabänderliches Naturgesetz, daß die Starken auf Kosten der Schwachen leben ... Das englische Volk wirft Steine auf andere Nationen wegen der Behandlung ihrer annektierten Völkerschaften; aber nichts kann barbarischer sein als sein eigenes Vorgehen den australischen Eingeborenen gegenüber.«

Besonders aufgefordert fühlten sich natürlich die christlichen Missionsgesellschaften, sich um die »heidnischen Wilden« zu kümmern. Aus welchem Geiste heraus das bis weit in das 20. Jahrhundert hinein geschah, erhellt besonders deutlich der Ausspruch des Predigers Crashaw, der 1610 über das Verhältnis von Engländern zu den nordamerikanischen Indianern schrieb: »Wir geben den Wilden, was sie am dringendsten brauchen: erstens Gesittung für ihre Körper, zweitens Christentum für ihre Seelen. Wir nehmen uns von ihnen nur, was sie leicht entbehren können: erstens ihr überflüssiges Land, zweitens ihre überflüssigen Naturschätze.« »Gesittung« und »Christentum« als wohlfeile Ware gegen Land und Rohstoffe einzutauschen erschien nach Ansicht der Zeit durchaus als gottgefälliges Werk. Fragen brauchte man die »Wilden« nicht, ihr Einverständnis zu diesem Tun wurde im Interesse der höheren Liebe Gottes als selbstverständlich vorausgesetzt.

Unter solchen Vorzeichen konnte es einen Erfolg der Mission nicht geben: weder im 19. Jahrhundert, als den Einwohnern noch mehr Lebensraum als später verblieben war und sie sich jedem Versuch widersetzen konnten, sie zwangsweise seßhaft zu machen, und auch später nicht, als die Wüste und Steppe viele nicht mehr ernähren konnte und man sie zu Almosenempfängern der Zivilisation degradierte. »Übrigens ist natürlich«, schrieb Semon 1895 »der Erfolg der Mission … faktisch gleich Null. Wie kann der Missionar eine Horde beeinflussen, die heute hier, morgen dort ist und die sich durch kein Mittel seßhaft machen läßt. Alle Versuche, das zu tun, sind als gescheitert zu betrachten, und wenn man im Süden hie und da eine kleine Zahl Überlebende der dem Aussterben nahen Stämme in kleinen Ansiedlungen vereinigt hat und sie, weil ihnen nichts anderes übrigbleibt, dort auch aushalten, bis der Letzte gestorben ist, so ist das nicht als ein Erfolg zu bezeichnen, die Eingeborenen seßhaft zu machen.«

Die Farmer hatten sich zielsicher die klimatisch besten Regionen angeeignet, ohne dabei auf die alten Grenzen der Stammesgebiete zu achten. Der christlichen Mission sollte es nun auch noch gelingen, nach dem Raub des Landes die Würde der Ureinwohner und die Lebenskraft ihrer sozialen Institutionen zu zerstören.

Das erste, was die Missionare erreichen wollten, war, daß die Ureinwohner in Hemd und Hose bzw. Rock und Bluse einhergingen. Der nackte, von Gott geschaffene Körper verletzte die christliche Sittsamkeit. Aus vielen Gründen sträubten sich die Australier gegen die ungewohnten Kleidungsstücke, vor allem, weil nun kein Stammesbruder mehr die rituellen Narben am Körper erkennen konnte. Die Bemalung bestimmter Körperpartien deutete bei einigen Stämmen auf den Initiationsgrad der Männer hin, also auf ihre soziale Stellung im Stamm. Bei ihren Tänzen, dem gestalteten Mythos ihres Stammes, bemalten sich die Australier; wenn sie ihre Kultobjekte schnitzten, salbten sich die Männer ebenso mit Eidechsenfett und rotem Ocker ein. Allerdings behielten sie in den Stationen die Kleidung an, um in den Genuß von Tabak und Tee, Zucker und Nahrungsmitteln zu kommen, und legten diese aber sofort wieder ab, wenn sie ihre Tänze aufführten. Gingen sie auf die Jagd, hängten sie ihre Kleidungsstücke, die oft eher Lumpen glichen, an den nächsten Baum und liefen wie eh und je nackt in den Busch.

Verzweifelt führten viele Missionare einen Kampf um die Sauberkeit der Plätze und Unterkünfte der Ureinwohner in den Stationen. Sie konnten einfach nicht verstehen, daß Menschen, die keine festen Lager kannten und durch den Busch streiften, keine Veranlassung sahen, das Nachtlager aufzuräumen. Dazu hinterließen sie ja nur Knochen, Rindenstücke als Windschutz, zerbrochene Nußschalen und andere organische Substanzen, die rasch vergingen. Erst in den Stationen der Weißen bekamen sie Papier, Pappe,

Blechbüchsen und ähnliches, das bleibende Spuren hinterließ. Viele Missionsangestellte begriffen nicht, warum die Eingeborenen die Unterkünfte demolierten, alles Brennbare für das Lagerfeuer im Busch verwendeten oder warum sie sich weigerten, die festen älteren Häuser zu beziehen. Die Sterblichkeit der Eingeborenen in den Stationen war groß. Um nicht ständig an die Toten erinnert zu werden, mieden die Eingeborenen nicht nur diese Häuser, sondern sie verbrannten auch allen Besitz eines Dahingeschiedenen, selbst sein Haus, soweit das möglich war.

Einen energischen Kampf führten die Missionare gegen das Töten von Zwillingen. Aber auch diese von uns als grausam angesehene Gewohnheit findet ihre einleuchtende Erklärung in Umwelt und natürlichem Verhalten der Ureinwohner. Eine Mutter kann beim Umherziehen mit dem Stamm nur einen Arm zum Tragen erübrigen, zwei Kinder könnte sie nicht bewältigen. Einen Arm braucht sie zum Sammeln der Nahrung. Diese als hart im Sinne unserer Moral, aber auch im Dafürhalten der Ureinwohner, empfundene Notwendigkeit verschleierte der Mythos, denn Zwillinge galten als Kinder böser Geister.

Das wichtigste aller Rituale der Ureinwohner, die Initiationen der Knaben, »die Zeremonie des Mannbarmachens«, wurde genauso intensiv bekämpft. Das Leben der Ureinwohner verläuft zwar anders als unser Leben, aber auch wir müssen uns für die einzelnen Lebensabschnitte qualifizieren: durch Erlernung von Sprache, Bewegung, Schrift, Anstand, Beruf, Autofahren usw. Jeder Australier hatte sich entsprechend der dort üblichen Lebensweise bestimmten Prüfungen zu unterziehen. Der Sinn der auferlegten Bewährungsproben ist der gleiche wie bei uns: Die Anerkennung der bestehenden Ordnung und Regeln des Zusammenlebens, das Respektieren der Alten kommt im Busch noch hinzu. Bis zum Eintritt der Pubertät unterscheidet sich die Erziehung von Jungen und Mädchen nicht. Bei den Pitjandjara, einem Stamm im Gebiet von Ayers Rock, wird zwischen Wiegenkindern, Krabbelkindern, gehenden Kindern, Heranwachsenden unterschieden. Ab diesem Zeitpunkt werden Jungen und Mädchen getrennt. Die Mädchen werden nun nach dem körperlichen Entwicklungsstand klassifiziert. Es gibt die ipi tuntumpa – junges Mädchen mit kleinen Brüsten –, ipi longkara – Mädchen mit wohlgeformten Brüsten – und schließlich die kungkawara – unverheiratete Mädchen mit großen Brüsten und Schamhaaren. Bei vielen Stämmen gibt es für Jünglinge besondere Riten. Sie durchzustehen erfordert Mut und Beherrschung.

Zehn zum Teil sehr schmerzhafte körperliche Eingriffe hat ein Initiant bei den Bad (Dampier-Halbinsel) über sich ergehen zu lassen. Ihm werden die Bart- und Schamhaare ausgerissen, eine Vene geöffnet, er muß sich auf Feuer legen, das Nasenseptum wird durchbohrt, die Frontzähne werden ausgebrochen, die Arme längere Zeit abgeschnürt, er muß Bäume erklettern, wird mythisch verbrannt, und zuletzt wird er beschnitten.

Die Beschneidung besteht aus zwei Eingriffen: erstens der Circumcisio (Umschneidung der Vorhaut) und der Subincisio. Der »schreckliche Ritus« – the terrible rite –, wie ihn die weißen Siedler nannten, ist wirklich schrecklich: »Mit einem Steinmesser schlitzt der Beschneider den Penis des Initianten vom Ausspritzungsgang bis zum Hodensack auf. Kein physischer Zwang wird auf den Jungen ausgeübt; er wird durch nichts gehalten, außer durch die Gebote eines gehörigen Benehmens. Er darf kein Zeichen von Schmerz zeigen, außer einer lautlosen Grimasse. Aber wenn es vorbei ist, wie alles einmal aufhört, ist der Junge ein Mann geworden. Ein *Mann*.

Er hat die schlimmste Prüfung bestanden, die ein Mann sich vorstellen kann. Ohne Schreien, Weinen oder Schluchzen. Nichts kann ihn nunmehr erschrecken. Er kann nun eintreten in die feindseligste aller Umwelten, nackt, wie er geboren wurde, und überleben« (J. Greenway).

Dieser Ritus, der nicht bei allen Ureinwohnern verbreitet ist, stellt aber bei den Stämmen, die ihn vollziehen, das Bindeglied zur Gemeinschaft dar. Nur der Vollinitiierte wird in die Welt der Männer aufgenommen, darf die heiligen Gesänge hören, die Tänze und Kultobjekte anschauen und heiraten. Wer sich dem Ritus entzieht, gehört nicht mehr zum Stamm, wer bei den Operationen vor Schmerzen schreit, auch nicht. Früher war es noch üblich, daß er gespeert wurde.

Die Männer, die von den Missionaren vom Eingriff abgehalten wurden oder andere Initiationsriten ausließen, blieben zwischen den unüberbrückbaren Welten von Stammeskultur und Zivilisation stehen. Von den Weißen werden sie deshalb nicht höher eingeschätzt als ihre vollwertigen Stammesbrüder, von denen sie überhaupt nicht mehr akzeptiert werden. Den Ritus zu verbieten war ein sinnloses Unterfangen. Es machte die Menschen eher unglücklich, als daß sie dadurch an die Zivilisation herangeführt wurden und somit an den Glauben der Europäer.

Leicht ist die Frage zu beantworten, was die Institutionen der

Europäer den Ureinwohnern gegeben bzw. genommen haben: Elend, Krankheit, Degeneration, Sittenverfall, Auflösung der Strukturen stehen Landnahme, Mythos, sozialer Organisation, Freiheit, Menschenwürde gegenüber. Was die Missionare sich als Erfolg anrechneten, zerfällt bei näherer Betrachtung in Staub und Scham, wirkt oft lächerlich, peinlich oder als Eingeständnis des Mißerfolgs.

IN DER SCHULE DER WEISSEN

Zwei Fälle – am Ende des 19. Jahrhunderts in Australien weit bekannt – belegen, wie aussichtslos eine Zivilisierung der Ureinwohner damals war. Die Gemahlin eines australischen Gouverneurs nahm ein kleines Mädchen, die »schwarze Sarah«, aus der Missionsschule zu sich als Kammerjungfer, nachdem sie längere Zeit auf ihre Aufgaben vorbereitet worden war. Sarah benahm sich nicht nur tadellos, sie ging auch regelmäßig in die Kirche, konnte lesen und schreiben und wurde deshalb überall als lebendiger Beweis herumgereicht, daß auch die Ureinwohner einen hohen Grad von Gesittung erreichen können. Eines Tages war sie aber verschwunden. Man befürchtete eine Entführung. Durch Zufall entdeckte geraume Zeit später die Lady ihre Zofe wieder: Mit Ocker und Eidechsenfett beschmiert sowie mit einem Opossumfell umhüllt, saß sie höchst vergnügt neben einem jungen Stammesbruder, der offensichtlich ihr Herz gewonnen hatte.

Der Australier Benelonb vermochte nach Maßstäben der Weißen sogar noch höher aufzusteigen. Er war in England erzogen worden, verstand Latein und Griechisch. Bei seiner Rückkehr nach Australien wurde er vom Gouverneur von Neusüdwales empfangen und durfte an dessen Tafel sitzen. Eines Tages war aber auch er spurlos verschwunden, nur seine Kleider fand man noch in seinem Zimmer. Die Sehnsucht nach dem Busch war stärker als die durch Latein- und Griechischkenntnisse geknüpften Bande zur Zivilisation.

Die Europäer waren immer wieder entsetzt, wenn sie so augenscheinlich mit den Mißerfolgen ihrer oft rührenden Bemühungen um einzelne Eingeborene konfrontiert wurden. Daß sie alles falsch machten oder machen mußten, weil sich Jahrtausende unterschiedlicher Verhaltensmuster und geistiger Entwicklung nicht durch ein paar Jahre Unterricht in Missionsschulen wettmachen lassen, auf diese einfache Idee kamen die wenigsten. Wie die Ausbildung der aus dem Busch geholten Kinder noch Ende der zwanziger Jahre erfolgte, kann am Beispiel des Unterrichts in der Schule der deutschen Missionsstation Hermannsburg im Mac-Donnell-Gebirge (Nordterritorium) anschaulich dargestellt werden. Der deutsche Gymnasialprofessor Walter Geißler besuchte 1926 die Station und ließ sich vom Missionslehrer die Zöglinge einmal vorführen. Die Beschreibung liest sich heute wie eine Karikatur unseres eigenen Bildungsjammers, damals war es nur Dressur von »unschuldigen Eingeborenenkindern«:

»Es wurde der ältere Jahrgang an die Tafel geholt, vor der sich die Kinder im Kreise hinhockten. Ein mittlerer Jahrgang wurde mit Lesen beschäftigt und mußte in den Bänken sitzen bleiben. Wieder andere saßen in Gruppen vor dem Gebäude und lernten laut die Zehn Gebote, die ihnen ein Kind vorsagte. ›Wie lange haben Sie die Kinder in der Schule?‹ ›Acht Jahre; ich habe fünf Stufen; alles in allem 52 Kinder.‹ ›Eine schwere Aufgabe!‹ ›Ja, Sie müssen bedenken, daß es Naturkinder sind, die das Stillesitzen nicht schätzen. Das ist den Kindern sehr schwer beizubringen. Stoßen Sie sich bitte nicht daran, wenn es lebhaft zugeht. Ich sehe übrigens darauf, daß sich die Kinder selbst verbessern, auf diese Weise arbeiten sie alle mit.‹ ›Wie bewerkstelligen Sie nur das Multiplizieren und Dividieren?‹ ›Das macht keine besonderen Schwierigkeiten. Ich werde mal einen der Jungen rechnen lassen ... Jakob, geh mal an die Tafel‹, wandte er sich in englischer Sprache an den Jungen. ›Wieviel ist 3 mal 5?‹ Jakob schrieb erst die Aufgabe in Ziffern richtig hin und zeichnete dreimal fünf Striche darunter. Er zählte dann die Striche und erhielt das Ergebnis 15, das er dann richtig hinschrieb. In ähnlicher Weise wurde 21 : 7 = 3 gelöst, indem erst 21 Striche aufgezeichnet wurden und dann, von vorn beginnend, jedesmal sieben Striche abgetrennt wurden. ›Solche leichten Aufgaben rechnen die befähigten Kinder ohne die angewandten Hilfsmittel. Aber so müssen es alle können. Nun wollen wir aber mal singen, das erfrischt die Lebensgeister wieder. Was wollen Sie hören? Die Kinder können unsere beliebten Kirchenlieder in Aranta singen.‹ Mit klaren Stimmen tönte dann das Kirchenlied ›Jesu, geh voran‹, und es folgten noch einige andere. ›Zum Schluß noch ein weltliches Lied; haben Sie nicht die Lorelei selbst übersetzt ins Aranta?‹ ›Ja,‹ gab der Lehrer lachend zu, ›aber ich habe das Lied etwas abändern müssen. Meine Aranta konnten sich unter der Lorelei so gar nichts vorstellen, und sie wollten es gar nicht mit Begeisterung singen. Da habe ich denn das Känguruh eingesetzt, von denen man früher so viele auf den Bergen hatte sitzen sehen und von denen man jetzt kein einziges mehr findet.‹ ›Das nennt man Anpassungsfähigkeit! Na also los!‹ Und da sangen denn die Kinder:

›Jinga arbalama	›Ich weiß nicht
Larberinja nuka	Traurigkeit meine
I mankibera kuta	Vor alten Zeiten immer
Jinga ilbankama.	Ich dran denke
Ara ntjara indora	Känguruhs viele sehr
Inka kat ningala	Berge oben sitzend
Lata bula ta itja	Heute aber ich nicht
Nintenta juntama.‹	Ein einziges finde.‹

›Das habt ihr aber sehr schön gemacht‹, lobte der Professor. ›Dafür sollt ihr auch etwas Schönes haben.‹ Damit nahm er die geheimnisvolle Kiste, die er mitgebracht hatte, und verteilte an jedes Kind eine Zuckerstange.«

Auch wenn der geneigte Leser die Szene zweimal liest, wird er kaum wissen, ob er lachen oder weinen soll. Bedenkt man, daß das Erlernte auch nicht in entferntester Beziehung zu ihrem Leben stand, wird man sich wohl für das Weinen entscheiden müssen. – Selbst wenn die Missionsstationen verwaltungsmäßig gut geführt waren, was selten genug der Fall war, erreichten die Akkulturationsbemühungen nur eins: wachsende Abhängigkeit der Ureinwohner von den Stationen und Auflösung der traditionellen sozialen Strukturen, die durch nichts Gleichwertiges ersetzt werden konnten. Schon nach kurzer Zeit gewöhnten sich die Menschen an das eigenartige Wohlfahrtssystem, das sie ernährte und als Gegenleistungen schwerverständliche Übungen wie das Singen fremder Melodien und Texte verlangte. Die Menschen verloren Unersetzliches und gewannen Unverständliches.

Nach wenigen Jahren war zum Beispiel in Vergessenheit geraten, wie man sich in der Wüste und Steppe behaupten konnte, in welchen Wurzeln der Sträucher und Bäume Wasser zu finden war, wenn die Quellen bereits versiegt sind, wie man die Frösche im Sommerschlaf auffindet, wenn die Flüsse kein Wasser mehr führen, um ihnen ihr gespeichertes Wasser auszupressen, wie man eßbare Larven aufspürt, wie man der kaum sichtbaren Dungspur der Bienen folgen kann, um ihre Waben zu finden, wie man Pflanzen ihr tödliches Gift entzieht.

In den Lagern der Missionen oder des Staates verlieren die Eingeborenen ihr natürliches Verhältnis zu ihrer Heimat. Wer sich nicht rasch nach den ersten Kontakten mit den Verwaltern entschließt, in den Busch zurückzukehren, der verfällt bald in Apathie und vermag nur noch ab und zu auf der Jagd »Urlaub im Busch« zu machen. Er ist bald für beide Welten verloren: Der Weg zurück kann nicht mehr gegangen werden, eine Aufnahme in die Zivilisation erfolgt nicht, weder durch eine Beschäftigung als Viehtreiber auf den einsamen Farmen noch durch das unwürdige Leben als unterste soziale Schicht in den Städten der Weißen.

In der ersten Zeit brechen in den Lagern zwischen den Männern verschiedener Stämme oder Horden meist Kämpfe aus. Jeder möchte das Gebiet der Mission oder Reservation als sein Stammesgebiet reklamieren. Bald spüren aber die Eingeborenen, daß ihre Ordnungsbegriffe mit der neuen Welt nur schwer in Einklang gebracht werden können. Sie spielen rein äußerlich Zivilisation und versuchen, von ihrem Menschentum soviel wie möglich offen oder geheim zu retten. Nur wenige helfen ihnen dabei. In den meisten Stationen ist es auch heute nach über 70jähriger Erfahrung nicht anders geworden. Der Münchner Völkerkundler Andreas Lommel, der Ende der sechziger Jahre den Kontinent bereiste, analysierte den Zustand der Menschen in den Stationen überaus treffend: »Die Eingeborenen auf den Missionen machten auf den ersten Blick einen klugen und gesunden Eindruck. Sie waren verhältnismäßig sauber gekleidet, konnten sich in Englisch ausdrücken, und vor allem die Kinder schienen sich in die weiße Zivilisation gut eingeführt zu haben, gingen gewandt mit Pferden um, bedienten Maschinen und arbeiteten auf den Feldern. Aber schon am nächsten Tag, als wir sie besichtigten, mußten wir bemerken, wie gering die Anzahl der Kinder im Vergleich zu der verhältnismäßig großen Menge Erwachsener war, und es war klar, daß auch dieser Stamm in Bälde nur noch aus wenigen Individuen bestehen würde. Auch schien die so englisch betonte moralische Atmosphäre, die von den Missionaren gepflegt wurde, nur äußerlich zu herrschen und von den Schwarzen bewußt zur Schau getragen zu werden. Sowie sie sich unbeobachtet sahen, verwandelten sich die sittsamen Mädchen in verdächtig gewandte und verlangend blickende Halbwelttypen, und die demütige Zurückhaltung der Männer verbarg auf die Dauer nur schlecht ihre Verschlagenheit.« Eine offenkundige sittliche Verkommenheit der Frauen und eine durchtriebene Anpassung der Männer sind nur zwei Äußerungen für die gleiche verheerende Wirkung des fast 200jährigen Kontaktes und Zwanges durch die weiße Welt. Unbarmherzig schritten die Träger der Zivilisation zur Tat: Hatten sie keine weißen Frauen, holten sie sich schwarze, brauchten sie Land, vertrieben sie die Männer mit ihren Gewehren, entdeckten sie Gold oder wertvolle Steine, rissen sie die Erde auf. Die Ureinwohner fanden auf das Verhalten der Europäer keine Antwort außer Selbstaufgabe. Lumholtz schrieb vor rund 100 Jahren: »Die Demoralisation, als nothwendige Folge der Zivilisation bei den Wilden, ist auch in diesem Lande weit fortgeschritten. Die angeborene Trägheit der Eingeborenen nimmt zu, und sie verlieren ihr altes Selbstvertrauen und ihr Selbständigkeitsgefühl, weil sie sich daran gewöhnen, auf den weißen Mann zu rechnen. Dafür halten sie sich auch am liebsten in der Nähe der Stationen oder Dörfer auf, wo sie außerdem Branntwein oder Opium erhalten können, wofür die eingewanderten Chinesen ihnen sehr schnell Geschmack beigebracht haben. Ich kann mir keinen widerwärtigeren Anblick vorstellen als ein Lager von zerlumpten, zudringlichen Schwarzen, mit allen Lastern der Zivilisation behaftet. Für mich, der ich unter dem Eindrucke der Frische von den Wilden in Nord-Queensland kam, war es sehr niederschlagend, zu sehen, welche Zukunft meine Freunde dort oben zu erwarten hatten.«

1836 traf Robinson, der das Tasmanier-Problem so schnell der »Endlösung« entgegengeführt hatte, auf die gleichen Zustände in Port Phillip (Victoria) wie auf Tasmanien: Versagen der Kolonialbehörden, überbordender Alkoholismus. »Die Unmäßigkeit gedeiht rasch, und man sagte mir, Branntwein würde in so großen Mengen getrunken, daß man es fast nicht glauben kann. Viele Urbewohner der Siedlung, die mit den am tiefsten gesunkenen Weißen verkehren, haben sich bereits dem Trunke ergeben. Ich war sehr bekümmert und betrübt, zu hören, daß viele weibliche Urbewohner, darunter auch junge Mädchen, stark unter Geschlechtskrankheiten leiden, die sie sich von verkommenen Weißen zugezogen haben. Die Geschlechtskrankheiten richten so auffallende Verheerungen unter ihnen an, daß man sie bemerken mußte. Viele männliche Urbewohner litten ebenfalls an dieser verderblichen Krankheit.«

Heute lassen die alten Männer auf den Stationen die alten Gesänge und Tänze oft lieber in Vergessenheit geraten, als sie den semikultivierten Halbaustraliern, die nur die Missionsstationen kennenlernten, weiterzugeben. Für die Alten mußte es wie ein unüberwindbarer Schock wirken, ihre heiligen Gesänge und Mythen von ihren entarteten Enkeln zu Beatrhythmen gespielt zu sehen.

Entweder wurden die Stämme physisch vernichtet, oder sie wurden kulturell ausgehöhlt. Das Erbe wird bald von niemandem weitergetragen werden. Nur noch selten werden die Mythen mit den alten Gesängen aufgeführt, und noch seltener ist gerade ein Völkerkundler zur Stelle, um sie auf Band aufzunehmen. All die Bumerangs oder Hölzer, die man heute für die Touristen schnitzt, dekoriert mit hüpfenden Känguruhs, sind längst profanisierte Gegenstände ohne kultische Bedeutung, ohne die gewundenen mythischen Wege der Kulturheroen der Vorzeit.

EINE SPRACHE – ZWEI WELTEN

Die moderne Welt, Elend, Krankheit und Zerstörung ihrer Sitten, die Unfruchtbarkeit ihrer Frauen suchten die Australier auf ihre Weise zu erklären. Im Kimberley-Distrikt in Nordwestaustralien entstand ein neuer Kult, der sogenannte Kurangara-Kult. Hier waren Syphilis, Lepra und die sogenannten Himbeerpocken so stark verbreitet, daß die Australier selbst mit ihrem baldigen Dahinsterben rechneten. Nach Untersuchungen, die 1939/40 stattfanden, waren zwischen 40 und 95 Prozent der Menschen von diesen Krankheiten befallen. Der Kurangara-Kult stellte die mythische Antwort auf die Fragen und Sorgen der Ureinwohner dar. Sie ahnten, daß der Kontakt mit den Weißen an ihrem Elend schuld war. Im Mythos um den Geist Tjanba spiegelt sich die Neue Welt wider, nicht aber ihre eigene. Vor der Verkündung des Weltendes – so weiß der Mythos zu berichten – würde sich ihre alte Ordnung vollkommen umkehren. Die Frauen würden die Tänze und Zeremonien aufführen und die Männer auf Nahrungssuche gehen. In der mythischen Welt Tjanbas gibt es Wellblechhütten, Lepra und Syphilis. Der hohe Geist jagt mit dem Gewehr, er benutzt Eisenbahnen, Autos und Flugzeuge, er trinkt Tee mit Zucker, ißt Brot und Rindfleisch. Seine Kultplätze liegen in der Nähe der Stationen oder Farmen, und er versteht nicht mehr die alten Sprachen, sondern nur noch Pidgin-Englisch.

Im Bild des Mythos fehlt nur noch, daß die Australier für die Weißen arbeiten, ihre alten Kulte vergessen müssen und dafür das Stimmrecht voll gleichberechtigter Bürger des Australischen Bundes erhalten, dann wäre die reale Entwicklung der Zukunft vorausgesagt.

Eine echte Verständigung zwischen Australiern und Europäern hat es nur ansatzweise in Ausnahmefällen gegeben. Die Kommunikation war und ist sehr schwierig. Die Sprache, auf die man sich einigte, das sogenannte Pidgin-Englisch, kann kaum den Reichtum der Eingeborenensprachen wiedergeben. Nur wenige Nachdichtungen lassen uns ahnen, wie lyrisch ihre religiösen Gesänge sind. In einem Gesang an den Regengeist der Aranta heißt es:

»Erste Schauer des Sturmes, –
Erste Schauer des Sturmes fallen in Tropfen herab.
Die ersten Schauer des Sturmes, –
Die ersten Schauer des Sturmes, in Bächen sie gießen herab,
In Bächen sie gießen herab.
Die Flamme des Blitzes
Schüttelt die Bäume in Fetzen.
Die Flamme des Blitzes
Lähmt und erschreckt.
Überfließen die Ufer in seitliche Arme,
rollt die Flut hinab ihre Wogen.«

Die Wiederholung ist bei den Australiern aber nicht in erster Linie Stilmittel, sondern sie drückt die Zeitspanne aus, hebt hervor, daß eine Bewegung, ein Verhalten länger andauert als das kurze einmalige Aussprechen eines Vorgangs. Mit einem eigenartigen gebrochenen Englisch, ihrer eigenen Sprachempfindung sehr nahe, erzählen die Ureinwohner beispielsweise Europäern ihre Jagderlebnisse. John Greenway hat eine solche Erzählung, die im Grunde genommen einen sehr einfachen Vorgang wiedergibt, notiert: »I bin go, I bin go, I bin go I bin go I bin go I bin go – orright! Ah! (Handzeichen eines erspähten Känguruhs). I bin sneaka, I bin sneaka I bin sneaka I bin get spear, slow, close up, slowpella, I bin sneaka – MISSED 'IM. Him bin race away. Orright. I bin move again, I bin tracka, I bin go, I bin follerim, I bin follerim, I bin follerim, I bin follerim I bin follerim I bin follerim, I bin follerim I bin sneaka – CAPPED 'IM, by Chrise, proper good one, no more gammon!« Eine annähernde Übersetzung würde lauten: »Ich gehen, ich gehen, ichgehenichgehenichgehenichgehen – klar! Ah! Ich schleichen, ich schleichenichschleichen, ich Speer nehmen, langsam, ganz nah, nah, Mann, ich schleichen – nicht getroffen ihn. Er wegrennen. Klar. Ich wieder loslaufen, ich auf Spur, ich gehen, ich ihm folgen, ich ihm folgen, ich ihm folgenichihmfolgenichihmfolgenichihmfolgenichihmfolgenichihmfolgen, ich schleichen – GETROFFEN IHN, bei Gott, ein ordentlich guter, kein Unsinn mehr!«

Natürlich verstehen die Australier Englisch recht gut, und sie können am Tonfall und der Diktion wohl unterscheiden, ob man ihnen freundlich oder herablassend begegnet, ob der Weiße sie als

Mensch oder als »black fellow« ansieht. Verständlicherweise reagieren sie mitunter verletzt, wenn sie zu salopp angesprochen werden. Ein Weißer erkundigte sich während einer Emujagd z.B. bei einem Ureinwohner: »You been see 'im tsukki-tsukki, big fellow?« (etwa: »Hast du Federvieh gesehen, mein Dicker?«) Indigniert antwortete dieser: »I suppose you mean an emu«. (»Ich nehme an, Sie meinen ein Emu.«) Mit den Worten: »I ain't no fucking blackfella; I'm a fucking Australian!« wehrte sich, wie Greenway berichtet, ein so eindeutig angesprochener alkoholisierter Australier, dem ein Polizist seine Flasche abnehmen wollte. –

Selbst wenn die in Missionen erzogenen jungen Eingeborenen in die Stadt übersiedeln und dort auch Arbeit gefunden haben, genügt allein ihr aufrichtiger Wille nicht, mit den Schwierigkeiten, die die weiße Gesellschaft ihnen entgegensetzt, fertig zu werden. Keine soziale Gruppe von Menschen gleicher Denkungsart nimmt sie auf oder gibt ihnen Rückhalt. Die Erziehung zum »schwarzen Europäer« beginnt mit Demütigungen und endet in der Regel im Abseits der modernen Großstadt. Bald nach den ersten Kontakten muß der kolonisierte Eingeborene feststellen, daß die christlichen Sprüche der Missionare der Wirklichkeit christlichen Zusammenlebens nicht Stand halten – also: eine Sprache und zwei Welten auch hier. Die Diskriminierung der Ureinwohner war bislang auch durch gesetzliche Maßnahmen nicht zu beseitigen. Selbst wenn, wie erstmals 1970 geschehen, Weiße vor einem Gericht wegen Diskriminierung verurteilt werden, ändert das nichts an der von beiden Teilen der Bevölkerung empfundenen Fremdartigkeit und sozialen Unvereinbarkeit.

Im gleichen Jahre 1970 konnte immerhin ein weißer Grundbesitzer im Fernsehen noch unglaubliche Sentenzen vorbringen wie: Er betrachte die Abos »als eine Art Brücke zwischen den höheren und niederen Spezies im Königreich der Tiere« und er glaube nicht, daß sie jemals mit dem weißen Manne gleichziehen könnten. »Deshalb sei es gefährlich, die Schwarzen in die Gesellschaft zu lassen.«

1978 konnte noch ein australischer Bundesminister sagen, Australien könne bei seiner Rassenpolitik noch viel von Südafrika und Rhodesien lernen. Allerdings wurde er daraufhin entlassen. Eine vom Kommissar für Gemeinschaftsbeziehungen angeregte Studie über das Verhalten von Weiß zu Schwarz stellte etwa zur gleichen Zeit fest, daß die Meinung, »die Aborigines sollten am besten auf eine vor der Küste gelegene Insel verfrachtet und dort bombardiert werden«, wiederholt allen Ernstes von Weißen vorgebracht wurde. »Die Diskriminierung (der Aborigines) berührt praktisch jeden

Lebensbereich ... Faktisch herrscht Apartheid.« Dieses vernichtende Urteil der Studie gilt einer Regierung, die sich auf internationaler Ebene nicht geniert, Entrüstung über Rassendiskriminierung in Südafrika vorzuspiegeln. Hoch kann angesichts der eigenen Zustände die moralische Qualität solcher Empörung nicht eingeschätzt werden.

Außer der direkten Verunglimpfung, Beschimpfung, Beleidigung gibt es subtile Möglichkeiten der Diskriminierung, die in keinem, auch noch so sorgfältig redigierten Gesetzestext als Tatbestand umschrieben werden können.

EINE SOZIALE LÖSUNG?

Um die Jahrhundertwende waren in den südlichen Städten Australiens Organisationen wie die »Anti-Sklaverei-Gesellschaft« und die »Vereinigung zum Schutze der einheimischen Rasse« entstanden, die zum Teil in Verbindung mit der Mission das Los der Ureinwohner verbessern wollten. Diese humanitären Vereinigungen erreichten es zwar nicht, daß die Verfolgungen aufhörten oder die Ureinwohner echt als gleichberechtigt innerhalb ihrer eigenen Kultur respektiert wurden, aber immerhin, sie schärften den Blick der Öffentlichkeit für das Unrecht an diesen Menschen. Ihren Bemühungen war es zu verdanken, daß eine grausame Strafexpedition der Polizei im Jahre 1928 eine Serie von Protesten gegen die offizielle Behandlung der Ureinwohner auslöste. Bei einer Verfolgungsjagd auf die angeblichen Mörder eines weißen Dingojägers in Zentralaustralien hatte die Polizei 31 Ureinwohner erschossen. Die Entrüstung der Öffentlichkeit war ungeheuer. Jetzt, da diese wenigen unglücklichen Menschen auch nicht im entferntesten eine Gefahr für die weiße Herrschaft darstellen konnten, war Humanität durchaus kleidsam. Aber obwohl es keinerlei Beweise für die Beteiligung der getöteten Australier an der Ermordung des Dingojägers gab und es noch nicht einmal feststand, ob er wirklich umgekommen war, ergriff die Regierung keinerlei Maßnahmen gegen die beteiligten Polizisten. Die Strafexpeditionen begannen aber seltener zu werden, und eine »soziale Lösung« des Eingeborenenproblems wurde nun verstärkt in Angriff genommen. 1942 kamen auch die Aboriginals in den Genuß von Kindergeld und Altersrenten. Eine verbesserte Gesundheitsfürsorge führte nach 1945 zum ersten Male in der Geschichte des weißen Australiens zu einem Anwachsen der schwarzen Bevölkerung.

Ein Einbruch in die Verhaltensweisen der Aboriginals gelang aber auch den weißen »Sozialhelfern« nicht. Seit 1949 ist es Eingeborenenkindern zwar auch erlaubt, die staatlichen Schulen der Europäer zu besuchen, aber bis 1973 hatten in ganz Australien erst sechs Ureinwohner einen akademischen Grad erworben, bis 1976 waren es 25. Obwohl 1967 den Ureinwohnern die politische Gleichberechtigung zugestanden wurde und sie seitdem auch bei den Volkszählungen berücksichtigt werden, brachte dies keinen Fortschritt hinsichtlich einer Integration. Die Eingeborenen konnten von nun an soviel Alkohol kaufen, wie sie wollten, und ein Stammesmitglied brauchte als gleichberechtigter Bürger seinem Anführer nicht mehr zu gehorchen. Jeder konnte mit gerissenen weißen Händlern Kaufverträge abschließen und erhielt damit auch die Freiheit, betrogen zu werden. Im September 1976 wurde der Bericht eines parlamentarischen Untersuchungsausschusses über den Alkoholismus der Abos veröffentlicht. Nach Feststellungen der Kommission geben die Ureinwohner durchschnittlich 50 Dollar in der Woche für alkoholische Getränke aus. Das entspricht der Hälfte ihres Einkommens, das sie als Viehtreiber oder Handlanger der Weißen verdienen. In den Eingeborenensiedlungen seien Prügeleien an der Tagesordnung, die Frauen würden geschlagen oder vergewaltigt, die Familien vernachlässigt. Selbst der Verkauf von Frauen käme vor, um aus dem Erlös Alkohol kaufen zu können. Auch in den Niederlassungen, wo der Verkauf alkoholischer Getränke verboten wurde, gelangen die Abos zu ihrem Schnaps, billigen Zweiliterflaschen chemischen Weines oder Bier: Per Lastauto oder Charterflugzeug wird es von tüchtigen weißen Händlern geschmuggelt.

In den Gebieten, wo der Alkoholverkauf rationiert wurde, darf ein Schwarzer immerhin täglich zwölf Dosen Bier zu sich nehmen, am heiligen Sonntag sogar 24! Der frühere Minister für Eingeborenenfragen, Les Johnson, faßte sich kurz, als er sagte: »In einigen Gebieten ist der Alkoholkonsum fast doppelt so hoch wie in irgendeinem anderen Teil der Welt.«

Die Säuglingssterblichkeit bei den Ureinwohnern erreicht mit 33 Prozent eine überdurchschnittliche Höhe. Einen Schutz gegen Arbeitslosigkeit gibt es nicht. Zwar haben sie Anrecht auf gleichen Lohn wie die Weißen – seit sie gleichberechtigt sind –, doch beanspruchen sie ihn, werden sie von vielen Farmern entlassen. Unter den gegebenen Umständen ziehen diese einen weißen Viehtreiber vor, da bei ihm nicht die Gefahr besteht, daß er die Herde im Stich läßt und für einige Zeit in den Busch geht.

Trotz der seit 1967 bestehenden theoretischen Gleichberechtigung konnten die Behörden im Bundesstaat Queensland noch zu Beginn der siebziger Jahre einem Ureinwohner Arbeit und Wohnsitz einfach vorschreiben, den Lohn festlegen, Reisen untersagen, ihn auf unbestimmte Zeit in Untersuchungshaft nehmen und selbst bei Bagatellvergehen entmündigen lassen. Überhaupt hält man sich mit verdächtigen Ureinwohnern nicht lange auf, sie werden rasch gefangengenommen. In Alice Springs, einem Städtchen von 14000 Einwohnern mitten in der australischen Wüste, stellen die Abos etwa ein Drittel der Bevölkerung, aber 80 Prozent der Gefängnisinsassen. 60 Prozent der hier lebenden alten Australier sind erblindet.

Dr. H. C. Coombs, langjähriger Gouverneur der Commonwealth-Bank, gehört zu den schärfsten Kritikern der Regierungspolitk den Eingeborenen gegenüber. Die Lebensbedingungen und -erwartungen eines Aboriginals faßte er 1969 folgendermaßen zusammen:

»Wenn ein Ureinwohnerkind heute geboren wird –

1. hat es eine mehr als überdurchschnittliche Aussicht, innerhalb von zwei Jahren tot zu sein.
2. Wenn es überlebt, hat es eine mehr als überdurchschnittliche Aussicht, an Unterernährung zu leiden in einem Maße, daß es für ständig beeinträchtigt ist
   a. in seinem physischen und geistigen Potential,
   b. in seiner Widerstandskraft gegen Krankheiten.
3. Es wird in seiner Kindheit sicherlich von einer breiten Palette von Krankheiten befallen werden, besonders aber von Hals-Nasen-Ohrenkrankheiten und Infektionen der Atmungsorgane, von Gastroenteritis, Trachoma und anderen Augeninfekten.
4. Wenn es ein Alter von über zehn Jahren erreicht, wird es wahrscheinlich nicht die fundamentalsten hygienischen Gewohnheiten besitzen oder kennen, es wird keine Berufsausbildung haben, unterbeschäftigt sein und der Gesellschaft unangepaßt und feindlich gegenüberstehen.
5. Wenn es das Erwachsenenalter erreicht, wird es wahrscheinlich lethargisch sein, verantwortungslos und, vor allem, in völliger Armut leben – unfähig, diesen Teufelskreis von Armut, Unwissenheit, Unterernährung, Krankheit, sozialer Isolierung und Antagonismen zu brechen: Wenn es im Norden lebt, hat es eine recht gute Aussicht, von Lepra verstümmelt zu werden.
6. Wenn es ein Mädchen ist, wird es wahrscheinlich in einem Alter ein Baby bekommen, in dem seine weiße Zeitgenossin naiv für irgendeinen Popstar schwärmt, und es wird weiterhin alle acht-

zehn Monate ein weiteres Kind bekommen, bis es mehr als 10 Babys das Leben geschenkt hat und vor Erschöpfung stirbt.«

Die 1975 abgelöste Labour-Regierung Whitlam versuchte das Eingeborenenproblem mit Steuermitteln zu lösen. Der Haushaltsposten für die Unterstützung und Förderung wurde auf umgerechnet 3000 DM pro Kopf verdoppelt und ein Ministerium für Eingeborenenangelegenheiten geschaffen. Man stellte Bildungsprogramme auf und erbaute als Ersatz für die Wellblechhütten in Sydney eine Mustersiedlung für 20000 Reinrassige und Mischlinge.

Doch Kritik am behördlich verordneten Geldsegen, der sich sogar der zuständige Minister und sein eingeborener Ministerialdirektor anschlossen und die dafür abgesetzt wurden, führte zu nichts anderem, als daß der neue Minister unumwunden zugeben mußte, das Programm sei ein völliger Fehlschlag gewesen.

Geändert hat sich trotzdem nichts. Um den Gesundheitszustand der Ureinwohner »ist es schlimmer bestellt als in jeder Entwicklungsnation«, klagte der australische Senator S. M. Ryan noch 1978. Auch Ian Viner, damals zuständiger Minister, gab ohne Zögern zu, daß die »schwarze Bevölkerung durch eine Fülle von Krankheiten dezimiert wird«. Er konnte auch nichts anderes sagen. 1978 wurden Untersuchungen des Professors für Ophthalmologie Fred Hollows an über 100000 schwarzen Australiern veröffentlicht. Danach waren 23 Prozent der über 60jährigen auf beiden Augen blind, 21 Prozent auf einem Auge. Sie leiden meist an Trachomen, einer Infektionskrankheit tropischer und subtropischer Gebiete, die auch als »ägyptische Augenkrankheit« bekannt wurde. Viele erblinden an einer »Labrador kerotopothy« genannten Krankheit, Folge langjähriger Arbeit mit den Viehherden unter stechender Sonne.

Noch heute müssen oft Schulen geschlossen werden, weil die schwarzen Kinder Maden in den Ohren haben.

11000 schwarze Familien leben noch immer in unglaublichen Slums. Von den 6000 schwarzen Kleinkindern unter fünf Jahren sind in Sydney ein Viertel »Biafra-Babys«, grausam unterernährt, und das in der Großstadt eines der reichsten Länder der südlichen Hemisphäre.

Im Nordterritorium Australiens ist noch immer einer von dreißig Schwarzen leprös, und in jedem Jahr erkrankt einer von zwanzig an Syphilis.

An Untersuchungen und Publizität über die Lage der Aborigines fehlt es nicht – aber an Tatkraft. So wurde ein Schreiben der Tantjatjiras, eines Stammes im Gebiet von Alice Springs, an den

Minister Viner veröffentlicht: »Unsere Leute sterben. Wir warten nur noch auf das Ende.« Wenn es länger regnet, läuft das Wasser durch ihre Hütten. »Vor allem kleine Kinder und alte Leute sterben dann. Die Weißen aus der Umgebung laden vor unserem Camp ihren Müll ab. Das verursacht vor allem zur Regenzeit viele Krankheiten.«

Wieder einmal mußten die Zivilisierten erkennen, eine Lösung des Ureinwohnerproblems aus weißer Sicht gibt es auch heute noch nicht.

»Die Schwarzen Australiens sind hilflos in der weißen Welt. Sie sind nicht zu dumm, um sich den modernen Gegebenheiten anzupassen – ihre physische Struktur ist die einer anderen Welt, eines anderen Zeitalters, sie können sich nicht ändern, ohne ihr Ich zu verlieren. Sie versuchen zwar, sich dieser neuen Zeit anzupassen – in merkwürdigen, zunächst unverständlichen Zeremonien. Aber es ist zu spät. Diese Steinzeitmenschen wandeln sich nicht mehr – sie sterben still und lächelnd aus, vergnüglich sozusagen schwinden sie dahin –, während die übrige farbige Welt, ›die dritte Welt‹, durch ihre ungehemmte Vermehrung einer Katastrophe zueilt. Die Schwarzen Australiens leben in zwei Ebenen, zwei Kulturen: ihrer eigenen zerbrechenden und an der Peripherie der weißen technischen Welt« (A. Lommel). Dieser Prozeß ist nicht aufzuhalten. Die Reste der freien Stämme sterben aus, die proletarisierten Ureinwohner als Kostgänger der weißen Wohlfahrtsgesellschaft und als unterste soziale Schicht werden sich weiter vermehren. Im Jahre 2000 rechnen die weißen Statistiker mit 500000 schwarzen Menschen und Mischlingen. Dann wird es zwar keine Auseinandersetzung zwischen zwei grundverschiedenen Kulturen mehr geben, sondern eine Revolution der Slums, der sozialen Bitterkeit, der Verachtung, der Selbstaufgabe in der weißen Welt.

Jack Davis, einer der bekannten Schriftsteller der schwarzen Australier, dichtete über den Untergang seiner Rasse:

»Einst hatten wir Brot hier,
ihr gabt uns Steine.
Wir sind der Bänke, unserer Betten im Park, müde,
wir begrüßen den Sonnenuntergang, der die Dunkelheit ankündigt.
Weiße Lady Methylalkohol
halte uns warm und vom Schreien ab.
Halte unseren Haß zurück
und hilf uns schneller sterben.«

Von der einstigen Lebenswelt und Kultur der Ureinwohner werden nur noch Aufzeichnungen und die Ausstellungsstücke der Museen künden. Hier können dann die letzten alten initiierten Männer bei freiem Eintritt noch einmal die geheimen Tjurungas betrachten und träumend die Zeit zurückdrehen. Was ein Museum ist und welche Aufgaben es erfüllen kann, haben die letzten wahren Ureinwohner dann begriffen. Vor einigen Jahren schon erschien der letzte lebende Kultführer der Dieri im Südaustralischen Museum von Adelaide und übergab die heiligen Gegenstände des ausgestorbenen Stammes, darunter einen Klumpen roten Ockers – das mythische Symbol für Blut und Lebenskraft seit den Urtagen der Menschheit.

III.

PAPUA-NEUGUINEA – KANNIBALEN UND PARADIESVÖGEL

Was die Europäer an Kontinenten und Inseln entdeckten, suchten sie auch in Besitz zu nehmen: Afrika, Amerika, Süd- und Ostasien, Australien und die Inselwelt der Südsee. Zwischen dem Zeitpunkt der Entdeckung und der wirtschaftlichen Erschließung oder Besiedlung lagen meist nur wenige Jahre. Eine Ausnahme bildet die zweitgrößte Insel der Erde, Neuguinea, mehr als dreimal so groß wie die Bundesrepublik Deutschland. 350 Jahre vergingen seit der Entdeckung von Jorge de Meneses 1526 bis zur kolonialen Aufteilung durch Holländer, Deutsche und Briten. In Australien war es die Trockenheit, die Siedlungsversuche fast aussichtslos erscheinen ließ, auf Neuguinea das schwer zugängliche Bergland im Inneren, das tropische Klima mit dem immerfeuchten Regenwald, die sumpfigen Schwemmlandgebiete, das abweisende, meterhohe Alang-Alang der Grasebenen, Mangrovendickichte an den Ufern der meist träge dahinfließenden Flüsse und die Angst vor Kannibalen. Reichtum verhieß Neuguinea nicht, Viehzucht schien wenig erfolgversprechend zu sein.

Wer dennoch über die Flüsse in das Landesinnere vordringen wollte, hatte vor allem mit Myriaden von Moskitos zu kämpfen. Düsteren Schrecken verbreiteten die ungewohnten Geräusche der Wildnis. Der italienische Forscher D'Albertis erschauerte noch zu Hause am sicheren Schreibtisch, als er seine Nächte auf dem Bioto im Osten Neuguineas schilderte: »Man kann wohl eine Nacht im leichten Kanoe auf einem kleinen Flusse zubringen, aber Schlaf ist unmöglich; solch eine Nacht ist fürchterlich, und man kann nur mit Schrecken daran zurückdenken. Die Schreie fremdartiger Tiere, die Gefahr von Krokodilen, vielleicht auch von Eingeborenen, das phantastische Aussehen, das alles annimmt, das Flattern von Myriaden von Flederhunden, die wie Geister vorüberschweben, selbst das Murmeln des Stromes vereinigen sich, den Ort zu einem kleinen

Inferno zu machen. Hätte Dante jemals eine Nacht wie die meinige auf dem Bioto verbracht, so würde er sicherlich all meine Prüfungen zu den Qualen seiner Hölle hinzugefügt haben.«

Noch heute, nach fast 100jähriger europäischer Kolonialherrschaft, leben in den Bergen und versteckten Seitentälern im Inneren der großen Landmasse Menschen, die noch keinen Weißen gesehen haben und höchstens vom Brummen der Buschflugzeuge erschreckt wurden. Viel Raum behielten sie aber nicht, und die Zivilisation frißt sich weiter durch Busch und Berg. Seit sich die Niederlande (1825) den Westteil der Insel aneigneten (heute als Irian-Barat-Teil Indonesiens) und das deutsche Kaiserreich und Großbritannien den Osten aufteilten (1884), versuchten diese Mächte ihre Verwaltungen auszubauen, das Land zu erkunden, auszunutzen und die Menschen schrittweise in ihre Gesellschafts- und Wirtschaftsform einzubauen. Irgendein Recht außer dem der »Erschließung« für die Besitznahme der Insel hatten die Kolonialmächte nicht, dennoch wollte man natürlich den Besitz begründen und absichern. Ein Hauptmann der deutschen Schutztruppe schwärmte: »Das ganze Innere Neuguineas scheint für das Deutschtum prädestiniert zu sein. Die drei Hauptfarben, welche die Papua herzustellen wissen, mit denen sie ihre dunkle Hautfarbe anläßlich von Feierlichkeiten oder während der Kämpfe oder auch, wenn sie auf Freiersfüßen gehen, ›verschönern‹, sind die deutschen Flaggenfarben«. Damals schwarz-weiß-rot, eine wahrhaft geniale Begründung!

Als Vorreiter der Kolonialverwaltung erschienen auch hier Abenteurer und christliche Missionen. Die Menschen Neuguineas, von einigen Küstenstrichen im Nordwesten abgesehen, meist Papuas, besaßen nicht nur eine andere dunkelbraune Hautfarbe, krauses Haar und liefen spärlich bekleidet herum, sondern sie hingen Sitten an, die die christliche Lehre beleidigen mußten: Kopfjagd, rituelle Menschenopfer, Kannibalismus, Tötung Erstgeborener und Altersschwacher, Selbstverstümmelung, Vielweiberei.

Das Entsetzen der fremden Missionare war echt, und jeder nicht durch Greuel unserer eigenen Vergangenheit abgestumpfte Mensch mußte über die Berichte aus dem fernen Lande erschreckt sein. Auch heute noch, da diese Bräuche meist der Vergangenheit angehören, schwingt bei jedem Leser Erschauern nach. Eines müssen wir aber bedenken: Diese Menschen haben uns nicht gerufen, wir sind mit Gewalt in ihre Geheimnisse und Gebiete eingedrungen als Abenteurer, Siedler, Jäger, Missionare und Forscher. Es blieb eine fremde Welt, die unseren Maßstäben nicht entspricht – ja auch nicht entsprechen will. Jede wertende Betrachtungsweise eines Ästheten, Ideologen, ergebenen Dieners der Kirche oder der abendländischen Kultur führt hier ins Nichts, genauso wie die Konfrontation der Papuas mit unserer Zivilisation.

Kein Mensch lebt wie der andere, gleichgültig, ob er allein, in kleineren oder größeren Gruppen seine Tage verbringt. Der Mensch antwortet auf seine Umwelt, aber seine Individualität wird nicht von ihr geprägt, weder als Einzelwesen noch als Mitglied eines sozialen Verbandes. Vielfalt trotz annähernd gleicher Umweltbedingungen kennzeichnet das Leben der Papuas. Jeder Stamm, selbst jede Lokalgruppe oder jeder Klan haben eigene Mythen, Rituale, unterschiedliche Vorstellungen von Trauer und Tod, Ehe, Erziehung sowie andere Kultobjekte. 600 bis 700 Sprachen, die manchmal so unterschiedlich wie Russisch und Italienisch, Deutsch und Arabisch sind, ein Dutzend Kultur- und Stilregionen, die bei intensiverer Betrachtung sicher eine Anzahl von 20 oder 30 ausmachen, formten eine Welt für sich. Die Lebensräume der einzelnen Stämme oder Dörfer sind streng geschieden. Außerhalb des vertrauten Territoriums lauern nicht nur fremde Dämonen und Geister, sondern meist auch Kopfjäger und Kannibalen.

ZWISCHEN TRAUM UND WIRKLICHKEIT

Ein Zugang zu diesen Menschen, die seit Jahrtausenden hier leben, ist für uns kaum möglich, es sei denn, man glaubt, was die Völkerkundler konstruieren, rekonstruieren, systematisieren, katalogisieren, in logische Abläufe bringen. Dieses Dasein ist in Wirklichkeit mit unserer Begriffswelt nicht in Übereinstimmung zu bringen. Wir können vom vergangenen Leben der Papuas etwas erzählen, bestimmte Bräuche schildern, aber das pulsierende Leben ist durch keinen Bericht einzufangen. Wenn wir uns den Papuas zu nähern versuchen, dann geschieht das nicht in der Absicht, eine fremde Welt zu verstehen, sondern um aufzuzeigen, mit welcher Unabdingbarkeit wir Jahrtausende alte Lebenssysteme vernichtet haben. Die Barbarei, die die Missionare aufheben wollten, brachten sie in anderer Form wieder mit.

Der zivilisierte Europäer, der Mensch, der an Maschinen steht, Brücken oder Autos konstruiert, fürchtet die Unlogik und den Übergang von Realität zum Traum. Nur zu Hause garantiert ihm die freiheitlich-demokratische Grundordnung und teilweise selbst ein diktatorisches Regime Gedankenfreiheit an Bildröhre oder Kamin. Außerhalb der Arbeitszeit darf er auch fromm oder berauscht sein, in die Kirche oder in die Kneipe gehen. Eine solche Trennung zwischen Arbeit und Freizeit, Vernunft und Glauben, Pflicht und Vergnügen kennt der Papua in diesem Ausmaß nicht. Solange ihre Gemeinschaften noch intakt waren, wurden alle Lebensäußerungen als Teil einer geschlossenen, mythisch nachgelebten Weltsicht und Naturschau begriffen. Reales Leben und übernatürliche Welt bildeten kein Spannungsfeld, sondern eine zusammengewobene Einheit.

Willkür und ungehemmtes Triebleben gehören ebensowenig zu dieser Welt wie schneller Wandel und Zweifel an der Überlieferung. Strengste Vorschriften wachen über die Einhaltung der Rituale, ein falsches Wort oder eine falsche Bewegung vermögen selbst tagelang dauernde Zeremonien wirkungslos zu machen. Das Lebensziel heißt nicht, mehr zu wissen oder zu besitzen als die Alten, sondern genausoviel. Eine solche Tradition gewährt Sicherheit und Garantie zu überleben in einer geheimnisvollen Welt.

Zur Gemeinschaft der Papuas gehören nicht nur die Lebenden, sondern auch die Toten. Eine scharfe Trennung zwischen Leben und Tod gibt es nicht, auch Traum und Wirklichkeit werden nicht exakt unterschieden. Hans Nevermann berichtet von einem Angehörigen der Marind-anim (Südneuguinea), der bei einem niederländischen Beamten Klage gegen einen Nachbarn führte und ihn beschuldigte, er habe seine Tochter umgebracht und verzehrt. Die an Ort und Stelle durchgeführten Nachforschungen ergaben eine Überraschung, denn der Kläger bezeichnete ein noch lebendes junges Mädchen als Opfer. Auf den Hinweis des Beamten, daß das Mädchen doch gar nicht tot sei, führte der Kläger aus: »Sie ist getötet und verzehrt. Das habe ich im Traum gesehen. Das Mädchen bei mir ist nicht mehr meine lebendige Tochter, sondern nur noch ein lebendiger Leichnam.« Das gleiche Papuavolk glaubt, daß die Toten als Skelette in einem weit im Westen liegenden Land wohnen. Das hindert sie aber nicht daran, genauso fest die Überzeugung zu vertreten, eine vom Himmel fallende Sternschnuppe sei ein Totenknochen. Einen Widerspruch sehen sie darin nicht. Die Alten haben es so überliefert, und an dem alten Wissen hält man fest.

18 Monate weilte ein jungverheirateter Papua als Kontraktarbeiter weit weg von seinem Dorf; bei seiner Ankunft fand er seine Frau mit einem wenige Tage alten Säugling vor. In der »Zivilisation« hatte er einiges über die biologischen Zusammenhänge von Zeu-

gung und Geburt erfahren, was über die mythischen Erklärungen seiner Stammeskultur hinausging. Er forderte deshalb von seinem Schwiegervater Schadenersatz für die Untreue seiner Frau. Der Frau aber gelang eine einwandfreie Erklärung, sie habe geträumt, daß ihr Mann sie besucht habe. Nun erinnerte sich auch der Mann, einen solchen Traum gehabt zu haben. Damit war der Fall in bestem Einvernehmen geklärt.

Nur schwer kann die Zivilisation dieses gebundene Verhalten aufbrechen. René Gardi schilderte den Fall eines getauften Papuas aus dem Maprik-Gebiet, der – von einem deutschen Missionar ausgebildet – mit der Nähmaschine Laplaps – textile Schamschürzen – zu nähen hatte. »Eines Tages wolle er diese Arbeit nicht mehr ausführen, weil seine Frau ein Kind erwartete. In dieser Zeit gelten auch für den Mann eine Reihe von Tabus, von Verboten. So darf er unter anderem keinen Knoten mehr knüpfen, damit dem werdenden Kinde kein Schaden erwachse, damit es bei der Geburt nicht in einer verschlungenen Nabelschnur ersticke. Nähen, das hatte der Bursche wohl begriffen, war nichts anderes als ein Verknüpfen und Verschlingen von dünnen Schnüren.

Der Pater versuchte, ihm seine Furcht als dummen Aberglauben auszureden, und widerwillig gehorchte der Boy und arbeitete noch einige Tage weiter. Aber das Kind wurde und wurde nicht geboren; der junge Vater jammerte und war unzugänglich für jeglichen Trost. Das Kind werde schon kommen, sagte der Pater, man habe sich einfach verrechnet, denn wer soll genau wissen, wann es so einem Kindlein paßt, hervorzukriechen.

Am nächsten Morgen, als der Boy zur Arbeit erschien, heulte er und bat darum, an all den Laplaps, die er in den letzten Tagen genäht hatte, den Saum auflösen zu dürfen, und er versprach, nachher alles freiwillig und ohne Lohn wieder in Ordnung zu bringen. Nun, Pater Knorr war kein Unmensch. So trennte sein Schneider alle Nähte wieder auf und rannte nach Hause, erschien aber noch am gleichen Nachmittag wieder, und als glückstrahlender und stolzer Vater nähte er seine Säume zum zweitenmal.«

Trotz der gelebten Kraft des Mythos, des Zusammenhalts der Gruppen, des geistigen Gleichklangs existiert auch bei den Papuas kein »kollektives Denken«. Jeder in die Welt der Männer Aufgenommene wird die Stammesmythen etwas anders erzählen, wird sich zu den Festen etwas anders schmücken, die Masken, Waffen und Werkzeuge leicht abwandeln. Auch die Papuas sind Individualisten, es gibt begabte Schnitzer und unbegabte, erfolgreiche Jäger und glücklose, kühne Krieger und besonnene Zauderer. Aber auch der sicherste Speerwerfer, der weiß, welches Holz er für den Speer auswählt und wie es gewachsen sein muß, um richtig zu fliegen, der die Spuren lesen kann und sich meisterhaft an das Wild heranpirscht, wird vor der Jagd die Tabus beachten. Er wird sich bestimmter Speisen enthalten oder überhaupt fasten und enthaltsam leben, so wie es die Väter überlieferten, selbst wenn er nicht mehr im einzelnen nachvollzieht, warum das so zu sein hat. Umgekehrt wird auch jeder magisch Begabte, der Hilfe und Unheil der Geister, Dämonen oder Ahnen genau wahrnimmt, nicht darauf verzichten, auch den realen Bedingungen der Jagd so gut wie möglich zu entsprechen.

Dieser Welt sind bestimmte Grenzen gesetzt, die der Papua nicht überschreiten kann und will. Alles, was die Papuas tun, ist nicht das Resultat rationaler Überlegung oder abstrakt gewonnener Vorstellung, sondern das Ergebnis von weit zurückreichender Erfahrung. Natürlich vermögen diese Menschen rational zu denken, bzw. sie besitzen die Anlagen dazu, denn nur so konnten sie schließlich in einer feindlichen Umwelt überleben. Die Gesetze der Logik werden aber aufgehoben, wenn es um Phänomene geht, die sie aus eigener Kraft nicht beeinflussen oder erfassen können. Logik hat in diesen Bereichen keinen Raum, und so vermag der Papua einzelne richtige zusammengehörende Beobachtungen nicht miteinander zu verbinden. Er fügt Dinge zusammen, die in unserer Welt nicht zusammengehören, er trennt Erscheinungen, ohne den Zusammenhalt von Ursache und Wirkung zu berücksichtigen. Und dennoch ist das Weltbild dieser Menschen dicht geschlossen. Vor den Lücken unseres logischen Systems brauchen sie sich nicht zu fürchten.

Veränderungen im Leben der Papuas sind möglich, was Übernahmen fremder Schnitzereien und Lieder beweisen, aber sie brauchen Zeit und freiwillige Aufnahmebereitschaft dazu. Zeit, das war es aber, was die Kolonialmächte bzw. ihre um raschen Erfolg bemühten Verwaltungen nicht aufbrachten. Wer in die Kolonien ging und sich der Herausforderung einer fremden Umwelt stellte, wollte neben der verheißenen Freiheit auch Land und Reichtum, billige Arbeitsknechte und Sicherheit des Erworbenen. Die Kolonialverwaltung und die Missionen wollten eine rasche Wandlung der Menschen und setzten sie auch, soweit ihre Macht reichte, mit Gewalt und Schocks durch.

Wie anders der Alltag der Papuas abläuft als unserer, soll am Beispiel der Kai, eines Stammes, der in den angrenzenden Bergen des Huon-Golfes lebte, dargestellt werden. Der deutsche Missionar Christian Keyßer beschrieb ihre gänzlich andere Arbeitsauffassung, als er sie kurz nach der Jahrhundertwende noch kaum berührt von der Zivilisation kennenlernte: »Die Kai sind keine Langschläfer, aber Vielschläfer. Meist sind sie schon vor Tagesanbruch wach und unterhalten sich, während sie um das Feuer sitzen und gemeinschaftlich eine Zigarette rauchen oder Betel kauen. Die Sonne steht schon bedenklich hoch, bis einer an die Arbeit denkt. Mehrere brechen gemeinsam auf, um sich in den Wald auf die Feldlichtung zu begeben. Dort angekommen, zündet man wiederum ein Feuer an und raucht zunächst eine Zigarette, um dabei die Arbeit für heute zu besprechen. Endlich bricht einer auf und begibt sich an die Arbeit. Ihm folgt vielleicht nach ein paar Minuten der zweite. Die anderen bleiben zunächst noch zaudernd sitzen. Endlich entschließen auch diese sich, an die Arbeit zu gehen, nachdem sie gegähnt und sich gereckt haben. Plötzlich schnellt einer empor und ruft mit Entschlossenheit: Feld, nun sollst du es auch spüren; ich will dich gehörig bearbeiten! Mit einer Art Wut stürzen sich nun die Leute auf die Arbeit und lassen ihre Kräfte am Boden oder an Holzstämmen und dergleichen aus. Diese Tätigkeitswelle verbleibt jedoch nicht lange auf ihrem Höhepunkt, bald ermüdet der eine oder der andere, klagt etwa über Schmerzen, während ihre Kameraden vielleicht noch weiter unter Schreien und Würgen nach zwei bis drei Stunden das Ziel, das sie sich gesteckt haben, erreichen. Dann werden die Arbeitsgeräte weggeworfen, und man läßt sich erschöpft auf dem Boden an dem unentbehrlichen Feuer nieder.«

Unschwer kann man sich vorstellen, wie diese Menschen leiden würden, wenn man sie in unsere Zivilisation zwänge. Aber darum haben sich die Europäer nicht geschert. Die fremde Kultur war als primitiv denunziert, und man war von seiner vorgefaßten Meinung überzeugt, daß allein ordentliche Arbeit sie zu rechten Menschen machen könnte.

DIE UNTERDRÜCKUNG DER HEILIGEN BRÄUCHE

Zu allererst trachteten Mission und Verwaltung danach, die »grausamen Bräuche«, Kopfjagd und Kannibalismus, zu unterdrücken. Der Kopf des Menschen stellte für die meisten Papuas den Sitz der Lebenskraft des Individuums dar. Wer den Kopf eines Feindes erbeutet, erhöht damit seine eigene Lebenskraft. Auch der Kult um die Ahnenschädel diente nicht allein der Verehrung und dem Andenken geliebter Familienmitglieder, sondern ebenfalls der Kraftübertragung. Das Gehirn wurde verzehrt und der präparierte Schädel auf besonderen Kultbrettern vor der Hütte oder dem Männerhaus zur Schau gestellt. Bei den Marind-anim mußte für jedes Neugeborene, um seine Lebenskraft zu stärken, der Schädel eines Feindes erbeutet werden. Seine Lebenskraft und auch der Name des Getöteten gingen auf den neuen Menschen über.

Die Zerstörung von Leben schuf ebenso bei den Asmat (Südwestneuguinea) Raum für neues Leben. Wer in die Welt der Männer aufgenommen werden wollte, hatte sich in Gefahr zu bewähren und den Schädel eines Feindes zu erbeuten. Wer nämlich die Gefahren einer Kopfjagd überstand, hatte bewiesen, daß er die Reife für die Aufnahme in die Männerbünde besaß. Je mehr Schädel sich auf den Brettern vor der Hütte aufreihten, um so höher stiegen Ansehen und Lebenskraft des einzelnen – und der Dorfgemeinschaft. Eine erfolgreiche gemeinschaftlich durchgeführte Kopfjagd wurde mit einem großen Fest gefeiert. Die getöteten Feinde wurden wie erlegtes Wild mit Armen und Beinen an langen Stangen festgebunden und im Triumph ins Dorf geschleppt. »Im Dorf zündeten die Frauen Scheiterhaufen an, auf dem sie lange, platte Steine erhitzten, während die Knaben große, duftende Blätter holten. Mit hölzernen Greifzangen legten dann die Frauen die Steine in Gräben, und die Männer warfen die Leichen ... wie sie waren, in ihrem Staub und Blut, auf die so vorbereiteten Herde. Hierauf häuften sie auf die Klumpen von Menschenfleisch, die zu zischen begannen, Arme voll Blätter. Schließlich saßen die Menschenfresser in trautem Verein um diese einfachen Herde, ruhten ein wenig ... aus und sangen ihre leisen, sanften Abendlieder. Als die Leichen gebraten waren, zerlegten sie sie, teilten die Stücke mit ihren Gästen und machten sich an das grausige Festmahl« (A. Dupeyrat).

Für den französischen Missionar, der diese Szene erlebte und beschrieb, konnte das Kannibalenmahl nur ein Akt unverständlicher Grausamkeit und Unmenschlichkeit sein. Denn er erfaßte nur das profane Geschehen des Schmauses. Welche mythischen Erklärungen oder vielmehr ständig nachzuvollziehenden kultischen Geschehnisse den Kannibalismus rechtfertigten oder geradezu erforderten, wußte der Missionar im einzelnen nicht, oder wenn er es wußte, erkannte er die Begründungen nicht als gerechtfertigt an. Papuas und Melanesier, die Bevölkerung der Küstengebiete im Osten Neuguineas und der benachbarten Inseln, kannten aber die für sie realen Beweggründe für den Kannibalismus in den Tiefen des Mythos. Am bekanntesten wurde der Mythos vom menschenfressenden Urweltriesen Ogre im Nordosten Neuguineas und den benachbarten melanesischen Gebieten. Der wilde Ogre verschlang in der Urzeit alle Lebewesen. Nur eine alte Frau konnte seiner unbändigen Wut entgehen, sich verbergen und Zwillingen das Leben schenken. Diese stellten Ogre im Kampf, durchbohrten seine Hoden mit dem Speer und verletzten ihn so tödlich. Das Leben kehrte auf die Erde zurück, man feierte die Zwillinge in einem großen Fest und verzehrte den Leib Ogres im urkannibalistschen Mahl.

Dieses mythische Geschehen wird im Kult immer wieder nachvollzogen, genauso wie die Christen nach fast 2000 Jahren das Opfer Christi im Abendmahl wieder lebendig werden lassen.

Der Kannibalismus findet also nicht in biologisch-profanen Gesetzen etwa der Ernährung seine Erklärung, sondern in geistig-mythischen Zusammenhängen. Der berühmte Mayo-Kult der Marind-anim veranschaulicht dies noch deutlicher. Dieser Kult wurde nach der Überlieferung angeblich schon in grauer Vorzeit von den Demas, den Dämonen und mythischen Klanvätern des Stammes, abgehalten. Er stellte in historischer Zeit im Grunde genommen nichts anderes dar als die Inszenierung der mythologischen Erlebnisse dieser Urväter. Die dramatische Veranschaulichung der uralten Begebenheiten lief nach einem festen Plan ab. Die Reihenfolge der Zeremonien, die Rolle der verkleideten Tänzer, die das kultische Geschehen aufführen, die Vorbereitung und Weihe der dem Kindesalter entwachsenen Jungen und Mädchen und der Zeitpunkt der Aufführungen waren genau festgelegt. Den zeremoniell in die Erwachsenenwelt aufgenommenen Jugendlichen wurden verschiedene Episoden vorgespielt, so wie man Sago bereitet, Schmuck herstellt, Haarzöpfe flechtet. Man führte ihnen die Dema vor, denen der Stamm das Feuer verdankte oder die Nahrungsmittel Kokosnüsse, Sago, Yams, Fische und Fleisch. Alles Bestehende, das Wachstum, die Jagd, der Fischfang, die Geheimnisse des Lebens fänden in tänzerischen Auftritten ihre Darstellung und mythische Interpretation. Der gesamte Kult ist demnach als Fruchtbarkeitsritus, Feier und Repräsentation der Stammestradition und als Jugendweihe aufzufassen. Die Marind-anim waren der Auffassung, daß der Mayo-Kult nicht nur die Gesundung, sondern auch die Kräftigung der Lebensgemeinschaft und der Natur zur Folge haben würde.

Ein Auslassen der Feier oder ein Übergehen der Riten würde die Dema erzürnen und die Fruchtbarkeit der Palmen und Nahrungspflanzen hemmen. Kein Marind-anim würde eine Kokospalme pflanzen, ohne den Knochen eines beim Kannibalenmahle verzehrten Menschen mit ins Erdreich zu geben oder wenigstens den Palmenschößling mit Blut bestrichen zu haben. Das ganze Leben des Volkes war vom Mythos durchdrungen und mußte im Mythos, der als reale Seinsform begriffen wurde, seine Entsprechung und Stärkung finden. Er erklärte das Leben und sicherte es gleichzeitig gegen Dämonen und Willkür der Menschen. Am Schluß der mehrere Tage dauernden Zeremonie traten Männer auf, die ganz eigenartige halbkreisförmige Kopfbedeckungen trugen. Ihre Anzahl entsprach den Opfern, die am Ende des Festes getötet und gemeinsam verzehrt werden sollten. Einige der Jünglinge und reifen Mädchen werden ergriffen, getötet und verspeist. Während der ganzen Festtage herrschte auch eine ungezügelte sexuelle Freiheit. Was im profanen Alltag als Verstoß gegen die Sittlichkeit aufgefaßt worden wäre, der Verkehr mit der eigenen Tochter oder Mutter, war im Kult erlaubt. Auch dies kann als ein Nachvollzug der ungehemmten natürlichen Fruchtbarkeit verstanden werden.

Die Papuas erfassen die Welt auf ihre Weise, moralische Empörung über ihre Bräuche wird ihnen nicht gerecht. Aber das wollten Kolonialverwaltung und Mission auch nicht. Die einen suchten durch Expansion die Kolonialmächte politisch und wirtschaftlich zu stärken, die anderen die Heiden vom »Aberglauben« zu befreien und sie zu »Kindern Gottes« zu machen. Die Methoden, das zu erreichen, unterschieden sich nur unwesentlich.

DIE NEUEN VERORDNUNGEN

Unmittelbar nach Errichtung der Kolonialverwaltung verboten die Europäer einfach die Bräuche, die sie für grausam hielten oder die ihren hygienischen und »sittlichen« Maßstäben nicht entsprachen. Kopfjagd und Kannibalismus wurden zuerst unter Strafe gestellt. Erfuhren die Verwaltungen von Übertretungen in den von ihnen kontrollierten Bereichen, schickten sie Strafexpeditionen aus. Entweder erfolgte die Bestrafung an Ort und Stelle, oder man nahm einige der Männer als Gefangene mit in die Städte der Weißen. Hier wurden sie nach den Strafgesetzen der jeweiligen Kolonialmacht wegen Mordes verurteilt. Richard Semon beobachtete 1899 ganze

Trupps solcher Strafgefangener in Port Moresby. In Ketten gelegt, damit sie nicht fliehen konnten, setzte man sie bei Straßenarbeiten ein. Das Strafmaß für Kopfjagd oder Kannibalismus betrug damals zwischen drei und zehn Jahren Zwangsarbeit.

»Das Strafsystem«, schrieb Semon, »hat sich übrigens außerordentlich gut bewährt. Die Zeit der Strafgefangenschaft ist für viele der Betroffenen zu einer wahren Bildungszeit geworden.« Heute kann man derartige Sätze nur noch als unfreiwilligen Sarkasmus auffassen. Wer als freigeborener Mensch für seine Art zu leben bestraft wird, kann nur verzweifeln. Er verliert die Orientierung in seinem Leben, er weicht zwar vor der Gewalt, aber seinem Wandel liegt keine wie auch immer geratene Einsicht zugrunde, sondern Angst. Solange die Kontrolle nur die Küstengebiete oder kleineren Landstriche an den Flüssen erfaßte, konnten sich die Papuas oftmals zurückziehen. Paul Wirz fand ganze, einst stark besiedelte Gegenden nach wenigen Jahren bereits menschenleer vor. Die Angst ließ die Papuas ungeheuer vorsichtig werden. Kaum näherte sich ein Weißer einer Siedlung, gellte der Schrei »Poanima« durch den Busch. In jedem Weißen sah man einen Regierungsvertreter, der möglicherweise von den heimlich weitergeführten Bräuchen Kunde erhalten hatte und nun Strafgericht halten wollte. Die Bezeichnung Po-anim bedeutet in der Sprache der Marind-anim »Knallmensch«. »Po« ist die lautmalerische Nachahmung der Gewehrknalls.

Näherte sich früher ein Fremder einem Dorf, stellten sich ihm sofort bewaffnete Männer entgegen. Gehörte er nicht zu einem befreundeten Klan, mußte er getötet werden. 1917 wollte Wirz die Bräuche der als Kopfjäger gefürchteten Yee-anim im holländisch-britischen Grenzgebiet Südneuguineas erforschen. Als er sich dem Dorf Saguëe näherte, herrschte allgemeine Bestürzung. »Frauen, Mädchen und Kinder suchen sogleich das Weite, wie es ja stets üblich ist, wenn ein Po-anim kommt. Die Leute sind außerordentlich scheu und ängstlich ... Die geringste Ursache, eine hastige Bewegung, eine Meinungsverschiedenheit mit einem Jungen genügte, um die ganze Bevölkerung zu vertreiben.« Wollte der Forscher längere Zeit in einem Dorf bleiben, verließen die Menschen ihre Siedlung, ja gaben sie auf, um an einem tiefer im Busch gelegenen Ort ein neues Dorf zu bauen.

Eine Lösung war dies für die Yee-anims natürlich nicht, denn die Zivilisation holte sie immer wieder ein. Fünf Jahre genügten, um die Menschen resignieren zu lassen. Nun rissen sie nicht mehr aus, sie hatten nichts mehr zu verheimlichen, die alte Kultur war tot.

Mit dem Verbot des Kannibalismus war es für die Verwaltung noch nicht getan. Sie untersagte auch sämtliche Feste, in deren Verlauf es zur Tötung eines Menschen kam. Der Mayo-Kult der Marind-anim wurde ebenso unterdrückt wie ihre Schweinefeste und Fruchtbarkeitsriten. Der Schädelkult unterlag ebenso dem Verdikt. Wo die Polizei hinkam, sammelte sie die Schädel einfach ein.

Die Kolonialverwaltung suchte natürlich den psychischen und den unmittelbar folgenden physischen Verfall der Kulturen aufzuhalten. Anstelle der Jagd auf menschliche Köpfe suchte sie als Ersatztrophäe Tierschädel zu setzen. Dies war aber von vornherein zum Scheitern verurteilt. Auf Neuguinea gibt es außer Krokodilen, die nur in den Flüssen vorkommen, kein Tier, dessen Erlegung ein besonderes Geschick oder gar Mut erfordert hätte. Höhere Säugetiere fehlen bis auf das Hausschwein gänzlich, und die Jagd auf Känguruhs oder die kleinen Beuteltiere kann ein Papua nicht als herausragende Leistung ansehen. Außerdem waren auch die Schädel der jagdbaren Tiere schon für die verschiedenen Bräuche eingeteilt worden. Die Mutprobe der Kopfjagd und der Kult um die Lebenskraft blieben unersetzbar. Auch die von willigen Regierungsbeamten organisierten Festlichkeiten, um die Papuas für ihre Arbeit zu belohnen und die Steuerleistung zu honorieren, wirkte wie ein müder Abklatsch der einstigen Feste im Busch. Zwar erlaubte man den Papuas, in ihrem alten Schmuck aufzutreten, aber alles, was zu den »verderblichen Sitten« gerechnet wurde, sollte unterlassen werden. Übrig blieb eine sinnentleerte Tänzerei für die geladenen weißen Gäste der Kolonie. Den Papuas verblieb die oft wochenlange Arbeit für die Durchführung dieser Veranstaltungen. Was sie an Früchten aus ihren Pflanzungen mitbrachten, landete zum großen Teil auf den Tischen der weißen Herren. Alles in allem fühlten sich die Papuas betrogen. Was die Zuschauer noch als Belustigung begreifen mochten, empfanden die Papuas als eine andere Form der ihnen fremden täglichen Arbeit. Auf Kommando mußten sie auf Stangen klettern und wie auf europäischen Jahrmärkten oder Volksfesten von einem Kranz an der Spitze kleine Siegerpreise herunterholen, von denen sie nichts hielten. Die Speerwerfer wurden angehalten, ein bestimmtes Ziel anzuvisieren, wer von den Männern traf, erhielt einen Zwieback, die Knaben wurden mit einem Stück Konfekt belohnt. Solche Veranstaltungen, die vor allem im niederländischen Süden organisiert wurden, waren, wie Wirz, der an einigen solcher Belustigungen als Gast teilnahm, kritisch feststellte, »eigentlich eine Ironie«.

Der niederländische Resident ließ diese Feste erst einmal, später sogar mehrmals jährlich abhalten. »Die Papuas wurden hin und her gejagt, mußten den Herren allerhand Künststückchen zum besten geben und sich x-mal in allen möglichen Stellungen photographieren lassen, während sich die Europäer auf ihre Weise vergnügten und ein paar lustige Tage hatten; dies war auch eigentlich die Hauptsache dabei. Herr B. sah in diesen Festen eine Erziehungsmethode. Anstelle der Kopfjägerei und ihrer Feste, die immer mit vielen Ausschweifungen und Unsittlichkeiten verbunden waren, wollte Herr B. den Papuas etwas anderes, Besseres bieten.«

Die niederländischen Kolonialbehörden suchten mit ihren Vorschriften auch die Wirtschaftsweise der Papuas nach ihren profitträchtigen Vorstellungen umzuwandeln. So verbot eine ihrer Verordnungen das freie Herumlaufen der Schweine, da diese mitunter in die Plantagen und Pflanzungen der Europäer einbrachen. Die Papuas sollten ihre Schweine in sicheren Absperrungen halten. Natürlich hatten diese Menschen noch nie davon gehört, daß man Tiere außer dem Kasuar, einen straußähnlichen Laufvogel, der ihnen Federn für ihren Festschmuck lieferte, einsperren könnte. Sie verstanden folglich den Sinn eines solchen Verbotes nicht und schlachteten beim nächsten großen Fest alle Schweine einfach ab. Auch das bedeutete natürlich einen schweren Einbruch in ihre Lebens- und Wirtschaftsweise.

Nach dem Ersten Weltkrieg suchten die Niederländer verstärkt die wirtschaftliche Entwicklung ihrer Kolonie voranzutreiben. Manokwarie auf der Vogelkopf-Halbinsel im Norden wurde zur neuen Hauptstadt Westneuguineas erklärt. Neben einem Sägewerk, für Verarbeitung des Holzes aus den Wäldern wurden eine Radiostation errichtet, die Schiffsverbindungen verbessert und neue Straßen angelegt. Geologen durchstreiften auf der Suche nach Bodenschätzen das Land, fremde Kolonisten, vor allem Indonesier, erhielten freien Zuzug, wenn sie sich der Landwirtschaft widmeten. Um Merauke erfolgten die weitreichendsten Umwandlungen. Hier an der Südküste wurden die reichen Kokospalmenbestände den Papuas gegen Messer und Tabak »abgekauft« und der niederländischen Firma »Maatschappij Klappa«, die eine Konzession beantragt hatte, zur Nutzung übertragen.

Natürlich verstanden die Papuas nicht, daß sie nun kein Recht mehr besaßen, in ihrem einstigen Stammesgebiet Kokosnüsse zu sammeln. Klagen wegen Diebstahls seitens der Konzessionäre führten zum Eingreifen der Verwaltung. Erst später stellte sich heraus, daß die Erteilung der Konzession etwas außerhalb der Legalität erfolgt war und die Gesellschaft ein viel größeres Gebiet sich einverleibt hatte als ursprünglich vorgesehen.

Die Versuche zur wirtschaftlichen Ausnutzung der Kolonien unterschieden sich grundsätzlich nicht bei Niederländern, Deutschen und Briten. Jede Verwaltung suchte aber nach ihrem eigenen Dafürhalten die Sitten ihrer Untertanen umzuwandeln. Der Gouverneur von Britisch-Neuguinea griff mit Verboten in die Trauerriten der Papuas ein. Als »widerwärtig und besonders gesundheitsschädlich« wurden vor allem zwei Bräuche untersagt. Im Südosten der Insel begruben die Stämme ihre Toten direkt unter den Häusern, und außerdem ließen sie die Verstorbenen wochenlang noch auf ihren Schlafstellen liegen. Die Angehörigen rieben zum Zeichen der Trauer ihre Körper mit den flüssigen Verwesungsstoffen und dem austretenden Fett ein. Bei bestimmten Papuastämmen legte man die Leichen auf Gerüste und fing in Schüsseln die abtropfenden Verwesungsprodukte auf. Dann trug man die Gefäße auf den Dorfplatz und vermengte die Flüssigkeit mit Tarobrei und verzehrte ihn. Vor allem Häuptlinge sowie große Krieger ehrte man so. Man glaubte, auf diese Weise Kraft und Fähigkeiten dieser Menschen auf sich übertragen zu können. Der britische Gouverneur führte das Auftreten einiger in Wirklichkeit von Europäern eingeschleppter Epidemien auf diese Riten zurück und befahl nun die sofortige Beisetzung der Verstorbenen nach Eintritt des Todes. Auch sollten sie außerhalb des Dorfes beigesetzt werden. Verstanden haben die Papuas solche Anordnungen nicht, sie waren an den Vollzug dieser Riten gewöhnt und betrachteten sie als ganz natürlich, ohne Gefühl des Grauens. Eine gesundheitliche Gefährdung war damit nicht unbedingt verbunden, und wenn dies so gewesen wäre, dann war ein simples Verbot nicht das geeignete Mittel, um damit hier eine Veränderung der traditionellen Einstellung zu bewirken. Die Papuas gaben nur lediglich der Androhung von Gewalt nach.

Die Verhältnisse im britischen Südosten waren trotz solcher Eingriffe aber ungleich besser geregelt als im niederländischen Teil. Die von der britischen Verwaltung eingesetzten Dorfvorsteher (village constables), mit blauen Kitteln als Abzeichen ihrer Würde bekleidet, rekrutierten sich aus den Reihen der einflußreichen Dorfältesten. Die Niederländer setzten meist Indonesier in die unteren Verwaltungsränge ein, so daß den Stämmen im Westen eine doppelte Fremdherrschaft und Unterdrückung erwuchs, da die

Indonesier sich moralisch weder den Niederländern noch den Papuas verpflichtet fühlten. Der Willkür war auf diese Weise Vorschub geleistet worden. Im Westen erfolgte die »Integration« der Papuas meist überstürzt durch Verwaltungsakte, und die Kontrolle über die indonesischen oder europäischen Neusiedler, Abenteurer und Vogeljäger war nach heutigen Begriffen mehr als großzügig. Die Niederländer setzten auch halbzivilisierte Papuas, die durch die Missionsschulen gegangen waren oder »Disziplin« und Pidgin-Englisch in den Gefängnissen gelernt hatten, als »Gewapende politie dienaren« (bewaffnete Polizeiboys) in den Stammesgebieten ein. Die britischen Papua-Policemen, besser diszipliniert als ihre niederländischen Kollegen, wurden dagegen auf speziellen Schulen ausgebildet.

Die Papuas machten aber trotzdem keine großen Unterschiede zwischen den Helfern der Kolonialverwaltungen. Sie nannten die Zivilisationspapuas mit locker sitzenden Waffen »Markei«, was soviel wie »Totengeist« bedeutet. Näherten sich Papua-Polizisten den Dörfern im Inneren, flohen die Dorfbewohner meist in den Busch.

Auch die moderne australische Administration ging in den Jahrzehnten nach dem Zweiten Weltkrieg bis zur Gewährung der Unabhängigkeit genauso willkürlich vor wie die älteren Kolonialmächte. Die Bürokraten von Port Moresby übertrugen ihre simplen Umwelterfahrungen auch auf die viel komplizierteren Verhältnisse im Busch. Die Wirtschaftsweise der Papuas basierte auf jahrhundertelanger Beobachtung der Natur. Sie sorgten bei der Jagd, beim Sammeln von Nahrungsmitteln, beim Fischfang, der Bodennutzung und Rodung stets für die Aufrechterhaltung des natürlichen Gleichgewichts. Die Bewohner der Küstensiedlungen bei Port Moresby sammelten seit jeher auf den kleinen vorgelagerten Inseln die Eier der Seevögel. Um aber den Fortbestand der Art zu sichern, ließen sie dabei stets einige Eier in den Nestern zurück. Erst die Zuwanderung von Menschen anderer Gegenden, die die Lebensweise dieser Vögel nicht kannten und die Gelege ganz ausnahmen, führte hier zu einer Störung des biologischen Ablaufes. Heute sind die alten Vogelkolonien verwaist, die Seevögel ausgerottet oder vertrieben.

In unerwartete Schwierigkeiten geriet ein australischer Entwicklungshelfer, der den Küstenbewohnern den Einsatz großer Fischnetze demonstrieren wollte. Der Dorfhäuptling ließ ihn verjagen, da er befürchtete, daß die vorgeführten Großnetze den Fischbestand allmählich vernichten würden.

Im Inneren Neuguineas sind die Böden nicht sehr ertragreich. Die Papuas am Mount Bosavi haben es aber trotzdem mit ihrer altüberkommenen Gartenbauwirtschaft verstanden, sich eine ausreichende Ernährungsgrundlage zu verschaffen. Da die hohe jährliche Niederschlagsmenge eine allmähliche Auswaschung und Abtragung der dünnen Humusböden bewirken würde, nutzen die hier lebenden Stämme ihre Gartenanlagen nur zwei bis drei Jahre und lassen sie dann wieder vom Wald überwuchern. Neue Gärten legen sie dort an, wo vor Jahren Kulturen bestanden haben. Die noch dünnen Baumstämme und kleinen Büsche sind rasch zu roden, und das Erdreich wurde von ihrem Wurzelwerk vor der Abschwemmung bewahrt. Eine solche Wirtschaftsweise zwingt die Menschen dazu, ihre Siedlungen von Zeit zu Zeit aufzugeben und neue Dörfer bzw. Gemeinschaftshäuser in der Nähe der Pflanzungen anzulegen.

Unter der australischen Verwaltung begann dieses den natürlichen Bedingungen angepaßte Lebenssystem zu verfallen. »Zunächst war es den Distriktbeamten nicht recht, daß die Dörfer alle paar Jahre verlegt wurden und somit schwerer kontrollierbar waren. Es erging die Anordnung, die Dörfer an den gegenwärtig besetzten Plätzen zu belassen. Eine zwangsläufige Folge davon war die Überbeanspruchung der Gartenflächen in der Nachbarschaft. Noch bevor der Boden nach seiner Nutzung als Gartenland wieder richtig regeneriert war, mußte der junge Sekundärwuchs darauf wieder gefällt und das Land neu bestellt werden. Besonders schwerwiegend wurde die Entwicklung dort, wo sich Fremde ständig niederließen: eingeborene Pastoren, die viele Leute anzogen, eine Ambulanzstation der Regierung« (Th. Schultze-Westrum). Erst als durch Erschöpfung des Bodens eine Hungersnot drohte, gaben die Distriktbeamten nach und erlaubten eine Verlegung der Siedlung.

Im gleichen Distrikt suchte die Administration auch die Anbaumethoden von Sagobäumen und Bananenstauden zu ändern. Die Bosavi-Papuas pflanzen die Schößlinge, bevor die Rodung ganz abgeschlossen ist. Zum Schutz des Erdreiches vor den häufig niedergehenden Regenmassen wird nämlich nur das Unterholz entfernt, und erst wenn die jungen Bäume genug Erdreich mit ihren Wurzeln vor dem Wegschwemmen binden können, werden die größeren Bäume geschlagen. Die australische lokale Verwaltung verstand diese Zusammenhänge jedoch nicht und wollte die gleichen Methoden einführen, die auch die Papuas der ebenen Grasländer auf den zentralen Hochplateaus mit dem Anbau von Süßkartoffeln entwickelt haben. Man übersah einfach, daß die Niederschlagsverhältnisse dort eine ganz andere Nutzung erlaubten. Das neue System war nicht nur wirtschaftlich ein Fehlschlag, sondern schädigte auch die Böden für viele Jahre.

DIE JAGD AUF DEN PARADIESVOGEL

Bis auf die Vogelwelt ist die Fauna Neuguineas recht artenarm. Unter den etwa 1500 verschiedenen Vogelarten, die die Insel beleben, zählen die in 43 Varianten vorkommenden Paradiesvögel zu den schönsten Vogelarten überhaupt. In den Bergwäldern lebt der Königsparadiesvogel, dessen Gefieder rot, weiß und smaragdgrün leuchtet. Der Kleine Paradiesvogel hat einen prächtigen Schwanz aus weißen und orange strahlenden Federn, die Männchen des Großen Paradiesvogels weisen ganze Büschel seidig glänzender, rötlicher Schwanzfedern auf.

Ausgestopfte Vogelbälge waren durch arabische Zwischenhändler schon im 16. Jahrhundert nach Europa gelangt, und da diesen die Füße vorher abgeschnitten worden waren, rankten sich um die sonst so lebensecht schillernden Vögel bald viele Legenden. Man behauptete, die Paradiesvögel hätten gar keine Füße, sondern würden sich immer schwebend in der Luft halten und sich vom Tau des Himmels nähren. Die Federn dieses prächtigen Tieres wurden seit jeher von den Papuas bei feierlichen Anlässen getragen, und selbst noch heute kann man als Tourist bei der Völkerschau der Papuas auf dem Mount Hagen oder in Goroka noch viele so geschmückte Männer sehen. Jedoch sind heute die Vögel selten geworden. Noch kurz nach der Jahrhundertwende konnte man die Paradiesvogelmännchen, wenn man einmal in die Bergwälder vorgedrungen war, hoch in den Baumkronen bei ihren Balztänzen beobachten. Die Vogelbälge waren schon im Mittelalter bei den Händlern auf den indonesischen Inseln beliebt. Sie verkauften sie weiter nach China und in den Orient. Zu Beginn des Jahrhunderts, als es in Paris und London als schick galt, Federn des Paradiesvogels zu tragen, wurden in fünf Jahren allein aus dem Nordosten 50000 Bälge exportiert.

Die Jagd auf den Paradiesvogel, die jeweils im Frühjahr einsetzte, zog Europäer und die ganze Kolonialgesellschaft magisch an. Echtes Jagdfieber jedoch war selten der Grund dafür, denn an den Jäger wurden schwere, körperliche Anstrengungen gestellt. Er hatte nicht nur seine gesamte Ausrüstung mitzunehmen, sondern auch die Strapazen der tiefen Wildnis zu ertragen. Dazu kam das Risiko, mit den Papuas aneinanderzugeraten, die ihre geliebten Federlieferanten keinesfalls den Eindringlingen überlassen wollten. Der Einsatz war also groß, ebenso die Hoffnung auf ein gutes Geschäft. Das erklärt, warum die alljährlich aufbrechenden Vogeljäger eine harte Gesellschaft von Abenteurern waren, die nur eines verband, möglichst viele Tiere abzuschießen, um den finanziellen Aufwand abzudecken und auch möglichst viel daran zu verdienen.

Besonders gut organisiert war das Jagdwesen in Merauke. Hier hatten sich vor allem chinesische Händler auf die Ausrüstung der Jäger und ihre regelrechte Anstellung spezialisiert. Motorboote konnten bei ihnen geliehen, Gewehre, Patronen und diverse Tauschartikel erstanden werden. Meist kauften die von den benachbarten indonesischen Inseln kommenden Jäger bei den Chinesen auf Kredit. Wer nicht außergewöhnliches Jagdglück hatte, brachte es kaum zu großem Gewinn. »Wer aber etwas verdient hatte, behielt es meistens auch nicht lange«, schrieb Paul Wirz. »Im ganzen Archipel gab es kaum einen zweiten Platz, wo soviel Geld verspielt wurde wie nach Schluß der Vogeljagd in Merauke. Dann ging es wochenlang alle Abende fröhlich zu. Überall wurden Feste gefeiert, wurde geschmaust, getrunken und gespielt. Von Java und Makassar ließ man Tänzerinnen kommen, um das Fest zu versüßen, und das sauer verdiente Geld zerrann wie Wasser.« Die holländische Kolonialverwaltung betrachtete am Anfang die Vogeljagd sehr wohlwollend. Sie förderte den Handel, brachte nach Ansicht der Verwaltung die Papuas in Kontakt mit der Zivilisation, und zudem flossen direkte Steuern zu. Für jedes mitgenommene Gewehr mußten die Jäger 37 Gulden bezahlen, erst dann erhielten sie einen Jagdschein. Pro Gewehr durften nur 200 Patronen mitgenommen werden. Die Bestimmungen förderten natürlich den Schmuggel, denn auch für jeden erlegten Vogel war eine Steuer von fünf Gulden zu entrichten. Die Preise für die Paradiesvögel kletterten von Saison zu Saison.

Im Busch betrachteten sich die Vogeljäger als die eigentlichen Herren. Sie sahen nicht nur die Vögel, das Wild und die umherlaufenden Schweine als ihr Eigentum an, sondern fühlten sich natürlich auch den Papuas überlegen. Als die von den Flüssen aus zu erreichenden Wälder bald »überjagt« waren, drangen die Jäger immer tiefer in das Land ein. Ohne irgendeiner Kontrolle ausgesetzt zu sein, kämpften sie sich durch den Busch. Zusammenstöße mit den Papuas waren nicht selten, und das Leben eines Papuas galt den verwegenen Abenteurern wenig.

Aber es waren nicht so sehr diese Zwischenfälle, die einen Eingriff in die festgefügte Ordnung der Menschen darstellte. Die Jäger brauchten die Papuas nämlich als Führer, um die abgelegenen Balzplätze der Paradiesvögel zu finden. Natürlich begriffen die Papuas bald, daß die Vögel für die Fremden einen großen Wert besaßen. Sie wurden für ihre Hilfe mit eisernen Beilen, Streichhölzern, Messern und allen möglichen anderen Tauschartikeln entlohnt. Schließlich beteiligten sich die Papuas selbst an der Jagd. Da sie aber die Kunst des Präparierens nicht gut beherrschten, waren ihre Bälge nur ein Drittel der richtig abgebalgten Vögel wert. Trotzdem gelangte soviel Zivilisationsgut in das Hinterland Westneuguineas, daß die Kultur der Papuas davon stark beeinträchtigt wurde. »So wurden die Papua im Gebiet des Digul und auch anderwärts in kürzester Zeit vollständig verdorben«, schrieb Paul Wirz, der den Kulturverfall hier selbst feststellen konnte. Die Papuas besaßen bald genug eiserne Geräte und waren folglich immer weniger bereit, die Jäger zu begleiten. Zudem wurden die Vögel immer seltener, und es gehörten ausgezeichnete Ortskenntnisse dazu, die wenigen Balzplätze noch aufzuspüren. Dennoch wurde das Innere der Kolonie von immer mehr Jägern durchstreift, die ihr Glück machen wollten.

Bald stritten sich die Abenteurer um die unentbehrlichen Führer, Die Zustände verschlechterten sich drastisch, die Jäger bekriegten sich regelrecht. Die Verwaltung glaubte, mit einer empfindlichen Erhöhung der Steuern Ordnung zu schaffen, aber vergebens. Zeitweise mußte sie die Jagd ganz verbieten. Aber erst als viele der Händler ausgewiesen und die verbleibenden unter strenge Kontrolle gestellt wurden, besserten sich die Zustände. Ab Mitte der zwanziger Jahre lohnte sich der Aufwand für die Jagd nicht mehr. Die Vögel waren zu selten geworden, die Papuas immer feindlicher, die Steuern zu hoch. Die Abenteurer verließen die Küstengebiete.

DIE UMERZIEHUNG DURCH DIE MISSION

Ende des 19. Jahrhunderts schrieb der französische Missionar Michel-Droit, nachdem er die »Menschenfresser Neuguineas« besucht hatte, daß die gesamte christliche Welt mit Empörung auf Ozeanien blicke. Über vielen Gebieten scheine »gleichsam ein Fluch zu schweben. Als eine Hochburg der Menschenfresserei, als letzter Zufluchtsort der Barbarei, bilden sie eine Art Schandfleck im

Herzen der Zivilisation.« Solche Aufrufe wurden gehört und verstanden: Unter dem Schutze der Kolonialmächte und ihrer aktiven Förderung machten sich Katholiken, Protestanten, Methodisten, Anglikaner, Baptisten auf, um ihr Evangelium zu verbreiten und die Papuas entsprechend ihren Maßstäben zu Menschen zu machen.

Ein Pater der 1885 gegründeten französischen Provinz der Kongregation vom Heiligsten Herzen Jesu, der zu den ersten Missionaren auf Neuguinea (Halbinsel Yule) gehörte, schilderte einem angehenden Missionar die Erfahrungen und Eindrücke seiner langjährigen Tätigkeit: »Diese Menschen, die Ihnen wie einfache, große Kinder vorkommen, stammen aus dem finstersten Heidentum, aus der ärgsten Wildnis. Es war notwendig, sie zuerst zu Menschen zu machen, ehe man daran denken konnte, aus ihnen Christen zu bilden. Sie stecken noch in den Anfängen der geistigen Kindheit. Dank der Strenge des Katechumenates (d. h. der Zeit der Unterweisung im neuen Glauben, d. Verf.) und unserer unausgesetzten Bemühungen, zu ihnen zu kommen, ihnen zu helfen, sie zu ermahnen und zu unterrichten, gelingt es uns trotz allem, Ansätze von Christengemeinden zu schaffen, die andere vollenden werden. Immerhin sind unsere Christen, so wie sie sind, ein lebendiger Beweis für das dauernde Wunder, das die Gnade Gottes wirkt.«

In 45 Jahren konnte seine Missionsgesellschaft 25 000 neue Seelen gewinnen, wie der Missionar weiter ausführte. Und schwärmerisch, daß er sogar vergaß, seine Pfeife anzufachen, dachte er noch an die Papuas, die die Mission noch nicht erreichte: »An die Tausende von Menschen, die nichts wissen, rein gar nichts, weder von ihrer übernatürlichen Bestimmung als Kinder Gottes noch von Gott selbst; die, unfähig, sich aus diesem Zustand zu befreien, aller Entartung, aller Unwissenheit, allem Elend und allem Schrecken ihrer gefallenen Natur preisgegeben sind. Und dies seit undenklichen Zeiten. Seit dem Sündenfall!« (A. Dupeyrat).

Die geistige Enge der dogmatisch bestimmten Annäherung an die Menschen mußte zu tiefem Unrecht führen. Wer nur in seiner eigenen Welt lebt und leben will, weil nur diese angeblich zum Heile führt, sollte sich mit dieser Überzeugung und Sicherheit für sein Leben begnügen. Mission ist zu keiner Zeit der menschlichen Kulturgeschichte nur Verbreitung von Glaubenswahrheiten gewesen. In der Südsee sollte es dies auch nicht werden. Die Missionare verachteten letztlich die fremde Kultur der Papuas, und sie waren auch noch stolz darauf, ihren Untergang eingeleitet oder vollendet zu haben. Um die Menschen zum »Heil« zu führen, schreckten die

Missionare, gleich welcher Konfession, auch vor Gewaltanwendung nicht zurück. Die Papuas wollten nämlich gar nicht freiwillig den Ruf der Gnade vernehmen, sie waren in ihren eigenen Vorstellungen fest verwurzelt und bedurften fremden Zuspruchs nicht. Die Missionare spürten den Widerstand, die »Gegenwehr des Teufels«, wie sie es ausdrückten, unzählige Male. Deshalb widmete sich die Mission nach vielen Fehlschlägen nicht mehr so sehr den Erwachsenen, sondern den Jugendlichen, vor allem den Heranwachsenden, die noch nicht in die Kultgeheimnisse der Männer eingeweiht waren, die auf Kopfjagden geraubt worden waren, ihre Eltern verloren hatten oder kränkelten. Diese Kinder wurden den traditionellen Lebensgemeinschaften also entzogen, deren Bindung an die Eltern und das Dorf noch nicht vollendet war. Sie wurden in Kleider gesteckt, und man schnitt ihnen die Haare, brachte ihnen christliche Lieder bei und unterrichtete sie im Lesen und Schreiben.

Bis zum Anfang dieses Jahrhunderts hatten es die katholischen Missionsstationen, von neutraler Sicht aus betrachtet, nicht allzuweit gebracht. 1916 besuchte der Schweizer Forscher Paul Wirz die südlichen Küstengebiete des niederländischen Westneuguineas. Obwohl erst wenige Jahre zuvor hier die Missionare tätig geworden waren, konnte Wirz die ersten Auswirkungen ihres Werkes fassen. In Merauke, dem Sitz eines selbständigen holländischen Assistentresidenten, sah er die in Lumpen oder schmutzige Kleider gesteckten Jünglinge der benachbarten Stationen: »Eine halb- oder viertelzivilisierte Bande abgeschmackter junger Leute, die mehr zu sein glauben als ihre nackten Brüder und Schwestern, Väter und Mütter.« Von den Erwachsenen war noch niemand getauft worden. Das Verhältnis zwischen den Missionen und den Dörfern war schlecht. »Die Alten sahen es natürlich nicht gern, wenn ihnen die Kinder entzogen wurden. Sie brummten und wehrten sich energisch gegen diesen Eingriff der Mission in ihr Familienleben und die Gesellschaft. Aber die Mission ließ sich hierdurch nicht abschrecken weiterzuarbeiten. Wie oft war ich nicht selbst Zeuge solcher Klagen, die bald hier, bald dort laut wurden, wenn die Mission wieder einen hübschen Knaben oder Jüngling, ›um ihn zu retten‹, wie sie sagte, aus dem heimatlichen Dorf und seiner Familie herausgerissen und nach Merauke gebracht hatte. Doch sie erblickte darin die einzige Möglichkeit, um überhaupt etwas erreichen zu können.«

Der Keim zur Auflösung der alten Sitten bei den Marind-anim war damit aber gelegt. Zur gleichen Zeit wirkte in Kaiser-Wilhelm-Land, im Nordosten Neuguineas, die Lutherische Mission als Vorreiter der Zivilisation preußisch-deutscher Prägung. Hermann Detzner, Hauptmann der deutschen Schutztruppe, vom Ausbruch des Weltkrieges überrascht und auf der Flucht vor den Australiern und Briten, lobte uneingeschränkt die Erfolge der Missionsarbeit beim Stamm der Kate, auf deren Unterstützung er angewiesen war. »Jedes Dörflein, jedes Gehöft besaß eine deutsche Flagge, die aufgezogen werden mußte und mit Stolz gehißt wurde, sobald sich irgendein Weißer, sei es ein deutscher Missionar, sei es ein Anwerber oder ein britischer Feind näherte. Dieses offene und freudige Bekennen zum Deutschtum war die Frucht der großartigen Erziehungsarbeit des Sattelberger Missionars Ch. Keyßer. Sogar gegen den Willen und den ausdrücklichen, an alle Farbigen gegebenen Befehl des Missionsseniors, mir ja keine Unterstützung angedeihen zu lassen, damit ich gezwungen sein würde, mich aus Lebensmittelmangel beim Gegner zu stellen, bewährte sich diese Erziehungskunst. Strafandrohung, das Absetzungsdekret gegen einen farbigen Missionsgehilfen schlossen die Kate-Leute nur noch enger an mich an, ließen sie nur noch fester in ihrem Entschluß werden, ihr anerzogenes Deutschtum in die Tat umzusetzen.«

Binnen 16 Jahren hatte der leitende Missionar Keyßer »an Organisationsarbeit und an Erziehung zur Selbstzucht« in der Tat eine große Aufbauleistung vollendet. In treuer Pflichterfüllung hatte er ein Wegnetz zu 25 Papuadörfern anlegen lassen. Bis 60 km westwärts reichten die Verbindungen von seiner Station. In jedem Ort ließ er saubere Unterkunftsstationen errichten. Vor hier aus erfolgte die Bekehrung, Belehrung und Kontrolle der Papuas. »In peinlicher Ordnung und nützlichen Grundsätzen« lief die Feldarbeit. Es wurde bereits mehr geerntet, als die Papuas zum eigenen Bedarf benötigten. Die Missionsstation kaufte die Überschüsse auf. Für das so eingenommene Geld zivilisierten sich die Papuas selbst weiter. Sie kauften Bekleidungs- und Ausrüstungsgegenstände, Arbeits- und Ackergeräte, um den wirtschaftlichen Wert der Niederlassungen anscheinend freiwillig noch zu erhöhen. Ihr Einsatz, »die Lebenshaltung würdiger, sachgemäßer und höher zu gestalten, mehr zu leisten«, wurde auch entsprechend unterstützt. »Diese Bemühungen werden durch straffe Organisation, durch gewählte Oberaufseher in einen festen Rahmen gefaßt«, schilderte Detzner. »Jede Verfehlung gegen die Sitte, vor allem jedes Drückertum und Faulenzertum, wird strenge geahndet, mit der Prügelstrafe und Strafarbeiten außerhalb der Heimatorte unter ständiger Aufsicht belegt. Die Unparteilichkeit und Selbstzucht der Aufsichtsorgane ... hat bereits einen hohen Grad erreicht.« Natürlich krönte die Einsicht der Papuas, am Glück der Zivilisation bald voll teilnehmen zu können, die Schilderung. »Nicht ungern hörten meine Kate-Jungen, welche durch ihren Missionar zu einem hohen Maß von Reinlichkeit erzogen waren, deren einstmals gleich unordentliche Haartracht mit Messer und Schere auf ein ordentliches Maß zurückgeführt war, die anstelle der Bastlendenschnüre saubere Lendentücher trugen und zum Schutz gegen die Bergkühle meist mit einem reingehaltenen Unterhemd oder einer Weste bekleidet waren, meinen neckenden Anspielungen auf ihr einstmaliges Aussehen zu und bezeigten ihre aufrichtige Freude darüber, daß sie doch bereits in der ›Kultur‹ etwas vorgeschritten waren.«

Vollendete Harmonie schien also nach Darstellung des Hauptmanns in der Kolonie geherrscht zu haben, denn die Kate verstanden es auch fast fehlerlos, die schöne deutsche Weise »Ich hab mich ergeben mit Herz und mit Hand« abzusingen. Verständnis für die tiefere Tragik dieses Geschehens konnte man bei einem Militär wohl kaum erwarten. Statt dessen erging sich der Hauptmann in der Schilderung, wie »die dunkelhäutigen Deutschen« angeblich freiwillig Geld für ein Kriegerdenkmal sammelten.

Der Durchbruch der Mission in den niederländischen Gebieten erfolgte nach einer gewaltigen Grippeepidemie, der 30 Prozent der eingeborenen Bevölkerung binnen zweier Monate im November und Dezember 1918 zum Opfer fielen. 1920 erhielt die Kolonie einen neuen ehrgeizigen Residenten, der sein Gebiet in kürzester Zeit zu einem wirtschaftlich hochentwickelten Gebiet, wie das nicht ferne Java und Sumatra, machen wollte. Die katholische Mission legte der Regierung einen Plan zur Rettung der Papuas vor, der das Programm des Residenten auf das beste ergänzte. Wenn nötig, forderte die Mission, solle man mit Zwang die Eingeborenen zu einer gesitteteren Lebensweise führen. Die Verantwortung für das Massensterben lag nach Meinung der Mission nicht etwa bei der Kolonialverwaltung und den europäischen Matrosen und Abenteurern, welche die Seuche eingeschleppt hatten, sondern bei den Papuas selbst, die immer noch durch ihre Lebensweise die Verbreitung der Krankheit begünstigt hätten. Als erstes wollte die Mission erwirken, daß die Papuas nicht mehr in Gemeinschaftshäusern, Männer und Frauen getrennt, leben sollten, sondern familienweise in Hütten. Nach Einführung des allgemeinen Kleiderzwanges, den auch die Kinder zu respektieren hätten, sollten Kirchen und Schulen gebaut werden. Die Geistlichen und Lehrer sollten die Beaufsichtigung der Papuas übernehmen. Vorgesehen war vor allem, die Menschen zu regelrechter Arbeit, zur Zubereitung von Kopra anzuhalten. Punkt für Punkt der Forderungen akzeptierte der Resident, der das Programm zuvor mit dem Generalgouverneur in Buitenzorg durchgesprochen hatte. Das Ergebnis war, daß die Mission vollständig freie Hand und eine Machtposition erhielt wie nie zuvor. Mit aller Schärfe wurde daraufhin die »Umwandlung« der Papuas in Angriff genommen. Nicht nur die Küstengebiete um die Handelsplätze und die ersten Missionsstationen gerieten in das Räderwerk der Zivilisation, sondern auch die Gebiete im Inneren der Kolonie wurden, soweit der Arm des Gesetzes reichte, erfaßt.

Wie rasch sich die Veränderungen vollzogen, stellte Paul Wirz in einem Gebiet am Digul mehr als 500 km von Merauke entfernt, dar. Noch um 1910 waren weder Stämme noch Land am Digul überhaupt bekannt. 1920 entkam der Forscher auf einem seiner Vorstöße ins Landesinnere noch mit knapper Müh und Not den Nachstellungen der Kopfjäger. Nur zwei Jahre später, 1922, begegnete er ihnen noch einmal: »Die Leute erkannten mich sogleich wieder, machten aber etwas verlegene Gesichter, daß sie mich hier wiedersahen. Sie waren kleinlaut und verdutzt. Fürchteten sie etwa, daß ich jetzt gekommen sei, um mit ihnen abzurechnen? – Aber wie hatten sich die Leute verändert! – Wo waren die prächtigen Gestalten mit den bemalten Gesichtern und den schmucken Haartrachten? – Viele, ja die meisten, hatten die Haarflechten abgeschnitten und trugen schmutzige, zerfetzte Kleider auf dem Leib, ein Paar Hosen oder einen von Schmutz starrenden Lappen um die Lenden. So waren die Leute heruntergekommen und zahm geworden, zivilisiert, wenn man es so nennen will. Vorbei war es mit der Kopfjägerei! – Vorbei mit den Geheimbünden! – Vorbei mit den Festen! –«

Eine Rückkehr zu ihren alten Bräuchen war unmöglich geworden. Von zwei Polizeistationen aus wurden sie durch Streifen überwacht. Der Lebensnerv dieser Menschen war gebrochen, in den Dörfern reichte ein einziger Polizist aus, um ihre Tätigkeiten, Wegebau oder Arbeit in Pflanzungen, zu überwachen. 1922 sah man in der näheren Umgebung von Merauke unter den Marind-anim schon niemanden mehr mit den typischen langen Haartrachten. In der Sprache der Mission hieß es, die Papuas, von der Gnade beseelt, hätten selbst mit den alten Sitten gebrochen. Die Wirklichkeit sah allerdings anders aus. Eines Morgens waren die Missionsbrüder mit Scheren bewaffnet in die nahen Siedlungen ausgeschwärmt, um das verheißungsvolle Geschäft selbst zu besorgen. Auch die »Gewapende Politie dienaren« hatten sich an der Aktion beteiligt. Nachdem das Haar abgeschnitten war, forderte man die Papuas auf, bei den Händlern Hosen und Lendentücher zu kaufen. Den Kaufpreis hatten sie in entsprechenden Mengen an Kokosnüssen zu entrichten. Nachdem dieser Schritt vollzogen war, wurde bereits ein neues Ziel angestrebt.

Um das Bildungsniveau etwas anzuheben, wurde für die Papuakinder der Schulbesuch obligatorisch. Obwohl die Kolonialverwaltung der Mission die Erteilung von Religionsunterricht in diesem Zusammenhang verboten hatte, wurde dies im Alltag kaum beachtet, da die Mission aufgrund des Lehrermangels den Unterricht gänzlich übernehmen mußte. Hauptfach war Christentum, dennoch wurde jeder Schüler bestraft, der dem Unterricht fernblieb. Die Strafen waren hart, für mehrmaliges Schwänzen wurden die Kinder eingesperrt. Wer sich auch dann noch nicht im Sinne der gestrengen geistlichen Herren verhielt, bezog Prügel und wanderte für 24 Stunden in die »Kamar glap« (einen dunklen Raum).

Noch radikaler ging man an die Verwirklichung des Siedlungsprogramms. In einem genau festgelegten Abstand von den alten Dörfern sollten neue Hütten erbaut werden, Größe und Bauweise waren genau vorgeschrieben. Familienweise sollten sich die Papuas darin einleben. Waren die neuen Unterkünfte bis zu einem bestimmten Zeitpunkt nicht fertig, erhielten die Polizeihelfer den Befehl, die alten Hütten einfach in Schutt und Asche zu legen. Die neuen Häuser wurden aber nicht etwa von der Regierung oder Mission erstellt, sondern die Papuas mußten sie selbst errichten. Wer die Arbeit verweigerte, wanderte ins Gefängnis und erhielt – nach Ansicht der Weißen – damit Gelegenheit, über die moralische Rechtfertigung dieser sozialen Maßnahme nachzudenken.

Merauke und die Nachbarorte glichen immer mehr einer Sträflingskolonie. Ein Augenzeuge berichtete: »Von unserer Wohnung aus hatten wir täglich Gelegenheit, diese Zwangsmaßregeln an den vollkommen wehrlosen Leuten mitanzusehen. Frühmorgens marschierten die Papuas, begleitet von bewaffneten Polizisten, nach dem etwa eineinhalb Stunden entfernten Platz, den man den Eingeborenen von Borem und Sepadim angewiesen hatte. Hier sollten in zwei schnurgeraden Reihen etwa 30 Häuser zu stehen kommen, eines wie das andere und in gleichem Abstand voneinander, und in der Mitte die Schule.«

Immer wieder versuchten die Männer der betroffenen Dörfer, sich durch Flucht in den Busch der Zwangsarbeit zu entziehen.

Wurden sie dabei aber von den Polizeistreifen aufgespürt, erhielten sie einige Wochen Gefängnis. Versuchten sie es daraufhin nochmals, bekamen sie drei Monate und mußten unter Polizeiaufsicht die Siedlungen erbauen. Der Regierung oblag die Sicherstellung der Durchführung, die Mission gab die Empfehlungen für das Vorgehen.

Auch die London Mission Society, deren Wirkungsfeld im britischen Südosten lag, begnügte sich nicht allein mit weisen Ermahnungen bei der Verkündung des Evangeliums. Aber ihr Regiment war ausgehend von einer reichen Kolonialerfahrung wesentlich milder und überlegter als das der niederländischen Brüder. Die Briten suchten den Widerstand der Papuas gegen die weiße Mission dadurch abzubauen, daß sie polynesische Missionare, die in Tahiti, Rarotonga und Samoa ausgebildet wurden, hier einsetzte und später dazu überging, in Port Moresby eingeborene Missionare zu schulen und in den Busch zu schicken. Das System hatte Vor- und Nachteile, denn in der Ausbildung und im Unterhalt waren sie billiger als Europäer, aber da sie nicht so zuverlässig arbeiteten, mußten sie beaufsichtigt werden.

Im Erziehungskonzept unterschied sich die britische Missionsarbeit aber nicht wesentlich von der im Westen und Norden. Auch die britischen Papuas sangen englische Choräle und Volkslieder wie das traute »Home, sweet home«. Der deutsche Naturforscher Richard Semon, der sich 1891 im britischen Teil Neuguineas aufhielt, besuchte verschiedene Stationen im Busch. Hier fiel ihm besonders die allabendliche Gesangsstunde auf: »Selbst dort, wo nur ein einzelner farbiger Lehrer sitzt und wo seine sonstigen Erfolge recht dürftig sind, pflegen die Kinder, die er im Hause beschäftigt, und auch sonst noch viele muntere Knaben und Mädchen sich abends am Boden seines Wohnraumes zu lagern und mit Herzensfreude und musikalischem Gefühl die einfachen Weisen jener Hymnen zu singen, deren Worte sich doch wohl allmählich ihrer Seele einprägen und dieselbe mildernd beeinflussen werden.« Die erhoffte Wirkung blieb allerdings oft genug aus.

Auch die britischen Missionare suchten ihre Erfolge zuerst bei den Kindern. Die Erwachsenen wehrten sich gegen die Eingriffe der Europäer. Wagten sich die Missionare zu weit in den Dschungel vor, wurden sie vertrieben oder umgebracht. 1880 brachten die Bewohner des Dorfes Kalo (südöstlich von Port Moresby) vier polynesische Missionare samt ihren Familien um. Die britische Strafexpedition war vergleichsweise noch maßvoll: Mit der Tötung von vier

Stammeskriegern als abschreckendes Beispiel gab man sich zufrieden, das Dorf entging dem sonst üblichen Niederbrennen.

DIE RIVALITÄT DER MISSIONEN

Der Erfolg der Mission, was sie auch immer als solchen betrachtet haben mag, wurde nicht nur deshalb geschmälert, weil sie Gewalt anwandte oder anwenden ließ, sondern daß konkurrierende Gesellschaften der verschiedenen europäischen Konfessionen auftraten. Nach einer Zusammenstellung von Friedrich Steinbauer aus dem Jahre 1970, die auf offiziellen Quellen der UNO und der Missionsgesellschaften beruht, waren 51 kirchliche Missionen mit fast 3500 Missionaren in Neuguinea und den benachbarten melanesischen Inseln tätig. Von Koordination ihrer Arbeit war früher und heute keine Rede. Im Gegenteil – die Rivalität war und ist offenkundig. Der Kampf um die Seelen der unglücklichen Eingeborenen war schon 1890 in vollem Gange. R. Semon befragte einen katholischen Priester über das Verhältnis von katholischer und protestantischer Mission. »Als ich ihn fragte, ob die katholischen Missionare ihr Arbeitsfeld mit den protestantischen gütlich geteilt hätten, dergestalt, daß die Katholiken den St.-Josephs-Distrikt, die Protestanten das Gebiet westlich und östlich davon als ihre Sphäre betrachteten, lachte er über solche Auffassung und sagte, davon könne keine Rede sein. Sie arbeiteten hier, weil sie vorläufig hierhergesetzt seien; was die protestantischen Missionare täten, ginge sie nichts an. Denn jene vermöchten nicht die Seelen aus der ewigen Verdammnis zu retten, und deshalb sei es die Pflicht der katholischen Mission, überall hinzugehen und die wahre Lehre zu verbreiten.«

Die australische Verwaltung, die 1906 den Briten in der Zivilisierung des Südostens folgte, hatte ihr Einflußgebiet in zwei Sphären eingeteilt, in denen jeweils nur die protestantischen oder die katholischen Gesellschaften tätig werden sollten. Die Rivalität hörte auf. Im ehemals deutschen Kolonialgebiet aber, das die UNO bis 1975 treuhänderisch verwaltete, erreichten die Rivalitäten groteske Auswüchse. Die UNO-Charta der Menschenrechte sieht nämlich auch Glaubensfreiheit für Papuas vor, in extremer Deutung damit auch freie Mission. Was das für die Menschen im Busch Neuguineas bedeutete, interessierte die UNO-Bürokraten kaum.

»Wieviel Götter habt ihr eigentlich?« fragte ein Papua den Schweizer Kulturhistoriker René Gardi. Im Durcheinander katholischer, protestantischer, methodistischer und adventistischer Lehren und Vorschriften hatte sich der interessierte Papua regelrecht verloren. Die Verkündigungen der verschiedenen Glaubensrichtungen lehrten nämlich alles andere als Toleranz in Christo, das würde die Bestrebungen der eigenen Mission, sich auf Kosten einer anderen auszubreiten, ja höchst unglaubhaft machen. Deshalb wurden zuerst die Nachbarmissionen und ihre Lehre verteufelt.

In einem Dorf in den Washkukbergen (Oberlauf des Sepik) traf Gardi drei Glaubensrichtungen, was dem sozialen Zusammenhalt der Dorfbewohner nicht gerade förderlich war. »Catholic no good«, behaupteten im Brustton der Überzeugung die adventistisch beeinflußten Neuchristen, »Seven days no good«, die katholisch erweckten. Am Abend zur Zeit des Gebets zog etwa ein Drittel der Bewohner zur Bethütte der Katholiken, ein zweites Drittel zum adventistischen Prediger. Der Rest, meist die älteren Männer, blieben vor ihrem alten Geisterhaus hocken, »kauten Betel und spuckten verächtlich hinter den Frommen her, die bald darauf von zwei Seiten ihre Litanei zu plärren begannen.«

Natürlich ist es bei den meist nur äußerlich missionierten Papuas üblich, je nach den Vorteilen, die die weißen Glaubensapostel bieten, die Konfession zu wechseln. Welcher Missionar mehr Kokosnüsse abkaufen kann, dem fallen in der Regel auch die Seelen zu.

Stellt man sich vor, welche Probleme die Glaubenslehrer jeder Richtung haben, um die Verkündigung jeweils dem Geist der Zeit anzupassen, so wird verständlich, wie viel schwieriger es ist, die christliche Lehre einem Volk mit einer völlig anderen Kultur nahezubringen.

Viele altorientalische Sitten, die in der Bibel ihren Niederschlag gefunden haben, sind nur unvollkommen in unsere eigene Begriffswelt zu übertragen; wie schwer es aber erst wird, die Gleichnisse und Geschehnisse den Papuas nahezubringen, mögen einige Beispiele zeigen.

Die Eingeborenen im Landesinneren haben das Meer noch nie gesehen und in ihren Sprachen dafür überhaupt keinen Ausdruck, wie will man ihnen also das Wunder von Petri Fischzug begreiflich machen, wie, daß Christus über das Wasser lief und die Wellen beschwichtigte. Das Gleichnis vom verlorenen Sohn, der seine Eltern verläßt und schließlich als Schweinehirt sich verdingt, nach altorientalischen und unseren Vorstellungen einen sozial tiefstehenden Beruf ausüben muß, verliert in einer Kultur allen Sinn, wo die

Frauen Ferkel statt ihrer getöteten erstgeborenen Kinder an die Brust nehmen und die Männer ihren ganzen Ehrgeiz daran setzen, möglichst viele Schweine zu besitzen und zu pflegen, weil ihr Prestige davon abhängt. Wie soll man Christus als guten Hirten seiner Schafe schildern, wenn die Menschen noch nie ein solches Tier gesehen haben? »Wie will man da«, klagte ein Missionar, »den Pfarrkindern gar Muster von Heiligenleben vorführen, ihnen etwa von jenen Büßern erzählen, die auf dem nackten Boden oder auf einem Brett schliefen, die kein Fleisch aßen und keinen Wein tranken? Das macht den Papua keinen Eindruck, das ist ja ihr tägliches Leben.«

Die Struktur des Pidgin-Englisch und seine Wortarmut erleichtern den Papuas weder den Zugang zum »wahren« Christentum, seiner Ethik, noch zu den sonstigen bescheidenen Gaben der Mission. Was die Menschen bei einer Predigt denken oder was sie davon verstehen mögen, weiß ohnehin niemand zu sagen. Wenn der Priester sich an seine Gemeinde wendet und anhebt: »Kanakas, Jesus Christus, big fellow master to you, and his mam, Maria immaculata ...«, dann folgt bestenfalls Staunen. Was soll sich ein Papua unter der Maria immaculata, der unbefleckten Jungfrau, vorstellen? Wie wenig Erklärungen da fruchten, sieht man selbst bei frommen europäischen Katholiken.

Besser lassen sich die Motive erfassen, warum die Papuas nach langer Zeit des Zögerns ihre Kinder taufen ließen. Sie erhielten nach dem Sakrament nämlich eine Kette mit einem Kreuz oder einem Heiligenbild. Jedes Elternpaar ist natürlich sehr stolz auf seine so ausgezeichneten Kinder. Daß sie sich damit verpflichten müssen, ihre Sprößlinge auch vom Missionar erziehen zu lassen, erfassen sie in der Tragweite natürlich nicht. Vorerst zählt nur der Schmuck, der vielleicht besser gegen böse Dämonen schützen kann.

Bei den erwachsenen Männern scheitert die Taufe meist an der Forderung, nur eine Frau zu behalten, und selbst wer unter diesen Umständen noch dazu bereit ist, muß sich vorschreiben lassen, daß er ausgerechnet die älteste behalten sollte. Da man natürlich lieber die jüngste behalten will, blieben viele Bereitwillige ungetauft. Der schwedische Reisende A. Vogel gibt in seinem Erinnerungsband die Meinung eines alten Häuptlings in Nondugl zu diesem Problem wieder. Zwar bekannte er sich zu christlichen Grundsätzen, doch war es für ihn ethisch nicht vertretbar, zwei seiner Frauen wegzuschicken. »Ich will nicht zwei meiner Frauen in ihren alten Tagen fortschicken, es wäre undankbar gegen sie, nach den vielen Jahren, die sie für mich gearbeitet haben.« Einer solchen Haltung muß man mehr Hochachtung zollen, mehr Würde und selbst wie auch immer verstandene christliche Gesinnung zubilligen als der engen formalen Forderung des Missionars.

Wenn die Missionare glaubten, daß die erzwungene Einehe die »Moral« in den bekehrten Dörfern heben würde, sahen sie sich bald eines Besseren belehrt. Die Moral wurde erst jetzt wirklich schlecht. Ein alter Mann erklärte dies recht einleuchtend so: »Viele Frauen – keine Gedanken für andere Frauen; nur eine Frau – viele solche Gedanken.«

DER WEG ZUR RESIGNATION

Als Zeichen seines Triumphes über die heidnischen Sitten und Geister nagelte ein Pastor der Adventisten in der Urama-Region (Papua-Golf) ein mit Reliefs geschmücktes Kultbrett (kope) über die Tür seiner Toilette. Die Mißachtung der wunderbaren Schnitzkunst und überhaupt der gesamten Papuakultur durch die meisten Missionare und auch durch die stupide weiße Verwaltung konnte nicht augenfälliger demonstriert werden. Verzierte Ahnenschädel, Kulthäuser, Schnitzwerke, Schwirrhölzer, Musikinstrumente, die Geisterstimmen lebendig werden ließen, Ahnenfiguren, Kultschemel und Masken der Tanzfeste und Initiationsfeiern wurden als Objekte des »Götzendienstes« und als heidnisch-primitive Kunst diffamiert und massenweise vernichtet oder eingezogen.

Die Papuas kennen keine Kunst als selbständigen Bereich menschlichen Geisteslebens. Für sie sind die Schnitzwerke in ihre gesamte mystische Welt als lebenstragende Kultgegenstände eingebunden. Wer gewaltsam einen Pfeiler ihrer Kultur herausbricht, bringt ihre gesamte Vorstellungswelt ins Wanken.

»Wo immer in diesen Kulturen«, schrieb der Basler Völkerkundler Alfred Bühler, »eine Änderung oder ein Zerfall beginnt, sei es im ökonomischen Aspekt derselben, sei es in sozialer, religiöser oder allgemein menschlicher Hinsicht, immer wird dadurch die gesamte Grundlage des Lebens zerstört, weil alle Aspekte derselben in diesen Kulturen untrennbar und unlösbar miteinander verbunden sind.«

Zu den ersten Angriffszielen der Mission gehörten die Geisterhäuser (Tambaran). In diesen Kultgebäuden wurden nicht nur die Masken und Figuren aufbewahrt, sondern sie stellten den Mittelpunkt des sozialen und religiösen Lebens der Gemeinschaft dar. Hier treffen sich die Männer des Dorfes, hier wird die Überlieferung an die nachfolgenden Generationen weitergegeben, hier weiß man sich eins mit den Ahnen, deren Geister sich auf den geschnitzten Kultbrettern niederlassen, hier werden die Schlitztrommeln und heiligen Flöten aufbewahrt, die zu den Festen die Dämonen rufen. Diese Kultgebäude werden mit ungeheurer Liebe gestaltet. Stützen und Querbalken beschnitzte man mit Ahnenfiguren, mythischen Wesen und Ornamenten.

Um den hartnäckigen Widerstand mancher Dorfgemeinschaften zu brechen, zerstörten die Missionare und ihre willigen Helfer nachts die Kulthäuser samt den darin aufbewahrten Ahnenschädeln und Schnitzwerken. So geschah dies auch bei einem Stamm im Nordosten. Ein übereifriger Missionar steckte in der Nacht das Tambaranhaus einfach an. Die Menschen waren entsetzt, ihr ganzer Rückhalt an ihre Welt schien zerbrochen, in ihrer Verzweiflung ließen sie sich gleich danach bekehren. Der Schrecken über diese Gewaltaktion sollte aber eines Tages mit allen seinen Nachwirkungen verblassen. Einige Jahre nach Abzug des Missionars kehrte der Stamm wieder zum Weltbild der Väter zurück.

Die Bekehrungsgeschichten in den Büchern der Missionare lesen sich allerdings ganz anders. Man muß an Verdrehung schon einiges gewohnt sein, um die Purzelbäume mit der Wahrheit verdauen zu können. Ein Pater behauptet tatsächlich, die Menschen seien zu ihm mit den Worten geeilt: »Pater, wir wollen dauernde Missionsstationen in unseren Dörfern haben. Wir wollen alle katholisch werden!« Weiter führte er aus: »Auf einer Reise habe ich diese Empfänglichkeit der Eingeborenen für die Religion, die an wahre Begeisterung grenzt, feststellen können. In der Ortschaft Moagendo trugen die Heiden zum Beweis ihres ernsthaften und guten Willens aus den Geisterhäusern eine Menge abergläubischer Dinge zusammen; sie errichteten förmliche Scheiterhaufen daraus, weil sie ›nicht mehr zweckdienlich seien‹. Mit Rücksicht auf den kulturgeschichtlichen Wert dieser Götzendienstgegenstände und ihrer Bedeutung für die Missionsstudien empfahl ich aber, von der Zerstörung abzusehen. Von den Ortschaften in der Nähe von Moagendo und von den am Flußufer entlang zerstreut liegenden Dörfern kamen nun zahlreiche Abordnungen fragend, was sie mit den Kultsachen anfangen sollten. ›Wenn ihr euch ernsthaft ihrer entledigen wollt, so gebt sie mir. Ich werde sie nach Europa schaffen lassen und dem Papst schenken.‹ «

In den dreißiger Jahren setzte die Bekehrung voll ein im Gebiet der Abelam, einem überaus begabten Volk nördlich des Sepiks. Die Missionare forderten die Papuas auf, ihre Kulthäuser niederzureißen und ihre Schnitzereien dem Feuer zu übergeben. Doch trotz oberflächlicher Missionierung bauten die Abelam im nördlichen Maprikgebiet weiter ihre mythisch verehrten Yamswurzeln an. Im Süden gelang es aber den 1938 gegründeten katholischen Missionsstationen, ihren Einfluß so auszubauen, daß die Kulthäuser nach und nach aufgegeben wurden.

Eine der reichsten und ästhetisch bedeutsamen Kunstprovinzen des gesamten Südseeraumes, das Sepikgebiet, wurde erst kurz vor dem ersten Weltkrieg von dem deutschen Völkerkundler Otto Finsch in seiner Bedeutung erkannt und erschlossen. Doch trotz dieser vergleichsweise späten Entdeckung verfielen die Lokalkulturen durch die Missionstätigkeit und die Eingriffe der Verwaltung rasch. Nur am Oberlauf des nahezu 1000 km langen Sepiks (Kaiserin-Augusta-Fluß) und seinen Zuflüssen behaupteten sich noch eigenständige Stile. Von der eigentlichen Sepikkunst zeugen an Ort und Stelle nur noch wenige Geisterhäuser, und selten findet man dort noch alte Schnitzwerke. In unseren Völkerkundemuseen zu Berlin, Hamburg, Basel, Köln und Stuttgart kann man heute die alten Kulturen besser studieren als in den heruntergekommenen Dörfern am Sepik.

Das Volk am Sepik war nämlich zahlenmäßig zu schwach, um der vordringenden Mission wirksam Widerstand entgegensetzen zu können. Wer sich nicht bekehren lassen wollte, verstand zumindest die neue Welt nicht mehr. Apathie machte sich breit, der alte Lebensrhythmus wurde für immer gestört. René Gardi besuchte vor über 20 Jahren die Menschen am Sepik; was er sah, war eine sterbende Kultur. »Die Leute werden unsicher, faul, wirken verschlafen und ohne Unternehmungslust; in einem kleinen Sepikdorf namens Malu haben wir uns sehr geärgert, weil dort die Leute, als sie eines Tages ›dem Neuen aufgeschlossen waren‹, ihre Tambaranhäuser kurzerhand zerstörten und die allerschönsten Trommeln und Rindenmalereien im Regen stehen ließen. Die herrlichen Trommeln waren bereits so morsch und mürbe, verwittert und von den Termiten zerfressen, daß man sie kaum mehr hätte transportieren können, und die schönsten Rindenmalereien lagen auf großen Haufen und verfaulten. Vielenorts, auf freiem Felde, fanden wir noch Pfosten alter Geisterhäuser mit wunderbar schwungvoll eingeschnitzten Gesichtern und Ornamenten; verwitterte Ahnenfiguren, deren Beine bis zu den Knien hinauf bereits verfault waren, lehnten lieblos irgendwo hingestellt an liederlich gebauten neuen Häusern. Früher setzten die Männer ihren Stolz und ihre Kraft daran, ein starkes, mächtiges und schön geschmücktes Tambaranhaus zu besitzen, jetzt hocken sie untätig unter einem kärglichen Schattendach und sind faul geworden. Was neu ist, ist langweilig, schlecht und unsorgfältig gebaut. Wir haben am Sepik und am Chambrisee ein paar Beispiele erlebt, wie himmeltraurig weit die Menschen in wenigen Jahren heruntergekommen sind.«

Das Vernichtungswerk der Zivilisation geht auch in unserer Zeit unaufhaltsam weiter. Thomas Schultze-Westrum verfolgte in der Zeitspanne von 1959 bis 1970 den Verfall der Schnitzkunst in den Gebieten am Huon-Golf im Nordwesten. 1930 waren die Kulthäuser noch voller Masken, Figuren und Schädeltrophäen. Schwer war es damals, einige dieser Kultobjekte zu erwerben. Die Bevölkerung wollte sich nicht von ihnen trennen. 1966 stand in Küstennähe kein einziges der alten Langhäuser mehr. Damit war auch der traditionelle Aufbewahrungsplatz für die Kultgegenstände zerstört. Beamte und Priester hatten sich mit ihrer Ansicht durchgesetzt, daß die Zeremonialhäuser und Kultgegenstände nicht mehr in unsere heutige Zeit paßten. Die Schädel wurden am Rande des Dorfes zu einem Haufen aufgeschichtet und verfielen in Wind und Wetter. Die Reliefs, Schwirrhölzer, Figuren und Masken warf man achtlos in den Fluß, zerschlug oder verbrannte sie. Mitunter brachten sie auch die alten Männer, »wenn sie sich scheuten, die immer noch als Kraftträger gefürchteten Geisterdarstellungen aktiv zu vernichten, diese in kleinen Hütten im Busch unter«. Hier fielen sie dem Fraß der Termiten und Ratten zum Opfer oder vermoderten samt der Hütte. 1965 rissen die bekehrten Männer der Kerewo-Region das letzte Langhaus ein und warfen Kultobjekte einfach ins Meer. Ein Zeremonialhaus fiel samt seinem Inventar einer Brandstiftung zum Opfer; auch was Sturmfluten mit sich rissen, wurde nie wieder ergänzt.

DER AUSVERKAUF DER GEISTER

Es steht in einem seltsamen Widerspruch, daß die weißen Missionare die Papuas von der moralischen Minderwertigkeit ihrer Kultur zu überzeugen suchten, während andere Abgesandte der Zivilisation oft mit viel List und Tücke in die Rätsel ihrer Welt eindringen wollten, die geheimen Mythen aufzeichneten und die Kultfiguren zu erwerben trachteten. Für die Papuas war das Ergebnis solcher, meist mit Abenteuerlust gepaarter Sammelleidenschaft europäischer Forscher oft nicht weniger beklagenswert als das Vorgehen der Priester. So oder so wurden sie ihrer heiligen Güter beraubt. Als die Kulturen noch lebendig waren, konnten die einheimischen Schnitzer leicht neue Masken oder Figuren anfertigen. War das innere Gleichgewicht der Gemeinschaft aber gestört, bedeutete der Verlust jedes weiteren Stückes eine Niederlage der Tradition.

Was man aber wieder ersetzen wollte, wurde meist nicht mehr mit den traditionellen Handwerkszeugen der Steinzeit in tagelanger liebevoller Arbeit hergestellt, sondern oft mit eingetauschten eisernen Geräten in Stunden fabriziert. Mit jedem qualitätvollen Stück schwand ein echtes Vorbild aus dem Gesichtskreis der Schnitzer. Natürlich verdanken wir den Expeditionen von Finsch, Wirz, Bühler und anderen unsere Kenntnisse dieser Kulturen. Die meist unwiederbringlichen Güter ihrer Schnitzkunst sind häufig der Stolz unserer Museen. Was aber einmal aus dem Land geschafft, katalogisiert, seltener ausgestellt und meist in dunklen Magazinen der Museen gelagert wurde, war für die Menschen Neuguineas verloren. Es klingt paradox, aber was die Expeditionen vor dem Untergang retteten, beschleunigte trotzdem den Verfall der alten Kultur. Die Objekte, die Alfred Bühler, der langjährige Direktor des Basler Völkerkundemuseums, in den Jahren 1955/56 und 1959 am Sepik gegen Tabak oder Geldzahlungen erwarb, gehen in die Tausende. Eine Expedition des Frankfurter Völkerkundemuseums brachte es in drei Monaten am Sepik auf über 4000 Sammelobjekte. Daß man dabei Wert darauf legte, nur qualitätvolle und typische Objekte zu erwerben, liegt auf der Hand. Unübersehbar jedoch ist, was Privatsammler an Masken und Schnitzereien außer Landes brachten.

Während Bühler jedoch nie Druck auf die Eingeborenen ausübte, um ihre geliebten Figuren oder Ahnenschemel zu erhalten, gingen andere »Sammler« mit allen Tricks vor, um den Papuas ihre Schnitzereien abzugaunern. Im Sepik- und Maprikgebiet hörte Gardi, daß einige Abenteurer, mit Ausweisen bewaffnet und von Polizeiboys begleitet, einfach das requirierten, was ihnen gefiel, und außerdem noch selbst den Preis festsetzten.

Traurige Berühmtheit erlangte der Fall des italienischen Forschers D'Albertis, der 1875 als erster in das Gebiet des Fly-Rivers vordrang. Um an die Schnitzwerke zu kommen, schreckte er die Menschen aus ihren Dörfern und bediente sich dann selbst in ihren Hütten. Wer auch immer später diesen Dörfern sich näherte, wurde sofort angegriffen. Wie Richard Semon sich Schädel im Gebiet der Milne-Bay aneignete, schilderte er selbst unbekümmert. Ein polynesischer Missionar berichtete ihm voller Stolz, daß er nach nur halbjähriger Arbeit »ausgezeichnete Erfolge zu verzeichnen habe. Kannibalismus käme jetzt kaum noch vor, auch habe er viele Eingeborene überredet, den Hauptschmuck ihrer Häuser, die Menschenschädel ... an einer besonderen Stelle vor dem Missionshaus zu vergraben. Ich sprach dem wackeren Manne meine aufrichtige Anerkennung und Bewunderung für diese Erfolge aus und schlug vor, sein Werk nun noch zu krönen und die anstößigen Schmuckgegenstände, die er glücklich aus den Häusern entfernt hätte, der Wissenschaft zugänglich zu machen, indem er mir half, sie auszugraben und mitzunehmen. Zuerst wollte ihm das nicht recht einleuchten, endlich aber willigte er ein, und in einer sternhellen Nacht machten wir uns wie zwei heimliche Schatzgräber ans Werk, nachdem wir uns überzeugt hatten, daß alles um uns herum in tiefem Schlummer lag. Es wäre im Interesse der Mission nicht gut gewesen, wenn die Leute erfahren hätten, daß wir die der Erde übergebenen Schädel herausgenommen und meinen Sammlungen einverleibt hätten. Eine Anzahl papuanischer Schädel, wohlerhalten, aber etwas rauchgeschwärzt, war das Resultat unserer verstohlenen Nachtarbeit und bildet noch jetzt einen kostbaren Bestandteil meiner Sammlung.«

Seit drei Jahrzehnten dringt die Geldwirtschaft auch in die im Vorfeld der Missionsstationen und weißen Siedlungen liegenden Gebiete vor. Wer als Kontraktarbeiter längere Zeit in den Minen der Europäer gearbeitet hatte, wollte auch nach seiner Rückkehr ins Stammesgebiet nicht ohne bestimmte Segnungen der Zivilisation leben. Prestigeobjekte waren auch in der alten Welt immer begehrt. Um sie zu erwerben und zu erhalten, brauchte man aber Geld. Man verkaufte, was man eben besaß und wofür man Abnehmer fand: Masken und Klanfiguren, Kultbretter und nicht mehr benötigte Kampfschilde. Als die echten schönen Stücke ausverkauft waren oder sich die Alten von weiteren nicht mehr trennen wollten, schnitzten die jungen Männer neue. Die in der Regel schnell und grob hergestellten Schnitzereien verraten nicht mehr die ursprüngliche Identifikation mit dem Mythos des Stammes. Bis zur seelenlosen Konfektionsware für Touristen war es dann nicht mehr weit.

In den letzten Jahren vor Erlangung der Unabhängigkeit wurde in den Schulen, die der australischen Verwaltung unterstanden, das Schnitzen sogar als Lehrfach eingeführt. Was unter solchen Bedingungen geschaffen wurde, hat allenfalls den Rang profaner Touristenandenken. Symbole der Geister- und Ahnenwelt sind solche Gegenstände nicht mehr.

Auch die Missionare entdeckten den Marktwert der von ihnen einst geschmähten oder zerstörten Schnitzereien. Ein baptistischer Missionar der Telefomin z. B., ein Papuastamm der westlichen Bismarckberge, legte sich ein ganzes Magazin von geschnitzten Hauspfosten und Kampfschilden an. Einen Teil der gegen geringes Entgelt eingelagerten Werke bestimmte er für ein noch zu errichtendes lokales Museum für die Kultur, die er gerade zerstörte, den anderen Teil stellte er zum Verkauf. Der so eingebrachte Mehrwert wurde für die christliche Erziehung der Stammeskinder ausgegeben. Die Telefomin finanzierten also ihre eigene geistige Selbstaufgabe.

Peter Baumann und Helmut Uhling wohnten 1973 einem nächtlichen Yamsfest der Abelam bei und erlebten, wie tief die Zivilisation, durch Kunstjäger und Touristen vertreten, die alten Zeremonien schon entwürdigte. Der Yams, eine stärkehaltige Knollenfrucht, die in »heiligen« Gärten nur von Männern gepflanzt wurde, ist das Hauptnahrungsmittel dieses Stammes. Die Yamsknollen werden nach intensiver Pflege und magischen Praktiken zur Förderung ihres Wachstums in einer feierlichen Zeremonie geerntet und geschmückt auf dem Dorfplatze zur Schau gestellt. Jeder Mann prahlt mit der Größe seiner Frucht. Sie gilt als Zeichen seiner Männlichkeit, Tüchtigkeit, Gesundheit und Kraft. Es wäre ein Sakrileg, wenn der Besitzer selbst davon essen würde, denn sein Yams gilt ihm als blutsverwandt. Deshalb beschenken sich die Klane untereinander mit den Knollen. Der Höhepunkt des gesamten Kultes um den Yams ist ein aufwendiges Fest, zu dem viele Schweine geschlachtet werden.

Die Feste, früher streng den Männern vorbehalten, stellen auch heute noch Kulthandlungen dar. Touristen werden sie nicht vorgeführt, aber vereinzelt dürfen ihnen heute bereits Gäste als Zuschauer beiwohnen. Das Wissen vom Wert des Geldes ist aber auch hier schon verbreitet. Noch während des Festes wurde die erste mit Kasuarfedern geschmückte Maske einem australischen Gast für drei Dollars angeboten. Die Folgen dieses Handels waren kaum voraussehbar. Die jungen Männer verließen ihre Tanzgruppen, stürzten in ihre Hütten und kamen mit allen möglichen Gegenständen und Schnitzereien zurück. Als die Gäste ablehnten zu kaufen, lief ein Mann in das Yamshaus, nahm einer Knolle die kunstvoll geflochtene Maske ab und bot sie an. Widerspruch gegen den Frevel erhob sich nicht. Die Alten waren still zur Seite gegangen, sie hatten sich immer noch nicht damit abfinden können, daß die nächstfolgende Generation mit den unantastbaren Ahnen- und Yamsgeistern wohl brechen und die Rache der Geister nicht mehr fürchten würde.

Viele der traditionellen Vorstellungswelt noch ergebene Männer haben die alten Kultobjekte lieber europäischen Forschern übergeben, als sie an Touristen zu verkaufen, den halbzivilisierten Söhnen weiterzugeben oder sie im Busch verfaulen zu lassen. Die Klage der Alten über die zerstörte Welt ihres Mythos ist bitter. 1922 zeichnete Wirz in einem Dorfe der Marind-anim die Erinnerungen und Hoffnungen der alten Männer auf: »Ja, es war eine schöne Zeit, als die Mayo-Zeremonien noch abgehalten wurden. Da hatten wir noch viele Kinder, und Kokosnüsse gab es da! – Im Busch lagen sie so dicht, daß man sie nicht sammelte, und auch keine Verwendung für sie hatte. Dann kamen die Fremden, die Po-anim, ins Land. Sie verboten uns die Mayo-Kulte abzuhalten, wir mußten für sie arbeiten und ihnen unsere Kokosnüsse herbeischleppen; sie verboten unsere Feste, und schließlich nahmen sie uns auch die Palmen weg. Wegen jeder Kleinigkeit kommen wir ins Gefängnis. Die Oppasser (Polizeisoldaten) sind beständig um die Wege, und die Händler halten natürlich auch zu ihnen. Jetzt sind wir bis auf eine kleine Gesellschaft zusammengeschmolzen, Kinder haben wir fast keine mehr. ›Aber demnächst‹, flüstert mir ein Alter ins Ohr, ›werden wir wieder ein Fest machen, dann werden die Leute von Egewi und Eromka kommen, und auch die von Welab werden nicht fehlen, dann werden wir unsere Jungen und Mädchen, die im Mayo-Kult nicht mehr beigewohnt haben, zu Mayo machen. Hiervon werden aber die Po-anim und Oppasser nichts zu sehen bekommen, denn sie wissen ja nicht, was wir treiben.‹«

HILFLOSIGKEIT STATT KULTUR

Der deutsche Völkerkundler Georg Friederici schaute kurz nach der Jahrhundertwende einem Papua beim Bootsbau zu. Er war von dessen kunstvoller Arbeit so begeistert, daß er dem Mann Lob und ehrliche Anerkennung aussprach. Der Papua reagierte aber ganz unerwartet. Er schrie den Weißen an: »God damn! Work belong kanaka he no good!« Was nach dem bekannten schönen Fluch soviel bedeutet, daß die Arbeit eines Eingeborenen gar nicht gut sein könne. Er empfand das Lob als Hohn und begann wütend auf sein Werk einzuschlagen und es zu zerstören.

Nicht allein die Eingriffe von Mission und Verwaltung begannen die Kultur der Papuas ins Wanken zu bringen, sondern auch die unbekannten technischen Geräte der Weißen. Im Weltbild der Papuas gab es schon keine Entsprechung für Menschen mit weißer Hautfarbe, noch viel weniger aber für die Erzeugnisse einer Jahrtausende weiter entwickelten Zivilisation. Das auf die Ahnen bezogene Dasein geriet auch durch Gewehre, Motorboote, eiserne Beile, Spiegel, Flugzeuge und Maschinen in Unordnung. Die alten Wertbegriffe stimmten plötzlich nicht mehr, die Papuas begannen sich unter weißer Bevormundung als macht- und hoffnungslos zu fühlen.

Selbst Geräte, deren Verwendungszweck sie während der Arbeit für die Europäer kennengelernt hatten, blieben ihnen im Grunde genommen fremd. Der papuanische Diener des schwedischen Forschungsreisenden Alfred Vogel fragte ihn: »Warum essen mit Gabel? Besser mit Fingern. Warum waschen, warum arbeiten, wenn viel Essen da? Warum sammeln und eine Menge Dinge mitschleppen, die man nicht verwenden kann? Warum Papier, das zu Schmuck und zum Zigarettenrollen so gut ist, zu den elementarsten Zwecken verwenden, wenn Gräser und Blätter da sind?«

Der Kontakt mit der Zivilisation verändert die Menschen rasch, jedoch nicht in dem Sinne, daß sie sich ihr angemessen anpassen würden. Vielmehr werden sie durch die Rätsel dieser fremden Welt eher haltlos. Der Einfluß der Zivilisation reicht also nur dazu, die eigene Kultur zu zerstören oder zu verachten, nicht aber dazu, sich einer fremden anzunähern; sie nicht nur rein äußerlich nachzuahmen, sondern auch innerlich zu verarbeiten.

Um die hygienischen Bedingungen in den Papuadörfern zu verbessern, begann die australische Verwaltung, in den Gebieten im Landesinneren Latrinen außerhalb der Siedlungen einzurichten. Bei vielen Papuastämmen herrschte die Angewohnheit, die Notdurft gerade dort zu verrichten, wo man sich aufhielt. Meist erleichterte man sich in der Hütte, die Bretter des Fußbodens weisen dafür genügend breite Zwischenräume auf. Dreck, Fliegen, Ungeziefer, ein bestialischer Gestank machten einem Europäer den Aufenthalt in diesen Wohnstätten bestimmt nicht leicht. Besonders ausgebildete Helfer, sogenannte Arztboys, sollten über die Benutzung der neu eingeführten Latrinen wachen sowie die Kranken nach bestimmten Vorschriften behandeln. Das Resultat derartiger Bemühungen war lange bescheiden. Wenn die Distriktchefs ihre Kontrollbesuche ankündigten, befahl der Arztboy den Dorfbewohnern, einen Trampelpfad zu den Latrinen anzulegen, damit der Weg dorthin stark frequentiert erschiene. Kranke, die nicht vorschriftsmäßig behandelt worden waren, versteckte man ganz einfach im Busch.

Sowie das unmittelbare Vorbild der Weißen fehlte, fielen die meisten Arztboys in ihre ursprünglichen Gewohnheiten zurück, d. h. reines Wissen ohne innere Überzeugung reichte also nicht aus, das Erlernte entsprechend anzuwenden.

Viele ließen sich problemlos wieder in die alte Umwelt eingliedern. Als unmöglich erwies sich jedoch die Integration der jungen Männer, die sich von »Rekruten« anwerben ließen, auf Plantagen oder in Minen zu arbeiten. Meist für drei Jahre mußten sich diese Kontraktarbeiter verpflichten, oft Hunderte Kilometer vom Stammesgebiet entfernt, in den Städten der Zivilisation zu arbeiten. Hier lebten sie unter ständiger Kontrolle und Anleitung, nahmen fremde Gewohnheiten an, ernährten sich anders und kauften sich lauter Dinge, von denen sie noch vor kurzer Zeit keine Vorstellungen hatten. Kehrten sie in ihre Dörfer eines Tages zurück, so konnten sich viele nicht mehr an das einfache Leben ihrer eigenen Vergangenheit gewöhnen. Eine unüberbrückbare Kluft zwischen den Alten und den Halbzivilisierten brach auf. Die einstige Genügsamkeit in der naturgegebenen Welt schlug um in eine dauernde Begehrlichkeit nach den Gütern der Weißen: Konservenbüchsen, Transistorradios, eisernen Geräten, bunten Kleidern.

Mit der gleichen Hilflosigkeit, mit der man den ungewohnten technischen Erzeugnissen gegenübertrat, suchten die Menschen sich nun auch weiter in den Besitz der wunderbaren Güter zu bringen. Verstandenes und Unverständliches, Reales und Wünschbares, Altes und Neues, Natur und Zivilisation, Ahnenkult und Christentum geraten unentwirrbar durcheinander. Die Unzufriedenheit mit der so sinnentleerten Gegenwart führte zu verheißungsvollen Zukunftsvorstellungen: Man suchte die Rettung in neuen Kulten.

KULTE DER HOFFNUNG UND VERZWEIFLUNG

1893 verkündete ein junger Mann in der Milne-Bay im äußersten Osten der britischen Kolonie, daß ihm ein Geist erschienen sei und ihm prophezeiht habe, eine gewaltige Katastrophe mit Erdbeben,

Gewittern und einer Sintflut stehe bevor. Alle Menschen würden dabei zugrunde gehen, die sich nicht um ihn scharten. Wenn die Wasser fallen würden, käme ein großes Schiff mit den Geistern der Ahnen, die dann die alten Sitten und Bräuche wiederherstellten. Auch brächten sie gewaltige Vorräte mit, die Pflanzungen würden wieder viele Früchte tragen und allgemeiner Überfluß herrschen. Jetzt könne man unbedenklich die Schweine schlachten und die gesammelten Vorräte aufzehren. Ferner müsse man alle europäischen Erzeugnisse zerstören, welche die Ahnen nur beleidigen würden, und ein neues Dorf anlegen.

Der Prophet hatte tatsächlich großen Zulauf, und zwei Jahre nachdem die Arbeit in den Pflanzungen eingestellt worden war, drohte eine regelrechte Hungersnot. Nun griff die Kolonialverwaltung ein und verhaftete den Verkünder der neuen Lehre, was zur baldigen Auflösung seiner Gefolgschaft führte.

Einige Jahre später kam es im Papua-Golf zu einer ähnlichen Bewegung. Auch hier erwartete die Menschen ein Schiff der Ahnen, voll beladen mit Nahrungsmitteln. Man stellte die Feldarbeit ein, da ja bald Überfluß herrschen würde, und hoffte auf die Vertreibung der Europäer mit Hilfe der Ahnen. Um sie würdig zu empfangen, errichteten die Papuas neue Häuser, stellten Beobachter an der Küste auf, die die Ankunft des großen Schiffes melden sollten. Damit sie auch Gottes und Christi Unterstützung sicher sein konnten, zerstörten sie alle alten Kultgegenstände, und als das Schiff dennoch nicht erschien, errichteten die Enttäuschten hohe Masten, um so per Funk Erklärungen Gottes über das Ausbleiben des Schiffes aufzufangen. Fast ein halbes Jahr währte die Hoffnung, danach kehrte man enttäuscht zum alten Leben zurück.

Schon in den frühen Kulturen, später in einer Bewegung als »Cargo-Kulte« zusammengefaßt, wird die tiefe Erschütterung des traditionellen Lebens der Papuas spürbar. Die Begegnung mit den Weißen, die anfangs nicht für richtige Menschen, sondern für Totengeister gehalten wurden, sowie die Verwirrung durch die eigenartigen Gegenstände, die sie mit sich führten, machten die Menschen ratlos. Ihre Erklärungen reichten nicht mehr aus. So betrachtete man die ersten holländischen Dampfer, welche die Gegend von Merauke anliefen, als Schiffe aus dem Totenreich, das weit im Westen lag und nun für die hungernden Ahnengeister Kokosnüsse abholen wollte. Als sich aber herausstellte, daß es sich um wirkliche Menschen handelte, die das Leben umkrempelten, galt es einen Ausweg zu finden: Entweder mußte man die Weißen vertreiben oder aber an ihrem Reichtum teilhaben.

Die Papuas haben niemals gesehen, wie die Güter der Europäer produziert wurden. Man sah nur die ankommenden Lastschiffe mit Nutzfracht, »cargo«, die von den Weißen offensichtlich ohne Gegengabe in Empfang genommen wurde. Von Schecks, bargeldloser Zahlung und den Bedingungen des modernen Güterverkehrs ahnten sie natürlich nichts. Nur die armen Papuas mußten nach ihrer Vorstellung alles kaufen. Verschiedene Mythen entstanden, um diesen offensichtlichen Betrug zu klären. Ein Mythos besagte, daß alle Menschen von zwei Brüdern verschiedener Hautfarbe abstammen. Die Nachkommen des weißen Bruders hätten nun die Kinder des braunen Bruders seit alters betrogen, denn die Ahnen hätten im fernen Totenreich all die wunderbaren Güter gefunden oder hergestellt, sie den Menschen heller Hautfarbe übergeben, damit sie diese den Papuas brächten. Die Waren kamen auch tatsächlich an, aber die Weißen betrogen fortwährend ihre braunen Brüder und behielten alles für sich selbst. Solche Mythen verbreiteten sich rasch, denn alle Papuas verstanden sie. Hingegen konnten sie sich keine Vorstellungen von den Erklärungen der Europäer machen, daß nämlich Kochtöpfe, Beile, Maschinen, Kleider und Gewehre in weit entfernten Ländern in Fabriken hergestellt würden.

Mythen und Kulte um diese fremden Waren, vermischt mit kaum verstandenen christlichem Gedanken und dem Wunsch, zu den alten Bräuchen zurückzukehren, verbreiteten sich über ganz Neuguinea und gelangten auch in modifizierter Form auf die melanesischen Inseln. Je weiter die Zerstörung der eigenen Kultur fortschritt, um so aggressiver wurden die Kulte, um so mehr rückte der Besitzdrang nach europäischen Gütern in den Mittelpunkt. Gleichzeitig wuchs natürlich die Feindschaft zur weißen Welt. Als auch der Übertritt zum Christentum nicht den ersehnten Anteil an der weißen Überflußgesellschaft brachte, wurde auch das gesamte Lehrgebäude der Missionare auf den Kopf gestellt.

In den Jahren 1933 und 1936 trat im Markhamtal (Nordostneuguinea) ein neuer Prophet namens Marafi auf, der bald großen Zulauf hatte. Marafi lehrte, daß nicht Christus, sondern Satan der Erlöser, Helfer und Freund der dunkelhäutigen Menschen wäre. Weiter erklärte er, direkten Kontakt zu Satan hergestellt und von ihm übernatürliche Kräfte verliehen bekommen zu haben. Mit ihm besuchte er auch das Totenreich. »Die Verstorbenen hätten ihm dort gesagt, daß sie gerne zu den Lebenden zurückkehren möchten. Satan würde das aber nur zulassen, wenn Marafis Landsleute dem Christengott absagten und Satan als oberste Autorität anerkennten.

Marafi sollte dafür Propaganda machen und für seine ›Missionsarbeit‹ Steuern verlangen dürfen. Zuerst sagte er eine Naturkatastrophe voraus: Der Himmel würde sich verdunkeln, die Erde würde beben, und ein Feuer würde alle Gegner des Kultes vernichten. Ein riesiges Gemeinschaftshaus sollte allen guten Menschen, die dem Satan gehorchten, Schutz bieten. Am Morgen nach dem Unwetter würden die Toten auferstehen und mit Konserven bepackt im Dorf ankommen. Vor allem aber wurden Gewehre erwartet. Bei einer Versammlung verabschiedete er sich, um Satan zu besuchen. Heimlich kletterte er auf sein Hausdach und rief aus einem sicheren Versteck den übrigen zu, er fliege jetzt in Gestalt eines Vogels durch die Lüfte. Ein anderes Mal ließ er einen jungen Mann bei Nacht in seine Hütte kommen, wo er dessen verstorbenen Vater erscheinen ließ. Vater und Sohn sollen sich sogar die Hand gegeben haben« (F. Steinbauer).

Wo immer Marafi und sein Anhang auftraten, ließen sie sich verköstigen und nahmen Geschenke der Bekehrten an. Auch Frauen und Mädchen verlangten sie auf Geheiß Satans. Vor Zweiflern glaubte sich der Prophet zu schützen, indem er allen Mißtrauischen androhte, Satan selbst würde ihnen den Magen mit seinen speergleichen Fingern durchbohren. Den weißen Beamten verhieß er, sobald sie es wagen sollten, sich an ihm zu vergreifen, würde die Erde sich öffnen und sie sofort verschlingen. Die australische Verwaltung nahm die Herausforderung an. Marafi und seine Jünger wurden verhaftet, die Frauen in ihre Dörfer zurückgeschickt und die schon errichteten Kulthäuser Satans zerstört. Damit löste sich der ganze Kult auf.

Zur Zeit der japanischen Besetzung Neuguineas im Zweiten Weltkrieg entstand 1942 im Westen eine Bewegung eher kriegerisch-revolutionären als religiösen Charakters. Sie ging von einem alten Mythos aus, der den Papuas Glück und Frieden durch den Schöpfer und Freund der Menschen, Mansren Manggundi, verhieß. Eine riesige Palme würde eines Tages auf die Erde stürzen; die Menschen aber würden eine Brücke ins Land des ewigen Glücks bilden. Der Mythos wurde – als die Europäer kamen – verändert und auf die Warenschiffe übertragen. Als sich das Leben aber nur verschlechterte, schlug die Hoffnung in Enttäuschung um. Eine alte Frau, die unerwartet von der Lepra genesen war und seherische Kräfte in sich fühlte, wurde als »Goldene Jungfrau« und »Jungfrau Maria« zur Prophetin eines Kultes, der Mansren mit Christus gleichsetzte. Demnach sei Christus eigentlich ein Papua gewesen, die entsprechenden Belege in der Bibel seien von den Europäern nur verfälscht worden.

Seine aggressive Zuspitzung erfuhr der Kult durch einen Mann, den die Japaner aus dem Gefängnis entließen und der die Anhänger der »Goldenen Jungfrau« überzeugen konnte, daß er Mansren und gleichzeitig Gott sei. Stefanus Simopiaref, wie er in Wirklichkeit hieß, ließ sich auch gern als General Stefanus bezeichnen, denn von Anbeginn seines Auftretens wollte er auch ergebene Streiter um sich scharen. Stefanus träumte von einem Geheimbund von 8888 Männern mit der Zielsetzung, alle Ausländer aus Neuguinea zu vertreiben. Tatsächlich gingen der General und seine Getreuen bald dazu über, Kirchen, Missionsstationen und Schulen zu überfallen und niederzubrennen. Selbst japanische Militärpatrouillen wurden angegriffen und niedergemacht. Ein Steuerbeamter ließ bei einer Strafexpedition die Dorfbewohner auspeitschen, da sie die erforderlichen Abgaben nicht geleistet hatten. Daraufhin lauerte man ihm beim nächsten Dorf auf und erschoß ihn sowie vier seiner Begleiter.

Die Anschläge weiteten sich im April 1943 zu einem regelrechten Kriegszug aus. Die Inseln Biak und Kurudu, im Nordwesten gelegen, wurden besetzt und einige hier ansässige Europäer und Indonesier umgebracht. Die Japaner machten bald Jagd auf Stefanus, und im Juli 1943 liefen 30 seiner Getreuen in das Feuer ihrer Maschinengewehre. Im gleichen Monat gerieten der General und seine Truppen in schweres japanisches Geschützfeuer, so daß er sich mit seinen Leuten ergeben mußte. Das Ende des Generals ist ungewiß – wahrscheinlich wurde er von den Japanern enthauptet.

Stefanus hatte seinen Anhängern stets ein strenges Ritual auferlegt, das ihnen Lebensdauer und Kraft spenden sollte. Die Gläubigen tanzten täglich mehrere Stunden, bis sie in Ekstase gerieten. Wer sich mit verschiedenen heiligen Wassern einrieb, konnte Unverwundbarkeit und ein langes Leben erlangen. Diese Wasser verkaufte man und besserte somit die Kasse des Generals auf. Das Zentrum aller Wünsche der Getreuen bildete eine im Haus von Stefanus stehende Kiste, die das »Geheimnis des Heils« bergen sollte. Am Tage des Heils – so hieß es – würde sie sich öffnen und ihre Offenbarung verkünden. Alle Bekenner des Mansren würden dann ihre dunkle Haut gegen eine weiße eintauschen und die Ewigkeit erlangen. Das Ende des Führers bedeutete zugleich auch den Zerfall dieser Kulte.

Ausnahmslos trifft für alle Cargo-Kulte zu, daß sie in den Gebieten Zulauf erhielten, die am längsten mit der Zivilisation in Kontakt standen und Schwerpunkte der Missionstätigkeit darstellten. 1970 fiel im Gebiet nördlich des Sepiks ein zum katholischen Missionsprediger erzogener Papua von der Kirche ab und predigte seine eigene Lehre. Matthias Yeliwan durchzog mit 20 »Aposteln« das Land und verkündete ein neues Zeitalter. Als die Zahl seiner Anhänger immer größer wurde und dadurch erhebliche Unruhe entstand, verhaftete ihn die australische Polizei kurz entschlossen. Als er nach einigen Monaten aus dem Gefängnis entlassen wurde, verkündete er eine neue Offenbarung. Auf dem Gipfel eines Berges wollte er an einem bestimmten Tage ein Blutopfer darbringen, und zwar einen zehnjährigen Knaben und sich selbst. Erst durch diese Opferung würde die Zeitenwende einsetzen und die Ahnen unablässig Güter für die Papuas spenden. 1500 Menschen hingen der Lehre zu dem Zeitpunkt an, als die Polzei Yeliwan wieder festnahm. Der neue Messias hatte in einer letzten Erklärung gegenüber der Polizei beteuert, daß er nach einem Tage, und nicht erst nach drei wie Christus, wiederauferstanden wäre.

Hinter den meisten dieser Kulte und Verkündigungen ist der Versuch spürbar, irgendwie auf die Veränderungen des Lebens und die nur unvollkommen erfaßten Lehren und Zivilisationsprodukte der anderen Welt zu antworten. Trotz jahrzehntelanger Missionierung und Eingriffe in die Bräuche und Umwelt scheint es noch immer nicht gelungen, die Kluft zwischen dem Alten und Neuen zu überbrücken. Die Lehren der Cargo-Propheten spiegeln aber die Hoffnung wider, daß man das Leben noch einmal von vorn beginnen könnte, zwar ohne die bedrückende Gegenwart der Europäer, aber gleichwohl mit ihrem Erbe: Reichtum und Überfluß. Das Gefühl der Unterlegenheit ihrer Welt wird deutlich, wie auch die unverkennbare Orientierung nach dem Überkommenen, was Hoffnung und Verzweiflung auslöst. Die eindeutig antiweiße Tendenz dieser Kulte sollte uns bewußt werden lassen, daß die Zivilisation mit diesen Menschen höchstens Schabernack und Bauernfängerei getrieben hat, und nicht Mission oder Führung in eine neue Welt.

DIE ZUKUNFT HEISST UNTERENTWICKLUNG

Im Jahre 1975 erlangten der vereinigte Ostteil Neuguineas, die ehemalige deutsche Kolonie Kaiser-Wilhelm-Land, und die australisch verwaltete britische Kolonie Papua die volle staatliche Unabhängigkeit. Port Moresby, die Hauptstadt, weist heute die für unsere Verhältnisse zwar bescheidene, für das Land, das insgesamt nur von 2,5 Millionen Menschen bewohnt wird, aber respektable Zahl von annähernd 70000 Einwohnern auf, davon 55000 Einheimischen. Seit 1965 gibt es hier sogar eine Universität, und auch die Mitglieder der Regierung und des Parlaments sollen lesen und schreiben können. Eine Alternative zum Zivilisationsprogramm europäischer Spielart kann man in den Bemühungen der Regierung Somare, nämlich von Ost, West oder China Kredite aufzutreiben, um den eingeschlagenen Weg konsequent bis zum entfalteten Wohlstand fortzusetzen, nicht erkennen. Die Ausbeutung vorhandener und Erschließung neuer Bodenschätze wird im Rahmen der verfügbaren Mittel genauso ernst betrieben wie die Verbesserung der Infrastruktur und des Tourismus. Bereits heute kommen hier mehr Menschen durch Autounfälle ums Leben als durch Stammeskriege.

Sogar für die noch in ihrer alten Welt verhafteten Papuas ist in der Regierungsplanung noch Platz: als Ziel von »Expeditionen« amerikanischer und europäischer Reiseunternehmen. Exotik ist Trumpf, und als letzter Schrei in einer überzivilisierten und autoverseuchten Welt gelten vorerst noch »Unberührtheit und nackte Wilde«. 1961 fand in dem kleinen Bergort Mount Hagen, benannt nach einem hier ermordeten deutschen Artillerieoffizier, eine Ausstellung landwirtschaftlicher Maschinen statt. Der Erfolg dieser Schau ermutigte die Veranstalter, die Demonstration landwirtschaftlicher Technik zwei Jahre später zu wiederholen. Die Nachricht von fremdartigen Maschinen hatte sich unter den versteckt in den Bergen und Seitentälern lebenden Papuas rasch verbreitet, und aus allen Himmelsrichtungen waren sie in traditioneller Aufmachung herbeigeeilt, um die Erzeugnisse einer fremden Welt zu bestaunen. Die seinerzeit noch australische Administration erkannte bald den Nutzen einer solchen Veranstaltung. Sie wollte die oft verfeindeten Stämme im unwegsamen Landesinneren hier zu einem regelmäßig stattfindenden Treffen und Fest vereinigen. Seit 1965 fand die Schau mit bald immer zahlreicher sich einfindenden Gästen jährlich statt. Acht Jahre später, im August 1973, zog die Völkerschau insgesamt etwa 100000 Menschen an. Die Touristen, Ministerpräsident Somare und seine Minister schauten, geschützt durch Maschendraht und Stacheldraht, da man Auseinandersetzungen zweier verfeindeter Stämme befürchtete, von Tribünen aus zu. 20 Cents verlangten die vorgeführten »Wilden« bereits als Preis für ein Foto. Peter Baumann und Helmut Uhlig beschrieben überaus anschaulich die Begleitumstände der Schau von 1973: »Das Gedränge am Eingang übersteigt alle vorstellbaren Formen bei internationalen Fußballspielen, Autorennen, Olympiaden. Auf dem schmalen Schotterweg von den Behelfsparkplätzen zum Festplatz drängen sich Fernsehleute mit ihren Kameras, Amerikanerinnen in schockfarbenen Blusen, Hosen und Hüten, als erregende Konkurrenz zu den barbusigen Papua-Schönen mit geöltem Leib und grellrot oder zitronengelb bemalten Gesichtern. Man spürt die strammen Brüste im Rücken, am Oberarm und weiß nicht, wie man die paar Zentimeter Abstand halten soll, die notwendig wären, um den brav an Mutters Hand barfuß zwischen den Massen geschobenen und gestoßenen Nackedeis an Papua-Nachwuchs etwas Luft zu lassen. Nur die formierten Stammesverbände in Paradiesvogel-Kopfputz mit Muschelschmuck, Sanduhrtrommeln, Pfeilen, Bogen und Speeren, Papua mit grimmiger, unter einer unvorstellbaren Farbenfülle verborgenen Physiognomie, sind nicht zu erschüttern. Sie stehen oder bewegen sich wie der Heerbann eines germanischen Fürsten, großartig und anachronistisch zugleich, in einer Luft, die benzingeschwängert ist und widerhallt vom Konzert der reichlich benutzten schrillen Hupen.«

Das Hagenfest, dessen völkerkundlicher Wert etwa mit dem kulturerhaltenden Wert des Kölner Karnevals zu vergleichen wäre, ist zum festen Bestandteil der internationalen Reiseprogramme und der Deviseneinnahmen des jungen Staates geworden. In Goroka, östlich von Mount Hagen, wird ebenfalls eine Völkerschau geboten. Was von der einst reichen und vielfältigen Kultur der Papuas übrigblieb außer alten Berichten und Museumsstücken, ist bescheiden genug. Überall dort, wo die alten Sitten noch lebendig sind, werden sie durch touristische Veranstaltungen profaniert. Geheime Kriegstänze, die einmal für Touristen aufgeführt worden sind, werden sinnlos; brechen trotzdem einmal noch Streitigkeiten zwischen Stämmen aus, ist die Ordnungsmacht rasch zur Stelle. Die von der Natur gebildeten Reservate, in denen die Papuas noch so leben, wie sie es seit alters her gewohnt waren, werden immer weiter eingeengt. In Dschungelflugzeugen dringen die Touristen vor, Händler, Missionare und Beamte suchen neue Märkte, Seelen, Steuerzahler oder publicitywirksame Attraktionen. Australische Verwaltungsbeamte entdeckten Ende der sechziger Jahre so z. B. die »Schlamm-Menschen« vom Asaro River im Zentralen Hochland, westlich von Goroka: Hier entstand wahrscheinlich erst am Ende des 19. Jahrhunderts ein eigenartiger Brauch, der auf den Einfall eines Dorfhäuptlings zurückging. Während des Überfalls eines benachbarten Stammes auf sein Dorf zog er sich rasch mit seinen Kriegern in den

Busch zurück, ließ einige Männer mit dem grauen Schlamm des Asaro einschmieren und zudem Masken aus ausgehöhlten Schlammklumpen anlegen. So schickte er einen Teil der Krieger gegen die Angreifer vor. Überrascht und erschrocken stürzten diese davon. Sie hielten die schlammverkrusteten Männer für die Geister der beim Überfall auf das Dorf getöteten Krieger.

Diese List des Häuptlings – ursprünglich eine Trauersitte der Berglandstämme – hatte sich glänzend bewährt. Jahrzehntelang noch gedachte das Dorf des Sieges und führte in ritualisierter Form das Geschehen immer wieder auf. 1971 wurde die Zeremonie, von Australiern angeregt, zum ersten Male auf dem Mount Hagen den erstaunten Gästen vorgeführt. Die Sensation sprach sich rasch herum. Der damalige Dorfchef witterte die Chance, nämlich mit Hilfe der Schlamm-Männer auch in seinem Dorf vom Touristenstrom zu profitieren. Die Reiseorganisationen waren nur allzugern dazu bereit, unverfälschtes Brauchtum ins Programm aufzunehmen. Nun führten die Männer das Schauspiel bald mehrmals wöchentlich einem begeisterten Publikum vor, das dann zu Hause von den unverdorbenen Sitten der letzten Steinzeitmenschen tief im Inneren Neuguineas berichten kann.

Die Vermarktung des Brauchtums bedeutet eine ebenso starke Zäsur im Leben der Papuas wie die Vernichtung ihrer Kultur. Eine Rückkehr zu den alten Sitten ist unmöglich, und auch dort, wo Dörfer oder ganze Landstriche vom Christentum wieder abfielen und sich dem alten Glauben zuzuwenden versuchten, herrscht eher Verwirrung und Leere. Die Vertreibung aus dem Paradies ist endgültig, aber die Zukunft beginnt trotzdem nicht. Die Almosen der Touristen oder der regierenden Zivilisationspapuas reichen nicht aus, um dem Leben einen neuen Sinn zu geben. Die Kolonialmächte überließen die zerrüttete Kultur der Selbstverwaltung bzw. Selbstvergewaltigung. Als nämlich der Zeitpunkt gekommen war, durch Investitionen die zerstörten und beraubten Menschen wieder aufzurichten und sich für das Bildungs- und Gesundheitswesen sowie die kulturellen Belange einzusetzen, entließen die Australier nur allzu bereit die Papuas in die Unabhängigkeit.

Auch das politische Schicksal des ehemals niederländischen Westens brachte für die braunen Menschen keine positive Veränderung ihres Lebens. Die Dorfvorsteher erhielten von den Indonesiern, denen die Kolonialgebiete durch Vermittlung der Vereinten Nationen 1962 zugeschanzt wurden, weiße Hemden und orangefarbene Mützen als Zeichen der Autorität. Kulturell gesehen, stehen die Indonesier den Papuas ebenso fern wie die Europäer, so daß ihre Denunzierung durch den »West-Papua-New-Guiné-National Liberation Council« als neue Kolonialmacht durchaus glaubwürdig erscheint.

Für Menschen kann man nicht wie für Paradiesvögel oder Panzernashörner Reservate schaffen. Zudem wäre die Vorstellung grotesk, daß etwa das WWF oder die Unesco die Oberaufsicht für eine Papua-Reservation von Kopfjägern und Kannibalen zuerteilt bekäme. Niemand kann die letzten Papuas davor retten, in den Zwang des Jahrhunderts zu geraten, und das heißt für Neuguinea in den nächsten zehn Jahren Vollendung des Kulturverfalls und Unterentwicklung als Synonym für Elend und Hoffnung als Prinzip der Hoffnungslosigkeit.

IV.

MELANESIEN – DIE SCHWARZEN INSELN

Unmittelbar an die Nordostküste Neuguineas schließen sich die Inselketten Melanesiens an, wie z. B. der Bismarckarchipel, die Salomonen, die Neuen Hebriden und Neukaledonien. Neben diesen großen Inselgruppen gibt es noch eine Anzahl kleinere, meist verstreut liegende Eilande, deren Beitrag zur faszinierenden Kultur Melanesiens deshalb nicht geringer war.

Der Name Melanesien – zu deutsch Schwarzinselwelt – für diesen Bereich unserer Erde ist überaus glücklich gewählt. Einmal, weil die Bewohner eine dunkle Hautfarbe haben, »ja sogar schwarz wie der schwärzeste Kaffer« sind, wie 1643 Abel Janszoon Tasman in sein Logbuch schrieb, und weil einige der vulkanisch entstandenen Inseln fast schwarze Sandstrände aufweisen. Das tiefe Grün der reichen tropischen Vegetation wirkt, wenn man von fern die Inseln aus dem Meere allmählich aufsteigen sieht, fast schwarz. Dunkel heben sich die hochaufragenden Berge im Innern der Insel gegen den blauen Himmel der Südsee ab.

Die Menschen dieser Inselwelt kamen einige Jahrhunderte vor der Zeitenwende aus Südostasien hierher, wesentlich später allerdings als die Papuas nach Neuguinea. Die Zugehörigkeit ihrer Sprachen zur austronesischen Sprachgruppe, deren Urheimat im Nordosten Indiens zu suchen ist, beweist das. Die Melanesier selbst haben im Gegensatz zu anderen Völkern wie z. B. den Polynesiern jede Erinnerung an ihr fernes Ursprungsland verloren. Eine Schrift haben sie nie entwickelt, ebensowenig verstanden sie es, das Rad oder die Töpferscheibe sowie Metall zu nutzen. Insofern entspricht ihre Kulturstufe etwa der der Jüngeren Steinzeit in Europa. Aber die Melanesier sind geschicktere Pflanzer, als es unsere Vorfahren je waren. Zu größeren staatlichen Zusammenschlüssen fanden sie hingegen auch nicht, und nur selten gelang es großen Häuptlingen, Autorität über mehrere Dörfer auszuüben.

All das ist aber kein Beweis dafür, daß die gesellschaftliche Organisation des Dorfes, der Keimzelle melanesischen Lebens, primitiv gewesen sein muß. Im Gegenteil, auf allen Inseln begegnen uns straffe Gesellschaftssysteme mit altüberkommenen Vorschriften und Regeln sowohl für das Leben der einzelnen Menschen als auch der Familien und Dorfgemeinschaften. Die sittlichen Maßstäbe dieser Gesellschaft sind allerdings mit unseren Vorstellungen nicht vergleichbar. Es ist – oder leider es war – eine eigene Welt, die aber ebenso wie die unsere Ruhm und Ehre, Schande und Ausstoßung, Glück und Not, Krieg und Frieden kannte.

Trotz vieler gemeinsamer kultureller Grundzüge, fast gleicher Umweltbedingungen, ähnlicher von der Natur begünstigter oder verwehrter Verhaltensweisen bildet Melanesien durchaus kein einheitliches Bild, weder im materiellen noch im geistigen Bereich. Kein anderes nach Raum und Bevölkerung vergleichbares Gebiet der Erde hat in Kunst, Religion, gesellschaftlicher Differenzierung eine solche Vielfalt menschheitsgeschichtlich urtümlicher Erscheinungen und Verhaltensweisen bis an die Schwelle des 20. Jahrhunderts bewahren können. Nicht nur jede Inselgruppe und mitunter auch noch so kleine Eilande gliedern sich in eigenständige Stämme oder sogar Dörfer, die nur ihnen Eigentümliches hervorbrachten. Dazu kommt noch eine geradezu babylonische Sprachverwirrung: Auf den Neuen Hebriden, einem Archipel mit rund 14 800 Quadratkilometern etwas kleiner als Schleswig-Holstein, wurden 30, vielleicht auch 50 Idiome gesprochen, also bald so viele wie in ganz Europa. Im nordöstlichen Teil von Neubritannien (Bismarckarchipel) wurden sieben Sprachen, davon vier melanesische und drei papuanische festgestellt. Wie schwierig eine Verständigung selbst zwischen den melanesischen Stämmen hier sein muß, wird deutlich, wenn man den Anfang des Vaterunsers in den vier Sprachen miteinander vergleicht (zitiert nach Waldemar Stöhr).

	»Vater unser, der du bist im Himmel« lautet
auf Malu:	Tamamet u ra manu din u ra yam,
Auf Tuna:	Tamaivevet arama ra balana bakut,
auf Mengen:	Tamamang on ko mom ngasilu,
auf Nakanai:	Tamame aiteu wata mina langi.

Bis auf ähnliche Silben beim Wort »Vater« wird man kaum Gemeinsamkeit feststellen können.

Vermischungen der Melanesier mit Polynesiern, vor allem in einigen Randgebieten der Neuen Hebriden, und starke Papuagruppen (Baining und Sulka) auf dem Bismarckarchipel haben zwar zusätzliche Unterschiede bewirkt, aber sie fallen insgesamt betrachtet nicht so ins Gewicht. Die Melanesier sind als Rasse durchaus eigenständig. Sprache und äußeres Erscheinungsbild dieser Menschen wirkten auf die europäischen Entdecker der Inseln regelrecht »befremdlich«. Selbst so ein vorurteilsloser und genauer Beobachter wie der Deutsche Georg Forster, der zusammen mit seinem Vater Reinhold Kapitän Cook 1772 bis 1775 auf seiner zweiten großen Entdeckungsfahrt begleitete, läßt sich seine innere Distanz zu den unbekleideten »Wilden« deutlich anmerken:

> »Die Sprache dieses Volkes war von allen uns bekannten Süd-See-Dialecten dermaßen unterschieden, daß wir auch nicht ein einziges Wort davon verstehen konnten. Sie lautete ungleich härter, indem das R. S. Ch. und andere Consonanten sehr häufig darinn vorkamen. Auch der cörperlichen Bildung nach, fanden wir diese Leute ganz eigenthümlich ausgezeichnet. Sie waren von außerordentlich schlankem Wuchs, nicht leicht über 5 Fuß 4 Zoll groß, und den Gliedmaaßen fehlte es an Ebenmaaß. Arme und Beine waren gemeiniglich lang und sehr dünn, die Farbe der Haut schwarzbraun und die Haare ebenfalls schwarz und woll-artig gekräuselt. Das allersonderbarste lag in der Gesichtsbildung. Sie hatten, gleich den Negers, flache, breite Nasen und hervorstehende Backenknochen; dabey eine kurze Stirn, die zuweilen seltsam gestaltet war und platter als bey andern wohlgebildeten Menschen zu seyn schien. Hiezu kam noch, daß sich manche das Gesicht und die Brust schwarz gefärbt hatten, welches sie denn um ein gutes Theil häßlicher machte. Einige wenige trugen kleine, aus Matten verfertigte Mützen auf dem Kopfe; sonst aber giengen sie insgesammt gänzlich nackend. Ein Strick war das einzige, was sie um den Unterleib gebunden hatten, und zwar so fest, daß er einen tiefen Einschnitt machte. Fast alle andre Völker haben aus einem Gefühl von Schaamhaftigkeit, zur Bedeckung des Cörpers, Kleidungen erfunden; hier aber waren die Geschlechtstheile der Männer blos mit Zeug umwickelt, und so, in ihrer natürlichen Form, aufwärts an den Strick oder Gürtel festgebunden, mithin nicht sowohl verhüllt, als vielmehr sichtbar gemacht, und zwar, nach unsern Begriffen, in einer höchst unanständigen Lage sichtbar gemacht.«

Entscheidend für die Abgrenzung der Stämme und Dörfer gegeneinander und damit verbunden ihre kulturelle Eigenständigkeit war der ausgesprochen kriegerische Charakter der Melanesier. Natürlich hat auch der weitverbreitete Kannibalismus die Beziehungen zu den unmittelbaren Nachbarn nicht gerade gefördert.

MANA UND TABU

Die Melanesier lebten in Sippenverbänden (Klans), die mehrere Hundert Menschen umfassen konnten. Obwohl nach unserer Auffassung hier nicht von einer engeren Verwandtschaft die Rede sein kann, war das Gefühl der Zusammengehörigkeit bei den Angehörigen eines Klans sehr ausgeprägt.

Sexuelle Beziehungen und Heiraten innerhalb eines Klans galten als Inzest. Wer dagegen verstieß, wurde in früheren Zeiten getötet. Der Ehepartner mußte also außerhalb des eigenen Sippenverbandes gesucht werden. Diese Erscheinung wird in der Völkerkunde als Exogamie bezeichnet. Der Grund für dieses Phänomen liegt nicht etwa in biologischen oder moralischen Gesetzen (Inzucht und Blutschande) begründet, sondern muß als »kulturbedingt« angesehen werden. »Exogamie ist für den Klan einfach lebensnotwendig; er braucht den Kontakt zu anderen Gruppen; er benötigt Bundesgenossen in Gefahrenzeiten, Helfer und Freunde in Krisensituationen. Kooperation mit anderen Klans ist für den Lebenskampf von unschätzbarem Vorteil, und das beste Mittel, engere Verbindungen zu schaffen und sich gegenseitiger Hilfe zu versichern, ist ohne Zweifel die Heiratsbeziehung, der Austausch der Frauen. Inzest ist in dieser Sicht der Dinge eine Art Hochverrat, ein Verstoß gegen die lebenswichtigen Interessen des Klans« (W. Stöhr).

Die Angehörigen eines Klans anerkennen die Verwandtschaft nur zu einem Elternteil. Sie fühlen sich entweder der Sippe des Vaters zugehörig oder der Sippe der Mutter. Eine individuelle Entscheidung darüber, welcher Seite man sich verpflichtet fühlen möchte, gibt es nicht. Der Klan ist insgesamt entweder mutterrechtlich (matrilinear) oder aber vaterrechtlich (patrilinear) organisiert. In einem Matri-Klan ist der nächste männliche Verwandte nicht der eigene Vater, sondern der Bruder der Mutter. Der Vater gehört nämlich dann einem fremden Klan an, er gilt nur als Erzeuger. Deshalb beerben ihn auch seine eigenen Kinder nicht. Das Erbe fällt an die Nachkommen seiner Schwestern. Einfluß auf die Erziehung seiner Kinder hat er ebensowenig.

Außer den Ahnen verehren die Klans meist einen mythischen Stammvater, der durchaus nicht mit einem Menschen identifiziert wird. Die Klans führen ihre Abstammung überwiegend auf Tiere, Pflanzen, selten aber auf Naturerscheinungen zurück. Diese als Totem bezeichneten mythischen Ahnen wie Haie, Schlangen, Schildkröten, Vögel, Krabben oder bestimmte Pflanzen werden verehrt und folglich weder gejagt noch verzehrt. Es bestand für die Melanesier also kein Zweifel, daß alle Totemtiere mit dem Klan verwandt seien. Folglich war es verboten, diese Tiere zu verspeisen – ein Verstoß gegen dieses Gesetz wurde genauso streng bestraft wie ein Angriff auf einen Klan-Angehörigen.

Wie streng dieses Gebot aufgefaßt und eingehalten wurde, stellte Hugo Bernatzik anhand von zwei Übertretungen dar, eine davon war sogar unbewußt begangen worden. »Als Beispiel für die Folgen wurde mir erzählt, daß vor kurzem eine Frau, die dem Schildkrötenklan angehörte, bei der Heimkehr von der Feldarbeit in ihrem Hause zubereitetes Fleisch vorfand, welches sie in der Meinung, es handele sich um Schweinefleisch, aß. Es handelte sich aber um Schildkrötenfleisch ... Als sie das erfuhr, brach sie tot zusammen. Andererseits wurde mir auch folgender Tatbestand mitgeteilt. Es handelte sich in diesem Falle mehr um den Versuch eines Selbstmordes durch einen Unglücklichen, dem das Leben zur Last fiel. Ein elender Krüppel, der dem Schildkrötenklan angehörte, aß bewußt Schildkrötenfleisch. Dies rief bei seinen Klangenossen allgemein Entsetzen und Abscheu hervor. Da sagte der Krüppel: ›Ich bin ja ohnehin halb tot, da ist es mir gleichgültig, ob mich die bösen Geister ganz umbringen.‹ «

Im Mittelpunkt des religiösen und sozialen Lebens der Melanesier stehen die Vorstellungen von Mana und Tabu. Für den Begriff »Mana« gibt es im europäischen Denken keine Entsprechung. Mit diesem Ausdruck werden sowohl Personen wie Gegenstände bzw. Orte bezeichnet, die von einer starken Leistungskraft durchdrungen sind. Ein Krieger oder Häuptling, der außergewöhnliche Taten vollbringt, hat viel Mana. Überall, wo sich etwas entwickelt, wächst oder erfolgreich ist, wirkt Mana. Wo kein Mana mehr vorhanden ist, herrscht der Tod. Wer durch Krankheit schwach wird, verliert Mana, wer einen mächtigen Gegner besiegt oder ihn gar verspeist, gewinnt Mana. Die Seele eines gewöhnlichen Menschen verweht, löst sich auf, ja selbst das Totenfest, das für einen solchen unbedeutenden Klan-Genossen abgehalten wird, fällt bescheiden aus. Aber mit allen nur möglichen Auszeichnungen werden die Leistungsstarken geehrt. Ihre Seelen werden weiterhin verehrt sowie alles, was sie hinterlassen, denn ihre körperlichen Überreste, ihr Schmuck, ihre Waffen und Geräte sind – dieser Überzeugung zufolge – mit Mana durchtränkt.

Mana kann auch an bestimmten Orten, wie unheimlich wirkenden Felsschluchten, dunklen Stellen am Strand oder im Wald, auftreten. Ein solches unpersönliches Mana konkretisiert sich dann in Geistern und Dämonen, die an diesen heiligen Orten umgehen. Indem man geheime Zeremonien durchführt, kann man sich z.B. durch das Mana einer Höhle in einem Korallenfels auf den Neuen Hebriden (Port Olry) unsichtbar und unverwundbar machen. Ein überhängender Felsen birgt soviel Mana, daß jeder, der sich darunter stellt, sein Geschlecht ändern kann. Eigentümlich geformte Steine werden auf besonderen Kultplätzen aufgestellt, denn auch sie enthalten die geheimnisvolle Kraft.

Die heiligen Orte umgibt immer etwas Unheimliches, Außergewöhnliches, Seltsames, Beeindruckendes. Die Heiligkeit dieser Orte wird also letztlich von Menschen bestimmt, nämlich wo er sich fürchtet bzw. wundert, erkennt er die Wirksamkeit von Mana an.

Eng mit der Mana-Vorstellung ist das Tabu verknüpft. Menschen oder Orte, die viel Mana ausstrahlen, sind gefährlich. Um sich zu schützen, muß der gewöhnliche Mensch deren Nähe meiden. Jeder große Manaträger kann Tabus aufstellen, weil jeder geringere sich vor eventuellen Strafen oder Gefahren fürchtet. Häuptlinge können das Betreten einer bestimmten Gegend verbieten, zeitweise das Tanzen untersagen oder das Essen von gewissen Früchten verwehren. Nur wer sich ebenbürtig fühlt, wer also genausoviel Mana trägt, kann es wagen, sich über solche Tabus hinwegzusetzen.

Tabu sind ebenfalls die Begräbnisplätze, die Kokospalmen von Verstorbenen oder die Hütten dahingegangener Häuptlinge, die man einfach verfallen läßt. Diese heiligen Orte wird kein Melanesier ohne zwingenden Grund betreten. Genauso wird er vor der Jagd, vor Kriegszügen oder Kulthandlungen auf jeden sexuellen Verkehr verzichten.

DIE EUROPÄER KOMMEN

Die Entdeckung Melanesiens leiteten die Spanier ein. Alvaro de Mendaña, Schwiegersohn des peruanischen Vizekönigs Garcia de Castro, stach im November 1567 von der Küste Perus aus in See, um den schon seit der Antike vermuteten Südkontinent aufzufinden. Auch im Mittelalter hatten die Geographen an der Theorie vom

Südkontinent festgehalten. Ein Manuskript von Macrobius aus dem 10. Jahrhundert enthält sogar eine karthographische Darstellung der bislang noch nicht entdeckten Landmasse. Im 16. Jahrhundert finden sich rätselhafterweise fast auf allen Karten französischer Karthographen die Umrisse Australiens und der nördlich davon liegenden Inseln.

Mendaña aber wollte mit seiner wagemutigen Fahrt ins Ungewisse nicht antike oder mittelalterliche Überlieferungen überprüfen, sondern nach der Entdeckung des reichen Peru ein neues Goldland finden. Eine sagenhafte Beschreibung behauptete nämlich, daß der sogenannten »Terra Australis incognita« eine Reihe von Inseln vorgelagert seien, an deren Stränden man Gold und Edelsteine nur noch aufzulesen brauchte. Der König Salomo des Alten Testaments habe sich hier mit seinen unermeßlichen Schätzen eingedeckt.

Nach einer 80 Tage währenden Fahrt nach Westen sahen die Spanier tatsächlich Land aus den Fluten auftauchen. Doch der übergroßen Freude sollte bald blasse Ernüchterung folgen: Man fand weder Gold noch Edelsteine hier, hatte noch nicht einmal einen neuen Kontinent entdeckt, nur eine eher alltäglich wirkende Inselgruppe angesteuert, die von diebischen und aggressiven Einwohnern bevölkert war. Der erste Traum von der Südsee war also verflogen. Fast 200 Jahre verstrichen, ehe 1767 wieder ein Europäer, der Brite Philip Carteret, hier anlaufen sollte. 1595 hatte Mendaña noch einmal einen Versuch unternommen, die Inseln Salomos wiederzufinden und hier eine spanische Niederlassung zu gründen. Er verfehlte sie aber um einige Hundert Seemeilen und stieß statt dessen auf die südöstlich davon liegenden Santa-Cruz-Inseln. Der Hauptinsel Ndeni sollte die Ehre zufallen, als erste Insel Melanesiens und der Südsee eine europäische Niederlassung zu tragen oder vielmehr zu ertragen. Trotz maßloser Enttäuschung der annähernd 400 Soldaten, Matrosen und Kolonistenfamilien über das ungesunde Klima der vulkanischen Inseln, die keine Reichtümer verhießen, beginnen die Spanier mit der Anlage eines Stützpunktes. »Nun folgt ein Drama menschlicher Unzulänglichkeit; Brutalitäten und Morde an den Eingeborenen, auch wenn sie sich friedlich und entgegenkommend zeigen, und deren wütende Racheakte; Enttäuschungen und Verzweiflung der Kolonisten über das ungesunde Land; Meuterei, Verrat und Hinrichtungen. Wie viele seiner Begleiter stirbt auch Mendaña an Fieber. Zwei Monate nach der Landung muß der Stützpunkt aufgegeben werden. Die Überlebenden wollen sich nach den Philippinen durchschlagen, aber nur ein Schiff erreicht den rettenden Hafen von Luzon.« (W. Stöhr).

Die Eingeborenen von Santa Cruz waren trotz zahlreicher Opfer noch einmal davongekommen. Von Generation zu Generation wurde die Erinnerung an die gewalttätigen Spanier, die von ihnen sicher nicht für Menschen, sondern eher für böse Dämonen gehalten wurden, weitergegeben. Carteret, der auch diese Entdeckungen Mendañas 1767 wiederholen sollte, wurde von den Eingeborenen sogleich überaus feindlich empfangen. Sie verwehrten ihm alle Landeversuche, und nur unter dem andauernden Einsatz der Bordgeschütze konnte er Boote zur Ergänzung des Wasservorrats aussenden. Die Spanier hielten ihre Entdeckungen geheim, und die Reiseberichte Mendañas und seiner Offziere machten absichtlich so unvollständige und ungenaue Angaben, daß man die Salomonen und die Santa-Cruz-Gruppe viel weiter im Osten oder im Norden suchen mußte. Carteret war deshalb überzeugt, bisher unbekannte Archipele angelaufen zu haben. Erst 1790 konnte das Gegenteil nachgewiesen werden.

Zu Beginn des 17. Jahrhunderts begannen Macht und Ansehen Spaniens an Glanz zu verlieren. Nach der Entdeckung der Neuen Hebriden 1606 durch Pedro Fernandes de Quirós waren es holländische und englische Kapitäne, die sich in das Abenteuer Südsee stürzten. Vor allem die Holländer wollten sich als Erzfeinde der Spanier nicht damit abfinden, daß spanische Entdecker immer neue Gebiete im Namen der Dreifaltigkeit oder ihres Königs für Spanien reklamierten. In der nautischen Schule von Peter Plancius in Amsterdam untersuchte man systematisch, wie man den Spaniern ihre überseeischen Besitzungen abjagen könnte. Der Ehrgeiz der holländischen Seefahrer entbrannte. 1616 rüsteten Willem Corneliszoon Schouten und Jacob le Maire die beiden Schiffe »Eendracht« und »Hoorn« aus, umsegelten Kap Horn und sichteten nach mehrwöchiger Durchquerung der südlichen tropischen Zone mehrere Eilande und schließlich eine Landmasse von gewaltiger Höhe. Dies war aber nicht, wie Schouten annahm, ein nordöstlicher Vorsprung Neuguineas, sondern Neumecklenburg (Neuirland). Da der Wind aus Ostsüdost blies, konnten die Holländer dicht an der Küste entlangsegeln, eine günstige Anlegestelle fanden sie aber trotzdem nicht. Folglich mußten Boote ausgesetzt werden, um die Wassertiefe zu loten. Als diese sich der Küste näherten, legten vom Strand Kanus der Insulaner ab. Nachdem sie nahe genug herangepaddelt waren, begannen sie, mit Steinen die Bootsbesatzung zu bewerfen.

Die Holländer zogen sich daraufhin zurück, doch auch am folgenden Tag zeigten sich die fremden Menschen feindselig. Nun machten die Europäer von ihren Waffen Gebrauch, schließlich war man nicht Tausende von Seemeilen gesegelt, um sich von ein paar »Wilden« in die Flucht schlagen zu lassen. Sie wollten das Land erkunden und führten ihr Vorhaben auch durch.

Zehn Eingeborene fielen den ersten Slaven zum Opfer, drei wurden gefangengenommen und einige ihrer Kanus zerstört. Zwei der Gefangenen wurden später gegen ein Schwein und einige Bananen wieder freigelassen. »Mehr schienen sie nicht wert zu sein«, notierte Schouten im Bordbuch. Erst allmählich bahnte sich ein friedlicher Kontakt an. 1643 entdeckte der Holländer Tasman Neupommern und einige kleinere Inseln des Bismarckarchipels. Mehr als 120 Jahre sollten vergehen, ehe die Briten die Entdeckungsreisen in die Südsee wieder aufnahmen. 1767 steuerte Carteret die Admiralitätsinseln an, 1774 Cook Neukaledonien, auch fand er die Neuen Hebriden wieder und gab dieses ihren Namen. Damit waren die wichtigsten Inselgruppen Melanesiens bekannt geworden. Französischen und selbst russischen Expeditionen blieben bis zu Beginn des 19. Jahrhunderts meist nur noch kleinere Inseln zu entdecken übrig.

AKTIVITÄTEN IM ZEICHEN DES KOLONIALISMUS

Die Zeit der Entdeckung vom Ende des 16. Jahrhunderts bis zu den Fahrten Cooks brachte eine ganze Reihe von Begegnungen zwischen Europäern und Melanesiern, die zwar mehrheitlich für die ersteren recht unrühmlich verliefen, aber die Melanesier konnten sich damit trösten, daß die Weißen nie lange blieben. Das Leben auf den Inseln konnte nach ihrer Abreise wieder seinen gewohnten Gang nehmen. Mächtige Gegner und reiche Goldländer hatten die Europäer nicht gefunden. Die Besitzgier der seefahrenden Nationen Europas konnte so nicht genug stimuliert werden. Erst als Europa in der Lage war, schnellere Schiffe zu bauen und auch mit anderen Naturschätzen als Gold und Edelsteinen vorliebzunehmen begann, geriet Melanesien wieder in das Blickfeld der Handelsunternehmen, Kolonialmächte, Abenteurer und nicht zuletzt auch der Missionsgesellschaften. Mit der Entdeckung der reichen Sandelholzwälder auf den südlichen Inseln der Neuen Hebriden 1825, die das begehrte aromatische Sandelholz und Sandelöl liefern konnten, und der Ankunft des ersten Missionars 1839 begann das, was in der Literatur über die Südsee mit dem recht schönfärberischen Begriff »Erschließung« umschrieben wird.

Im Lichte der späteren Ereignisse, der Vernichtung eines Großteils der eingeborenen Bevölkerung und ihrer Kultur, bedeutet dies im Klartext nichts anderes als wirtschaftliche Ausnutzung, gewaltsame Landnahme durch Siedler und Kolonialverwaltungen, Errichtung von Sträflingskolonien, Christianisierung durch Zwang oder subtile Zerstörung der einheimischen Sitten und des Brauchtums. Ein echtes Zivilisationsprogramm als Alternative hat es in der Zeit, als die Kulturen der Melanesier noch aus eigener Kraft lebensfähig waren, nicht gegeben.

Zivilisierung wurde gleichgesetzt mit der Zwangsverpflichtung der Menschen zur Steuerzahlung, zur Arbeit für die Europäer, zur Bedeckung ihrer Blößen und Aufgabe aller Verhaltensweisen, die eine moralisierende europäische Durchschnittsseele als anstößig oder grausam empfand.

Vor Ankunft der Weißen betrug die Zahl der Bevölkerung auf den Neuen Hebriden nach Schätzungen von Felix Speiser, dem besten Kenner der Verhältnisse zu Beginn des Jahrhunderts, um 650000. 1910 – nach ca. 80 Jahren »Kontakt« mit den Europäern – existierte nur noch etwa ein Zehntel der Urbevölkerung, nämlich 65000. Schätzungsweise betrug die Bevölkerungszahl auf Neukaledonien etwa 50000 vor der Errichtung der französischen Sträflingskolonie 1863. 1910 lebten insgesamt noch 17000 Eingeborene. Von den ursprünglich 30000 Ureinwohnern der Admiralitätsinseln lebten im gleichen Jahrzehnt dieses Jahrhunderts noch 13000. Auf vielen der kleineren Inseln starb die Bevölkerung ganz aus.

Bis zur allgemein anerkannten Inbesitznahme der Inselgruppen durch die führenden europäischen Kolonialmächte Großbritannien, Frankreich und auch Deutschland führten die sporadisch auf den Inseln landenden Walfänger, Sandelholzhändler, Abenteurer, Siedler, Missionare und Forscher ein durch wenig Gesetze eingeschränktes Leben. 1854 wurde Neukaledonien französische Kolonie; 1893 bzw. 1899 kamen die Salomonen unter britisches Protektorat; 1884 beauftragte die Reichsregierung unter Bismarck den deutschen Generalkonsul in Sydney, auf Neupommern (Bismarckarchipel) die deutsche Flagge zu hissen. Die Neuen Hebriden, seit 1875 von Fankreich und Großbritannien gleicherweise begehrt, blieben 31 Jahre Streitgegenstand zwischen beiden Mächten, bis sie sich 1906 auf eine gemeinsame Verwaltung einigen konnten. Bis zum Zeitpunkt der völkerrechtlich sanktionierten Inbesitznahme hatten die europäischen Staaten ihre Interessen dadurch geschützt, daß sie auf Ersuchen von Handelsgesellschaften oder Missionaren ab und zu Kriegsschiffe zu den Inseln sandten, um mit Hilfe von Strafexpeditionen den Melanesiern zu zeigen, das Recht auf die Territorien liege nur auf europäischer Seite.

Allein der britische »High-Commissioner for the Western Pacific« auf Fidschi übte in den Jahren vor dem Einzug der Kolonialverwaltung eine gewisse Kontrolle aus und suchte die schwersten Ausschreitungen der Europäer gegen die Eingeborenen zu verhindern. Seit 1847 liefen, von Australien kommend, regelmäßig Schiffe mit Anwerbern zur Verpflichtung von Melanesiern auf die australischen Schaffarmen und Plantagen zur Arbeit an. 1873 erließ der High Commissioner gegen die grausamen Rekrutierungspraktiken, auf die noch näher einzugehen sein wird, den ersten »Pacific Islanders Protection Act«, um wenigstens die schlimmsten Auswüchse dieses kaum kaschierten Menschenhandels bekämpfen zu können. Die vom britischen Parlament gebilligte Schutzakte war aber nicht wirksam genug. Auch der zwei Jahre zuvor von der australischen Regierung erlassene »Queensland Labourer Act«, der vorsah, daß auf jedem der Werberschiffe ein Regierungskommissar über die Einhaltung der gesetzlichen Bestimmungen (Freiwilligkeit) wachen sollte, hatte sich als Fehlschlag erwiesen. Die australischen Farmer hatten alles unternommen, um nicht auf die billigen Arbeitskräfte verzichten zu müssen. Die eigenen »Schwarzen« hatte man zu dieser Zeit bereits stark dezimiert oder für die Arbeit auf den Farmen als ungeeignet deklariert. Erst als 1901 in Australien ein allgemeines Verbot für die »Einfuhr« von Melanesiern überhaupt erlassen wurde (Pacific Islands Labourer Bill), nahmen die Werberfahrten ein Ende. Die Auswirkungen dieser versteckten Sklavenfahrten waren schon längst deutlich geworden. Systematisch hatte man die besten Jahrgänge der Männer für drei oder mehr Jahre aus ihrer Umwelt gerissen. Nicht nur in ihren Dörfern, sondern auch in ihren Familien fehlten sie und wenn sie Glück hatten, nur für eine begrenzte Zeit, denn über die Hälfte kam nämlich um.

In den Jahren nach der offiziellen Besitzergreifung der Kolonien ließ zwar die akute Bedrohung von Freiheit und Leben der Melanesier etwas nach, aber der Kulturverfall, gesteuert durch Kolonialverwaltung und Mission, ging um so rascher vonstatten. Polizeitruppen und Kriegsschiffe waren jederzeit einsatzbereit. Die ersten Siedler hatten sich meist an den Küsten niedergelassen; nun, unter dem Schutz der Kolonialmacht, drangen die Nachfolgenden immer weiter ins Innere der Inseln vor. Zwangsumsiedlungen großen Stils konnte man jetzt ebenso durchführen wie eine allgemeine Besteuerung.

Der größte Vorwurf, der den Kolonialverwaltungen gemacht werden muß, ist, daß sie praktisch nie versucht haben, positiv auf das Leben der Eingeborenen einzuwirken. Soweit sie keine Verbote erließen oder Gebote zur Steuerzahlung verkündeten, hatten sie nur mit den Melanesiern als Mörder, Diebe, Steuerschuldige oder als Gesetzesbrecher zu tun. Interesse an den Melanesiern als Menschen, als Angehörige einer anderen Kultur bestand keineswegs. Der Rückgang der autochthonen Bevölkerung wurde als Ergebnis der Konfrontation mit der »überlegenen abendländischen Kultur« begriffen und einfach als schicksalsgegeben hingenommen. Eine wirksame Gesundheitsfürsorge wurde erst verwirklicht, als die Ureinwohner in die weiße Gesellschaft eingegliedert waren oder der Bevölkerungsrückgang so bedrohliche Formen angenommen hatte, daß zu befürchten war, bald keine billigen Arbeitskräfte mehr zu haben.

Allein die Missionen nahmen sich der Kranken an, allerdings ohne Interesse an dem einzelnen, sondern nur an seiner zu christianisierenden Seele. Insgesamt tragen die Missionsgesellschaften gleichermaßen wie die Verwaltungen an der Zerstörung von Leben und Kulturen Schuld. Die »Southern Cross», das Schiff der Melanesischen Mission, das den Kontakt zwischen den einzelnen Stationen der verschiedenen Inseln hielt und unter anderem die Salomonen und die Neuen Hebriden regelmäßig anlief, verbreitete ungewollt mehrere schwere Bronchitisepidemien. Die Europäer überstanden eine Bronchitis leicht, für die Eingeborenen bedeutete sie meist den sicheren Tod. Abwehrstoffe gegen die in der Südsee bislang noch unbekannten Krankheitserreger hatten ihre Körper nicht aufgebaut. Viel früher als die Missionare erkannten ihre Schutzbefohlenen die Ansteckungsgefahr und mieden den Umgang mit den Neuankömmlingen, Missionaren und Missionsschülern.

Als Bischof Patteson 1861 die Station Aruas auf Vanua Lava (Neue Hebriden) aufgesucht hatte, schrieb er verstimmt in sein Tagebuch: »Irgendwie gefiel mir das Betragen mancher Leute nicht. Sie kamen am Abend nicht mehr in das gemeinsame Speise- und Schlafhaus wie zuvor, und ich vernahm einige Bemerkungen, die ich gar nicht mochte – etwas über die ungewöhnliche Krankheit, die sie mit der Unterweisung verbanden.« Zwei Jahre später bei einem

Besuch auf Mota sah der Bischof seine trotz allem guten Eindrücke von den Verhältnissen in den Stationen der Neuen Hebriden gar nicht mehr bestätigt. »Ich fand alles beklagenswert verändert. Eine ungeheuere Sterblichkeitsziffer war aufgetreten, Ruhr (Dysenterie) und eine allgemeine Erschöpfung durch eine schwere Grippe herrschten. Ungefähr 25 Erwachsene waren bereits tot ... Ich verbrachte zweieinhalb Tage auf der Insel. Während dieser Tage starben 27 Erwachsene, also 52 in allem, und viele, viele mehr werden sterben, ausgezehrt, hustend, ohnmächtig.« Die düstere Prophetie des Bischofs sollte in Erfüllung gehen.

Vor allem die fixe Idee der Missionare, die Melanesier unbedingt in Kleider zu zwingen, hat viele das Leben oder zumindest ihre ursprüngliche Würde gekostet. Genauso wie die Papuas legten die Melanesier, einmal eingekleidet, die immer schwärzer und schmutziger werdenden Hosen, Hemden usw. nicht mehr ab, bis sie am Körper zerfielen. Auch wenn sie naß wurden, behielten sie die Sachen an. Das begünstigte nicht nur Erkältungskrankheiten, sondern war unhygienisch und förderte alle möglichen Entzündungen. Felix Speiser schildert in seinen Reiseeindrücken von den Neuen Hebriden, wie grotesk die eingekleideten Eingeborenen 1910 auf ihn wirkten. »Es wird kaum jemand behaupten, es veredle den Menschen, wenn er in unzulänglichen Kleidungsstücken daherkommt; eine Schwarze z. B. in einer durchbrochenen Seidenbluse oder in einem dicken wollenen Schlafrock, die Männer in steifen Filzhüten oder gar Zylindern, in Damenjacken oder altem Frack. Es stammen solche Versündigungen gegen den guten Geschmack noch aus jenen Zeiten, da man im Schwarzen wirklich noch einen Halbaffen sah, ihn komisch und grotesk fand und dies durch groteske Kleider noch hervorheben wollte. Wenn daher Missionare ihre Leute in Aufzügen herumspazieren lassen, in denen sie für jeden Weißen entweder komisch oder ekelhaft aussehen, so arbeiten sie sich selbst entgegen, denn sie erschweren es dem Europäer, dem Schwarzen Achtung zu zeigen, und zerstören jegliches Verantwortungsgefühl beim Eingeborenen selbst. Das Ebenbild Gottes wird auf diese Weise zum Affen entstellt.«

Genauso lächerlich und verfehlt erschien die Bekleidungsmonomanie dem deutschen Kolonialpolitiker Joachim Graf Pfeil, der 1890 den Bismarckarchipel bereiste. »Das Gebot, sich zu bekleiden, hat die Küsten-Kanaken in der Nähe der Ansiedlungen auch dazu geführt, sich in Jacken und Hosen zu stecken. Zur Einführung dieser Bekleidungsart hat am meisten die Bemühung der Mission beigetragen. Abgesehen davon, daß die zur Verwendung gelangten Kleidungsstücke meist völlig abgetragenes Material ihrer früheren europäischen Besitzer sind ... so sind Beinkleider und Rock lediglich dazu angethan, nur die Nachtheile des Wuchses der Kanaken, nicht aber dessen Schönheiten hervorzuheben. Er erscheint deswegen in europäischer Tracht sehr benachtheiligt, das an und für sich Zurückhaltende seines Wesens, vereint mit einem schlechtsitzenden, zerlumpten Anzuge drückt ihm den Stempel des Vagabunden auf ...«

Die Missionare haben das aber nur mit wenigen Ausnahmen erfaßt. In der Regel machten sie die Taufe u. a. vom Tragen europäischer Kleidungsstücke abhängig.

Der Anfang der Mission in Melanesien war außerordentlich schwer. Die Eingeborenen machten zwischen einem brutalen Anwerber und einem Missionar, da beide zu den verhaßten Weißen gehörten, keinen Unterschied. Der erste Missionar, Bischof John Williams, der 1839 auf Erromango (Neue Hebriden) mit Hilfe einiger samoanischer Katecheten eine Station errichten wollte, wurde kurze Zeit nach seiner Landung erschlagen. Auf der Salomoneninsel Isabella erschlugen die Eingeborenen 1845 den Apostolischen Vikar von Melanesien, J. B. Epalle. 1847 folgten ihm drei weitere Missionare gewaltsam in den Tod. Auf Neukaledonien stürmten die Eingeborenen im Juli 1847 die Missionsstationen, die daraufhin aufgegeben wurden. Auf Woodlark (Salomonensee) wurden 1855 zwei Missionare mit Kriegskeulen umgebracht. Hier verließ die katholische Mailänder Mission das Feld, es wurde »dem Segenstau des Himmels und der Gnadensonne von oben überlassen«, ob aus dem Märtyrerblut »der Same des Christentums aufkeimen möchte«.

Nach dieser Serie von Fehlschlägen gab 1855 die katholische Kirche die Mission bis 1881 in Melanesien überhaupt auf. In der Jubiläumsschrift der Herz-Jesu-Mission hieß es dazu: »Das wiederholte Blutbad, die Schwierigkeit, für das Kreuz Christi die großen ozeanischen Inseln zu erobern, auf denen Satan unumschränkt als Herrscher waltete und die denkbar größten Anstrengungen machte, um sein Reich zu verteidigen, war der Grund für eine 25jährige Unterbrechung der apostolischen Arbeit. 25 Jahre hindurch trauern nun die Engel der Kirche Gottes und insbesondere die Engel der dortigen Kirche über den Märtyrergräbern. 25 Jahre harrten die gemordeten Bischöfe und Priester auf Erben und Nachfolger. Erst Leo XIII. war es vorbehalten, den Nebel zu verscheuchen und auch dort als ›Licht vom Himmel‹ zu erscheinen.«

Die Missionsgesellschaften protestantischer Kirchen unterbrachen, obwohl auch sie zahlreiche Opfer zu beklagen hatten (allein sieben Missionare auf Erromango), ihre Arbeit nicht. Die Missionare wurden nicht allein deshalb verfolgt und gehaßt, weil sie Weiße waren und man sie für Zauberer der Europäer hielt, sondern weil sie am entschiedensten die Lebensordnung der Melanesier störten, viele ihrer Sitten und Bräuche verboten und auch ins soziale Leben eingriffen. Der Verfall nicht nur der Kultur allein, auch der Gesellschaft und der Moral, die man ja eigentlich stärken wollte, vollzog sich unter dem doppelten Angriff von Mission und Verwaltung erschreckend rasch. Der britische Reverend W. F. Durrad wies 1922 in einem Aufsatz darauf hin, daß in bestimmten Bereichen der Moral die alte »heidnische Gesellschaft« wesentlich strenger war als die oberflächlich zivilisierte der Melanesier zur damaligen Zeit.

Das Verbot bestimmter Sitten und Feste, die von der puritanischen Gesellschaft der Zeit als Ausschweifungen denunziert worden waren, erfüllte allenfalls die Gebote äußerlicher Ordnung, wie sie die koloniale Administration verstand. In diesem Rahmen war es der Verwaltung völlig gleichgültig, wie sich das soziale Leben der Eingeborenen weiterentwickelte. Sie verfolgte nur Verstöße gegen die weiße Ordnung, nur diese galt. D. h., sie verbot aber gleichzeitig auch den Häuptlingen, ihre Stammesmitglieder nach den alten überkommenen Regeln zu bestrafen, wenn sie sich gegen die Lebensgesetze der Eingeborenenwelt vergingen. Früher wurde jeder Melanesier, der nach ihrer Ansicht im Inzest lebte, getötet. Seit der Einkehr des kolonialchristlichen Friedens wurde ein solcher Übeltäter, der sich ja nur gegen die Grundlagen der heidnischen Welt stellte, vor der Verfolgung geschützt. Er brauchte nur bei den Missionaren Asyl zu erbitten, sich für eine Arbeit außerhalb des Stammesgebietes anwerben zu lassen oder einfach in die weißen Niederlassungen zu gehen. Damit wurde die Stellung der Häuptlinge untergraben und der Verfall der sozialen Ordnung eingeleitet. Diese Menschen, die sich ihren eigenen Stammesführern entzogen, waren für die alte Welt gestorben und für die koloniale Welt doch nur Menschen zweiter Klasse geworden, die möglichst geregelter Arbeit nachzugehen hatten und nun die Gesetze und den Moralkodex der Europäer respektieren sollten. Eine echte Umerziehung mußte unter solchen Umständen ziemlich aussichtslos erscheinen, was sich ja auch tausendfach bestätigte. Selbst die Menschen, die jahrelang unter weißer Kontrolle gelebt und gearbeitet hatten, hingen trotz mancher Einschränkungen weit mehr an ihrem Stamm als an der so sehr reglementierten Zivilisation.

Zwar konnte die Macht der Weißen die physische und zum Teil auch die psychische Isolierung der Eingeborenenwelt durchbrechen, doch konnten die Europäer unmöglich die Schranke entfernen, welche der Melanesier zwischen seinem Inneren und der zivilisierten Umwelt errichtet hatte. Graf Pfeil stellte resignierend fest: »Wie gering unser Fortschritt in dieser Richtung ist, geht aus der Tathsache hervor, daß es uns trotz der stark materiellen Triebe des Kanaken noch nicht gelungen ist, in ihm die Anschauung zu erwekken, daß einzelne Industrieerzeugnisse zu den notwendigen Lebensbedürfnissen gehören. Unsere Beile, Taschentücher, etc. etc. gefallen ihm, gern aber würde er alle diese Dinge, ja sogar Streichhölzer entbehren, wenn er durch deren Drangabe sich zugleich den gehaßten Weißen vom Hals schaffen könnte. Nur einen Gegenstand giebt es, dessen Verlust er vielleicht eine Thräne nachweinen würde, amerikanischer Tabak ... Im Archipel müssen wir den Eingeborenen zwingen, seine Blöße zu bedecken und dadurch Abnehmer unserer Baumwollwaaren zu werden. Besuchen wir ihn nun in seinem Dorf an der Küste oder in den Bergen, so finden wir, daß er sein Lendentuch wieder beiseite gelegt hat und in gewohnter Nacktheit einhergeht. In ihre Heimath zurückkehrende Arbeiter bringen Kleidungsstücke, Beile und andere Handelswaare, welche sie an Geldes Stelle als Lohn empfangen haben, mit dahin. Die Kisten, darinnen sie gewöhnlich ihre Sachen aufbewahren, werden meist sofort von des Arbeiters Anverwandten oder Dorfgenossen geplündert, die Sachen werden eine Weile als merkwürdige Putzgegenstände getragen und dann beiseite geworfen, mit Ausnahme der Beile, deren Überlegenheit über das alte Stein- und Muschelhandwerk fast überall bekannt und anerkannt ist.«

GROTESKE ABENTEURER

Es wirkt fast wie ein Ruhmesblatt für den europäischen Kolonialismus in der Südsee, daß nicht nur weiße Sträflinge, landhungrige Siedler und übereifrige Missionare, sondern auch echte Phantasten in die Südsee zogen. Die Neuen Hebriden erlebten die wundersame Besitzergreifung der Spanier unter Quirós im Jahre 1606. Am Pfingstsonntag, etwas mehr als 14 Tage nach der Entdeckung des vermeintlichen Südkontinents, zog eine Prozession mit Fahnen und Standarten am Strand von »Australia del Espiritu Santo« entlang. Nach einer Messe in einer mehr erdachten als realen Kirche folgte die Errichtung eines gewaltigen Holzkreuzes und die feierliche Verkündigung, daß alles Land bis zum Südpol im Namen der Dreieinigkeit, der katholischen Kirche, des Franziskanerordens, ferner eines eben erst gegründeten Ritterordens vom Heiligen Geist und im Namen des spanischen Königs in Besitz genommen worden sei.

Am Nachmittag gründete man auch gleich die Hauptstadt des neuen Kolonialreiches und nannte sie »Neu-Jerusalem«. Selbst eine komplette Stadtverwaltung wurde gleich gewählt: dreizehn Ratsherren, ein Stadtsekretär, ein Friedensrichter, Polizeichef, Kämmerer, Bergwerksdezernenten und eine Reihe ähnlicher Titularbeamter. Die lebensnotwendige Einrichtung eines Kriegs- und Marineministeriums durfte natürlich auch nicht fehlen.

Drei Wochen amtete diese perfekte Verwaltung und Regierung ohne Stadt, Land und Bürger, als die Seele des ganzen Unternehmens, Quirós, bei einer Erkundungsfahrt um seinen Kontinent von einer Strömung abgetrieben wurde. Nach einigen vergeblichen Versuchen, sein Traumland wieder zu erreichen, nahm er Kurs auf Amerika. Sein weiteres Leben verbrachte er damit, Unterstützung für eine Rückkehr in sein immer schöner und reicher geschildertes Land aufzubringen. Die Zurückgebliebenen hielt es auch nicht länger in »Neu-Jerusalem«. Sie bestiegen ihre Schiffe und schlugen sich zu den Philippinen durch. Zurück blieb nur die verklärte Erinnerung.

Bevor die Briten ihr Protektorat errichtet hatten, nahm ein australischer Kaufmann Kurs auf die Salomonen, um Herrscher der Inselgruppe zu werden. 1851 landete er mit seinem Schiff »Wanderer« an der Südküste von Guadalcanal. Die Eingeborenen verstanden es jedoch, dem neuen Herrscher aus eigener Machtvollkommenheit ein Schnippchen zu schlagen, lockten ihn mit seinem Anhang in das Innere der Insel und brachten ihn kurzerhand um.

Beide eher lächerlichen als realen Versuche zu Staatsgründungen wurden aber von dem französischen Royalisten Charles Marie Bonaventure du Breil, Marquis de Rays, übertroffen. Der religiöse Phantast und Hochstapler nicht alltäglichen Zuschnitts suchte sich auf eigene Faust eine Kolonie im späteren deutschen Neumecklenburg zu schaffen. Der selbsternannte Gouverneur träumte von einem freien christlichen »Neufrankreich«. Ohne Kenntnis der Insel, ihres Klimas, ihrer Nutzbarkeit und ihrer Bewohner hatte der Marquis in einer eigenen Zeitschrift fingierte Berichte über die paradiesischen Voraussetzungen seiner Kolonie veröffentlicht. Er forderte Auswanderungswillige aller Nationen auf, sich seinem Siedlungsvorhaben anzuschließen. Gegen die Hinterlegung geringer Summen im voraus versprach er jedem Siedler große Flächen fruchtbaren Landes, die ihm dort bei Ankunft sofort übergeben würden. Wie Quirós ernannte er schon vor der Lösung der eigentlichen Kolonisationsprobleme Verwaltungsbeamte. Um auch in den Genuß kirchlicher Unterstützung zu gelangen, gab er dem ganzen Unternehmen einen tieferen religiösen Sinn. Der Marquis, dem eine bretonische Wahrsagerin geweissagt hatte, daß er König werden würde, brachte tatsächlich, überzeugt von seiner Mission, vier Schiffe mit etwa 600 vertrauensseligen Kolonisten zusammen, die ihr Heil in der Südsee wähnten.

Vor der Abfahrt ins Ungewisse rief der Marquis ihnen zu: »Unser Unternehmen ist ein christliches und patriotisches zugleich! Dem neuen Werke drücken wir ein heiliges Siegel auf, das Siegel der katholischen Taufe. Mönche haben das Abendland kultiviert, Mönche werden das neue Reich aufbauen. Kein Handels- und Industrieunternehmen wird seine Zukunft gefährden, ich, der Marquis, werde das einzige Oberhaupt der Kolonie sein, ihr unumschränkter Herrscher und Gebieter!« Dem so glaubenseifrigen du Breil flossen die Spenden der katholischen Glaubensbrüder reichlich zu. Fünf Millionen Franc kamen zusammen, so daß es durchaus wahrscheinlich klang, daß der Marquis in der Hauptstadt der Kolonie eine Kathedrale nach französischem Vorbild errichten lassen wollte. Schließlich hatte er seinen guten Willen schon bekundet: Maschinen und landwirtschaftliche Geräte waren angekauft und verschifft worden.

Die Kolonisten sollten einer gräßlichen Enttäuschung entgegensteuern. In Neufrankreich angekommen, wurden sie einfach ans nackte Land gesetzt. Nichts war vorbereitet. Weder eine Hauptstadt noch eine Hütte oder sonstige Unterkunft war auszumachen. Unterdessen führte der »Gouverneur« im fernen Spanien, wohin er sich mit den Spendengeldern und Einnahmen für das verkaufte Land zurückgezogen hatte, ein prächtiges Leben. Doch trotz der bitteren Vorwürfe und Anklagen, die bald in französischen und spanischen Zeitungen erhoben wurden, fand der Marquis immer neue Opfer für sein Schwindelunternehmen. Selbst Papst Leo XIII. sandte einige Priester zur Seelsorge nach Neufrankreich. Als die ersten fünf Priester in Manila auf den Philippinen einen Zwischenaufenthalt nahmen, platzte der ganze Schwindel. Die spanischen Behörden ließen das von du Breil auf Vorschuß gemietete Schiff beschlagnahmen und beendeten damit vorerst die Reise.

Die betrogenen Kolonisten auf der Insel, durch Fieber und Tropenkrankheiten geschwächt und dezimiert, gaben auf und übersiedelten nach Neulauenburg, wo 1875 die erste Niederlassung von methodistischen Missionaren gegründet worden war.

1. DER BISMARCK-ARCHIPEL

Im September 1886, fast genau zwei Jahre, nachdem die deutsche Flagge zum ersten Male auf dem Bismarckarchipel gehißt wurde, fand in Berlin ein Kolonialkongreß statt, der über die wirtschaftliche Bedeutung der Kolonien des Reiches im allgemeinen und über die Methoden zur »Zivilisierung« der eingeborenen Bevölkerung im besonderen diskutierte. Der schlesische Graf Joachim Pfeil hob in einer Rede hervor, »das Wort ›Bete und arbeite‹ müsse auf farbige Missionszöglinge im umgekehrter Ordnung angewandt werden«.

Nur wo nach solchen Grundsätzen missioniert worden sei, habe man echten Einfluß auf die einheimische Bevölkerung gewinnen können und letzten Endes Erfolg gehabt. Graf Pfeil suchte seine These auch zu beweisen: »Ein Beispiel bot zu des Verfassers Zeiten (der Graf hatte kurz zuvor den Bismarckarchipel bereist, d. Verf.) die katholische Mission im Bismarckarchipel. Sie ruhte damals in unzuverlässigen Händen und beschränkte sich auf Predigten und Lehren. Die Folge war ihr Verfall. Umgekehrt stand hier die wesleyanische Mission in hohe Blüte. Der sie leitende Missionar trat völlig auf den Boden der vorgetragenen Anschauungen und verstand es vortrefflich, seine Zöglinge zur Arbeit zu erziehen, wodurch der religiösen Seite seines Berufs keinerlei Abbruch geschah.«

Gemäß dieser Erfahrungen hatte der Graf durchaus recht. Was er auf den Missionsstationen im Archipel sah, war wenig ermutigend für einen Kolonialpolitiker, der die Kraft des Staates zu mehren gedachte. Die Zöglinge in den Niederlassungen der Missionen konnten zwar »Heil dir im Siegerkranz«, »Die Fahne schwarz-weiß-rot« und »Die Wacht am Rhein« singen, das Vaterunser auf deutsch und das Ave-Maria auf Latein hersagen, beim Rechenunterricht Kokosnüsse addieren und einfache deutsche Sätze bilden und aufschreiben, aber im Grunde genommen waren die eingeborenen Neuchristen nicht sehr produktiv.

Um sie nicht in ihre »Stammessitten zurückfallen zu lassen«, mußte die Mission für den Unterhalt der Bekehrten sorgen. Statistisch gesehen wirkte die katholische Mission auf dem Markt der Seelen erfolgreicher als die Konkurrenz, aber die Wesleyaner (Methodisten) waren tatsächlich im Sinne Pfeils erfolgreicher. Sie setzten es durch, »daß im Bereiche ihrer Tätigkeit die Kulturstufe der Eingeborenen sich hebt, daß ihre Zöglinge brauchbare Menschen, nützliche Mitglieder der Gesellschaft werden«. Das Ziel »nützliche Glieder der Gesellschaft« heranzuziehen, allen heutigen Kulturstrategen bestens vertraut, entlarvt sich bereits hier als nackte Brutalität, die sich über die Wünsche des einzelnen ebenso hinweggesetzt wie über kulturelle Sonderheiten ganzer Stämme oder Völker.

Wie schnell aber auch die katholischen Missionen in den deutschen Kolonien ihre Aufgabe im Sinne des Grafen und der Machtpolitik begriffen, belegt eine Darstellung des Professors der Missionswissenschaft zu Münster, Johannes Schmidlin. In seinem zum 25jährigen Regierungsjubiläum Kaiser Wilhelm II. dargebotenen Werk »Die katholischen Missionen in den deutschen Schutzgebieten« äußerte er sich zu den Prinzipien der Missionstätigkeit: »Durch ihre kulturelle Tätigkeit namentlich wird die katholische Mission nicht nur zu einer Kulturträgerin ersten Ranges, sondern auch zu einer hervorragenden Mitarbeiterin und Bundesgenossin (im Original hervorgehoben, d. Verf.) der kolonialen Bestrebungen, was um so höher anzuschlagen ist, als die Regierung sich auf dem Kolonialgebiet viel stärker als in der Heimat auf private Mitwirkung und Initiative angewiesen sieht. Zunächst sammelt sich die Mission unbezahlbare Verdienste auf dem wirtschaftlichen Gebiet, Verdienste, die an Wert und Tragweite den rein kolonisatorischen Unternehmungen in nichts nachstehen, wenn sie auch wegen der geringeren Mittel in der materiellen Leistungsfähigkeit nicht mit allen konkurrieren können; hierher gehören die Urbarmachung und Verbesserung des Bodens, die Anlage von Gärten und Plantagen, die Hebung von Ackerbau und Viehzucht, die Einführung von Handwerk und Industrie, dann überhaupt die kolossalen Summen, die von den Missionen alljährlich in die Kolonien gebracht und darin verausgabt werden. Einen unschätzbaren Kolonialwert schließt ferner die von den Missionen unternommene und mit Erfolg durchgeführte Erziehung der Eingeborenen zur Arbeit ein, besonders ihre innere Prädisponierung dazu, die kein anderer Kolonialfaktor im gleichen Grad zu erreichen vermag ...«

Die Interessen des Kolonialstaates und der Missionen waren also durchaus zu vereinen, schließlich galten die Menschen in den erworbenen Gebieten aufgrund ihrer Lebensweise wenig. Nur unter anderen Bedingungen war von ihnen zu profitieren. Noch katastrophaler mußte aber die ideologische Verteidigung des Kolonialismus werden, wenn zur kulturellen und menschlichen Abwertung der kolonisierten Völker sich auch noch die rassische Abwertung hinzugesellte.

Im unverhohlenen Primitivdarwinismus, der im Dritten Reich Hitlers traurige Urständ feierte, argumentierte Graf Pfeil in seinem 1899 erschienenen Buch »Studien und Beobachtungen aus der Südsee«, die weiße Rasse breite sich über den ganzen Erdball aus, erschließe neue Gebiete und bringe die Kultur und habe deshalb als Stärkerer ein Recht, die farbigen Völker zur Nutzbarmachung der Erde zu zwingen. Widersetzten sie sich dem Fortschritt, der schließlich der ganzen Menschheit diene, so müßte der Farbige dafür die Folgen tragen, die sein Widerstand und selbst sein »passives Verhalten gegenüber den sich ausdehnenden Kräften der fähigeren weißen Rasse nach sich ziehen muß. Sie heißen für ihn Untergang.« Die praktische Schlußfolgerung von dieser geistigen Plattform aus lautete nach Ansicht des Grafen: »Der Verfasser verlangt für die deutschen Colonien, mithin auch für Neu-Guinea und den Bismarckarchipel, nicht mehr und nicht minder als eine Form der Zwangsarbeit für den Eingeborenen, welche für diesen die Nothwendigkeit nach sich zieht, sich der Cultur anzubequemen, dem Weissen die Möglichkeit gewährt, auch solche Gebiete zu seinem Wohnsitz zu wählen, deren wirthschaftliche Erschliessung ihm nur mit Hilfe der Arbeitskraft der Eingeborenen möglich ist. Es ist lediglich Humanitätsduselei, zu behaupten, dass ein derartiger Zweck vom sittlichen Standpunkte aus verwerflich sei.«

Die Zerstörung der Eingeborenenenkulturen als Ergebnis eines solchen durch eine höhere Sinngebung gerechtfertigten Vorgehens bedeutete dem Grafen nichts. Leichtfertig, von keiner selbstkritischen Überlegung gebremst, formulierte er munter darauf los:

> »Wir verlangen einen Entgelt für den Culturfortschritt, den an unserer Hand, von dieser gestützt, der Kanake machen muss. Zwar empfindet der Eingeborene diesen zunächst als eine Unbequemlichkeit, allein die Cultur erfasst ihn unerbittlich, und auch er muss und wird es, wenn auch erst in späteren Generationen, als Annehmlichkeit empfinden, mit seinem Gedankengange in höherem Niveau sich zu bewegen, aus der Nacht urvölkerlicher Unwissenheit dem Licht civilisirter Erkenntniss sich genähert zu haben. Wir verlangen eine Gegengabe für unseren Verzicht auf das Recht des Stärkeren im Kampfe ums Dasein. Dieses unerschüt-

terliche, für alle Lebewesen gültige Gesetz würde, wollten wir es in seiner ganzen Macht walten lassen, die sofortige Vertreibung aller weniger kräftigen und darum weniger nützlichen Völker von den Stellen zur Folge haben, die uns selbst günstige Existenzbedingungen bieten, und wo wir mit ihnen in Berührung kommen. Aus freiem Willen mildern wir die Strenge dieses Gesetzes, mit Recht aber heischen wir dafür die Angliederung des Schwächeren an uns. Will er nicht dieselben Pfade mit uns wandeln, so steht er uns im Wege und darf sich nicht über Rippenstösse wundern, die ihn von seinem Platze verjagen. Uns, die wir einem Gesetze folgen, zu hindern, hat er kein Recht, sein Dasein ist nur berechtigt, so lange es einen Zweck erfüllt. Wird es im Sinne jenes Gesetzes zwecklos und hinderlich, so wird es ausgelöscht, selbst auf die Gefahr hin, mit ihm manches Anmuthende und an sich Schöne zu vernichten.«

Zur Ehre der deutschen Kolonialverwaltung sei gesagt, daß sie sich mit solchen Gedankengängen nicht indentifizierte. Aber auch in Melanesien, in den deutschen, französischen und britischen Protektoraten gab es ebensowenig wie in Australien oder auf Neuguinea ein Programm, das in der Praxis viel anders wirkte. Man überließ es der Mission, sich um die geistige Angleichung der Menschen zu kümmern und den Werbern, Abenteurern, Siedlern, den ersten Kontakt mit den Stammeskulturen aufzunehmen. In fast allen Fällen führten diese ersten Begegnungen zu Mißverständnissen und gewaltsamen Auseinandersetzungen, über die selbst die Eingeborenen schnell unterrichtet wurden. Die Welten waren zugegebenermaßen grundverschieden, aber das führte auf europäischer Seite nur zu der unabdingbaren Haltung, diese Menschen gewaltsam zu verändern.

Bei einem »Naturvolk«, hieß es in einer Jubiläumsschrift der Herz-Jesu-Mission, das der menschlichen Zivilisation noch nicht teilhaftig war, »muß die Missionierung mit der Zivilisierung Hand in Hand gehen. In unseren Südsee-Missionen trifft dieser Fall vollständig zu. Die wilden Eingeborenen müssen zu einem menschenwürdigen Zustand erhoben werden. Durch den Unterricht in der Religion und die Erziehung zur Arbeitsamkeit muß ihnen der Besitz des Christenstums und der Kulturgüter vermittelt werden. Bei der Erfüllung dieser schweren erzieherischen Aufgabe wenden die Missionare alle Mittel an, die ihnen die katholische Religion und die Errungenschaften der modernen Kultur an die Hand geben.« Überall stand das Muß, es gab kein Entrinnen vor dieser Unduldsamkeit, gepaart mit Aggressivität.

Duk-Duk und Iniet-Bund

Die erste europäische Niederlassung im Bismarckarchipel wurde 1875 auf der Duke-of-York-Insel (Neulauenburg) angelegt. Nur dem klugen Vorgehen des Kapitäns, der die ersten Missionare an Land setzte, war es zu verdanken, daß es nicht gleich zu Kampfhandlungen kam. Der Grund und Boden, der für die Errichtung der Missionsstation vorgesehen war, gehörte nämlich dem mächtigen Duk-Duk-Geheimbund, und Nichtmitglieder mußten das Betreten der Festplätze mit dem Tod bezahlen. Der Kapitän fand einen Ausweg, um die Missionare, die auf ihre Aufgabe hier überhaupt nicht vorbereitet waren, vor der Rache der Duk-Duk-Männer zu bewahren. Er kaufte das Land dem Bund einfach ab. Zur Bezahlung, und das mußte man zumindest wissen, verwandte er das bei den Bewohnern der Insel hoch im Kurs stehende Muschelgeld (Dewarra), das aus aufgezogenen Seeschnecken bestand. Der Geldwert der überlassenen Muscheln betrug zum damaligen Kurs nur wenige Reichsmark. Der Duk-Duk erkannte das Geschäft an, ohne damals aber zu ahnen, daß damit das eigene Land den erklärten Feinden des eigenen sozialen Wirkens ausgeliefert wurde.

Der Duk-Duk-Bund der Gazelle-Halbinsel Neupommerns (Neubritanniens) und Neulauenburgs gehörte zu den bekanntesten und mächtigsten Geheimbünden Melanesiens, wenn er wahrscheinlich auch erst im 19. Jahrhundert entstanden sein mochte. Zu diesem geheimen Männerbund zählten erwachsene Männer und heranwachsende Knaben, die aber erst mit zwölf Jahren die Maske des Bundes tragen durften. Nicht gern in den Bund wurden Männer aufgenommen, die an äußeren Kennzeichen, wie verkrüppelten Zehen oder sichtbaren Narben an den Beinen, leicht auch unter den Verkleidungen, der Maske und einem weitabstehenden glockigen Blätterkleid, identifiziert worden wären. Das Prinzip der Geheimhaltung der Mitgliedschaft galt allerdings nur bedingt. Die melanesischen Geheimbünde sind eigentlich Kultbünde, die mit dem viel älteren Ahnenkult, Geisterkult, mit dem Mythos vom Sterben und Wiedergeborenwerden eines bestimmten Totems in enger Verbindung stehen. Die Männer verbergen sich nicht etwa hinter einer Verkleidung, um die noch nicht eingeweihten Stammesmitglieder zu betrügen. Wenn die Bundesmitglieder nach ihrem Auftritt die Masken abgenommen haben, gelangen die Zuschauer nicht etwa zu der Erkenntnis, daß man einer Art Schauspiel mit Mummenschanz beigewohnt hat, sondern vielmehr bewundern und achten sie die Männer, die die Masken tragen durften. Eine Maske gilt durchaus als beseelt, und der Zusammenhang mit dem Ahnenkult wird deutlich, wenn man bedenkt, daß die urtümlichste Maske solcher Kulte ja echte übermodellierte Ahnenschädel waren.

Der Duk-Duk, dem die meisten Männer eines Dorfes angehörten, ist neben dem Dorfhäuptling oder dem Rat der Alten die mächtigste soziale Institution der Lebensgemeinschaft. Wer sich einmal dem Bund angeschlossen hatte, konnte nie wieder austreten. Die Aufnahmezeremonie neuer Mitglieder wird mit einem großen Fest verbunden. Der Festplatz, dessen Lage auch den Nichteingeweihten bekanntgegeben wird, damit sie ihn nicht aus Versehen betreten, liegt, meist weit von den Dörfern entfernt, mitten im Busch. Ein hoher Zaun aus Laubwerk, Ästen und Matten schützt die Festlichkeiten vor den Augen der Profanen. Nur zwei Zugänge, ein niedriger und ein hoher, führen auf den Festplatz. Durch den niedrigen treten die einfachen Duk-Duk-Männer ein sowie die Novizen, durch den höheren aber gelangen die Tubuan-Masken, die als Verkörperung des höheren weiblichen Prinzips angesehen werden. Denn während der Duk-Duk sterblich ist und vergeht, ist der Tubuan als Mutter aller Duk-Duk-Männer ewig, und wenn er stirbt, wird er immer wieder neu geboren. Das Recht, eine Tubuan-Maske zu tragen, kann nur durch Erbe oder durch Muschelgeld erworben werden. Die Ausstattung der Feste ist teuer, und die auf Prestige bedachten Männer trennen sich nicht gern von ihren meist öffentlich gezeigten großen Muschelgeldringen.

Vor jedem Fest versammeln sich alle Mitglieder des Bundes auf diesem Platz und beginnen mit der Herstellung der Masken und der Ausschmückung. Nach getaner Arbeit wird in einer ersten Zeremonie der Tubuan erweckt. Die Duk-Duk-Masken kommen trommelschlagend an die große Pforte. Plötzlich springt der Tubuan mitten unter die Duk-Duk-Masken. Er wird zur Mitte des Festplatzes geleitet und eröffnet damit den Tanz. Dann werden in der Geheimsprache des Bundes eintönige Lieder gesungen.

Eine andere Zeremonie gilt der Aufnahme neuer Mitglieder. Der Tubuan ruft die außerhalb des Platzes versammelten Novizen durch die kleinere Pforte herein; sie setzen sich zu einem Kreis zusammen. Schreiend tanzt der Tubuan um sie herum, springt in ihre Mitte und schlägt auf die Jünglinge mit einem Knüppel ein. Dies ist das

Zeichen für die Duk-Duk-Männer, nun ihrerseits über die Neuaufzunehmenden in gleicher Weise herzufallen, bis sie vor Schmerzen aufschreien. Daraufhin erst springt der Tubuan aus ihrem Kreis, und die Männer hören mit dem Prügeln auf. Nach der Verteilung von Muschelgeld an alle und der Einnahme eines Imbisses erscheint der Tubuan wieder und beginnt Maske und Blätterkleid abzulegen, bis er, von allen nun erkannt, nackt vor ihnen steht. Die Neueingeweihten begreifen nun allmählich die Zusammenhänge, und auch die tiefere Bedeutung der Tanzschritte; Sprünge und Masken werden ihnen erklärt. Erst nach einem Festmahl und der Einkleidung der neuen Duk-Duk-Männer beginnt der öffentliche Teil der Zeremonien. Vom Festplatz aus zieht man unter Trommelschlag ins Dorf auf einen öffentlichen Platz, hier zeigt man den Außenstehenden, »wie groß die Macht des Bundes ist. Mit Bananenstämmen schlagen die Tubuanmaskenträger nach den nichtmaskierten Bundesmitgliedern, die so tun, als seien sie durch Zaubermacht unempfindlich gegen die Schmerzen geworden; anschließend wird dem Tubuan und den neugeborenen Duk-Duk Muschelgeld in so großen Mengen überreicht, daß die Zuschauer der Neid packt. Am nächsten Morgen wird es jedem klar, woher der Bund seinen Reichtum hat, denn nun und in den folgenden Wochen zieht der Bund in kleinen Gruppen mit seinen Maskenträgern in jedes Gehöft der ganzen Gegend und verlangt eine Muschelgeldzahlung. Niemand verweigert die Gabe, um nicht die Rache des Bundes fürchten zu müssen. Ist schließlich genug Muschelgeld zusammengekommen, so wird ... dem neuen Duk-Duk eine große Geldsumme ausgezahlt. Dann stirbt der Duk-Duk. Die Masken werden zerrissen und ihre Fetzen versteckt und später verbrannt. Damit sind die Duk-Duk tot. Der Tubuan aber zieht sich in seine Hütte zurück, bis sein Herr ihn wieder erweckt. Für die Neuaufgenommenen kommt nun noch ein trauriges Nachspiel, nämlich die Abrechnung. Es stellt sich heraus, daß es nur so schien, als erhielten sie beim Eintritt reiche Gaben. Die Verwandten und Freunde, die sie eingeführt haben, verlangen ihre Auslagen zurück. Ein langes Feilschen beginnt. Zum Schluß ist der neue Duk-Duk-Mann ärmer als zuvor ...« (H. Nevermann).

Im Gegensatz zu anderen Bünden wie beispielsweise dem Iniet-Bund auf Neupommern zeigt der Terror des Duk-Duk-Bundes Züge der Entartung. Z. B. wurden früher alle Außenstehenden, die dem Bund auf seinem Weg zum Dorfe begegneten, erschlagen. Erst als man erkannte, daß man sie besser gefangennehmen und gegen ihren Austausch Geld verlangen konnte, ließ man sie gegen Zahlung von Muschelgeld wieder frei. An Stelle kultischer Handlungen trat die Gier nach Geld immer mehr in den Mittelpunkt des Bundes. Doch trotz aller Übergriffe blieb der Bund im Dorfe geachtet, da man sehen konnte, daß er auch für Recht und Ordnung sorgte. Der mächtige Tubuan achtete tatsächlich darauf, daß sich der Bund nicht allzu unbeliebt machte. Da der Bund sich in allen Geschehnissen des Dorfes gut auskannte, wurde jeder, der sich etwas zuschulden kommen ließ, vom Bund bestraft und zu einer empfindlichen Muschelgeldzahlung verurteilt. Selbst Vergehen der Bundesmitglieder wurden geahndet.

Bünde wie der Duk-Duk und der Iniet wirkten als stärkste Kraft der Melanesier gegen die christliche Mission. Das Prinzip der Geheimhaltung der Riten und der lebenslangen Mitgliedschaft machten es den Missionaren schwer, überhaupt ein Echo bei den Menschen zu erwecken. Ansatzpunkte für die Missionare bildete der bei den Festlichkeiten vorkommende Kannibalismus. Die Novizen sollen früher bei der Aufnahme in den Bund auch Menschenblut getrunken haben. Dagegen scheinen Berichte über sexuelle Ausschweifungen (Päderastie) während der Aufnahme von neuen Mitgliedern auf Erzählungen von Eingeborenen zurückzugehen, die sich durch ihre verzerrten Berichte bei der Mission beliebt machen wollten.

Die Missionare hatten deshalb oft ein völlig falsches Bild über Bedeutung und Wirkung der Bünde erhalten. Richard Parkinson hat das nachgewiesen. »Ganz besonders ist der christliche Missionar ein Feind der Geheimbünde; er wittert darin Teufelwerk und ist eifersüchtig auf den Einfluß der Mitglieder über die Gemeinschaft im ganzen, ein Einfluß, den er häufig genug irrtümlich als seinen Bestrebungen feindlich erachtet. Einigen Missionaren ist es daher gelungen, die Geheimbünde in der Umgebung ihres Wohnsitzes in ihrer Macht zu beschränken oder ganz abzuschaffen. Es gibt jedoch auch unter den Missionaren solche, welche die Geheimbünde dulden, nachdem sie deren Bedeutung erkannt und sich überzeugt haben, daß dieselben im Grunde harmloser Natur sind. Auch die weltliche Obrigkeit kommt gelegentlich mit den Geheimbünden in Konflikt, wenn die letzteren Strafen und Bußen verhängen, die mit den Paragraphen des Strafgesetzbuches nicht immer übereinstimmen; solches Vorgehen wird dann verboten, und das Ansehen des Bundes sinkt.«

Parkinson, der 30 Jahre seines Lebens in der Südsee verbrachte und die melanesischen Inseln zu der Zeit bereiste, als sich gerade die Kolonialmächte und die Missionen hier niederließen, kritisierte schon damals das undifferenzierte Vorgehen beider. Das Unverständnis dem Brauchtum der Melanesier gegenüber hat letzten Endes auch dazu beigetragen, daß die Missionen und Administrationen sich ihre Aufgaben erschwerten und sich ihre Positionen verhärteten.

Mit der Macht der Bünde sich anzulegen, blieb lange Zeit nach der ersten Landnahme der Weißen ein großes Risiko. Wenn sich ein Eingeborener von den Siedlern übervorteilt fühlte, konnte er ohne selbst Mitglied des Bundes zu sein, diesen um Hilfe bitten. Dabei brauchte er – objektiv im Sinne der Europäer – gar nicht im Recht zu sein. Einige deutsche Siedler wurden von Iniet-Bund z. B. überfallen, weil sie angeblich mehr Land besetzten, als sie gekauft hatten. Belegt konnte das nie werden.

Arbeite und bete

Die ersten Siedlungen französischer, englischer und deutscher Kolonisten hätten sich ohne massive Unterstützung durch die Kolonialmacht nicht behaupten können, und vor allem nicht ohne Hilfe der Strafexpeditionen. Seit die Eingeborenen im Jahre 1875 die ersten Katecheten von den Fidschi-Inseln, die für die wesleyanische Mission tätig waren, umgebracht hatten, nahm die Furcht vor den fremden Geschöpfen von jenseits des Meeres schrittweise ab. »Dieser Erfolg lehrte die Eingeborenen, daß die Weißen sterblich seien. Es war ihnen inzwischen wohl auch das Bestreben der Missionare, heidnische Ansichten wie Canibalismus, etc. auszurotten, andere Gewohnheiten einzuführen ... lästig geworden, auch glaubten sie vielleicht, daß sie mit der Hinwegräumung der wenigen, im Archipel ansässigen weißen Individuen, sich die ganze unbequeme Rasse abschütteln konnten, jedenfalls trat eine Änderung in ihrer Haltung gegenüber den Europäern ein, welche abermals in Mord von diesmal europäischen Händlern ausartend, die Lage der Weißen äußerst gefährlich gestaltete. Um die Fortdauer der Ansiedlungen, den Verbleib der Weißen überhaupt zu ermöglichen, gab es nur ein Mittel. Es mußte den Eingeborenen gezeigt werden, daß die Europäer eine auch dem kräftigsten Kriegsunternehmen der ersteren überlegene Macht zu entfalten vermöchten. Nach längerer Berathschlagung mit den Ansiedlern organisierte auf deren Wunsch der Träger der Kultur und Prediger des Friedens, der Missionar Brown, einen Bestrafungszug gegen die Kanaken der Gazellenhalbinsel, dessen Führung er auf allgemeinen Wunsch übernahm« (J. Graf Pfeil).

Der Missionar Brown bewährte sich bei der Strafexpedition so vortrefflich, daß man den Eingeborenen nicht nur den größten Teil ihres Muschelgeldes abnehmen konnte, sondern auch für lange Zeit die Menschen eingeschüchtert hatte. Nur einen Schönheitsfehler wies das Unternehmen auf. Ein »philanthropisch verblendetes europäisches Publikum« erhob Anklage gegen den Missionar und ließ ihn aus seiner Stellung entfernen. Erst der Kapitän eines deutschen Kriegsschiffes exkulpierte den Missionar und rechtfertigte seine Handlungsweise. Wie viele Menschen der »exemplarischen Bestrafung« zum Opfer fielen, läßt sich nicht mehr feststellen.

Einige Baining, ein Papua-Stamm im Norden Neupommerns, überfielen 1904 die Missionsstation von St. Paul und erschlugen fünf Missionare und fünf Schwestern. Der Anlaß des Überfalls war kompliziert, hängt aber eng mit dem Einfluß der Mission auf das Leben der eingeborenen Bevölkerung zusammen. Vom Standpunkt der Missionare war der Mord überhaupt nicht zu rechtfertigen und mußte nicht nur als Verbrechen, sondern als schwere Undankbarkeit empfunden werden. Dem Einfluß der Mission war es nämlich zu verdanken, daß die Raubzüge der Küstenbewohner in den Bergen des Baining-Gebietes aufhörten. Die melanesischen Küstensiedlungen deckten sich mit genug Baining-Sklaven ein und verkauften diese auch als Arbeiter an weiße Pflanzer. Die Kolonialbehörde und die Mission setzten diesem Treiben ein Ende. Einige wenige Baining-Häuptlinge trafen offensichtlich Absprachen mit den Sklavenhändlern und verkauften selbst Stammesangehörige. Die Maßnahmen der Europäer beschnitten somit ihr einträgliches Geschäft. Dazu kamen natürlich viele andere Eingriffe in das Leben der Baining, die den Plan zur Vertreibung der Europäer reifen ließ. Denn die Mission begriff auch das Leben der Bevölkerung im Bismarckarchipel als Praktizierung »heidnischer Greuel« oder als »schändliches Treiben« von herabgesunkenen Menschen, die sich von Gott getrennt haben. »Sehr, ja überaus traurig stand es um die Moralität dieser Wilden. Erst nach und nach sind wir dahinter gekommen, welch schmachvolle Unzucht unter diesem tiefstehenden Volke getrieben wurde, besonders beim Iniet und anderen Geheimbünden; und welche Schandtaten ein frecher Häuptling sich ungestraft erlauben durfte, während sie an armen Teufeln mit grausamster Strenge und gewaltsamem Tode des Schuldigen geahndet wurden.«

Diese »wilden, sittlich so verkommenen Menschen« schossen sogar mit Gewehren auf die Europäer. Aber diese modernen Waffen hatten sie wenigstens durchaus ehrlich erworben. Auch die Inseln des Bismarckarchipels wurden regelmäßig von Werbeschiffen angelaufen, die Arbeiter für die Plantagen von Queensland, Samoa und Fidschi-Inseln rekrutierten. Für eine mehrjährige Arbeitszeit wurden die Menschen mit einem Snider-Gewehr und 50 scharfen Patronen ausbezahlt. 1883 liefen etwa 30 Anwerberschiffe unter britischer und deutscher Flagge den Archipel an und führten 2500 Arbeiter nach Queensland und Samoa. Auf Mioko (Neulauenburg) hatte sich 1875 das Hamburger Handelshaus J. G. Godeffroy & Sohn niedergelassen, die Station wurde später von der »Deutschen Handels- und Plantagengesellschaft« übernommen und weitergeführt. Parkinson umschrieb 1906 ihre Tätigkeit recht vorsichtig. »Sie beteiligt sich nur in geringem Maßstab an dem Handel des Archipels und hat in den vielen Jahren ihres Bestehens wenig zur Entwicklung beigetragen. Ihr Hauptzweck ist heute der, für die Plantagen der Gesellschaft in Samoa alljährlich etwa 250 Arbeiter abzuwerben, wodurch dem Archipel, der von Jahr zu Jahr eine erhöhte Anzahl von Arbeitern für die unaufhaltsam sich vergrößernden Plantagen bedarf, eine merkliche, unangenehme Konkurrenz geschaffen wird, die einer direkten Schädigung sehr nahe kommt.«

Mit Errichtung der deutschen Kolonialverwaltung wurde das Anwerbesystem monopolisiert, um Übergriffen privater Anwerber vorzubeugen. Denn vorher »warb« sich jeder Pflanzer oder Plantagenbesitzer so viele Eingeborene, wie er eben brauchte. In »dringenden Fällen« wurde das Verbot selbständigen Vorgehens allerdings »willig aufgehoben«. Die angeworbenen Eingeborenen wurden zu regelrechten Depots gebracht, wo sie Unterkunft und Verpflegung erhielten und von wo aus sie zu den Bestellern auf den einzelnen Stationen oder direkt an die Pflanzer weitergegeben wurden. Das Anwerbesystem auf dem Archipel führte zu Auswüchsen, die einer geordneten Verwaltung Hohn sprachen. Es trug auch hier nicht zur damit vorgegebenen Zivilisierung bei, noch half es zum Verständnis zwischen Siedlern und Eingeborenen beizutragen. Während der zwei bis drei Arbeitsjahre auf den Plantagen der Fidschi-Inseln oder Samoas lernten die Kontraktarbeiter gerade soviel Pidgin-Englisch, daß sie die Arbeitsanweisungen verstehen konnten. Auch gelang es ihnen, soviel von der fremden Wirtschaftsweise und Kultur aufzunehmen, daß ihr bisheriges Selbstbewußtsein sehr darunter litt.

Mit dem Märchen der Behörden allerdings, diese drei Jahre Arbeit auf den Plantagen würden einen »zivilisierenden Einfluß« auf die Eingeborenen ausüben, räumte schon Parkinson gründlich auf. »Woher sollte der zivilisierende Einfluß kommen? Von seiten der Plantagenbesitzer geschieht nichts zur Zivilisierung seiner Arbeiter. Für ihn ist der Arbeiter nur ein Lasttier, das täglich gefüttert werden muß, weil es sonst nicht mehr im Stande wäre, die zum Gedeihen der Pflanzung notwendige Arbeit zu verrichten. Die Ernährung der Arbeiter ist häufig unzureichend und infolge dessen erkranken und sterben auch viele. In den Pflanzungen auf Samoa sterben in den günstigsten Jahren zehn Prozent der Arbeiter, und in den Kolonien ist es genau ebenso. Bis vor wenigen Jahren entbehrten die zirka 1200 Arbeiter in Samoa fast ganz der ärztlichen Pflege. Erst seit 1880 ist dort ein eigener Arzt für die Plantagenarbeiter angestellt. Noch niemals habe ich gehört, daß ein nach seiner Heimat zurückgekehrter Arbeiter die in den Pflanzungen erworbene Kenntnis von dem Anbau nützlicher Kulturpflanzen auf seiner Insel praktisch verwertet hätte. Die dreijährige, meist erzwungene Arbeit hat ihn aller Anstrengung abhold gemacht, er ist nach seiner Rückkehr der Faulste aller Faulen. Und warum sollte er auch noch tätig sein? Hat er doch den ganzen bei der Anwerbung bedungenen Lohn mit heimgebracht, und davon kann er eine geraume Zeit zehren. Außerdem eignete er sich ein wenig von der Sprache der weißen Männer an und kann daher mit bestem Erfolg betteln, wenn Schiffe seine Insel besuchen.«

Seit das Reich ein Generalkonsulat für die Südseeinseln in Apia auf den Salomonen errichtet hatte, häuften sich die Beschwerden über skrupellose Anwerbemethoden. Auf die besonderen Aktivitäten der »Deutschen Handels- und Plantagengesellschaft« haben wir schon hingewiesen. Sie hatte in diesem Geschäft die meisten Erfahrungen und das größte Revier. Zu Beginn der achtziger Jahre ließ die Gesellschaft vor allem die Karolinen, die Neuen Hebriden, die Salomonen, die Gilbert-Inseln und die Inseln des Archipels anlaufen. Die beiden Schoner »Tonga Tabu« und »Ninafou« waren fast ausschließlich für die Anwerbung eingesetzt. Das Vorgehen, um mit den Eingeborenen in Kontakt und zum Kontrakt zu kommen, glich sich immer wieder. Billige Geschenke, aber auch Gewehre und Munition werden am Strand ausgebreitet und so die Menschen angelockt. Verhalten sich die Insulaner friedlich, so kommt es rasch zum Handel mit dem Häuptling oder Sippenältesten, der den dargebotenen Verlockungen erliegt und Menschen gegen bunte Glasperlen und andere Geschenke der Zivilisierten eintauscht. Der Häuptling verkauft seine Sklaven, die Sippenältesten trennen sich von entfernten Verwandten oder ungeliebten Kindern, der ältere Bruder bietet den jüngeren an, der Vater den Sohn.

Parkinson hat in seinem 1887 bei Brockhaus in Leipzig erschienenen »Erlebnissen und Beobachtungen auf der Insel Neu-Pommern« das Vorgehen der Anwerber genau wiedergegeben:

»Stelle sich nun der Leser die folgende Scene vor. Ein Werber, umgeben von eingeborenen Insulanern, die ihn selbst wie die von ihm zur Schau gestellten Herrlichkeiten verwundert und begehrlich angaffen. Vielleicht haben sie noch nie zuvor einen Weißen gesehen, jedenfalls aber ist ihnen schon bekannt geworden, daß manchmal der weiße Mann in ein Dorf kommt, Leute daraus fortführt und schöne Waaren dafür schenkt. Der Werber fragt sie in classischem Südsee-Englisch:

›You like go Samoa?‹

Wirres Durcheinanderreden unter den Umstehenden. Er fährt fort:

›Me like plenty Kanakas; you give me plenty boys. One boy, me give you one musket, plenty powder, ball, cap, tomahawk, tobacco, beads ...‹

Hier unterbricht er seinen Redestrom, denn ein bejahter Mann, es ist der Häuptling des Dorfes, tritt näher, mit einem schwarzen Burschen, den er wohl fortgeben möchte, um diese begehrten Dinge dafür zu erhalten. Doch zögert er noch, er will erst wissen, wohin es gehen soll und auf wie lange.

›Three Yam‹, sagt der Werber, drei Finger seiner Hand in die Höhe streckend. ›You go, three Yam! Plenty kaikai (Essen)! By and by you come back.‹

Von den Worten versteht der würdige Häuptling zwar herzlich wenig, aber das thut nichts, die blitzenden ›Geschenke‹ haben Überzeugungskraft genug und bald ist der Handel abgeschlossen. Mit dem eingehandelten Burschen kehrt der Werber an Bord seines Schiffes zurück, sehr vergnügt, die Liste der von ihm für Samoa geworbenen Arbeiter wieder um eine Nummer vermehrt zu sehen, denn für jede Nummer zahlt die Firma eine klingende Prämie.«

Die eingehandelten Menschen wurden rasch an Bord gebracht, wo ihnen ein Kontrakt vorgelegt wurde, in dem sie sich verpflichteten, auf irgendwelchen Pflanzungen drei Jahre zu dienen. Dafür sicherte ihnen die Gesellschaft einen Monatslohn von 8 Mark, freie Verpflegung, ärztliche Behandlung und freie Rückbeförderung in die Heimat nach Ablauf der Dienstzeit zu. Nur den britischen Werbern war vorgeschrieben, jedem Angeworbenen durch einen Dolmetscher nicht nur die Bestimmungen vorlesen zu lassen, sondern sie ihnen auch zu erklären. Die deutschen Händler hatten dies nicht nötig. Sie ließen die Eingeborenen hinter ihrem Namen einfach ein Kreuz setzen und hatten damit schon der gesetzlichen Form gegenüber dem Generalkonsul in Apia vollkommen genügt.

Von einer Erklärung konnte keine Rede sein. »Um die dreijährige Dienstzeit anzudeuten, hält der Werber drei Finger in die Höhe, welche Pantomime jedoch dem Angeworbenen unverständlich ist; er nickt zwar zustimmend mit dem Kopfe, würde aber ebenso nicken, wenn man ihm zehn Finger vors Gesicht hielte. Von dem, was ein Jahr ist, hat der Südseeinsulaner keinen Begriff, und wenn der Werber seine Pantomime auch mit den Worten »Drei Yam« begleitet, in Hinsicht darauf, daß die Yamswurzel (Dioscorea), die sechs Monate zum Reifen ihrer Knollen braucht, regelmäßig einmal im Jahr gepflanzt wird, so dürfte dies dem Angeredeten die Sache nicht klarer machen.«

Nicht immer verlief der Handel so glatt, und mancher der von seinem Häuptling oder Verwandten Verkauften wollte in seiner Heimat bleiben. Sie sprangen aus den Booten und versuchten, schwimmend das Ufer wieder zu erreichen. Im Mai 1883 drohten dem Schoner »Tonga Tabu«, auf diese Weise einige Geworbene wieder zu entkommen. Die Besatzung eröffnete daraufhin das Feuer auf alles, was schwamm und schwarz war. Getroffen wurden jedoch nicht nur einige der Flüchtenden, sondern auch einige der am Ufer Zurückgebliebenen. Die »Ninafou« hatte auf einer Werbetour im gleichen Jahr ähnliche Ausfälle, die in der gleichen Manier geregelt wurden, zu verzeichnen. Der Schauplatz war Neuirland. Als ein Insulaner von den ausgebreiteten Geschenken ein Beil entwendete, schoß die Werbertruppe sofort hinter ihm her, dabei gerieten auch zufällig die in gleicher Richtung stehenden Zuschauer ins Schußfeld. Vier Unschuldige wurden getötet. – Das Risiko der Anwerber war nicht so groß, sie mußten höchstens unverrichteterdinge wieder ablegen, wenn sich am Strand keine Menschen blicken ließen. Für den Insulaner war es immer riskant, sich den Weißen zu nähern, man wußte nie recht, wie sie reagieren würden. Nach einem dieser Zwischenfälle drang die Besatzung der »Ninafou« bis ins Dorf der vor ihr flüchtenden Menschen vor und raubte aus den Kulthäusern die Statuen und verzierten Gefäße.

Nicht nur die Touren der Anwerber, auch die Strafexpeditionen durch Kriegsschiffe und Polizeiaktionen gegen »Übergriffe« der Geheimbünde und Stammeskrieger bewiesen den Eingeborenen, daß sie gegen die Weißen auf Dauer nichts ausrichten konnten. Systematisch wurden Sitten und Bräuche der neuen Untertanen sowohl an den Küsten als auch im schwer zugänglichen Innern der Insel kontrolliert. Die sozialen Klammern der traditionellen Welt gaben allmählich nach. Die Macht der Häuptlinge und der Bünde geriet ins Wanken. Der Duk-Duk verkaufte das Recht, seine Zeremonien und Feste auszurufen, an Stämme im Innern Neupommerns und behielt sich lediglich vor, bei Verstößen gegen die komplizierten Zeremonien und ihren Ablauf Strafen festzulegen.

Vor allem der Ehrgeiz der protestantischen Missionsgesellschaften bewirkte auf dem Archipel eine immer stärkere Lockerung der alten Stammesbindungen. Im Bestreben, dem »wahren Christentum« Platz zu machen, verboten sie alle auch nur im entferntesten im Geruch heidnischer Praktiken stehenden Bräuche, ohne an ihre Stelle einen sozial oder kulturell bindenden Ersatz zu stellen. Auch die kaiserlichen Behörden gaben im Archipel dem Drängen der Missionare nach und »verboten« uralte Riten, die sie als Aberglauben und Verstöße gegen die Moral ansahen. Oft konnte man selbst nach den Grundsätzen abendländischer Tugendlehren den Sinn solcher Maßnahmen nicht begreifen. Die Bewohner des südlichen Neumecklenburgs fertigten zum Beispiel zur Erinnerung an verstorbene Familienmitglieder Figuren aus Kalkstein an, die sie einige Zeit in einer besonderen Hütte aufbewahrten und dann zerschlugen. Die Mission lehnte diesen Brauch ab und konnte auch die Eingeborenen überreden, künftig davon Abstand zu nehmen. Damit war natürlich wieder ein wichtiges Bindeglied zur Welt der Ahnen zerbrochen.

Was den Missionen mit den älteren Menschen in keinem Fall gelang, sie gänzlich aus der alten Kultur zu reißen, erreichte sie vielfach mit größerem Erfolg, aber bedenklichen Mitteln, bei den Heranwachsenden. Die Anwerbeschiffe brachten zu den Stationen Kinder, die sie während ihrer Fahrten aufgebracht hatten, und mit diesen kamen die Missionare besser zurecht. Kinder ließen die Missionare auch kaufen, so auf den nördlichen Salomonen, die bis 1900 zum deutschen Schutzgebiet gehörten. J. Schmidlin hat diese Praktiken, um zur eigentlichen Missionsarbeit zu kommen, unumwunden zugegeben: »Da an eine Bekehrung der Erwachsenen vorläufig nicht zu denken war, mußte die Mission versuchen, auf ihren

Schiffsexpeditionen längs der Inseln durch Geschenke Kinder für die Missionsschulen zu werben bzw. zu kaufen ...« Unter dem Schutz des Reiches hatten es die katholischen Missionen im Archipel um 1910 immerhin auf 14 Kirchen und 12 Schulen mit 443 Kindern gebracht.

Ein solches Vorgehen konnte nur durch moralische Sophisterei gerechtfertigt werden. Es entzog den Dörfern die nachwachsende Jugend und damit die Kontinuität ihres Lebens. Die erwachsenen und geschulten Missionszöglinge waren für ihren Stamm verloren und stellten für die weiße Kolonialgesellschaft doch nur ausgebeutete Kulis dar. Ein starrer Stundenplan mit Arbeit und Beten abwechselnd sorgte für die angemessene geistige Ausrüstung dieser unglücklichen Kinder. In der Herz-Jesu-Missionsstation auf Vunapope (Wurzel des Papsttums), eigentlich Mioko genannt, sah die Tagesordnung folgendermaßen aus: Morgens um halb fünf wurde geweckt, darauf folgten Morgengebet und Messe, danach wurden »kleinere Arbeiten« verrichtet. Anschließend wurde ein kleiner Imbiß eingenommen. Von acht bis neun war Religionsstunde, gefolgt von der Unterweisung in verschiedenen Lehrfächern wie Lesen und Rechnen bis halb elf. Wegen der zunehmenden Hitze wurde nun im Freien gearbeitet, um zwölf Uhr war das Mittagessen angesetzt, danach Bad im Meer und Ruhepause bis 14 Uhr. Von neuem begann dann der Unterricht mit Gesangsstunde bis 15 Uhr 30. Nach einer halbstündigen Pause setzte dann die Arbeit in den Pflanzungen ein bis 17 Uhr 30. Daraufhin geleitete man die Kinder in die Kirche; das Abendessen schloß sich an. Bis 20 Uhr konnten sich dann die Zöglinge erholen, nach dem Abendgebet wurden die Schlafdecken verteilt, und es kam nochmals zu einer Anrufung: »Geliebt sei überall das heiligste Herz Jesu.« Auf den Boden legte man sich nun zum »süßen Schlaf« nieder. Das 15stündige Tagesprogramm war also von etwa vier bis fünf Stunden Pause für Essen und Erholung unterbrochen! Zehn bis elf Stunden galten der Arbeit, dem Unterricht, dem Gebet – und das mit frei aufgewachsenen Kindern!

Seuchen und Krankheiten

1897 brach eine furchtbare Pockenepidemie in weiten Teilen des Archipels aus. Die Seuche war von Java nach Friedrich-Wilhelm-Hafen in Kaiser-Wilhelm-Land eingeschleppt worden und verbreitete sich, da hier ungenügende Schutzmaßnahmen ergriffen worden waren, rasch nach Neupommern und den angrenzenden kleineren Inselgruppen aus. Die Pocken traten hier zum ersten Male auf, die Wirkung war entsprechend. Auf den französischen Inseln nördlich Neupommerns überlebten nur »geringe Reste« der Bevölkerung. Am anfälligsten reagierten Alte und Kinder. In bestimmten Distrikten Neupommerns konnte man noch nach zehn Jahren die Folgen erkennen, denn nur erwachsene Frauen und Männer sowie Kinder, die nach der Seuche geboren wurden, lebten hier.

1886 grassierte die Ruhr und raffte viele Menschen dahin. Vor allem die von den Europäern verbreiteten Geschlechtskrankheiten infizierten die Küstenbevölkerung und Kontraktarbeiter, die sie wiederum in ihre Stammesgebiete brachten. Durch Syphilis hervorgerufene Geschwüre plagten daher viele Ureinwohner, und die europäischen Besucher glaubten, daß der Gesundheitszustand der Eingeborenen insgesamt sehr schlecht sei. Für die ersten Jahrzehnte der Kolonialzeit trifft dies tatsächlich auch zu. Wirksame Heilmittel gegen Tbc, Syphilis, Grippeerkrankungen und Ruhr besaßen die Europäer damals selbst noch nicht. Die Eingeborenen aber verstanden sich nur auf die Heilung der ihnen bekannten Krankheiten und waren den Wirkungen der Seuchen auch deshalb schutzlos ausgesetzt.

Die medizinischen Erfahrungen der Eingeborenen mit Krankheiten, die sie seit Jahrhunderten bedrohten, waren in vielen Bereichen erstaunlich. Parkinson behauptete sogar, daß die anatomischen Kenntnisse der Bewohner der Gazelle-Halbinsel die eines gebildeten Durchschnittseuropäers bei weitem überträfen. Sie vermochten genau zu beurteilen, ob Lunge, Magen, Leber oder Därme erkrankt waren. Selbst komplizierte chirurgische Eingriffe vermochten sie vorzunehmen. Berühmt wurden die Behandlungen von Schädelfrakturen, die bei den Kämpfen der Stämme mit den schweren Kriegskeulen nicht eben selten auftraten. Die Verwundeten gab man nur dann auf, wenn ihre Schläfen eingedrückt waren, alle anderen Frakturen wurden so schnell wie möglich operiert. Dabei verwendete der Heilkundige, um die Kopfhaut aufzuschneiden und die eingedrückten Knochen freizulegen, noch nicht einmal Metallmesser, denn Metalle waren ja in allen Südseekulturen unbekannt, sondern Obsidiansplitter, Haifischzähne oder scharfe Muschelschalen. Vor der Operation wusch er sich die Hände mit der Milch einer frischen Kokosnuß, die noch keinen Keim angesetzt hatte. Nun wurde die Kopfhaut aufgetrennt, zurückgeschlagen und die Knochensplitter entfernt. Damit keine scharfen Kanten und Bruchstellen zurückblieben, wurde die eingedrückte Stelle an den Rändern kreisrund abgeschabt. Das so entstandene Loch deckte man mit einem Stück Baststoff oder mit einem Bananenblatt ab, die beide vorher kurz über ein Feuer gehalten wurden. Nun zog man die Kopfhaut zurück, wusch die Wunde und entfernte die Haare von der Wundstelle. Verschiedene Zaubermittel unterstützten den Heilungsprozeß. Parkinson lernte einen alten Eingeborenen kennen, der solche Trepanationen 31mal durchgeführt hatte. 23 seiner Patienten überlebten den Eingriff, ein Patient, ein besonders wakkerer Krieger, sogar zweimal.

Die Argumente vieler Europäer, die den Rückgang der eingeborenen Bevölkerung auf unhygienische Lebensweise, unmoralische Bräuche, Kannibalismus und Stammeskriege zurückzuführen trachteten, wollten nur die Tatsache bemänteln, daß die eingeschleppten Krankheiten sowie die brutale Behandlung und Unterdrückung der Eingeborenen für den deutlichen Bevölkerungsschwund verantwortlich waren. Die Kenntnisse und Erfahrungen der Melanesier reichten – wie die Beispiele zeigen – aus, um sich in ihrer Umwelt bestens zu behaupten. Sie überstanden die einheimischen Krankheiten, denen wiederum die Europäer rasch erlagen, viel besser, als wir heute annehmen können. Auch ihre Kriege hatten vor der Kolonialzeit ganz andere, bescheidenere Dimensionen als später, als sie Feuerwaffen in die Hände bekamen. Die Auseinandersetzungen hörten in der Regel auf, wenn einige wenige, drei bis vier Krieger gefallen waren.

Hatten sie einmal schlechte Erfahrungen mit Weißen gemacht, saß das Mißtrauen tief. So hatten die Eingeborenen auch kein Vertrauen zu den Medikamenten, es sei denn, die Wirkungen setzten augenblicklich ein. Ohne Zögern unterwarfen sie sich aber komplizierten Operationen durch europäische Ärzte. An das Schneiden mit Messern, wenn auch in anderen Materialien, waren sie gewöhnt. Hinter allen anderen Dingen vermuteten sie bald »fremden« Zauber.

Das letzte Aufbäumen

Nach Ausbruch des Ersten Weltkrieges gerieten der deutsche Teil Neuguineas und der Bismarckarchipel unter Mandatsverwaltung. Die wirtschaftliche Erschließung war aber in den 30 Jahren der deutschen Kolonialzeit noch längst nicht abgeschlossen. Zwar waren die Kulturen der kleineren Inseln längst im Dahinsiechen begriffen, aber auf Neupommern und Neumecklenburg, die nun in Neubritannien und Neuirland umgetauft wurden, hatten sich noch weite Gebiete gegen den europäischen Einfluß abschirmen können. Neubritannien, mit etwa 38000 qkm etwas kleiner als die Schweiz, und Neuirland mit 8650 qkm sind von Natur aus sehr gebirgig. Die tropischen Wälder erschwerten ein Vordringen und ließen wirtschaftliche Aktivitäten nicht als aussichtsreich erscheinen. Ein großer Teil der Baining auf der Gazelle-Halbinsel unternahm 1919 einen regelrechten Aufstand gegen die Mission und auch gegen die bekehrten ehemaligen Stammesbrüder. Skrupellose Anwerbemethoden der Küstenbevölkerung der Gunankuna, der traditionellen Feinde der Baining, das Dahinsterben vieler Arbeiter auf den Plantagen während einer Grippeepidemie, Unterschlagung von Arbeitslohn führten unter dem Regime des Häuptlings Aluet zu einer ernsthaften Bedrohung sowohl der Missionen als auch der vorgeschobenen weißen Niederlassungen. Die australische Verwaltung mußte eingreifen. In einer Strafexpedition wurden die Baining unterworfen und ihr Häuptling mit vielen seiner Getreuen für Jahre auf eine andere Insel verbannt.

Das letzte Kapitel der freien Baining schrieb der Zweite Weltkrieg. 1940 besetzten die Japaner die Insel und verpflichteten die etwa 6000 überlebenden Menschen zur Zwangsarbeit. Da sich viele Dorfgemeinschaften zu widersetzen versuchten, wurden ihre Wohnstätten schonungslos niedergebrannt. Die Schreckenszeiten des Krieges überstanden nur einige Hundert Menschen, die in der ständigen Furcht lebten, an die Küsten zwangsumgesiedelt zu werden. Auch die Australier wollten die Baining hier besser unter Kontrolle halten und im Landesinneren lieber Staudämme errichten, als Platz für freie Menschen zu lassen.

2. DIE INSEL LUF

Wer heute durch die Südseeabteilung des Berliner Völkerkundemuseums geht, wird ganz links in der Bootshalle ein rund 15 m langes zweimastiges Segelboot erblicken. Das Boot fällt einmal durch seine Größe auf, durch die schnabelförmig hochgezogenen Steven, und zum anderen durch die Takelung mit zwei rechteckigen Rahsegeln. Der Bootskörper wird von einem gewaltigen Einbaum gebildet, auf dem mit einer Kittmasse abgedichtete Planken befestigt sind. Ein Ausleger diente zur Stabilisierung des Schiffes bei hohem Wellengang und Wechseln des Windes. Er verhinderte das Kentern, und auf einer zwischen Boot und Ausleger befindlichen Plattform konnten Waren transportiert werden. Wenn man bedenkt, daß dieses prächtige Boot ohne einen einzigen Nagel erbaut und nur von starken Kokosfaserschnüren zusammengehalten wird, kann man die Leistung der Konstrukteure ermessen.

Die Melanesier der kleineren Inseln und der Küstengebiete lebten mit dem Meere, und erst die Herstellung hochseetüchtiger Boote machte sie in dieser Welt lebensfähig. Handelsfahrten, Besuche und kriegerische Überfälle kennzeichneten die Mobilität der dem Meere zugewandten Kulturen. Seit 1904 befindet sich das beschriebene Boot in Berlin. Es stammt von der Insel Luf, die etwa 200 km nördlich von Neuguinea liegt. Es war das letzte seiner Art. 1903, als das Schiff verladen werden sollte, waren die wenigen überlebenden Männer der Insel schon zu geschwächt, um das noch allein zu schaffen. Von der ursprünglichen Bevölkerung von einigen Hundert Menschen lebten damals nur noch 80 Eingeborene, geplagt von Geschlechtskrankheiten, Elefantiasis und bösartigen Geschwüren. 1940 war die Bevölkerung ausgestorben. Zurück blieben außer dem großen Boot, das einstmals 50 Krieger aufnehmen konnte, einige Ahnenfiguren, verzierte Kalebassen, Kalkspatel und vage Erinnerungen an die Sitten und Bräuche, die einige frühere deutsche Besucher zwischen 1880 und 1906 aufzeichneten.

Parkinson charakterisierte die Bewohner von Luf, die starke mikronesische und wahrscheinlich auch polynesische Beimischungen aufwiesen, als »heimtückisch und verräterisch im Verkehr mit den Weißen«. Sie werden wohl ihren Grund dafür gehabt haben. 1883 hatten die Krieger von Luf einige Angestellte und Seeleute der Hamburger Firma Hernsheim und Co. umgebracht, die sie als ungebetene, zudringliche Gäste empfunden hatten. Eine Strafexpedition der kaiserlichen Korvette »Carola« rächte den Tod der deutschen Handelsleute. Diese Machtdemonstration bezeichnet den Endpunkt des traditionellen Lebens der Inselbevölkerung. Gegen die Händler und ihre Schutzmacht konnten sie sich auf Dauer nicht wehren, ebensowenig wie gegen die Verbreitung bisher unbekannter Krankheiten. Niedergeschlagenheit kennzeichnete bald die Menschen der kleinen Insel, ein Rückzugsgebiet gab es nicht. 1899 hat Prof. Georg Thilenius das letzte große Boot am Strand gesehen, konnte es aber nicht näher untersuchen und nur mitteilen, daß es seit längerer Zeit nicht mehr benutzt wurde.

Ein ähnliches Schicksal wie Luf war auch einer anderen Inselgruppe beschieden, den Kaniet-Inseln. Auch diese Seefahrerkultur ging in den letzten beiden Jahrzehnten des 19. Jahrhunderts zugrunde. Auf diesen kleinen Inseln mit der dünnen Humusschicht über dem Korallenuntergrund gedeiht nur eine spärliche Vegetation. Die Menschen lebten vom Fischfang, den Erträgen der Kokospalme und vom Handel mit anderen Eilanden. Den Handel übernahm bald die Schutzmacht, außerdem wurden viele Männer als Arbeiter für die Plantagen der Karolinen angeworben, wo sie auch als Trepangfischer eingesetzt wurden. Nur wenige von ihnen sind jemals auf ihre Heimatinsel zurückgekehrt, so daß zu Beginn des 20. Jahrhunderts die Inselgruppe nur noch etwa 60 Einwohner zählte.

Bis wenige Jahre vor der Jahrhundertwende waren die Archipele Wuwulu und Aua noch so gut wie unbekannt. Um 1895 lief der Dampfer »Ysabelle« Wuwulu an, und ein völkerkundlich interessierter deutscher Gärtner tauschte gegen die üblichen Zivilisationsprodukte einige einheimische Waffen und Geräte ein. Die erworbenen Ethnographika gelangten in das Berliner Museum, und Prof. von Luschan machte in einer Zeitschrift auf die interessanten Stücke und die Inseln aufmerksam. Er hätte das besser unterlassen sollen, denn nun wurden die Inseln häufiger aufgesucht.

Hernsheim und Co. gründete bereits 1897 eine Handelsstation. Als der dort stationierte Angestellte nach kurzer Zeit erschlagen wurde, zögerte die Firma allerdings vier Jahre, ehe sie wieder eine Station errichtete. 1903 veranstaltete ein Angestellter von Hernsheim in Ermangelung anderer lohnender Objekte außer der Kopra eine großangelegte Sammelaktion von Waffen, Geräten und Schmuck. Er ließ die beiden Inseln so gut durchsuchen, daß »dort nichts mehr von den schönen alten Stücken« vorhanden war, als Parkinson kurz darauf die Inseln besuchte. Seit 1902 machte sich bereits ein bedrohlicher Rückgang der Bevölkerung auf Wuwulu bemerkbar. Die Sterblichkeit lag enorm hoch. Parkinson versuchte die Ursachen dafür festzustellen und glaubte den Hauptgrund in der starken Verbreitung der Malaria gefunden zu haben. »Ob nun bereits vor Ankunft der Weißen die Malaria dort herrschte oder nicht, ist schwer zu sagen. Festgestellt ist, daß die Inseln von Anopheles wimmeln, und da diese Mückenart bekanntlich die Malaria überträgt, so darf man annehmen, daß die Krankheit durch verseuchte Händler oder deren Arbeiter dort eingeführt wurde und dann durch die Anopheles auf die wenig widerstandsfähigen Insulaner übertragen wurde. Insulaner, welche nach Agomes als Arbeiter geführt wurden, sind dort schnell zugrunde gegangen. Es wäre zu wünschen, daß die Verwaltung rechtzeitig Schritte täte, um die Malaria zu bekämpfen und dadurch ein so interessantes kleines Völkchen vom Untergange zu retten; geschieht dies nicht, dann gehen auch diese Insulaner dem Schicksal ihrer Nachbarn auf Agomes und Kaniet entgegen.« Die Voraussage trat leider ein.

Ein Jahr später ereignete sich auf Aua eine gewaltige Katastrophe. Im Frühjahr 1904 ermordeten die Eingeborenen einen Händler und zwei Chinesen. Als kurz darauf zufällig ein europäisches Handelsschiff vor der Küste erschien, glaubten die Bewohner von Aua, daß sie nun die Rache einer Strafexpedition ereilen werde. Die Menschen stürzten voller Aufregung in ihre Boote und stachen in See, um Schutz auf dem Meere zu suchen. Kurze Zeit später brach ein furchtbares Unwetter herein. Im Sturm sank der größte Teil der leichten Boote. Der kaiserliche Gouverneur hatte einen Verlust von 500 Insulanern zu beklagen: ein Viertel der gesamten Bevölkerung der Insel.

Die Zerstörung der Kultur schritt nun unaufhaltsam weiter. Der Aderlaß am Kulturgut durch Hernsheim und Co. führte zu einem drastischen Qualitätsschwund der Schnitzereien, Waffen und Geräte. Kunstfertigkeit und alte Techniken schwanden dahin. Da die traditionellen Formen nur noch nachgeahmt wurden, um reine Gebrauchsgegenstände herzustellen, verebbte die künstlerische Spannung.

3. DIE ADMIRALITÄTSINSELN

Ein zivilisierter Eingeborener der Admiralitätsinseln entwarf nach dem Zweiten Weltkrieg folgendes Geschichtsbild der kolonialen Vergangenheit und der erträumten Zukunft. »Zuerst kamen die Deutschen. Sie haben uns nichts gelehrt. Sie haben uns nur wie Traktoren behandelt und unsere Arbeitskraft ausgenutzt. Doch wir sind Menschen. Deshalb hat Gott sie fortgeschickt. Darauf hat er es mit den Australiern versucht. Doch auch diese haben uns nicht den Weg zum Glück gewiesen. Sie haben uns wie Ochsen behandelt. Gott hat auch ihnen gesagt, daß sie gehen müssen. Dann kamen die Japaner. Sie haben uns auch nicht den rechten Weg gezeigt, sondern uns getötet. Daher hat Gott sie vertrieben. Gut, dachte sich Gott, jetzt will ich es mit Amerika versuchen. So sandte Jesus Amerika, wo die Farbigen schon das Ziel erreicht haben und eigene Kriegsschiffe und Cargo besitzen. Tatsächlich kam Amerika und wollte

Papua aus dem Südosten Neuguineas. Hier am Mount Suckling leben bis heute die kriegerischsten aller Papuas.

Oben links: Die Hochlandstämme der Papuas veranstalten große Tanzfeste, zu denen scharenweise festlich geschmückte Krieger kommen. *Oben rechts:* Zum »Sing-Sing« der Bergland-Papuas führen bewaffnete Krieger zum Klang ihrer Trommeln wilde Kriegstänze auf. *Unten links:* Die Krieger aus dem Hochland von Kopiago sind noch heute Kannibalen die noch immer keine Europäer kennen. *Unten rechts:* Die Geistertänzer des mittleren Sepik-Gebietes in Neuguinea tragen mit Muscheln geschmückte Holzmasken im »Kurvenstil« der papuanischen Kunst.

Oben links: Die Kulthäuser von Maprik im NO Neuguineas sind Dachgiebelbauten. Die Giebelflächen zeigen fast abstrakte Malereien von Ahnen- und Dschungelgeistern. *Oben rechts:* Im Innern der Geisterhäuser von Maprik liegen große Pfahlplastiken, in denen für die Papuas die Ahnen sichtbar werden. *Unten:* Die grotesken Masken der sogenannten Schlamm-Menschen des Asaro-Hochlandes von Neuguinea verkörpern die beschirmende Macht von Totengeistern.

Oben links: Breite Wasserläufe, Sümpfe und weite Seen kennzeichnen den Lebensraum der Sepik-Papuas. *Oben rechts:* Die Pfahlbausiedlungen am Sepik-Strom liegen zum Schutz gegen Hochwasser mehr als 3 Meter über dem durchschnittlichen Wasserspiegel. *Unten links:* Tragende Säulen, Balken und auch die innere Dachfläche der »Geisterhäuser« der Papuas sind mit fast abstrakten Darstellungen von Ahnen- und Dschungelgeistern beschnitzt und bemalt. *Unten rechts:* In der katholischen Kathedrale von Pt. Moresby ist das Tabernakel in Form eines Geisterhäuschens, die Kanzel als Geisterpfahl gestaltet.

Oben: Bei einer papuanischen Hochzeit wird der Brautpreis noch heute in Steinbeilen und Schweinen bezahlt. *Unten links:* Im 1954 gegründeten Hochlandstädtchen Goroka wurde ein genossenschaftlich organisierter Markt für die Einheimischen gegründet.
Unten rechts: Die Marktfrauen von Goroka tragen oft europäische Kleider und bleichen sich gern das Haar.

Oben links: Auf der Hebriden-Insel Malekula wurde das Dorf Litz-Litz früher oft von kriegerischen und kannibalischen Bergstämmen überfallen. *Oben rechts:* Die hölzernen Schlitztrommeln von Ambryn (Neue Hebriden) stellen mit ihrer Form den Ahnengeist und mit ihrem Klang die Stimme des Ahnherrn dar. *Unten links:* Noch heute werden die uralten Männerhäuser auf der mikronesischen Insel Yap von den Männerbünden unterhalten. *Unten rechts:* Das Steingeld von Yap hatte für die Inselbewohner große Bedeutung, da seine Größe das Ansehen des Besitzers kennzeichnete.

Oben links: Eine FALÊ ist ein auf einer Korallenplattform errichteter Dachbau der Polynesier, der ungehindert Licht und Luft hereinläßt. *Oben rechts:* Die legendären Moeis der Osterinsel sind auf einstigen Opferterrassen stehende Ahnenbildnisse, gleichzeitig aber auch Grenzsteine. *Unten links:* Dieses Königs-Ahu der Tahitier gilt als einer der berüchtigsten Plätze für Menschenopfer in der Südsee. *Unten rechts:* Der Strand von Tahiti gilt als einer der schönsten der Erde. Im Hintergrund wird die Silhouette der Insel Moorea sichtbar.

Oben: Die schön beschnitzten Holzhäuser der Maoris von Neuseeland werden heute in einem Museum bei Rotorua gezeigt. *Unten links:* Die Holzschnitzereien, die das Volk der Maori einst weltberühmt machten, werden heute in Neuseeland hergestellt und bilden eine gute Einnahmequelle. *Unten rechts:* Zu besonderen Anlässen führen die Bewohner der Cook-Inseln in ihren Baströcken noch heute ihre traditionellen Tänze auf.

uns aufrichten. Aber die Australier haben sie blockiert. So kehrte Amerika zurück. Und alle Güter hat sich Australien nach dem Krieg angeeignet. Nun beobachtet Gott, wie es weitergeht. Er hat uns nicht vergessen. Bald wird er kommen und sie alle abschütteln.«

Von den alten Werten seiner Ahnen findet sich in seiner Abrechnung kein Wort, die Sehnsucht nach dem verlorenen Paradies klingt nicht mehr an, als ob es nie eine andere Welt als die des christlichen Gottes gegeben hätte.

Von allen Inseln des deutschen Schutzgebietes westlich des Bismarckarchipels verteidigten sich die Bewohner der Admiralitätsinseln, die Manus und Usiais, am erbittertsten und geschicktesten gegen die die Inseln anlaufenden Händler und Werbeschiffe. Nur auf einer kleinen Vorinsel konnten stark befestigte Handelsstationen errichtet werden. Überfälle auf Schiffe kamen aber trotz wiederholter exemplarischer Strafexpeditionen vor. 1890 gelang es, mit Unterstützung eingeborener Arbeiter Phosphat abzubauen, 1893 erschlugen die Manus aber zwei Händler, und der Frieden war dahin. Strafexpeditionen scheiterten, denn die Manus zogen sich beim Nahen der Kriegsschiffe ins Innere der 1900 qkm großen Insel zurück. Auch die Besatzung des deutschen Vermessungsschiffes »Möwe« hatte 1899 wenig Glück: Es gelang ihr noch nicht einmal, in Kontakt mit den Eingeborenen zu treten. Diese verließen einfach ihre Dörfer und versteckten sich. Als die Deutschen ihnen einen Eingeborenen von Neumecklenburg als Lockvogel nachsandten, blieb auch dieser verschwunden, wahrscheinlich wurde er umgebracht. Um ihn zu rächen, wurden »die leeren Hütten verbrannt, nachdem aus ihnen ethnographisch Wertvolles für das Berliner Museum für Völkerkunde gerettet worden war«, hieß es im offiziellen Bericht.

Die Auseinandersetzungen zwischen der Kolonialmacht und den Eingeborenen erreichten eine neue Dimension, als sich die Stämme der Admiralitätsinseln in den Besitz von Gewehren bringen konnten. Viele Seeleute, überwiegend britische und deutsche, hatte man ihrer Waffen beraubt, selbst Schiffe wurden gekapert. Die Vergeltung traf meist Unschuldige. Um 1900 fielen in einem Gefecht gegen die deutsche Polizeitruppe mehrere Hundert Eingeborene vom Stamm der Usiais. Die Besatzung eines 1907 aufkreuzenden Werbeschiffes brannte auf der kleinen Vorinsel im Norden, Ponam, ein Dorf mit 28 Häusern nieder, ohne daß man einen triftigen Grund dafür ausmachen kann.

Das Kaiserreich war so unzufrieden mit der Besitzung, daß man um 1905 in der deutschen Presse tatsächlich den Plan diskutierte, hier eine Sträflingskolonie zu gründen. Am deutschen Wesen der Händler und Waffenträger waren die Manus und Usiai nicht genesen, nun dachte man allen Ernstes, daß deutsche Sträflinge die Vorboten der Zivilisation sein könnten. Der Kelch ging an den Menschen glücklicherweise vorbei. Verbrecherkolonien in der Südsee angelegt zu haben, blieb so eine britische und französische Exklusivität.

Erst 1912 gelang es den Behörden auf der Hauptinsel, eine Verwaltungsstelle einzurichten und schrittweise auszubauen. Sogar Steuern wurden erhoben. Krieg, Kopfjagden, Frauenraub, das Halten von Prostituierten in Männerhäusern wurden gesetzlich verboten. In vielen Bereichen des Lebens wurde der deutsche Einfluß immer stärker. So führte die deutsche Verwaltung aus China und der Türkei große Mengen von Hundezähnen ein. Bei den Eingeborenen galten nämlich neben Muschelscheiben auch Hundezähne als Zahlungsmittel. Die Deutschen verursachten dadurch eine gewaltige Inflation in kürzester Zeit. Der Brautpreis stieg von tausend auf zehntausend Hundezähne.

Auch die Bestattungsriten wurden vom Einfluß der fremden Verwaltung nicht ausgenommen. Die Manus behielten Verstorbene 20 Tage im Hause und tauchten sie täglich ins Meer. Nach Beendigung der Trauerzeit mußte ein Feind getötet oder wenigstens ein Gefangener gemacht werden, um mit dem Lösegeld die Totenfeier bezahlen zu können. Die Administration schrieb nun eine dreitägige Aufbewahrung der Leiche vor, und anstelle des Menschen mußte man sich mit dem Fangen einer Schildkröte zufriedengeben. Weiterhin setzte man aber die Toten auf einer entfernten kleinen Insel aus, barg aber nach dem Zerfall den Schädel und einige Knochen und legte sie in eine besondere Schädelschale.

Trotz solcher Eingriffe haben es die Insulaner fertiggebracht, sich dem Einfluß der deutschen und anfangs auch der australischen Verwaltung zu widersetzen. Zwar sank die Zahl der ursprünglichen Bevölkerung von 30 000 vor 1900 auf rund 14 000 um 1930, aber ihre Wirtschafts- und Gesellschaftsstruktur blieb weitgehend unberührt. Die amerikanische Ethnologin Margaret Mead beschrieb ihren Aufenthalt in einem Dorfe der Manus im Jahre 1928. Aus ihrem Bericht geht die Lebendigkeit des alten Glaubens und der alten Heiratsvorschriften sowie die traditionelle Jugenderziehung hervor. »In ihren gewölbten, strohgedeckten Häusern, die auf Pfählen im olivgrünen Wasser der Lagune stehen, spielt sich das Leben heute noch genauso ab, wie es sich von eh und je abgespielt hat. Kein Missionar ist gekommen, um ihnen einen unbekannten Glauben zu bringen, kein Händler hat ihnen ihr Land entrissen und sie der Armut ausgeliefert.« Die Präsenz der Neuen Welt kann aber auch die Ethnologin nicht übergehen. »Sie kaufen Eisen, Stoffe und Perlen von Händlern; sie haben gelernt, den Tabak des weißen Mannes zu rauchen, sein Geld zu verwenden, und gelegentlich wird ein Streit vor dem District Officer ausgetragen. Seit 1912 ist der Krieg so gut wie abgeschafft, eine willkommene, wenn auch erzwungene Änderung für ein Handel treibendes, seefahrendes Volk. Die jungen Männer gehen für drei oder vier Jahre zum Arbeiten in die Pflanzungen des weißen Mannes, kehren aber kaum verändert in ihr Dorf zurück. Es ist im wesentlichen eine primitive Gesellschaft, die sich ohne schriftliche Überlieferung, wirtschaftlich von der weißen Kultur abhängig, ihre eigenen Gesetze und ihre Lebensweise erhalten hat.«

Wenn auch der Keim der Auflösung schon sichtbar war, setzte der große Wandel erst mit dem Zweiten Weltkrieg ein. Schulen wurden errichtet, Missionare kamen, die amerikanischen Truppen verstreuten in ihrer allseitig beglückenden Großzügigkeit Waren aller Art und die sanften Laster der Zivilisation. Allmählich verließen die Menschen ihre Pfahldörfer in den seichten Lagunen und zogen auf das feste Land. Sie übernahmen die europäische Vollkleidung und achteten die alten Tabuvorschriften nicht mehr. Ehepaare gingen gemeinsam in die Kirche, früher hätten sich Mann und Frau öffentlich nie zusammen gezeigt.

Aus den Lehren und Verkündigungen der Weißen entstand ein neuer Kult, untrügliches Anzeichen dafür, daß das alte Weltbild mit ihrer Gegenwart nicht mehr in Einklang zu bringen war. Der Helfer eines katholischen Missionars, Lukas, beschimpfte die Lebenswelt der Ahnen und nannte sie »ein tödliches Gift«. Er wollte seine Stammesmitglieder am liebsten gleich auf das Niveau der amerikanischen Gesellschaftsordnung heben. Lukas hatte damit keinen Erfolg, aber ein anderer Erwecker war vom Bild seiner Zukunftsvision gefangen. Paliau Maloat knüpfte an ähnlichen Vorstellungen an. Seine Erkenntnis basierte fast auf Erkenntnissen der amerikanischen Psychologie der positiven Weltauffassung. Paliau folgerte nämlich, daß alles Übel in der Welt vom falschen Denken herrühre und man folgerichtig zu einem neuen Denken übergehen müsse.

Paliau gelang es tatsächlich, viele Anhänger zu gewinnen und zuletzt ein Drittel der Bevölkerung mit seinen Ideen zu beeinflussen. Das neue Denken, von Paliaus Gruppenleitern und Instruktoren eifrig verbreitet, sah regelmäßige Arbeit vor, Essen, Baden und Kirchenandacht zu festgesetzten Zeiten. Das Leben sollte nach ganz bestimmten Normen ablaufen. Öffentliche Beichten sollten den seelischen Druck lindern, gemeinsame Arbeitsprojekte die Solidarität stärken. Hemmungen und Aggressionen durch Nacktbaden sich verflüchtigen.

In seiner Einbildung sah Paliau bereits eine durch Arbeit verbundene, zivilisierte gemischtrassige Wohlstandsgesellschaft mit eigenem Auto und Haus. Er war so von seinen Ideen besessen, daß er dem ökonomischen Fortschritt alles opfern wollte, was an Relikten der alten Zeit noch existierte: die besonderen Bestattungsriten, Hundezähne als Zahlungsmittel, Brautpreis, Ehevorschriften.

Die australische Verwaltung verfolgte sein Wirken mit Unwillen und verhaftete 1947 den eifrigen Reformer unter der Anklage des Terrorismus. Nach seiner Entlassung aus dem Gefängnis gab Paliau der Bewegung einen mehr religiösen Anstrich. Elemente des Cargo-Kultes verschmolzen mit seinen sozialen Ideen. Paliau sprach nun von der »nupela pasin«, was soviel wie »neue Fasson« bedeutet. Er »hatte eine eigene Religion entwickelt und glaubte die Missionen nicht mehr zu brauchen. In der Reflexion über diese neue Religion sprach man vom ›Bilip‹, dem Glauben an eine wunderbare neue Welt. Bilip wurde zum Erkennungswort für die ganze Bewegung. Zu den Versammlungen erschien man mit Hut. Das war das äußere Kennzeichen der Mitglieder. Im Dorf Bunai baute man neue Wohnplätze. Ganze Dörfer siedelten hinunter an den Strand, um an Ort und Stelle zu sein, wenn die Güterschiffe einträfen. In einer endlosen Reihe steht noch heute Haus an Haus wie in einem Militärcamp« (F. Steinbauer).

1950 wurde Paliau zum zweiten Male verhaftet und zu einem halben Jahr Zwangsarbeit verurteilt. Trotzdem blieb er populär, er schaffte 1964 sogar den Sprung als Abgeordneter ins Parlament des australischen Treuhandgebiets Neuguinea. Leute wie Paliau werden den »Triumphzug der Zivilisation« bis zum bitteren Ende führen.

4. DIE SALOMONEN

Sieben größere und eine Anzahl kleinerer Inseln bilden den Archipel der Salomonen, der sich wie eine doppelreihige Kette in etwa 600 Kilometer Entfernung von Neuguinea von Nordwest nach Südost erstreckt. Die gebirgigen, mit dichten Wäldern überzogenen Inseln weisen trotz gewisser lokaler Unterschiede eine gemeinsame kulturelle Basis auf. Allerdings sind die melanesischen Küstenstämme ethnisch jünger als die Bevölkerung im Inselinneren, die starke papuanische Beimischungen zeigt. Die Menschen der Küste, von Richard Thurnwald als reinste Vertreter des melanesischen Typs bezeichnet, traten überaus mutig und selbstbewußt den spanischen Entdeckern gegenüber. Mit Erfolg wehrten sie sich gegen die gezielten Schüsse aus spanischen Hakenbüchsen.

Die Spanier, die die Kämpfe durch Übergriffe auf das Eigentum der Eingeborenen provoziert hatten, mußten sich recht lädiert auf ihre Schiffe zurückziehen, nachdem sie einige Schweine abgeschossen und einige Hütten niedergebrannt hatten. Im Bericht über ihre Entdeckungsreise schilderten sie die Inselbewohner als tapfere Rasse und lobten nun aus sicherer Entfernung die Schnelligkeit ihrer Bewegungen beim Schleudern der Wurfspeere als »ganz außerordentlich reizvoll«. Besonders beeindruckend fanden sie die Gewandtheit und den Mut, den diese dabei entwickelten.

Auch Eugen Paravicini, der 1927 im Auftrag des Basler Völkerkundemuseums die südöstlichen Salomonen besuchte, zeigte sich von den so stolz wirkenden Küstenbewohnern der Maravolagune auf Neugeorgien recht angetan. »Nicht nur die schöne Landschaft, die sich wohltuend unterscheidet von den düsteren Urwaldinseln Guadalcanal, Makira und Malaita, und die reiche Tierwelt, sondern vor allem die Eingeborenen ließen mir die Maravolagune lieb werden. Ich lernte hier einen neuen Menschenschlag und eine neue Kultur kennen. Im Gegensatz zu den stupidbrutalen, grobknochigen Malaitaleuten sind die Neu-Georgier schwarzhäutig, feingliedrig, schlank und geistig hochstehend, ihre Gesichter sind edel geschnitten. Es sind richtige Herrenmenschen, fähig, einen ganzen Archipel zu tyrannisieren.«

Ganz anders wirkt seine Beschreibung der Menschen im Inneren der Inseln, die nicht über grandiose Plankenboote verfügten, die Pfosten und Giebel ihrer Häuser nicht so kunstvoll zu dekorieren verstanden. »Die Inlandbevölkerung von Malaita ist grobknochig und von gedrungenem Körperbau. Das Gesicht hat einen brutalen Ausdruck; Nase und Mund sind breit, die Augenwülste stark entwickelt ... Die Körperpflege wird stark vernachlässigt, und die Leute sind äußerst schmutzig. Die Inlanddörfer des nördlichen Malaita sind unregelmäßig angelegte Haufendörfer, die Hütten schlecht und verwahrlost. Viele ruhen ganz auf Pfählen, bei andern wieder, die an steilen Abhängen stehen, ruht mindestens der vordere Teil auf Pfählen. Durch die sehr schmalen und niedrigen Türen muß man seitwärts und gebückt in das Innere eintreten. Hierdurch werden Überfälle verhindert. Unter dem First stehen waagrecht einige Holzstäbe, an denen stets fliegende Hunde schlafend den Tag verbringen.«

Die Gründe für dieses kulturelle Gefälle liegen vor allem darin, daß die Melanesier die älteren Stämme in das Innere vertrieben und sie somit vom Meer abschlossen, das mit den Küstengebieten wesentlich bessere Lebensbedingungen bot. Die Isolierung gegen stärkere äußere Einflüsse bedingte eine gewisse Stagnation der älteren Kultur. Die Küstenbevölkerung kam in ihren hochseetüchtigen Booten, die mit ihren hochgezogenen Steven an die Wikingerboote gemahnen, weit umher. Ihre größten Kriegsboote waren über 20 m lang und konnten an die hundert Mann aufnehmen. Fahrten zu benachbarten Inseln in kriegerischer und friedlicher Absicht stellten für die Melanesier keine Besonderheit dar. Selbst über Hunderte von Kilometern führten ihre Reisen. Auch Besuche verschlagener polynesischer Schiffe sind häufig gewesen. Polynesische Einflüsse lassen sich auf den südöstlichen Inseln sicher nachweisen.

Es gehört zur Tragik der melanesischen Inseln, daß die hochstehenden Küstenkulturen zuerst in den Teufelskreis von Abenteurern, Siedlern und Missionen gerieten und heute allesamt zerstört sind. Auch wenn sich einige Gebirgsgebiete immer noch der genauen Vermessung und Bestandsaufnahme entzogen haben, die Kulturen in ihrer Gesamtheit, in ihrem Zusammenspiel und innersten Zusammenhalt sind unwiederbringlich dahin. Die Kulturen der Salomonen wurden zerstört, bevor sie überhaupt erforscht werden konnten. Noch nicht einmal alle Sprachen vermochte man aufzuzeichnen, denn die Vernichtung der Menschen schritt schneller voran, als der Wille zur Respektierung ihrer geistigen Welt wuchs.

Die Vielfalt auf sprachlichem Sektor ist auch hier die Regel gewesen. Auf Malaita (etwa 6000 qkm groß und vor der Entdeckung etwa von 100 000 Menschen bewohnt) wurden z. B. 50 selbständige Sprachen gesprochen. Die Erforschung dieser Welt hätte also auch bei mehr gutem Willen vor großen Schwierigkeiten gestanden. Und besonders mitteilsam waren die in die Riten eingeweihten Männer über ihre besonderen Bräuche nie. Die halbzivilisierten Plantagenarbeiter waren ebenfalls sehr zurückhaltend. Stundenlang konnten sie schweigsam und mit gleichbleibendem Gesichtsausdruck neben einem wissensdurstigen Europäer sitzen, ohne in ihrem schlechten

Pidgin-Englisch mehr als einige Dutzend Wörter von sich gegeben zu haben.

Die Entvölkerung der Salomonen

Als die südöstliche Salomenengruppe 1893 britisches Protektorat wurde, lebten hier nur etwa 50 Europäer. Die Zerstörung der Eingeborenenwelt hatte bereits eingesetzt. Den ersten andauernden Schrecken vor den Weißen riefen Mitte des 19. Jahrhunderts aus Peru kommende Sklavenhändler hervor, die die Inseln anliefen, um billige Arbeiter für die Guanoinseln zusammenzutreiben. Weniger brutal gingen die sporadisch anlegenden Walfänger vor, die sich hier mit Wasser und Nahrungsmitteln eindecken wollten. Beliebt waren sie aber keineswegs, denn oftmals prellten sie die Eingeborenen um die Tauschobjekte oder bedienten sich gleich selbst.

In den vierziger Jahren kamen zahlreiche kleinere australische Handelsschiffe, die alle möglichen Errungenschaften der Zivilisation hier gegen Schildpatt, Perlmutter und das in Ostasien als Delikatesse so geschätzte Trepang (Seegurken) eintauschten. Lief dieser Handel auch noch nach den Gesetzen des beiderseitigen Vorteils ab, so brachten die 1865 einsetzenden Expeditionen australischer Werber das Elend mit einem Schlage. Die Bootsbesatzungen der Australier rekrutierten sich zu der Zeit meist aus entlassenen oder geflohenen Sträflingen und dem üblichen heruntergekommenen Gesindel der Hafenstädte, das rasch zu Geld kommen wollte. Der demoralisierende Einfluß dieser Schiffsmannschaften wird überall in zeitgenössischen Quellen hervorgehoben. Besonders brutal hausten und wüteten sie auf San Christoval, der Treasury-Insel und Neugeorgien. Blutvergießen und Menschenraub gehörten sozusagen zur Tagesordnung. Folglich war ihnen jedes Mittel recht, um die notwendigen Arbeitskräfte für die Zuckerplantagen zu beschaffen.

Natürlich hielten die Eingeborenen mit ihrer Rache nicht zurück. Unterschiede zwischen den weißen Besatzungen wurden nicht gemacht. Konnte man sich unbemerkt einem Schiffe nähern, wurde es überfallen und die Mannschaft niedergemacht. Mitunter traf die Vergeltung tatsächlich Unschuldige. Bald standen die Salomonen in dem Ruf, eine besonders gefährliche Inselgruppe zu sein; so ist auch die geringe Zahl europäischer Siedler vor Errichtung des Protektorats völlig verständlich. Schlechte Erfahrung sammelte ebenfalls die katholische Mission, die ihre erste Station nur drei Jahre, nämlich von 1845 bis 1847, unterhielt und sie dann für mehr als 50 Jahre aufgab.

Auch die melanesische Mission der englischen Hochkirche, die 1849 mit ihrer »segensreichen Arbeit« begann, zog es vor, mit ihren Schiffen von Neuseeland aus zu kurzen Besuchen zu kommen, junge Menschen anzulocken und mitzunehmen. Auf Neuseeland oder den Norfolk-Inseln wurden die Kinder erzogen und später, damit sie im Sinne der Mission wirken konnten, auf ihre Heimatinseln zurückgebracht. Erst 1913 verlegte die Melanesische Mission ihre Schule nach Guadalcanal.

Die Unterschiede zwischen den Missionsgesellschaften waren auf den Salomonen nicht größer oder kleiner als auf anderen Inselgruppen. »Die englische Mission geht anders vor als die katholische. Diese bringt alle Kinder, die sie erhält, auf ihre Stationen und unterrichtet sie. Die englischen Missionare nehmen nur die intelligenteren Kinder auf und lassen diesen dafür eine gründliche Schulung angedeihen. Die Schüler kehren nach einigen Jahren in ihre Dörfer zurück und sollen dort in hygienischer Beziehung einen guten Einfluß ausüben. Besonders gepflegt wird der Handfertigkeitsunterricht, wobei man die alten einheimischen Formen bevorzugt. Dieser Sinn der englischen Missionare für das Bodenständige zeigt sich auch darin, daß die Kirche nicht in einem gotisch oder romanisch sein wollenden Stil erbaut ist, sondern einem großen Eingeborenenhaus gleicht« (E. Paravicini).

Die protestantische Mission war auch in einem anderen Punkte aufgeschlossener als die katholische. Sie bestand nicht auf der Vollkleidung nach europäischer Art. Die Missionszöglinge trugen nur einfache Lendentücher und ließen den Oberkörper frei. Damit wurden Erkältungskrankheiten wesentlich seltener, und der Gesundheitszustand war wesentlich besser als in den katholischen Stationen. Die Melanesische Mission brachte aber auch typisch britische Eigenheiten der Zivilisation mit sich. Neben dem Christentum führte sie auch Fußball und Kricket in die Eingeborenenwelt ein. Während man die katholischen Stationen an den etwas bedrohlich wirkenden Kruzifixen erkannte, bildeten Fußballtore und Kricketplätze das unübersehbare Kennzeichen britischer Präsenz.

Paravicini stellte etwas erheitert fest: »Mit einem Engländer läßt sich nicht über den Wert des Sportes sprechen; er ist felsenfest überzeugt, die größte Kulturtat vollbracht zu haben, wenn es ihm gelingt, in einem Eingeborenendorf das Fußballspiel einzuführen.«

Die katholische Mission, auf den Salomonen von den Maristen

wahrgenommen, hatte ein Ziel, den Archipel gänzlich zu katholisieren. In ihrer Missionszeitschrift hieß es: »Wir haben das Vertrauen, daß in einigen Jahrzehnten dort ein ganz katholisches Volk wohnen wird, und das ist wahrhaftig eine neue beredte Kraftprobe von der unvergleichlichen Kulturmacht unserer heutigen Religion.« Die Kulturmacht setzte unter dem Schutz der britischen Kolonialverwaltung erst einmal durch, daß die gefürchteten Kopfjäger der großen Insel Neugeorgien ihre Kriegszüge aufgeben mußten und der Kannibalismus allgemein unterdrückt wurde. Da nun die Furcht der Inlandbevölkerung vor Überfällen schwand, zogen viele aus den Bergen in die Küstengebiete. Die katholische Mission förderte auf der Vulkaninsel Savo und auf Guadalcanal aktiv die Umsiedlung in die Stationen an der Küste. Bald mußten die Missionare die erschreckende Tatsache konstatieren, daß die verpflanzten Menschen nach kurzer Zeit an Erkältungskrankheiten und Tuberkulose erkrankten und zugrunde gingen. Aus den Hütten drang bald das heisere Husten der Leidenden, die Menschen nahmen kaum noch Nahrung zu sich und begannen abzumagern und dahinzusiechen. Der Lebenswille war schnell verbraucht, die Sterblichkeit stieg immer schneller. Im Bezirk von Veisali auf Neugeorgien, der 450 christianisierte Einwohner zählte, starben in sechs Jahren 18 Männer, 15 Frauen, 12 Jungen und 10 Mädchen. Mit anderen Worten, die Bevölkerung dieses Bezirks verringerte sich in sechs Jahren um über zehn Prozent. Besonders tragisch war, daß der Prozentsatz der Kindersterblichkeit so hoch war. Nach diesen Erfahrungen verzichtete die Mission darauf, die Menschen an den Küsten zusammenzuziehen, und die Missionare mußten sich über die beschwerlichen Wege in die Berge bemühen. Hier waren aber die Chancen der Mission viel geringer, denn die Dorfhäuptlinge machten ihren Einfluß geltend.

Auf vielen Inseln war es üblich, die Frauen zu kaufen. Ein Freier bot seiner Auserwählten ein kleines Geschenk wie etwa Tabak an. Akzeptierte das meist noch sehr junge Mädchen die Gabe, bedeutete das soviel wie bei uns ein Eheversprechen. Nun bereitet das Mädchen ihrem Bräutigam ein Essen und teilt ihren Eltern den Wunsch zu heiraten mit. Daraufhin setzen die Eltern in wochenlangen Verhandlungen den Preis für ihre Tochter fest. Er richtet sich nach der sozialen Stellung der Brauteltern. Je vornehmer sich die Familie wähnt, um so mehr Schweine müssen beim Hochzeitsmahl geboten werden. Seitdem der Kaufpreis nicht mehr in Schweinen und Naturalien festgesetzt wurde, mußte der Bräutigam mit Bargeld zahlen. Früher waren es wohlhabende Onkel oder die Häuptlinge, die den meist erst 14jährigen Brautwerbern aushalfen, da sie noch nicht über ein eigenes Vermögen verfügten. Dafür mußte der junge Mann dem Häuptling auf seinen Kriegszügen dienen oder ihn in anderer Weise unterstützen. Seit die Möglichkeit bestand, durch Arbeit auf den Plantagen Geld zu verdienen, war die Erarbeitung des Kaufpreises ein wichtiger Antrieb, um sich werben zu lassen. Aber auch die Mission sprang hilfreich ein: gegen das Versprechen der Taufe und christlichen Trauung lieh sie gern die Gelder. Der Zweck heiligte auch hier die Mittel.

Aufstand auf Malaita

In einem schwer zugänglichen Bergdorf im Inneren der Insel Malaita trafen sich im September 1927 die Häuptlinge des Sinarangostammes. Sie hatten beschlossen, den britischen District Officer zu töten. Ein altes Eingeborenenritual sollte den Häuptling bestimmen, der die Tat auszuführen hätte. Jeder Häuptling schlug mit einer schweren Keule einem Schwein den Schädel ein. Nach der ersten Runde stellte man überrascht fest, daß alle hervorragend getroffen hatten und bei keinem der Tiere Blut aus der Nase ausgetreten war. Erst bei der Wiederholung der Runde hatte der Häuptling Basiana sein Schwein so schlecht getroffen, daß ihm das Blut aus der Nase quoll. Basiana erfüllte seine Verpflichtung. Er lauerte mit seinen Kriegern dem District Officer auf. Nach längerem Warten erschien am 4. Oktober der District Officer W. R. Bell mit zwei Begleitern und zwölf Soldaten der Eingeborenentruppe, um die fälligen Steuern einzutreiben im Gebiet der Sinarango. Aus einem Hinterhalt stürzten sich Basiana und seine Krieger auf die Steuereintreiber und machten sie alle nieder. Nach dem Überfall zogen sie sich tief ins Innere der Insel zurück.

Da die Kolonialverwaltung einen allgemeinen Aufstand befürchtete, bot sie alle Europäer der Inseln auf und ließ von Australien sogar ein Kriegsschiff und ein Flugzeug kommen. Im schwierigen Gelände waren aber Monate nötig, um die knapp 200 Aufständischen gefangenzunehmen. In einem Prozeß wurden sechs von ihnen zum Tode verurteilt, 18 zu Gefängnis. Während der Untersuchungshaft starben aber 28.

Die Gründe für den Aufstand lagen einmal in der Eintreibung von Steuern, mit denen sich die freien Stämme nicht abfinden wollten, und im System der Anwerbung, das gerade auf Malaita traurige Rekorde erreicht hatte. 20000 erwachsene Männer waren von den Briten zur Steuerzahlung verpflichtet worden. Die Eintreibung der Steuern erfolgte durch den Einsatz von Polizeitruppen. Verständnis für die Steuererhebung brachten die Eingeborenen nicht auf, obwohl der Steuersatz nicht gerade hoch war. Erst nahmen die Fremden das Land, und darauf verlangten sie auch noch Abgaben. Das war natürlich nicht zu verstehen. Zudem fühlten sich die Eingeborenen im Umgang mit den Händlern stets benachteiligt.

Der Handel auf den Salomonen unterstand eingewanderten Chinesen, deren Geschäftstricks die schwarzen Plantagenarbeiter nicht gewachsen waren. Für Kopra bezahlten die Chinesen einen etwas höheren Aufkaufpreis als britische Händler, so daß die Dörfer ihre Überschüsse zu ihnen brachten. Als »Gegenleistung« verkauften die Chinesen den Eingeborenen alle Waren für das Zwei- bis Dreifache des normalen Preises. Die Chinesen setzten sich auch über das Verbot des Kartenspiels mit Eingeborenen um Geld hinweg. Hatten sie den Eindruck, daß ein Eingeborener bei ihnen zu wenig ausgab, verleiteten sie ihn zu einem Pokerspiel, bei dem es immer nur einen Sieger gab.

Malaita stellte das Hauptreservoir für die Werber von Arbeitskräften dar. Jährlich wurden etwa 3000 junge Männer für durchschnittlich zwei Jahre vermittelt. Von der Bevölkerung, die in den Jahren von 1920 bis 1930 zwischen 60000 und 70000 betrug, waren also immer 20 Prozent der jungen Männer von ihrem Stamm getrennt. Kamen sie nach Ablauf der Verträge in ihr Dorf zurück, mußten sie sich ihre frühere soziale Position erst wieder erkämpfen und um ihr Eigentum kümmern. Auch hatten sich die Familien an die lange Abwesenheit gewöhnt und bei Erbfällen den in der Ferne weilenden Bruder oder Onkel nicht berücksichtigt.

Durch die Parallelität von moderner Wirtschaftsweise und traditioneller Ordnung, von Geld und Naturalien, europäischen oder japanischen Gebrauchsartikeln und alten Gütern entstanden Spannungen, die nur noch schwer abgebaut werden konnten. Was die Mission und Verwaltung als Rückfall in die Barbarei oder finsteres Heidentum bezeichneten, das plötzliche Wiederaufleben von Blutrache, Kopfjägerei und Kannibalismus, stellte meist nichts anderes dar als einen Versuch, durch Erneuerung der alten Sitten die fremde Welt der weißen Gegenwart zu überwinden.

Kaum 30 Jahre nach der Errichtung des Protektorats war die Eingeborenenwelt von der Zersetzung erfaßt. Die alten Bindungen hielten nicht mehr.

Wie überall in Melanesien wurde auch auf den Salomonen der Tod eines Menschen als Folge eines bösen Zaubers verstanden. Der »Mord« verlangte also nach Rache. Solange die Eingeborenen in den Bergen sich gegenseitig in der Befolgung dieser Zusammenhänge umbrachten, griffen die Behörden anfangs kaum ein, und das nicht nur, weil sie kaum davon erfuhren. Erst als sie selbst davon tangiert wurden, stellten sie Verbote auf und griffen zu Gegenmaßnahmen. Starb nämlich auf den Plantagen einer der Arbeiter, wurde ebenfalls Rache genommen. Viele europäische Siedler sind aus solchen Gründen umgebracht worden. 1915 wurde daher ein harmloser Händler Opfer einer Vergeltung nach Eingeborenenrecht. Einige Zeit zuvor war der Bruder eines Häuptlings, der von einem Pflanzer angeworben worden war, beim Baden ertrunken. Der Häuptling schwor darauf, so lange keine in Salzwasser gekochten Speisen mehr zu essen, bis dieser »Mord« des Europäers an einem Europäer gerächt worden wäre. Als Prämie setzte er ein Pfund Sterling aus. Die Rächer lockten einen Händler, den sie seit langer Zeit gut kannten und mit dem sie eigentlich gut ausgekommen waren, in einen Hinterhalt und erschlugen ihn. Anstifter und Täter wurden von der Polizei aufgespürt und in einem Prozeß zum Tode verurteilt.

Um die Häuptlinge vor der Racheübung zurückzuhalten, erhielten sie beim Todesfall eines ihrer als Plantagenarbeiter beschäftigten Stammesmitgliedes Tabak und ein Pfund Sterling vom betreffenden Grundbesitzer. Am Tode eines Stammesmitgliedes in der Zivilisation wurde also verdient – eine traurige Nebenerscheinung der neuen Welt.

Der Verfall

Zu Beginn des 20. Jahrhunderts wurde die Einwohnerzahl der Insel Savo auf über 2000 geschätzt. 1928 waren es noch knapp 800. Zum gleichen Zeitpunkt lebten auf Neugeorgien von den 15 000 Eingeborenen um 1900 auch nur noch 800. Das Verbot der alten Sitten, darunter auch die Kopfjagd, die Resignation vor der weißen Macht und zwei Ruhrepidemien hatten diesen kaum faßlichen Rückgang der Bevölkerung bewirkt. Auch nach Abklingen der Seuche starb die Bevölkerung dahin. Die Einwohner vieler kleinerer Inseln waren Mitte der zwanziger Jahre ganz ausgestorben. Der letzte Mann der drei Koralleninseln »Die drei Schwestern« war in die Regierungsstation von San Christoval gebracht worden, um zivilisiert sterben zu können. Die Inseln gingen in den Besitz eines Seifenfabrikanten über, der dort Kokosplantagen anlegen ließ.

1913/14 starb ein Drittel der Bevölkerung Makiras ebenfalls an den Auswirkungen einer Ruhrepidemie. In einem einst einwohnerstarken Dorf aber lebte z. B. nur eine einzige Frau.

Reverend A. I. Hopkins von der Melanesischen Mission faßte aufgrund 14jähriger Beobachtung die Ursachen des Bevölkerungsrückganges von Malaita zusammen. 1922 führte er aus, daß der Rückgang zwar nicht so groß sei wie auf den benachbarten Santa-Cruz-Inseln oder auf den Neuen Hebriden, aber immerhin noch so stark, daß man voll Sorge in die Zukunft blicken müsse. Als hauptsächliche Gründe zählte er auf: einen deutlichen Rückgang der Geburten, ein Hinausschieben des Heiratsalters durch die Arbeit der jungen Männer und eine größere Unabhängigkeit der jungen Frauen, die Anwendung neuer Abtreibungspraktiken durch die Queensländer, starke Verbreitung von Geschlechtskrankheiten, Ruhr, Lungenerkrankungen, zunehmende Kindersterblichkeit und das harte Leben auf den Plantagen.

Von den beiden Inseln Eddystone und Vella Lavella liegen exakte Angaben vor über die Anzahl der Eheschließungen und der daraus hervorgegangenen Kinder für drei aufeinanderfolgende Generationen. Auf 207 Ehen der ersten Generation von Eddystone kamen 447 Kinder, auf 295 der zweiten 379, auf 110 der dritten nur noch 72; für Vella Lavella lauten die Zahlen 116 mit 279 in der ersten, 209 mit 297 in der zweiten und 57 mit 15 Kindern in der dritten Generation. Von durchschnittlich über zwei Kindern pro Ehe ging die Zahl auf weit weniger als ein Kind zurück.

Das Eigenartige an dem so augenfälligen Bevölkerungsrückgang war, daß weder Eddystone noch Vella Lavella unter den sonst üblichen Seuchen zu leiden hatten, nie kamen Missionare auf die Inseln, und die Menschen lebten auch in ihrer gewohnten Umwelt ohne europäische Kleidung und in ihren traditionellen Wohnstätten. Weder Alkohol noch Feuerwaffen oder Anwerber setzten ihnen zu. All die Faktoren, von denen sonst offenkundig das größte Übel ausging, konnte für diese Entwicklung nicht verantwortlich gemacht werden.

W. H. R. Rivers, der 1908 und 1914 ausgedehnte Reisen in Melanesien unternahm, weist vor allem auf die Bedeutung der psychologischen Faktoren zur Aufrechterhaltung des Lebenswillens hin. Niemand, der sich längere Zeit in Eddystone aufhielt, konnte übersehen, daß im Verhältnis zum früheren überschäumenden

Lebenshunger ganz plötzlich eine unglaubliche Lethargie sich ausgebreitet hatte. »Der Mangel dieses Lebenswillens hat seine Ursachen im Verbot der Kopfjagd durch die britische Regierung. Dieser Brauch bildete das Herz der sozialen und religiösen Einrichtungen, das alle Lebensäußerungen des Volkes antrieb. Die begehrten Trophäen der Kopfjagden wurden gebraucht, um die Ahnengeister zu versöhnen, um ein neues Häuptlingshaus oder ein Boot einzuweihen, ebenso wurden sie bei der Bestattung eines Häuptlings dargebracht.« Darüber hinaus war die Kopfjagd nicht nur unabdingbar, um die Kontinuität des religiösen und sozialen Lebens aufrechtzuerhalten, sondern auch um der Wirtschaftstätigkeit neue Impulse zu geben. Die Vorbereitungen einer Kopfjagd dauerten wenige Wochen, die Jagd selbst sogar nur wenige Stunden, aber beide Ereignisse stellten nur den Höhepunkt sozialer und wirtschaftlicher Anstrengungen eines oder mehrer Jahre dar. Die Erbauung der Boote, die Pflege der Pflanzungen, die liebevolle Aufzucht der Schweine hatten ihren tieferen Sinn nur in bezug auf die Feste vor und nach erfolgreicher Kopfjagd. Als der Brauch unterdrückt wurde, fiel das ganze weltanschauliche Gebäude zusammen und damit der Antrieb für jede sinnvolle Tätigkeit im Rahmen der alten Ordnung.

Diese Zusammenhänge erklären die Lethargie dieser Dörfer, die so viele europäische Forscher in den kritischen Jahren von 1890 bis 1920 auf den Salomonen und in ganz Melanesien feststellten.

Auch auf der großen Insel St. Christoval, wo der europäische Einfluß ebenfalls vergleichsweise gering war, wirkten sich nach dem Weltkriege die gleichen psychologischen Faktoren aus. Hier kann man den Rückgang durch genaue Zahlen belegen. 1920 starben 180 Menschen mehr, als geboren wurden, 1921 genau 143. Zu diesem Zeitpunkt lebten noch rund 7600 Menschen auf der Insel. Das Beunruhigende war, daß 55 Jungen und 60 Mädchen unter 14 Jahren 1921 starben. Denn gerade die hohe Kindersterblichkeit ließ wenig Zukunftsoptimismus aufkeimen. Erst 1927 glichen sich die Geburts- und Todesfälle aus. 1927 betrug die Abnahme nur noch 50, im folgenden Jahr lediglich neun Menschen. Eine Stabilisierung der Bevölkerungszahlen wurde vor allem durch eine bessere ärztliche Betreuung erreicht, obwohl sie nur in den wachsenden Küstenorten und auf den Stationen einsetzte. Nicht die traditionell lebende Bevölkerung glich also die hohen Sterberaten aus, sondern die als Proletariat in den Küstenorten lebenden halbzivilisierten Eingeborenen. Die Wachstumsrate der Gesamtbevölkerung beträgt heute, da nur noch wenige Dörfer am Rande der Zivilisation leben, im Zeitraum 1970 bis 1974 3,1 Prozent. In der Hauptstadt des Archipels Honiara auf Guadalcanal lebten 1975 13400 Einwohner im sozialen Unfrieden einer Kolonie, die im Laufe des Jahres 1977 auch noch unabhängig werden sollte.

Schon 1929 beobachtete Paravicini, wie tief ins Bewußtsein der Eingeborenen die überlegene Macht der Europäer eingedrungen ist. Die Beschreibung eines alljährlich wiederkehrenden Festes auf St. Anna beweist, daß die Menschen sich mit ihrem Schicksal, »zivilisiert« zu werden, abzufinden begannen. Die Einwohner St. Annas stellten bei ihrem Fest das Zusammentreffen »wilder Urwaldmenschen« und der »Kulturbevölkerung« dar. »Ein Teil der männlichen Dorfbewohner fährt bis auf Sichtweite auf das Meer hinaus. Inzwischen bekleiden sich die Zurückgebliebenen mit langen Pflanzenfasern, die, zu Schnüren zusammengebunden, eine laange Körperbehaarung darstellen und den Träger zu einem ›Urwaldmenschen‹ verwandeln sollen. Dann ziehen sie sich in den Urwald zurück. Das Fest beginnt damit, daß sie aus dem Walde hervorkommen, scheu nach allen Seiten blickend langsam sich dem Strand nähern und dort auf die Bäume klettern. Mittlerweile kehren die anderen zur Insel zurück, von den Schreckensrufe ausstoßenden ›Waldmenschen‹ erstaunt betrachtet. Nachdem die Boote gelandet sind, kommt es zwischen beiden Parteien zu einem Scheinkampfe, wobei die Urwaldmenschen in den Wald zurückgedrängt werden und die ›Eroberer‹ Besitz von der Insel nehmen.«

Was bleibt von den alten Kulturen, ist wenig mehr als ein exotisches Lokalkolorit, das Touristen noch anzulocken vermag. Nach dem Zweiten Weltkrieg haben die Missionare der totalen Proletarisierung der Menschen entgegenzuwirken gesucht und die alte Handwerkskunst wieder angeregt. Taufbecken und Altäre wurden nun plötzlich mit Einlegearbeiten aus Perlmutt verziert, die in alter Manier ausgeführt wurden. In den Andenkenläden von Honiara bieten die Chinesen mit inkrustierten Masken aber nur noch eine traurige Erinnerung an die alte Kultur feil.

Schon frühzeitig verstanden es die Plantagenarbeiter, mit touristischen Darbietungen zur Unterhaltung von Besuchern aufzuwarten. Vor allem als die Nachricht vom Aufstand auf Malaita 1927 nach Australien drang, wurden die Salomonen ein beliebtes Reiseziel, um noch »echte Kannibalen« zu bestaunen. Wo der Touristendampfer auch anlegte, spielten die Arbeiter Kannibalen. »Mit martialischem Federschmuck auf dem Kopfe und mit Holzknebeln bewaffnet, klettern sie auf das Deck des Dampfers. Sofort scharen sich um sie die neugierigen Ladies, und auf die Frage, ob sie auch schon Menschenfleisch gegessen hätten, erhalten sie die wilde Antwort: ›Every day, every day.‹ Um die Behauptungen zu bekräftigen, kneift der Eingeborene die Lady in den Arm und meint geringschätzig: ›Du bist nicht gut zum Fressen.‹ Nachdem sich der Kuli gegen eine Bezahlung von fünf Schillingen photographieren ließ, ist die Lady glücklich, das Bild eines ›real cannibal chief‹ in der Kamera zu haben. Wenn es der Kuli richtig anstellt – und viel braucht es nicht dazu –, dann kann er selbst seinen rohen Holzknebel, den er mit sich führt, als ›Keule‹ verkaufen und einige Pfund Sterling dafür lösen. Am folgenden Tag schlägt er wieder gleichgültig Kokosnüsse auf, während die Lady in seliger Erinnerung von ihrem Kannibalenabenteuer träumt« (E. Paravicini).

5. DIE NEUEN HEBRIDEN

Die erste Beschreibung der Neuen Hebriden in deutscher Sprache verdanken wir Georg Forster, der im Juli 1774 die Inselgruppe mit James Cook umfuhr. Von der Schönheit und Ursprünglichkeit der Insel können wir uns dank seiner einprägsamen Schilderung noch heute – nach über 200 Jahren – eine lebendige Vorstellung machen.

> »Der Anblick so vieler und mannigfaltiger neuen Eylande war uns sehr erfreulich, und wir steuerten mit der größten Begierde darnach hin. Als wir das nordwestliche Ende jener Insel, auf der wir einen Volkan vermutheten, erreicht hatten, blieb uns über die Richtigkeit dieser Meynung gar kein Zweifel übrig, denn nunmehro konnte man von dem Gipfel eines tief im Lande gelegenen Berges, ganz deutlich, weiße Dampfsäulen mit Ungestüm in die Höhe steigen sehen. Die südwestliche Küste dieser Insel bestand aus einer großen flachen Ebne, auf welcher zwischen den Bäumen, die wir seit unsrer Abreise von Tahiti nirgends so schön gefunden hatten, unzählige Hütten-Feuer hervorblinkten. Das war ein doppelter Beweis von der Fruchtbarkeit und der ansehnlichen Bevölkerung dieses Landes.«

Die Darstellung Forsters führt uns in eine intakte Welt. Der natürlichen Schönheit der Inseln mit den dichten Wäldern und dem schönen Strand entsprach eine zumindest zahlenmäßig bedeutende Bevölkerung einheimischer Stämme. Als Felix Speiser 1910 auf

Efate an Land ging, hatte sich alles verändert. Viele kleinere Inseln waren kahlgeschlagen, und keine Dörfer der Eingeborenen drängten sich mehr ins Blickfeld, dagegen schaute man auf Schuppen und Lagerhäuser. In elenden Hütten inmitten von wucherndem Unkraut lebten die Menschen. Port Vila, der Hafen von Efate, »wäre ein trauriger Ort, wenn nicht der Verkehr vom nahen Mele an Posttagen einiges Leben brächte, sei es, daß die Pflanzer von dort her galoppieren und vor den Magazinen plaudern oder daß Eingeborene mit Geschrei und Unordnung Waren ein- und ausladen. Dann und wann zieht eine Schar müder Schwarzer mürrisch und zerlumpt die Straße entlang, ein Ochsenwagen holpert daher, oder es liegen betrunkene Matrosen und Pflanzer im Schatten der Büsche. Man sieht viel gestrandete Existenzen ... abends herrscht unten um die Kneipen meist ein wüster Lärm zechenden Gesindels und Grammophongekreisches (es wird die Marseillaise über die träumende Lagune gebrüllt), oben auf dem Plateau sitzen die Beamten vor den Häusern im kühlen Abendwind und sehen zu, wie die Sonne golden zwischen den Landzungen des Hafens versinkt.«

Der Zauber der Tropennacht, die dumpf rollende Brandung, das monotone Zischeln der Palmen im Wind, der silberne Schein des Mondes, die Fackeln fischender Eingeborener und ihre Reflexe auf dem Wasser, die dunklen Klippen ließen bei dem Besucher im Jahre 1910 aber eher einen zwiespältigen Eindruck entstehen. Speiser war in einem jämmerlichen Holzhaus abgestiegen, das recht und schlecht noch aufrecht stand und halb verfault war. Die in Port Vila lebenden Briten nannten das Quartier »Bluthaus«, denn mit Totschlag und Prügeleien endeten die meisten Feste, die hier begangen wurden.

Wie keine andere Inselgruppe Melanesiens haben die Neuen Hebriden unter der Willkür und Ausbeutung durch die Weißen gelitten. Zum Totentanz geladen wurden die Eingeborenen von Walfängern, Sandelholzhändlern, Sklaventreibern, gestrauchelten Existenzen und gewissenlosen Händlern. Auf dem Bismarckarchipel und den Salomonen haben die Kolonialverwaltungen wenigstens in Ansätzen versucht, eine Kontrolle über die wirtschaftliche Entwicklung zu erlangen. Auf den Neuen Hebriden blieben dank der Rivalität zwischen Franzosen und Briten um den Besitz der Inselgruppe die Händler, Siedler und Abenteurer 50 Jahre weitgehend sich selbst überlassen und steckten daher den Rahmen ihrer Tätigkeiten und Vergnügungen selbst ab. Sogar noch in den ersten Jahren nach der Errichtung der gemeinsamen Verwaltung und

Justiz herrschte ein Treiben, das denkwürdige Auswüchse annahm. Während die Briten, bedingt durch Kolonialerfahrung, bestimmte Verhaltensweisen zu bekämpfen versuchten, zeigten sich die französischen Residenten von einer Großzügigkeit bei der Auslegung und Anwendung der Gesetze, die nur als direkte Mitschuld an vielen Auswüchsen verstanden werden muß.

Von der Kawa zum Branntwein

Vor der Ankunft der ersten Pflanzer und Siedler kannten die Bewohner der Neuen Hebriden nur ein berauschendes Getränk, das der Wirkung von Alkohol vergleichbar ist, die Kawa. Auf vielen Inseln war der Kawagenuß aber nur ein Privileg der Vornehmen des Dorfes. Frauen war es überhaupt verboten, und die meisten Männer durften Kawa nur bei bestimmten Festen zu sich nehmen. Selbst die angesehenen Stammesmitglieder hatten vor ihrem üblichen Nachttrunk besondere Riten auszuführen. Die Kawawurzel wurde auch den Ahnen geopfert, und sie umgab ein gewisser Mythos. Die Zauberer kauten Teile von Kawawurzeln, um leichter Zugang zu den Ahnen und Geistern zu finden und um ihre Vorstellungen von den tiefsten Geheimnissen leichter in Worte fassen zu können. Unter Anrufung der Geister spieen auf einigen Inseln die Männer den ersten Schluck stets aus. Der Häuptling hielt aber vor dem Trunk ein kurzes Gebet, in dem er um langes Leben, Kriegsglück und gute Ernte bat. Die Wurzel des Kawastrauches, einer Pfefferart, wurde zerkleinert, mit Wasser aufgeweicht und dann ausgepreßt. Die Herstellung des Getränks war langwierig, denn an einem Nachmittag brachte es ein Mann nur auf fünf bis sechs Becher, ein Quantum, das zu einem leichten Rausch führt, aber nicht zur Trunkenheit. Der Genuß von Kawa bewirkte einen auffallenden Glanz in den Augen, doch die Menschen waren eher still vergnügt, lallten mitunter, obwohl sie durchaus bei Sinnen waren. Wie alle berauschenden Mittel löste der ständige Kawagenuß Abhängigkeit aus. Alte Männer brauchten ihren täglichen Schlaftrunk.

Aber eine Bedrohung für die Kultur und das Zusammenleben der Menschen stellte der Kawagenuß selbst auf den Inseln, wo er profaniert war, nicht dar. Hingegen wurde die Gesundheit der Eingeborenen erst mit der Einfuhr europäischer Alkoholika ernsthaft gefährdet. Französische Händler importierten Weine und Spirituosen zweifelhafter Zusammensetzung, die sie trotz offizieller Verbote an Eingeborene weitergaben. Auf Ambrym verkauften die

Händler eine Art Brennspiritus, der, mit Farbe versetzt, das Aussehen von Kognak erhalten hatte, für fünf Schillinge die Flasche. Der Wert des äußerst schädlichen Gesöffs betrug als Haushaltsmittel ganze sechs Pence. Die Folgen des Genusses waren verheerend. Da die Eingeborenen ohne Einhalt und Selbstkontrolle bis zur Besinnungslosigkeit tranken, traten langwierige Verdauungsstörungen, Schädigungen des Gehirns und der Leber auf. Manche wachten überhaupt nicht mehr aus ihrem Vollrausch auf. Speiser sah allein in vier Wochen zwei Männer an Alkoholvergiftung sterben. Beide hatten je eine Flasche Absinth in einem Zuge geleert, waren umgesunken und nicht wieder erwacht. Alkohol zu bekommen war auf den Inseln leicht, wo es viele Kokospalmen gab, denn die Händler gingen bereitwillig auf diese Tauschgeschäfte ein.

Kaum ein Dorf konnte man auf Ambrym um 1910 betreten, ohne Gruppen von total betrunkenen Männern auf dem Boden liegend zu sehen. In bestimmten Intervallen stieg die Stimmung plötzlich an und mündete schließlich in wahren Orgien. Alt und jung, Frauen und Kinder tranken, was immer sie bekamen, und bald wälzte sich die ganze Dorfbevölkerung auf der Erde, oder man ging aufeinander los, und es folgten Prügeleien, solange man sich eben aufrechthalten konnte. Die Betrunkenen schliefen am Strand oder im Wald einfach ein und holten sich üble Erkältungskrankheiten. Lungenentzündungen schwächten die Körper, und selbst bei leichten Infektionen begann ein unaufhaltsames Siechtum.

Viele Pflanzer nutzten die Anfälligkeit der eingeborenen Plantagenarbeiter für den Alkohol schamlos aus. Ohne Erfahrung und ohne die Konsequenzen beurteilen zu können, tranken sie, solange das Geld reichte. »Es gibt daher«, klagte Speiser an, »nicht wenige französische Pflanzer, die bedeutende Summen durch den Alkoholhandel verdienen und dadurch die Eingeborenen töten; andere ziehen auf indirektem Wege ihren Vorteil aus der Trunksucht der Schwarzen, indem sie ihnen jeden Samstag reichlich Wein und Schnaps verabreichen und die Eingeborenen sich dadurch zu Schuldnern machen, indem dieselben jeweils ihren ganzen Wochenlohn vertrinken. Wollen sie dann nach Ablauf ihrer Kontraktzeit nach Hause zurückkehren, so macht man ihnen klar, daß sie dem Dienstherren noch stark verschuldet seien und mindestens noch ein halbes Jahr zu dienen hätten, um ihre Schulden abzutragen. Die armen Kerle trinken natürlich weiter, kommen nie aus den Schulden heraus und auch nie nach Hause. Diese Praxis hat sich erst in den letzten Jahren infolge des Arbeitermangels herausgebildet und ist eine von vielen Mittelchen, um Sklaverei zu treiben. Selbstverständlich ist auch solch ein Arbeiter in der Hand Weißer, von denen kaum einer gegen die anderen aussagt, völlig rechtlos, und wenn je ein Beamter zur Kontrolle käme, was bei den Franzosen fast nie der Fall ist, so kann irgendeine Urkunde leicht mit dem Kreuz, was sinnloserweise die Unterschrift des Eingeborenen und seine Einwilligung bedeutet, versehen und als Dokument gegen den Schwarzen benützt werden.«

Offiziell durfte Alkohol nur als Medizin an die Eingeborenen verkauft werden. Vor Arbeitsbeginn wurde ihnen aber trotzdem meist ein bestimmtes Quantum verabreicht, das sie möglichst unbeobachtet hastig hinunterkippten oder in kleinen Schlückchen genossen. Dann gingen sie schwatzend und kichernd an die Arbeit.

Sandelholz und Sklaven

Die Neuen Hebriden lockten viele Europäer an, weil einige der Inseln von reichen Sandelholzwäldern bedeckt waren. Der Handel mit dem Holz war überaus einträglich. 1845, als die Bestände noch unerschöpflich schienen, konnte eine Schiffsbesatzung in nur 17 Tagen 20 Tonnen an Bord schaffen. Ein einziger Händler führte von Erromanga Sandelholz im Werte von 75 000 Pfund Sterling aus. Nach damaligem Kurs ein Vermögen von rund einer Million. Knapp 30 Jahre dauerte der Raubbau, bis die Vorräte erschöpft waren. Die Holzfäller waren ein besonderer Menschenschlag, in deren Augen die Eingeborenen nicht als Menschen, sondern eher als eine interessante Spezies noch nicht definierter Tiere galten.

Da sie sich als gefährlich erwiesen und sich wehrten, wenn man ihre Bäume einfach fällte, ohne sie um Erlaubnis zu fragen oder mit Geschenken zu bedenken, fühlte man sich durchaus berechtigt, ihren Angriffen zuvorzukommen und sie zu vertreiben. Es ist verbürgt, daß man Eingeborene von Tanna zu masernkranken Matrosen sperrte, um die Seuche auf den Inseln zu verbreiten. Ein Drittel der ursprünglichen Bevölkerung von 40 000 Menschen wurde darauf infiziert und hinweggerafft.

Besonders grausam wüteten die Sandelholzfäller auf Erromanga. Hier errichteten die Händler sogar eine feste Station, von der aus die Arbeiter in die Wälder zogen. Dabei kam es in der Regel zu blutigen Zusammenstößen. Als 1865 das letzte Schiff mit einer Ladung Sandelholz von der Insel ablegte, lebte nur noch ein Zehntel der Eingeborenen. Die rote Ruhrepidemie von 1840, die Masern von 1861 und der sich über einen Zeitraum von 30 Jahren erstrekkende Raubbau und die damit zusammenhängende Vertreibung und Dezimierung der Bevölkerung hatten das bewirkt. Von der Kette gräßlicher Begebenheiten sei nur eine aus dem Jahre 1842 erwähnt. Holzfäller brachten auf Fate 30 Alte, Frauen und Kinder um, indem sie diese in eine Höhle einschlossen, Reisig vor ihren Eingang häuften und anzündeten.

Die Eingeborenen waren auch dann noch nicht von der Gegenwart der Europäer erlöst, als die Sandelholzbestände aufgebraucht waren. Jetzt ging man zur Nutzung anderer Reichtümer über: der Menschen. 1863 wurde der erste Transport »angeworbener« Arbeiter nach Queensland gebracht, dessen Viehzüchter und Plantageneigner einen kaum stillbaren Bedarf vor allem an billigen Arbeitskräften hatten. Nicht nur die Methode der Anwerbung war brutal oder perfide, je nach Veranlagung der Werber, sondern auch der Transport und die Behandlung in Australien. Die Menschen wurden weder ausreichend ernährt, noch wurde die vertraglich festgesetzte Arbeitsdauer eingehalten. Die Verantwortlichen fühlten sich nicht betroffen, wenn die ausgemergelten und bald an allen möglichen Krankheiten leidenden Kulis starben. Auf diese Weise sparten sie nicht nur den Lohn, sondern auch die Gelder für den Rücktransport; und Nachschub ließ sich leicht beschaffen.

Der Brite Markham berichtete von einem Transport mit 382 Eingeborenen von den Neuen Hebriden nach Queensland, der Ende der sechziger Jahre zusammengestellt wurde und von dem nach drei Jahren nur 78 wieder in ihre Heimat zurückkamen. 1877 arbeiteten auf den Zuckerrohrplantagen Queenslands etwa 2500 Bewohner der Insel Tanna. Damals zählte die Insel insgesamt rund 10 000 Einwohner, also nur noch die Hälfte der ursprünglich dort Ansässigen. Der ständige Aderlaß durch die Anwerberei und ihre Folgen mußte die Zukunft der Eingeborenen in dunklen Farben erscheinen lassen. Trat nicht bald ein kontrollierter Werbestopp ein, schien die Ausrottung der Bevölkerung nur noch eine Frage der Zeit zu sein.

Der britische Missionar Inglis schrieb 1886: »Zum gegenwärtigen Zeitpunkt läuft eine Flotte von etwa 30 Anwerberschiffen die Inseln an, von denen jedes im Durchschnitt 80 Menschen je Fahrt mit sich nimmt. Die Schiffe mögen durchschnittlich fünf Fahrten im Jahr unternehmen, ich hörte aber auch von allmonatlichen Reisen von den Neuen Hebriden nach Neukaledonien. Das stellt insgesamt einen Entzug von 10 000 oder 12 000 der körperlich leistungsfähigsten Männer pro Jahr dar. Die Verträge werden nie für eine Zeit unter drei Jahren abgeschlossen, häufig sind es fünf. Das bedeutet eine ständige Abwesenheit 40 000 kräftiger Männer von den Rekrutierungsdistrikten.«

Diese hohe Zahl bildete damals immerhin ein Fünftel der gesamten Bevölkerung der Neuen Hebriden. Ein starker Geburtenrückgang sowie eine erhöhte Sterbeziffer der jüngeren Jahrgänge waren die Konsequenz. In Queensland betrug die jährliche Sterbeziffer der männlichen Bevölkerung zwischen 18 und 45 Jahren neun Promille, unter den etwa gleich alten Arbeitern der Inseln lag sie zehnmal höher.

Die Anwerbemethoden

Zu Beginn der neunziger Jahre trieb eine Gruppe von drei fast legendär gewordenen Anwerbern ihr Unwesen auf den Inseln: Der erste hatte eine hölzerne Armprothese, der zweite ein künstliches Bein und der dritte ein Glasauge. Das invalide Trio vermochte auf seinem Schiff regelrechte Vorführungen für die Eingeborenen aufzuziehen. Nachdem man die Schwarzen an Deck gelockt hatte, schnallten sie ihre künstlichen Glieder ab und legten sie auf den Tisch. Einen Höhepunkt des Entsetzens löste aber der Einäugige aus, wenn er sein Glasauge herausnahm, es vorzeigte und darauf wieder einsetzte. Bevor sich die Menschen von ihrem Schrecken erholt hatten, wurde der Anker gelichtet, und meist erst auf hoher See bemerkten sie, daß sie in einer Falle saßen. Die drei Spaßmacher entpuppten sich jetzt als durchtriebene Aufreißer, stießen die Eingeborenen in die Lagerräume unter Deck und nahmen Kurs auf Australien. Dort verkauften sie ihre Fracht als Arbeitssklaven.

Zu den verbürgten Grausamkeiten eines Menschenhändlers in der Zeit nach dem Verbot der Werberei für Queensland oder die Fidschi-Inseln gehört auch folgende Begebenheit. Ein Werberschiff sah sich verfolgt von einem britischen Kriegsschiff. Als der Kapitän merkte, daß er sich einer Kontrolle durch Flucht wohl kaum noch entziehen könne, ließ er die geraubten Menschen einfach an den schweren Anker binden und über Bord werfen. Der Offizier, der das ankernde Schiff inspizierte, fand also keinen Eingeborenen vor, denn sie waren mittlerweile alle ertrunken.

Die Werber wandten alle möglichen Tricks an, um die arglosen Menschen an Bord zu locken. Einer verkaufte rote Schminke und lud die Eingeborenen, die sich sogleich bemalt hatten, ein, sich in den Spiegeln auf dem Schiff zu bestaunen. Waren sie auf den Vorwand hereingefallen, wurden die Luken kurzerhand geschlossen, und das Schiff legte ab.

In einem anderen Fall bat ein Händler die Eingeborenen, ihm bei der Entladung einer schweren Kiste mit Waren behilflich zu sein. Nachdem einige trotz großer Anstrengung die Ladung nicht heben konnten, kamen zu ihrer Unterstützung immer mehr hilfsbereite Menschen an Bord. Dennoch hatten sie keinen Erfolg, denn der schlaue Werber hatte die Kiste vorher am Boden anschrauben lassen. Während die Männer guten Willens sich abmühten, wurden die Ausgänge geschlossen, und das Schiff nahm den üblichen Kurs.

Häufig machten die Werber die Eingeborenen betrunken und schleppten sie dann einfach an Bord. Am ehesten ließen sich die Menschen fassen, wenn Auseinandersetzungen zwischen zwei Dörfern zu lokalen Kriegen geführt hatten. Aus Angst vor Verfolgung waren viele bereit, sich anwerben zu lassen. Geschickt verstanden es die Händler, Feindseligkeiten zwischen den Stämmen zu provozieren. »Man verteilt Alkohol, der Prügeleien verursacht, und nimmt am nächsten Morgen die Eingeborenen im physischen und moralischen Katzenjammer an Bord oder überredet betrunkene Burschen zum Werben durch Vorspiegelung der herrlichen Freuden, der Frauen, des Weines und der Tänze, die auf den Plantagen ihrer warten. Nützt das alles nichts, so überfällt man harmlos Badende am Strande oder treibt ganze Sippen durch Bewaffnete ... auf die Schiffe. Man sucht hauptsächlich Frauen zu erlangen, um mit denselben die jungen Männer anzulocken. Kurz, es sind nicht gerade schöne Mittel, welche die Mehrzahl der Werber anwendet, und es ist leicht begreiflich, daß sie fast überall, wo sie gewesen, zerrissene Familien, Unzufriedenheit und Groll zurücklassen und einen tiefen Haß gegen sich selbst, gegen die Weißen überhaupt« (F. Speiser).

Oft vereinigten sich die Besatzungen verschiedener Schiffe und trieben wie die Sklavenhändler in Afrika alle Männer eines Dorfes zusammen und brachten sie auf die Schiffe. Wer von den Werbern Pech hatte und nach einiger Zeit in einem solchen Küstenstreifen vor Anker ging, konnte böse Überraschungen erleben. Kamen die Mannschaften an Land, wurden sie überfallen und erschlagen. In einem Fall überlebte nur der Schiffseigner, der zufällig von einem Missionsschiff aufgenommen wurde. Die Rache der Eingeborenen an den Menschenhändlern ist verständlich. Manchmal wurden die geraubten Männer auf einer Nachbarinsel sogar dem Häuptling als kannibalisches Festmahl überlassen. Als Gegengabe erlaubte er die

Anwerbung einer Anzahl Stammesmitglieder. Wer nach Queensland deportiert wurde, den erwartete ein schlimmes Los. Noch entsetzlicher waren die Zustände auf den einheimischen Plantagen, denn hier fehlte jahrzehntelang jede Aufsicht. Leisteten die Arbeitssklaven nicht mehr genug oder erkrankten, jagten die Besitzer sie – natürlich ohne Lohn – davon. Die Sterblichkeit auf einigen Plantagen betrug unter den Arbeitern 40 Prozent im Jahr.

Während die Briten durch strenge Vorschriften die Anwerberei in den Griff zu bekommen trachteten, ließen die Franzosen wie beim Alkoholhandel die Zügel schleifen. Eine Kontrolle ihrerseits auf den nördlichen Inseln fand kaum statt, und Speiser betont, daß es noch um 1910 »zu den unwahrscheinlichsten Greueltaten« kam. Dennoch änderten sich allmählich die Methoden der Werberei, weniger aufgrund von Einsicht und Menschenliebe als vielmehr durch den Zwang zur Anpassung. Auf fast allen Inseln wußten inzwischen die Bewohner, welche Gefahren ihnen von den Weißen drohen konnten. Rückkehrer von Queensland gaben zusätzlich Aufklärung über die Tricks der Europäer. Daß sich aber dennoch immer wieder Männer anwerben ließen, unterstreicht die Tatsache, daß nach all den Jahren der Ausplünderung und Verfolgung durch weiße Holzfäller, Walfänger und Abenteurer das soziale Leben der Eingeborenen tiefe Wunden empfangen hatte. Die Auflösungserscheinungen erweckten neue Motive und Bereitschaft, mit den Weißen zu gehen. »Es kommen demnach jetzt ganz andere Momente in Betracht, die den Eingeborenen zur Arbeit treiben. Einmal ist es bei jungen Leuten der Wunsch, ›in die Fremde‹ zu gehen, andere Inseln zu sehen und der Beengung zu entgehen, unter der sie zu Hause durch die besonders im Sexualgebiet strengen Regeln und die Kontrolle der ganzen Sippe zu leiden haben. Manchmal auch der Wunsch, sich Geld zum Ankauf der jetzt sehr teueren Frauen erwerben zu können, ohne welche ihnen die Herstellung von Kopra zu beschwerlich ist. Dann treibt viele die Angst vor der Verfolgung mächtiger Häuptlinge und Zauberer auf die Werbeschiffe in Sicherheit. Mit ihnen bieten diese Schiffe aber auch jedem Missetäter Zuflucht, dem wegen begangener Verbrechen der Boden der Heimat zu warm geworden ist, dann auch allen den zahlreichen Liebespärchen, die der Rache eines hintergangenen Gatten oder Verwandten entgehen wollen. So leistet heute das Werbesystem der für die Rasse jetzt schon so verderblichen Anarchie und Sittenlosigkeit indirekt Vorschub, ja es basiert fast allein darauf, und das erkennend, suchen die Werber ihrerseits mit allen Mitteln, die Unordnung im Lande zu schüren« (F. Speiser).

Die Berührung mit den Weißen und ihrer Welt, mit eigenartigen Gütern, Waren und Geld wirkten, durch zurückkehrende Arbeiter unterstützt, über die europäischen Küstensiedlungen weit ins Innere der Inseln hinein. Während die Küstenstämme bald von Mission, Handel und Verwaltung erfaßt wurden, blieb es für Händler gefährlich, sich allzu weit von den sicheren Gebieten zu entfernen. Aber Neugier und Sucht nach Prestigeobjekten ließen viele Eingeborenen zu den Niederlassungen der weißen Händler aufbrechen. Ganze Gruppen von Kriegern und ihren Frauen, die die Lastkörbe voller Kokosnüsse schleppen mußten, erschienen plötzlich, um begehrte Objekte einzutauschen. Was die ehemaligen »Queensländer« besaßen, wollten nun auch die übrigen Stammesmitglieder vorzeigen können. Gewehre hatten schon viele, besonders begehrt waren Messer, bunte Tücher, Beile, Patronen, Tabak, Pfeifen, Streichhölzer und Glasperlen. Der Profit der Händler am Tausch Kokosnüsse gegen solche Zivilisationsartikel lag je nach Angebot und Gegend zwischen 30 und 300 Prozent. Oft verdingten sich auch ganze Gruppen von Arbeitern, nur um in den Besitz bestimmter Gegenstände zu gelangen. Hatten sie das Geld zusammen, gingen sie wieder in den Busch zurück. Der Besitz bisher unbekannter technischer Erzeugnisse kehrte die überkommene soziale Ordnung der Eingeborenen um. Wer ein Gewehr besaß, war dadurch mächtig, so mächtig wie jeder andere, der eine Flinte besaß. Die alten Rangunterschiede wurden immer mehr entwertet, immer stärker ihres tieferen Sinnes entkleidet.

Nicht nur die Europäer konnten sich ungestraft über uralte Tabus hinwegsetzen, Zauber und geheiligte Zeremonien verlachen, rauben und stehlen, die Würde der Häuptlinge antasten, sondern auch die halbzivilisierten Plantagenkulis mit Australien-Erfahrung und missionierte Eingeborene. Auf dem Bismarckarchipel waren es der Duk-Duk und der Iniet-Bund, deren ordnende und führende Stellung untergraben wurde, auf den Neuen Hebriden löste sich die Suque als Basis des traditionellen Wertsystems allmählich auf.

In Melanesien bestand nur in Ausnahmefällen eine erbliche Häuptlingswürde, und auch der Stammesverband hatte zwar geringe soziale, aber keine politischen Funktionen. Das Dorf allein bildete die Basis des politischen und gesellschaftlichen Lebens. Die Rangordnung bestimmte ein ausgeklügeltes System von Schweineopfern. Die Suque stellte einen Männerbund dar, dessen höhere

Würden nur durch die steigende Zahl der geopferten Eber erlangt werden konnte. Die Opfer erhöhten die Manakraft des Spenders. Wer Ansehen und damit Macht und Ungebundenheit erlangen wollte, mußte in die Suque eintreten, opfern und immer wieder opfern. Nur die untersten Grade des Bundes waren noch leicht zu durchlaufen. Trat ein Mann jedoch nicht in den Bund ein, blieben ihm die Freuden des Lebens im Dorf verwehrt. Er mußte praktisch als Einsiedler leben, durfte nicht mit den Angesehenen speisen, war im Männerhaus gerade noch geduldet, war von Festen und ihren Vorbereitungen ausgeschlossen und hatte niemanden, der ihm beistand. Seine Seele lebte genauso freudlos im Jenseits weiter, weil ihr irdischer Träger wenig Mana erworben hatte.

Die Suque war auf allen Eilanden der Neuen Hebriden vertreten und im Wesen gleich. Verschieden aber waren die Anzahl der Grade und die Voraussetzung zu ihrer Erlangung. Auf Malekula gab es vier Grade, auf Ambrym zehn, auf Vanua Lava 14 und auf Nordsanto sogar 20. Wer auf Ambrym über den Status des gemeinen Mannes hinaustreten wollte, hatte auf einem Fest fünf Schweine zu opfern, eines davon mußte ein Eber mit ausgeprägten Hauern sein. Der nächste Rang war nur durch die Opferung sieben weiterer Schweine zu erlangen. Ein »Mal«, also die höchste Würde, konnte nur ein überaus reicher Mann erringen. Er mußte dafür insgesamt – zählt man die Opfer für jede Rangerhöhung zusammen – um 250 Schweine darbringen. War ein solcher Mann ehrgeizig genug, konnte er die gleiche Würde auch noch in der Suque des Nachbardorfes anstreben. Es hat Männer gegeben, die durch solche Opfer Einfluß über mehrere Dörfer erhielten und entsprechend den großen Häuptlingen auch politische Macht in unserem Sinne ausüben konnten. Zu einer stabilen Stammesvereinigung kam es auf diese Weise aber höchst selten, denn die Würde erlosch mit dem Ableben des Ranginhabers. Die Stufen in der Suque konnte man am Schmuck und an den Tatauierungen ihrer Inhaber leicht erkennen. Ein am rechten Arm getragenes Armband aus Muschelperlen oder Schnecken z. B. zeigte einen höheren Grad an als das gleiche Band am linken Unterarm. Das Prestige war also eine wichtige Triebfeder für immer neue Opfer. Die Suque beeinflußte nicht nur Kunst, Familienleben, Bestattung und Nachleben, sondern auch die Wirtschaft der Eingeborenen.

Obwohl es keine bestimmten Wartezeiten bei den Graderhöhungen gab, regelte die überkommene soziale Stellung den Aufstieg und bezeichnete somit auch den Kreis der Anwärter auf die letzten

Grade. Seit in der alten Lebensgemeinschaft Geld zum Zahlungsmittel avanciert war, konnten relativ junge Männer aufgrund ihrer Arbeitsentlöhnung schnell die wertvollen Eber einfach kaufen. Eine langwierige Aufzucht war also überflüssig geworden, da ein prestigebedürftiger Außenseiter sich mit einem Schlage in die höchsten Grade einkaufen konnte. Somit stellte er eine echte Konkurrenz zu den Alten her, die ihr ganzes Leben nur der Aufzucht von Schweinen gewidmet hatten oder durch mühsame Gegenleistungen sich in den Besitz der Opfertiere brachten.

Das ausgeklügelte Sozialsystem wurde also unterlaufen, eine Inflation der Ränge entzog der Suque Kraft und Ausstrahlung. Der Glaube an die Kraft des Manas schwand, statt dessen verbreitete sich im Busch der Egoismus einzelner Individuen, die sich kaum einer Kontrolle unterwerfen wollten und mußten. Waren es früher höchstens zwei oder drei alte Männer, die höhere Grade erlangt hatten, so brüsteten sich jetzt eine ganze Reihe von jüngeren mit der gleichen Würde.

Stand es in den Dörfern im Inneren der Inseln schon schlimm, in den Niederlassungen der Missionen und Europäer, die allen Ehrgeiz anfangs darauf verwendeten, die Menschen an die Küsten zu locken, waren bald keine der überkommenen Ordnungsfaktoren sozialen Lebens mehr intakt. Männer, Frauen und Kinder verschiedener Distrikte und Dörfer lebten nun in einer Siedlung ohne Verbindung zueinander, ohne anerkannte Führer, bewunderte Manaträger oder berühmte Krieger. Missionare und Gesetze der Kolonialverwaltung regelten nun den Alltag, d.h. die Konflikte mit den Eingeborenen, die Nahrungsverteilung, die Krankenhausversorgung und die Alkoholzuteilung. Die Menschen lebten hier ungesund – ohne soziales und kulturelles Gleichgewicht –, und die neu gelehrte Religion vermochte auch kein einigendes Band herzustellen. Gebildeter im tieferen Sinne wurden die Eingeborenen durch die auswendig gelernten heiligen Sprüche, Lieder und Bekenntnisse nicht, und unter dem Deckmantel christlicher Nächstenliebe maßten sich die Europäer an, diesen Menschen eine neue Zielsetzung und Führung zu geben. Die Tatsache, daß die meisten Stämme der Neuen Hebriden kein erbliches Häuptlingstum kannten und die Suque den sozialen Ordnungsfaktor bildete, hatte bei der Konfrontation der Eingeborenen mit den Weißen einen großen Nachteil.

Auf Tanna war das anders. »Hier zeigte sich nun der Vorteil der erblichen Häuptlingswürde gegenüber der Suque, denn wenn sich ein Häuptling in Tanna der Mission anschloß, konnte er auch sein Dorf zur Annahme des Christentums zwingen und für die Aufrechterhaltung von Gesetz und Ordnung bürgen, brachte also schon eine Organisation in die neuen Verhältnisse mit, während die hohen Kasten der Suque durch ihre Bekehrung die Kaste und damit auch alle Autorität verloren und als Christen keinen Einfluß mehr hatten. Dieser Kastenverlust hinderte die meisten hohen Kasten an der Annahme des Christentums, im Gegenteil standen fast alle demselben feindlich gegenüber, und in den Christendörfern des Nordens fehlt es entschieden an Organisation und bedeutenden Leuten, die dort dem Gesetz Achtung verschaffen könnten« (F. Speiser).

Wie auf den Salomonen starb die Küstenbevölkerung durch die eingeschleppten Seuchen. »Sickness belong Southern Cross« (Southern-Cross-Krankheit) nannten die Menschen der Insel Meralava die Grippeepidemie, die stets ausbrach, wenn das Missionsschiff anlegte und Missionsschüler brachte. Dabei war an Bord die Krankheit noch gar nicht festzustellen. Möglicherweise hatte einer der Ankömmlinge einen Schnupfen oder leichten Husten – das genügte bereits zur Infizierung der Inselbewohner.

Auf keiner der melanesischen Inselgruppen nahm die Bevölkerung so rapide ab wie auf den Neuen Hebriden. Auf einigen kleinen Inseln starben die Menschen ganz aus, so z.B. auf Aore. Von den ursprünglich 600 Bewohnern lebten 1890 nur noch die Hälfte. Das letzte besiedelte Dorf zählte noch 60 Einwohner, von denen jedoch 30 starben, nachdem sie einen verseuchten Gefangenen aus Südsantos verspeist hatten. Die Überlebenden verließen die Insel und siedelten nach Malo über. Die am dichtesten besiedelte Insel Malekula wurde schon um 1890 im Vergleich zu früher als entvölkert beschrieben. Von wahrscheinlich 50000 blieben 1910 ganze 9000 Seelen übrig. Von den 60 Dörfern Fates und seinen 10000 bis 20000 Insulanern blieben bis 1910 1150 übrig. In einem Dorf, das 1897 noch 300 Bewohner zählte, lebte 1904 nur ein einziges Individuum. Für Santo lagen die Schätzungen früher Besucher zwischen 15000 und 30000, 1910 um wenige Tausende. 1859 lebten auf Aneityum 3500, 1874 nur noch 1500 und schließlich 1910 lediglich 379 Eingeborene. Aneityum hatte aber in den Jahren 1837/38 und 1845/47 unter zwei gewaltigen Epidemien zu leiden, die 8000 (!) Menschen hinwegrafften. Groß waren auch die Verluste, die Tanna nach einer Pocken- und Masernepidemie hinnehmen mußte. Von ursprünglich 40000 lebten danach nur noch 28000, bis 1910 die Eingeborenenzahl auf 7000 sank. Im ganzen, so schätzt Speiser, starben 90 Prozent der Gesamtbevölkerung.

Diese Zahlen verdeutlichen das Elend, das mit dem weißen Mann kam. Der Prozeß des Bevölkerungsschwundes oder besser die Ausrottung und die Verfolgung wirkten sich für die einzelnen Inseln oder Dörfer in kürzester Zeit grauenvoll aus, wie einige Beispiele beweisen. Auf der leidgeprüften Insel Malekula verschwand ein Dorf, das 30 Krieger stellen konnte, binnen 10 Jahren. Das Dorf Pankumú konnte von den ursprünglich 120 wehrhaften Männern nach 20 Jahren nur noch fünf aufbringen. Die Grippewellen, die vor allem dieses schnelle Sterben verursachten, dauerten nur durchschnittlich drei Wochen. 200 Kinder eines einzigen Ortes starben während einer solchen Infektion. Praktisch war der Nachwuchs eines ganzen Großdorfes mit einem Schlag ausgelöscht.

Auf Venua Lava begann um 1895 eine französische Aktiengesellschaft, die Schwefelrückstände eines Vulkans auszubeuten. Von Neukaledonien wurden entlassene Sträflinge und Arbeiter herbeigeführt, die jedoch nur kurze Zeit die Förderung betrieben. Bald zeigte sich nämlich, daß die Lagerstätten den Aufwand überhaupt nicht lohnten. Deshalb wurde nach einer anderen gewinnversprechenden Unternehmung gesucht. Die Sträflinge hatten die Anfälligkeit der Eingeborenen für Alkohol entdeckt und entwickelten darauf ein blühendes Geschäft. Nach kurzer Zeit war aber auch diese Einnahmequelle versiegt, denn die alkoholsüchtigen Einwohner starben an den Folgen der sinnlosen Saufereien wie die Fliegen. Von den vorher noch etwa tausend Menschen blieb ein Dorf mit rund 50 Seelen übrig. Außer Alkohol hatten die Sträflinge natürlich auch die ganze Palette der tödlichen Krankheiten eingeschleppt.

Unter solchen Umständen ist es kein Wunder, daß ein Menschenleben nichts galt. Sadismus und Verachtung den Eingeborenen gegenüber belegt folgende von Felix Speiser überlieferte Begebenheit: Im Streit mit einem Eingeborenen zerschlug ein französischer Siedler eine Flasche auf dessen Stirn, so daß diese ganz aufgerissen wurde. Darauf band er ihn an einen Pfahl, rückte ihn in die Sonne und bedrohte jeden Vorübergehenden, der dem leidenden Manne helfen wollte, mit einer Pistole. Erst einem Missionar gelang es, den Franzosen zu überreden, sein Opfer gegen 16 Pfund Sterling zu verkaufen. Der unglückliche Eingeborene hatte außer der Kopfverletzung durch die Fesseln tiefe Wunden an Arm- und Fußgelenken. Er hatte einen solchen Schock erlitten, daß er schwachsinnig blieb. Als die französische Verwaltung davon erfuhr, bestrafte sie den Landsmann mit einer Geldbuße von zwei Pfund und zehn Schilling. Das Lösegeld für den Eingeborenen durfte er aber behalten. Diese schmachvolle Angelegenheit hatte ihm immerhin rund 13 Pfund eingebracht.

Es ist fast ein Wunder, daß sich trotz Verfolgungen und eingeschleppter Seuchen bis in die Gegenwart auf den Inseln Ambrym, Malekula und Vao vereinzelte Dörfer erhalten haben, auf denen die Suque noch Einfluß ausübt. Der totale Untergang der alten Kultur, den Speiser und andere bevorstehen sahen, wurde also hinausgezögert. Die Begründung dafür ist einleuchtend, es lohnte sich einfach nicht mehr, nach Sandelholz und Menschen zu suchen, weil sie zu selten geworden waren. Furcht vor dem Landesinneren hatten die Europäer immer. Vor allem nach der politischen Einigung zwischen Franzosen und Briten zeichnete sich ein Ende der paradiesischen Zustände für gewissenlose Elemente ab. Auch war es ein Verdienst der Mission, die Aufmerksamkeit der Öffentlichkeit in den Heimatländern auf die trostlosen Zustände gelenkt zu haben. Der Einsatz von Kriegsschiffen wurde unterbunden, und einigen Dörfern gelang es sogar, sich vor weiteren Zudringlichkeiten zu schützen. Nicht brutale Gewalt bedroht heute die letzten Reservate, sondern Tourismus, moderne Technik und die Aufkäufer der letzten toten Kultgegenstände: Rangsymbole aus Farnholz vor den Hütten der Träger hoher Suquegrade, große Trommeln auf den Festplätzen, geschnitzte Keulen zum Töten der Opferschweine, lange verborgen gebliebene Masken.

6. DIE INSEL NEUKALEDONIEN

Etwa 900 km von den Neuen Hebriden entfernt, zieht sich fast parallel zu ihnen die langgestreckte Insel Neukaledonien hin. Die Insel mit 410 km Länge und nur 30 km Breite stellt die südwestliche Grenze des melanesischen Siedlungsgebietes dar. Wie alle schwarzen Inselgruppen ist auch Neukaledonien im Inneren von Gebirgsketten durchzogen. Der höchste Berg, der Mont Humboldt, steigt bis 1610 m auf. Die höheren Lagen der Gebirge sind nur karg bewachsen, der ständig wehende Südostpassat verhindert allzu hohe Temperaturen, und nur an den hellen Sandstränden mit ihrem üppigen Palmenwuchs erkennen ankommende Besucher, auf einer tropischen Südseeinsel zu sein. James Cook, der die Insel als erster Europäer anlief, erinnerte die Neuentdeckung an Schottland, und so nannte er sie Neukaledonien nach der lateinischen Bezeichnung Caledonia für Schottland. Cook war von dem sanften und friedlichen Charakter der Inselbewohner ganz überrascht. Als 20 Jahre später hier der französische Entdecker D'Entrecasteaux landete, flößten ihm die schwarzen Menschen wenig Vertrauen ein. Der eingefleischte Kannibalismus und ihre ungezügelte Wildheit wurden von ihm getadelt. Der Chronist der Expedition, de Roussell, verschreckt durch die häufig beobachteten kannibalistischen Festmähler, notierte unwillig: »Die Korallenbarriere, die diese Insulaner umgibt, ist dazu gemacht, um zu verhindern, daß man dahin gehe, um sich auffressen zu lassen.« Trotz solcher abschreckenden Warnungen landeten hier bald die ersten Walfänger und Abenteurer, die die europäischen seefahrenden Nationen gerade zu Beginn des 19. Jahrhunderts in so beängstigend großer Zahl hervorgebracht hatte.

Die Neukaledonier gehören zweifellos zu dem ältesten Typ der Südsee-Bewohner. Man bezeichnet sie als Paläo-Melaneside. Ihre Kultur unterschied sich auffallend von der anderer Inselgruppen. Viele urtümlich anmutenden Kulturgüter hatten sich noch erhalten. Aber auch hier ist trotz sprachlicher Vielfalt und Distanz der Stämme untereinander eine gemeinsame kulturelle Basis und künstlerische Ausdruckskraft in den düster wirkenden Masken und geschnitzten Türpfosten ihrer Hütten festzustellen. Die Neukaledonier lebten in Stammesverbänden von einigen hundert oder sogar tausend Menschen. Sie waren Pflanzer und verstanden viel von künstlicher Bewässerung. Um den Taro gedeihen zu lassen, legten sie in Gemeinschaftsarbeit entsprechende Systeme von 100 km Länge an.

Die Neukaledonier waren Kannibalen. Eine Schilderung La Billardières läßt vermuten, daß die Menschenfresserei recht profane Züge angenommen hatte. Um die Franzosen versammelten sich nach ihrer Landung zahlreiche Eingeborene. »Einer von ihnen hatte einen frisch gerösteten Knochen in der Hand, und verschluckte ein Stück Fleisch, das noch daran hing. Er näherte sich dem Bürger Piron, und lud diesen ein, seine Mahlzeit mit ihm zu theilen. Piron nahm den Knochen, welcher noch mit sehnigten Theilen bedeckt war, in der Meinung, er sey von irgend einem vierfüßigen Thiere, an; allein, so bald er mir denselben gezeigt hatte, erkannte ich sehr bald, daß er aus dem Becken eines beyläufig vierzehnjährigen Kindes war.

Die Wilden, welche um uns standen, zeigten uns die Lage eines Knochens an einem Kinde, und gestanden ohne Schwierigkeit, daß das Fleisch einem Insulaner zur Nahrung gedient hätte, und ein sehr leckeres Gerücht für sie wäre.

Der größte Theil der Leute, welche an Bord geblieben waren, wollten unserer Erzählung von dem barabarischen Geschmack dieser Völker keinen Glauben beymessen; sie konnten sich nicht überreden, daß diese Völker, welche Cook und Forster so vortheilhaft geschildert hatten, von einem so abscheulichen Laster entehrt würden; allein es war nicht schwer, den leichtgläubigsten zu überzeugen. Unser Wundarzt erkannte den schon zernagten Knochen für den eines Kindes, und als ich ihn den Wilden, die an Bord unseres Schiffes kamen, reichte, so ergriff ihn auf der Stelle einer dieser Menschenfresser mit Begierde, riß mit den Zähnen die Bänder und Knorpel, welche noch daran hingen, ab, und sein Gefährte, dem ich den Knochen nachher gab, fand ebenfalls noch etwas daran zu nagen!«

Der Ahnenkult und der Glaube an Geister und Dämonen stellte die Grundlage ihres geistigen Lebens dar. Wie die Australier ließen die Neukaledonier die Hütten Verstorbener einfach verfallen. Als »Zeichen der Trauer«, wie sie selbst sagten, fällte man sogar einige Kokospalmen des verstorbenen Besitzers. Nicht Trauer allein, sondern der uralte Brauch der Menschheit war die Ursache dafür, daß einem geliebten Toten als Begleitung Gegenstände, tote und lebende, mit ins Jenseits gegeben wurden.

»Wenn man ein Dorf der Eingeborenen betritt, hat man den Eindruck tiefen Friedens. Die Nervosität der modernen Welt hat hier noch keine Stätte. In den Zeiten, wo die Feldarbeit ruht, hocken die Männer rauchend unter den Palmen, durch deren Fiederblätter der Himmel herniederblaut; oder sie zerlegen vielleicht eine große Meerschildkröte und machen Steine glühend, um sie zu kochen. Die Frauen, umgeben von Kindern und Hunden, sitzen für sich und beschäftigen sich mit Matten und Körben oder schaben mit Muscheln Wurzelknochen rein; andere schleppen Holz und Wasser herbei für die Küche. Das Essen spielt überhaupt eine große Rolle, und der Eingeborene kann unglaubliche Quantitäten von Nahrung in sich aufnehmen, wenn sie vorhanden sind. Er kann aber auch ebensogut hungern, wenn die Ernte mager ausgefallen und der Vorrat erschöpft ist und zudem das launische Meer den Fischfang und das Sammeln von Krebsen oder Muscheln verbietet.«

Durch diese von Fritz Sarasin, einem der verdienstvollen Basler Völkerkundler, beschriebene Szenerie darf man sich aber nicht täuschen lassen. Als Sarasin 1911 diese Eindrücke aufzeichnete, wußte er, daß die Inhalte des alltäglichen Lebens in den vorangegangenen Jahrzehnten sich grundlegend geändert hatten. Stammesfehden früherer Zeiten trafen höchstens noch in Form von unregelmäßigen Prügeleien auf, und auch dann erschien schon bald die französische Gendarmerie und stellte den oberflächlichen kolonialen Frieden wieder her. Vor der Kolonialzeit zerstörten verfeindete Stämme aus ererbter Rache noch Teile ihrer Pflanzungen und brannten auch einige Hütten nieder. Konnte man gefallene Feinde erbeuten, schleppte man sie nach Hause und verzehrte sie bei einem Festmahl.

Eine Strafkolonie in der Südsee

Von allen melanesischen Inseln hat der Wandel durch europäische Zerstörung Neukaledonien am tiefsten erfaßt. Schon 1843 ließen sich katholische Missionare hier nieder, allerdings mußten sie noch einmal ihr Heil in der Flucht suchen. 1847 wurde die erste Station überfallen und eingeäschert. Die herausgeforderten Neukaledonier erwiesen sich dabei in der Tat als wild und ungezügelt. In einem Missionsbericht wurde der Überfall detailliert geschildert, und deutlich spürt ein aufmerksamer Leser die Unvereinbarkeit beider Welten, solange die Inselkultur intakt war. »In Neukaledonien war die Lage überaus kritisch. Krieg, Empörung und Verfolgung waren hier in vollem Gange. Die wilden Eingeborenen sahen in den Missionaren nur Zauberer, verfolgten sie mit blutigem Haß, zerstörten ihre Gärten und Pflanzungen, raubten ihre Habseligkeiten, stürmten ihre Wohnungen und drohten ihnen offen mit dem Tode. Das war die Lage, als Bischof Collomb, Apostolischer Vikar von Melanesien und Mikronesien, dort ankam. Die Julitage 1847 waren Schreckenstage für die Mission. Die Wut und Wildheit der Eingeborenen kannte keine Grenzen mehr, und der 19. Juli gab der Mission den Todesstoß. Schwer bewaffnet umzingeln die Wilden das Haus der Missionare und stürmen mit wildem Geheul heran. Br. Blasius erhält einen Lanzenstich, wuchtige Steine dröhnen gegen die Wände, den Feuerbrand schleudern sie ins Erdgeschoß. Bald brennt das Haus lichterloh. Ein erbitterter Kampf bricht los, der nahezu zwei Stunden dauert. Die Lage war fürchterlich. Mit jeder Minute wuchs die Gefahr. Die dem sicheren Tode Geweihten beteten, umarmten sich und riefen sich ein Wiedersehen im Himmel zu. Da wirft einer der Bedrängten, um die Wohnung und das nackte Leben zu retten, den Wilden den Schlüssel des Lagerhauses zu. Sie stürzen mit blinder Gier darauf zu, und während sie das Feuer löschen, um ungefährdet rauben und plündern zu können, entfliehen die Missionare nach Poebo, einer Nebenstation. Zwei Wilde stürzen sich mit ihren Lanzen auf den fliehenden Bischof Collomb, ein Gewehrschuß treibt sie in die Flucht. Der verwundete Br. Blasius wird grausam ermordet.

Am 12. August geht die Korvette »Brillante« bei Poebo vor Anker, und am 13. verlassen die Bedrängten unter militärischem Schutze die Station, um sich auf das Kriegsschiff zu begeben. Fünf Matrosen wurden schwer verwundet. Eine strenge Strafexpedition folgte, und am 21. August war die Mission auf Neukaledonien verlassen.« (Missionsbericht der Herz-Jesu-Mission).

1851 aber setzte die kontinuierliche Missionierung mit all den üblichen Begleiterscheinungen wieder ein. Am 24. September 1853 hißte der Konteradmiral Febvrier-Despointes die Tricolore und nahm die Insel in französischen Besitz. Dies verstieß zwar gegen eine britisch-französische Abmachung (Londoner Abkommen von 1847), die nach der Okkupierung von Neuseeland durch die Briten und von Tahiti durch die Franzosen weitere Erwerbungen erstmals verhindern sollte. Ausschlaggebend für die Angliederung der Insel war die Absicht, Neukaledonien zur Sträflingskolonie zu machen. Die Franzosen nahmen tatsächlich an, daß die Deportierten nach einigen Jahren Gefängnis als Kolonisten (sogenannte Libérés) sich dem Ackerbau und Handwerk zuwenden würden und so wieder zum Nutzen und Ruhme des Vaterlandes beitragen könnten. Unterweisung und großzügige Landkonzessionen sollten die Eingliederung in die Welt nützlicher Arbeit erleichtern. Das Ergebnis sprach allen kolonialen Träumereien Hohn. 1863 wurde die Insel auch als Deportationsort für Schwerverbrecher und »unverbesserliche Individuen« bestimmt, seit 1872 verbannte man hierher aber auch politische Gefangene wie die Mitglieder der kurz zuvor gescheiterten Pariser Commune.

Der Krieg zweier Welten

Die weißen Niederlassungen und die Gefängnisverwaltung konzentrierten sich längs der westlichen Küste. Vor allem die Gefängnisverwaltung eignete sich ausgedehnte Gebiete für ihr »Resozialisierungsprogramm« der Sträflinge an. Daß man sich dabei wenig um die Besitzrechte der eingeborenen Stämme kümmerte, versteht sich von selbst, und da die gebirgige schmale Insel wenig Ausweichmöglichkeiten bot und nur die Täler und schmalen Küstenebenen Landwirtschaft und Viehhaltung ermöglichten, war der Konflikt zwischen Europäern und Neukaledoniern programmiert. Dazu kam die Zwangsrkrutierung von Eingeborenen zu Arbeiten im Hauptort Nouméa und in den Plantagen an der Westküste. Die größte Verbitterung stellten die permanenten Übergriffe der Viehzüchter auf die Pflanzungen der Eingeborenendörfer dar. Immer wieder zerstörte das Vieh die mühsam angelegten Taropflanzungen. Eine Einzäunung der Weidefläche qar den weißen Kolonisten nicht vorgeschrieben, sie hätte auch einer Expansion geschadet. Ständig neue Grenzregulierungen auf Kosten der Neukaledonier, eine jährliche Kopfsteuer für jeden männlichen Eingeborenen, Unterdrükkung des Kannibalismus, der überkommenen Bestattungsriten taten ein übriges, um den Unwillen gegen die Kolonialmacht zu schüren. Dazu kamen die von den Europäern eingeschleppten Krankheiten, die ein ähnlich trauriges Bild boten wie auf den anderen Inseln. Zwar gab es Ärzte auf Neukaledonien, aber diese waren ausschließlich für die Europäer bestimmt. Nur bei Ausbruch von Epidemien, die auch den Weißen gefährlich werden konnten, griff man ein. Kleiderzwang und der weitverbreitete Tausch von Kleidungsstücken untereinander begünstigte Erkältungen und die Übertragung von Infektionskrankheiten. Auch der Alkohol forderte seine Opfer. Der Verkauf von Spirituosen war zwar wie auf den Neuen Hebriden offziell verboten, aber die Händler verstanden es, die Gesetze auch hier zu unterlaufen. Da der Verkauf von Wein erlaubt war, bot man alle möglichen Teufelsgemische als Wein an.

Der am 25. Juni 1878 in der Gegend von Lafoa plötzlich ohne Voranzeichen ausbrechende Aufstand begann mit der Tötung des örtlichen Gendarmeriepostens. Die rasche Ausbreitung der Aufstandsbewegung deutete auf eine lange heimliche Vorbereitung hin. Atai, ein weithin bekannter Häuptling aus der Gegend von Lafoa, stand an der Spitze des Kampfes gegen die Europäer. Absprachen mit vielen anderen Häuptlingen im südwestlichen Küstengebiet mußte er geführt haben. Überall wurden die Siedler überfallen, ihre Häuser geplündert und verbrannt. 200 weiße Männer, Frauen und Kinder fielen der Rache zum Opfer. Erst im März des folgenden Jahres gelang es französischen Truppen und Siedlungswehren, die letzten Herde des Aufstandes zu ersticken. Ohne die Unterstützung einger Stämme, die mit Atai und seinem Anhang verfeindet waren, hätte der Krieg sich gewiß länger hingezogen. Auch in Neukaledonien kam es also nicht zu einem geschlossenen Vorgehen der Eingeborenen gegen die Kolonialmacht. Die Revanche der Franzosen forderte 1000 Tote, sie fielen aber nur zum Teil im Kampf.

Bewaffnete einheimische Hilfstruppen konnten frei im Gebiet ihrer Erbfeinde wüten. Viele Gefangene ließ man standrechtlich erschießen. 1200 Aufständische wurden auf kleine Inseln verbannt, die Dörfer aller an der Erhebung beteiligten Stämme zerstört, die Gebiete eingezogen und an Weiße verteilt.

Der Befreiungsversuch einiger Stämme beschleunigte in den folgenden Jahren die koloniale Aufteilung und Durchdringung der Insel. Die Franzosen griffen häufig in die Nachfolge der Häuptlinge ein und suchten ihnen genehme Stammesführer einzusetzen. Diese mit Ehrenzeichen und goldenen Tressen dekorierten »Grands Chefs« waren zum bewaffneten Widerstand nicht mehr fähig und ließen es meist bei verbalen Protesten, wenn von den »Réserves indigènes« wieder einmal Gebiete abgetrennt wurden. An die Zusagen aus der Zeit der kolonialen Anfänge fühlten sich die Franzosen aber bald nicht mehr gebunden. Schließlich hatte die Zahl der Neukaledonier so stark abgenommen, daß sie nun auch mit weniger Land auskommen konnten.

Vor der Okkupation durch die Franzosen mag die Zahl der Eingeborenen vielleicht um 50000 betragen haben, 1885 nach rund 30jähriger Kolonialherrschaft lebten noch 26000 Menschen, 1911 weniger als 17000. Nouméa machte zu dieser Zeit den Eindruck einer heruntergekommenen Kolonialstadt. Speiser, der in diesem Jahr auf seiner Reise zu den Neuen Hebriden einen Zwischenaufenthalt in der Verwaltungshauptstadt einlegte, schrieb entsetzt:

> »Parallele Straßenzüge führen vom Hafen nach den Hügeln, die hinten die Stadt begrenzen. Unter den Wellblechdächern, welche die Trottoirs hier und da überdachen, sind dunkle Läden mit unappetitlichen Eßwaren, Kuriositäten und billigen Kleidern; an jeder Ecke ist eine düstere Matrosenkneipe, aus der es weithin nach Absinth duftet, und Weiberstimmen kreischen. Dann treten wir auf einen leeren, unsauberen Platz, wo ein Brunnen steht, der eine verstümmelte Gallia trägt, dort träumen auf morschen Droschken verkommene Kutscher und auf Bänken entlassene Sträflinge, die meist senil mit den Köpfen nicken, weiter steigt die Straße gegen die Hügel und endigt plötzlich in einer Quergasse, wo einige bessere Häuser die Wohnungen der höchsten Beamten darstellen. Irgendwo ist ein hölzernes Rathaus und irgendwo auch die Residenz des Gouverneurs. Auf den Straßen sieht man fast nur Beamte, meist beleibte, ältere Herren mit martialischem Barte und dem unvermeidlichen Tropenhelm, welche sich nach der Arbeit im Cercle sammeln und Karten spielen. Man geht auch

zum Coiffeur, trinkt wieder Absinth, rollt Zigaretten, geht früh zu Bette, nachdem man in einem Tingeltangel ausrangierte Artistinnen von Sydney beklatscht und einen Kinematographen bewundert hat.«

Es ist kein Zufall, daß gerade in diesen Jahren führende Vertreter einer aufgeschlossenen französischen Kolonialpolitik ihrem tiefen Zweifel an der segenbringenden Mission bisherigen kolonialen Wirkens Ausdruck verliehen. Man suchte nach angemesseneren, aber durchaus pragmatischen Methoden für Verwaltung und Erschließung. In seinem 1910 veröffentlichten Werk »Domination et Colonisation« legte Jules Harmand die Grundzüge der neuen Einstellung dar, die stark vom britischen System geprägt waren: »Die neue Methode will das Los des Eingeborenen in jeder Hinsicht, aber nur auf für ihn fruchtbringendem Weg bessern. Er soll sich in seiner eigenen Weise entwickeln. Jeder muß seinen Platz, seine Aufgabe und seine Rolle beibehalten. Die Sitten und Gebräuche und die Traditionen der Eingeborenen dürfen nur sehr wenig angetastet werden, und vielmehr muß man sie sich zunutze machen, um die hiergenannten Ziele zu erreichen. Die Assoziierung ist so, kurz gesagt, die systematische Ablehnung der Assimilierung und zielt darauf ab, an die Stelle des notwendigerweise starren und bedrükkenden Regimes der direkten Verwaltung das der indirekten Herrschaft zu setzen, wobei man die Institutionen der unterworfenen Bevölkerung sorgsam und richtig erhalten und ihre Vergangenheit achten muß.«

Für Neukaledonien kamen solche Einsichten aber zu spät, der Verfall war zwar noch nicht gänzlich vollzogen, aber die Grundlagen des Eingeborenenlebens erschüttert. Seit 1894 wurden zwar keine Sträflinge mehr hierher deportiert, und eine Amnestie hatte die überlebenden, verbannten Aufständischen zurück in ihre Heimat ziehen lassen, aber von den anderen Maßnahmen, wie z. B. der Landaufteilung, wurde nichts rückgängig gemacht. 1910 lag nur noch ein Zehntel der ursprünglichen Taropflanzungen in der Hand der Eingeborenen. Mit der veränderten Lebensweise verfielen auch die alten Techniken und sakralen Schnitzereien. Hielt man auch, wie Sarasin feststellte, noch an der alten Bepflanzungsweise soweit wie möglich fest, das Eisen hatte längst die einstmals hochentwikkelte Kunst der Steinbearbeitung zu Werkzeugen verdrängt. Nur noch wenige Häuptlinge trugen ihre Paradebeile aus feingeschliffenem Serpentin oder Nephrit. Die Töpferei war längst verschwunden und hatte europäischem Emailgeschirr das Feld überlassen. Auch Baumbast wurde nicht mehr hergestellt, statt dessen verwendete man billigste europäische Tücher. Die Vollkleidung verdrängte den Schmuck. Die alten Waffen benutzte man auch nur noch als reine Schaustücke bei Festen. An der Westküste lockerten sich die Bindungen zur alten Welt zuerst. »Die europäisierten Eingeborenen der Bourail-Gegend, von denen nicht wenige auch deutliche Spuren europäischer Blutmischung erkennen lassen, scheinen wenig Achtung mehr vor den Werken ihrer Voreltern zu besitzen und auch vor diesen selbst nicht, denn, als wir den Wunsch nach Schädeln aussprachen, brachten sie ohne Scheu in Körben und Säcken solche Haufen zum Verkauf herbei, daß wir die meisten zurücklassen mußten und nur eine kleine Auswahl von einigen zwanzig besonders gut erhaltenen Stücken mitnehmen konnten.«

Man vergaß auch die alten Götter. Beim Pilu-Fest wurden die alten Masken nicht mehr als Wasserdämone verstanden, sondern als christlicher »Teufel«.

Daß die Neukaledonier »nur« kulturell, nicht aber physisch gänzlich dezimiert wurden, verdanken sie eher einem körperlichen Nachteil als ihrer Robustheit, die man ihnen oft nachsagte. Die schwarzen Kaledonier eigneten sich überhaupt nicht für den Einsatz in den Nickelgruben, deren Ausbeutung nach 1910, als man eine eigene Metallindustrie aufzubauen begann, verstärkt einsetzte. Die Franzosen rekrutierten dafür Vietnamesen, Indonesier und Polynesier. Heute beträgt die Gesamtzahl der schwarzen Kaledonier wieder 47 000, aber damit nur noch 45 Prozent der Gesamtbevölkerung. Zugenommen haben durch die Sozialmaßnahmen seit 1910, wie Regierungsprämien von zehn Franken pro Kind und bessere ärztliche Betreuung, vor allem die christianisierten und »akkultivierten« Neukaledonier, die kaum noch etwas mit ihren Vorfahren vor 150 Jahren gemein haben. In der Hauptstadt leben allein fast 10 000 von ihnen.

V.

MIKRONESIEN – DIE TAUSEND INSELN

Etwa 1500 Inseln sollen es sein, die Mikronesien, »die Welt der kleinen Inseln«, bilden. Genau weiß es aber in Wirklichkeit niemand. Es können genausogut 2000 oder 3000 sein. Hier in der unermeßlichen Weite des Stillen Ozeans gibt es nämlich Eilande, bei denen man sich fragen muß, sind das schon Inseln oder isoliert aufragende Korallenfelsen, ist ein Stück Strand aus Korallensand, mit einigen Palmen bewachsen, schon dieses Namens würdig?

Mikronesien stellt tatsächlich eine eigenartige Welt dar. Auf einem Areal von über acht Millionen Quadratkilometern Wasserfläche scheinen sich die Eilande von insgesamt nur 2540 qkm fast zu verlieren. Die größten Inseln, Guam (Marianen) mit 530 qkm, Babelthuap (Palauinseln) mit 300 qkm, Truk mit 133, Kusaie mit 110 und Ponape (alle zu den Karolinen gehörend) mit 300 qkm, vereinigen auf sich allein die Hälfte der Fläche. Für die vielen anderen Inseln bleibt also durchschnittlich ein Quadratkilometer. Die aufgeführten sogenannten hohen Inseln sind vulkanischen Ursprungs, die übrigen Eilande verdanken ihre Entstehung meist unmittelbar dem Meer. Es sind Koralleninseln, die, meist ringförmig aufgebaut, eine flache Lagune umschließen. Diese Inselform nennt man Atolle.

Von den hohen Inseln einmal abgesehen, sind die Voraussetzungen für eine dauernde menschliche Besiedlung auf den Atollen alles andere als günstig. Nur die vulkanischen Hochinseln erhalten mit den Steigungsregen genügend Niederschläge, die einen üppigen tropischen Regenwald entstehen ließen und die Feldwirtschaft ohne große Schwierigkeiten ermöglichten. Auf den Atollen dagegen gedeihen nur die Kokos- und Paranußpalmen, niedrige Salzsträucher und Gräser. Weil die Inseln flach sind, empfangen sie wenig Regen. Viele Eilande der Marshallinseln erheben sich z. B. nur einen bis zwei Meter über die Hochwasserlinie. Nach langen Dürreperioden mußten viele Inseln von den Menschen verlassen werden.

Manche kleinen Atollinseln werden nur besucht, um die Kokosnüsse aufzusammeln oder die mühsam angelegten Pflanzungsgruben zu pflegen. Mit einfachen Grab- und Pflanzstöcken hatten die Männer Gruben ausgehoben und mit Humus gefüllt. In solchen Pflanzungsgruben, die eine Länge bis zu mehreren hundert Metern erreichen können, wird eine genügsame Taroart kultiviert. Es ist eine mühsame Arbeit, dem kargen Boden etwas abzugewinnen. Die Atolle der Gilbert-Inseln zählen zu den ärmsten Eilanden der Erde überhaupt. Auf 16 Inseln mit insgesamt 260 qkm Fläche lebten aber immerhin 40 000 Menschen vor Ankunft der Europäer. Die Frage ist berechtigt, wie in dieser »Wüste von Wasser, Korallenfelsen und Sand« so viele Menschen leben und eine vielfältige Kultur in Friedens- und Kampfzeiten entwickeln konnten. Auf jeden Quadratmeter kargen Sandbodens kommen mehrere Quadratmeilen fischreicher Lagunen und Meeresfläche. Die Männer der Gilbert-Inseln kennen annähernd 100 verschiedene Arten eßbarer Fische und beherrschen über 50 verschiedene Methoden, um diese zu fangen. »Mit Angelhaken aus dem eisenholzartigen Stamm des Salzbusches fing man auf dem Meer Haie, Perlmutthaken dienten zum Angeln der wohlschmeckenden Bonito-Fische, und in den Lagunen fing man mit ›Haken‹ aus Krebsbeinen an kurzen Leinen mancherlei kleinere Fische. In den Höhlungen des Ostriffs erbeutete man Aale mit Köder und Schlingenstab. Rahmennetze (Kescher) wurden am Ufer und auf den Riffen benutzt, und in wohldurchdachter Technik konstruierten die Männer dieser Inseln auch verschiedene Reusen« (G. Koch).

Die Mikronesier sind hervorragende Seefahrer und besiedelten die mindestens 900 km von Indonesien und Melanesien entfernten Inselgruppen mit Hilfe ihrer hochseetüchtigen Boote. Diese Menschen, die hier schwierigen Umweltbedingungen trotzen lernten, stellen im Gegensatz zu Papuas und Melanesiern eine viel jüngere Mischrasse dar. Austronesische, mongolide und melanide Elemente verbanden sich. Ein flächig wirkendes Gesicht und das häufige Vorkommen der Mongolenfalte, das dunkle Haar und untersetzter Wuchs weisen auf mongolisches Erbteil, die dunkle Pigmentierung und die breite Nase auf austronesisch-melanesisches Erbgut hin. Die Vermischung der Rassen erfolgte wahrscheinlich in Indonesien, und einige Jahrhunderte nach der Zeitenwende begann die Besiedlung der Inseln. Es muß ein kühnes Abenteuer gewesen sein, sich dem Meere anzuvertrauen und darauf zu hoffen, geeignetes Siedlungsland zu entdecken. Die Fahrten mußten mehrere Tage gedauert haben, denn die Geschwindigkeit der Segelboote betrug nur um acht Seemeilen (etwa 19 Stundenkilometer).

Bedenkt man, daß die Mikronesier nautische Hilfsmittel sowie Kompaß und Sextant nicht kannten, kann man die Leistung dieser tüchtigen Seefahrer ermessen. Vor allem half ihnen die Beobachtung der Natur, Kurs zu halten und festzulegen. Verließen die Seesterne z. B. ihre sicheren Unterschlüpfe oder kamen bestimmte Fische in Ufernähe, deutete das auf gutes Wetter. Bei Tag erleichterten Sonnenstand, Windrichtung und Dünung die Orientierung, bei Nacht halfen die Sterne. Ein guter Bootsführer mußte noch 30 Seemeilen hinter der Nordspitze eines Eilands die östliche Dünung der Brecher wahrnehmen. Ihre Art und Richtung halfen ihm die Lage der betreffenden Insel genau zu bestimmen. Auch das Verhalten der Vögel, Dunst- und Wolkenbildungen über Atollen oder den hohen Inseln boten wichtige Anhaltspunkte zum Aufspüren von Land.

Die Jahrhunderte währende Auseinandersetzung mit dem Meer, die zum Aufspüren naturgegebener Zusammenhänge führte, fand u.a. ihren Niederschlag in den Stabkarten der Bewohner der Marshallinseln. Die Erfindung dieser Stabkarten stellte die größte »wissenschaftliche« Leistung der Mikronesier dar. Im Gegensatz zu modernen Seekarten konnte dieses Orientierungsmittel nur derjenige sicher benutzen, der sie anfertigte. Jeder Fremde mußte in ihrem Gebrauch unterwiesen werden. Sie bestanden aus einem Netzwerk von verbundenen geraden oder gebogenen Palmblattrippen, die Windrichtungen, Meeresströmungen und Dünungen anzeigten. Gesondert befestigte Muscheln wiesen auf die Lage von Inseln hin. Nur wer das Meer kannte, vermochte ein solches dreidimensional gedachtes Instrument herzustellen. Exakte Entfernungen und genaue Himmelsrichtungen konnte man zwar nicht ablesen, aber weitgereiste Bootsführer wußten aus Erfahrung und Schulung Bescheid. Ein Uneingeweihter konnte mit den Stabkarten wenig anfangen, weil ihm die genaue Kenntnis der örtlichen Verhältnisse fehlte. Die mehr allgemeinen Grundlagen der Karten und Voraussetzungen der Seefahrt wurden in regelrechten Schulen von Seefahrtmeistern (rimedó) vermittelt. Nur ausgewählten Schülern wurde das geheime Wissen von Gestirnen, Wetterbestimmungen und Naturphänomenen weitergegeben. Am Abschluß der Schule stand eine regelrechte Prüfungsfahrt. Wer zu weit entlegenen Inseln gelangen wollte, studierte vorher seine Karten. Während der Fahrt galt es für die Kapitäne als blamabel, sich noch daran zu klammern.

Trotz dieser genialen Hilfsmittel kamen Unglücksfälle vor. »Des öfteren wurden Flotillen, deren Boote gewöhnlich im Abstand von etwa zwei Seemeilen in breiter Front einseitig gestaffelt fuhren, durch Stürme zerstreut, und nur dem Führungsboot mit dem Seefahrtsspezialisten an Bord gelang es dann, eine Insel zu erreichen. Aus dem letzten Jahrhundert ist der Verlust einer Gruppe von 22 Booten und einer von zehn Booten in den westlichen Marshall-Inseln (Ralik-Gruppe) bekannt. Von zwei weiteren Flotillen erreichte nur jeweils das Häuptlingsboot, weit vom Kurs abgeschlagen, rettendes Land. Einzelne Boote, ohne seekundige Männer an Bord, sollen dagegen häufiger verlorengegangen sein« (E. Franz).

Wer auf hohe Fahrt ging, tat gut daran, sein Muschelhorn zu blasen und einen Wetterzauber zu rezitieren:

»Dunkle Wolken, das Horn,
mein götterherbeirufendes Horn!
Meine Rede geht zu den Wolken wie Feuer.
Kommt nicht näher, dunkle Wolken,
bleibt ganz fern!
Nicht mehr, nicht mehr, nicht mehr!
Wendet euch weg, Wind und Wolken!
Schlechtes Wetter, wende dich fort!
Sterbe weg, bewege dich weg!
Reise ab, schlechtes Wetter!
Komm, gutes Wetter,
schön und hell!
Laßt hier schöne Tage sein,
wolkenlosen Himmel!«

EMPFANG BEI EINEM KÖNIG

Die Mikronesier stellen nicht nur anthropologisch gesehen eine Mischung mehrerer Rassen dar, auch ihre Sprache weist auf eine unterschiedliche Herkunft.

Indonesische Einflüsse herrschen auf den Palau-Inseln sowie den Marianen vor, im Osten sind starke polynesische Einwirkungen feststellbar, sonst dominieren melanesische Idiome, so daß die mikronesischen Sprachen insgesamt als Untergruppe der melanesischen gewertet wird. Auch im gesellschaftlichen Aufbau finden wir Einflüsse von Ost und Süd. Auf den Gilbert-Inseln, den Marshall-Inseln, auf Ponape und Kusaie treffen wir eine auf polynesische

Vorbilder zurückgehende Gliederung in Sklaven, Handwerkerstand oder – besser gesagt – Mittelschicht und Adel. Melanesische und indonesische Gesellschaftsstrukturen mit strengem Mutterrecht, Häuptlingstum und Exogamie kennzeichnen die mittleren und westlichen Karolinen. Auf der Insel Nauru, mit 21 qkm etwa so groß wie die Nordseeinsel Amrum, lebten zwölf Stämme, die untereinander tief verfeindet waren. Die Insel Yap war in zwei Kriegsparteien eingeteilt, dann noch in mehrere Dörfer, die wiederum in neun Rangstufen gegliedert waren. Einige Dörfer hatten den Status reiner Sklavendörfer, die keinen eigenen Grundbesitz aufwiesen und zu Diensten ihren Herren gegenüber verpflichtet waren.

Ein besonders machtvolles Königtum hatte sich auf Ponape und Kusaie (Karolinen) herausgebildet. Hier fanden sich, eine Einmaligkeit für ganz Ozeanien, gewaltige Steinbauten aus Korallenblökken und Basaltquadern. In den längst zerfallenen Häusern lebten der König, der Adel und wahrscheinlich auch die Priester. Die höchsten Bauten erreichten eine Höhe von über zehn Metern. Noch heute erheben sich Ruinen bis zu dieser Grenze. Diese »Stadtbezirke« wurden meist auf kleinen vorgelagerten Inseln oder Riffen angelegt. Um die gewaltigen Steinblöcke über die Lagunen zu transportieren, mußte mit Sicherheit die ganze Bevölkerung eingesetzt werden. Der größte Basaltblock mißt immerhin 3,25 x 2,50 x 0,75 m, was ein Gewicht von mehreren Tonnen ergibt. Macht und sakrales Ansehen eines Herrschers, der zu solchen gewaltigen Leistungen motivieren konnte, müssen gewaltig gewesen sein. Dem König von Kusaie durften sich die Untertanen nur auf den Knien nähern. In seiner Gegenwart sprach man nur im Flüsterton.

Auf Ponape herrschten nach einer Niederlage des Königs gegen Kusaie später fünf Könige über die sieben Volksstämme. Diese Könige waren zwar nicht völlig gleichgestellt, aber auch sie wurden sehr verehrt, und im Gegensatz zu den anderen Volksschichten durften sie mehrere Frauen heiraten. Als die ersten Europäer auf Ponape landeten, empfing man auch sie knieend, auf Händen und Füßen sich vorwärts bewegend.

Obwohl die politische Macht der Könige im 19. Jahrhundert längst gebrochen war und die europäischen Kolonialverwaltungen die Lebensgesetze nach eigenem Gutdünken umschrieben, war das Ansehen dieser noch nominell herrschenden Könige bei ihrem Volk ungebrochen. Noch immer empfing er die Fremdlinge, hatte mehrere Frauen, und jeder hielt sich in respektvoller Entfernung von ihm. Franz Hernsheim, deutscher Konsul auf Jaluit (Marshall-Inseln), besuchte 1875 einen König von Palau und schilderte sehr anschaulich diese Begegnung: »Bald nach unserer Ankunft erschien der König Aba-Thule, eine große, feiste Gestalt mit dunkelbrauner, ölglänzender Haut. Nach Landessitte war er nur mit einer schmalen, roten Lendenbinde ›tapa‹ bekleidet und trug die langen, reichlichen, schon etwas ergrauten Haare künstlich mit einem schön geschnitzten Schildpattkamme aufgesteckt. Eine Spange aus dem Knochen vom Dugong, einem Seesäugethiere bildete den Schmuck des Handgelenkes. Vorderarme und Hände waren schwärzlich-grün tätowiert. Über der linken Schulter hing ein kleines Beil, dessen Griff aus einem äußerst harten Holze verfertigt wird. An das im rechten Winkel zum Stiele stehende, dicke Ende wurde in früheren Zeiten ein scharfgeschliffener Stein oder ein Stück Muschel gebunden; jetzt wird statt dessen der Meißel benutzt, der einen der Haupthandelsartikel zwischen Weißen und Eingeborenen bildet.«

Sein »Palast«, eine auf Pfählen errichtete Hütte mit hohem Giebeldach und sorgfältig geflochtenen Wänden aus Rohr, wies einen einzigen, etwa 25 m langen Raum auf, in dessen Mitte eine Feuerstelle lag. Hier bewachte der König seinen Besitz, der nun nicht gerade auf europäische Besucher, aber auf seine eingeborenen Gäste tiefen Eindruck gemacht hätte. »Allerlei Geräthschaften hängen rings an den schwarz angerauchten Wänden oder stehen in buntem Gemische überall umher; man glaubt sich fast in eine Trödelbude versetzt. Ein altes verrostetes Steinschloßgewehr hängt neben einem neu glänzenden Hinterlader, beide Geschenke von Kapitainen und beide gleich unbrauchbar, denn die Feder des ersteren ist längst gebrochen und mit dem Hinterlader wurden, der größeren Sicherheit halber, Seiner Majestät nur 6 Patronen gegeben, die am ersten Tag verknallt wurden. Eine Schlachtscene aus ›Illustrated London News‹ bildet das Gemälde, das der Rahmen eines zerbrochenen Spiegels umgiebt, leere Flaschen, eiserne Töpfe, eine alte Schiffskanone, einige bunt angestrichene Kisten, ein Fernglas und das Gehäuse einer Schwarzwälder Uhr vollenden die bunte Sammlung« (F. Hernsheim).

DAS STEINGELD VON YAP

Ein so begabtes Seefahrervolk wie die Mikronesier lebte nicht abgeschlossen, sondern trieb Handel mit weit entfernt liegenden Inseln. Um 700 n. Chr. tauchten sogar chinesische Händler auf den

Karolinen auf, und vor allem Besuche aus dem polynesischen Raum waren häufig. Einige kleinere Inseln Mikronesiens wurden sogar von Polynesiern besiedelt. Ob die Mikronesier solche Besuche erwidert haben, ist allenfalls zu vermuten, aber die Entfernungen, die sie mit Sicherheit in ihrem engeren und weiteren Kulturgebiet überbrückten, sind erstaunlich groß. Die Männer von Yap segelten bis zu den Marianen, das bedeutet immerhin, gut 1000 km offenes Meer zu überqueren. Auch mit dem rund 500 km entfernten Ukai handelten sie, und zwar mit ihren Walroßzähnen, Matten, Gürteln, Kämmen, Hüten, Körben, Taschen und Schildpatt. Bewohner der Marshall-Inseln gelangten bis zu den westlichen Karolinen, die rund 3000 km im Westen lagen.

Wer Handel treibt, braucht Werte und sucht Gegenwerte. Wer sich durch seine Geschäfte Wohlstand erworben hat, möchte ihn nach außen auch dokumentieren. Die sozial streng gegliederte Gesellschaft hat andere Würden und Dekorationen zu vergeben als eine Lebensform, die in der Sippe, der Dorfgemeinschaft oder dem Stamm das höchste »Gut« erblickt. Es steht außer Zweifel, daß Hochkultureinflüsse aus Ostasien und dem indonesischen Raum Mikronesien erreicht haben. So galt auf Palau als Währung eine Glasperlenart, die mit Sicherheit nicht hier hergestellt wurde. Vielleicht gelangten sie zur Zeit des frühen Handelsverkehrs durch die Chinesen nach Palau. Das ist aber umstritten, denn die walzenförmigen runden Perlen, undurchsichtig und mit Einlagen verziert, erinnern an Perlen aus Indien oder die frühen Glasschmelzprodukte der alten Mittelmeerkulturen. Erstaunlich wäre eine solche lange Handelskette schon, aber bei der asiatischen Mobilität und händlerischen Regsamkeit durchaus glaubhaft. Aus irgendwelchen Gründen, u. a. der zunehmenden Selbstisolierung Chinas, versiegte der »Nachschub« an Perlen, und sie bekamen deshalb immer größeren Seltenheitswert. Ihr Besitz wurde eifersüchtig gehütet und oft sogar geheimgehalten. Dennoch kannte man schon »Geldverleih« gegen Zinsen, auch Fälschungen aus einheimischen Materialien kamen vor, wurden aber von erfahrene Männern rasch entlarvt. »Wer reich ist«, sagte ein Sprichwort auf Palau, »geht durch die Vordertür des Bai (Männerhaus); wer arm ist, drückt sich bescheiden zur Hintertür hinaus.«

Ein eigenartiges Zahlungsmittel der Mikronesier war das Mattengeld von der Insel Yap. Hier wie überall auf den Karolinen kannte man die Weberei. Gürtel, Kleidmatten, die von den Frauen um die Hüften als kurzer Rock getragen wurden, während die Männer sie falteten, zwischen den Beinen durchzogen und auch um die Hüften schlangen, wurden gewebt. Diese oft rot, gelb, schwarz gefärbten und gemusterten Matten akzeptierte man auch als Zahlungsmittel. Als Kleingeld dienten Perlmuttschalen, als wertvollsten Besitz betrachtete man jedoch das »sonderbarste Geld, welches je auf der Welt erfunden worden ist« (W. Müller). Das Fä genannte Steingeld bestand aus runden Scheiben mit einem Loch in der Mitte und wurde aus dem Mineral Aragonit hergestellt. Da das begehrte Rohmaterial auf Yap selbst nicht vorkam, segelte man zu dem 500 km entfernten Palau und brach hier die Steinplatten. Sie konnten nur wenige Zentimeter Durchmesser aufweisen, teilweise erreichten sie aber auch 1,60 m. Je nach Qualität des Minerals und Größe der Platte wurde der Wert bemessen. Ansehen besaß nur, wer einige dieser Geldstücke besaß und sie auch demonstrativ zur Schau stellen konnte. Gegen eine mittelgroße Platte konnte man immerhin ein Boot kaufen.

Noch 1882 fuhren die Einwohner von Yap nach Palau, um Aragonit zu holen. J. S. Kubary traf in diesem Jahre auf Palau 400 Männer aus Yap beim Brechen des Minerals. In diesen Jahren herrschte aber schon Inflation. Nach 1870 tauchten plötzlich Fä von bislang unbekannten Dimensionen von 4 Metern Durchmesser auf. Mit den Flößen und Segelbooten waren aber solche schweren Stücke nicht zu transportieren. Ein schlauer Amerikaner irischer Abstammung hatte sich, zuerst lange unbemerkt, in die Geldbeschaffung eingemischt. Mit einer alten chinesischen Dschunke hatte er ursprünglich nur Kopra aufgekauft, bis er herausfand, woher die Männer von Yap ihren Geldsegen bezogen. Er spürte ihren heiligen Steinbruch auf, warb einige Arbeiter zur Herstellung der Steinräder an, holte sie ab und kaufte damit die Erträge der Kokospalmen der Yapbewohner auf. Allmählich ging er zu immer größeren »Geldstücken« über. Die Männer durchschauten diese gerissene Ausbeutung jedoch nicht und feierten König O' Keefe noch wie einen Helden, als er schon längst von der deutschen Kolonialverwaltung vertrieben worden war.

»ES STERBE DER HUND, DER KEIN CHRIST SEIN WILL«

Die Marianen waren die erste mikronesische Inselgruppe, die von Europäern gesichtet wurde. Magalhães entdeckte sie bei einer ersten Weltumsegelung im Jahre 1521. Die Kolonialisierung setzte mit der spanischen Jesuitenmission 1668 ein. Das 18. und beginnende 19. Jahrhundert sah lang andauernde Auseinandersetzungen zwischen Mission, spanischer Kolonialmacht und den Eingeborenen. Die Bewohner der Marianen, die Chamorro, durchlitten eine ganze Skala von Peinigung, Verboten und Verfolgung. Die Grausamkeiten, die die Spanier bei Inkas, Mayas und Azteken in Lateinamerika so verhaßt gemacht hatten, begingen sie auch an den Chamorros. Von dem ursprünglich circa 100 000 Menschen zählenden Volk lebten um 1900 noch 2500. Heute sind die letzten Chamorros längst ausgestorben, und nur noch Mischlinge hohen Grades mögen an sie erinnern. Ihre Kultur ist verweht, nur wenige Aufzeichnungen der Missionare lassen ahnen, wie sie gelebt haben.

Der Untergang der Chamorros, eines einst starken und kühnen Volkes, gehört zu den schwärzesten Kapiteln europäischer Kolonisation und Mission. Um 1900 lebte auf den kleinen Inseln der Marianen nur noch eine verschwindend kleine Anzahl der Urbevölkerung, die dem Kreuzzug fanatischer spanischer Mönche und ihrer weltlichen Gewalt entkamen. G. Fritz, der deutsche Bezirkshauptmann in Saipan, stellte in dieser Zeit aber erstaunt fest, daß ein Vergleich der damaligen Chamorros mit ihren Vorfahren zeigte, daß der Massenmord und eine dem Volk seiner Natur nach fremde Erziehung ohne tieferen nachhaltigen Einfluß auf den Volkscharakter geblieben sei, und dies trotz jahrhundertelanger negativer Auslese. Denn nicht die freiheitsliebenden, mutigen Menschen überdauerten die Verfolgungen, sondern die Schwachen und Anpassungswilligen. Die Marianen wurden also von Magalhães auf seiner Weltumsegelung entdeckt. Am 6. März 1521 wurde das Ritual der ersten Kontakte mit den neugierigen, freundlichen, völlig nackten Eingeborenen zelebriert. Gegen die Früchte und Nahrungsmittel der Chamorro gab man metallene Gegenstände, die ihnen bislang unbekannt waren. Als sie sich eigenmächtig noch mehr nahmen, als die Spanier ihnen freiwillig zugestehen wollten, kam es zum Streit. Auf den Hagel von Steinen und Wurfspeeren folgte gezieltes Feuer der Hakenbüchsen. Als sich die Eingeborenen zurückgezogen hatten, plünderten die Spanier ein Dorf und brannten es nieder. Der Kapitän gab daraufhin den Inseln ihren Namen: Ladrones – Diebesinseln. Die moralische Etikettierung der Eingeborenen war damit erfolgt. Fast 150 Jahre sollten vergehen, ehe mit der Ankunft des Jesuitenpaters Sanvitores 1668 die tatsächliche Herrschaft der Spanier mit der obligatorischen Missionierung begann. Zur Ehre der Königin Maria Anna, die, bekümmert und gerührt von den Schilderungen der Nacktheit und des Heidentums der Eingeborenen, die Expedition finanzierte, tauften die Jesuiten die Insel in Marianen um.

Die Chamorro nahmen die Jesuiten recht freundlich auf. Gesang, Farbenfreudigkeit und Prachtentfaltung des fremden Kultes faszinierten viele Menschen. Die angesehensten Häuptlinge suchten Kontakt zur Mission. So ließen die ersten Taufen nicht lange auf sich warten. Erst mit der Zeit machte sich Unzufriedenheit breit, und zwar aus zweierlei Gründen. Der Adel sperrte sich dagegen, daß das gemeine Volk auch der heiligen Sakramente teilhaftig wurde und daß die Missionare die Eheauffassung der Chamorro radikal ändern wollten. Eine Ehe auf Lebenszeit paßte mit ihren Vorstellungen vom zeitlich eingeschränkten Bestand eines Bundes auf Dauer der Neigung nicht zusammen. Auch die vorehelichen Kontakte der unverheirateten Männer, die sich Frauen kauften oder liehen, rief nach moralischer kraftvoller Ächtung durch die Priester. Damit hatten sie aber gerade die mutigen jungen Chamorros gegen sich aufgebracht.

Stimmung gegen die Missionare aber machte ein Chinese, der von einem Orkan auf die Marianen verschlagen wurde. Er setzte böse Gerüchte in Umlauf, die Priester seien verbannte Sträflinge, sie würden mit giftigem Taufwasser die Kinder und durch Zauberei die Kranken töten. Die Chamorro versteckten von nun an ihre Kinder. Geduld, diesen Gerüchten entgegenzutreten, gehörte aber nicht zu den Tugenden der Missionare, man suchte neue Glaubenszeugen und – möglicherweise – auch ein paar neue Märtyrer.

Schon 1660 zeigten sich erste Feindseligkeiten, und ein Jahr später wurde der erste Pater von einem Chamorro ermordet. Der Aufstand brach los. Im Hauptort der Insel Guahan, Hagatnia, wurden die Spanier eingeschlossen und belagert. Die heiligen Ahnenschädel wurden von den Chamorro auf die Belagerungswälle gepflanzt. Eher Glück als Überlegenheit bescherte aber den Spaniern den Sieg. Als sie bei einem Überfall die verehrten Schädel zertrümmerten, baten die Aufständischen um Frieden.

Die Sieger – vor allem die spanischen Soldaten – reizten die

Chamorro durch Unüberlegtheit und sinnlose Grausamkeiten immer wieder zum Aufruhr. 1672 erschlugen sie Sanvitores, weil er eigenmächtig, ohne elterliche Zustimmung, ein Kind getauft hatte. Darauf verheirateten die Spanier zwangsweise ein Chamorromädchen mit einem Soldaten; als sich der Vater widersetzte, wurde er einfach aufgehängt. Der angetretene Trupp rief unter dem Kommando des Gouverneurs: »Es sterbe der Hund, der kein Christ sein will.« Die Missionare ließen auch Mädchen aus den Gemeinschaftshäusern der jungen Männer holen und in ein Seminar stecken.

An die Spitze des Aufruhrs gegen diese Schreckensherrschaft trat ein einstiger Freund der Mission, Aquarin, der seinem Volk Selbstbewußtsein und Liebe zur Heimat einimpfte. Obwohl die Spanier mehrmals an den Rand der Vernichtung gerieten, hatten sie immer wieder Glück durch die Unentschlossenheit und den Verrat einzelner Christenfreunde. So meldeten ausgeschickte Kundschafter nicht, daß die Wachen der Spanier vor Hagatnia schliefen, als Aquarin zum Überfall bereitstand. Ein anderer Chamorro versorgte die Eingeschlossenen dann heimlich mit Nahrungsmitteln.

Schnelle Entscheidungen sowie die Zerstörung einiger Eingeborenendörfer im Süden von Guahan verhalfen den Europäern wieder zum Sieg. Die Angst vor den Feuerwaffen und die brutalen Vergeltungsaktionen für die verbrannten Kirchen verschreckten die Chamorro. Sie gaben sich verloren. Seit 1680 ging ein neuer Gouverneur (Quiroga) zielstrebig daran, die alten Bräuche zu verbieten und die Menschen in gut überschaubaren Kirchendörfern zusammenzufassen. Die Zentralisierung schien sich auf Guahan zu bewähren, die anderen Inseln blieben aber in Aufruhr. Während einer Strafexpedition nach Tinian und Saipan, die auf seiten der Spanier viele Opfer kosten sollte, erhoben sich die Bewohner Guahans 1683 nochmals. 60 mutige Chamorro-Krieger überfielen an einem Sonntag am Ende der Messe, an der sie mit versteckten Waffen teilgenommen hatten, in der Kirche von Hagatnia die spanischen Soldaten, die Priester und den Gouverneur. 45 Soldaten und einige Priester fielen in dem kurzen Kampf. Nur zeigte sich auch bei diesem anfangs so erfolgreichen Anschlag: Schon ein kleiner Rückschlag verunsicherte die Chamorro. Als der Anführer der Krieger fiel, zogen sich seine Mannen zurück, und die Spanier entgingen der völligen Vernichtung.

Konsequentes Handeln lag diesen Menschen einfach nicht. War der Augenblick günstig, dann waren sie obenauf. Offenkundig wird der Wankelmut der Eingeborenen z. B. am Verhalten der Bevölkerung Tinians: »Im Laufe eines Jahres hatten sie sich mit Quiroga gegen Saipan verbündet, dann die spanische Besatzung getötet und sich mit Rota und Saipan gegen Quiroga vereinigt und schließlich wehrlose Spanier hilfreich aufgenommen; sie unterwarfen sich beim Anblick der spanischen Streitmacht, empörten sich auf die Kunde von dem Unglück der Spanier in Guahan und unterstützten diese wieder, als ihr Anschlag auf Saipan erfolglos geblieben war« (G. Fritz).

Die Rache der Spanier war schrecklich. Der zeitweise abgelöste Quiroga griff seit 1694 wieder entschlossen durch und begann, die Menschen in seine gut beaufsichtigten Dörfer auf Guahan zwangsumzusiedeln. Tinian und Saipan wurden entvölkert. Wer bei diesen Razzien nicht umkam, mußte schwere Seuchen über sich ergehen lassen. 1688 und 1700 erkrankte fast die gesamte Bevölkerung, die auf den Inseln Guahan und Rota ansässig war, an eingeschleppten Seuchen. 1706 folgte eine Hungersnot, so daß 1710 von den ursprünglich 100 000 Chamorros noch 3678 lebten. Um diese letzten Chamorros zu kontrollieren, genügten die Missionare, Soldaten und der Beamtenapparat des Gouverneurs. Den bebauten Boden teilten sich Beamte und Mission. Die Viehzucht erwies sich im Anfang als lohnend, allerdings gelang es der spanischen Verwaltung durch die Monopolisierung des Handels, jegliche Aktivität auf der Inselgruppe zu unterbinden. Die Tiere, Schweine und Rinder, verwilderten. Um 1900 gab es auf Tinian eine Herde von 800 verwilderten Rindern, auf Saipan und Rota wild lebende Schweine.

Im 19. Jahrhundert dienten die Marianen als Verbannungsort für Strafgefangene, auch politische Häftlinge wurden hierher deportiert. 1898 wurde Guahan (Guam) von den Amerikanern im Handstreich besetzt. Die verschlafene spanische Besatzung war über den Kriegsausbruch zwischen dem Mutterland und den USA nicht informiert worden. 1899 wurden die bisher nicht besetzten Inseln des Archipels dem Deutschen Reich unterstellt. Von 1920 bis 1945 waren sie japanisches Mandat und gelangten nach dem zweiten Weltkrieg unter amerikanische Treuhandverwaltung.

Chamorros brauchten die Mächte nicht mehr zu verwalten. Es gab nur noch wenige Hundert. 1790 lebten noch 1639 Eingeborenen, daneben gab es bereits 1825 Mischlinge von Spaniern, Chamorros und Tagalen von den Philippinen. 1815 wanderten Karoliner ein, zwischen 1865 und 1869 wurden 1000 Arbeiter aus Lamotreke, Satawal und Elato (Karolinen) angesiedelt. Ob die 1611 Chamorros der deutschen Zählung vom 1. April 1903 tatsächlich Ureinwohner waren, weiß niemand genau.

DIE SCHRECKEN DER ZIVILISATION

Von allen am Zweiten Weltkrieg direkt oder indirekt beteiligten Völkern haben die Bewohner der mikronesischen Inselwelt prozentual betrachtet den höchsten Blutzoll entrichten müssen. Der pazifische Krieg zwischen Japan und den Vereinigten Staaten tobte sich zu Lande, zu Wasser und in der Luft aus. Wider Willen gerieten die Menschen auf Guam, den Marshall-Inseln, den Karolinen in das Inferno. Von der Marianeninsel Tinian starteten am 6. und 9. August 1945 die amerikanischen Flugzeuge mit Atombomben an Bord gegen Hiroshima und Nagasaki. Auf den Atollen von Bikini und Eniwetok zündeten die Amerikaner zu Versuchszwecken Atom- und Wasserstoffbomben. Die Menschen des amerikanischen Treuhandgebietes wurden gar nicht erst befragt, sondern gleich zwangsumgesiedelt.

Überhaupt hatten die Mikronesier mit ihren Treuhandverwaltern kein Glück. Nach der kurzen deutschen Kolonialzeit (Marianen und Karolinen von Spanien 1899 gekauft, Marshall-Inseln seit 1885) besetzten 1914 japanische Streitkräfte die Inseln und bekamen sie offiziell 1920 als Treuhandgebiete vom Völkerbund übereignet. Zwischen 1920 und 1941 siedelten die Japaner 85 000 Landsleute auf den Archipelen an. Rücksichtslos wurden die überkommenen Gesellschafts- und Wirtschaftsstrukturen der Mikronesier zerschlagen. Fischerei und Landwirtschaft mit forciertem Zuckerrohranbau wurden intensiviert. Seit 1935 bauten sie ihre Militärbasen aus und 1941/42 besetzten die Japaner auch Ndune, die Gilbert-Inseln und Guam. Die Elendsperiode der japanischen Verwaltung mündete in den Krieg.

Aber auch die zweite Nachkriegszeit mit der US-Treuhandverwaltung brachte den Inseln zwar Coca-Cola und Kriegsschrott, aber keinen Frieden. Die USA erklärten die Inselgruppen zum »strategischen Sperrgebiet«, ließen kaum Ausländer einreisen und legten gewaltige Militärbasen an. Doch Amerika hat Mikronesien nicht nur zum Aufmarschgebiet seiner Truppen im Pazifik gemacht – Guam wird sicher nicht zu Unrecht als das Atombomben- und Giftarsenal der USA vor den Küsten Asiens bezeichnet –, es hat auch die Eingeborenen in einer Weise mißachtet und zu Arbeitssklaven gemacht, die 1969 selbst in Washington als Skandal empfunden wurde. Nixon schickte seinen Innenminister Hickel nach Mikronesien. Der kehrte erschüttert über die Zustände, die er zu sehen bekam, in die USA zurück. Geändert hat sich allerdings an den

Verhältnissen seither nur wenig, außer daß Ponape seit 1970 von US-Jet-Clippern angeflogen wird.

Was man von den Eingeborenen verlangt, ist harte Arbeit an den US-Verteidigungsanlagen. Jeden Morgen ruft die Sirene zum Einsatz. Die Güterschwemme von Bier, Coca-Cola, Konserven und billigen Gebrauchsgütern verlockt die Eingeborenen in eine Abhängigkeit, die sie aufgrund ihrer angestammten Lebensgewohnheiten bald auch zu Schuldnern der amerikanischen Händler werden läßt, vermögen sie doch offenbar zwischen ihrem kärglichen Verdienst und dem frei herumstehenden Überangebot der Supermärkte keine richtige Relation herzustellen. Die Folge ist eine christlich verbrämte Subkultur entwurzelter Insulaner, die als Arbeitskräfte der Überflußgesellschaft am Rande der US-Militär-Ghettos vegetieren.

Nirgendwo sind in jüngster Zeit Menschenverachtung und Menschenunterdrückung als Folge einer weltpolitischen Machtkonzeption deutlicher zutage getreten als auf den mikronesischen Inseln. Was dem Amerikaner die Indianer im 19. Jahrhundert waren – störende Lebewesen im Bereich ihrer Interessen –, das sind ihm heute die Bewohner Mikronesiens. Ein deutscher Diplomat, der Mikronesien 1970 von Manila aus besuchte, schrieb über seine Eindrücke: »Es ist erstaunlich zu sehen, in welcher Weise die Inseln selbst hinter anderen Entwicklungsländern zurückgeblieben sind. Die Straßen aus der deutschen und japanischen Zeit sind verfallen und wieder vom Dschungel überwachsen. Einst blühende landwirtschaftliche Kulturen liegen jetzt brach oder sind wieder vom Buschwerk bedeckt. Die Distrikt- und Verwaltungszentralen sind armselige Wellblechslums, die das Wort Südseeparadies zum Hohn werden lassen. Kritiker sprechen nicht mehr vom ›Trust‹, sondern vom ›Rust(Rost)-Territory‹« (H. Uhlig).

Die Mission als Vorreiter von Kolonisation und Zivilisation konnte sich auch in Mikronesien nicht von der Zwangsvorstellung befreien, daß Christen in Rock und Bluse, Hemd und Hose herumlaufen müssen. Wie in Melanesien und anderswo zwängte man die Bekehrten in Kleidung europäischen Stils. Es genügte der Mission aber nicht, daß die Mikronesier schon immer Kleidermatten als kurze Röcke oder Binden um die Hüften trugen oder verschlungen hatten. Die Frauen mußten ihre Röcke verlängern und die Männer richtige Hosen tragen. Auf Kusaie ließ man von der traditionellen Kleidung nicht ab und trug einfach die vom Missionar vorgeschriebene Mode darüber. Auf Ponape dagegen verdrängten gelb- und rotgemusterte importierte Stoffe die selbstgewebten Matten relativ rasch. Selbst wenn die Eingeborenen wieder vom Christentum abgefallen waren, so kleideten sie sich weiterhin nach europäischem Vorbild. Folglich konnten »Getaufte« und »Heiden« optisch nicht mehr unterschieden werden; davon profitierten die »Heiden«. – Tatsache ist aber, daß in Äquatornähe ein frischer Grasrock und einige farbige Blüten im schwarzen Haar einfach schöner, natürlicher und dem Klima angemessener sind als schweißtreibende Kleidung.

Auch Krankheiten verbreiteten Missions- und Handelsschiffe über die Archipele Mikronesiens. Ponape zählte bis 1850 etwa 15 000 Menschen, um 1880 lebten noch 2000. Ein gewaltiges Sterben war durch die Blattern Anfang der fünfziger Jahre des 19. Jahrhunderts ausgelöst worden, die Besatzungsmitglieder eines britischen Handelsschiffes eingeschleppt hatten. Um 1900 war das Innere von Ponape gänzlich entvölkert. Vorausgegangen war ein Aufstand gegen die spanische Kolonialmacht. 1881 bis 1890 überfielen, mit eingetauschten Gewehren bewaffnet, die Ponapesen spanische Posten. Sie segelten sogar zu den Nachbarinseln und griffen die Spanier an.

Den Niedergang der mikronesischen Kulturen und das sich um 1900 deutlich abzeichnende Aussterben der Bewohner der Karolinen und Marshall-Inseln führte man in der Sprachregelung der Kolonialmächte auf schlechte Sitten, Mangel an Moral und Gleichmut, wenn nicht sogar auf angeborene Faulheit der Mikronesier zurück. Albert Daiber, der 1900 die Marianen und Karolinen besuchte, bringt die Meinung der Händler und Beamten in seinen Reiseschilderungen bestens zum Ausdruck: »Die Hauptschuld am Rückgang der Ponapesen dürfte wohl die herrschende Sittenlosigkeit, der Mangel jeglichen Moralbegriffes tragen. Es ist bedauerlich, wie ein Volk, das auf der einen Seite einen hohen Grad von Entwicklung erreicht hat, auf der anderen niedere Eigenschaften zeigt, die unfehlbar, weil sie unausrottbar sind, zu seinem Untergange führen müssen. Es ist dies um so bedauerlicher, wenn man die Intelligenz und Kunstfertigkeit dieser Leute in Betracht zieht. Aber nicht nur auf Ponape ist dieser Niedergang überall sichtbar, auf den meisten östlichen Atollen findet sich von ursprünglicher Kultur, selbst von ursprünglicher Bevölkerung, kaum mehr eine Spur.

Erst mit der Gruppe der Ruk- und Mortlok-Inseln beginnt, wie uns von kompetenter Seite mitgeteilt wurde, noch ursprüngliches Volkstum; freilich auch hier durch die eingeführten fremden Erzeugnisse in den Bedingungen seines Daseins bis auf die Wurzeln erschüttert. Mit der Einfuhr der Schießwaffe, des Eisens, der Baumwollstoffe und Hanfwaren kamen die alte soziale Ordnung, die ererbten Begriffe über Macht und Besitz ins Wanken. Der Gewerbfleiß liegt darnieder; der Müßiggang ist an der Tagesordnung; da muß es mit dem Volke abwärts gehen.«

Wie stereotyp solche Meinungen verbreitet wurden, ohne nachzudenken, ohne das, was man sah, in eine vernünftige Relation zu bringen, beweist Albert Daiber selbst bei seiner Schilderung der Missionsarbeit auf Ponape: »In Ponape machen sich, wie bereits gesagt, die beiden christlichen Glaubensrichtungen Konkurrenz. Von den sieben auf der Insel lebenden Volksstämmen sind die Stämme von Jakoij, Not und Auak katholisch, die von U, Metalanim und Kiti protestantisch. Einzig der kleine Stamm von Peleker hat sich der Väter Glauben erhalten, beharrt trotzig bei den Anschauungen der Ahnen, und dieser kleine Stamm ist – der einzig arbeitsame! Übrigens sind die Ponapesen trotz ihres äußerlichen Christentums völlig im Aberglauben befangen.«

Es fiel Albert Daiber zwar auf (Ausrufezeichen in seiner Beschreibung), daß ein deutlicher Unterschied zwischen missionierten Ponapesen und traditionell Lebenden bestand, aber daß dies signifikant für das ganze Vorgehen bei der Zivilisierung und Missionierung wäre, auf diesen naheliegenden Gedanken kam er nicht. Denn schließlich waren die Kulturen ja lebensfähig und zeigten zum Zeitpunkt ihrer Entdeckung keinerlei Anzeichen des Niedergangs.

Abgesehen von der »christlichen Mission« der Jesuiten auf den Marianen, wirkte seit 1850 die methodistische Bostoner Mission der Amerikaner auf den Gilbert-Inseln, seit den fünfziger Jahren aber auch auf den Marshall-Inseln und einigen Inseln der Karolinen, wie z. B. Kusaie. 1852 trafen mehrere amerikanische Missionare auf Kusaie ein. Damals lebten 1100 Menschen hier, 25 Jahre später waren es gerade noch 400. Rasch dehnten die Missionare ihren Einfluß auf der Insel aus, verboten die Sitte des Kawatrinkens und anstelle der Tänze traten Kirchgang und Gebet. Franz Hernsheim konnte bei seinem Besuch auf Kusaie nach 1875 gerade die ersten Schritte zwei neu angekommener amerikanischer Missionare nachprüfen. Die beiden geistlichen Herren berücksichtigten neben dem »Wohle der armen Insulaner auch ihre eigene Tasche«, verlangten hohe Abgaben, verkauften Kalender und Erbauungstraktate und trieben direkt oder durch Vermittlung des Kapitäns ihres Schiffes Handel. »Von Ebon, einer der Marshall-Inseln, wo diese Herren bisher ansässig waren, brachten sie einige 30 kräftige Knaben und

Mädchen mit, um sie auf Kusaie in einer zu errichtenden ›Trainingschool‹ zu Missionären heranzuziehen. Man ließ sich zu diesem Zwecke das reizende, in der Nähe des Coquille-Hafens in einer Einbuchtung gelegene Dorf Mot, nebst dem daranstossenden Hügel schenken. Den Hauseigenthümern gab man eine Entschädigung von sieben Dollar ... Auch die mühsam aus behauenen Korallensteinen erbaute Kirche des Dorfes erstand man für 60 Dollars und wandelte sie zum Wohnhause eines der Herren Missionare um, während der andere sich auf dem Hügel einen stattlichen Holzbau mit Glasfenstern, Veranda und Eisendach errichtete. Natürlich halfen die guten Kinder Kusaies nach besten Kräften bei diesen Bauten für Missionszwecke. Auch für die jungen Eboner fehlte es nicht an nützlicher Beschäftigung ...«

Der deutsche Konsul Hernsheim gefiel sich in der kritischen Schilderung der Mission amerikanischer Prägung. Damals machte man sich noch eher Hoffnung, daß eine zukünftige deutsche Verwaltung und Mission alles besser machen würde.

Hernsheim konnte das Wirken der Mission auf den Marshall-Inseln genau verfolgen, da er auf Jaluit als Konsul die Interessen des Deutschen Reiches vertrat, bevor dieser Archipel deutsche Kolonie wurde. In der damaligen Zeit wurden sie von Spanien beansprucht. Die Mißstände waren ungeheuer. »Wie auf den Carolinen, so stirbt auch auf den Marshall-Inseln die Bevölkerung aus. Sittenverderbnis und Ausschweifungen sind hier die unläugbaren Ursachen, und hierauf haben die amerikanischen Missionsbestrebungen durchaus keinen bessernden Einfluß gehabt. Wie sollten sie auch! Statt daß die Herren Missionäre sich erst der Mühe unterzögen, die Sprache der Eingeborenen gründlich zu erlernen, damit sie Sitten und Religion studieren und den Ideengang dieser Menschen erfassen können, begnügen sie sich mit einer äußerst oberflächlichen Sprachkenntnis. Sie berechnen alles nur auf den äußeren Schein und ihre eigene Tasche. Erkühnen sie sich doch, in ihren Missionsberichten zu erzählen, wie der Reverend N. N. schon 4 Wochen, nachdem er zuerst auf der Insel X. gelandet, im Stand gewesen sei, in der Sprache der Eingeborenen das Wort Gottes zu verkünden. Selbstverständlich verstehen die versammelten Zuhörer kein Wort des näselnden Jargons, den der Missionär in seiner Selbstüberschätzung für die erlernte Sprache ausgibt. Die Einen kommen aus Neugierde, die Anderen angelockt von der in Aussicht gestellten Perlenschnur oder sonstigen Firlefanz, und in dieser Weise wird das Bekehrungswerk fortgesetzt. Der alte Glaube wird als heidnisch verdammt, und an seine Stelle treten nach und nach einige fromme Lieder, die der Insulaner herplappern lernt. Er ist dann reif und wird in die christliche Gemeinde aufgenommen, zahlt seine Abgaben an die Kirche und lernt dagegen Lesen und Schreiben.«

Unter solchen Umständen war es verständlich, daß viele der bekehrten Insulaner sich wieder rasch vom Christentum abwandten. Für 1866 gibt der Missionsbericht die Zahl von etwa 2000 getauften Eingeborenen auf Ponape an. 1880 waren es nur noch 250, die Abgaben entrichteten und in die Kirche gingen.

Selbst vom weltlichen Arm der sogenanten Schutzmächte hatten die Mikronesier nicht viel zu erwarten. Die Kolonialbehörden ließen den Händlern nur allzu willig weiten Spielraum. Ohne großes Risiko und Kapitalaufwand konnte man den Insulanern Land und Boden wegnehmen, damit es nach Kauf aussah, zahlte man einige Schnüre Muschelgeld oder ein paar Dollars. Die jährliche Erntemenge von 1500 bis 2000 Tonnen Kopra allein von der Insel Jaluit stellten in Europa um 1880 einen Wert von immerhin 500 000 Mark dar. Die Jaluit-Kompanie der deutschen Farmer vergrößerte deshalb systematisch ihre Plantagen.

Kurz vor Ausbruch des Ersten Weltkrieges wurde der Arzt Ludwig Kohl als oberster Medizinalbeamter in die deutsche Kolonie Yap gesandt. Seine Bestandsaufnahme der Kolonialpolitik und der »Fürsorge« für die Menschen entmutigte ihn bei seiner Arbeit geradezu. Das Verhältnis von Erwachsenen zu Kindern ergab für die Zukunft der Eingeborenen ein trostloses Bild. Nach seinen demographischen Erhebungen kamen in einem Ort auf 87 Erwachsene nur 14 Kinder, in einem anderen auf 70 nur 12 bzw. auf 49 lediglich 9 oder auf 48 ganze 6. Abtreibungspraktiken, eine allgemeine Unlust der Frauen, Kinder zu gebären, der Zerfall der Familien, Geschlechtskrankheiten machte Ludwig Kohl dafür verantwortlich. 1913/14 befanden sich etwa 200 Männer von Yap auf der Phosphatinsel Angaur, zur Arbeit in Neuguinea oder auf Saipan. Kamen sie nach zwei bis drei Jahren wieder zurück, brachten sie neben einigen geringen Ersparnissen und Zivilisationsgütern die Ruhr und Fieber mit. Der Kulturverfall schritt so progressiv fort. »Wie ein Einzelleben bei uns«, so führte Ludwig Kohl aus, »nach einer seelischen Erschütterung den Sinn der Welt und des Lebens nicht mehr zu verstehen vermag, alles nutzlos und zwecklos findet, was es auch beginnt, und wie für dasselbe der Kreis immer dunkler und enger wird, so ist für den größten Teil dieses primitiven Völkchens die fortgesetzte Berührung mit dem Europäer und seinen

Forderungen etwas so Artfremdes und sein Leben Zerstörendes, daß die einzelnen Menschen aus ihrem Gleichgewicht geworfen werden, aus ihren Eigenheiten, Neigungen, aus der ruhigen Bahn, auf der sich ihr Leben abspielte. Eine Fremdheit wird ihnen aufgedrungen und ungewohnte Lasten. Es ist nicht die körperliche Arbeit schlechtweg, es ist die zeitgebundene Stundenarbeit, wie sie uns das verschärfte Leben so stark eingeimpft hat. Pünktlichkeit, Plötzlichkeit, der Stundenschlag, alles dies sind letzten Endes für einen Eingeborenen auch Vergewaltigungen, über die ein voller Magen nicht hinweghelfen kann.«

Ludwig Kohl empfand den unüberbrückbaren Zwiespalt zwischen Kolonialismus und traditioneller Gesellschaftsstruktur besonders hart. Selbst dort, wo vordergründig humanitäre Ziele verfolgt wurden, sah er den Pferdefuß. Seine ärztliche Tätigkeit in der Kolonie diente letztlich doch nur dem Staat, der sich willige, arbeitsame und gesunde wie leistungsfähige Diener heranbilden wollte.

Die deutschen Kolonialbehörden waren gründlich; erkannten sie ein Übel, das man mit Verwaltungsmaßnahmen korrigieren konnte oder zu korrigieren hoffte, so machten sie kurzen Prozeß. Auf Yap wurde der Alkoholausschank einfach verboten, um der grassierenden Trunksucht wirkungsvoll begegnen zu können. Nur an Kaisers Geburtstag bekamen die Eingeborenen Freibier. Als die Stammeskämpfe auf Nauru nicht aufhörten, ließ der Kapitän der »Eber«, eines deutschen Kriegsschiffs, die Nauruer kurzerhand entwaffnen.

Man muß den deutschen Verwaltern aber nachsagen, daß die Keime der Auflösung der alten Kulturen schon zu dem Zeitpunkt, als sie die Insel übernommen haben, längst aufgegangen waren. Der deutsche Regierungsarzt Dr. Steinbach, der die Marshall-Inseln sehr gut kannte und Anfang der neunziger Jahre hier weilte, stellte fest, daß etwa 50 Prozent der Bevölkerung an Syphilis litt. Eingeschleppt und verbreitet wurde die Seuche von Walfängern und den Besatzungen der Handelsschiffe. »The Sailors' paradise«, das Paradies der Seeleute, wurden die Inseln Ponape und Kusaie (östliche Karolinen) genannt. Hierher verschlagene Marshaller brachten schon um 1850 die Krankheit auf ihren Archipel. Dr. Steinbach machte die Mobilität der Eingeborenen, ihr Ziehen von Insel zu Insel und die Feste, bei denen bis zu 1000 Menschen zusammenkamen, für die weitere Verbreitung der Lustseuche verantwortlich. »Wie mir ältere, hier ansässige Weiße versicherten, hat die Seuche sich erst in den letzten Jahrzehnten so rasch und allgemein verbreitet, und soll auch seitdem sowohl die Kinderzahl als auch die Körperkraft der

Eingeborenen sich vermindert haben ... In der letzten Zeit scheint auch in den sogenannten Missionsfesten ein zur Verbreitung der Krankheit beitragendes Moment zu liegen. Zu denselben strömen Hunderte von Menschen zusammen und leben mehrere Tage in der Nähe der Missionsstation, abwechselnd betend und singend und dazwischen wieder einheimische Tänze und Spiele aufführend. Das letzte derartige Fest, das ich mir selbst angesehen habe, fand am 25. Dezember 1890 auf der Insel Imrodj der Lagune Djalut statt und wurde von etwa tausend Menschen besucht. Während bis dahin primäre syphilitische Affektionen mir fast nicht zu Gesicht gekommen waren, haben sich in der letzten Hälfte des Jahres 1892 derartige Fälle geradezu gehäuft. Dabei wurde mir, wenn ich mich bei den einzelnen Kranken erkundigte, wo wohl die Infektion stattgefunden hätte, fast ausschließlich und oft sehr bestimmt die Antwort: ›In Imrodj‹ gegeben.«

Prof. Dr. Augustin Krämer, Marine-Oberstabsarzt, der Ostmikronesien von 1897 bis 1899 bereiste, bestätigte die Beobachtungen Steinbachs. Auf Angaur (südlich von Palau) begannen die Deutschen um 1900 Phosphat zu fördern. Da auf der Insel selbst nicht genügend Arbeitskräfte zu rekrutieren waren, holte man von anderen Archipelen Kontraktarbeiter. 1906 setzte auch auf Nauru die Phosphatförderung ein. Parallel zu dem äußerst lukrativen Abbau der Phosphatlager verlief der Abbau der Eingeborenenkultur und die Unterdrückung der Bevölkerung. Schon 1914 wurde die Insel, wenige Wochen nach Kriegsausbruch in Europa, von australischen Truppen besetzt, die natürlich der Phosphatförderung Priorität einräumten. Das wertvolle Düngemittel lohnte die Anstrengung, und außerdem war es der einzige Rohstoff, der in größerem Ausmaß in Mikronesien vorkam. 97 Prozent des Inselbodens von Nauru besteht aus reinem phosphorsaurem Salz. Zum größten Aderlaß an der Bevölkerung kam es unter japanischer Besetzung im Zweiten Weltkrieg. 1942 deportierten die Japaner 1000 Nauruer auf die Insel Truk (Karolinen). Nur die Hälfte von ihnen kehrte zurück.

Von der ursprünglichen Bevölkerung Mikronesiens, deren Anzahl vor Ankunft der Europäer wohl um 150 000 betrug, lebten nach Ausrottung der Chamorro auf den Karolinen, der Eingeborenen auf den Marshall-Inseln und der Dezimierung der Nauruer nur noch ein Zehntel. Die Marianen wurden mit Tagalen, Mischlingen von den damals spanischen Philippinen, besiedelt; dazukommende Chinesen, Japaner, Europäer, Amerikaner und Indonesier übertrafen zahlenmäßig bald die Ureinwohner Mikronesiens. Heute, da

Nauru z. B. ein unabhängiger Staat geworden ist, leben mehr Fremdstämmige hier als Nauruer. Allein die Gilbert-Inseln, die abseits der großen Schiffahrtslinien liegen und wegen ihrer Kargheit keine Siedler anlockten, vermochten sich relativ gut zu behaupten und konnten noch viele alte Bräuche bis in unsere Gegenwart bewahren. Zwischen 1900 und 1921 sank zwar die Zahl der Bevölkerung von 32 000 auf 23 000, aber das Volkstum war trotz vereinzelter Missionierung gesund und ungebrochen geblieben. Seit 1924 stieg die Bevölkerungszahl sogar wieder an.

Als gleichberechtigte Menschen behandelten die Kolonialverwaltungen diese Menschen nie. Allenfalls billigte man ihnen den Status von großen, etwas geistesschwachen Kindern zu. Selbst Hernsheim, der durchaus vieles kritisch sah und anprangerte, schrieb etwas oberflächlich: »Sie sind eben erwachsene Kinder und werden es für die kurze Zeit, die sie noch weiter vegetieren mögen, trotz des Umgangs mit Missionären und Händlern bleiben. Freundlich, gutherzig, ohne Arg, mit einem dünnen Überzug von Kenntnissen oder richtigen Namen; aber ohne Verständnis, ohne Gedächtnis, ohne Streben, ohne jegliche Tradition oder nur alte Gebräuche und Sitten, lassen sie sich willenlos leiten und leben, frei von jeglicher Sorge, in ihrem Paradies dahin, bis sie, zweifelsohne binnen kurzem, ihr prachtvolles reiches Land zur Ausnützung an Fremde abgeben müssen. Auch körperlich sind diese Menschen, denen es doch an reichlicher guter Nahrung nicht fehlt, klein und schmächtig und sehen aus, als ahnten sie ihr bevorstehendes Ende.«

Das Ende kam, es hieß Aussterben oder Anpassung, Einfügen in eine seelenlose Produktionsgesellschaft, die für Minderheiten allenfalls Coca-Cola und ähnliche Tröstungen der Zivilisation übrig hat.

VI.

POLYNESIEN – ALOHA! – ICH LIEBE DICH!

Der Optimismus der beginnenden Neuzeit spiegelte sich wider im Begriff »Neue Welt« für die Entdeckungen jenseits des Atlantiks. Sprach man von Afrika als vom »Schwarzen Erdteil«, schwang eine gewisse Furcht vor den so fremdartigen dunkelhäutigen Menschen mit und vor dem undurchdringlichen Urwald. Die Sehnsucht nach dem Paradies auf Erden, Träumereien von einer glücklichen Gesellschaft ohne Widersprüche, Angst, Not und Neid schienen die herrlichen Inseln Polynesiens in der Europa entferntesten Weltgegend zu erfüllen. Namen wie Tahiti, Hawaii, Samoa, Rarotonga und die ganze weite Inselflur bis zur geheimnisumwitterten Osterinsel, die Menschen dieser Eilande, ihre Gelöstheit und unbeschwerte Erotik beflügelten die Phantasie der europäischen Gelehrten- und Adelswelt.

Mit Begeisterung wurden die Berichte der ersten Entdecker über die Schönheiten der fernen Gestade aufgenommen. Eine regelrechte Südseeschwärmerei setzte ein, die mit zeitweiligen Unterbrechungen durch andere Modeströmungen bis in die Gegenwart währte. Schäferspiele, philosophische Utopien, Abenteuer in Übersee und Spekulationen über die schöneren Seelen und Körper der unverdorbenen Eingeborenen kennzeichneten die Gedankenwelt der Gesellschaft vor dem Erwachen in den Stürmen der Revolutionszeit.

Seinen ersten Eindruck von den Tahitiern beschrieb James Cook: »Ihr Benehmen ist freimütig; ihr Betragen gegen Fremde und ihresgleichen leutselig und höflich. Ihrer Gemütsart nach scheinen sie tapfer, offen, aufrichtig, ohne allen Argwohn, Verräterei, Grausamkeit oder Rachsucht zu sein.«

Georg Forster lobte das klassische Aussehen der tahitischen Männer: »Sie sind alle wohlgebaut, und einige könnten von Phidias oder Praxiteles als Modell männlicher Schönheit ausgewählt worden sein.« Louis Antoine de Bougainville, der erste französische Weltumsegler, sah »nirgends bessere Modelle, um Herkules oder Mars zu malen«. Johann Reinhold Forster schwärmte von den Frauenmodellen: »Besonders findet man bey ihnen die schönsten Arme, Hände und Finger, wie das Modell zur Mediceischen Venus sie nicht schöner gehabt haben mag.« Philippe de Commerson, ein Begleiter Bougainvilles, pries die Weiblichkeit als »Schwestern der Grazien ohne Schleier.«

Doch nicht allein die körperliche Vollendung der Polynesier erregte allgemeine Bewunderung, auch ihr Auftreten, ihre Gestik, ihr Betragen und ihre Haltung rief Hochachtung hervor. Bougainville formulierte: »Der Charakter der Einwohner schien uns milde und guttätig zu sein. Es scheint auf der Insel keinen Bürgerkrieg, keinen besonderen Haß zu geben ... Die Tahitier haben guten Glauben zueinander, an dem sie nicht zweifeln. Tag und Nacht sind ihre Häuser offen, ob sie zu Hause sind oder nicht... Die Gewohnheit, beständig im Vergnügen zu leben, gibt dem Tahitier Ruhe und Heiterkeit. In ihrem Charakter ist eine Leichtsinnigkeit, über die wir immer erstaunt waren. Alles rührt sie, nichts erhält sie beständig.«

Als Kapitän Cook von seiner zweiten Reise in den Stillen Ozean auch noch einen jungen Eingeborenen von Raiatea (Gesellschaftsinseln) mitbrachte und die vornehme Gesellschaft Englands ihn in den Salons bewundern und verhätscheln konnte, glaubte man, nun eine Bestätigung der Ideen Rousseaus vom »edlen Wilden« und dem ewigen Glück der Menschen im Naturzustand gefunden zu haben. Der Earl of Sandwich, Erster Lord der Admiralität, stellte den Eingeborenen Omai sogar dem König vor, der sich sehr gnädig zeigte. Zwei Jahre blieb Omai in London, und selbst der verschlossene berühmteste britische Gelehrte der Zeit, Dr. Samuel Johnson, gab sich mit ihm ab und war regelrecht irritiert von dessen vornehmem Benehmen. Johnson glaubte ernsthaft, daß dies dem Einfluß der Salons und dem Vorbild der Damen und Herren von Stand zuzuschreiben sei. Weil Omai nur Nobles und Gesittetes erlebte und aufnahm, sei er schließlich selbst so geworden.

Der Polynesier wurde vom Maler der Gesellschaft, Sir Joshua Reynolds, portraitiert und vom Dichter Cowper als »gentle savage« besungen. Omai war aber bescheidener Herkunft, und Cook entschuldigte sich anfangs geradezu, daß er auch vom Aussehen nicht gerade ein »ausgewählt gutes Exemplar der Eingeborenen« darstelle.

Die Anmut, die Hilfsbereitschaft der Polynesier untereinander und ihr ausgeglichener Charakter werden aber selbst von angesehenen Wissenschaftlern der Gegenwart hervorgehoben. Gerd Koch, Direktor der Südsee-Abteilung des Berliner Museums für Völkerkunde und Kenner weiter Teile der Südsee, zählt zu den »guten Eigenschaften der Polynesier« ihre hohe Intelligenz, ihren fortwährenden Gleichmut in Glück und Unglück, ihren Wagemut und auch die unbefangene Fröhlichkeit. Ferner schreibt er ihnen ausgeprägten Sinn für Humor und selbstverständlichen Großmut zu sowie die Fähigkeit, trotz aller bestehenden gesellschaftlichen Unterschiede einen Ausgleich innerhalb ihrer Lebenswelt zu schaffen, der alle Menschen sich geborgen fühlen ließ. Auch F. J. H. Grattan, ein durch vorurteilslose Forschung ausgewiesener Völkerkundler, der die Verhältnisse auf Samoa genau kennt und kritikloser Bewunderung unverdächtig ist, verfaßte eine denkwürdige Liebeserklärung an diese Menschen. »Hier ist die Gesellschaft, die ohne die Schrekken der Revolution und sogar ohne allgemeine Wahlen das soziale Wunder vollbrachte, das weder die Armut noch den Makel des Unrechts kennt, deren warmherzige Regeln der Höflichkeit und Gastfreundschaft auch den fremden Ankömmling einschließen, ein System, das in unserer gegenwärtigen verwirrten Welt mit allen seinen Fehlern etwas Seltenes, eigentlich etwas Wunderbares ist.«

Dieses Zitat, erst vor 30 Jahren niedergelegt, gleicht einem Ausspruch von Commerson von 1769, also vor etwa 180 Jahren. »Ich kann ihnen sagen, daß dies der einzige Erdenwinkel ist, in dem Menschen ohne Laster, ohne Vorurteile, ohne Bedürfnisse und ohne Mißhelligkeiten wohnen.« »Aloha! – Ich liebe Dich!«, so begrüßen sich die Menschen auf Samoa.

Bei aller ehrlichen Bewunderung der Polynesier darf man aber nicht übersehen, daß es in ihrer Vergangenheit auch Ungerechtigkeiten, Brutalität entarteter Häuptlinge, soziale Ungleichheit, Menschenopfer und kannibalistische Riten gab. Solange die Gesellschaft aber nur auf sich selbst angewiesen war und nur eigene Maßstäbe an ihre Sitten anlegte, fand sie immer wieder zu einem Ausgleich. Despotische Häuptlinge wurden vom Volk umgebracht, ohne daß man damit aber echte Führerschaft beseitigen wollte. Die Führungsschicht der Polynesier, eine regelrechte Aristokratie, die sogenannten Ari'i, die gleichsam als geschlossene Kaste in einer zweiten Siedlungswelle die Inseln erreichte, achtete streng auf die Einhaltung der überkommenen Grundsätze von Sitte und Recht. Die Sittengesetze der Ari'i glichen in mancher Hinsicht dem Ehrenkodex mittelalterlicher Ritter. »Das Herz eines Ari'i muß so groß sein wie seine Macht. Er muß immer bereit sein, Gutes zu tun. Er darf nie müde sein, die Stimme seines Volkes zu hören. Er muß offene Augen haben und offene Ohren für die Forderungen des Rechtes.« Diese Verhaltensregeln für eine gerechte Herrschaft wurden auch durch konkrete Vorschriften ergänzt. »Halte deine Hände immer geöffnet, du darfst nie etwas verweigern, das von dir verlangt wird.« »Lasse deinen Namen nicht mit verdeckten Speisen und Gütern in Verbindung geraten. Die Hände des Ari'i müssen immer offen sein, darauf ruht dein Prestige.«

Die Bedeutung solcher Lebensregeln und -gesetze kann man erst richtig würdigen, wenn man weiß, daß in der Glaubensvorstellung der Polynesier nicht die Götter die ewigen Gesetze und Gebote der Menschlichkeit und Güte erließen und auch die Priester nicht deren Einhaltung mit weltlichen Machtmitteln zu erzwingen suchten. Die Priester beschränkten sich darauf, die Reinheit der Kultstätten zu wahren und die Respektierung der Tabus zu überwachen. Ein Urteil über Gut und Böse, über die Moral im weitesten Sinne, stand ihnen nicht zu. Auch die Götter fanden sich nicht in einem Jüngsten Gericht zusammen. Wie in der griechischen Mythologie trieben die Ewigen ein ungehemmtes Spiel von Treulosigkeit, Ehebruch, Diebstahl, Trunkenheit und anderem unchristlichen Zeitvertreib. Nur die menschlichen Nachkommen der Götter, die Ari'i oder Ariki, wie sie auf Hawaii hießen, wurden von ihren mythischen Stammvätern überwacht. Dies war der stärkste Antrieb für die Aufrechterhaltung der moralischen Integrität des Adels.

Die Verhaltenssätze der alttahitischen Adelsfamilie Teva z.B. fordern zur Wahrung der Familienehre auf, zur Wahrhaftigkeit, Rücksichtnahme auf das Volk, Besonnenheit, Verachtung von Schmeichlern. Voller Stolz überlieferte Ari'i Taimai, eine französisch geschulte Fürstentochter von Tahiti, in ihrer Familienchronik eine Begebenheit eines ihrer Ahnen. Der noble Vorfahr verzichtete aus reiner Großmut auf seine geliebte Gattin, als er erfuhr, daß sie ihren Ent- und Verführer mehr liebte als ihren adligen Gemahl. Selbst den glücklichen Rivalen verschonte er, obwohl nach polynesischer Rechtsauffassung beide den Tod verdient hatten.

Edelmut war aber kein Privileg des Adels. So unerbittlich man im Zweikampfe auch sein mochte, ritterliche und großmütige Behandlung des überwundenen Gegners findet man immer wieder in der polynesischen Überlieferung. Auch Angehörigen fremder Völker gegenüber zeigte man die gleiche Noblesse. Als im März 1889 drei deutsche Kriegsschiffe während eines Orkans bei Samoa auf ein Riff geworfen wurden, retteten die Samoaner die gleichen Matrosen unter dem Einsatz ihres Lebens aus der gefährlichen Brandung, die wenige Tage zuvor noch gegen sie gekämpft hatten. Im Augenblick der Gefahr waren die deutschen Matrosen nur noch Menschen in Not und nicht mehr die Feinde von gestern.

Die polynesische Aristokratie hielt sich so weit wie möglich an die selbst aufgestellten humanen Regeln, sie forderte aber andererseits eine fast göttliche Verehrung durch das Volk. Für zeremonielle Auftritte, für die diese Gesellschaft eine ungeheure Schwäche zeigte, Einhaltung der zahlreichen Ränge, Beachtung der Tabus und Respektierung der Familienheiligtümer reichte die Macht der obersten Kaste immer aus. Zahlreiche Tabus schirmten den Adel ab und schützten ihn. Selbst das zufällige Berühren der Haare eines Ari'i auf Hawaii galt als todeswürdiges Verbrechen. Näherte sich einer der Oberhäuptlinge dem Volk, so warf es sich auf den Boden, entblößte Kopf und Schulter, bis er vorübergezogen und alle von ihm mitgeführten Gegenstände vorübergetragen worden waren. Herolde liefen dem hohen Herren voraus, um den Nachfahren der Götter anzukündigen und alles Volk aufzufordern, die Tabus und Zeremonien zu beachten. Auch kein Bruchteil des Schattens vom Körper eines gewöhnlichen Mannes durfte auf die Häuptlinge fallen. Selbst der Aufenthalt im Schatten der Häuptlingshäuser war den Gemeinen untersagt. Weil sein Tabu so übermächtig war, verließ ein Ari'i nur selten sein Haus.

Auch gefangene Häuptlinge galten als unberührbar, entweder erschlug ihn der siegreiche Gegner, der als ebenbürtiger Herr über genauso große Macht verfügte, oder die Krieger ersannen eine List, um seine Kraft unschädlich zu machen. So wurde ein überwundener Häuptling von den Mannen seines Feindes so lange umstellt, bis er verdurstet war. Mächtige Häuptlinge konnten jederzeit besondere Tabus aufstellen bzw. wieder aufheben. Die Priester überwachten ihre Einhaltung. Frevler wurden erdrosselt, gesteinigt, erschlagen oder verbrannt.

Bewußte Übertretungen gab es in alter Zeit aber selten, denn die Tabus hatten meist eine wichtige soziale Funktion. So konnte ein Häuptling bestimmte Fischarten für tabu erklären, um einem Raubbau zuvorzukommen. Der Gedanke, daß diese Gesellschaft noch dem Kannibalismus frönte, wirkt auf uns geradezu schockierend. Im Kampf getötete Feinde wurden meist verzehrt. Man war der Überzeugung, dadurch auf magische Weise auch etwas von der Lebenskraft des Besiegten in sich aufzunehmen. Seltener wurden auch Angehörige der untersten Volksschichten verspeist, öfters jedoch den Göttern etwa bei der Erkrankung eines Häuptlings geopfert. Ob es in Polynesien aber auch eine Profanierung des ursprünglich kultischen Kannibalismus gegeben hat, läßt sich mit Sicherheit nicht nachweisen. Berichte von Missionaren, nach denen alte Männer vom Wohlgeschmack des Menschenfleisches geschwärmt hätten, existieren, sind aber nur bedingt glaubwürdig.

Das einzige Gebiet Polynesiens, welches sich von selbst vor Ankunft der Europäer vom Kannibalismus jeglicher Art losgesagt hatte, war Samoa. Eine alte Legende berichtet, daß in grauer Vorzeit König Meliotoa jede Woche zwei Menschen zu verzehren pflegte. Wie Fische wurden die von ihm bezeichneten Opfer in Blätter von Kokospflanzen eingeschlagen, getötet und in den Erdöfen gegart. Die beiden Söhne des Herrschers überkam eines Tages das Grauen vor diesem Tun. Sie ließen sich nun selbst in Blätter einbinden und so vor ihren Vater bringen. Dieser erschrak darüber fürchterlich und erkannte nun die Verwerflichkeit des kannibalischen Schmauses und entsagte ihm für immer. An die alten Zeiten erinnerten fortan nur noch Beschimpfungen wie »Mögest du zu Suppe gekocht werden« oder »Mögest du in einem Ofen geröstet werden!«.

DIE ENTDECKER DER ANTARKTIS

Den Menschen des 20. Jahrhunderts vermögen nicht strenge sittliche Maßstäbe, Charakterstärke oder Liebenswürdigkeit von der Größe eines Volkes zu überzeugen, sondern sportliche oder technische Rekorde, auf jeden Fall Höchstleistungen. Die Polynesier können auch damit dienen. Sie sind ohne Zweifel die tüchtigsten Seefahrer der Menschheitsgeschichte gewesen. Als der holländische Kapitän Schouten einige Doppelboote der Bewohner von Tonga auf einer Fernfahrt beobachtete, notierte er voller Anerkennung, daß die Polynesier so gut unter Segel fahren würden, daß es nur wenige Schiffe in Holland gäbe, die sie überholen könnten.

Diesem für die Polynesier vorteilhaften Vergleich aus dem Jahre 1616 läßt sich ein anderer aus dem Jahre 1961 hinzugesellen. Die Tonganer unterhielten Handelsverbindungen zu den 1000 Seemeilen entfernten Ellice-Inseln. Sie verstanden es, die flachen Eilande dieser Inselgruppe sicher über diese gewaltige Distanz offenen

Ozeans anzusteuern. Ein europäisches Motorboot, ausgerüstet mit Radar und modernen Seekarten, verfehlte aber hier eine Insel auf weit kürzere Entfernung. An Bord war auch Gerd Koch, der es erheitert vermerkte. Als die Europäer sich mit ihren Schiffen noch kaum außer Sichtweite ihrer Küsten trauten, hatten die Polynesier schon längst die größeren Inselgruppen des Pazifiks in Besitz genommen. Um zu ermessen, was das bedeutet, müssen wir uns die Dimensionen dieses größten der Ozeane einmal vorstellen.

Das Mare Pacificum, wie es Magalhães bei der europäischen Erstüberquerung nannte, ist mit rund 180 Millionen Quadratkilometern größer als die Oberfläche des Mondes. Magalhães entdeckte aber auf seiner Reise nur zwei kleinere unbewohnte Eilande. Erst nach 98 Tagen Fahrt lief er Guam an. Es gibt zwar eine Reihe bedeutenderer Inselgruppen und eine Fülle isolierter Eilande im südlichen und mittleren Pazifik, aber sie sind klein, wenn man sie ins Verhältnis mit den ungeheuren Wasserwüsten setzt. Man verfehlt sie leicht. Ihre Besiedlung war eine seemännische Leistung allerersten Ranges. Sie steht einmalig in der Siedlungsgeschichte der Menschheit da. Selbst die erstaunlichen Fahrten der Wikinger verblassen vor den Entdeckungsreisen der Polynesier.

Zwar ist die Urheimat dieser Menschen, ihr in der Sage verklärtes Hawaiki, erst sehr vage mit Südostasien zu umschreiben, aber es besteht kein Zweifel daran, daß sie die ersten waren, die sich der Weite des Ozeans anvertrauten und im 5. Jahrhundert v. Chr. die Tonga-Inseln erreicht hatten. Von hier aus unternahmen sie planmäßige Erkundungsfahrten. Um 200 v. Chr. hatten sie schon die Marquesas-Inseln entdeckt. Eine zweite Einwanderungswelle zahlenmäßig geringerer, aber kulturell fortgeschrittener Polynesier gelangte um 750 n. Chr. auf die Inseln. Sie wurde geführt von jener Herrenschicht der Ari'i, die sich allgemein durchzusetzen verstand. Der Höhepunkt der Fernfahrten der Polynesier lag zwischen dem 7. und 12. Jahrhundert. Die über Generationen mündlich weitergereichten Berichte ergeben ein phantastisches Bild. Wir wissen mit Sicherheit durch Ausgrabungen und Radio-Karbon-Untersuchungen, durch sprachliche und anthropologische Vergleiche, daß die heilige Insel Raiatea (Gesellschaftsinseln) »das religiöse und politische Zentrum der alten Polynesier und ihr zweites ›Hawaiki‹, also ihr polynesisches Ursprungsland war, von dem die großen Fahrten und Kolonisierungen über Tausende von Seemeilen nach allen Himmelsrichtungen ausgingen ... Wir wissen weiter, daß um 650 n. Chr. der Rarotonga-Häuptling Ui-te-Rangiora auf seinem Schiff

›Te-Ivi-o-Atea‹, der Göttervogel, bis in die Antarktis vordrang und den Menschen die erste Kunde von den Eisbergen und der Polarnacht brachte. Wir erfahren, daß im 10. Jahrhundert Neuseeland von dem Häuptling Kupe entdeckt wurde, daß er die Nordinsel umfuhr und also schon 700 Jahre vor Cook die Doppelinselnatur Neuseelands erkannte. Wir kennen die Expeditionen des Toi um 1150, ebenfalls nach Neuseeland, und die Namen der Häuptlinge und ihrer Boote, die um 1350 mit der sogenannten ›Großen Flotte‹ von Rarotonga nach Neuseeland kamen« (H. Tischner).

Die Entfernung von Tahiti nach Hawai beträgt 4000 km, von Rarotonga bis Neuseeland 3000, von den Tonga-Inseln nach Tahiti 2500, von Neuseeland bis zum Rande der Antarktis und wieder zurück annähernd 5000. 2000 bis 3000 km offenen Ozeans waren zu bezwingen, um die kaum 20 km lange Osterinsel anzulaufen. Eine Fehlsteuerung von nur wenigen Graden genügt, um vorbeizusegeln und sich in der Weite des Meeres zu verlieren. So forderte das Meer auch von den Polynesiern seinen Tribut. Man schätzt, daß durch Sturm und Irrfahrten im Laufe der Jahrhunderte etwa 250000 Polynesier verschollen sind. Eine Zahl – gewiß hochgegriffen aber durchaus angemessen – bedenkt man, daß der gesamte Lebensraum Polynesiens, also Meer und Land, 50 Millionen Quadratkilometer beträgt.

Bei ihren Fernfahrten richteten sich die Polynesier vor allem nach den Sternen. Von ihren astronomischen Kenntnissen waren die ersten europäischen Besucher, die in ihnen so unkomplizierte Wilde sahen, überrascht. Bougainville nahm 1768 bei seinem ersten Aufenthalt auf Tahiti einen Eingeborenen mit nach Paris. Bei Nacht zeigte der Tahitier den Franzosen die ihm bekannten Sternbilder und Planeten.

Mit der Kolonialisierung der Inselgruppen durch die Europäer schwanden die Kenntnisse der Hochseefahrt rasch dahin. Nach bekannter Manier verboten die Kolonialbeamten einfach die Fernfahrten. Das Wissen, wie man nach den Sternen zu segeln vermag, welche Anzeichen der Natur lange Schönwetterperioden erwarten ließen oder welche Winde und Strömungen abzuwarten oder zu erreichen wären, ging rasch verloren. Die Erinnerung an die große Zeit, als das Meer noch ihnen allein gehörte, haben die Polynesier aber bewahrt. »Der Ruhm unserer Boote kann nie verdunkelt werden«, heißt es in einem Klagelied der Maori.

OHNE EIGENTUM KEIN DIEBSTAHL

Die Inseln Polynesiens gehören zwar zu den am spätesten besiedelten Gebieten der Erde, zweifellos aber zu den schönsten. Von Natur aus begünstigten sie menschliche Ansiedlung durch ein mildes Klima, das keine großen saisonalen Schwankungen aufweist. Ein geringer Arbeitsaufwand ist nötig, um einen ausreichenden Lebensunterhalt zu erwirtschaften. Die Lagunen sind reich an Meerestieren, und auf fast allen Inseln gedeihen Kokospalmen und Brotfruchtbäume. Die Polynesier sind ungemein gesellig, gastfreundlich und arbeiten auch, wenn es geht, gemeinsam. Streben nach persönlichem Besitz gab es in unserem Sinne nicht. Als die ersten üblichen europäischen Tauschwaren wie Nägel, Äxte, Textilien und Federn zu ihnen gelangten, suchte man sie wohl zu erwerben, aber nicht eigentlich mit dem Ziel, »reicher« zu werden, sich sozial abzusondern. Gewiß erhöhte man sein Ansehen eine Zeitlang, jedoch trennte man sich auch gleich wieder von solchen Gegenständen und gab sie weiter. Individueller Landbesitz wie alleinige Rechtstitel auf bestimmte Dinge waren unbekannt. Das Geben stand über dem Nehmen. Auch daß Arbeit um ihrer selbst willen ausgeführt werden könnte, paßte nicht in diese Welt, in der die Erhaltung der Lebensfreude als höchstes Ziel galt. Nahm jemand unbewachte oder vernachlässigte Gegenstände mit sich, so wurde das keineswegs als Diebstahl, als Verstoß gegen die Gesellschaftsordnung aufgefaßt. Bald gab man sie sowieso weiter.

Als Omai, von Cook nach Tahiti 1777 zurückgebracht, wieder bei seinem Volke lebte, wurde er von den Tahitiern nicht mehr geschätzt als früher. Seine soziale Position blieb die gleiche, trotz einer Fülle neuartiger Gegenstände, die ihm in England geschenkt worden waren und für die übrigen Eingeborenen unerschwinglich bleiben mußten. Eine Drehorgel, eine Elektrisiermaschine, ein Panzerhemd, ein Marionettenspiel und seltsame Kleidungsstücke brachte er mit. Er erregte eher Verwunderung als Bewunderung. So ritt er in einer Ritterrüstung mit Cook spazieren, schoß seine Pistolen ab und wurde auch in englischer Kapitänsuniform von seinem Oberhäuptling empfangen und gebührend beneidet. Omai verschenkte freigiebig und wahllos seine fremden Reichtümer. Er wäre nach kurzer Zeit völlig in seine alte Gemeinschaft wiedereingegliedert worden, hätte Cook ihn nicht protegiert, ihm auf einer Nachbarinsel ein Stück Land erworben und ein europäisches Haus mit Stall und Garten errichten lassen. Zwei oder drei Jahre nach seiner Rückkehr starb Omai höchstwahrscheinlich an einer Geschlechtskrankheit – ein anderes Geschenk der Europäer.

Vergeblich hatte Cook gehofft, Omai könne einen zivilisatorischen Einfluß auf seine Umgebung ausüben. Wie sehr das die Engländer irritierte, belegt ein Buch, das bald darauf erschien und in dem Omai einem angeblich Vertrauten seine Einsichten und die Ergebnisse seiner kulturellen Bemühungen zum Wohle seines Volkes erzählte. In dieser Fälschung, die auch ins Deutsche übersetzt wurde und 1804 in zwei Auflagen in Leipzig erschien, wird fabuliert, daß Omai auf den Gesellschaftsinseln den Menschen Ackerbau und Viehzucht beigebracht hätte, sie Schreiben und Lesen lehrte und wie er sich »zu einem gerechten und menschenfreundlichen Herrscher, der voller Edelmut war, über alle seine Landsleute erhob«. So sehr man sich in Omai täuschte oder täuschen wollte, so sehr sollte man sich in den Polynesiern allgemein und in ihrer Christianisierung und Zivilisierung irren.

Wie immer verstanden die Europäer die Sitten der Neuentdeckten nicht. Sie erregten sich in höchsten Tönen über ihre andersgearteten Eigentumsbegriffe, sogar den moralischen Zeigefinger erhoben sie, obwohl gerade sie alles annektiert hatten: So sehr sie über die Diebe und Filous schimpften, so entzückt zeigten sie sich von den Frauen, die sich den an monatelanger Enthaltsamkeit leidenden Schiffsbesatzungen willig hingaben. Ohne einen durch theologische Exerzitien getrimmten Moralbegriff eingeengt und frustriert, stillten die Polynesier den natürlichen Trieb ihrer Geschlechtlichkeit. Den Begriff der ehelichen Treue als freiwillige Beschränkung der Lebensfreude kannten sie nicht. 1843 schrieb der Historiker Sheldon Dibble: »Es war ein üblicher Freundschaftsdienst für Ehemänner, ihre Frauen auszutauschen, und für Ehefrauen, ihre Männer zeitweilig zu wechseln. Wer das nicht tat, wurde als Gegner der Nächstenliebe betrachtet ... Sie schienen zu glauben, Einwilligung in derlei Ersuchen sei edelmütig, großzügig, gesellig, Ablehnung dagegen schmachvoll und egoistisch.«

Die Hochachtung der Eheleute voreinander blieb bestehen, wenn auch andere dem Lebenspartner Lust bereiteten. In vielen Spielen und Festen gaben sich die Polynesier ihrer Sinnlichkeit hin. Der Höhepunkt der Feste war meist nicht mehr zweideutigen, sondern eindeutigen Charakters. Am Ende des Makahiki-Festes auf Hawaii bezeichnete der Zeremonienmeister ein Mädchen und einen Mann, die den Tanzplatz verlassen sollten und eine Stunde Zweisamkeit nur in Angesicht des Himmels zu verbringen hatten. Spiele mit solchen »Hauptgewinnen«, aber auch mit zweiten Preisen wie Tanz und Kuß waren beim Volke außerordentlich beliebt. Verließ das ausgewählte Paar den Festplatz, brach ein ohrenbetäubender allgemeiner Jubel aus.

Nur die Häuptlinge und die Fürsten waren mit ihren Frauen von der Teilnahme an diesen Festen ausgeschlossen. Die Ari'i wachten auch ganz anders über ihre hochgestellten Gemahlinnen als die Männer aus dem Volke, die den Weißen oft unbekümmert Frauen anboten, wenn auch mitunter mit dem Hintergedanken, einen abgelenkten Freier von einigen neuartigen Gegenständen zu befreien. In einem Reisebericht eines Begleiters de Bougainvilles wird dies recht anschaulich dargestellt: »Der Prinz von Nassau wollte eines Tages die Frau eines Häuptlings liebkosen; der war gewiß eifersüchtig, vielleicht war sie auch seine Geliebte. Unser Freund, der König, hielt ihn auf der Stelle fest; er war nicht wenig wütend, und rief ihm zu, daß sie verheiratet wäre, und bedeutete ihm durch Zeichen, daß man wahrscheinlich solche Leute, die sich so etwas herausnähmen, umbrächte. Die Unverheirateten oder Witwen sind dagegen frei und geben sich hin, wem sie wollen ... Gleich bei der Ankunft des Schiffes bot sich uns eine Anzahl sehr niedlicher Mädel an Bord an. Ein alter Herr, der, soweit wir es beobachten konnten, sehr angesehen war, führte drei Mädchen in die Kammer von de Bougainville und redete sehr lebhaft auf ihn ein, sich ihrer doch zu bedienen. De Bougainville wollte nicht. Indessen vermochte er seine Aufmerksamkeit doch nicht so zusammenzuhalten, daß es dem Alten nicht gelungen wäre, eine Brille fortzunehmen ... Wie geschickt er war! Brachte Frauen mit, um nach Belieben und bequem stehlen zu können.«

Die Mädchen und Frauen der Maoris, der polynesischen Bevölkerung Neuseelands, waren im Vergleich zu den sinnlichen und sich so rasch anbietenden Tahitierinnen oder Hawaiianerinnen nach polynesischen Begriffen geradezu zurückhaltend. Georg Forster beschrieb ihr Verhalten, das dem der gesittetsten europäischen Völker gleichkam:

»Die Frauenspersonen waren zwar nicht unerbittlich, allein die Bedingungen und die Art, womit sie ihre Gefälligkeiten bewilligten, hatte ebenso viel anständiges, als unter uns im Ehestande beobachtet wird, und ein bloßer Vergleich war ihren Begriffen nach eben so unsträflich, als jene feyerliche Verbindung unter uns ist. Wenn irgend jemand von unsern Leuten einer von ihren jungen Frauenspersonen einen Antrag that, so gab sie ihm zu verstehen, daß die Einwilligung ihrer Anverwandten dazu erfordert werde, und diese wurde vermittelst eines gehörigen Geschenks gemeiniglich bewürkt: allein wenn auch dieser vorläufige Vergleich berichtigt war, so mußte er seine nur für eine Nacht genommene Frau doch auf eine eben so anständige Art behandeln, als man hier zu Lande mit einer Frau umgehen muß, die man auf Zeitlebens für die seinige erkennt, und wenn sich der Liebhaber etwa Freyheiten herausnahm, wodurch dieser Wohlstand verletzt wurde, so konnte er darauf rechnen, daß aus dem Handel nichts wurde.

Einer von unsern Herren Reisenden wendete sich einstmals in gleicher Absicht an eine Familie von gewissen Stande, und erhielt eine Antwort, die, ihrem wörtlichen und wahren Verstande und Meynung nach in unsere Sprache übersetzt, aufs genaueste also lauten würde: ›Ein jedes von diesen jungen Frauenzimmern wird es sich zur Ehre rechnen, daß sie sich die Mühe geben um sie anzufragen: Sie müssen mir aber zuvor ein anständiges Geschenk machen, und alsdenn kommen, und bey uns am Lande übernachten; denn das Tageslicht darf ja nicht Zeuge von dem seyn, was zwischen ihnen beyden vorgehet.‹«

IM NAMEN DES KÖNIGS

Die polynesischen Inseln wurden als letzte der wohnlichen Gebiete der Erde besiedelt und erst vor 200 Jahren von den Europäern entdeckt. Antrieb für die Expeditionen ins Unbekannte war Ende des 18. Jahrhunderts nicht mehr die vage Hoffnung, reiche Bodenschätze, Gold, Silber und Edelsteine aufzuspüren, sondern neben primär wissenschaftlichen Impulsen wie bei den Reisen Cooks standen macht- und handelspolitische Interessen, vor allem der Briten und Franzosen. Im Frieden von Paris (1763) hatte Frankreich nach der Niederlage gegen die Briten seine nordamerikanischen Besitzungen, die südlichen Gebiete Kanadas und die Kolonien am Mississippi sowie – bis auf wenige Stützpunkte – auch Indien abzutreten. Die Franzosen suchten nun ihren kolonialen Ehrgeiz andererseits zu befriedigen.

Die Konkurrenz zwischen beiden Mächten und die Nachricht von ersten Entdeckungen riefen auch die Spanier auf den Plan, die ja seit dem Zeitalter von Columbus und Pizarro päpstlich gesegnet Anspruch auf die zukünftig im Stillen Ozean zu entdeckenden

Gebiete hatten. Franzosen und Briten scherten sich aber wenig um historische Rechte der Spanier, die diese machtmäßig längst nicht mehr durchsetzen konnten. Wer als erster ein unbekanntes Eiland anlief, seinen Fuß darauf setzte, eine Fahnenstange errichtete und unter Gewehrsalven den Union Jack oder die Tricolore aufzog, der ergriff für alle Zeiten, wie man hoffte, für seinen König und das Vaterland Besitz von der Insel.

Respektiert wurde der völkerrechtlich eigentlich verbindliche Akt aber nicht immer. Der britische Kapitän Samuel Wallis sichtete am 19. Juni 1767 Tahiti, sechs Tage später pflanzte einer seiner Offiziere die Fahnenstange ein, grub symbolisch ein Stück Rasen um, hißte die Flagge, befahl Salut, ließ den König hochleben. Die Inbesitznahme war vollzogen. Wallis nannte die Insel König-Georg-III.-Insel. Veröffentlicht wurde die Entdeckung und Namensgebung erst ein Jahr später, im Mai 1768. Am 2. April 1768 gelangte der französische Kapitän de Bougainville mit zwei Schiffen nach Tahiti, ohne von Wallis' Entdeckung zu wissen. Er errichtete ein Lager an Land und nahm ebenfalls Besitz von der Insel.

De Bougainville verkündete den Hoheitsakt durch eine Eichenholztafel, die den Besitzanspruch des Königs Louis XV. in geschnitzten Lettern festhielt. Er nannte Tahiti »La Nouvelle Cythère«. Cythera war einer der Beinamen der griechischen Liebesgöttin Aphrodite. Den Franzosen sagte das freie Benehmen der Frauen ganz besonders zu. Wie im Heiligtum der Göttin auf der Insel gleichen Namens kamen sich die Franzosen vor. Nachdem de Bougainville noch eine Flasche mit einer Liste der Namen seiner Offiziere vergraben hatte, stach er bereits am 15. April wieder in See.

1772 bekam Don Domingo de Boenechea vom peruanischen Vizekönig Amat den Geheimauftrag, zu der König-Georg-Insel zu fahren und die Bewohner zur Anerkennung des spanischen Königs als ihren Oberherren zu bewegen. Boenechea erreichte mit seiner »Aguila« am 19. November 1772 Tahiti. Zu Ehren des Vizekönigs taufte er die Insel in »Isla de Amat« um, ließ kartographische Vermessungen durchführen und brachte auch gleich zwei Missionare mit, die durch Anwendung »milder Methoden« die Tahitier mit den Segnungen des Christentums vertraut machen sollten. Einen Monat blieben die Spanier auf der Insel. Zwei Jahre später kehrten sie jedoch noch einmal zurück, um die Inbesitznahme der Insel zu vollenden. Boenechea ließ ein aus Lima mitgebrachtes Holzkreuz errichten, in das die Worte »Christus vincit, Carolus III imperat

1774« (Christus siegt, Karl III. herrscht 1774) eingeschnitten waren. Die Spanier akzeptierten die Geschenke der Polynesier als Unterwerfungsgaben. Mit zwei Häuptlingen schlossen sie zudem noch eine Konvention, die die Tahitier verpflichtete, die Missionare zu schützen, sie mit Lebensmitteln zu versorgen und Karl III. als König anzuerkennen. Als Gegenleistung wollten die Spanier den Tahitiern Schutz gewähren und sie ferner mit Werkzeugen und Geräten versorgen.

Die Briten waren über das Vorgehen der Spanier und die Mißachtung ihrer Ansprüche empört. Cook ließ deshalb 1777 bei seinem dritten Besuch in das stehengebliebene Kreuz Boenecheas einschneiden: »Georgius tertius Rex Annis 1767, 1769, 1773, 1774 et 1777«.

Tahiti war also glücklich dreimal in Besitz genommen worden. Als Felipe Gonzáles y Haedo 1770 die Osterinsel ein zweites Mal entdeckte, ließ er nach herkömmlichem bekanntem Brauch die Besitznahme vollziehen. Die Spanier trachteten auch hier danach, ihre Annexion von »San Carlos«, wie sie die Osterinsel nannten, in einem Dokument festzuhalten und von den Eingeborenen bestätigen zu lassen. Sie legten das Schriftstück einigen Inselbewohnern vor, baten um Kenntnisnahme und um Unterzeichnung. Überaus freundlich und ohne die geringste Vorstellung über die eigenartige Verhaltensweise der Spanier führten sie einige Striche aus, einer zeichnete einen Vogel.

Über die zukünftigen Konsequenzen ihrer Entdeckung durch die Europäer konnten sich die Polynesier selbstverständlich keine Vorstellung machen. Es war ihnen weder das Territorialprinzip europäischer Prägung bekannt, noch vermochten sie in vergleichsweise politisch-rechtlichen Kategorien wie die Europäer zu denken. Sie beschenkten die Neuankömmlinge und schlossen »Konventionen« oder unterzeichneten »Verträge«, ohne damit mehr tun zu wollen, als den Fremden einen unverbindlichen Gefallen zu erweisen.

Zu raschen Konsequenzen und politischen Verwicklungen unter den Kolonialmächten Europas sollten die verschiedenen Besitzansprüche auf die Inseln vorerst noch nicht führen. Am Ende des 18. Jahrhunderts hatten die Europäer mit ihren inneren Auseinandersetzungen genug zu tun. Auch waren die Reisewege zu den polynesischen Inseln mit den Seglern viel zu lang. Die Mannschaften der Schiffe litten oft an Skorbut, und die Regierungen sahen in festen Erwerbungen doch noch keinen dauernden Nutzen für Handel oder Politik. Aktiv blieben in den folgenden Jahrzehnten nur die Briten.

Frankreich und Spanien wurden durch die Napoleonischen Kriege zu sehr gefesselt.

DIE FREMDEN UND IHRE WAFFEN

Die ersten Kontakte der Polynesier mit den Europäern machten ihnen bald überdeutlich klar, daß die Fremden über die besseren und wirkungsvolleren Waffen verfügten und sie kaum Verständnis für die Sitten und Bräuche ihres Kulturkreises aufbrachten. Am brutalsten traten die Spanier auf, als sie 1595 unter Mendaña die südlichen Marquesas-Inseln anliefen und die erste Begegnung von Polynesiern und Europäern herbeiführten. Der Ablauf des nur zwei Wochen dauernden Aufenthalts der Spanier auf den Inseln wirkt trostlos. Die Disziplin an Bord des spanischen Schiffes war von Anbeginn der Entdeckungsfahrt, die dem Aufspüren des sagenhaften Südlandes gelten sollte, äußerst mangelhaft. Der alternde Kapitän war weder in der Lage, die Intrigen seiner Offiziere zu unterbinden, noch die Zucht der Mannschaft zu gewähren. An Land wirkte sich das verheerend aus, aber nicht so sehr für die Spanier, sondern für die Marquesaner. Quiros, der Chefnavigator, schrieb entsetzt in sein Tagebuch: »Man kann für sicher halten, daß etwa zweihundert Eingeborene dieser Inseln getötet wurden. Wohl jeder dieser gottvergessenen und brutalen Soldaten hat einen, zwei oder drei auf dem Gewissen.«

Tragisch, wenn auch nicht in solchem Ausmaße, endete auch die erste Bekanntschaft der Hawaiianer mit den Waffen eines Leutnants von Kapitän Cook, dem Entdecker Hawaiis. Als ein Eingeborener den Haken eines Bootes mitnehmen wollte, so ganz ohne Arg, erschoß ihn der Leutnant mit seiner Pistole.

Als der holländische Seefahrer Jakob Roggeveen am Ostersonntag 1722 die »Oster«-Insel anlief, merkte er bald, daß die Insel bewohnt sein mußte. Erst am folgenden Tag fand aber die erste Berührung mit den Insulanern statt. Ein junger Eingeborener kletterte mit der größten Selbstverständlichkeit auf das Schiff und schien nicht im geringsten erstaunt oder beeindruckt von der fremden Umgebung zu sein. Sein überaus freundlicher Ausdruck, die Geschmeidigkeit seiner Bewegungen ließen ihm schnell die Sympathien der Besatzung zufliegen. Er schenkte jedoch vor allem dem Schiff, der Takelage, den Segeln Aufmerksamkeit, maß das Schiff mit Schritten aus und musterte neugierig die festen Taue, Masten und Geschütze. Er zeigte in seiner Konzentriertheit so gar nichts von einem »Wilden« und schien von der unbekannten Technik des europäischen Seglers gefangen. Der Eingeborene verlor aber dennoch ganz plötzlich die Fassung, als er nämlich sein Spiegelbild in einem Bordspiegel gewahrte. Er suchte vergeblich diesen fremden Polynesier zu fassen. Die Holländer waren nun in ihrem Element und versuchten, den Insulaner mit noch anderen Dingen zu ihrer Belustigung zu erschrecken. Die Bordmusik setzte ein und begann ein Lied zu spielen. Kaum hatte der Insulaner aber die ersten Takte der Musik vernommen, begann er in anmutigen Bewegungen nach dem Rhythmus zu tanzen. Die Weißen bedachten ihn nun mit allerlei Gaben, die er schwimmend mit an Land nahm.

Nach diesem Vorboten, der seinen Stammesbrüdern anscheinend nur Gutes zu berichten wußte, schöpften auch andere Insulaner Mut und kamen an Bord, liefen umher, bestaunten alles und suchten sich nun ebenfalls mit allen möglichen Gegenständen zu bedienen. Sie nahmen Matrosenmützen mit und fingerten durch das geöffnete Bullauge die Tischdecke vom Tisch der Kapitänskajüte. Einer der Matrosen wollte irgendeine solche Dieberei verhindern, verfolgte einen Eingeborenen und erschreckte damit alle. Sie sprangen über Bord und schwammen schleunigst zu ihrer Insel zurück.

Einige Stunden später landeten die Holländer eine Abteilung Matrosen. Sie wurden jedoch recht zwiespältig empfangen, einige zeigten Freude, andere hoben jedoch in recht deutlicher Absicht Steine auf. Plötzlich schrie einer der Matrosen, wahrscheinlich erschreckt durch eine brüske Bewegung eines Insulaners: »Gebt Feuer – jetzt ist der Augenblick da!«

Als der Rauch der ersten Salve auf die Polynesier sich verzogen hatte, sah man mehrere von ihnen in ihrem Blut liegen. Unter ihnen auch der Mann, der als erster den Mut gehabt hatte, an Bord zu den Holländern zu klettern. Die Abteilung, anscheinend mehr erschreckt über ihre Untat als von Furcht ergriffen, stieg in ihre Boote und stach gleich darauf in See.

Wer bei diesen ersten Kontakten beziehungsweise ersten Gewalttätigkeiten die Zivilisierten und wer die Unzivilisierten waren, darüber lohnt sich nachzudenken. 1830 kam der amerikanische Kapitän William Endicott auf seiner Fahrt von Hawaii zu den Fidschi-Inseln zum Atoll von Tongareva (Nördliche Cook-Inseln). Nach seinen Aufzeichnungen wollte er einen der Eingeborenen, die zur Begrüßung in Scharen herbeigeeilt waren, »überreden«, an Bord zu kommen. Der Mann sträubte sich aber, und beim folgenden Handgemenge wurde Endicott von einem anderen Eingeborenen leicht am Nacken verletzt. Sofort befahl der Kapitän zu feuern. Sieben oder acht der dichtgedrängt stehenden Menschen wurden getötet. Der Kapitän resümierte in seinem Reisebericht: »Wir setzten unmittelbar darauf die Segel, nahmen unseren Kurs wieder auf und verließen die Eingeborenen, den Besuch eines zivilisierten Volkes an ihren unzivilisierten Gestaden bedauernd.«

Viele, aber nicht alle Besuche zur Zeit der Entdeckungen endeten mit Mord und Totschlag. Nicht alle Kapitäne ließen gleich mit Kanonen und Musketen auf die unbekümmerten Menschen schießen. So gelang es Cook nach einigen vergeblichen Versuchen, die feindselige Haltung der Maoris auf Neuseeland zu überwinden und überaus freundschaftliche Beziehungen herzustellen. Er schenkte den Maoris einige europäische Haustiere, Nutzpflanzen und versuchte, ihnen die Grundbegriffe von Ackerbau und Viehzucht beizubringen. Die Maoris dankten ihm das auf ihre Weise, sie verklärten den Entdecker zu einem ihnen wohlgesonnenen Halbgott.

Graf La Pérouse, ein kultivierter französischer Aristokrat, der 1786 eine Expedition zur Osterinsel führte, unterdrückte jede Vergeltung für die üblichen Diebereien. Ein entwendeter Hut oder ein mitgenommenes Taschentuch seien nicht das Leben eines dieser armen Naturkinder wert, meinte er. Außerdem könne er in der kurzen Zeit, da er hier weile, nicht ihre Erziehung vervollkommnen. Der Graf verzichtete auch im gleichen Jahr auf die Besitznahme der Insel Maui (Hawaii-Gruppe), da er sie als Unrecht ansah. Seinem Tagebuch vertraute er die echten Beweggründe dafür an: »Obwohl Franzosen die ersten in diesem Zeitabschnitt waren, die auf der Insel Maui landeten, hielt ich es nicht für meine Pflicht, im Namen unseres Königs Besitz zu ergreifen. Philosophen muß es zweifellos schmerzen, mitanzusehen, wie Menschen, nur weil sie Kanonen und Bajonette besitzen, sechzigtausend ihrer Mitmenschen als Nullen behandeln.« Die Südsee sah leider nur wenige Philosophen, und wenn die meisten Entdecker auch durchaus untadelige Leute waren, Feingefühl für Begegnungen dieser fremden Welten hatten sie nicht. Was sich später aber an Abenteurern im Stillen Ozean herumtrieb, war gemäß ihrer Zivilisation in moralischer Hinsicht höchstens Abschaum.

Die ersten Begegnungen mit den Bewohnern Tahitis zeigten für die Europäer positive und negative Aspekte, wobei letztere bei weitem überwiegen. Die ersten Tahitier, die an Bord von Kapitän Wallis' Schiff »Dolphin« gelockt wurden, sprangen rasch wieder über die Reeling. Der Anlaß war zwar harmlos: Eine Ziege, die die Briten an Bord hielten, hatte einen der polynesischen Besucher so erschreckt, als sie ihn mit ihren Hörnern in die Seite stieß und sich auf die Hinterbeine stellte, daß er sofort über Bord sprang und die anderen sich in wilder Panik hinterherstürzten. Der Schrecken über das seltsame Vieh saß jedoch nicht tief, sie kamen bald darüber hinweg.

Der erste Kanonendonner, der über Tahiti rollte, erschreckte die Tahitier merkwürdigerweise viel weniger. Aber diesmal hatten die Briten Furcht. Als sie von ihren Beibooten aus das Land erkunden wollten, kamen ihnen unzählige Eingeborenenboote entgegen, so daß sich die Briten bedroht fühlten. Eingekreist von den »Indianern«, gab Kapitän Wallis Befehl, einen Neunpfünder abzuschießen – sozusagen als Warnung. Die Tahitier versuchten nun, einem der Boote den Weg abzuschneiden, und bewarfen es mit Steinen. Sie ließen erst davon ab, als ein Offizier durch einen gezielten Schrotschuß einen der Eingeborenen verwundete. Das war der Beginn der Feindseligkeiten; vergebens versuchten die Briten, die Tahitier von ihren friedlichen Absichten zu überzeugen. Trotz Tauschhandel – Eisen und Glasperlen gegen Naturalien – griffen sie die kleinen Erkundungsboote der Engländer immer wieder an, da sie die Absichten der Fremden nicht zu deuten wußten. Einem Großangriff von 300 Schiffen entging die Mannschaft der »Dolphin« nur durch Flucht. Am folgenden Tag wurden die britischen Matrosen bereits wieder umringt und einige von ihnen infolge eines anhaltenden Steinbombardements verwundet. Nun ließ Wallis die Kanonen gezielt abfeuern. Ein Volltreffer zerschmetterte eines der Doppelboote und löste dadurch den Rückzug der Tahitier aus. Ihre Unterlegenheit akzeptierten sie aber erst, als am folgenden Tag auf Wallis' Befehl 50 Doppelboote, die am Stand lagen, in Stücke zerschlagen wurden.

Die Tahitier brachten nun eine Art »Sühneopfer« dar, d.h. sie kapitulierten. Sie legten Rindenstoffe (Tapas), Schweine und Hunde an den Strand. Die Stoffe und Schweine akzeptierten die Briten, die Hunde, von den Polynesiern als besondere Delikatesse geschätzt, ließen sie befremdet liegen. Alles deutete darauf hin, daß sich die beiden Welten nicht verstehen wollten und konnten. Dennoch weinten die Frauen nach polynesischer Sitte, als Wallis nach fünf Wochen die Anker lichten ließ und sich auf die Heimreise begab.

Zur Aufnahme und Festigung der friedlichen Beziehungen hatten nicht nur die eingetauschten und bald so begehrten Nägel, Perlen und Werkzeuge beigetragen, sondern vor allem die Reize und Verlockungen der willigen Tahitierinnen. Die Disziplin an Bord zeigte nach dem Waffenstillstand merkliche Schwankungen, die rauhen Sailors ergaben sich. Selbst der Kapitän war beim Abschied so ergriffen von der Anhänglichkeit der Menschen, daß sich sein »Herz und Auge füllte«. Auch Wallis war dem Charme einer hochgestellten Adligen erlegen, die er in seinen Aufzeichnungen nur noch »meine Prinzessin oder Königin« nannte.

Der Kapitän, von den Strapazen der langen Reise erschöpft, ließ sich nämlich 14 Tage an Land pflegen. Bei der ersten Begegnung mit der polynesischen Lady an Bord beeindruckte diese ihn durch ihr »gefälliges Aussehen«, ihre Ungezwungenheit, ihr sicheres Auftreten. Der fällige Gegenbesuch an Land verlief in vieler Hinsicht interessant und erregend. Doch lassen wir den entzückten Kapitän selbst zu Wort kommen: »Kaum hatten wir das Haus betreten, als sie uns zum Sitzen nötigte und vier junge Mädchen herbeirief, die ihr helfen mußten, mir die Schuhe und Strümpfe auszuziehen, den Rock abzunehmen, und sie wies sie darauf an, mir ganz sanft und zart die Haut mit den Händen zu massieren. Als sie dies eine halbe Stunde getan hatten, zogen sie uns wieder an; man kann sich leicht vorstellen, wie herzlich ungeschickt sie sich dabei benahmen. Die Massage bekam jedoch mir, wie auch dem ersten Offizier und dem Zahlmeister sehr gut. Nach einer Weile ließ unsere gütige Wohltäterin etliche Ballen Rindenstoff bringen, mit denen sie uns bekleiden ließ, so daß wir nach Landessitte angezogen waren. Anfangs lehnte ich diese Gunstbezeugung ab, da ich jedoch nicht den Anschein erwecken wollte, als ob ich mit ihren Absichten nicht einverstanden war, stimmte ich schließlich doch zu. Als wir fortgingen, ließ sie eine große trächtige Sau ans Boot bringen und geleitete uns selbst dort hin. Sie hatte ihren Leuten aufgetragen, mich wie vorher beim Hinwege zu tragen; ich wollte aber lieber gehen; so nahm sie mich am Arm; wenn wir an eine Wasserpfütze oder morastige Stelle kamen, dann hob sie mich mit ebenso geringer Mühe darüber hinweg, wie ich in gesunden Tagen ein Kind darüber hinweggehoben hätte.«

Wer mochte es dem Kapitän, dem Zahlmeister und ersten Offizier verdenken, daß sie von nun an ganz bezaubert von Frauen und Insel waren.

Selbst dem letzten Matrosen mußte bei seinem Aufenthalt auf Tahiti klargeworden sein, daß er es hier nicht mit »primitiven

Wilden« zu tun hatte. Trotz des offenkundigen Fehlens grundlegender Errungenschaften der westlichen Zivilisation und Technik, wie der Töpferscheibe, des Rades und der Metalle, hatte sich hier eine Kultur herausgebildet, die, gemessen an anderen Südseevölkern, alle Zeichen von Aufgeschlossenheit und Einfühlungsvermögen, Neugier und Bereitschaft zur Anpassung erkennen ließ. Nichts begehrten die Tahitier von den Engländern mehr als eiserne Nägel. Ihre technische Bedeutung war ihnen anscheinend klargeworden, bevor Wallis zur Insel gelangt war. Cook erfuhr bei seinem ersten Besuch auf Tahiti von einem Eingeborenen namens Tupia, zu Lebzeiten seines Großvaters sei ein Schiff bei Raiatea (westlich von Tahiti) gestrandet; von diesem hatten sie das erste Eisen bekommen, das sie zu Messern und Meißeln verarbeiteten. Später erfuhr Cook noch, daß ein Häuptling lange vor Wallis' Ankunft zwei Nägel besaß, die er als Bohrer auslieh.

Diese Berichte sind durchaus glaubwürdig, obgleich nicht genau geklärt ist, wo und welches europäische Schiff dort strandete und demontiert wurde.

Im Gegensatz zu Tahiti und den benachbarten Inseln nahmen die Bewohner der Osterinsel, Neuseelands, der Marquesas-Gruppe und der Freundschaftsinseln Eisen zunächst recht gleichgültig auf. Der Drang, in den Besitz von Eisen zu gelangen, ließ die Tahitier auf alle möglichen Ideen kommen, um es zu vermehren. Weil die Nägel den Sprößlingen des Brotfruchtbaumes ähnelten, opferten sie einen Teil den Göttern, d.h. sie legten sie auf einen Opferaltar und säten andere im Boden aus. Cooks Geschenke, wie Sägen, Beile, Scheren und Nägel, vertraute man ebenso einem extra umgepflügten Stück Acker an. Da die Ernte aber ausfiel und die wieder ausgegrabenen Werkzeuge durch Rosten unbrauchbar geworden waren, schob man die Schuld den Göttern zu. Auf Huaheine, ebenfalls eine der Gesellschaftsinseln, versuchte man, eine stumpf gewordene Schere dadurch wieder zu schärfen, daß man sie in einen Erdofen legte und backte. Die Tahitier nannten darauf ihre Nachbarn spöttisch »Leute, die Scheren backen«.

Schamlos nutzte Wallis' Besatzung die Tahitier aus, als sie begriffen hatte, wie begehrt eiserne Nägel waren. Ein Nagel wurde gegen ein Schwein mittlerer Größe eingetauscht. Da der Bedarf aber groß war und die Schweine knapp, fingen plötzlich die Mädchen an, für das Vergnügen, das sie vorher umsonst boten, einen Nagel als Geschenk zu erwarten. Wallis mußte seinen Matrosen mit Strafen drohen, da sie Nägel aus der Takelage und aus den Schiffsplanken zogen. Der Kapitän sah schon sein Schiff »dem Verfall preisgegeben«, denn die Tahitier forderten für Naturalien und intime Dienstleistungen immer mehr Nägel. Entsprechend Angebot und Nachfrage trieben sie die Preise in die Höhe.

Auch Cook stellte während seines Aufenthalts einen raschen Verfall seiner Nagelwährung fest. Die Matrosen untergruben die Preismoral und -stabilität. Von einem Zentner Nägel, den seine Besatzung stahl und reizvoll anlegte, tauchten bei Cooks Fahndung nur noch sieben Stück auf. Ein Schwein war nun von Cook nur noch gegen ein Beil einzuhandeln. Kleine Nägel fanden jetzt überhaupt keine Abnehmer mehr. Für einen vier Zoll langen Nagel erhielt man nur noch 20 Kokosnüsse. Bis 1777 konnten die Tahitier so viele Nägel eintauschen und andere eiserne Werkzeuge, daß es auf der Insel binnen zehn Jahren überhaupt keinen Meißel aus Knochen oder Stein mehr gab.

Während beim Volk Eisen hoch im Kurs stand, legten die vornehmen Tahitier mehr Wert auf scheinbar sinnlose Raritäten wie rote Federn, Rindenstoffe, Körbe und Ziergegenstände. Ihr Prestige verlangte eine andere Befriedigung als das Nützlichkeitsdenken ihrer Untertanen. Handwerker und überhaupt alle »Stände«, außer Adel und Priestern, wurden rasch von europäischen Eisengegenständen abhängig. Häuser und Boote konnten nun in viel kürzerer Zeit erbaut werden. Trotz dieser Vorteile strebten die Menschen zwar nach solchem Besitz, nicht aber danach, dieselben selbst anzufertigen. Als John Turnbull 1802 Tahiti besuchte, stellte er enttäuscht fest, nur zwei oder drei Eingeborene können schmieden oder eine Säge richtig handhaben. Kaum einer kannte ein anderes Zimmermannswerkzeug. Die Tahitier schienen es augenscheinlich vorzuziehen, den Europäern ihre Werkzeuge zur Reparatur zu bringen oder neue zu erbitten. Selbst mochten sie nicht arbeiten. Bevor der Nachschub an Eisen sichergestellt war, gaben sie aber Herstellung und Gebrauch ihrer eigenen Werkzeuge und damit ihre traditionelle Technik auf. In ihrer Unbekümmertheit verließen sie sich ganz auf die Europäer. Cook ereiferte sich 1777, es wäre besser gewesen, die Eingeborenen in ihrer glücklichen mediocrity (Mittelmäßigkeit) zurückgelassen zu haben, als sie plötzlich abhängig werden zu lassen. Schon jetzt wäre ihre Rückkehr zu ihren alten Knochen- und Steinwerkzeugen unmöglich. Sie würden sie nur noch verachten. Eine Steinaxt sei jetzt ebenso selten wie eine eiserne zuvor. Cook erkannte die Gefahr, die den Tahitiern aus der Abhängigkeit von europäischen Lieferungen erwachsen würde.

Einen bleibenden Vorteil zur Wahrung ihrer kulturellen Selbständigkeit hatten die Menschen durch diese Kontakte also nicht gewonnen. Ihre Autarkie hatte die ersten Schläge erlitten. Das Gefühl der Unterlegenheit gegenüber den Weißen sollte psychologisch verhängnisvolle Auswirkungen zeitigen.

Ganz anders verhielten sich die Polynesier auf Hawaii. 25 Jahre nach ihrer Entdeckung durch Cook besaß ihr König Kamehameha mehr als 20 Schiffe von 25 bis 50 Tonnen. Zwei Europäer hatten beim Bau geholfen und Anleitungen gegeben. Der Plan des Königs, einen eigenen Handelsverkehr mit China aufzunehmen, war durchaus realisierbar. Die Bereitschaft, europäische Technik und das fremde Wirtschaftsdenken zu übernehmen, stellte sich hier fast überstürzt ein.

Auch die Maoris Neuseelands nahmen rasch eiserne Werkzeuge an, bestellten Hunderte von Hektaren mit dem bislang unbekannten Mais und Kartoffeln, erwarben Pferde, Schweine, Rinder, errichteten Getreidemühlen, bauten Kutter für den Küstenhandel, wurden Zimmerleute, Schmiede und Stellmacher.

Trotz gewisser Unterschiede der Polynesier im Verhalten zu den europäischen Erzeugnissen und Techniken können wir sehen, daß sie in ganz anderem Maße nach Umfang und Zeit entwicklungsfähig im Sinne europäischer Maßstäbe gewesen wären als etwa Australier, Papuas und Melanesier. Daß nach wenigen Generationen aber auch im polynesischen Raum die einheimische Kultur fast gänzlich zerstört war, Seuchen und Krankheiten die Bevölkerung dezimiert hatten, alle Selbständigkeitsbestrebungen gewaltsam unterdrückt wurden, ist das Ergebnis des politischen Egoismus und der Rivalität der Briten, Franzosen, Amerikaner und in manchen Randgebieten auch der Spanier und Deutschen. Vorreiter ihrer kolonialen Bestrebungen waren in Polynesien stärker als anderswo die christlichen Missionsgesellschaften. Eine Chance zur Anpassung in freier Entscheidung, zur Umwandlung und allmählichen Annäherung hatten die Polynesier nur während kurzer Zeitspannen. Am Ende der Entwicklung unter dem Zeichen kolonialer Vorherrschaft standen amerikanisierte Hawaiianer, proletarisierte Maoris, unglückliche Volkstumssplitter als Touristenattraktion auf den Osterinseln oder den Gesellschaftsinseln.

ALTE ODER NEUE GÖTTER

Von der alten Religion der Polynesier auf den Tonga-Inseln haben sich nach 180 Jahre währender Missionsarbeit nur noch Reste erhalten. Sie gleichen in ihrem Wesen und ihrer Tiefenschicht fast unserem Aberglauben. Die Furcht vor Geistern ist noch wach, man meidet in der Nacht Friedhöfe und streift auch ungern nächtens durch den Busch. Noch immer erzählen Tonganer von schrecklichen Begegnungen mit Geistern. Der Ruf des Sikota-Vogels verkündet Unheil, und der Vogel Fata läßt sich vernehmen, wenn im Dorf bald einer stirbt. Bebt die Erde, was hier nicht selten vorkommt, so schlägt man Lärm, der wie ehedem den Riesen Maui, der die Erde wie ein Atlant auf seinen Schultern trägt, beruhigen soll. Heute hat jedes Dorf der Tonganer nicht nur eine, sondern in der Regel mehrere einfach gehaltene Kirchen. Die rund 90 000 Menschen der Inselgruppe verteilen sich auf sieben Konfessionen bzw. kirchliche Gemeinschaften: Drei wesleyanische Richtungen bestehen neben Katholiken, Adventisten, Anglikanern und Mormonen.

Im Unterschied jedoch zu Missionaren und den kolonialen Glaubensstiftern zeichnet die Polynesier eine große Duldsamkeit aus. Wesleyanische Tonganer schicken ihre Kinder auch in katholische Schulen, spenden für Sammlungen anderer Kirchen. Man hilft sich untereinander beim Kirchenbau usw. Konflikte um die allein seligmachende Abweichung einer fernen Verkündigung gibt es nicht, man folgt mehr oder minder gelassen den von der eigenen Richtung vorgeschriebenen Bahnen zur Aufrechterhaltung des inneren Gleichgewichts.

Dieses Bild darf aber nicht darüber hinwegtäuschen, daß der Beginn der Missionstätigkeit auch hier von einer ganzen Kette von Fehlschlägen begleitet wurde. Überhaupt, die frühen Missionsversuche ohne den Rückhalt weltlicher Macht durch ehrgeizige Häuptlinge oder die Feuerwaffen einer Kolonialmacht scheiterten durchweg. Die beiden Missionare, die Boenechea im November 1774 auf Tahiti zurückließ, baten dringend nach Ablauf eines Jahres wieder nach Peru zurückkehren zu dürfen. An den Kapitän eines spanischen Seglers, der ihnen Nachschub an Gütern bringen sollte, schrieben sie, die Wildheit der Bewohner würde ihr Leben bedrohen, außerdem hätte man ihnen fast alles gestohlen, was sie besaßen. Als weiteren Beweggrund für ihren Entschluß, die Insel zu verlassen, nannten sie »die geringe Hoffnung, nützlich zu werden«. Ein mehr oder minder offenes Eingeständnis ihrer vergeblichen Bemühungen um die Seelen der Tahitier.

Nicht besser erging es den beiden ersten Missionarsgruppen, die auf den Tongainseln zu arbeiten begannen. Die 1795 gegründete Londoner Missionsgesellschaft sandte 1796 die ersten zehn Missionare nach Tonga. Ihre Stellung war bald prekär geworden, weil nach Meinung der Tonganer ihre Häuptlinge jetzt viel rascher sterben würden; die Schuld gaben sie den Gebeten und fremden Gesängen der Missionare. Nach einem Jahr öffentlicher Gottesdienste, zu denen die Eingeborenen aus Neugier kamen, war noch niemand von ihnen für den neuen Glauben gewonnen. Vielmehr war das Gegenteil eingetreten: Einer der Missionare hatte sich dem Leben der Tonganer zugewandt und seine Brüder verlassen. Er lebte mit einer Tonganerin zusammen; als er sich jedoch mit ihr nach christlichem Ritus trauen lassen wollte, lehnte sie es ab, sich »unauflöslich« zu binden. Die Missionare, die selbst nach einem Jahr die Sprache noch nicht beherrschten, beschäftigten sich viel eher mit sich selbst, der Errichtung einer schönen Unterkunft und der Herstellung von Booten sowie von Kleidungsstücken. Die Tonganer erpreßten von ihnen immer wieder eiserne Geräte, und die rivalisierenden Häuptlinge versuchten, die Missionare in ihr Lager zu ziehen, um so an deren Gewehre zur Überwindung ihrer Gegner zu gelangen. Als die Brüder sich weigerten, für den Oberhäuptling ins Feld zu ziehen, wurden sie als Feinde betrachtet und drei Missionare umgebracht. Die restliche Gruppe war froh, als sie mit einem britischen Schiff die Inseln verlassen konnte. Die Mission wurde aufgegeben. Auch der zweite Missionsversuch von 1823 scheiterte.

Die Tonganer nahmen desertierte oder schiffbrüchige Seeleute gern in ihre Gesellschaft auf. Alle Europäer, die mit ihnen lebten, waren überaus glücklich, denn sie paßten sich ohne Schwierigkeiten der anderen Lebenswelt an. Gerade das wollten aber die Missionare verhindern: Die Insulaner sollten *ihre* Gewohnheiten so rasch wie möglich annehmen. Deshalb waren ihnen auch die hier lebenden Europäer suspekt, sie galten in ihren Augen nicht mehr als die »Wilden«. »Die Seeleute, welche zuerst diese Insel besuchten, und die schiffbrüchigen Matrosen, die mehrere Jahre unter ihnen wohnten, haben versucht, die Eingeborenen weiß zu waschen, indem sie ihre Moralität der irgendeiner zivilisierten Nation gleich, wenn nicht darüber erhaben, schilderten; die Wahrheit ist jedoch: sie folgen ihren natürlichen Neigungen, sind ›irdisch, sinnlich und teuflisch‹ ... Treulosigkeit ist der hervorragende Charakterzug dieser Insulaner; und was Keuschheit betrifft, so wird diese wenig berücksichtigt. Ihr ganzes Leben ist eine Kette von Verderbtheit.« Der Missionar Lawry, der diese Zeilen schrieb, lebte selbst gerade 14 Monate auf der Insel, diese Zeit hielt er für ausreichend, um das Leben dieser Menschen beurteilen zu können. Wie er selbst schrieb, lebten die Matrosen, die anderer Meinung als er waren, »mehrere Jahre« dort.

Von einem aus dem puritanischen England mitgebrachten Vorverständnis der Sitten fremder Völker konnte man an Ort und Stelle kaum das Leben einer Gesellschaft erfassen und noch weniger jemanden friedlich zu einer fremden Geisteshaltung umerziehen. Lawry gab seinen Missionsversuch nach 14 Monaten auf. Ohne Unterstützung eines einflußreichen Häuptlings mußten alle Versuche für eine Bekehrung scheitern. Die tonganische Gesellschaft war so organisiert, daß das Volk sich nach den Häuptlingen richtete. Die Masse des Volkes bestand aus Bauern, die von den Häuptlingen gepachtetes Land bestellten. Die Menschen waren nicht allein wirtschaftlich abhängig, sondern galten als regelrechte Untertanen. Die erblichen Häuptlinge hatten Macht über Eigentum und Leben des Volkes. Erst als die wesleyanische Mission bei ihrem dritten Anlauf 1826 einen Häuptling auf ihre Seite ziehen konnte, kam es zu einem Fortschritt des Bekehrungswerkes. 1831 war der Oberhäuptling Taufa'ahu von Ha'apai bereit, das Christentum anzunehmen. Er ließ sieben Götterfiguren in einer Reihe aufstellen und verbrennen. Der unglaubliche Vorgang wird in einer Missionsgeschichte von 1857 geschildert:

> »Als der Montag herankam, gab der König Befehl, daß sieben seiner vorzüglichsten Götzen in einer Reihe aufgestellt werden sollten. Er redete sie dann folgendermaßen an: ›Ich habe euch hierher gebracht, euch zu prüfen; und ich sage euch vorher, was ich mit euch thun will, damit ihr keine Entschuldigung habt.‹ Dann wandte er sich an den ersten und sagte: ›Wenn du ein Gott bist, so laufe fort, oder du sollst in dem Feuer, welches für dich bereitet ist, verbrannt werden.‹ Der Gott machte keinen Versuch, zu entwischen. Darauf sprach er zu dem zweiten auf dieselbe Weise und so weiter bis zu dem letzten. Als keiner von ihnen fortlief, gab der König Befehl, die Götzenhäuser anzuzünden. Seinen Befehlen wurde sogleich gehorcht. Achtzehn Tempel mit ihren Götzen wurden niedergebrannt. Das Wetter war feucht, daher dauerte es drei Tage, ehe das Werk der Zerstörung vollendet war. Obgleich Viele von ganzem Herzen beitraten, so waren doch Hunderte über des Königs Verfahren mit den Göttern und

ihren Tempeln schmerzlich beunruhigt und erwarteten zitternd und schweigend die Folgen, indem sie nichts weniger als irgend eine schreckliche Plage voraussahen.«

Im gleichen Jahr, da der Zorn der alten Götter ausblieb, wurde auf Tonga auch die erste Druckerei eingerichtet. Binnen Jahresfrist waren 5500 Lesebücher mit meist biblischen Geschichten, 1500 Gesangbücher, 4000 Katechismen gedruckt. Die Nachfrage hinsichtlich der neuen Religion schnellte so in die Höhe, daß in neun Monaten 17 000 Bücher gedruckt werden mußten. Die Missionare wurden nun von England aus mit großen Mitteln unterstützt. 1832 waren auf den drei Inseln Vava'u, Ha'apai und Tongatapu 300 Lehrer für rund 4000 Schüler tätig.

Gegen den Aufschwung des Bekehrungs- und Bildungswerks machte sich jedoch seit 1835 eine wachsende Opposition der heidnischen gegen die christianisierten Häuptlinge bemerkbar. 1833 war Taufa'ahu bzw. König Georg, wie ihn die Missionare nannten, auch zum Oberhäuptling von Vava'u gewählt worden. Der begabte und kriegerische Oberhäuptling, der auch englisch lernte, war damit faktisch zum mächtigsten Manne der Inselgruppe aufgestiegen. Unter dem Einfluß der Missionare schenkte er seinen Untertanen die Freiheit, errichtete eine neue Kapelle und machte aus den ererbten Speeren seiner Vorfahren ein Geländer für den Altar. Zwei alte Streitkolben dienten zur Verzierung der Kanzeltreppe. Im Oktober 1835 wurden statt einer Kollekte Walzähne, Götterstatuen, Streitkolben und Speere für eine Auktion gespendet und versteigert, um mit dem Erlös ein Missionsfest auszustatten.

1837 brach auf Tongatapu der erste offene Krieg zwischen den Bekennern der alten und neuen Religion aus. Der bekehrte Oberhäuptling Josias, mit dem Titel Tu-i Kanokupolu oberster Herrscher des Gesamtarchipels, konnte einer Niederlage nur durch die Hilfe Georgs entgehen. Trotz des Sieges blieb die Lage der Christen auf Tongatapu noch unsicher. 1840 kam es abermals zum Krieg, wieder griff Georg ein, zerstörte zwar viele Kultstätten, konnte den Gegner jedoch nicht entscheidend fassen. Selbst die zum Eingreifen überredete Besatzung eines britischen Kriegsschiffes konnte den Sieg nicht erzwingen. Ein Waffenstillstand war alles, war zu erreichen möglich war. Die nun folgende Zeit verlief positiv für die Mission. Die nächste Bedrohung ihrer Position brachten nicht mehr die Heiden, sondern die Franzosen. 1838 hatten die wesleyanischen Missionare Landung und Empfang eines katholischen französischen Bischofs durch »ihren König Georg« verhindert. Am 17. Dezember 1841 ankerte ein französisches Kriegsschiff mit 22 Kanonen an Bord vor Vava'u. Der Kapitän ließ zwei Briefe für den gerade abwesenden Georg zurück. Darin forderte die französische Regierung »gütige Aufnahme aller französischen Untertanen«, wenn sie zur Aufnahme des Handelsverkehrs oder zu irgendeinem anderen rechtlichen Zweck auf die Insel kämen. Mit einer unverhüllten Drohung schloß das Schreiben: »Diese in der Folge zu verweigern würde als eine Beleidigung gegen die französische Regierung angesehen werden, welche für ihre Untertanen dann das tun würde, was die Wichtigkeit des Falles erfordert. Die Regierung Seiner Majestät glaubt, daß Eure Majestät nach diesen Vorstellungen und nachdem sie besser mit dem Gesetze des Verkehrs und der zivilisierten Nationen bekannt sind, nie etwas tun werden, welches die Beziehungen des Friedens und der Freundschaft unterbrechen, die Frankreich mit Ew. Majestät und ihren Untertanen aufrecht erhalten möchte.«

Als Oberherr der Insel wandte sich König Josias daraufhin in einem Schreiben an die englische Königin Viktoria und bat um Schutz gegen die Franzosen. Erst 1844 erklärte der Generalgouverneur der Fidschiinseln, der für den Pazifik zuständig war, Großbritanniens Schutz seiner Untertanen, also auch der Missionare, die auf den Tongainseln wirkten. Mittlerweile hatte 1842 die katholische »Gegenmission« auf Tonga begonnen, eine Mission als Vorreiterin kolonialpolitischen Einflusses der Franzosen. Bald hatten auch sie Erfolge aufzuweisen. Zwei Häuptlinge wurden katholisch, durften aber in Anbetracht der prekären politischen Situation und der Opportunität trotzdem mehrere Frauen behalten.

1845 trat Georg auch das Erbe des verstorbenen Josias als Tu'i Kanokupolu an. Seine »christliche« Herrschaft sicherte er aber erst 1852, als er die letzte traditionell eingestellte Häuptlingsgruppe besiegte. Der Triumph Georgs wurde auch zum Triumph der Mission. 1862 konnte sie die erste geschriebene Verfassung, die unter ihrem maßgeblichen Einfluß zustande kam, durchsetzen. Alle Tonganer, ob Häuptlinge oder Gemeine, wurden nun vor dem Gesetz gleichgestellt. Ein Parlament konstituierte sich aus Häuptlingen und Volksvertretern. Ein wesleyanischer Missionar erarbeitete auch die zweite Verfassung von 1875 nach britischem Vorbild. Die Theorie schien zu stimmen, die Praxis hinkte dem europäisch formulierten Fortschritt hinterher. Der Missionar Shirley Baker, der Vater der Verfassung, leitete zehn Jahre bis 1890 die Geschicke der Insel als Premierminister. Die Briten empfanden seine selbstbewußte Politik aber als störend, der britische Hohe Kommissar ließ ihn einfach festsetzen und nach Neuseeland deportieren.

Der Anlaß war, daß Baker mit dem Deutschen Reich einen Vertrag abgeschlossen hatte, in dem Deutschland die Unabhängigkeit Tongas gegen die Überlassung von Handelsrechten und einer Marinestation ausdrücklich anerkannte. Der wachsende deutsche Einfluß paßte nicht ins Bild britischer Südseepolitik. 1899 schlossen das Reich und Großbritannien über die Köpfe der Tonganer hinweg, die sich an die selbstherrliche europäische Kolonialpolitik noch zu gewöhnen hatten, ein Abkommen, das die deutschen Rechte auf Großbritannien übertrug. Als Gegenleistung erhielten die Deutschen Samoa. Tonga war britisches Protektorat geworden. Am Anfang stand die Mission, am Ende koloniale Abhängigkeit.

Die 1830 auf Samoa einsetzende wesleyanische Mission begann mit ihrem Wirken unter einem außerordentlich günstigen Stern. Ein Samoaner, den sie auf Tonga getroffen hatten, stellte ihnen die Verbindung zu Malietoa Vaiinupo her, dem Erben der höchsten Häuptlingswürden. Die Missionare legten das, wer konnte es ihnen verdenken, als Fügung des Himmels aus. Alle nun einsetzenden Streitigkeiten, Parteiungen und Kämpfe der wechselnden Häuptlingskoalitionen bis 1899, als Amerikaner, Briten und Deutsche sich auf einen Prätendenten einigten, gehen zum großen Teil auf diese Verbindung zurück. Die Missionare wollten einen Malietoa zum König von Samoa haben, während die Samoaner in ihrer Mehrheit die ältere Häuptlingsfamilie der Tuiaana als rechtmäßige Anwärter auf die Herrschaft betrachteten. Eine Reihe von Prätendenten verdankte ihren Aufstieg der Förderung der Missionare.

Ein fanatischer Missionar aus dem damals längst christianisierten Hawaii provozierte um 1880 auf den Gilbert-Inseln einen Kampf der Bekehrten gegen die Nichtchristen. Die Kämpfe forderten viele Opfer, mehr jedenfalls, als in den traditionellen Kämpfen verfeindeter Häuptlinge vor der Ankunft der Europäer je fielen. Der Frieden in Christo hatte überall in der Südsee seinen Preis.

DIE TYRANNIS DER MISSIONARE

Auf den größeren Inselgruppen oder Inseln mußten die Missionare die Macht mit weltlichen Residenten engagierter europäischer Staaten oder gierigen Händlern und Handelsgesellschaften teilen. Auf entlegeneren Inseln, wo nur wenige Tausend Menschen lebten, hatten sie hingegen kaum weltliche Konkurrenz. Die christliche Zwangsbekehrung geriet nur durcheinander, wenn an Liebe und Nahrung ausgehungerte Walfänger die friedlichen Gestade Polynesiens heimsuchten. Allein die Amerikaner verfügten um 1850 über eine Flotte von 600 bis 700 Walfangbooten mit einer Besatzung von 15000 bis 16000 Mann. Mußten die Boote aber die arktischen Gewässer verlassen, überwinterten sie gern auf den paradiesischen Inseln im mittleren Pazifik. Die von William Bligh und den Meuterern der »Bounty« 1789 entdeckten Inseln Aitutaki und Rarotonga der Cook-Gruppe, die über 1000 km östlich der Tongainseln und fast ebenso weit westlich Tahitis liegen, gerieten in den zwanziger Jahren des 19. Jahrhunderts unter die Kontrolle der wesleyanischen Mission. In wenigen Jahren wurden die Maraes verwüstet, die Statuen verbrannt oder von den Missionaren eingezogen. Auf Rarotonga brach 1830 ein Krieg zwischen Christen und Nichtchristen aus, der viele Tote kostete. Im gleichen Jahre verbreitete sich, von europäischen Besuchern eingeschleppt, eine Seuche (Typhus oder Ruhr), der ein Siebentel der Bevölkerung zum Opfer fiel. Und weil es der Zufall wollte, daß die Seuche im Distrikt der »Heiden« wütete, sprachen die Missionare von göttlicher Heimsuchung. Als sich 1827 die Missionare auf Rarotonga niederließen, lebten 7000 Menschen hier. 1845 waren es nur noch 3000. In 18 Jahren ging die Bevölkerung also weit über die Hälfte zurück. Epidemien wie die Ruhr (1838, 1840, 1843), Keuchhusten (1845), Mumps (1850), Grippe (1851)) und Masern (1854, 1857) rafften die Menschen dahin. An Ruhr starben 1843 allein in fünf Wochen 30 Kinder. Im gleichen Zeitraum konnte sich die Mission stabilisieren, ihre Einnahmen stiegen von vier Pfund (1838) auf 206 Pfund (1857).

In die Zeit zwischen 1833 und 1858 fällt der Vollzug des »kulturellen Wandels«, die Inseln waren christlich geworden. Ein strenges Ausbildungsprogramm konnte schrittweise verwirklicht werden. Die wesleyanischen Missionare hatten ihr Erziehungsziel für die Eingeborenen nach ihrem moralischen Niveau und Weltverständnis formuliert. »Das Ziel der missionarischen Anstrengungen in dieser Zeit war klar: aus Rarotonga eine Republik oder ein Spiegelbild des Kleinbürgertums Englands zu machen. Die Insulaner sollten zu braunhäutigen Brüdern der von der Hochkirche abgefallenen Engländer der Zeit umgewandelt werden« (E. Beaglehole).

Dieses Missionsziel zu verwirklichen war aber ungleich schwieriger als in England, hauptsächlich deshalb, weil die Charakterstruktur der Insulaner von ganz anderer Prägung war als die der puritanischen Kleinbürger der englischen Großstädte. Um die Anpassung dennoch zu erreichen, gingen die Missionare hart und streng vor. Sie wandten die gleichen Gesetze und moralischen Maßstäbe an wie in ihrer Heimat. Unter besondere Strafe wurde Unzucht, nach den Vorstellungen der Missionare jeder außer- oder voreheliche Verkehr, Diebstahl, Tatauieren, Alkoholbrennen und Verstöße gegen den heiligen Sonntag gestellt. Erst 1899 hob der britische Resident auf den Cook-Inseln die Bestrafung folgender Verstöße auf: Konsultation eines Zauberers, Schwangerschaften unverheirateter Frauen, Kartenspiele, in der Öffentlichkeit den Arm um eine Frau zu legen, mit einem Europäer ohne Erlaubnis zu handeln, zu tatauieren oder tatauiert zu werden, am Sabbat von einem Dorf ins andere zu gehen, mit einer unverheirateten Frau zu sprechen. Solche Verfehlungen wurden vordem mit Geldstrafen, kirchlichen Bußen oder Gefängnis belegt. Um die Insulaner zu kontrollieren, teilten die Missionare die Insel in sechs Sektionen auf, in jeder waren 50 Polizisten tätig. Zur Zeit des Höhepunktes der klerikalen Tyrannei kamen auf neun Insulaner ein Polizist und noch 1891 war das Verhältnis 12:1. Die Zahl der Straftaten war bei dem Katalog von Verfehlungen entsprechend hoch. 1850, als Rarotonga 3000 Einwohner aufwies, wurden im Jahr 900 Verstöße gegen die oktroyierte Ordnung der Missionare registriert. 250 Missetäter wurden dabei ein oder mehrere Male im Jahr ins Gefängnis geworfen. Jede der sechs Sektionen hatte einen eigenen Chef, einen Richter und Polizeikommandanten. Die Geldstrafen der Missetäter wurden unter diese drei christlichen Hoheitsträger aufgeteilt und vergrößerten deren private Einnahmen. Unter diesen Bedingungen ist es offensichtlich, daß die Überführung eines Beschuldigten keine langwierigen Untersuchungen erforderte. Die Polizei nahm die Verhaftung und Untersuchung vor, der Richter verdonnerte die Insulaner in schöner Regelmäßigkeit dann zu Geldstrafen oder Gefängnis. Das System lud geradezu zum Mißbrauch ein, denn übereifrige christliche Insulaner wurden besonders gern als Polizisten eingesetzt. Europäische Besucher auf Rarotonga und den anderen Inseln der Cook-Gruppe waren über die Brutalität, mit der die Gesetze durchgedrückt wurden, entsetzt. Es war nicht das »Heidentum«, das skandalöse Zustände heraufbeschworen hatte, sondern die alles selig machende Religion im wesleyanischen Gewande.

Um 1850 ankerten jährlich etwa 100 Schiffe, meist amerikanische, seltener französische Walfänger vor Rarotonga, etwa 35 vor Aitutaki. Die rauhen Besatzungen dieser Boote führten sich bei ihren

Landaufenthalten entsprechend auf und trugen auf ihre Weise zur Erziehung der Insulaner zum christlichen Glauben bei. Sie begingen den heiligen Sabbat nicht nur auf verbotene Weise, indem sie sich mit Fischen und Wettschießen vergnügten, sondern sie tranken auch Rum in Mengen, peinigten und provozierten die Bevölkerung, beleidigten ihre alten und neuen Sitten. Übel beschwerten sich die Missionare über die Männer des französischen Walfängers »Lemartine«, der 1846 vor Aitutaki strandete. Sie vergalten die liebenswürdige Aufnahme durch die Insulaner nicht nur mit Raub und Gewalt, sie verletzten auch die religiösen Gefühle vorsätzlich. Der Kapitän bat einen Häuptling um eine Seite aus seinem Gesangbuch, um sich seine Zigarre anzünden zu können. Der christlich erzogene Häuptling beschwerte sich darüber und betonte, daß dieses Buch ihn die Lobpreisungen seines Gottes lehre. Der Kapitän wurde daraufhin ausfallend und entgegnete: »Zeig mir deinen Gott, und ich will ihn erschießen!«

Die Missionare hatten nach solchen Besuchen alle Mühe, sie als Heimsuchung Gottes oder als Strafe für verweigerte Gnade umzuinterpretieren. Jahr für Jahr rekrutierten die Walfänger auch noch 60 bis 70 junge Insulaner, um ihre Besatzungen aufzufrischen. Kaum die Hälfte gelangte wieder in ihre Heimat, und die zwischen 200 und 300 Dollar, die sie als Entlöhnung für den schweren Job mitbrachten, verteilten sie großzügig an ihre Freunde, oder sie wanderten in die Kasse der Mission als Bezahlung für die Bibeln und Gesangbücher. Einige der Missionare – inzwischen reich geworden – begannen auf Kosten der Insulaner einen schwunghaften Handel.

Zu den letzten großen Prüfungen für die Bewohner der Cook-Inseln wurden die peruanischen Sklavenjäger, die Arbeiter für ihre Guanoinseln, Minen und Plantagen raubten. Zwischen 1860 und 1863 soll die aus einem oder zwei Dutzend bestehende Sklavenflotte von den Inseln im mittleren und südlichen Pazifik 10000 Menschen verschleppt haben. Wie viele davon von den Cook-Inseln stammten, läßt sich nicht mehr bestimmen.

Wie auf den Cook-Inseln gingen die Wesleyaner auch auf den isolierten Atollen Manihiki und Rakahanga vor. Hier lebten nur wenige hundert Menschen. 1849 landeten die Missionare, und binnen zwölf Monaten waren alle materiellen Zeugnisse der einheimischen Götter vernichtet und Kirchen und Schulen an ihre Stelle getreten. Drei Jahre später ging schon die ganze Bevölkerung mit Ausnahme von 100 Menschen zur Schule. Der Austausch der beiden Atolle untereinander wurde unterbunden, als eine Gruppe von 200 Insulanern von Manihiki bei ihrer Reise nach Rakahanga in einen Orkan geriet und sich nur 20 retten konnten. Die materielle Kultur war nach wenigen Jahren durch das Einführen neuer Werkzeuge, Moden und Materialien völlig verwandelt. Auch die Häuptlinge der Atolle bekamen neue Titel und Funktionen. Sie wurden Diakone der Kirchen. Um die Gläubigen zur Einhaltung und Befolgung der Gesetze und Glaubensgebote anzuhalten, wurden Listen mit den Verfehlungen und die entsprechenden Strafen in klingender Münze aufgestellt. Wer Gesetze übertrat oder die Moral verletzte, wurde eingesperrt, bis sein Urteil gesprochen war. Frauen, die sexueller Ausschweifungen für schuldig befunden wurden, trieb man mit Schimpf und Schande durch die Dörfer. Über die Sitten wachten gewählte Männer, die Turimen genannt wurden. Sie waren Polizist und Richter in einer Person. Sie bildeten auf Manihiki vier Komitees, die sich im Dienst abwechselten. Ein Sünder wurde vom Turiman vor sein Gremium gebracht und verurteilt. Gegen den Richterspruch gab es keine Berufung. Eine Hälfte der Geldbuße bekam der Häuptling-Diakon, die andere der Turiman.

Das System der Strafverfolgung führte zur dauernden Bespitzelung vor allem natürlich des sexuellen Verhaltens der Insulaner, so daß bei steigenden Geldstrafen bald ein Einbruch selbst in die intimen Sitten der Menschen erfolgte und sich dadurch auch ihre psychologische Einstellung zu wandeln begann.

F. J. Moss, der um 1885 die Atolle besuchte, beschrieb die Situation: »Die Gesetze sind schändlich und die Art wie man ihnen Geltung verschafft, Männer und Frauen in Gefängnisse wirft oder durch die Straßen jagt, ist abstoßend genug, aber die Methoden der Strafverhütung und -verfolgung, welche die Turimen anwenden, sind noch schlimmer. Wenn ein Turiman jemanden verdächtigt, Alkohol getrunken zu haben, hält er ihn wann auch immer an und befiehlt ihm, ihn anzuhauchen ... Die Entscheidung, welche er darauf trifft, ist endgültig, er teilt sie seinen Kollegen mit und der Missetäter wird schließlich bestraft. Eine Art Polizeiglocke ertönt abends um 8 Uhr und danach wird jeder, der sich noch draußen von den Turimen sehen läßt, tags darauf mit einer schweren Strafe belegt.«

Von den peruanischen Menschenräubern wurden die Atolle verschont. Ihre Schiffe liefen auf ein Riff oder machten kehrt, als sie sahen, wie schwer zugänglich die Atolle sind. Der berüchtigte Kapitän Bally Hays, der so freundlich wie alle Besucher auf Manihiki aufgenommen wurde und dem die Insulaner ein neues Boot bauten, weil er sein eigenes auf Grund gesetzt hatte, bedankte sich auf seine Weise. Als er die Insel verließ, nahm er eine Gruppe von Eingeborenen mit, die zu einer Hochzeit nach Rakahanga wollten. Hays ließ nicht Kurs auf Rakahanga nehmen, sondern auf Samoa. Hier angekommen machte er ein gutes Geschäft, indem er seine Passagiere als Arbeiter für die Plantagen weitergab.

1853 wurde von Rarotonga aus das Atoll Tongareva christianisiert. Die Missionare zogen die Bevölkerung in vier Dörfern zusammen, um sie besser zu kontrollieren und unterweisen zu können. 1864 wurde Tongareva fast entvölkert. Die Peruaner hatten das Atoll aufgespürt. 1000 Menschen, die Hälfte der Bevölkerung, wurde nach Peru gebracht. Von den Männern, Frauen und Kindern kam niemand zurück. Der Maori Te Rangi Hiroa, ein namhafter Völkerkundler und Schriftsteller, der 1929 auf Tongareva zu Forschungszwecken weilte, führte dazu aus: »Die gegenwärtige Bevölkerung schreibt dem Einfluß der eingeborenen Pastoren die Hauptverantwortung für diesen Exodus zu. Die vier Dörfer waren überaus begierig, große Kirchen zu errichten. Die Sklavenhändler gaben das Versprechen guter Bezahlung und sicherer Rückkehr, sowohl die Pastoren als auch das Volk beschlossen darauf wegzugehen, um genug Geld zu verdienen, damit sie würdige Bauten zur Verehrung Gottes errichten könnten. Wie es auch immer gewesen sein mag, die tausend Menschen, die ihre heimatliche Insel verließen, starben als Sklaven in der Fremde, Opfer heuchlerischer und unmenschlicher Vertreter des weißen Mannes.«

1. DAS KÖNIGREICH HAWAII

Der Entdecker Hawaiis, James Cook, bezahlte die Mißachtung der religiösen Bräuche der Eingeborenen durch seine Besatzung und die wohl ungebührlich lange Inanspruchnahme der Gastfreundschaft der Insulaner mit seinem Leben. Auf der Suche nach Holz hatten seine Matrosen ausgerechnet die hölzerne Umfriedung eines Heiligtums abmontiert und ließen bei dieser Gelegenheit noch einige hölzerne Statuen mitgehen. Das Volk war nur schwer wieder zu beruhigen. Der Frevel sollte böse Folgen haben. Die Hawaiianer hatten die Besucher langsam satt gekriegt, und das in doppelter Bedeutung des Wortes. Als Cook ankam, glaubten sie, ein leibhaftiger Gott sei auf einer schwimmenden Insel zum Erntedankfest zu

Besuch gekommen. Das Volk sank nieder und verbarg die Gesichter. Der Andrang bei der Landung war so groß, daß mehrere Menschen übereinanderlagen. Der Oberpriester geleitete Cook zum Heiligtum, zehn Männer brachten ihm ein erstes Opfer, einen halbverwesten Keiler, dar. Gesicht und Hände salbte man ihm mit vorgekautem Kokosfleisch. Der König überschüttete den Kapitän mit auserlesenen Geschenken: Federmäntel, das Zeichen königlicher Würde, Rindenstoffe, Schmuck und Schnitzereien. Die Briten sonnten sich in der Verehrung, bis die Schändung des Heiligtums offenbar wurde. Das Volk begann, sich über die Großzügigkeit seiner Häuptlinge eigene Gedanken zu machen. Man fuhr den Matrosen streichelnd über die merklich gerundeten Bäuche und Hüften und gab ihnen somit deutlich zu verstehen, daß es wohl Zeit zur Rückkehr sei.

Als der deutsche Matrose Heinrich Zimmermann bei seiner nächtlichen Wache entdeckte, daß die Hawaiianer ein Boot entwendet hatten, und Meldung machte, geriet der Kapitän außer sich. Er forderte vom König das Boot zurück und wolllte ihn, bis es zurückgegeben würde, an Bord bringen lassen. Die Stimmung des Volkes steigerte sich von Unmut zur Empörung, als der König Anstalten machte, tatsächlich Cook an Bord zu folgen. Als sich zudem noch die Nachricht verbreitete, daß von einem der Wachboote aus ein Häuptling erschossen worden sei, brach ein regelrechter Tumult aus. Der Bruder des erschossenen Hawaiianers machte Anstalten, Cook anzugreifen. Da er auch mit einem Bajonett nicht auf Distanz gehalten werden konnte, streckte ihn Cook mit einem Pistolenschuß nieder. Als die Briten sich zurückziehen wollten, die verbliebene Mannschaft an Bord das Feuer eröffnete und Cook den König mit sich zerren wollte, traf den weißen Gott der erste Stein. Ehe man nachladen konnte, hatten die Hawaiianer vier Engländer getötet. Cook wurde von hinten mit einem hölzernen Dolch durchbohrt. Aufstöhnend fiel der Kapitän vornüber in die Brandung. Die Hawaiianer waren von einem Alpdruck befreit: Götter stöhnen nicht, und so erkannten sie endgültig die menschliche Natur ihres Besuchers und Entdeckers.

Sie schleppten den Leichnam des gestürzten Gottes und vier weiterer Engländer auf einen nahen Berg, zündeten ein großes Feuer an und verzehrten sie im rituellen Mahle, um sich etwas vom Mana des so mächtigen Mannes einzuverleiben. Kopf, Arme und Beine Cooks wurden an die vornehmsten Häuptlinge und Priester verteilt, Reste des übrigen Skeletts wurden in einem geflochtenen

Weidenkorb in das Heiligtum des Gottes Lono gebracht. In feierlicher Prozession wurden die Gebeine, bedeckt mit roten Federn, später alljährlich zu anderen Heiligtümern rund um die Insel getragen. Es kostete die Engländer lange Überredung und reiche Geschenke, um drei Häuptlinge zu veranlassen, die ihnen zugefallenen Gebeine Cooks, ein Stück seines Schädels und seine rechte Hand, zurückzugeben. Einen Tag später traten Matrosen und Marinesoldaten in ihren roten Uniformen unter der auf Halbmast wehenden Flagge zum Trauergottesdienst für den ruhmreichen und verehrten Kapitän an. Der Stille Ozean nahm bei leichter Abendbrise von Land die in einem Segeltuch eingenähten Überreste des Entdeckers zur ewigen Ruhe auf.

Die britische Admiralität verpflichtete nach ihrer Rückkehr alle Besatzungsmitglieder der Expedition, die Entdeckung vor anderen Nationen geheimzuhalten. Sechs Jahre gelang dies, seit 1786 waren die Sandwich-Inseln, wie damals die Hawaii-Gruppe genannt wurde, ein beliebter Versorgungsplatz geworden, zumal sich immer einige Hawaiianer zum Dienst an Bord verpflichten ließen. Vor allem die Besatzungen der Handelsschiffe, die zwischen China und Alaska hin und her pendelten, suchten hier Rast und Liebe. Die Hawaiianer hatten nach der Tötung Cooks ihr früheres Selbstbewußtsein rasch wiedererlangt. Der Triumph über die Briten sollte aber nicht lange dauern.

Richtungweisend für die weiteren Geschicke Hawaiis wurde König Kamehameha, Oberhäuptling in dem nördlichen und westlichen Bezirk auf der Hauptinsel, wo Cook landete. Schon während Cooks Besuch war der damals noch junge Adlige durch seinen entschlossenen und wilden Gesichtsausdruck aufgefallen. Als Kapitän Vancouver 1793 wieder eine britische Expedition nach Hawaii führte, hatte Kamehameha die Nachfolge als Oberhäuptling-König angetreten. Vancouvers Charakterstudie des Königs weist diesen als athletischen und intelligenten Herrscher aus: »Seine Haltung war majestätisch; jede seiner Handlungen offenbarte einen Geist, der seinen Besitzer in jeder Lage herausgehoben hätte. Dunkel und stechend waren seine Augen; er schien fähig, die Absichten der ihn umgebenden Menschen zu durchschauen, ihre Gedanken zu lesen; vor seinem Blick sank dem Tapfersten der Mut. Sein allgemeines Verhalten war offen, großzügig und freundlich. In Erscheinung und Haltung ein wilder Herkules, in Fähigkeiten und Charakter ein Mann, den jedes Land stolz als seinen Sohn anerkannt hätte.« Sein Aufzug zum Willkommensbesuch an Bord beeindruckte die Europäer.

Die reichen Willkommensgaben an die Briten entsprangen nicht so sehr Kamehamehas Liebenswürdigkeit als vielmehr seinem politischen Kalkül. Der König wollte unter allen Umständen Sympathie und Interesse der Besucher wecken, um einerseits sein Prestige zu erhöhen und andererseits die Fremden daran zu hindern, etwa vor einem feindlichen Bezirk oder einer anderen Insel ihre Anker zu werfen. Kamehameha wollte in jedem Fall von vornherein Diebereien ausschließen, um Zwischenfälle wie bei Cooks Besuch zu vermeiden. Der Besuch verlief auch sehr harmonisch. Der König brachte selbst einige entwendete Gegenstände zurück, wie z.B. das Beil des Schiffskochs. Auch der Landgang der Briten warf keine Probleme auf, die Hawaiianer überschütteten die Besucher mit Freundlichkeit und Liebenswürdigkeit: Leutnant T. Monty machte auch eine Visite bei der Königin, deren Verlauf noch heute jeden Europäer verzaubern könnte: »Die hohe Dame saß gerade unter einem Baum, von zwanzig Dienerinnen mit kühler Luft befächelt, lud den Gast neben sich, schickte nach Früchten und einigen frischen Kokosnüssen von der nächsten Palme. Darauf belustigte sich Ihre Majestät eine Zeitlang mit dem Haar des jungen Offiziers, begann es zu flechten, wieder zu lösen, Blumen und Federn hineinzustecken. Nachdem durch dieses zarte Spiel das Eis gebrochen war, zog sie ihn fast aus, um seine weiße Haut zu bewundern, wobei ihr besonders sein linkes Bein gefiel, das eine Tatauierung von einer anderen Südseeinsel aufwies. Sie ließ einen alten Mann rufen, der es untersuchen sollte. Der kam nach einer Viertelstunde zu dem heiteren Ergebnis, die exotischen Schriftzeichen hielten in sehr lebendiger Weise die Erinnerung an ein erotisches Erlebnis wach. Nach einer Stunde solchen Flirts wurden ›gewisse Zärtlichkeiten‹ ausgetauscht, die trotz ihrer Harmlosigkeit sofort einen untersetzten, deformierten Zwerg auf den Plan riefen, der zu Hofe die bedeutende Funktion innehatte, im Auftrage des Königs das Verhalten der Damen zu überwachen. Es hätte den kleinen buckligen Wächter seinen Kopf gekostet, wäre die Königin in anderen Armen als denen ihres Ehemannes gefunden worden« (C. Anders).

Als ob es dessen noch bedurft hätte, versetzten die Briten die Hawaiianer in allergrößtes Staunen und fast demütige Anerkennung ihrer Überlegenheit, als sie zum Abschied ein Feuerwerk vor dem nächtlichen Himmel der Tropeninsel abbrannten.

Vancouver kehrte ein Jahr später nochmals nach Hawaii zurück, brachte gleichsam als Entwicklungshelfer Kühe, Schafe, Ziegen, Gänse, Mandelbäume sowie verschiedene Pflanzensamen mit:

Zugunsten Kamehamehas übernahm er die Vermittlerrolle zwischen diesem und dem Herrscher der Nachbarinsel Maui. Die Briten erhofften sich einen sicheren Stützpunkt, Kamehameha dachte aber an persönlichen Machtzuwachs mit Hilfe europäischer Waffen. Als Vancouver ihm Lieferungen von Kanonen und weiteren »nützlichen« Gütern in Aussicht stellte, erklärten sich der König und sein Häuptlingsrat sogar bereit, eine Schutzherrschaft Großbritanniens anzuerkennen. Obwohl die britische Flagge auf Hawaii hochging und die Männer Kamehamehas brüllten: »Kanaka no Beritane – Wir sind Menschen Britanniens!« blieb London aber passiv.

Kamehameha wollte unter allen Umständen sein Ziel realisieren, Alleinherrscher der Inselgruppe zu werden. Wie nahe er diesem Wunsch damals bereits war, wußte Vancouver jedoch nicht. 1788 hatte sich der König durch Tauschhandel in den Besitz einer drehbaren Kanone gebracht. Musketen, Pistolen, eiserne Dolche waren schon längst in größerer Zahl erworben worden. Zwei britische Seeleute, Isaac Davis und John Young, die nach einem Streit und der Kaperung eines amerikanischen Schiffes in Gefangenschaft gerieten, wurden von dem klug kalkulierenden Kamehameha nicht wie üblich den Göttern geopfert, sondern begnadigt und in die Armee des Königs als Instruktoren eingegliedert.

Der Einsatz europäischer Waffen und Strategen ermöglichten tatsächlich Kamehamehas Aufstieg zur Alleinherrschaft. 1795 nach fast sechsjähriger blutiger Ernte der »rotmäuligen Kanone« war er faktisch am Ziel. 1810 erkannte der letzte selbständige König der nördlichsten Inseln Kauai und Niihau vertraglich die Oberhoheit Kamehamehas an.

Der Aufstieg des Königs steht am Anfang des unaufhörlichen Abstieges seines Volkes, der alten Kultur und Religion. Die Inseln mußten den gleichen Tribut für die Annäherung an die Europäer bezahlen wie auch alle anderen Gebiete in der Südsee. Rücksichtslos, wie er seine Feldzüge gegen seine Nachbarn führte, begann der König – überzeugt vom Segen europäischer Waren –, seine Untertanen auszupressen, um die notwendigen Gelder aufzubringen. Als um 1800 die ersten Sandelholzbestände entdeckt wurden, befahl er die Abholzung ganzer Wälder und den Abtransport der Hölzer an die Küste. Was die Händler dafür bezahlten, war bescheiden genug. Für eine Schiffsladung des wertvollen Holzes wurden eingetauscht: 50 Seidenhüte, ein eiserner Ofen, 1000 große Glasperlen, 135 Pfund kleinerer Klunkern, zwei Dutzend Strümpfe, zwei Kristalleuchter, zwölf chinesische Stühle, Seidentaschentücher, Strohhüte, drei Ballen Flanell, 50 Säbel, Süßigkeiten und eine Jacke. Von diesem »Gewinn« aus dem Handel behielt der König das meiste für sich, einiges gab er seinen Getreuen, das wenigste aber den Untertanen, welche die Arbeit gemacht hatten.

Der König wollte vor allem sein Prestige nun im Vergleich zu den Europäern und nicht mehr zu den überwundenen einheimischen Größen erhöhen. Nach chinesischem Vorbild führte er eine Hafensteuer ein, um Geld in die Kassen fließen zu lassen. Obwohl der König die Aufforstung der Kahlschläge befahl, damit auch später sichere Einnahmen garantiert werden konnten, wurde dies von den Untertanen hintertrieben. Sie wollten ihren Nachkommen diese Plackerei in den Wäldern ersparen. Um die immer seltener werdenden Sandelholzbestände aufzuspüren, brannte man ganze Wälder ab, in der Hoffnung, im Rauch den aromatischen Duft des Sandelholzes aufzuspüren und letzte Reserven zu entdecken. Seit 1825 ging der Export des Holzes trotzdem erheblich zurück.

König und Adel strebten immer mehr nach europäischen Luxuswaren. Bedenkenlos stellten sie Wechsel und Schuldscheine auf die Erlöse späterer Lieferungen von Sandelholz aus. 1823 schuldeten sie zusammen den konkurrierenden Händlern 23000 picul (ein picul etwa 60 kg). 1826 schätzte man den geschuldeten Betrag auf 200000 Dollar. Ob es nun primär die Schulden waren oder das Bestreben des europäischen bzw. amerikanischen Handels, das Monopol über den Sandelholzmarkt zu erringen, welche die ersten politischen Verwicklungen des Königs mit den Weißen auslösten, ist vom Ergebnis der späteren Entwicklung her betrachtet zweitrangig. Hawaii, als strategisch günstig gelegene Inselgruppe und wirtschaftlich interessanter Platz, geriet als politischer Faktor immer mehr in das Kalkül fremder Regierungen.

Um die Schulden an amerikanische Händler eintreiben zu können, tauchen bald darauf zwei amerikanische Kriegsschiffe auf. 1815 sandte der Gouverneur des damaligen russischen Alaskas ein Schiff nach Hawaii, um die Fracht eines hier gestrandeten Seglers abzuholen. Der Unterhändler, ein deutscher Arzt in russischen Diensten namens Scheffer, hatte auch den Auftrag, dem Zaren das Sandelholzmonopol zu sichern. Der König von Kaui, der Oberherrschaft Kamehamehas längst überdrüssig, erklärte in einem Abkommen seine Bereitschaft, sich dem Zar Alexander I. zu unterstellen und nur noch mit der Russisch-Amerikanischen Handelsgesellschaft Geschäfte abzuwickeln. Als Gegengabe versprach Scheffer russischen Schutz und ernannte den König zum Stabsoffizier der kaiserlich russischen Marine.

Ein russisches Fort wurde errichtet, und einige Häuptlinge von Kaui nahmen bereits russische Namen an. Die russische Regierung versteifte sich aber nicht auf die Abmachungen Scheffers. Als die Amerikaner und Kamehameha gegen die Errichtung eines weiteren russischen Forts in Honolulu als Verletzung hawaiischer Souveränität intervenierten, rüsteten die Russen ab. 1816 erklärten sie anläßlich eines Besuchs des russischen Schiffes »Rurik« unter dem Kommando Otto von Kotzebues, daß der Zar keinerlei territoriale Erwerbungen auf der Inselgruppe anstrebe.

Seit 1817 fuhren die von Kamehameha gekauften und in Dienst gestellten Schiffe unter eigener Flagge. Hawaii galt als souveräner Staat.

Die strengste Sekte für das sinnlichste Volk

1819 starb der erste König ganz Hawaiis. In der Bilanz seiner Herrschaft überwiegen die Faktoren, die den Zusammenbruch des traditionellen Lebensgefüges bewirken sollten. Das Prestigedenken von König und Adel hatte zur Entwicklung eines Handels geführt, dessen Gesetzmäßigkeiten und Gefahren sie nicht durchschauten. Nicht der Besitz der im Grunde genommen für sie so sinnlosen Güter, wie chinesisches Porzellan, Billardtische, seidene Kleider, europäische Waffen, führte moralisch betrachtet zur Korrumpierung des Königs und seiner Führungsschicht, sondern das durch kein Regulativ begrenzte Streben nach Erzeugnissen der fremden Welt. Wahllos und fast betäubt von ihrer Anziehungskraft gierte man nach den »Werten« aus Übersee. Der Vergleich zwischen der eigenen Kultur und der fremden Warenwelt fiel auf den ersten Blick immer zugunsten der letzteren aus.

Kamehameha selbst scheint begriffen zu haben, daß auch die Welt der alten Götter durch den intensiven Austausch mit den Weißen bedroht würde. Weil seine Macht und der Gehorsam seines Volkes auf traditionellen Vorstellungen beruhte, konnte der König angesichts des Zerfalls der alten Ordnung, die er von sich aus ja nach der anderen Seite bereits durchbrochen hatte, nicht gleichgültig bleiben. Noch 1816 hatte er einem Besucher seine Götterstatuen gezeigt und erklärt: »Diese sind unsere Götter, die ich anbete; ob ich Recht oder Unrecht daran tue, weiß ich nicht; aber ich folge meinem Glauben, der nicht böse sein kann, da er mir befiehlt, nie Unrecht zu tun.«

Auch beschwor er sein Volk, den alten Göttern treu zu bleiben, dann würde sich alles zum besten kehren. Jedoch bereits zu dieser Zeit konnte schon jeder Hawaiianer die Machtlosigkeit der eigenen Götter feststellen.

Denn schon der Nachfolger Kamehamehas oder vielmehr die ihn beherrschende Königinmutter waren bereit, die eigenen Götter aufzugeben und sich in den Dienst des weißen Gottes zu stellen. Bereits beim Krönungsmahl durchbrach die Königinmutter das geheiligte Tabu des getrennten Speisens von Männern und Frauen. Der König selbst zögerte noch, sandte zum Mahle seinen Bruder und weihte selbst vorsorglich zwei neue Heiligtümer.

Die erste Taufe eines Einheimischen erfolgte 1819 an Bord einer französischen Korvette. In Anwesenheit des Königs und seiner Mutter ließ sich der Erste Minister, ohne von Missionaren beeinflußt zu sein, vom Kaplan des Schiffes das Sakrament geben. Der Durchbruch der neuen Religion erfolgte aber erst, als der lange zögernde König sich anläßlich eines Festes bereit erklärte, an der Frauentafel Platz zu nehmen. Alle geladenen Gäste erschauerten, der Frevel gegen das Tabu mußte ja augenblicklich den Zorn der Götter auslösen. Doch nichts geschah: Die Himmel stürzten nicht ein, das Meer erbebte nicht, und auch die Berge spien kein Feuer. Nach einigen beklemmenden Augenblicken machte sich die Festgemeinde in den Ausrufen Luft: »Die Götter sind falsch, vorbei sind die Tabus!«

Noch bevor der erste Missionar sich niedergelassen hatte, begannen die Hawaiianer ihre Götterstatuen zu verbrennen, die heiligen Opferplätze und Kultstätten zu zerstören. Ein einmaliger Fall in der ganzen Südsee.

Als die Götter brannten, bildete sich eine Vereinigung gegen diese überstürzte Flucht in die fremde Religion. Der vorher allseitig verehrte Häuptling und Priester Kekuaokalami führte sie an. Auch auf Hawaii mußte sich die Religion der Nächstenliebe mit Blut durchsetzen. Tapfer und nach alter Sitte mit ihren Frauen an der Seite kämpfend, stürmten der Priester und seine Gefährten gegen die Linien der Untreuen. Doch so heftig sie gegen das Feuer aus den Kanonen und Gewehren auch angingen, die Front der Gegner wankte nicht. Der verwundete Kekuaokalami kämpfte noch im Sitzen weiter, und als ihn die tödliche Kugel traf, bedeckte er sein Gesicht mit dem Federmantel, dem Abzeichen seiner Würde.

Der Untergang des alten Glaubens war besiegelt, die neue Religion mit ihren Gesetzen und einer Moral mit festen Wertmaßstäben aber noch nicht verankert. Übrig blieb vorerst die fest im Charakter des Volkes eingeschmolzene Lebensfreude.

Die ersten Missionare für Hawaii wurden von den puritanischen Kalvinisten der Neuenglandstaaten Amerikas ausgebildet und ausgesandt. Die Institution hieß »Schule der Fremdenmission für ungetaufte Barbaren«, eine wahrhaft christlich-versöhnliche Bezeichnung für das Werk der Erweckung und Erlösung. Finanziell abhängig war die Missionsschule von den reichlichen Spenden der wohlhabenden Familien, von denen nicht wenige ihren Reichtum dem Sklavenhandel verdankten.

1820 landeten zwei Priester, zwei Lehrer, ein Arzt, ein Landwirt, ein Drucker und drei ehemalige hawaiische Seeleute, die man in Amerika aufgegriffen und auf der Missionsschule in Algebra, Latein, englischer Grammatik und britischer Geschichte unterrichtet hatte. Der fanatischste der Missionarsgruppe war Hiram Bingham, ein 30jähriger Student. Der Empfang der Missionare spielte sich in der üblichen überschäumenden Herzlichkeit ab. Jeden Besucher hatte bislang der Charme der Inseln und seiner Bewohner in Verzücken versetzt. Nicht aber Bingham, der in der puritanischen Gestelztheit einer künstlichen Welt aufgewachsen war. In seinen Erinnerungen über 21 Jahre Aufenthalt auf Hawaii schrieb er: »Der Anblick der Armut, der Eindruck von Verderbtheit und Barbarei unter den schwatzenden, fast nackten Wilden war erschütternd. Einigen von uns schossen Tränen aus den Augen; sie wandten sich ab von diesem Schauspiel. Andere mit stärkeren Nerven schauten weiter, hätten aber am liebsten ausgerufen: ›Können das menschliche Wesen sein? Wie finster und trostlos ihr Geistes- und Herzenszustand! Wie schweben sie in unmittelbarer Gefahr für ihre unsterbliche Seele in dieser heidnischen Finsternis! Sind solche Lebewesen zivilisierbar? Können Christen daraus werden? Können wir an diesen primitiven Ufern an Land gehen, eine Heimat fürs Leben finden unter solchem Volk, um es für den Himmel zu erziehen?‹«

Mit wahrem Feuereifer stürzten sich die Missionare auf die Seelen der an ihrem Glauben so unsicher gewordenen Insulaner. Die Bereitschaft der Hawaiianer für die neue Religion und die europäische Bildung war ungeheuer groß. Das Tempo der Alphabetisierung übertraf alles bisher Dagewesene. Anfang 1822 vermochte noch keiner von ihnen zu lesen oder zu schreiben. Vier Jahre später waren schon 400 Lehrer ausgebildet. 1832 waren über 1000 Schulen mit rund 50 000 Schülern errichtet. Allen voran stürzten sich die Arikis in das Abenteuer des Lesens und Schreibens. Ihre Selbstachtung vertrug es nicht, wenn ein Gemeiner aus dem Volk mehr konnte. 1840 wurde die Schulpflicht eingeführt, zehn Jahre später bereits nur noch in Englisch unterrichtet.

Das rechte Verständnis für die inneren Werte des Christentums zu wecken oder die Dogmen zu übertragen erwies sich als viel schwerer. Die Einschränkung der überschäumenden Lebensfreude schien den strengen und humorlosen Missionaren geradezu Voraussetzung für das Erfassen der wahren Verkündigung. Die Anbetung der alten Götter zu verbieten, mochte man noch begreifen, nicht aber die Unterdrückung der so lebendigen Hula-Tänze. Das traf die Lebenseinstellung und Lebenslust. Darauf zu verzichten bedeutete wirklich Abschied vom alten Leben zu nehmen, dem Leben der Freude und Sinnlichkeit.

Der Pflanzer und Journalist James Jarves, der neun Jahre lang in engem Kontakt zu den Menschen lebte, verfolgte staunend das tragische Geschehen ihrer enggläubigen und engherzigen Bekehrung. »Wer konnte auch erwarten, daß diese sinnlichen, fleischlichen Naturen plötzlich durch Predigten und Drohungen zu missionarischem Asketentum bekehrt werden könnten! Ihre weißen Lehrer hatten ihnen Spiele, Feste, Tänze und Kriege weggenommen, ihnen aber nichts zum Ausgleich für ihre Energien gegeben. Eine Polka oder ein Walzer wurden als Falle des Teufels verurteilt. Schaustellungen waren noch schlimmer und Reiterspiele nicht besser als ein Wettkampf der Hölle. Sogar Rauchen war Todsünde und Tatauierung ein Kennzeichen des Viehes. Nationale Gesänge und Feste hatten alle etwas von ewiger Verdammnis. Nichts blieb den Eingeborenen übrig, ihre physischen Kräfte auszuleben, als was sie haßten: harte Arbeit und theologische Lektüre.« In der Tat mußte man Jarves zustimmen, wenn er sagt, daß die allerstarrsten Prinzipien der allerstarrsten protestantischen Sekte für die sinnlichste aller Rassen zum Maßstab des Heils erhoben wurden.

Die weiße Welle – Güter und Krankheiten

Wie viele Menschen die Hawaii-Gruppe bei Cooks Entdeckung zählte, läßt sich nicht mehr zweifelsfrei feststellen. Seine Offiziere schätzten die Bevölkerung auf 400000. Allgemein geht man heute aber eher von 300000 aus. In den 50 Jahren seit der Kontaktaufnahme mit den weißen Göttern bis 1823 verminderte sich die Zahl um mehr als die Hälfte. Eine Zählung durch die Mission ergab in diesem Jahre etwa 142000 Menschen. In den darauf folgenden 30

Jahren sank die Zahl nochmals um 50 Prozent auf 71 000. Die von den Weißen verbreiteten, bislang unbekannten Krankheiten und Seuchen, gegen die die Hawaiianer ebensowenig wie die anderen Südseevölker körpereigene Abwehrstoffe besaßen, hielten eine grausame Ernte. Die erste Todeswelle der Jahre 1804/05 nahm etwa ein Drittel der Gesamtbevölkerung mit sich. Neben Cholera und Pest grassierten fieberhafte Erkältungen, Lungen- und Darmkrankheiten, Syphilis. Ganze Landstriche verödeten. Mai-ahulau – kranke Menschen aufeinandergehäuft –, mit diesen Worten umschrieben die Menschen die unerklärliche Todesfuge.

Von einer medizinischen Versorgung in dieser Zeit des Zusammenbruchs dieses Volkes und seiner Kultur kann man nicht sprechen. Nur zehn der insgesamt 175 protestantischen Missionare, die bis 1854 auf die Inseln kamen, verfügten über nach damaligen Vorstellungen ausreichende medizinische Kenntnisse. Nur vier davon blieben längere Zeit auf den Inseln. Die übrigen Europäer kümmerten sich um die Weiber, den Handel und die heidnischen Seelen – in genau dieser Reihenfolge.

Die muntere Sinnlichkeit der Polynesierinnen wurde von den Matrosen schlecht vergolten. Sie brachten die Geschlechtskrankheiten in das Paradies der Lüste. Die Mädchen hatten keine Scheu vor der Intimität und ahnten die Gefahren des Kontaktes nicht. So verbot Kapitän Cook z.B. seinen syphiliskranken Matrosen, etwa der Hälfte der Besatzung (!), an Land zu gehen, um jeder Ansteckung zuvorzukommen. Es nützte jedoch nichts, die Mädchen schwammen zum Schiff und schwangen sich an Tauen und Strickleitern hoch, zum höchsten Entzücken der Be- und Überfallenen. Die damals nicht zu heilende Seuche, die vererbbar ist und im letzten Stadium zum körperlichen und geistigen Verfall führt, verbreitete sich rasant. Der rapide Bevölkerungsrückgang findet auch somit seine Erklärung. Eine sinkende Geburtenrate mußte zwangsläufig dazukommen.

Die Matrosen sorgten dafür, daß die Seuche nie zum Abklingen kam. Schließlich gab es auf Hawaii immer mehr Frauen, als die Besatzungen der bis 1820 recht sporadisch anlaufenden Schiffe verkraften konnten. Erst mit dem Auftauchen der Walfänger, die seit 1830 in immer größerer Zahl vor den Inseln überwinterten, formte sich eine starke Prostitution. Es kam zu den ersten Zusammenstößen zwischen Missionaren und Häuptlingen. Jeder der ausgezehrten Matrosen wollte nämlich versorgt sein. Das Laster, das die Missionare als Vorhut der Zivilisation ausrotten wollten, wurde von weniger moralisch gefestigten Vertretern ihres Kulturkreises erst richtig breitgetreten. Bald ankerten Hunderte von Walfangbooten in den Gewässern um Hawaii. Einer der beliebtesten Häfen war Lahaina auf Maui. Tausende von Harpunieren, Maaten und Seeleute gaben sich hier den Ausschweifungen und dem Alkohol hin. Was die Frauen früher freiwillig aus Liebe zum Gast taten, wurde jetzt gegen die Heuer der Walfänger eingetauscht. Das Dirnenwesen erlebte einen ungeheuren Aufschwung. Polynesier, die zu Geld kommen wollten, handelten mit Weib und Töchtern.

Die Missionare und einige Häuptlinge wollten einem solchen Treiben nicht mehr länger zusehen. Schon 1825 verhängten die Häuptlinge ein Tabu über die Bucht, in der die Schiffe ankerten. Die alte Drohung wirkte noch. Kein Mädchen schwamm den enttäuschten Matrosen entgegen. Die Besatzung der »Daniel«, eines britischen Seglers, fand bald heraus, daß der amerikanische Missionar Richard dahinter steckte. Eine Abordnung der Mannschaft forderte von Richard ihr altes gutes Recht. Als er sich jedoch unnachgiebig zeigte, zogen die Enttäuschten etwas später mit der gesamten Besatzung vor die Missionsstation. Richard hatte aber vorgesorgt. Als der erste Matrose einen Häuptling, der zum Schutze des Missionars herbeigeeilt war, anrührte, stürzten seine Mannen aus ihren Verstecken, umzingelten und entwaffneten den ganzen Trupp.

Der Sieg der diesmal gerechten Sache war aber nicht von langer Dauer, denn die Mädchen waren bald der Bevormundung durch die Missionare überdrüssig. Sie umgingen die Tabus. Britische und amerikanische Besatzungen der Jahre 1826 und 1827 machten nicht viel Federlesens. Die ersteren ließen die Kanonen sprechen, die letzteren warfen mit Steinen die Fenster des Königspalastes ein und verwüsteten die Stadt. Der König von Maui und die Missionare mußten nachgeben. Das Tabu wurde aufgehoben, und Boote voller Mädchen legten von Land ab.

Nicht so schlimm für die neuchristliche Moral, aber negativ für die Bevölkerungsentwicklung, war, daß viele Kapitäne auf Hawaii ihre Besatzungen ergänzten und die kräftigsten der jungen Männer als Harpuniere für ihre Walfangboote anheuerten. In den vierziger und fünfziger Jahren machten bis zu einem Fünftel der jungen Männer Dienst auf amerikanischen oder europäischen Schiffen. Kaum die Hälfte kam zurück. Wenn die Kälte der arktischen Breiten, den bevorzugten Walfanggebieten, sie verschonte, raffte sie eine Maserninfektion oder eine andere europäische Kinderkrankheit hinweg.

Zu Hause fehlten die Männer in der Landwirtschaft, und diejenigen, die zurückkamen, ließen sich nur schwer wieder in die Gemeinschaft integrieren. Um das Jahr 1850 setzte auf Hawaii eine Entwicklung ein, die dem ja theoretisch noch immer unabhängigen Königreich seine Selbständigkeit und dem Volk seine Freiheit und die letzten Reste seiner Eigenständigkeit nehmen sollte. Schon in den dreißiger Jahren hatten die ersten Versuche risikofreudiger weißer Händler, Kaufleute und Farmer begonnen, mit großen Investitionen in Zuckerrohrplantagen, Handelsgesellschaften, Bewässerungsprojekten und bei Landkäufen die freiheitsliebenden und ungebundenen Hawaiianer in abhängige Lohnsklaverei zu überführen. Zwölfeinhalb Cents pro Tag verdienten sie auf den Zuckerrohrplantagen von Ladd & Co. Da keine Zugtiere vorhanden waren, spannte man 40 Menschen vor die Pflüge. Trotzdem drängten sich bald die Hawaiianer um die schlechtbezahlte Arbeit. Nur Geld konnte sie in den Besitz begehrter europäischer Waren bringen. Mit wachsender Produktion, steigenden Einnahmen und Löhnen begann sich die Spirale des sogenannten »sozialen Fortschritts« zu drehen, und die Hawaiianer wollten nun an einer Welt teilhaben und ihre Güter mitbesitzen, ohne das Wechselspiel von Arbeit, Lohn und Kauf zu erfassen.

Die expandierenden Farmen und Plantagen brauchten Land. Die weißen Berater des Königs versuchten ihn deshalb zu einer Verfassung zu überreden, die aber nichts weiter bedeuten sollte, als die sanktionierte Aufgabe vieler seiner alten Rechte und eine schematische Angleichung an die Verhältnisse einer Wirtschaftskolonie. Ein Parlament wurde eingerichtet, die Rechte des Volkes verkündet, die Privilegien der Häuptlinge und Ariki weitgehend abgeschafft. Vor allem aber wurden rechtliche Möglichkeiten für die Aufteilung des Landes geschaffen. Früher galt Grund und Boden nicht als Privateigentum. Der Besitz allen Landes durch die Oberhäuptlinge bzw. Könige und Häuptlinge war im Bewußtsein aller Menschen fest verankert. Wenn alle diese Besitztitel auch eher theoretischer Natur waren, so hatten sie doch eine faktische Auswirkung: Jeder Hawaiianer begab sich durch die Bebauung des Landes, durch die Übernahme eines Lehens in Schutz und Abhängigkeit eines Ariki. Anspruch auf sein Land, um seine Familie ernähren zu können, hatte er indirekt durch die überkommene Ordnung. Privateigentum bildete sich zwar nicht, wozu auch. Die Ariki bebauten das Land sowieso nicht, es war genug vorhanden, und es war fruchtbar. Die Gesellschaft Hawaiis kannte keine Fron, um den Böden ihre Erträge abzuringen.

1842 erklärte sich Kamehameha III., von Missionar Richard in Staatskunde unterwiesen, schließlich bereit, eine Landreform mit festen Besitztiteln einzuleiten. Die Krone behielt etwa eine Million Morgen, 1,6 Millionen bekamen die Ariki, 1,4 die Regierung, das Volk, obwohl es Anrecht auf ein Drittel wie Regierung und Adel hatte, erhielt ganze 28 000 Morgen.

Die Menschen waren bereits mit dieser Reform überfordert, kein Missionar stand ihnen bei, um Schaden im Diesseits von ihnen abzuwenden. Der Sinn der ganzen Reform blieb dem Volk unverständlich, ebenso was die Beurkundung und Vermessung bedeuten sollten. Ein Morgen Land kostete damals je nach Bodenbeschaffenheit zwischen einem Viertel und anderthalb Dollar. Die Gebühr für die Eintragung betrug dagegen sechs bis zwölf Dollar. Nur ein Teil der Bevölkerung ließ deshalb den seit Generationen bestellten Boden registrieren.

Unter diesen Bedingungen konnte sich kein freier Bauernstand, wie der Mission vorschwebte, herausbilden. Trotz zeitweisen Verbots des Landerwerbs durch Fremde (1846–1850) brachten die Weißen gewaltige Ländereien zusammen. Eine hochadlige Dame verkaufte auf einen Schlag 24 000 Morgen für ganze 1000 Dollar, fast soviel, wie theoretisch der Bevölkerung verblieb. Viele folgten einem solchen Beispiel, denn das rasch verdiente Geld lockte.

Vom Königreich zur Kolonie

Die Hawaiianer waren infolgedessen ein Staatsvolk ohne Land geworden, und was den Europäern die verbliebene Unabhängigkeit des Königreiches bedeutete, wurde in diesen Jahren auch klar. Wer nach Hawaii kam, war es gewohnt zu nehmen. Die Selbständigkeit der Inselgruppe sollte nur so lange währen, bis eine der konkurrierenden Mächte Großbritannien, Amerika, Frankreich und zeitweise auch Rußland sich von der Annexion einen echten Vorteil versprachen. Wie simpel man hier, ohne selbst den Anschein diplomatischen Takts zu wahren, mit den »Halbwilden« umspringen konnte, zeigten zuerst die Franzosen. Sie waren nicht mehr bereit, noch länger auf das Zugeständnis billiger Einfuhrzölle für Burgunder und Kognak zu warten. Ein weiterer Anlaß für das Vorprellen der Franzosen bestand in der Verweigerung der Lehrtätigkeit französischer katholischer Missionare durch Kaahumanu, die als Königinmutter für ihren Sohn die Regentschaft führte. Sie wollte auf alle Fälle konkurrierende Missionsgesellschaften und eine Glaubensspaltung des Volkes vermeiden. Sie verbot deshalb die Teilnahme an katholischen Gottesdiensten und 1830 jedes Wirken der katholischen Mission. Ein Jahr darauf ließ sie zwei französische Priester, die sich über ihr Verbot als einzig wahre Verkünder des Glaubens hinweggesetzt hatten, ausweisen. Welchen Wert die französische Regierung ihren Missionaren in der Ferne für die höheren Interessen Frankreichs beimaß, geht aus einem Ausspruch des damaligen Königs Louis Philippe hervor: »Die Methode, eine Annexion der hawaiischen Inseln herbeizuführen, liegt in der Einführung der römisch-katholischen Religion.«

Im Juli 1839 lief ein französisches Kriegsschiff, mit 60 Kanonen bestückt, im Hafen von Honolulu ein. Der Kapitän übergab König Kamehameha III. ein Ultimatum mit folgenden Forderungen: Erlaubnis für die Errichtung katholischer Missionsstationen, Grundstücke für den Kirchenbau, Ehrensalut für die französische Flagge und eine »Kaution« von 20000 Dollar. Im Falle einer Zurückweisung der Forderungen drohte der Kapitän mit sofortigem Krieg. 200 Marinesoldaten wurden vorsorglich an Land gebracht.

Tatsächlich erfüllte die hawaiische Regierung diese erpresserischen Forderungen, einschließlich der auferlegten Kaution, die dem erstaunten Kapitän in bar ausgehändigt wurde. Die Franzosen sahen sich um einen glorreichen Sieg betrogen. Im verständlichen Ärger dachten sich die Franzosen neue Auflagen aus: günstige Einfuhrbedingungen für Spirituosen und eine besondere Gerichtsbarkeit für französische Staatsbürger, die auf den Inseln lebten. Auch das wurde erfüllt. Die Kaution erstatteten die Franzosen erst sieben Jahre später – ohne Zinsen, versteht sich – zurück.

1842 folgte schon die nächste Annexionsdrohung der Franzosen. Diesmal konnte man ihr mit List entgehen. Jetzt erkannten sogar die weißen Berater des Königs, daß Hawaiis Unabhängigkeit und Eigenstaatlichkeit eigentlich internationaler Garantien bedürfte. Zuerst sandte der König eine Delegation nach Washington. Nach achttägigem vergeblichen Bemühen um eine Audienz beim Präsidenten drohten die Hawaiianer, nach London weiterzureisen und die Briten als Schutzmacht anzuerkennen. Erst jetzt reagierte Präsident Tyler und erklärte vor dem Kongreß, die Vereinigten Staaten würden die Unabhängigkeit Hawaiis anerkennen. Auch London und Paris fanden sich zur Anerkennung bereit, man gönnte sich gegenseitig eine Annexion nicht. Bevor es jedoch zur Unterzeichnung eines Vertrages kam, hatte der britische Kapitän Lord Paulet, der vom Stand der Verhandlungen nichts wußte, gleichsam im Handstreich die Inseln für Großbritannien in Besitz genommen.

Fünf Monate dauerte das britische Regiment. Es ging zu Ende, als ein amerikanischer Fregattenkapitän gegen das Vorgehen protestierte. Die Regierung in London gab nach und leistete in Person des Kommandanten der Flotte im Pazifik, Konteradmiral Thomas, Wiedergutmachung durch verbale Entschuldigung.

Die Drangsalierung Hawaiis ging aber weiter. 1849 beschossen die Franzosen das Fort von Honolulu, besetzten und plünderten die Stadt, weil eines ihrer zahlreichen Ultimaten zum »Schutze ihrer Bürger« zurückgewiesen worden war. Um den französischen Pressionen zu entgehen, stellte sich 1851 Hawaii unter amerikanischen Schutz.

Die Amerikaner hatten eine ganz andere Methode der politischen Einflußnahme als die Franzosen und Briten verfolgt. Den Einsatz von Kanonenbooten hatten sie aus zweierlei Gründen nicht nötig: Einmal garantierten die mehrheitlich amerikanischen Missionare eine ständige Ausrichtung auf die USA, zum anderen kontrollierten, sanktioniert durch einen Handels- und Freundschaftsvertrag, amerikanische Handelsgesellschaften weitgehend die Wirtschaft Hawaiis.

Die eigentliche amerikanische Annexion 1898 und den Sturz der Königsherrschaft lösten die unfähigen Monarchen selbst aus. Im Bestreben, ihre Machtbefugnisse auch verfassungsmäßig zu erweitern und dem Lande gleichzeitig die Unabhängigkeit zu sichern, gerieten sie immer mehr in Widerspruch zu den weißen Geschäftsleuten. Unfähige weiße Berater, oft Abenteurer, waren meist darauf bedacht, die Taschen des Königs zu füllen. Sinnlos wurden die Einnahmen, ob aus Steuern oder Bestechungsgeldern stammend, für Prestigeobjekte wie einen Palast, goldene Kronen, eine Batterie österreichischer Feldhaubitzen, ein eigenes Kriegsschiff verschleudert. König David Kalakaua (1874–1891) träumte von der Errichtung eines polynesischen Großreiches mit den Tonga-, Gilbert-Inseln und Samoa, was aber nicht ausschloß, daß er bei einem Besuch Japans eine seiner Nichten mit einem japanischen Prinzen zu verheiraten gedachte, um beide Staaten zusammenzuführen.

Als Hawaii Teil der USA wurde, lebten hier kaum noch Hawaiianer. 1851 begann die Anwerbung chinesischer Kulis, die genügsamer und fleißiger waren als die Einheimischen. Außerdem verringerte sich die Zahl der Hawaiianer unaufhörlich, während der Bedarf an Arbeitskräften ständig zunahm. Die immer mächtiger werdenden Plantagenbesitzer ließen durch Anwerber von den Neuen Hebriden Menschen kommen. Die Gilbert-Inseln stellten 2000 Kontraktarbeiter, die aber nur unwillig ihren Anweisungen folgten. Die Überfremdung setzte mit einer Masseneinwanderung von Portugiesen aus dem übervölkerten Madeira ein. 20 000 kamen in den nächsten Jahrzehnten. Zwischen 1875 und 1887 verstärkten 25 000 chinesische Kulis das ohnehin schon beträchtliche ostasiatische Element. 1890 betrug ihr Anteil an der Gesamtbevölkerung 20 Prozent. 1900 lebten über 65 000 Japaner auf Hawaii. In dieser Zeit betrug die Gesamtzahl der Hawaiianer nur noch 30 000 – sie waren nun eine Minderheit unter den Fremdarbeitern. 1936 war die Zahl der Ureinwohner auf 21 000 gesunken. Die Chinesen und Japaner arbeiteten, die Weißen beherrschten die großen Handelsgesellschaften und Plantagen. Bald hatten aber die Chinesen sich den Kleinhandel erobert. Die Japaner bekamen Konkurrenz durch über 60 000 Filipinos.

Heute ist Hawaii frei von tropischen Krankheiten, aber auch von Hawaiianern. Nach vorsichtigen Schätzungen soll es heute bei einer Gesamtbevölkerung von über 800 000 kaum noch 10 000 »reinrassige« Hawaiianer geben. Also nur etwa anderthalb Prozent aller Bewohner gehören zur Urbevölkerung. Die Insel ist zu einem Schmelztiegel des Pazifiks und Ostasiens geworden. Nachkommen von Weißen, Chinesen, Japanern, Koreanern, Filipinos, Indern, Puertorikanern, Samoanern und selbst amerikanischen Negern und Indianern bilden ein durch hawaiische Blutbeimischungen exotisches Rassengemisch.

Wer heute auf Hawaii noch etwas von der alten Kultur sehen will, muß ins Museum gehen. Im Bernice P. Bishop Museum von Honolulu erfaßt man erst die Radikalität des Wandels, wenn einen der Lärm der Hauptstadt mit über 300 000 Einwohnern, soviel wie die ganze Inselgruppe dereinst gehabt hatte, zur Besinnung kommen läßt. Was der europäische und amerikanische Durchschnittstourist heute mit Hawaii verbindet, nämlich Exotik und Hulatänze zu elektrischen Gitarren, Inselschönheiten in Phantasiegewändern bedruckter farbiger Synthetics, findet er im Freilichtmuseum des Polynesian Centers. Hier spielen die letzten Hawaiianer eher Hawaii, als daß sie es noch verkörpern.

2. TAHITI

Denis Diderot, einer der großen Vertreter der französischen Aufklärung, verfaßte 1772 einen »Nachtrag zu den Reisen Bougainvilles«. Diderot war wie die meisten seiner philosophisch interessierten Zeitgenossen von den Berichten über die Insel »ohne Falsch und Sittenverderbnis« so begeistert, daß er Tahiti der verdorbenen Pariser Gesellschaft als leuchtendes Vorbild hinstellen wollte. In seiner erfundenen Dialogerzählung läßt er einen Schiffskaplan und einen Tahitier eine Diskussion über ihre so verschiedenen Welten führen. Die beliebten Themen der Aufklärung, Natur und Zivilisation, Religion und Moral, Ehe und Sexualität, wurden erörtert. Dem Tahitier gelingt es, über den Kaplan zu triumphieren. Er weist ihm nicht nur die Überlegenheit seiner Heimatinsel über Paris nach, sondern auch, daß die freie Ehe der Tahitier über der unmoralischen Dauerehe der Franzosen steht.

Die Zeiten vor der Großen Revolution waren sentimental gestimmt. Werther-Sentimentalitäten schlugen Deutschland, haltlose Fabeln von der Schönheit der Seele ferner Naturkinder Frankreich in Bann.

Tahiti siegte denn auch in Wirklichkeit nicht über Paris, sondern geriet bald in den Schatten seiner ehrgeizigen Kolonialpolitik, die für fremde Völker wenig, für die Grandeur der Nation aber alles übrig hatte. Die französische Kanonendiplomatie des Bürgerkönigs Louis Philippe empfand anders als die schicke Gesellschaft des alten Regimes.

Tahiti war ganz anders, als es sich die Zeitgenossen Bougainvilles vorstellten. Ari'i Taimai, eine wirkliche tahitische Adlige, die französische Maßstäbe genau kannte, mokierte sich über die verzückten Philosophen. »Das echte rechte tahitische Sittengesetz würde die Theorien über einen Naturzustand ebenso von Grund auf umgekehrt haben, wie es die Guillotine tat; durch die Brillen der französischen und englischen Matrosen gesehen, die nicht den geringsten Sinn für Verantwortlichkeit hatten und leichten Herzens sämtliche Maßstäbe verkehrt hätten, schien Tahiti zu beweisen, daß es kein Sittengesetz benötigte; das machte die Insel den Philosophen interessant und entzückte das französische Volk; was bei der Moral, die in Paris an der Tagesordnung war, eben nicht weiter schwer war.«

Ohne es zu beabsichtigen, hat Cook schon vor 1780 den Grundstein für die Umkehrung aller gesellschaftlichen Verhältnisse auf Tahiti gelegt und damit einen Zusammenbruch der traditionellen

Gesellschaft und Kultur eingeleitet, die eben die französischen Philosophen auch für Europa in letzter Konsequenz bewirkten.

Cook ließ bei seinen drei Besuchen auf Tahiti wie der Entdecker Wallis seine »Endeavour« und später seine »Resolution« immer in der Bucht von Matavai vor Anker gehen. Das umliegende Land gehörte dem relativ unbedeutenden Häuptling Tu von Pare. Daß Cook mit ihm verkehrte, weckte zwar den Neid höhergestellter Häuptlinge, daß Cook ihn aber zu allseitigem Verdruß noch für den »König von Tahiti« hielt, mochte ihnen allen anfangs eher als Witz der Fremden erscheinen. Tu versorgte die Briten mit frischem Fleisch und Früchten und bekam als Gegengabe die typisch nützlichen europäischen Gebrauchsgegenstände oder auch nur schöne Dinge. Den anderen Häuptlingen erschien die Bevorzugung Tus als vorsätzliche Beleidigung ihrer Würde. Das führte zu einem derartigen Streit, daß Tu seinen Gau fluchtartig verlassen mußte.

Cook verstand die Beweggründe dafür überhaupt nicht und erhielt auch nie Einblick in die verwickelten tahitischen Familienbeziehungen, gegenseitigen Abhängigkeiten und abgestuften Rangverhältnisse. Er betrachtete Tu als seinen Freund und legitimen Herrscher, wer ihn angriff, attackierte den großen Kapitän selbst. Als Cook bei seinem dritten Besuch auf Tahiti erfuhr, daß sich eine Koalition gegen seinen Schützling gebildet hatte, erklärte er förmlich, daß er das Interesse seines Freundes gegen ein solches Bündnis wahren würde; wer es sich herausnähme, Tu anzugreifen, würde die schweren Folgen seines Zorns zu spüren bekommen, wenn er wieder zurückkäme. Solange Cook Tu beschützen konnte, hatte dieser nichts zu befürchten. Cooks Ansehen auf der Insel war so groß, daß Tus Rivalen eingedenk der Drohung fünf Jahre lang zögerten, ehe sie ihn angriffen. Erst nach Ablauf dieser Frist, als eine Rückkehr der Briten nicht mehr zu erwarten war, überfielen zwei Nachbarhäuptlinge den Protegé und nahmen Rache an seinem überzogenen Auftreten.

Elf Jahre sollten vergehen, ehe mit Kapitän William Bligh, der schon mit Cook auf Tahiti war und die Verhältnisse wie dieser deutete und auch Tu als König betrachtete, wieder ein britisches Schiff – die berüchtigte »Bounty« – in der Matavai-Bucht vor Anker ging. Tus Gebiet war verwüstet worden, von den großzügigen Geschenken Cooks, einem Bullen, einer Kuh und einem extra angefertigten Bett, war nichts mehr in seinem Besitz. Tus Verzweiflung war so groß, daß er Bligh bat, ihn und seine Frau mit nach England zu nehmen. Bligh konnte aber Tu Mut einflößen und somit zum Bleiben überreden. Das Verhältnis zwischen Bligh und Tu glich dem von Cook und Tu. Es wiederholten sich folglich die Ereignisse; Bligh unternahm alles zum Schutze dieses Mannes. Seine ihm angedichtete Stellung als »König von Tahiti« hatte geradezu tragikomische Aspekte. Während der Anwesenheit der Briten erschien er reich und mächtig. In seinem Haus war all das vorhanden, was seine höhergestellten Nachbarn als Inbegriff von Reichtum deuteten: eiserne Äxte, Stoffe, Nägel, Ziegen, die die Tahitier ja nicht kannten, Perlen und Fischhaken. Kaum hatten die Briten die Insel verlassen, jagten eben diese Nachbarn ihm seine Erwerbungen wieder ab.

Um künftig besser gegen Raubüberfälle gewappnet zu sein, bat Tu anläßlich eines Besuchs den Kapitän um Feuerwaffen. Bligh schrieb darüber: »Er hatte mehrfach den Wunsch geäußert, daß ich ihn mit einigen Feuerwaffen und Munition versehen sollte, denn er erwartete einen Angriff nach der Abreise des Schiffes; dann auch deswegen, weil wir seine Partei genommen hatten. Ich hielt es daher für angebracht, seine Bitte zu erfüllen, und ich tat es um so eher, weil er erklärte, sich damit nur verteidigen zu wollen. Das schien mir seiner Veranlagung zu entsprechen. Er war kein unternehmungslustiger Mann.« Nun, Psychologie war nicht gerade die Stärke des Kapitäns der »Bounty«. Bligh sollte mit seiner Charakteristik Tus auch nur teilweise recht behalten. Tu war vielleicht nicht sehr mutig, aber bestimmt unternehmungslustig. Er war nicht klug, aber durchtrieben. Die Gewehre wollte er nicht selbst bedienen, sondern mit ihnen Frau und Bruder in den Kampf schicken.

Die »Bounty« verließ am 4. April 1789 Tahiti, 24 Tage später meuterte die Mannschaft und setzte Bligh mit 18 Getreuen in einem Beiboot aus. Das paradiesische Leben des sechsmonatigen Aufenthaltes, der Liebreiz der Frauen, ließen die harte Arbeit an Bord und den strengen Kapitän unerträglich erscheinen. Die Meuterer kehrten in die Matavai-Bucht zurück. Sie blieben aber nicht lange. Sie nahmen 24 Tahitier und größere Mengen Lebensmittel mit und wollten sich auf den Tubuai-Inseln niederlassen. Aus Furcht vor Verfolgung und Rache des ausgesetzten Kapitäns kamen sie aber nicht zur Ruhe. Drei Monate später kehrten sie abermals zurück und brachten 16 ihrer Kameraden an Land, die weiterer Abenteuer überdrüssig geworden waren und vorerst auf Tahiti bleiben wollten.

Die meisten der ausgesetzten Meuterer stellten sich unter Tus Schutz. Bald begannen sie aber mit dem Bau eines Bootes, um im Ernstfall fliehen zu können, denn Tahiti war bei den seefahrenden europäischen Nationen recht in Mode gekommen. Das Schiff der Meuterer war kaum fertig, als es wieder zu einem Zusammenstoß zwischen Tu und seinen Nachbarhäuptlingen kam. Eine direkte Beteiligung an den Kampfhandlungen lehnten die dazu aufgeforderten Meuterer vorerst zwar ab, reparierten aber die Gewehre Tus. Nach reiflicher Überlegung stellten sie sich schließlich Tu für die Dauer seines Feldzuges gegen Paea, im Südwesten Tahitis gelegen, zur Verfügung. Die Kriegsflotte Tus und das von den Meuterern selbstgebaute Schiff erfüllten durchaus die in sie gesetzten Hoffnungen und bewährten sich außerdem in der ersten Schlacht mit europäischen Waffen auf der Insel. Der Kanone und den Gewehren der Angreifer hatten die anderen Häuptlinge nichts Gleichwertiges entgegenzusetzen. Da sie zu See und zu Lande keine Chance mehr sahen, flohen sie in die Berge und ergaben sich kurz darauf. So begann der Aufstieg Tus zum Oberherren der Insel.

Tu nannte sich jetzt Pomare (Nachthusten) und führte für seinen Sohn, den jüngeren Tu, nur noch die Regentschaft. Als nach kurzer Zeit Kapitän Vancouver auf der Suche nach der Nordwest-Passage Tahiti anlief, um sich hier mit Lebensmitteln einzudecken, witterte Tu-Pomare eine Chance zur Stärkung seiner Position. Mit einer Machtdemonstration europäischer Waffen – so sein Plan – sollte der Kapitän nicht nur die noch selbständigen Häuptlinge Tahitis, sondern auch die der nahen Inseln dazu bringen, sich Tu zu unterwerfen. Vancouver lehnte jedoch ab, versorgte ihn aber mit neuer Munition.

Britische Waffen, britische Missionare

Pomares Aufstieg schien unaufhaltsam und ganz im Sinne der üblichen Folge Entdeckung, Handel, Missionierung zu verlaufen. Die Bekehrung der Tahitier wurde aber nicht von einer moralisch verkrampften protestantischen Sekte eingeleitet, sondern durch die kurz zuvor gegründete Londoner Missionsgesellschaft, die den hehren Zweck verfolgte, »das Menschengeschlecht von dem größtmöglichen Teil des Elends, welches dasselbe bedrückt, zu befreien und demselben das reichlichste Maß von Glückseligkeit zu verschaffen, dessen die menschliche Natur fähig ist«. Das Zeichen, unter dem die Mission auf Tahiti angetreten war, war hoch – zu hoch im Vergleich zu dem, was sich tatsächlich ereignen solllte. Unterstützt werden sollte dieses ethische Anliegen durch die Hebung des materiellen Niveaus der Eingeborenen.

Unter der Führung eines braven Kapitäns mit gottesfürchtigen Offizieren und Mannschaften erreichten 25 Missionare, darunter einige Handwerker, sechs Frauen und drei Kinder am 5. März 1797 Tahiti. Wie immer drängten sich kurz nach Verankerung des Schiffes die freudig strahlenden Tahitier an Bord: die Männer bereit zum Tauschen, die Mädchen zur Liebe. Schnell machte sich Enttäuschung breit, da weder die üblichen Tauschwaren noch die großzügig zur Schau gestellten weiblichen Reize auf Gegenliebe trafen. Auf dem Schiff, das unter einer purpurnen Phantasieflagge mit drei silbernen Tauben, die Ölzweige in den Schnäbeln trugen, segelte, stiegen statt dessen die ersten geistlichen Gesänge und inbrünstigen Gebete in den ewig blauen Himmel Tahitis. Die Eingeborenen waren echt verwirrt, die meisten gingen so schnell, wie sie gekommen waren. Ein solches Schiff hatte die Südsee noch nie gesehen.

Am nächsten Tag suchten der Kapitän und einige Missionare »König« Tu auf, um ihm die weiteren Absichten der frommen Herren zu erläutern. Vor allem wollten sie in der Bucht von Matavai Land abgetreten haben, um hier eine Missionsstation zu gründen. Pomare erklärte sich mit der Landabtretung einverstanden, ohne allerdings eine Vorstellung von dieser Transaktion zu haben, denn später betrachtete er das Land immer noch als sein Eigentum. Die Missionare bezogen ein Haus, das Kapitän Bligh bei seinem zweiten Besuch 1792 hatte erbauen lassen. Die ersten Monate verliefen für die Missionare recht befriedigend, denn die nahe der Station lebenden Menschen schienen sich tatsächlich rasch mit den neuen Moralanforderungen vertraut zu machen. Nur noch selten führten sie ihre Tänze auf, und auch in der Kleidung vollzog sich ein Wandel zur »Ehrbarkeit«, wie die frommen weißen Herren in ihren Tagebüchern vermerkten.

Zwangsläufig gerieten die Missionare aber in Konflikt mit den tahitischen Sitten, von denen die Insulaner durchaus nicht freiwillig lassen wollten. Als sie z.B. ein »Menschenopfer« auf einem Marae verhindern wollten, befanden sie sich augenblicklich in akuter Lebensgefahr. Sie mußten schleunigst vor der aufgebrachten Menge das Weite suchen.

Nicht nur moralisch gesehen befanden sich die Missionare zwischen den Fronten, sie wurden auch bald in die inneren Streitigkeiten der Häuptlinge hineingezogen. Die Verhältnisse hatten sich weiter zugespitzt, denn zwischen Pomare und seinem Sohn brach offener Streit aus. Alle Anzeichen deuteten also auf neue Kämpfe um die Oberherrschaft auf der Insel hin.

Ihre Abhängigkeit von Pomare wuchs, und seine Frau übernahm mehr oder minder offen die Kontrolle über ihren – in den Augen der Polynesier – wertvollen Besitz, der das Prestige Pomares nur erhöhen konnte. Allein der Häuptling Temarii versuchte, die Missionare nicht ständig anzubetteln, oder besser gesagt, Geschenke von ihnen zu erpressen. Temarii war mit Pomare verfeindet, doch ein Unglücksfall sollte die Europäer auch noch von dieser Seite bedrohen. Von einem britischen Kapitän hatte Temarii mehrere Pfund Pulver eingetauscht. Eine ungeschickt vorgenommene Qualitätsprüfung ließ das ganze Faß explodieren, und dabei wurde die Haut des Häuptlings verbrannt bzw. versengt. Pomare schickte ihm sofort einen der Missionare, der ihn versorgen und seine Schmerzen lindern helfen sollte. Bruder Broomhall verarztete ihn mit einer schmerzlindernden Salbe. Als er am folgenden Tage die Prozedur wiederholen wollte, stellte er fest, daß man den Leidenden mittlerweile auf traditionelle Art zu behandeln angefangen hatte. Seine Frau hatte ihn mit geraspelten Yams eingerieben, und nun verboten beide dem Bruder jede weitere Betreuung. Angeblich wären dadurch die Schmerzen des Häuptlings nur vergrößert worden. Der fremde Gott, behaupteten sie, hätte in die Arznei einen Fluch hineingetan. Auch tauchte der Verdacht auf, Pomare habe den Missionar nur gesandt, um seinen Gegner behexen zu lassen und seinen Tod zu beschleunigen.

Als Temarii seinen Verbrennungen erlegen war, herrschte große Niedergeschlagenheit auf der Insel, denn der Häuptling war überaus beliebt gewesen. Nur Pomare war zufrieden. Die Gefahr eines neuen Krieges zeichnete sich ab, zumal Temarii keine direkten Nachkommen besaß und sein Anhang mit Recht befürchtete, Pomare wolle sich den Gau einverleiben. Immer enger mußten sich die Missionare mit Pomare verbinden, obwohl sie gerade zu der Zeit anfingen, sich vorurteilslos mit den Lebensgesetzen und dem traditionellen Regierungssystem der Insel zu beschäftigen. Dabei entdeckten sie, daß die Häuptlinge alles andere als »Kinder oder Narren« waren. »Wenn hier in der politischen Regierungsmaschinerie«, schrieben sie, »auch nicht soviel Räder wie bei uns zu Hause sind, so sind sie doch zahlreicher, als man es bei einem so rohen und barbarischen Volk vermuten möchte. Sie haben ihre Ränke und Hofintrigen, ihre Parteien und Parteigänger wie wir in England, und in ihrer Weise haben sie dieselbe Bedeutung wie an dem gebildetsten europäischen Hofe.«

Nun erkannten sie, daß es auf der Insel zwar eine formelle

Oberherrschaft gegeben hatte und durch welche glücklichen Umstände Pomare mächtig geworden war. Im folgenden Krieg zwischen Tu, der Temarii als Onkel und Erzieher verehrt hatte, und Pomare hatten die Missionare wahrhaft einen Schutzengel. Die Krieger Tus ängstigten sie einige Male gehörig und schleppten, was nicht niet- und nagelfest war, weg, aber sie kamen immerhin mit dem Leben davon. Pomare verlor einige Gebiete. Sein Sohn Tu war der eigentliche Gewinner.

Die Beziehungen zwischen Vater und Sohn hatten sich bald wieder verbessert, denn die Opposition der Häuptlinge richtete sich allmählich gegen die Familie, der man immer mehr mißtraute. Die Rivalität zwischen Vater und Sohn blieb weiterhin bestehen. Die Missionare beschenkten bald beide mit Pulver und Gewehren, wollten aber nicht Pomare im direkten Kampf unterstützen. »Unsere Lage ist unter diesen Leuten so kritisch geworden, daß wir kaum noch ein oder aus wissen, wie wir uns verhalten sollen, um nicht den einen oder den anderen zu verletzen«, schrieben sie dem Kapitän eines zufällig vorbeikommenden spanischen Seglers.

Moralisch betrachtet – nach den Gesetzen ihrer eigenen Moral – verhielten sich die Sendboten der christlichen Nächstenliebe also höchst merkwürdig. Ihre Bittgottesdienste zum Wohl der Eingeborenen muten dabei recht eigenartig an. Einerseits unterstützten sie die Kriegsvorbereitungen, andererseits sandten sie lange Gebete um Frieden gen Himmel, wahrscheinlich um dem lieben Gott die Verantwortung über Krieg oder Frieden aufzubürden. »Möge Er seine Gnade leuchten lassen und den Frieden unter ihnen erhalten, möge Er der Predigt freie Bahn schaffen und seinem Evangelium zum Erfolg verhelfen.«

Ari'i Taimai entsetzte sich mit Recht über sie und schrieb in ihren Denkwürdigkeiten: »Als sie einmal um den Frieden baten und das andere Mal Pomare und Tu unterstützten, Krieg zu führen, arbeiteten die Missionare unbewußt mit an der Vernichtung der Eingeborenen und halfen zur Errichtung einer Tyrannei ... Pomare war voller Laster, grausam, hinterlistig und gemein über alle Maßen des alten Sittengesetzes hinaus; doch blieb Pomare ein Engel im Vergleich zu Tu. Ich will hier nicht auf seine persönlichen Laster eingehen, die den Missionaren ebenso bekannt waren wie den Eingeborenen; als er aber älter wurde – im Jahre 1800 war er 18 oder 20 Jahre alt – und zur Macht gelangte, entwickelte sich ein Charakter, den selbst die Eingeborenen nicht als zu ihnen gehörig anerkannten.« Die Missionare hatten sich also seltsame Bundesgenossen zur Bekehrung der Heiden auserkoren. Tu, später als Pomare II. bekannt, sollte der erste »christliche« König Tahitis werden. 1803 starb sein Vater. 1807 konnte Pomare II. endlich den Sieg über den Gau Attahuru (Paea) davontragen. Der ganze Gau war verwüstet worden, und Hunderte von Toten waren zu beklagen.

Die Empörung über Pomares II. sinnlose Metzeleien und Zerstörungen führten 1808 zu einem allgemeinen Aufstand des Volkes. Pomare und die Missionare mußten Tahiti verlassen. Die Mission war gescheitert. Nach seiner Niederlage lebte Pomare auf Moorea, umgeben von Eingeborenen der Inseln Bora-Bora, Paumotu und Raiatea, aber auch von Missionaren und Verbannten, von dem, was er von Missionaren und europäischen Schiffen erbetteln konnte. Allmählich baute sich Pomare II. aber wieder ein ansehnliches Heer auf.

Der Sieg der Skrupellosigkeit

Auf Tahiti herrschte während Pomares Abwesenheit Frieden. Der Häuptling Opuhara von Papara, »ein intelligenter und interessanter Mann« nach der Charakteristik des Missionars William Ellis, kehrte als anerkannter Oberhäuptling der Insel zur traditionellen Regierungsweise zurück. Pomare II. aber fand, daß dies kein rechter Frieden wäre. »Vielleicht«, meinte er, »wird es dort wieder besser, wenn erst einmal wieder Krieg gewesen ist.« Auf Moorea unternahm er folglich alles, um seinen Anhang zu vergrößern und eine neue aussichtsreiche Schlacht um die Inseln schlagen zu können. Er heiratete eine Tochter des Häuptlings von Raiatea und suchte auch die volle Unterstützung der Missionare durch seinen Übertritt zum Christentum zu erlangen. 1812 teilte er den Missionaren seinen Entschluß mit, Christ zu werden.

Die Zeit arbeitete nunmehr für Pomare III., und selbst die Missionare waren überzeugt, »daß die Zeit nicht mehr fern wäre, wo ihr Glauben und ihre Grundsätze der Macht und dem Einfluß der eingeborenen Häuptlinge überlegen sein würden«. Den ersten Schritt dazu tat der großherzige Opuhara selbst, als er den Christen erlaubte, nach Pare zurückzukehren. Es sollten aber keine Christen, Sendboten der Bruderliebe, kommen, sondern gutausgebildete Krieger. Auch Pomare und sein nächster Anhang begaben sich jetzt nach Tahiti – kriegsbereit.

Über den letzten Kampf zwischen Pomare und Opuhara gibt es zwei Versionen: die der Missionare und die der besiegten Tahitier.

Den Berichten der Missionare zufolge soll Opuhara im Auftreten Pomares eine Herausforderung erblickt haben und sofort auf ihn losgegangen sein. Opuhara gelang es danach, in einem energischen Angriff die Front zu durchbrechen und unmittelbar die Kerntruppe, die unter Führung von Pomares zweiter Frau stand, zu bedrohen. Wahrscheinlich hätte das die Entscheidung zu seinen Gunsten gebracht. Ein Missionszögling bekam den Oberhäuptling jedoch vor sein Gewehr und schoß ihn nieder. Entsetzt brachen seine Leute sofort den Kampf ab und zogen sich zurück.

Die alten Tahitier schilderten Ari'i Taimai die Begebenheit ganz anders. Danach wurde Opuhara vom plötzlichen Auftauchen Pomares und seiner Krieger völlig überrascht, so daß er nur mit der Hälfte seiner Mannen vorrücken konnte. Zudem war noch einer seiner Häuptlinge heimlich zu Pomare übergelaufen. Vor dem Kampf soll sich Opuhara noch einmal zur alten Welt Tahitis bekannt haben: »Ich, Opuhara, stand als Ari'i auf dem Moua Temaiti und beuge mich nur den Göttern meiner Väter. An ihnen halte ich bis zu meinem Ende fest, niemals werde ich mich Pomare beugen oder den Göttern, welche die Weißen uns aufdrängen!« Seine Mitstreiter glaubten fest daran, daß sie mit Opuhara die Schlacht gewonnen hätten, »wären die eingeborenen Missionare nicht so gut in der Schießkunst unterwiesen worden, wie sie beten lernten, und hätte man sie nicht mit Gewehren und Bibeln beschenkt.«

Der sterbende Opuhara soll seinen Kriegern noch zugerufen haben: »Kinder kämpft! Kämpft bis zum letzten! Jetzt ist es Mittag, und ich, Opuhara, der Ari'i des Moua Temaiti bin zerbrochen!«

Pomare starb 1821, ohne einen volljährigen Erben zu hinterlassen. Die Missionare ließen seinen vierjährigen Sohn zum König ausrufen und brachten ihn in die Missionsschule nach Moorea. Hier lehrte man ihn Lesen und Schreiben, und zwar ausschließlich Englisch. Die Sprache der Ahnen hat er nie erlernt. Auf Moorea erkrankte Pomare III. nach dreijährigem Aufenthalt. Er wurde nach Tahiti zurückgebracht, doch verstand ihn hier niemand. Vergebens soll das sterbende Kind nach Wasser gerufen haben. Als Pomare IV. trat seine Schwester Aimata die Nachfolge an. Ein Wechsel der Regierung wurde so vermieden. Die Geschicke der Insel bestimmten schon längst die Missionare. Tahiti wies nur noch etwa eine Bevölkerung von 5000 Menschen auf, als die Missionare die erste politische Krise zu lösen versuchten.

1836 landeten auf Tahiti zwei französische Missionare. Ihr Ziel bestand weniger darin, Heiden zu Christen zu machen als vielmehr aus Protestanten gläubige Katholiken. Und das nicht zum höheren Ruhme Roms, sondern für die Glorie Frankreichs. Der britische Konsul Ritchard wurde von den protestantischen Missionaren bestürmt, die Königin zu veranlassen, sie zu verhaften und auszuweisen, was auch geschah. Die katholischen Missionare wollten sich damit aber ebensowenig abfinden wie die französische Regierung. König Louis Philippe antwortete mit einem Ultimatum, das der Kapitän einer Fregatte überbrachte. Die Zulassung der katholischen Mission wurde wie auf Hawaii erzwungen.

Ritchard sowie die Missionare überredeten Pomare IV., Königin Victoria in einem Schreiben den Vorschlag zu unterbreiten, dieses Gebiet als britisches Protektorat zu erklären. Die britische Regierung lehnte ab. Wiederum traf eine französische Fregatte ein. Im September 1841, enttäuscht von der Haltung der Briten und ihrer Missionare, suchten die Häuptlinge eine Anlehnung an Frankreich.

Am 30. September 1842 hißte der französische Admiral die Flagge der Schutzmacht. Als der britische Konsul nach seiner Rückkehr aus London dagegen protestierte und die Königin sich nun weigerte, Befehle der Franzosen entgegenzunehmen, ließ der Admiral seine Truppen an Land gehen und Pomare IV. absetzen.

Die weiteren Ereignisse bilden eher ein Kapitel der europäischen Kolonialpolitik als die Geschichte Tahitis. Pomare IV., von den Briten im Stich gelassen, erkannte bald die Schutzmacht an.

Die Entvölkerung Tahitis

»Man muß sich immer wieder wundern«, schrieb ein Missionar am 31. Januar 1801 in sein Tagebuch, »welchen unermeßlichen Schaden die Krankheiten auf der Insel angerichtet haben, seitdem wir auf der Insel weilen (März 1797). Mattavai ist im Vergleich zu dem, was es einst war, fast entvölkert, wenigstens wie die Eingeborenen erzählen; das ist nicht der einzige Gau, sondern dies gilt von der ganzen Insel.«

Den Tahitiern erging es nicht anders als den übrigen Völkern der Südsee. Von den Europäern eingeschleppte Krankheiten wirkten auch hier verhängnisvoll. Ari'i Taimai klagte die Europäer fast verbittert an: »Als England und Frankreich uns mit den Segnungen ihrer Zivilisation bekannt machten, waren sie noch ansehnliche Völker. Hawaii, Tahiti, die Marquesas, Tonga, Samoa und Neuseeland nahmen sich in der Welt noch recht gut aus; sie besaßen keine geringe Bevölkerung, die den Bedingungen, unter denen sie lebte, besser angepaßt war, als irgendeine andere menschliche Gesellschaft. Tahiti kam zuerst mit den Fremden in Berührung und sollte zuerst leiden.«

Cook und Forster schätzten die Einwohnerzahl Tahitis 1773 auf 200000 bzw. 121500. Beide errechneten diese Zahlen aus dem Angebot der wehrfähigen Männer, wobei sie schematisch die Besatzung der Flotte eines Distrikts mit den insgesamt 43 Gauen der ganzen Insel multiplizierten. Sie waren überzeugt, daß Tahiti eine so hohe Bevölkerungszahl tatsächlich ernähren könnte. Auch Ari'i Taimai will eine Zahl von 200000 Menschen vor der Entdeckung als glaubhaft verteidigen. Die Spanier stehen mit ihren Schätzungen in krassem Widerspruch zu diesen Angaben. Sie nahmen eine Zahl von 10000 an, doch ihre beiden Missionare, die zwar ein Jahr auf der Insel lebten, aber nicht sehr weit herumgekommen waren, hielten 12000 Menschen für richtig.

Der gebildete Tahitier, der 1769 mit Kapitän Cook sprach, war der Priester Tupia. Er nannte dem europäischen Besucher als Gesamtzahl der wehrfähigen Männer 6780. Cook lehnte diese Zahl aber als viel zu niedrig ab. Mit Frauen, Alten und Kindern käme man davon ausgehend maximal auf eine Bevölkerung von etwa 20000. Diese Zahl scheint eine Bestätigung zu finden in der Schätzung, die der Missionar Wilson 1797 in allen Gauen mit möglichster Genauigkeit durchführte, wobei er zu dem Resultat kam: 16050 Menschen. Geht man davon aus, sank die Bevölkerungszahl der Insel in den 30 Jahren nach ihrer Entdeckung um 25 Prozent. Der größte Einbruch erfolgte aber in den sechs Jahren bis 1803. John Turnbull, der 1803 auf Tahiti weilte, gibt noch 5000 Menschen für Tahiti an. Selbst wenn in dieser Zeit der Auseinandersetzungen um Pomare I. viele Tahitier auf die Nachbarinseln geflüchtet waren, ergibt das einen gewaltigen Rückgang. Turnbull, der gerade viele junge Menschen an Krankheiten dahinsiechen sah, befürchtete, daß Tahiti in wenigen Jahren eine »menschenleere Einöde« sein werde. Wie rasch sich eine neue Krankheit über die Insel ausbreiten konnte, dafür gibt J. A. Moerenhout ein Beispiel: Bei Vancouvers Besuch 1792 infizierten sich einige Tahitier an Dysenterie, nach einigen Wochen waren 40 Prozent aller Einwohner daran erkrankt.

Die Krankheiten allein wirkten schon lebensbedrohend, die Behandlung bzw. ihre Nichtbehandlung verschärften sie noch. Die Eingeborenen blieben nicht nur skeptisch gegenüber empfohlenen Medikamenten und lehnten sie in der Regel ab; sie hielten sogar bei Erkrankungen an ihren sonstigen Lebensgewohnheiten fest. Eine echte Vorsorge kannten sie nicht, eine echte Pflege ebensowenig. Schwer erkrankte Angehörige setzte man aus oder ließ sie im Stich. Bei Masern, Erkältungskrankheiten und Fieber aller Art suchte man sich durch kalte Bäder Linderung zu verschaffen. Natürlich ließ dadurch ihre Widerstandsfähigkeit eher nach, und Erkältungen verschärften sich.

Die Abnahme der Bevölkerung ist nicht nur eine beklagenswerte Entwicklung im Schicksal Tahitis gewesen, sondern stellte selbst für die Überlebenden eine Gefahr dar. Die Bearbeitung des Bodens konnte nicht mehr im gleichen Umfang wie früher erfolgen. Die Ebenen begannen zu versumpfen, und damit drohte verstärkt Malaria.

Während auf Tasmanien oder den Westindischen Inseln die Briten bzw. die Spanier direkt eine Dezimierung der Eingeborenen beabsichtigten, lag den Europäern auf Tahiti nichts an einer derartigen Entwicklung. Nicht böser Wille verursachte hier direkt den Rückgang der Bevölkerung. Auch Ari'i Taimai hebt das hervor: »Vielleicht sind die Fremden dafür gar nicht so sehr zur Verantwortung zu ziehen; ihre Zivilisation ist aber verantwortlich; das politische Elend fällt allein dem Fremden zur Last; er allein war zum Niedergang der Gesellschaft und der Moral die treibende Ursache. Sicherlich hatte die alte Gesellschaft auf Tahiti auch viele Laster aufzuweisen und stand damit Paris nicht nach; doch waren die Inselbewohner dadurch nicht behindert worden, ein so glückliches Leben zu führen, wie es Menschen haben konnten.«

Parallel zur Dezimierung der Menschen vollzog sich – wie überall in der Südsee – ein rapider Verfall der Kultur. Die Tahitier wurden nicht nur von europäischen Lieferungen abhängig, um eiserne Werkzeuge herzustellen, sie begannen sich auch äußerlich und innerlich zu verändern. Als erstes bekämpften die Missionare die Menschenopfer, die bei allen feierlichen oder festlichen Gelegenheiten wie Kriegszügen, Einsetzung eines neuen Häuptlings, Einweihung eines neuen Maraes, Naturkatastrophen, religiösen Festen usw. vorgenommen wurden. Nur Männer opferte man den Göttern.

Während sich vor Ankunft der Europäer aber Zahl und Häufigkeit der Opfer in Grenzen hielten, wuchsen sie später so stark an, daß dieser Brauch einer der Faktoren hinsichtlich des starken Bevölkerungsrückgangs darstellte. Bei der Erhebung des maßlosen Tu zum Häuptling opferte man 12 bis 15 Männer. Vor allem die häufigen Kriege ließ die Zahl der direkt dem Kriegsgott geweihten Männer stark ansteigen. Weil immer weniger Menschen auf Tahiti lebten, war ein Menschenleben immer wertvoller geworden, und das Opfer mußte von den Göttern folglich immer wohlgefälliger aufgenommen werden.

Zu den fest verankerten Sitten auf der Insel gehörte der Kindermord. Vor allem die Angehörigen der Arioi, einer einflußreichen Kultgesellschaft, die nur den Männern offenstand und in der die Ari'is die höchsten Ränge einnahmen, bekannten sich zur Kinderlosigkeit. Ihren Frauen wurden die Neugeborenen meist sofort weggenommen und getötet. Allgemein wurde jedes zweite Mädchen, das in irgendeiner Familie zur Welt kam, getötet. Auch das erste oder die beiden ersten Kinder brachte man um. In der voreuropäischen Zeit soll eine tahitische Frau durchschnittlich sechs bis zehn Kinder auf die Welt gebracht haben. Mehr als zwei bis drei zog aber kaum jemand auf. Kapitän Bligh berichtet, daß ein Adliger und dessen Frau alle ihre acht Kinder getötet und schließlich einen Neffen adoptiert hätten.

Wenn man schon Kinder aufzog, dann mußten es Knaben sein. Den frühen Besuchern Tahitis fiel allgemein ein Mißverhältnis zwischen Männern und Frauen auf, das teilweise 4:1 betragen haben soll. Ein ruhmreicher Häuptling oder Krieger konnte das Prestige der Familie eher mehren als eine Frau.

Außer Kindermord bekämpften die Missionare frühzeitig wegen der damit verbundenen »Götzendienst-Zeremonien« die Sitte des Tatauierens. Dieser Brauch – »Tätowieren« fälschlicherweise auf Deutsch genannt – war in ganz Polynesien verbreitet. Tatauiert wurde ausnahmslos jeder Erwachsene, gleichgültig ob männlichen oder weiblichen Geschlechts, obwohl die Prozedur schmerzhaft und teuer war. Die Betreffenden mußten den tahua, eine Art Medizinmann, je nach Vermögen mit Naturalien, Rindenbast oder später Nägeln bezahlen. So spiegelte sich indirekt in den Tatauierungsmustern auch die soziale Stellung des so Gekennzeichneten wider. Ein Ari'i konnte sich schönere Muster leisten als ein Gemeiner. Die Tatauierung begann im Alter von 12 bis 14 Jahren und war mit dem 18. Lebensjahr etwa abgeschlossen. Jeder war stolz auf seine Zeichnungen, die sich von den Oberschenkeln über das Gesäß, den unteren Rückenteil, Hüften und die unteren Rippen hinzogen. Aber auch Hände und Arme, Beine, Füße, Bauch und Brust wurden geschmückt. Bligh traf einen Häuptling, der von ferne schwarz aussah, weil er über und über tatauiert war. Nur das Gesicht wurde in der Regel nicht so verschönert. Einzige Ausnahme bilden im polynesischen Kulturkreis die Maoris, die sich aus geometrischen oder stilisierten Wiedergaben von Pflanzen oder Tieren Muster setzen ließen. Die Prozedur lief folgendermaßen ab: »Nachdem man die Figuren, die tatauiert werden sollten, mit Holzkohle auf die Haut gezeichnet hatte – es wurde aber auch ohne Vorzeichnung freihändig tatauiert –, setzte man das in Farbe getauchte Instrument auf die Haut und schlug mit einem etwa 35 cm langen, am einen Ende konisch, keulen- oder löffelförmig zulaufenden Stock darauf, so daß die in die Haut eindringenden Zähne die Farbe unter die Epidermis brachten. Die Muster wurden dadurch unauslöschlich. Die Schläge erfolgten kräftig und schnell: etwa 100 in einer Minute. Auf jeden Schlag hin kam eine kleine Menge Blut oder Serum. Da die Operation ungemein schmerzvoll und nicht lange zu ertragen war, dauerte die Vollendung großer Figuren mehrere Tage, ja Wochen. Konnte der Patient die Schmerzen nicht mehr ertragen, so wurde weiter kein Zwang angewendet« (O. Bunzendahl).

Nach der Tatauierung schwoll die Haut an, und die behandelten Stellen schmerzten noch einige Tage. Europäische Matrosen, die sich mit Vorliebe Arme und Beine schmücken ließen, litten eine ganze Woche der Schönheit zuliebe. Mit dem Auftauchen der Europäer traten vollkommen neue Motive auf: Pferde, Pistolen, Kompasse, Ziegen, Werkzeuge. Sogar die Kleidung der Europäer wurde in Muster übersetzt. Noch 1810, als die Mission schon den Alltag zu beeinflussen begann und Kleidung Mode wurde, ahmten die Tatauiermeister Beinkleider mit verzierten Säumen nach. Häuptlingsfrauen schritten stolz mit Tatauierungen von Sandalen einher. Um 1820 wurde das Tatauieren verboten; wer diese Vorschrift negierte, wurde bestraft und zum Straßenbau abkommandiert.

Während auf den Tonga-Inseln und Samoa der Kawagenuß nur unter besonderen Zeremonien erfolgte, war er auf Tahiti regelrecht profaniert und ausgeartet. Das Kawagetränk wirkte leicht berauschend – beim Konsum geringer Mengen vermochte es sogar die körperliche Leistung zu verstärken, so daß Krieger vor der Schlacht einige Schlucke bekamen. Wer sie jedoch in Mengen und regelmäßig zu sich nahm, magerte ab, die Haut trocknete aus, die Fußsohlen bekamen Risse, die schwer heilten, die Augen entzündeten sich, und die Denkfähigkeit ließ nach. Häuptlinge veranstalteten regelrechte Wettsaufereien, und waren sie betrunken, durfte ihr Rauschschlaf nicht gestört werden; selbst die Hähne mußten am Krähen gehindert werden.

Die britischen Missionare versuchten, den Kawagenuß schon 1797 zu unterdrücken, aber erst nach ihrer Rückkehr mit Pomare II. konnten sie ein derartiges Verbot durchsetzen. »Britisches Wasser« – unvermischten Branntwein – bekam Häuptling Tu 1774 von Kapitän Cook vorgesetzt, nachdem er schon vorher mit Wein Bekanntschaft gemacht hatte. Anfangs waren die Häuptlinge vom europäischen Rauschmittel wenig begeistert, doch allmählich änderte sich ihre Einstellung. Ab 1792 (Besuch Vancouvers) tranken auch Frauen Alkohol, und nach 1800 begannen die Tahitier, selbst Branntwein zu destillieren. Ab 1812 gab es Destillen überall auf der Insel. Häuptlinge und ihre Mannen bauten spezielle Hütten für ihre Gelage, die mehrere Tage dauern konnten. Eine allgemeine Verrohung der Sitten war die Folge. Mord und Totschlag sowie sinnlose Prügeleien setzten nach den Saufereien ein. Die negativen Auswirkungen der »scharfen Sachen« waren schlimmer als beim Kawagenuß.

Die Mission billigte keineswegs, daß die sorglosen Christen und Heiden in ständiger Trunkenheit lebten. Sie suchte seit 1817 den Alkoholhandel zu unterbinden, geriet aber dadurch in immer größere Schwierigkeiten mit Händlern und Volk. Der Alkohol untergrub die Gesundheit der Bevölkerung, denn jeder trank ihn praktisch in weitaus größeren Mengen als die Kawa.

Unter dem Einfluß der Mission änderten sich auch ihre Eßgewohnheiten und die Art der Zubereitung der Speisen. Hundefleisch, eine einst beliebte Delikatesse, war bald verpönt, und auch die Erdöfen verschwanden. Auf Huaheine und Raiatea verbreitete sich zuerst die europäische Bauweise. Bretterwände und mit Kalk verputzte Innenwände und Balkons wurden übernommen. Der Oberhäuptling von Huaheine ließ sich sogar ein zweistöckiges Haus errichten. Auf der anderen Seite bewirkte der Rückgang der Bevölkerung in den abgelegeren Gauen eine regelrechte Verelendung der Dörfer. Man baute nun kleinere Hütten ohne große Sorgfalt. Die einstmals stolzen Dörfer machten bald auf die fremden Besucher einen erbärmlichen Eindruck. Auch eine charakterliche Veränderung der Tahitier war bald festzustellen. Selbst die Missionare gaben zu, die undisziplinierten Seeleute aller möglichen Nationen hätten Denken und Haltung der Menschen negativ beeinflußt. Turnbull schrieb nach seinem Besuch 1804: »Der größte Teil ihrer charakteristischen Einfalt ist jetzt verschwunden und hat selbstsüchtiger Schlauheit und tückischer Arglist Platz gemacht. Ihr Umgang mit Verbrechern von der Botanybai (Australien) hat die schlechtesten

Folgen gehabt.« Ehemalige Häftlinge aus Australien trafen nach 1800 auf Tahiti ein und, angezogen von den Reizen der Insel und ihrer Bewohnerinnen, blieben lange Zeit.

Schon Georg Forster schrieb 1777, als er die ersten Wirkungen europäischen Einflusses feststellte, daß es wohl für Entdecker und Entdeckte besser gewesen wäre, wenn die Südsee und ihre Menschen unbekannt geblieben wären. Daß die Europäer zu allem Überfluß auf Tahiti auch noch die bis dahin unbekannten Wespen und Flöhe einschleppten, rundet das Bild der Zerstörung der alten Kultur und Gesellschaftsorganisation nur noch ab.

3. DIE OSTERINSEL

Seit ihrer Entdeckung am Ostersonntag 1722 ist die im Südpazifik liegende Osterinsel von einer Aura des Geheimnisvollen umgeben. Die holländischen Entdecker hatten dort während ihres kurzen Aufenthaltes seltsame Bildwerke erblickt und begannen zu rätseln, wie die »nackten Wilden« solche gewaltigen Monumente wohl errichtet hätten. Schließlich kamen sie zu dem Schluß, daß die riesigen steinernen Idole aus Ton bestehen müßten. Größten Widerhall in Europa fand jedoch erst die Schilderung von James Cook, der den Gegensatz zwischen der entlegenen, kargen Insel, der auf den ersten Blick so armseligen Bevölkerung und den in Polynesien so einmaligen Riesenstatuen und Grabanlagen eindrucksvoll schilderte. Während Cook auf eine Deutung der Monumente weitgehend verzichtete, überschlugen sich seit dem 19. Jahrhundert bis in die Gegenwart phantasiebegabte Autoren mit immer gewagteren Erklärungen, wie z.B.: die Osterinsel wäre nur der Überrest eines versunkenen Kontinents mit tausendjähriger Kultur und einer uns bei weitem überlegenen Menschenrasse. Oder: Das Eiland sei der Rest eines lieblichen Archipels, der in einer gewaltigen Naturkatastrophe zerstört worden sei. Die Osterinsel sei nach dieser Fiktion lediglich eine Art Böcklinscher Toteninsel für die gesamte Inselgruppe gewesen. Nur eine viel größere Bevölkerung hätte diese Monumente aufstellen können.

In den archäologisch-anthropologischen Spekulationen über die Osterinsel, ihre Kultur und Besiedlung trugen in jüngster Zeit vor allem Thor Heyerdahl und Francis Mazière bei. Für den Norweger Heyerdahl stellt das Eiland ein wichtiges Bindeglied bei der Besiedlung Polynesiens von Südamerika her dar, eine These, die längst widerlegt ist. Mazière sieht in den charakteristischen Holzfiguren der verstorbenen Ahnen realistische Wiedergaben einer fremden, strahlengeschädigten Rasse. »Man darf zu Recht fragen«, schreibt er, »ob die Osterinsel nicht tiefreichende Strahlungseinflüsse aus einer Welt ganz anderer Kräftebedingungen erlitten hat. Da auf dieser Insel nachhaltig beeindruckende, geheimnisvolle geologische Unklarheiten walten, dürfen wir die Möglichkeit eines außerirdischen Kontakts nicht ausschließen, infolgedessen dieses Eiland aufs heftigste der Einstrahlung unterworfen worden sein könnte, die im Denken der Menschen für ewig die Angst und den Zwang zu einer Votivdarstellung dieser Periode hinterlassen hätte.«

Die Osterinsel und ihre Menschen bilden aber auch bei nüchterner Betrachtung ohne gequälte Mystifikation ein erregendes Kapitel polynesischer Kulturentwicklung. Was hier auf einer nur 160 Quadratkilometer großen Insel geschaffen wurde, läßt selbst bei wissenschaftlich nüchterner Betrachtung der Fakten erstaunen. Das von den ostpolynesischen Inseln 3000 Kilometer entfernte Eiland wurde im 4. Jahrhundert n. Chr. wahrscheinlich von Mangareva oder den Marquesas-Inseln aus besiedelt. Die ersten Polynesier, die sich niederließen, fanden hier ganz andere Lebensbedingungen als in ihrer Heimat vor. Es fehlten die für ihre übliche Ernährung so wichtigen Brotfruchtbäume und Kokospalmen. Dafür gediehen aber Taro, Süßkartoffeln, Yams und Bananen. Da auf der Insel nur Sträucher und Papiermaulbeerbäume wuchsen, fehlte das Holz, um seetüchtige Boote zu bauen. Unklar ist bisher, ob das auch vor einigen Jahrhunderten so gewesen ist, denn die Veränderungen im Klima sind in diesem Bereich noch nicht erforscht. Später schien allenfalls Küstenfischerei möglich gewesen zu sein. Das einzige Haustier war das Huhn, und nur die als Delikatesse geschätzte Pazifikratte kam als jagdbares »Wild« vor.

Trotz dieser Kargheit oder gerade deshalb finden wir auf der Osterinsel einen sozialen und kulturellen Aufbau, der fast alle Kennzeichen eines Hochkulturgebietes trägt: gezielte Anbauwirtschaft, klar unterschiedene Berufsgruppen, ein geschichtetes Gesellschaftssystem, eine komplizierte Götterwelt mit eigenständiger Priesterschaft, monumentale Steinbauten und sogar eine Schrift – die einzige in Ozeanien.

Im Laufe der Entwicklung bildeten sich auf der Insel zehn Stämme, die ihre Abkunft alle auf den ersten König Hotu-matua zurückführten. Die Stämme im Osten und Westen schlossen sich zu rivalisierenden Bünden zusammen, die sich in der Beherrschung der

Insel je nach Kriegsglück abwechselten. Die wertvollsten der genau abgegrenzten Stammesgebiete lagen in Küstennähe. Wer ins Innere abgedrängt wurde, mußte ein kärgliches Leben führen. Die Stellung des Königs der Osterinsel beruhte nicht auf den traditionellen Machtmitteln politischer Herrschaft. Der König war der höchste Manaträger, die Verkörperung der mythischen Lebenskraft des Volkes und so eigentlich geistliches Oberhaupt des Inselvolkes. Die politischen Entscheidungen fällten der Adel und angesehene Krieger. Mächtig waren auch die Priester, geachtet die Handwerker, arbeitsam Leibeigene und Sklaven als unterste soziale Schicht.

Neben der Schrift bilden die gewaltigen bis zu 5,50 m hohen Bildwerke aus Tuffgestein – die Insel ist vulkanischen Ursprungs – die erstaunlichsten Zeugnisse des Kunstschaffens der Insulaner. Die sogenannten Moai ähneln sich untereinander sehr stark. Sie weisen stets einen langgezogenen Kopf mit stark profilierten Gesichtszügen und einen gedrungenen Rumpf mit enganliegenden Armen auf. Früher trugen sie noch eine massige Kopfbedeckung. Die meisten Figuren stehen an der Rückseite eines Ahus, einer rechteckigen Plattform, die für Totenzeremonien und religiöse Dienste angelegt wurden. Es sind selbst keine Götterstatuen oder Kultobjekte, sondern auf ihnen nahmen, von den Priestern während ihrer Zeremonien gerufen, Götter und Ahnengeister Platz. »Die Existenz monumentaler Steinplastik auf der Osterinsel ist keineswegs so rätselhaft, wie oft behauptet wurde. Da Holz auf der Insel außerordentlich knapp war, bot sich den Künstlern ... als für eine plastische Gestaltung in Frage kommendes Material der leicht zu bearbeitende Tuffstein des Rano-raraku (des Vulkankraters, d. Verf.) an, in dessen Steinbrüchen die meisten Figuren geschaffen worden sind. Ihr Transport und ihre Aufstellung warfen zwar schwierige, aber keine unlösbaren Probleme auf. So waren der in den gewaltigen Ausmaßen jener Figuren zum Ausdruck kommenden Gigantomanie der Osterinsulaner, die wahrscheinlich in dem bei den Polynesiern besonders stark ausgeprägten Prestigestreben wurzelte, kaum Grenzen gesetzt« (K. Helfrich).

Mehr Rätsel als die Moais umgibt noch immer die Schrift der Osterinsel. Trotz zahlreicher erfolgversprechender Hypothesen und Einsichten kann man die Texte der nur 21 erhaltenen Schrifttafeln (kohau rongo rongo – sprechende Stäbe) noch nicht deuten. Ob es jemals gänzlich gelingt, ist zweifelhaft. Einmal scheinen die rein zufällig erhalten gebliebenen Fragmente keinen Zusammenhang aufzuweisen, zum anderen fehlen uns viele Verbindungsglieder zum geheimen Wissen der Priester und Sänger. Immer war die Schriftkenntnis auf einen kleinen Kreis beschränkt. Jedes Jahr trafen sich die Sänger zu einer Art Wettstreit, den das Urteil des Königs entschied. Die erhaltenen Tafeln geben also mit hoher Wahrscheinlichkeit Ritual, Trauer- oder Rachegesänge wieder. Als die Europäer sich für die Kultur der Insel zu interessieren begannen, waren alle Schriftkundigen tot. Nur einige Alte konnten noch bescheidene Erklärungen geben.

Es kann noch nicht als bewiesen gelten, daß diese Schrift, ein Übergangsstadium zwischen Bilder- und Lautschrift, auf der Osterinsel entstanden ist. Symbole von Pflanzen, wie Kawastrauch, Kokospalme und Brotfruchtbaum, die hier gar nicht gedeihen, treten nämlich häufig auf. Das ist charakteristisch für Inseln wie die Marquesas- oder die Gesellschaftsinseln. Vielleicht brachte eine neue Einwanderergruppe im 12. Jahrhundert, von der die mündliche Überlieferung berichtete, die Schrift mit. Bislang fanden sich allerdings noch keine Hinweise auf das Vorkommen einer ähnlichen Schrift auf den anderen Inseln. Möglich ist natürlich, daß hier ansässige geheime polynesische Kultbünde eine ähnliche Schrift entwickelt hatten.

Neben wissenschaftlich sauberen Deutungsversuchen entzündete sich die Phantasie auch an den verschlüsselten Texten. 1973 behauptete der brasilianische Forscher Vaz de Melo, daß einige der Tafeln von einer gewaltigen Katastrophe künden würden: Eine 30 m hohe Flutwelle habe einen ganzen Archipel vernichtet und nur die Osterinsel übriggelassen. Die Insulaner »hätten vergeblich versucht, ihre Boote flottzumachen, als eine gewaltige Feuerkugel (möglicherweise ein Meteor) auf einen Ausläufer der Insel aufschlug und einen ungeheuren Erdstoß verursachte, nachdem alle anderen Inseln mitsamt ihren Bewohnern verschwunden waren«.

Untersuchungen des Meeresbodens rund um die Osterinsel gaben dafür aber keinerlei Hinweise. Große Erwartungen an die noch unbekannten Texte braucht man mit Sicherheit nicht zu knüpfen. Geheimnisse um Katastrophen und Weltraumbesucher bergen sie mit Sicherheit nicht.

Die Evakuierung

1831 erschien in London der Bericht des britischen Seefahrers F. W. Beechey, der einige Jahre zuvor bei seinen Jagden nach Walen im Pazifik auch die Osterinsel besucht hatte. Seine beiden kleinen

Landungsboote wurden von schwimmenden Männern und Frauen geradezu umlagert. Sie warfen den Matrosen Bananen, Yamswurzeln, Zuckerrohr und Holzfiguren zu und wollten auch in die Boote klettern; nur mit Mühe konnten die Matrosen sie davon abzuhalten, um ein Kentern ihrer Schaluppen zu verhindern. Schließlich mußten sie sogar mit den Rudern die zudringlichen Insulaner vertreiben. Das eine Boot, offensichtlich mit Geschenken für sie beladen, hatten sie rasch ausgeplündert. Als geschickte Schwimmer wurden sie jedoch nicht gefaßt. Wie üblich boten sich auch die Mädchen den Europäern an. »Es fällt schwer, eine Vorstellung von dem Bild zu geben, das diese Menge bot«, schrieb Beechey. »Alle brüllten aus Leibeskraft und drängten sich mit den verschiedenartigsten Grimassen und Bewegungen um die Boote. Man muß sich noch die Bemalung und Tatauierung hinzudenken, welche die Männer wie Clowns oder Dämonen erscheinen ließ.«

Die Insulaner waren bei der Landung, die schließlich doch gelang, überaus hilfsbereit – nahmen aber an sich, was unauffällig zu entwenden und schnell zu verbergen war. Das Durcheinander der immer zahlreicher werdenden Zuschauer steigerte sich. Als die Besucher sich unter diesen Umständen zurückziehen wollten, hagelte es plötzlich Steine. Die Matrosen eröffneten daraufhin aus Angst das Feuer, wobei ein Häuptling getötet wurde.

F. W. Beechey war der letzte Besucher, der nach dem traditionellen Empfangszeremoniell der Polynesier begrüßt wurde; mittlerweile war die Osterinsel unter Walfängern und Robbenjägern so bekannt geworden, daß immer mehr Schiffe vor der Insel ankerten. Das erste gemeine Verbrechen an den Insulanern verübten im Jahre 1808 amerikanische Robbenjäger. Nach einem furchtbaren Kampf auf der Insel entführten sie zwölf Männer sowie zehn Frauen und legten sie im Kielraum des Schiffes in Ketten. Der Schiffseigner wollte die unglücklichen Insulaner auf eine andere Insel bringen und sie als Robbenjäger bzw. Arbeitssklaven einsetzen. Erst nach drei Tagen Fahrt, als er längst auf offener See fuhr, ließ er die Menschen frei und an Deck kommen. Sie sprangen aber sofort über Bord und versuchten, so schnell wie möglich vom Schiff wegzuschwimmen. Als die Amerikaner sahen, daß sie von den Wellen nicht wieder zurückgetrieben wurden und beobachteten, daß sie die Orientierung zur Heimatinsel verloren hatten, setzte die Besatzung Boote aus, um die Flüchtenden einzufangen. Vergebens. Die gewandten Schwimmer tauchten und ließen sich nicht wieder fassen. Als die ersten Rettungsversuche scheiterten, wurden die Insulaner ihrem Schicksal im offenen Meer überlassen.

Ebenso brutal war das Vorgehen der Besatzung der »Pindos«, die 1822 zur Osterinsel gelangte. Mr. Waden, zweiter Offizier, nahm Gemüse und Mädchen an Bord, und nachdem sich seine Besatzung vergnügt hatte, ruderte man sie nur bis in Küstennähe zurück und trieb sie einfach über Bord. »Die Boote blieben liegen, um die Unglücklichen zu beobachten, die mit der einen Hand schwammen und mit der anderen bemüht waren, die Kleinigkeiten über Wasser zu halten, die sie für ihre Hingabe erhalten hatten. Außerdem trugen sie vielleicht noch den Keim einer Krankheit in sich, die ihnen das Leben kosten konnte. Am Strand angekommen, wurden sie von Gruppen, die sich zu einer großen Menge am Ufer angesammelt hatten, empfangen. In diesem Augenblick ergriff Waden seine Flinte und feuerte – ohne irgendwie herausgefordert worden zu sein und augenscheinlich aus reiner Mordlust – mit der Geschicklichkeit der Männer seines Landes als eine Art Abschiedsgruß in die Menge hinein. Aus dem Durcheinander, das um einen armen, zu Boden gestürzten Insulaner herrschte, war zu erkennen, daß sein Schuß getroffen hatte. Er gab darauf den Befehl, fortzurudern, und entfernte sich mit einem Lächeln auf den Lippen, während er sich der Sicherheit seines scharfen Auges rühmte«.

Das Ende ihrer Kultur und Freiheit brach für die Menschen auf der Osterinsel fast wie eine Naturkatastrophe herein. Das Schicksalsjahr war 1862. Eine kleine Flotte von sechs peruanischen Schiffen lief am 12. Dezember in die Bucht von Hanga roa ein. Die Besatzungen gingen von Bord, um wie die Sklavenjäger Menschen für die Ausbeutung der großen Guanolagerstätten vor der peruanischen Küste einzufangen. Die Arbeit auf den trockenen, wasserlosen Felsinseln war in der Sonnenglut so hart und entbehrungsreich, daß man kaum ausreichend freiwillige Arbeitskräfte dafür gewinnen konnte. Wer von den arglosen Insulanern vorher zur Begrüßung bereits an Bord geklettert war, wurde sofort ergriffen und gefesselt. Darauf ging man an Land, um die Kielräume auch richtig voll mit Menschenfracht zu bekommen. Mit Gewehrsalven trieben die Peruaner die Menschen zur Bucht, fesselten sie und brachten sie auf die Schiffe. Unter den 900 bis 1000 erbeuteten Menschen waren auch der König der Insel, sein Sohn und die letzten Schriftkundigen. Eine ganze Gruppe, die geflüchtet war, wurde erbarmungslos niedergemacht. Nur wenige Menschen konnten dem Massaker oder der Gefangennahme entgehen.

Wenige Tage später gelangte die Flotte zur Insel Rapa, die zu den westlich gelegenen Tubuai-Inseln gehört. Auch hier sollten noch

Arbeitskräfte »angeheuert« werden. Einem französischen Wachschiff gelang es jedoch, eines der peruanischen Schiffe zu kapern und nach Tahiti zu bringen. Die Sklaventreiber wurden vor Gericht gestellt und gefangengesetzt. Die anderen fünf Schiffe entkamen jedoch mit ihrer wertvollen Fracht. In Peru wurden die Polynesier an die Guanogesellschaften verkauft und zu ihrem Arbeitsplatz auf die Chinchos-Inseln transportiert. Nach wenigen Monaten lebten, von Krankheiten, Unterernährung, Strapazen und schlechter Behandlung gezeichnet, nur noch 100 der Verschleppten. Durch die Vorgänge alarmiert, bat der Bischof von Tahiti, Tepano Jaussen, die französische Regierung um Intervention bei der peruanischen Regierung.

Frankreich protestierte tatsächlich in Lima, ebenso Großbritannien. Schließlich tangierten die Raubzüge ihre Position als Schutzmächte in der Südsee. Unter dem Druck beider Länder und der öffentlichen Meinung griff die peruanische Regierung ein und veranlaßte den Rücktransport der Überlebenden auf die Osterinsel. Etwa 100 Insulaner wurden ohne vorherige ärztliche Untersuchung auf die Heimreise geschickt. Schon an Bord stellte sich heraus, daß die meisten an Pocken erkrankt waren. Der Tod griff schnell zu, so daß nur 15 von ursprünglich fast 1000 Menschen überlebten und die Osterinsel erreichten.

Für die Bevölkerung der Osterinsel wäre es besser gewesen, die Peruaner hätten auf diesen Akt der Menschlichkeit verzichtet, denn die Repatriierten verbreiteten auf der Insel eine furchtbare Epidemie. Binnen weniger Monate war die Hälfte der Insulaner, die den ersten feindlichen Attacken der Peruaner entgangen waren, nun ihrer zweiten Attacke erlegen. Zu diesem Elend kamen noch innere Unruhen. Die Sozialstruktur der Insel war untergraben worden. Die Überlebenden stritten um die unbestellten Felder der Toten, da ganze Familien ausgerottet waren. Im Kampf um das herrenlose Land vergaß man die Bestellung der eigenen Felder. Eine gewaltige Hungersnot war die Folge. Ende 1863 lebten von der ursprünglichen Bevölkerung von etwa 5000 Menschen noch 600. Die adlige Führungsschicht und die Priester waren umgekommen; physisch und moralisch gebrochen, ergriff das Volk eine tiefe Apathie.

»Sind sie alle getauft?«

In Peru hatte sich der ehemalige Maschinenarbeiter und Novize bei den Vätern des Heiligen Geistes, Eugène Eyraud, für die Befreiung der drangsalierten Insulaner eingesetzt. Im Dezember 1863 kam er seinem frommen Plan schon viel näher, die Überlebenden der Osterinsel mit dem Christentum zu beglücken. Ein Zweimaster mit einer Tonne Mehl, fünf Schafen, verschiedenen Pflanzen und einer Glocke brachten ihn und sechs Insulaner, die er in Peru noch entdeckt hatte, am 2. Januar 1864 zur Insel. Zuerst sandte er einen Eingeborenen der Insel Mangareva aus, um die Lage auf der Insel zu erkunden. Nach kurzem Aufenthalt kehrte dieser entsetzt zurück und behauptete, eine Unzahl von Dämonen mit rot-schwarz bemalten Gesichtern habe ihn mit Waffen bedroht. Er weigerte sich, nochmals an Land zu gehen, da auch die Pocken hier gewütet hätten. Eyraud ließ sich durch diese Nachrichten aber nicht von seinem Plan abbringen. Obwohl ihm bei der Entladung bereits die Hälfte seiner Sachen gestohlen wurde, errichtete er am nächsten Tag ein einfaches Holzhaus aus vorfabrizierten Teilen. Die angeborene Neugier der Insulaner für alles Fremde und Neue bildete für Eyraud den besten Ansatzpunkt, um mit der Verkündigung seiner Botschaft zu beginnen. Nicht so sehr aus Lernbegierde, sondern aus Spaß an der Unterhaltung versammelten sich bald einige von ihnen vor seinem Haus.

Einer der Häuptlinge nahm den Gottesmann – allerdings ohne dessen Wissen – unter seinen Schutz. Das bedeutete allerdings, daß er Bruder Eyraud als kio, als Leibeigenen, betrachtete und daher glaubte, über ihn verfügen zu können. Eyraud schrieb darüber ironisch: »Während der neun Monate und neun Tage auf der Osterinsel fuhr der Kerl mit beispielloser Beharrlichkeit fort, mich um alles zu erleichtern, was ich mitgebracht hatte.«

Auch auf der Osterinsel setzte sich – allerdings in geringerem Maße – das fort, was sich bereits auf Tonga, Hawaii oder Tahiti abgespielt hatte. Sein Schutzherr versuchte, Eyraud in die Auseinandersetzungen mit seinen Rivalen zu ziehen. Die Ablehnung Eyrauds bedeutete dem Häuptling nichts. Der Weiße lebte ja schließlich nicht im Niemandsland. Seine Hütte ging bald bei einem Zusammenstoß der verfeindeten Insulaner in Flammen auf. Trotzdem wollte Eyraud die Insel nicht verlassen, und eher durch ein Mißverständnis gelangte er, von seinem Häuptling auf den Schultern getragen, in das Boot eines Walfängers, der ihn gegen seinen Willen einfach mit nach Chile nahm. Erst 17 Monate später betrat Eyraud die Insel wieder. Er hatte dazugelernt, denn er brachte nicht nur die Montageteile einer feuersicheren Wellblechhütte mit, sondern auch einen zweiten Missionar. Die Insulaner gewöhnten sich schnell an die beiden liebenswürdigen Fremden und lernten, ihre Lieder und auch ihre Gebete nachzusprechen. Widerstand gegen die schleichende Christianisierung leisteten eigentlich nur die Häuptlinge, die aus Prestigegründen die Vielweiberei nicht aufgeben wollten. Schließlich gaben auch sie nach.

Einen Tag vor Mariä Himmelfahrt, am 14. August 1868, ließen sich die letzten Insulaner taufen. Kurz darauf starb Eyraud. Seine letzten Worte waren: »Sind sie alle getauft?« »Ja«, lautete die Antwort seiner Getreuen.

Die Insel – Eigentum der Händler

Wie überall in der Südsee folgten die Händler den Missionaren auf dem Fuße. Als erster erschien der französische Abenteurer Dutroux-Bornier, dem die Missionare wohl etwas voreilig die Erlaubnis zur Niederlassung auf der Insel gegeben hatten. Dutroux-Bornier, der einen Kompagnon auf Tahiti hatte, scheint nach der Charakteristik der Missionare nicht nur ehrgeizig und unternehmungsfreudig, sondern auch gewalttätig und skrupellos gewesen zu sein. Gegen einige Ballen Baumwollstoff erwarb er seinen ersten Landbesitz, den er allmählich mit Gewalt auszudehnen verstand. Obwohl er ein kleines Geschütz mit auf die Insel gebracht hatte, umgab er sich noch mit einem Trupp Insulaner. Ihr Anführer war ein erst vor kurzem besiegter Häuptling, dessen einzige Motivation darin bestand, seine Niederlage mit Hilfe des europäischen Händlers zu rächen.

Regelrechter Terror ging von dieser Bande aus: Hütten wurden überfallen und die Bewohner beraubt. Die Missionare fühlten sich für das Wohl ihrer Schützlinge besonders verantwortlich. Beschwerden bei dem Teilhaber Dutroux' nützten nichts, und so forderte der Bischof von Tahiti, dem die Missionare unterstanden, die Räumung der Osterinsel. Auf den Gambier-Inseln, zusammen etwa 20 qkm groß und südöstlich des Tuamotu-Archipels gelegen, bot er ihnen Asyl.

Nicht alle Insulaner folgten ihren Missionaren. 300 ließen sich von Brandner, Dutroux' Kompagnon, überreden, ihm nach Tahiti zu folgen. 1870 blieben zwangsweise nur noch 111 Insulaner auf der Osterinsel zurück, die Dutroux als Arbeiter brauchte. Aus Rache brachten sie Dutroux bei nächster Gelegenheit um. Brandner setzte einen neuen Verwalter namens Salomon auf der Insel ein, der einen wesentlich besseren Kontakt zu den Menschen fand. Er war

Mischling und mütterlicherseits mit der Familie Pomare von Tahiti verwandt. Ihn akzeptierten die Insulaner, da er ihre Sitten verstand. Trotzdem trugen seine Maßnahmen zur rassischen Auflösung der alten Bevölkerung wesentlich bei: Da er Tahitier als Arbeiter auf die Osterinsel holte, wurde nicht nur die Sprache der Urbevölkerung durch fremde Ausdrücke nachhaltig geprägt, sondern auch ihre Bräuche, die bald einen unverkennbaren zentralpolynesischen Einfluß aufwiesen.

1888 annektierte Chile die Insel. In der Nähe des Dorfes Hanga roa erhielten die Insulaner 5000 Acres Land zugewiesen, der übrige Boden wurde der Compañía Exploradora de la Isla de Pascua übertragen. Aus dem einstigen kleinen polynesischen Königreich entwickelte sich eine große Schaffarm. Die britische Gesellschaft Williamson & Balfour nutzte sie wirtschaftlich; die Verwaltung übernahmen chilenische Offiziere, die eher hierhin verbannt als zu einer konstruktiven Aufgabe abkommandiert wurden.

1935 war die Zahl der hier lebenden Insulaner auf 456 gestiegen, 1947 auf 721 Menschen, und 1967 wuchs die Zahl der Bevölkerung auf 1186 Eingeborene und fast 500 Fremde an, meist Chilenen. Ein Aufstieg war es aber eigentlich nicht, obwohl die Zahlen dies vermuten ließen. Nach 1888 verbreitete sich Lepra und raffte viele Insulaner hinweg.

Die heutigen »Eingeborenen« sind eher ein Gemisch mit anderen polynesischen Stämmen als echte Insulaner wie vor 1862. Als das europäische Interesse an einer wissenschaftlichen Untersuchung der Osterinsel, ihrer Kultur, Schrift, den Moais und den Menschen einsetzte, gab es nur noch wenige Alte, die über vergangene Sitten in unverfälschter Form erzählen konnten. Als der französische Ethnologe Alfred Métraux 1934 die Insel besuchte, lebten die Insulaner in ihrem Dorfe Hanga roa wie in einem Zwangslager. Einer der Verwalter beschrieb ihm die Umstände: »Die Osterinsel gehört Chile, ist aber in Wirklichkeit der Privatbesitz der Firma Williamson & Balfour, die auf ihr Schafe und in begrenzter Zahl auch Rinder und Schweine züchtet. Die Arbeit mit den Herden wäre leicht, gäbe es nicht die Eingeborenen, die nicht aufhören, uns zu bestehlen ... Wir haben das Dorf und das angrenzende Gebiet mit Stacheldraht abgeriegelt und eine Polizei aufgestellt, die aus den anständigsten und zuverlässigsten Leuten besteht. Nach Sonnenuntergang hat niemand mehr das Recht, ohne eine besondere Erlaubnis die Einzäunung der Weidegebiete zu betreten ... Was uns so wütend macht, ist nicht so sehr das Verhalten der Eingeborenen uns gegenüber als die Heuchelei, deren Opfer wir sind. Chile kümmert sich nicht um die Eingeborenen, ist vielmehr ganz uninteressiert an ihnen.«

1938 wurde die Insel unter »Museumsschutz« gestellt, und die Menschen galten sozusagen als Teil des Inventars. Ihr Brauchtum heute ist eine unentwirrbare Mischung von Alt und Neu, Hinzugedachtem und Erfundenem, eigenem und tahitischem Kulturgut. Den Sinn ihrer eigenen Kulturrelikte kennen heute die Völkerkundler aus Übersee besser als sie selbst. Heute sitzen die letzten Überlebenden der Insel »ruhig und stumpfsinnig in ihrer Heimat. Einmal in einer langen Zeit bringt ein kleiner Schoner eine Gruppe von Anthropologen zu ihren Ufern. Doch so viele ihrer Kollegen waren vor ihnen hier, daß sie nichts Neues erfahren können. Und so verlassen sie... mit dem nächsten Schiff die seltsame Insel ... In einem allgemeinen Sinne ist es die Geschichte der Polynesier. Einst eine Rasse mächtiger Krieger und kühner Seefahrer, sind sie nun ein Bestandteil des Touristengeschäfts der Herren Thomas Cook & Son und anderer Reisebüros geworden. Zufriedene Schullehrerinnen aus Kansas und aufgeregte Damen unbestimmten Alters ... zahlen ihre Pennies, um diese Geschöpfe ... tauchen und tanzen zu sehen. Und diese armen Burschen sind so tief gesunken, daß sie niemals das steinerne Kriegsbeil des Großvaters zur Hand nehmen, um die dummen Schädel ihrer Peiniger zu zerschmettern« (H. W. van Loon).

VII.

NEUSEELAND – DAS LAND DER WEISSEN LICHTER

Im Gegensatz zu ihren polynesischen Brüdern auf Hawaii und anderen Inseln empfingen die Maori, wie die polynesische Bevölkerung Neuseelands genannt wird, die ersten Europäer nicht mit offenen Armen. Der holländische Kapitän Tasman schalt sie rundweg »Mörder»», da sie eines seiner Beiboote, das landen wollte, kurzweg rammten und vier Holländer töteten. Tasman hielt die neuseeländische Küste noch für einen Teil des sagenhaften Südkontinents. Erst Cook gelang der Nachweis, daß Neuseeland zwar eine große Doppelinsel, aber niemals ein Kontinent sei. Er betrat 1770 als erster Europäer die Nordinsel Neuseelands. Doch Cook mußte sich bald vor den kampfbereiten Eingeborenen zurückziehen. Erst nach intensivem Bemühen konnte er die ersten friedlichen Kontakte knüpfen. Die Briten mußten aber immer auf der Hut sein:

> »Da nun diese Leute, einmal des Krieges gewohnt, und geneigt sind, jeden Fremden für einen Feind anzusehen; so waren sie auch stets bereit, uns anzugreifen, wenn sie nicht durch unsere augenscheinliche Überlegenheit in Schranken gehalten wurden. Anfangs wußten sie von keiner anderen Überlegenheit, als von jener, welche in der Anzahl bestehet: und so oft sie diese auf ihrer Seite hatten, hielten sie alle unsere Bemühungen, ihnen Güte zu bezeigen, blos für Beweise unserer Furchtsamkeit, und für schlaue Kunstgriffe durch die wir sie zu täuschen und uns selbst zu retten gedächten; sobald sie aber durch die abgenöthigte Würkung unsers, nur mit Schroot geladenen Schießgewehrs überzeugt worden waren, daß wir ein großes Übergewicht über sie hatten, und nachher auch fanden, daß wir uns desselben doch nicht anders, als blos zu unserer Vertheidigung, zu Nutze machten; so sahen sie bald ein, daß wir außer der in Händen habenden Macht auch wirklich geneigt waren, Gnade zu üben; und sobald diese Erkenntnis erst bey ihnen bewürkt war, wurden sie auf einmal

freundlich, und selbst liebreich; sie setzten alsdenn das unumschränkteste Vertrauen auf uns, und thaten alles, was uns nur veranlassen konnte, gegenseitig ein gleich großes Vertrauen auf sie zu setzen.«

Forster, von dem diese Zeilen stammen, gibt auch eine Beschreibung vom Aussehen der Maori:

»Beschreibung der Einwohner,
ihrer Wohnungen, Putz, Kost und Lebensart.

Die Männer überhaupt sind von der größten Statur der Europäer; sie sind untersetzt, von starken Gliedmaaßen und fleischigt, aber nicht fett wie die trägen und üppigen Einwohner in den Südsee-Inseln: auch sind sie ungemeinthätig und stark, so besitzen sie auch in ihren Handarbeiten eine außerordentliche Geschicklichkeit, und diese zeigt sich in allem was sie vornehmen. Ich habe voll Verwunderung gesehen, mit was für unglaublicher Geschwindigkeit und dennoch mit was für genauer Beobachtung des Tacts funfzehen Mann (als so viel ihrer auf einer Seite des Kahnes saßen) ihre Ruder bewegten; es schien als ob sie alle von einer gemeinschaftlichen Seele in Bewegung gesetzt würden. – Ihre Farbe ist überhaupt braun, aber bey wenigen einzelnen Personen dunkler, als die Farbe eines Spaniers, wenn er der Sonne ausgesetzt gewesen ist; bey vielen ist sie nicht einmal so dunkel. Die Frauenspersonen haben nichts weiblich-zärtliches in ihren Gesichtszügen; allein ihre Stimme ist ungemein sanft, und an dieser unterscheidet man sie auch vornehmlich, denn an den Kleidungen kann man sie nicht leicht erkennen, indem diese bey beyden Geschlechtern einerley ist.«

In Neuseeland herrschen andere klimatische Bedingungen als auf den eigentlichen tropischen Südseeinseln. Die durchschnittliche Temperatur im Winter beträgt auf der Nordinsel nur 12°C und auf der Südinsel gar 8°C. Als vor 1000 Jahren die ersten polynesischen Einwanderer über See kamen, mußten sie sich den veränderten Witterungsbedingungen anpassen. Mit einer besonderen Knüpftechnik stellten sie aus einer Art Flachs Kleidungsstücke her, die mit Hundefell besetzt wurden. Auch errichteten sie feste Holzbauten über Erdgruben. Der Holzreichtum der neuseeländischen Wälder förderte die Entstehung einer reichen Holzschnitzkunst. Gewaltige

Kriegskanus sowie prächtig verzierte Versammlungs- und Schatzhäuser entstanden.

Das Land Ao-tea – das Land »der weißen Lichter« –, wie Neuseeland nach seinen strahlenden Gletschern genannt wurde, zog um 1350 eine zweite polynesische Siedlungswelle an. Die Namen der Boote, der Landeplätze und der Besatzungen wurden mündlich überliefert. Die vornehmen Krieger und Häuptlingsfamilien führten ihre Abstammung über Generationen bis auf diese Neuankömmlinge zurück. Wie schon Forster beschrieb, waren die Maori ein sehr kriegerisches Volk. Einem im Kampf getöteten Feind nicht nur sein Leben zu nehmen, sondern auch noch seinen Körper zu verzehren, war die Regel. 1822 besiegte der Häuptling Hongi aus dem nordöstlichen Teil der Nordinsel einen 300 km weiter südlich lebenden Stamm. Der Pah (befestigtes Dorf) des feindlichen Häuptlings wurde belagert und nach hartem Kampfe gestürmt. Hongi erschoß den Besiegten, stach ihm die Augen aus, durchschnitt ihm die Schlagader und trank sein noch warmes Blut. Annähernd 1000 Menschen, fast der ganze feindliche Stamm, wurden niedergemacht. 300 der Erschlagenen oder Gefallenen wurden unmittelbar auf dem Kampfplatz gekocht und aufgegessen. Die übrigen zerstükkelte man und schleppte ihr Fleisch in Körben mit. Die Köpfe der Häuptlinge trennte man ab und präparierte sie, um sie auch im Heimatdorf als Trophäen zeigen zu können. Man stach die Augen aus, schnitt die Zunge ab und entfernte auch das Gehirn. Darauf wurde der Kopf gedörrt und im Erdofen geräuchert. Der Kopf behielt so die Gesichtszüge und die Tatauierungen bei. Die Häupter angesehener gefallener Krieger oder Häuptlinge des eigenen Aufgebots wurden ebenso behandelt und mit nach Hause genommen.

Während dieser Ritus durchaus in den Rahmen polynesischer Sitten paßte, sprengte der Kannibalismus der Maori jedes Maß und artete zur profanen Menschenfresserei aus. Andreas Reischek, der von 1879 bis 1889 Neuseeland durchstreifte, das Vertrauen der Häuptlinge und des Königs gewann und sogar zum Ehrenhäuptling ernannt wurde, berichtet von zwei krassen Fällen, die die Profanierung deutlich machen. Der Häuptling Kantatu Winga vom Kaiparafluß im Nordosten der Nordinsel erhielt eines Tages Besuch von einem befreundeten Häuptling. Obwohl zur Bewirtung des hohen Gastes kein Fleisch verfügbar war, befahl er einer seiner Frauen, eine Kochgrube (hangi) auszuheben. Als sie damit fertig war, verlangte er, daß sie ihr zwei Jahre altes Kind brächte, riß es ihr aus den Armen, tötete es und legte es in den Hangi. Darauf ließ er einen noch größeren Hangi ausheben und erschlug auch noch die Frau. Nachdem die beiden Häuptlinge sich am gebratenen frischen Fleisch delektiert hatten, führten sie einen fürchterlichen Kriegstanz auf.

Ein anderer Häuptling berichtete Reischek über eine Einladung, die einen ganz unvorhergesehenen Verlauf nahm. Die Bewohner des Pahs Aratapu wurden von einem Nachbarstamm besucht. Sogleich wurden die Kochplätze gesäubert und die Vorbereitungen für allerlei typische Speisen getroffen. Als die verwöhnten Besucher sahen, daß sie kein Menschenfleisch vorgesetzt bekommen würden, überfielen sie verärgert ihre Gastgeber, brachten die meisten um und verspeisten sie.

Während der Kämpfe zwischen Maori und Briten kam es häufig zu Blutorgien, die in der Kulturgeschichte der Südsee einmalig dastehen. Das kannibalische Mahl nach gewonnener Schlacht gehörte zum Ritual der Vernichtung. Mehrere Maori beteuerten Europäern gegenüber, daß sie der Wohlgeschmack des Menschenfleisches zum Kannibalismus verführe und nicht Not oder kultische Pflicht. Die Ursachen für diese Entartung wären damit aber noch nicht geklärt. Vielleicht liegt die Begründung in einer strengen Erziehung, die schon früh die Knaben der mütterlichen Liebe entzog und den Tohungas (Priestern) zur Ausbildung übergab.

Die eigentliche Ausbildung erfolgte aber in Disziplinen, die eher auf die Erwerbung solider Kenntnisse in der Landwirtschaft ausgerichtet waren als in Disziplinen, die sie zu seelenlosen Kämpfern machen mußten. Außer Mythologie und Stammesgeschichte gehörten zum Ausbildungsstoff Genealogie und Astronomie. Die astronomischen Kenntnisse sollten nicht mehr auf die Seefahrt ausgerichtet sein, sondern auf die Erfordernisse der Landbestellung. Die besten Zeiten für Saat und Ernte, Jagd und Fischfang mußte ein Maori bestimmen können. Umfassender war die Ausbildung der Häuptlingssöhne. Sie mußten die Riten und Gesetze der Gemeinschaft in Krieg und Frieden genau kennen, sich aber auch in praktischen Dingen wie Jagd und Ackerbau bewähren sowie sich als Redner und Sänger auszeichnen können. Obwohl Art und Weise dieser Erziehung eher an ein Kulturvolk gemahnt und der Aufgeschlossenheit und Intelligenz der Maori bestens zu entsprechen scheint, brach dennoch die Unbeherrschtheit immer wieder durch.

In der Geschichte Neuseelands nach der symbolischen Inbesitznahme durch Cook finden wir einen ähnlichen Ablauf der Ereignisse wie auf den anderen polynesischen Inseln. Nur die Maori lebten in einem Land, das die Größe der Bundesrepublik Deutschland um 10 Prozent übertrifft. Es waren zudem 200000 bis 250000 Menschen, die dieses große Territorium in Stammesgebiete aufgeteilt hatten und mit Mut und strategischem Geschick verteidigten. Die Maori lernten von den Europäern nicht nur fromme Lieder und Sprüche, sondern auch praktische und theoretische Kenntnisse für Krieg und Frieden. 1814 kam mit Samuel Marsden der erste Missionar nach Neuseeland und ließ sich in der Bay of Island (Nordinsel) nieder. Die liebenswürdige Art dieses Anglikaners, sein freundliches Entgegenkommen sowie sein ausgeprägter Sinn für Gerechtigkeit beeindruckten die Eingeborenen sehr. Vor allem half ihm ein Häuptling, den er in Sydney kennengelernt hatte. Bald konnte Marsden Einfluß auf die Fehden des Stammes und die kannibalischen Riten nehmen. Die Streitereien zwischen den Stämmen seines Gebietes nahmen ab. Ja, der Häuptling ließ ein Stück Land umzäunen, hißte die britische Flagge und ließ den Bug eines alten Kanus zur Predigerkanzel umbauen. Marsden und sein Anhang gründeten Schulen und unterrichteten.

Die Maori erwiesen sich während der ersten Phase der Kontaktaufnahme zur europäischen Zivilisation überhaupt als sehr aufgeschlossen und aufnahmefähig. Viele der neuen Kulturgüter wünschten sie gleich zu besitzen. Aber über den vorerst leicht einsehbaren Vorteilen vergaßen sie, die Tragweite und Konsequenzen der fremden Einflüsse zu überdenken. Erst in einer zweiten Phase stellten sich nämlich die Folgen der europäischen Wirtschaftsweise und politischen Absichten heraus. Als man sah, daß die Güter der Weißen nur die Vorboten einer kolonialen Abhängigkeit darstellten, änderte sich sofort ihr Verhalten den Weißen gegenüber. Das kulturelle Gleichgewicht der Maori geriet darüber ins Wanken und verschärfte die allgemeine Krise der eigenen traditionellen Gesellschaft. Man verlor die Orientierung, und das allgemeine Unbehagen schlug in eine offene Feindschaft zur weißen Gesellschaft und ihrer Propagandisten um, zu denen die eigenen abgefallenen Stammesgenossen ebenso gerechnet wurden wie die Missionare und Verwalter.

Das Schicksal des Häuptlings Hongi Hika ist charakteristisch für den Stimmungswandel, denn die Europäer bezogen Front gegen die

Maori. Hongi, von außerordentlicher Auffassungsgabe, war ein eifriger Anhänger der Missionare und bestrebt, alles bestens nachzuahmen, was man ihm vormachte. Die geistlichen Herren respektierten seinen Lerneifer, seine Intelligenz und freuten sich über den guten Einfluß des jungen Häuptlings auf seine Umgebung. Sie schickten ihn nach Sydney, damit er sich noch besser mit den europäischen Einrichtungen vertraut machen könnte. Ein Jahr blieb Hongi dort, lernte viel und unterstützte nach seiner Rückkehr die Sache der Missionare mit besonderer Hingabe. Aufgrund dieser positiven Entwicklung wurde eine Reise nach Europa vereinbart. Dort wollte sich Hongi mit verschiedenen Handwerksberufen vertraut machen, um seine Stammesbrüder in nützlichen Gewerben unterweisen zu können.

In Begleitung eines Briten und eines weiteren Häuptlings schiffte er sich nach England ein. Er wurde bei Hofe empfangen und erregte, wie 50 Jahre vor ihm Omai von Tahiti, die Bewunderung der vornehmen Gesellschaft. Ein Professor von Cambridge verfaßte mit Hongis Hilfe eine Maori-Grammatik. Obwohl der Häuptling viele Freunde gewann, interessierte er sich allmählich auch für andere Dinge, an die seine Missionare bestimmt nicht gedacht hatten, wie z.B. für die Kriegskunst der Weißen. Er besuchte Kasernen und Manöver, las die Geschichte des von ihm bewunderten Kaisers Napoleon, der zu dieser Zeit – sechs Jahre nach Waterloo – auf St. Helena in der Verbannung lebte. Reichlich mit Ackergeräten, Geld und noch mehr oder minder nützlichen Andenken beschenkt, trat er die Rückreise nach Neuseeland an.

In Sydney machte er Station und tauschte seine ganze Habe gegen Gewehre, Munition und anderes nützliches Kriegsmaterial ein. Seinen verdutzten Missionaren teilte er unumwunden das Ergebnis seiner Studien und Überlegungen mit: Er habe in England gesehen, daß die Engländer dort herrschten und nur einer von ihnen König sei. Da nun Neuseeland von Maori bevölkert wäre, sei es nötig, daß ein Maori König über alle werden müsse. Dieser König solle er, Hongi, sein, und die Missionare hätten ihm, wie alle Engländer dem englischen König als Sklaven dienten, auch ergeben zu sein.

Hongi begann nun – wie zur gleichen Zeit etwa Kamehameha auf Hawaii und Pomare vor ihm auf Tahiti – seine Oberherrschaft über das Land der Maori zu errichten. 2000 bis 3000 Krieger brachte er zusammen, drillte sie, wie er es in England gesehen hatte, und ließ seine Kriegskanus bereitstellen. In mehreren Kriegszügen feierte Hongi Triumphe. Doch die Geschichte wiederholt sich nur ungern:

In einem Gefecht wurde er von einer Kugel durchbohrt. Bei jedem Atemzuge konnte Hongi Luft aus der Brust entweichen lassen. Doch das belustigte den gefürchteten Kannibalen mehr, als es ihn erschreckte; nach langem Krankenlager entwich auch seine Seele. Wie sehr die Überlegungen Hongis aber der Denkweise der Maori-Führungsschicht entsprachen, zeigte sich etwa zur gleichen Zeit auf der Südinsel. Hier war es der Häuptling Rauparaha, der eine Alleinherrschaft anstrebte und zur Verwirklichung seines Ziels ganze Stämme ausrottete. Auch er hatte durch Handel mit den Weißen moderne Waffen eingetauscht.

Das nächste Kapitel in der Geschichte der Maori schrieben nicht die Kriegshelden, sondern britische Siedler und Händler. Lange Zeit wurde es vermieden, daß Schiffe Kurs auf diese Inseln nahmen. 1809 hatten die Maori die »Boyd«, die in den Gewässern bei Neuseeland vor Anker gegangen war, überfallen und die Besatzung getötet und verzehrt. Erst in der Folge der »Befriedung« der Nordinsel – nach Hongis Tod unter maßgeblicher Mithilfe der Missionare und der Gründung einer Reihe von Stationen – kamen Händler und Siedler. Von 1830 bis 1838 stieg die Zahl der Weißen von 150 auf 2000. Viele Stämme begannen vom Handel mit den Europäern, die sie Pakehas nannten, zu profitieren, doch brachen damit auch die ersten Streitigkeiten aus.

Diese Entwicklung wurde besonders offensichtlich, als mit der Gründung der New Zealand Land Company eine Gesellschaft ins Leben gerufen wurde, die den systematischen Landerwerb und seine Nutzung durch Siedler anstrebte. Auch australische Landspekulanten erwarben auf oft fragwürdige Art Landbesitz. Sie alle drängten nicht nur auf eine von den Häuptlingen, sondern auch von der britischen Oberhoheit rechtlich verbindliche Anerkennung ihrer Besitztümer. Der britische Resident James Busby hatte bereits 1835 versucht, die friedliche Vereinigung aller Stämme zu einem Bund zu erreichen, damit die inneren Auseinandersetzungen aufhörten und ein faßbarer Vertragspartner, eine Art Sprecher für alle Maori, zur Anerkennung des britischen Schutzes gefunden werden könne. 1840 erschien Captain William Hobson bei den Maorihäuptlingen mit dem Auftrag, über die Abtretung ihrer ja noch bestehenden Territorialrechte an die Königin von England zu verhandeln.

Am 6. Februar 1840 kamen in Waitangi – zu deutsch »weinendes Wasser« – 50 Häuptlinge der Nord- und Südinsel zusammen und besiegelten meist mit ihrem Tatauierungszeichen als Unterschrift einen folgenschweren Vertrag. Seine Hauptbestimmungen waren:

Die Häuptlinge treten an die englische Königin vorbehaltlos alle ihre Territorialrechte und Befugnisse ab. Dafür verbürgt die Königin den Stämmen, Häuptlingen und Familien den »vollen und ungestörten Besitz ihrer Ländereien, Grundstücke, Wälder, Fischereien und sonstigen Besitztümer, solange es ihr Wunsch und Wille ist, dieselben in ihrem Besitz zu belassen«. Der Krone wurde jedoch das Vorverkaufsrecht für alle zu veräußernden Ländereien eingeräumt. Dafür gewährte die Königin den Maori Schutz und alle Rechte und Privilegien britischer Untertanen.

Die Briten hatten nunmehr ihr Ziel erreicht: einen Vertrag zur Sanktionierung des Landerwerbs. Mit dem Vertragstext reisten sie durch die Lande und sammelten 500 weitere Unterschriften von Häuptlingen. Einige der Stammesführer verweigerten jedoch die Anerkennung und Unterzeichnung des ihnen vorgehaltenen Textes. Keine Autorität konnte sie dazu zwingen; jeder Stamm war nach alter Auffassung der Maori unabhängig. Warum sie die britische Oberhoheit anerkennen sollten, sahen sie nicht ein. Auch bedeutende Häuptlinge lehnten die unbekannte Prozedur ab.

Der Vertrag bestimmte aber dennoch im positiven wie negativen Sinne das weitere Schicksal Neuseelands, ja eigentlich gilt der Vertrag auch heute noch und wird von den überlebenden Maori gegen die britische Dominanz ins Feld geführt. Viele Stämme waren damals zur Kooperation mit den Weißen, zum Landverkauf, Handel und Erlernen europäischer Techniken und Wirtschaftsweisen bereit. Die Mission als Vermittler neuer Kenntnisse konnte unbestreitbar Erfolge bei den nördlichen Stämmen erzielen.

Zwar kam es auf Neuseeland, bedingt durch die Rivalität der Missionsgesellschaften von Anglikanern, Wesleyanern und Katholiken und geschürt durch Auseinandersetzungen der Maori untereinander, zu Streitereien um die wahre Lehre der christlichen Heilsbotschaft. Vor allem Wesleyaner und Anglikaner gerieten bald aneinander, obwohl sie sich eigentlich auf getrennte Missionsgebiete geeinigt hatten. Der fanatische anglikanische Bischof Lord Selwyn hielt sich nicht an die Abmachungen und sandte Missionare in die bereits wesleyanisch missionierten Distrikte. Sie erklärten den erstaunten Maori-Christen, daß die Wesleyaner nicht das Recht hätten, sie zu taufen, da sie einer Irrlehre anhingen. Sie seien jene »gefräßigen Wölfe«, von denen die Bibel spräche.

Die Maori erkannten jedoch die Gefahren, die in einer Glaubensspaltung lagen. Der spätere Maorikönig Tawhiao führte die Kämpfe gegen die Europäer auch auf das Durcheinander ihrer Missionspolitik zurück. In einem Gespräch mit Reischek erklärte er: »Einst kam ein freundlicher Mann zu uns, ein Missionar, den mein Vater liebte, und wir alle liebten ihn, denn er machte bessere Menschen aus den schlechten. Wir lebten in Frieden mit ihm und erlernten vieles Nützliche von ihm. Nach einiger Zeit kam ein zweiter Missionar; der erzählte uns anderes von Gott als der erste und sagte, sein Gott sei besser als der Gott des ersten Priesters. Auch er fand Anhänger; die Maori teilten sich in zwei Parteien, lebten aber noch friedlich weiter. Als aber dann ein dritter Missionar kam, der wieder einen anderen Gott predigte als die beiden ersten, denen wir gefolgt waren, da hielten wir Häuptlinge und Ältesten eine Versammlung ab und beschlossen: ›Alle Missionare sollen unser Land verlassen und dürfen erst wiederkommen, bis sie sich über Gott einig sind; denn recht kann nur einer haben, und der wahre Gott kann nur einer sein. Wenn sie dann geeinigt wiederkehren, wollen wir ihre Predigt hören und selbst urteilen. Sollten aber die Missionare dem Beschluß der Häuptlinge und Ältesten nicht gehorchen, so sollen sie getötet werden.‹«

Das Durcheinander in der Bekehrung, falsch verstandene Dogmen und Glaubensinhalte führten zur Entstehung eigenartiger Mischkulte aus christlichen und traditionellen eigenen Überlieferungen.

Helden und Pakehas

Als Zeichen ihrer Souveränität pflanzten die Briten in ihren Niederlassungen und auf markanten Punkten der Inseln ihre Masten mit der Flagge auf. Auch im Stammesgebiet der Ngapuhi, dessen Häuptling Hone Heke ein Schwiegersohn Hongis war, zeigten auf einer Anhöhe bei der Niederlassung Kororareka die Briten ihre Fahne. Heke sah dies als Herausforderung an und als Zeichen seiner Unterwerfung. Er griff zum Eisen und fällte den Mast. Die Siedler errichteten einen neuen, aber auch er fiel unter Hekes scharfer europäischer Axt. Jetzt umkleideten die herausgeforderten Weißen ihren neuen Mast mit dickem Blech, erbauten zudem ein Blockhaus mit Schießscharten. Die Eskalation schien unvermeidbar. Zwei Häuptlinge versuchten anfangs, die Briten zur Mäßigung zu veranlassen und später – leider vergeblich – Heke zum Einlenken zu bewegen. Sie drohten, bei einem Zusammenstoß mit den Weißen gegen ihn zu ziehen. Unbeirrbar trommelte Heke seine Krieger zusammen und überfiel im Morgengrauen des 11. März 1845 das

Blockhaus, während einer seiner Bundesgenossen Kororareka (heute Russel in der Bay of Islands) einnahm und die britische Militärabteilung überraschte. Sein Sieg war vollständig, großzügig erlaubte er den Siedlern, die bereits auf die Schiffe im Hafen geflüchtet waren, zurückzukehren und ihre Habseligkeiten zu holen. Eine in aller Eile zurückgelassene Frau ließ er durch seine Krieger sogar zum Schiff geleiten. Nachdem der Ort bis auf die noch ausharrenden Missionare geräumt war, ließ er ihn niederbrennen, mit Ausnahme von Kirche und Missionsstation. Heke zog sich in eine befestigte Siedlung zurück und hielt allen Angriffen britenfreundlicher Häuptlinge stand. Erst die Artillerie der Briten konnte ihn aus seiner Stellung werfen. Doch er verschanzte sich wieder. Diesmal setzten seine Gegner nicht die Artillerie gegen ihn ein, sondern eine beschämende List. Da Heke und sein Anhang fromme Christen waren, heiligten sie den Sonntag, wie es sie die Missionare gelehrt hatten. Selbstverständlich setzten sie bei den Briten die gleiche Verhaltensweise voraus. Die Maori versammelten sich also vor ihrer Festung zur Andacht. Während sie zum weißen Gott beteten, nahmen die Briten Hekes Lager ein und überrumpelten die Krieger.

Der gefangene Heke schloß 1848 Frieden, und seine einstigen Gegner versagten ihm den Respekt nicht. Er hatte sich nicht nur als mutig erwiesen, sondern die Europäer mehrfach durch erhabene menschliche Gesten überrascht. So gab er einem unerfahrenen, jungen Leutnant, den seine Krieger gefangen vorführten, mit der väterlichen Ermahnung, das nächste Mal klüger zu sein, seine Waffen zurück und ließ ihn frei.

Ein Häuptling, der nicht in die Kämpfe eingriff, aber die Gegner Hekes mit Lebensmitteln versorgte, bat ihn um Erlaubnis, durch sein Gebiet ziehen zu dürfen, da er andernfalls die Briten nicht versorgen könne. Heke gab seine Zustimmung mit den bemerkenswerten Worten: »Auch die feindlichen Soldaten müssen essen, wenn sie stark zum Kampfe sein wollen.«

Die Maori kämpften anders als die Europäer und hielten an ihren altbewährten Kriegsregeln noch lange fest. Als sie gegen die Briten zogen, sandten sie wie früher eine Abordnung zum Gegner, überreichten diesem Lebensmittel mit der Aufforderung, sich zum Kampfe richtig zu stärken. Ein Stamm, der zum ersten Male auf europäische Soldaten stieß, schickte sogar noch eine zweite Delegation ins feindliche Lager der Briten mit dem Vorschlag, sich doch ohne Feuerwaffen zu einem fairen Zweikampfe zu stellen; Gewehre seien nur Waffen von Feiglingen.

Kriegserklärung, Kriegstanz und Aufmarsch waren geradezu ritualisiert. Gewöhnlich erfolgte die Kriegserklärung, indem der Kriegansagende vor seinen Gegner hintrat, »das Gesicht zu einer Fratze verzog, die Augen verdrehte und die Zunge ausstreckte. Streckte auch der Gegner die Zunge aus, so war die Herausforderung angenommen. Eine geheime Form der Kriegserklärung bestand darin, daß der Häuptling ein Stück Kot in Laub wickelte und es dem Gegner gab; verschluckte es dieser, so war die Herausforderung angenommen« (A. Reischek).

Der Häuptling ersten Ranges führte seine Krieger selbst zum Kampfplatz. Er war mit der Kaitaka, einer Flachsmatte mit kunstvoller Bordüre, bekleidet, seine Haare waren hochgebunden und mit Federn geschmückt. Oberkörper und tatauiertes Gesicht bemalte man mit gelber Farbe. Als Waffen trug er eine Nephritkeule, eine Lanze, und besaß er schon ein Gewehr, so nahm er auch dieses mit. Der Krieger waren ebenfalls mit Lanzen und Keulen aus Stein oder Holz bewaffnet; manchmal gehörte zu ihrer Ausrüstung auch eine Art Kriegsbeil. Bevor der Kampf ausbrach, führten die Parteien ihre Kriegstänze auf. Die Krieger stampften mit den Füßen auf den Boden, streckten die Zungen heraus, verdrehten die Augen und schwangen ihre Waffen.

Die Maori griffen in Abteilungen an, die von Häuptlingen und Unterhäuptlingen kommandiert wurden. Ihre Führer ermunterten die Scharen mit Gesängen – ähnlich wie bei den Germanen. Sie kämpften Mann gegen Mann. Erst wenn sich eine der beiden Parteien ergab, wurde der Kampf eingestellt. Wer von den Besiegten überlebte, wurde als Sklave mitgeführt, die Köpfe der gefallenen Feinde wurden abgetrennt und auf die Lanzen gesteckt. In Körben wurden die zerlegten Körper mitgenommen. Ein Kriegstanz auf dem Schlachtfeld und im Heimatdorf, gefolgt von einem Dankgebet zum Kriegsgott Tu, dem Verspeisen der gekochten Herzen gefallener feindlicher Häuptlinge und der Totenklage, beendeten den Kriegszug.

Es gehörte kein sonderlich ausgeprägtes Rechtsempfinden dazu, sich über die Praktiken des Landerwerbs durch Siedler und die New Zealand Company zu empören. Zwar gab es auch einige ehrgeizige Häuptlinge, die ihr Land bewußt gegen Gewehre und Munition hingaben, aber in der Mehrzahl wurde es unerfahrenen Maori gegen wertlosen Plunder, Glasperlen oder Schnaps abgeschwatzt. Die Company und die Siedler prüften natürlich nur ab und an, ob die Verkäufer auch wirklich das Recht zum Verkauf besaßen. Das war auch der Anlaß zum sogenannten »Massaker von Wairau«.

Als ein Häuptling nach kurzer Abwesenheit in sein Stammesgebiet zurückkehrte, traf er Landvermesser an, die ein beträchtliches Lot seines Distrikts vermessen wollten. Zur Rede gestellt, erklärten die Geometer, ihre Auftraggeber hätten das Land bezahlt, alles weitere ginge sie nichts an. Kurz entschlossen ließ der Häuptling die Werkzeuge der Vermesser aus ihrer Hütte schaffen und die aus dem Holz seines Waldes erbaute Unterkunft verbrennen. Die Eindringlinge drohten mit Anzeige und trollten sich davon.

Rangihaeata mochte die Pakehas nicht. Erst kurz zuvor hatte einer ihrer Siedler eine nahe Verwandte von ihm umgebracht und war von einem weißen Gericht wegen Mangels an Beweisen freigesprochen worden. Trotzdem wagte der Häuptling einen neuen Versuch mit der weißen Rechtsprechung. Er zeigte sich selbst bei der Company an. Nun kamen Beamte, ein britischer Captain, der Landagent, Kolonisten und Polizisten und forderten Rechenschaft. Rangihaeata blieb ruhig und erklärte, daß niemand das Recht habe, auf seinem Grund und Boden sich niederzulassen oder ihn ohne seine Zustimmung zu erwerben. Der Captain wurde bald ungehalten und drohte dem Häuptling mit Festnahme und dem Galgen. Als auch das keinen Eindruck machte, befahl der Brite seinen Mannen kurzweg »Feuer«, und eine Frau Rangihaeatas sowie einige Männer seiner Begleitung stürzten getroffen zu Boden. Jetzt ergriffen die Maori ihre Waffen und warfen sich auf die Weißen. In einem wilden Kampf töteten sie 23 Pakehas.

Rangihaeata und sein Bundesgenosse Ta Rauparaha befanden sich jetzt im offenen Aufstand. Erst als Sir George Grey 1845 nach Neuseeland kam, konnte der Frieden wiederhergestellt werden. Grey bemühte sich um gute Beziehungen zu den Maori und verfolgte daher eine Politik der allmählichen Assimilierung. Betrachtet man die weitere Entwicklung, so war es für Siedler und Eingeborene ein Unglück, daß dieser Gouverneur bereits 1853 die Inseln wieder verließ. Immer mehr weiße Siedler kamen nach Neuseeland, der Landhunger der Company und Landagenten konnte kaum gestillt werden. 1858 lebten schon so viele Pakehas auf den Inseln wie Maori. Die Südinsel war fast gänzlich in weißer Hand, und seit 1850 drängten die weißen Niederlassungen auch auf der Nordinsel die Stämmer immer weiter zurück.

Um die Landkäufe zu stoppen, trafen sich die großen Häuptlinge der Nordinsel und besprachen ein gemeinsames Vorgehen gegen den Ausverkauf ihrer Stammesterritorien. Der Häuptling und Oberpriester Wahanui, in europäischen Schulen erzogen und einst auch Student an der Theologischen Hochschule von Auckland, ein von Maori und Pakehas gleichermaßen geschätzter Vermittler, gab den Rat, überhaupt kein Land mehr zu veräußern. Die Versammlung stimmte diesem Vorschlag weitgehend zu.

Dieser Entschluß bewirkte die wichtigste Anregung für die Entstehung der sogenannten Königsbewegung. Vor allem Ta Rauparaha warb für die Idee, einen König zu wählen, um einerseits die Stammeskämpfe zu unterbinden und andererseits das verbleibende, noch zusammenhängende Maoriland zu behaupten. 1858 wurde der Häuptling Te Whero-Whero von den angesehensten Stammesführern und 2000 Maori verschiedener Stämme zum König mit dem Namen Potatau erkoren. Auch eine Flagge wurde für das Maoriland kreiert: Als Symbol der Friedfertigkeit wählte man ein rotumrändertes weißes Tuch, das von einem Kreuz geteilt wurde. Im rechten oberen Feld brachte man drei Sterne an, die Glaube, Liebe und Gesetz darstellen sollten.

Potatau wollte die friedliche Vereinigung aller Stämme vollenden und gute Beziehungen zum neuen Gouverneur Gore Brown schaffen. Kriegsvorbereitungen wurden nicht getroffen.

Dennoch brach 1860 aufgrund zweifelhafter Landkäufe erneut Krieg aus. Zwei Häuptlinge besaßen gemeinsam einen Landstrich bei Waitara im Südosten der Nordinsel. Einer der beiden verkaufte, ohne seinen Partner zu fragen, das Gebiet an die Regierung. Als die Landvermesser kamen, verwehrte ihnen der übergangene Häuptling den Zutritt zum Land. Der Gouverneur wandte sich also an den König, um neue Feindseligkeiten zu verhindern. Potatau setzte ein Schiedsgericht ein und begab sich nach Waitara. Doch konnten die Briten den Beschluß wieder einmal nicht abwarten, und so erhielten die Maori noch während ihrer Tagung die Nachricht, daß Brown mit regulären Truppen und einem Aufgebot der Siedler, die rasch bei der Hand waren, gegen den auf sein Recht pochenden Häuptling vorgingen. Sie wollten den Kauf, der auch nach weißen Rechtsansichten zweifelhaft sein mußte, mit Gewalt abschließen. Als die Vermessungsstäbe zerbrochen wurden, ließ Brown auf die überraschten Maori das Feuer eröffnen. Die Empörung der Häuptlinge war echt. Wahanui verfaßte ein Schreiben an den Gouverneur: »Da du nicht warten wolltest und mit Soldaten kamst, anstatt in Frieden den Streit zu schlichten, sehe ich, daß du mit Gewalt unser Land erobern willst. Es ist gut, daß ich das weiß; ich werde mich nun der Königspartei anschließen und für Maoriland und Maorirecht bis zu meinem letzten Atemzug kämpfen.«

Obwohl der Wortlauf einer Kriegserklärung entsprach, versuchte Potatau dennoch, den Streit mit friedlichen Mitteln beizulegen. Tatsächlich erwirkte er einen kurzen Friedensschluß. Aber wie so oft gingen die Gewehre von alleine los, als der Abgesandte des Königs mit 200 Kriegern auf eine Abteilung bewaffneter Siedler stieß. Der Trupp der Pakehas wurde aufgerieben. In dieser kritischen Situation wurde Brown abgelöst und Sir George Grey wieder zum Gouverneur ernannt. Auch Grey versuchte, nochmals eine friedliche Einigung herbeizuführen. Vergebens, zwei Abgesandte des Königs nahmen im Amtszimmer des Gouverneurs einen Stab von der Wand und legten ihn zwischen zwei Teppiche. Sir George verstand das Symbol nicht, ein Häuptling erklärte es: »Hier ist dein Land, und hier das deines Freundes Potatau.« Grey wollte eine so demonstrierte Selbständigkeit des Königslandes aber nicht anerkennen. Er ließ Potatau mitteilen, wer die britische Flagge nicht anerkennen würde, verliere sein Land.

Inzwischen war Potatau gestorben, und sein Sohn Tawhiao wurde sein Nachfolger. Der junge König war vorsichtig, er warnte die Stämme und forderte sie auf, dem vorrückenden General Cameron aus dem Wege zu gehen und Blutvergießen zu verhindern. Die Maori zogen sich aber nicht kampflos in ihre Wälder zurück, sie wollten ihre Rechte nicht preisgeben. Eine Schar von nur 100 Maorikriegern griff wagemutig die 2000 gut ausgebildeten Soldaten des Generals an. Trotz des Einsatzes von Artillerie und Kavallerie hielten die Tapferen eine Stunde lang den Attacken der Briten stand. Aus einer alten Kanone, die sie von einem gestrandeten Schiff abmontiert hatten, schossen sie Steine und Glieder von Ketten. Erst als ihnen die Munition ausgegangen war, zogen sie sich in ihr Pah zurück. Hier hatten sich mittlerweile 3000 Maorikrieger versammelt.

Drei Monate belagerten die Briten vergebens die Festung. Als der General schließlich ihren Sturm befahl, fand er sie leer. Heimlich hatten sich die Verteidiger in eine andere zurückgezogen. Cameron suchte den Kampf. Wieder ließ er zum Sturm blasen, als er den Standort des neuen Forts aufgespürt hatte. Ein furchtbares

Gefecht entbrannte. Von zehn Uhr früh bis zum folgenden Morgen dauerte das Schießen, Stechen und Schlagen. Auf beiden Seiten gab es hohe Verluste. Die Briten waren die Sieger, konnten aber nur 2000 Maori gefangennehmen. Wer von ihnen sonst noch laufen konnte, zog sich zur Sammelstelle Ngaruwahia zurück. 5000 Krieger hatten die Häuptlinge hier noch zusammengezogen. So viele Kämpfer konnten die Maorifestungen aber nicht aufnehmen. Deshalb mußten sie sich zum Vorteil der Pakehas in zwei Gruppen teilen.

Eine zog in den uneinnehmbaren Pah von Paterangi, den Cameron wieder vergeblich belagerte. Erst eine perfide List lockte die Maori auf freies Feld vor die Mündung der Artillerie. Der General ließ keine Lebensmittellieferungen mehr durch und sandte darauf einen Unterhändler zu den Belagerten, der ihnen den freien Abzug von Frauen und Kindern vor dem Sturm anbot. Die Maori glaubten tatsächlich an eine noble Geste des Gegners und ließen die Kampfunfähigen abziehen. Doch der angekündigte Angriff der Weißen blieb aus. Der General hatte befohlen, den Zug der Frauen und Kinder zu überfallen – allerdings erst weitab der Festung, um die Attacke geheimzuhalten. Einige Frauen waren entkommen oder vielmehr: die Briten hatten sie entkommen lassen, weil sie wußten, daß sie sich zur Festung durchschleichen würden, um vom Verrat zu berichten. Der General hatte richtig kalkuliert. Aufgebracht über diese Niedertracht, verließen die Krieger ihren sicheren Platz und stellten sich dem aussichtslosen Kampf.

Die Briten triumphierten, denn auch die anderen Maorigruppen waren inzwischen besiegt worden. Nur einige Maorirecken, die die Niederlage nicht wahrhaben wollten, führten noch bis 1865 eine Art Guerillakrieg gegen die verhaßten Pakehas.

Die Strafe für den Aufstand war hart. Millionen Acres Land wurden sofort beschlagnahmt. Natürlich nahm man sich das beste Ackerland, ohne Rücksicht darauf, ob die Besitzer sich an den Kämpfen beteiligt hatten oder nicht. Hier ging es nicht um Recht oder Unrecht, sondern um Siedlungsland für den Stärkeren.

Die Propheten

Nach dem Friedensschluß wurde symbolisch eine Kriegskeule vergraben, und der König erklärte das letzte zusammenhängende Maoriland für Pakehas tabu. »Haltet euch fern von Landverkauf und Verpachtung«, mahnte der König. »Keinem Europäer sei es erlaubt, die Grenzen unseres letzten freien Maorilandes zu überschreiten. Wir brauchen keine Straßen und Schulen von ihnen; mögen sie in ihrem Lande tun, was sie wollen.«

Erst 1887 öffnete Tawhiao das Königsland den Europäern. Die »Zivilisation« hielt die Maori umklammert, und trotz böser Erfahrungen hatten die Stämme zwischen 1865 und 1892 weitere sieben Millionen Acres Land verkauft sowie 2,5 Millionen verpachtet. Die Entwicklung war nicht mehr aufzuhalten. Um 1865 betrug die Maoribevölkerung noch knapp 50 000 Menschen. Zwischen 1871 und 1880 kamen dagegen 100 000 weiße Einwanderer zu den bereits in Neuseeland lebenden 150 000 hinzu.

Der letzte Widerstand gegen die weiße Welt und ihre Vertreter ging nicht von der Königsbewegung aus, sondern ihn führten Maoripropheten, die wie überall in der Missionsgeschichte der Südsee aus eigenem Gedankengut und christlichen Lehren neue Kulte entstehen ließen. Ihre Dynamik richtete sich gegen die Mission und die Gesellschaft der Weißen.

Te Whiti und Te Na gelten als Begründer der Paimarire-Sekte (pai = gut, marire = friedlich), die auch Hauhau genannt wurde, und zwar nach dem an Hundegebell mahnenden Kriegsruf der Maori. Te Na, ein friedfertiger, aber in seinem Dorf für geistesschwach erklärter junger Mann, hatte eines Tages eine Vision: Die Erzengel Gabriel und Michael wären auf einem gestrandeten Schiff zu ihm gekommen.

Als er seine Stammesbrüder von der Plünderung dieses Schiffes abhalten wollte, erntete er nur Spott und Hohn. Te Na bat darauf seinen Gott Paimarire um Vergebung. Berühmt und gefürchtet wurde Te Na in seinem Dorf aber erst, als er übernatürliche Kräfte bewies. Der selbstberufene Prophet war von einem Ehemann dabei ertappt worden, als er dessen Frau überfiel. Te Na wurde überwältigt, gefesselt und in eine Hütte gesperrt. In der Nacht geschah das große Wunder: Gabriel und Michael standen plötzlich vor dem Gefangenen und verliehen ihm die Kraft, sich seiner Fesseln zu entledigen. In der zweiten Nacht fesselte man ihn mit einer Kette. Wieder erschienen die Erzengel, und Te Na sprengte die Kette in kleine Stücke. Nun hatte er immer häufiger Visionen. Einmal befahl ihm einer der Erzengel, seinen Sohn zu töten. Er stand auf und fand sich plötzlich umringt von allen Völkern der Erde, die den Vollzug der Opferung verlangten. Als Te Na seinen Sohn faßte, zerbrach dessen Bein an mehreren Stellen. Doch als er die Keule schwang, um ihn zu töten, fiel ihm der Erzengel in den Arm. Er nahm ihm das Kind ab, wusch es, und damit war es wieder geheilt. Der Erzengel offenbarte Te Na nun seine Sendung. Er sollte eine lange Stange in die Erde rammen und alle Maori darum vereinen. Wenn das geschehen sei, werde der Engel wieder erscheinen und den Hymnus von der Dreifaltigkeit singen. Den Gläubigen werde darauf die Zunge gelöst werden, auf daß sie allen Völkern der Erde predigen könnten.

Te Na errichtete tatsächlich einen Mast, und seine Anhänger vernahmen im Wehen des Windes den leisen Gesang des Engels. Rasch wuchs die Zahl seiner Gefolgsleute an. 1865 kam es zum ersten Zusammenstoß zwischen Hauhau und Europäern. Gemäß einer neuen Mission ließ Te Na den Kopf eines gefallenen Hauptmanns nach alter Maoriart präparieren, und der »Kopf« sprach zu Te Na: »Du bist der oberste Prophet der Paimarire.« Das Orakel prophezeite ihm den Sieg gegen die Weißen, wenn sich alle Stämme vereinen würden. Auch die Engel würden mitziehen. Alle Technik, Wissenschaft und Künste der Pakehas gingen auf die Paimarire dann über. Die Hauhau feierten blutige Triumphe bei ihren Überfällen. Eine der symbolischen, grauenhaften Bluttaten war die Ermordung des Missionars Völkner.

Ein Jünger Te Nas, Keriopa, hatte die erst halb bekehrten Anhänger Völkners verhetzt und mit der Strafe des neuen Gottes Paimarire gedroht, wenn sie den Missionar nicht töten würden. Man hielt gemeinsam Gericht, und alle stimmten für Völkners Tod. Sie brachten den Missionar in die Kirche, fesselten ihn und legten ihm einen Strick um den Hals. Darauf wurde er zu einem Baum geführt, hochgezogen, und Keriopa schoß auf ihn. Zurück in die Kirche geschleift, hieb ihm Keriopa den Kopf ab und befahl den Maori, das Blut zu trinken. Er selbst stach die Augen aus und verschluckte sie. Später, als die Hauhau-Bewegung niedergeschlagen, Keriopa gefangen und von einem weißen Gericht zum Tode verurteilt worden war, gestand er: »Als ich Völkners Augen verschluckte, blieb mir eines im Halse stecken; dies war ein böses Zeichen. Ich wußte gleich, daß ich dafür sterben muß.«

Am gefährlichsten für die Siedler wurde aber der Häuptling Te Kooti, der sich ebenfalls den Hauhau anschloß. Mit 200 seiner Krieger hatten ihn die Briten auf die Chatham-Insel, 1000 km östlich von Neuseeland gelegen, verbannt. Hier benahm sich der Maori so vorbildlich und friedfertig, daß die Briten nur eine kleine Abteilung Soldaten zur Bewachung zurückließen. Als im Juli 1868 ein Schoner mit Versorgungsgütern eintraf, überwältigten Te Kooti und seine Anhänger die Wachmannschaft sowie Besatzung des Schiffes und nahmen Kurs auf Neuseeland. In der Poverty Bay ging er, mit Waffen gut ausgerüstet, an Land und begann seinen Feldzug erst verhalten, dann immer aggressiver zu führen. Die Ansiedler der Bay, 33 Europäer und 37 mit ihnen lebende Maori, wurden umgebracht. Weder freiwillige Miliz, reguläre Truppen noch loyale Maori vermochten Te Kooti zu stellen. Noch gelang es ihm, sich einer Umzingelung zu entziehen. Erst als sich immer mehr Stämme gegen ihn verbündeten und seine Gefolgsleute in zahlreichen Gefechten dezimiert werden konnten, wurde er geschlagen. Te Kooti flüchtete zu König Tawhiao, der ihm im Königsland Asyl gewährte, mit der Auflage, sich ruhig zu verhalten. Bis hierhin verfolgten die Briten ihn nicht. Te Kooti hatte die Waffen gestreckt.

Te Whiti hatte seine Anhänger in einem Dorfe zusammengezogen, um ohne Kontakt mit den verhaßten Weißen nach alter Sitte leben zu können. Seine Gemeinschaft entwickelte sich gut. Dennoch ließ ihn der Gouverneur zweimal wegen gewaltlosen Widerstandes verhaften. Te Whiti hatte sich gegen jede Integration in die europäische Verwaltung gesträubt. 1881 wurde seine Gemeinschaft zwar mit Gewalt aufgelöst, jedoch zerfiel sie erst nach Te Whitis Tod. Neuseeland entwickelte sich immer mehr zu einem Land der Pakehas.

Minderheit im eigenen Land

Eine alte Maoriprophezeihung lautet: »Hinter dem tatauierten Gesicht erscheint ein anderer Mensch. Er wird dieses Land bewohnen, er ist nicht tatauiert.« Die Maori gehörten schon bald zur Minderheit im eigenen Lande, denn 1896 lebten nur noch 42 000 Ureinwohner, d.h. 5,7 Prozent der Gesamtbevölkerung. Ende der achtziger Jahre bot die weiße Regierung König Tawhiao einen Ehrensold von 210 Pfund jährlich (!) für den Verzicht auf seine Würde an. Tawhiao forderte 1000 Pfund und eine Stelle als Superintendent für Maoriangelegenheiten. Der Gouverneur wies diesen – aus seiner Sicht völlig unangemessenen – Preis zurück. 1865 hatten die Briten einen Native Land Court gebildet, das Stammesgebiet genau aufgenommen und in individuellen Besitz überführt. Damit sollten Verkäufe glatter und rechtlich einwandfrei abgewickelt werden. Nur Te Whiti und Tawhiao konnten sich dieser Regelung des Native Land Court noch entziehen. Seit 1867 saßen vier Maoriabgeordnete im Parlament der Kolonie, zwei Jahre früher war allen Männern ein provisorisches Wahlrecht zugebilligt worden, das erst bei gänzlicher Assimilierung in ein volles Wahlrecht umgewandelt werden sollte. 1867 wurden überall im Maoriland »Native Schools« eingerichtet. Die Unterrichtssprache war englisch.

Das Maoriproblem wurde in der Folgezeit immer mehr das einer sozialen Minderheit. Obwohl die Maori die landwirtschaftlichen Kenntnisse der Weißen rasch adaptierten, beim Straßen- und Eisenbahnbau mitwirkten, Schaffarmen gründeten, die Grundlagen weißer Bildung bald beherrschten, versuchten sie stets, sich der vollen Integration zu entziehen.

1892 wurde das Kotahitanga, ein von der Kolonialverfassung nicht legalisiertes Maoriparlament, von den Stämmen außerhalb des Königslandes gegründet. Zwei Jahre später ließ Tawhiao nach vergeblichen Versuchen, alle Stämme um sich zu scharen, einen eigenen Großen Rat bilden, der über Gesetze und Abgaben beraten sollte. Das Kotahitanga erlangte tatsächlich Einfluß auf die offizielle Politik der Kolonie. Erst 1902 löste man es auf, um lokale Maoriräte einzurichten.

Verbesserungen in der ärztlichen Fürsorge und allmähliche Integration in die gesunde Welt der weißen Stadtbewohner ließ 1921 die Zahl der Maori wieder auf den Stand von 1850 anwachsen. Aber bis zu diesem Zeitpunkt hatten die Stämme erneut sechs Millionen Acres Land verloren. Die Maoris hatten bald keine Basis mehr, um ein traditionelles Leben führen zu können. Bis 1936 waren 10 Prozent von ihnen in die Städte gezogen, 1945 lebten hier bereits 50 Prozent. Neuseeland hatte ein braunes Proletariat herangezüchtet. Heute leben annähernd 60 Prozent von ihnen in den Städten der Weißen.

Die letzten Maoris, die von ihren alten Sitten nicht lassen wollten, wurden 1916 mit ihrem »Propheten« gefangen. Tawhiao fand bis heute Nachfolger; die Stellung der Maorikönige bzw. der Königin respektierte in gewissem Maße auch die Regierung. Die Staatsgäste Neuseelands erweisen stets auch ihr Reverenz. An der Ostküste der Nordinsel, im alten Königsland, verblieb mit 400 qkm ein zusammenhängendes Gebiet den Maori. Es ist Gruppeneigentum geblieben. 2400 Einzelbesitzer führten es wieder zu einer Landmasse zusammen. Ein modern geschultes Maori-Management nutzt dieses Gebiet mit Ackerbau und Viehzucht.

Reservationen wie für die Indianer in den USA hat es in Neuseeland nie gegeben, aber auch keine Slums. Selbst in den Großstädten Auckland und Wellington nicht. Die Menschen verloren aber weitgehend ihren alten sozialen Zusammenhalt in den Großfamilien und ihre gemeinsamen Bezugspunkte. Die Kultur erlebte einen Totalausverkauf. Was heute noch von ihnen angefertigt wird, entspricht qualitativ nicht mehr den alten Schmuckstücken, und viele Maori tragen Amulette »made in Japan« um den Hals. In jüngster Zeit macht sich eine gewisse Rückbesinnung auf die alten Bräuche bemerkbar. Es ist wieder schick, Maori zu sein, aber was kaputtgegangen ist, läßt sich 100 Jahre später künstlich nicht mehr beleben. An Stelle der alten reichgeschmückten Gemeinschaftshäuser treten heute in den Großstädten Kellergewölbe und Kneipen, wo man der entfremdeten Jugend inzwischen wieder die alten Tänze beizubringen versucht.

Diskriminierung ist latent vorhanden. Die Kindersterblichkeit der Maori liegt um 50 Prozent über der der Weißen, die Lebenserwartung ist dagegen niedriger. Nur 5,1 Prozent der Maori werden älter als 55 Jahre, bei den Weißen liegt der Prozentsatz hingegen bei 17,4 Prozent. Etwas voreilig hat die Regierung die Integration der Maori als abgeschlossen betrachtet. Mangelndes Fingerspitzengefühl eines seelenlosen Beamtentums weckte aber immer wieder Opposition. Obwohl der Ministerpräsident ein eigenes Ministerium für Maoriangelegenheiten nicht für nötig hielt und die Belange vom Landwirtschaftsminister miterledigt werden, wurde vor einigen Jahren ein Amt für Rassebeziehungen geschaffen. Hier können sich diskriminierte Maori beschweren.

Eine der touristischen Attraktionen des Staates ist Rotorua, die Stadt mit den Geysiren und heißen Quellen. Hier präsentieren einige Maori den Besuchern ihre alte Lebensweise. Sobald die Touristen sich aber ihrem nächsten Reiseziel zuwenden, steigen die »Eingeborenen« in ihre Wagen und fahren in ihre neuzeitlichen Wohnungen. Ganz in der Nähe liegt auch Whakarewarewa, eine der ältesten Siedlungen der Maori, das gleichzeitig eine Art Modelldorf für Touristen darstellt. Wer heute wirklich noch echte Maorikunst und Zeugnisse ihrer alten Lebenswelt sehen will, muß ins Museum nach Wellington fahren.

ANHANG

BIBLIOGRAPHIE

Australien und Tasmanien

Banwick, J.: The last of the Tasmanians, London 1870
Geißler, W.: Durch Australiens Wildnis, 1928
Greenway, J.: Verfluchte Wüste, 1974
Lommel, A.: Fortschritt ins Nichts, 1969
Ling Roth, H.: The Aborigines of Tasmania, Halifax 1899
Lort Stokes, J.: Discoveries in Australia, London 1846
Lumholtz, K.: Unter Menschenfressern, 1892
Mann, W.: Six Year's Residence in the Australian Provinces, London 1849
Meray, T.: Australien, 1962
Petri, H.: Sterbende Welt in Nordwestaustralien, 1957
Semon, R.: Im australischen Busch, 1903
Turnbull, C.: Tod auf Tasmanien, 1963
Uhlig, H.: Menschen der Südsee, 1974

Neuguinea

Baumann, P. u. Uhlig, H.: Kein Platz für »wilde« Menschen, 1974
Bühler, A., Barrow, T. u. Mountford, Ch. T.: Ozeanien und Australien, 1961
Damm, H.: Kanaka, Menschen der Südsee, 1959
Detzner, H.: Vier Jahre unter Kannibalen, 1920
Dupeyrat, A.: 21 Jahre bei den Kannibalen, 1960
Gadner, R., u. Heider, K. G.: Dugun Dani – Leben und Tod der Steinzeitmenschen Neuguineas, 1969
Gardi, R.: Tambaran: Begegnung mit untergehenden Kulturen auf Neuguinea, 1956
ders.: Sepik, Land der sterbenden Geister, 1968

G. Koch: Südsee. Führer durch die Ausstellung der Abteilung Südsee, Museum für Völkerkunde, Berlin 1969
ders.: Kultur der Abelam, 1968
Kußmaul, F.: Kunst der Südsee, 1969
Markham, C.: The Voyage of Piedro Fernandez de Quiros, London 1904
Schmitz, C. A.: Kopfjäger und Kannibalen, 1962
ders.: Ozeanische Kunst, 1962
Schultze-Westrum, Th.: Neuguinea, 1972
Steinbauer, F.: Melanesische Cargo-Kulte, 1971
Stöhr, W.: Melanesien – Schwarze Inseln der Südsee, 1971 (Katalog)
Tischner, H.: Kulturen der Südsee, 1958
ders.: Völkerkunde, 1959
Wirz, P.: Die Marind-anim von Holländisch-Süd-Neuguinea, 1922
ders.: Dämonen und Wilde in Neuguinea, 1928
Worsley, D.: Die Posaune wird erschallen, Cargo-Kulte in Melanesien, 1973

Melanesien und Mikronesien

Bernatzik, H. A.: Owa Raha, 1936
Hernsheim, F.: Südsee-Erinnerungen, 1883
Hesse, J.: Vom Segensgang der Bibel durch die Heidenwelt, 1910
Hutton: Mission-life in the South Seas, London 1874
Inglis: In the New Hebrides, London 1887
Kohl, L.: Leben, Liebe, Träume in einem Südseeparadies, 1927
Krämer, A.: Hawaii, Ostmikronesien und Samoa, 1906
Markham, C.: The Cruise of the H.M.S. Rosario, London 1871
Mead, M.: Leben in der Südsee, 1965
Murray, A. W.: Missions in Western Polynesia, London 1863
ders.: Forty Years Mission Work in Melanesia, London 1876
Nevermann, H.: Die Religionen der Südsee und Australiens, 1968
Oliver, D. L.: The Pacific Islands, Cambridge 1961
Parkinson, R.: Dreißig Jahre in der Südsee, 1907
ders.: Im Bismarck-Archipel, 1887
Paravicini, E.: Reisen in den britischen Salomonen, 1931
Pfeil, Graf J.: Studien und Beobachtungen aus der Südsee, 1899
Pioniere der Südsee, Werden und Wachsen der Herz-Jesu-Mission von Rabaul, 1932
Rivers, W. H. R. (Hrsg): Essays on the Depopulation of Melanesia, Cambridge 1922

Sarasin, F.: Neu-Caledonien und die Loyalty-Inseln, 1917
Schmidlin, J.: Die katholischen Missionen in den deutschen Schutzgebieten, 1913
Speiser, F.: Ethnographische Materialien aus den Neuen Hebriden und den Banks-Inseln, 1923
ders.: Südsee, Urwald, Kannibalen, 1913
Sterr, J.: Zwischen Geisterhaus und Kathedrale, 1950
Thurnwald, R.: Forschungen auf den Salomo-Inseln und dem Bismarck-Archipel, 2 Bde., 1912
Turner: Nineteen Years in Polynesia, London 1862

Polynesien

Anders, C.: Hawaii, 1975
Beaglehole, E.: Social Change in the South Pacific, London 1957
Beechey, F. W.: Narrative of a Voyage to the Pacific and Bering's Strait, London 1831
Belcher, E.: Narrative of a Voyage Round the World, London 1843
Bingham, H.: Residence of Twenty-One Years in the Sandwich Islands, Hartford 1848
Bligh, W.: A Voyage to the South Sea, London 1792
Bratring, F. W. A.: Reisen der Spanier nach der Südsee, 1802
Buck, P. H.: Vikings of the Pacific, Chicago 1959
Bunzendahl, O.: Tahiti und Europa, 1935
Burrows, E. G.: Ethnology of Futuna, Honolulu, 1937, Reprint New York 1971
Christian, F. W.: Eastern Pacific Islands, London 1910
Davies, J.: The History of the Tahitian Mission, Cambridge 1961
Dibble, Sh.: History of the Sandwich Islands, Lahainaluna, 1843
Dunbabin, T.: Slavers in the South Seas, London 1935
Ellis, W.: Polynesian Researches, London 1829
Endicott, W.: Wrecked among Cannibals in the Fijis, Salem 1923
Geschichte der christlichen Mission auf den Freundschafts- oder Tonga-Inseln, 1857
Geschichtliche Darstellung der Erdumseglung, n. d. Eng. v. A. Diezmann, 1837
Gill, W. W.: Life in the Southern Isles, London 1876
Grattan, F. J. H.: An Introduction to Samoan Custom, Apia 1948
Hamilton, G.: A Voyage Round the World, Berwick 1793
Harre, J.: Maori and Pakehas, Wellington 1966
Hogbin, H. L.: Experiments in Civilisation, London 1939
ders: Transformation Scene, London 1959

Jarves, J. J.: History of the Hawaiian or Sandwich Islands, London 1873
Koch, G.: Südsee – gestern und heute, 1955
Martin, K. L. P.: Missionaires and Annexation in the Pacific, London 1924
Mazière, F.: Insel des Schweigens, 1966
Métraux, A.: Die Osterinsel, 1957
Metge, J.: The Maoris of New Zealand, London 1967
Moerenhout, J. A.: Voyages aux îles du Grand Ocean, Paris 1837
Moss, F. J.: Trough Atolls and Islands in the Great South Sea, London 1889
Omai, Freund und Reisegefährte des Captain Cook, 1805
Otto, Chr.: Die europäische Besiedlung der Inseln im Pazifischen Ozean, 1931
Reischek, A.: Sterbende Welt, 1924
Sinclair, K.: The Origin of the Maori War, Wellington 1957
Sunderland, J. F. u. Buzacott, A.: Mission Life in the Islands of the Pacific, London 1866
Taimai, A.: Denkwürdigkeiten, Mitteilungen aus dem Museum für Völkerkunde in Hamburg VIII, 1923
Te Rangi Hiroa (F. H. Buck): Ethnology of Manihiki and Rakahanga, Honolulu 1932
ders.: Ethnology of Tongareva, Reprint New York 1971
Turnbull, J.: A Voyage Round the World in the Years 1800/04, London 1805
Vancouver, G.: A Voyage of Discovery to the North Pacific Ocean and Round the World, London 1801
Williams, H.: A Narrative of Missionary Enterprises, London 1838

ORTS- UND SACHREGISTER

PERSONENREGISTER

Josef F. Blumrich

Kasskara und die Sieben Welten
Weißer Bär erzählt den Erdmythos der Hopi-Indianer
384 Seiten, 24 Seiten Abbildungen, gebunden

»Wer an der Geschichte des alten Amerikas und an der Kulturgeschichte alter Völker Interesse hat, sollte zu diesem Buch greifen. Er wird es mit ständig wachsender Anteilnahme lesen.«
Aachener Volkszeitung

»Blumrich fesselt seine Leser mit genauen Schilderungen seiner außergewöhnlichen Forschertätigkeit. Hier spricht nicht nur ein präzis vorgehender Wissenschaftler, sondern ein glaubwürdiger Mensch, der den Mut aufbringt, neue Erkenntniswege zu beschreiten.«
esotera

CHINA
PHILIPPINEN
Marianen
Guam
Yap
MIKRONESIEN
Palau-In.
Ponape
Marshall-In.
Admiralitäts-In.
Nauru
Gilbert-In.
Luf
Bismarck-
Archip.
N.-Irland
N.-Britannien
NEU-
GUINEA
Ellice-In.
Salomonen
INDONESIEN
Sta.-Cruz-In.
Torres-Str.
MELANESIEN
Neue
Hebriden
Fidschi-In.
Papua-Golf
Tonga-In.
Neu-
Kaledonien
AUSTRALIEN
Sydney
NEUSEELAND
Bass-Str.
TASMANIEN